21 अनमोल कहानियाँ

विलियम शेक्सपियर

साक्षी प्रकाशन
एस-16, नवीन शाहदरा, दिल्ली-110032
फोन : 011-22324833, 09810461412

ISBN : 81-86265-55-4

संस्करण : 2024

प्रकाशक : साक्षी प्रकाशन
एस-16, नवीन शाहदरा, दिल्ली-110032
फोन : 011-22324833, 09810461412

email : goelbooks@rediffmail.com

मुद्रक : शर्मा प्रिंटर्स, दिल्ली-93,

टाईप सेटिंग : आकृति ग्राफिक्स, दिल्ली-110032

---

21 Classical Stories of William Shakespeare

प्रस्तावना

शेक्सपियर का विश्व साहित्य में स्थान सर्वोपरि है। अंग्रेजी भाषा में शेक्सपियर के स्थान का उसी प्रकार कोई मुकाबला नहीं है जिस प्रकार संस्कृत साहित्य में कालीदास का। अंग्रेजी भाषा के इस अद्वितीय नाटककार का पूरा नाम विलियम शेक्सपियर है। विश्व के महान अंग्रेजी नाटककार एवं साहित्यकार विलियम शेक्सपियर के नाटकों का अनुवाद विश्व की लगभग हर भाषा में हो चुका है। इसके साथ-साथ इन नाटकों को कहानी के रूप में भी विश्व की करीब-करीब समस्त भाषाओं में रूपांतरित किया जा चुका है। इनकी विभिन्न प्रकार की रचनाओं में 38 नाटक, 154 लघुकाव्य तथा दो वृत्तांत कविताओं के अतिरिक्त अनेक प्रकार की अन्य कविताएँ शामिल हैं। इनकी रचनाओं में एक ऐसा सम्मोहक स्वरूप है कि इन रचनाओं के समकक्ष अन्य लोकप्रिय रचनाओं का मिलना असंभव जान पड़ता है। उनका जन्म 23 अप्रैल, 1564 ई. में स्ट्रेटफोर्ड आन ऐवोन नामक स्थान पर हुआ जो वारविकाशायर (इंग्लैण्ड) का एक कस्बा है।इनके पिता जॉन शेक्सपियर एक गरीब अनाज के व्यापारी थे। उनकी माली हालत अच्छी न होने के कारण इनकी शिक्षा का भी उचित प्रबन्ध नहीं हो पाया। इनकी माता का नाम मेरी आर्डेन था। शेक्सपियर की जीवन गाथा लिखने वालों में से कुछ ने उनके पिता को ऊन और चमड़े का व्यापारी, तो कुछ ने उन्हें कसाई पेशे में लगा हुआ भी बताया है। इस प्रकार उनके पिता के पेशे का मामला विवादास्पद है। चर्च रिकॉर्ड में विलियम शेक्सपियर के नामकरण संस्कार के अवसर पर उनकी जन्मतिथि 26 अप्रैल, 1564 ई. का रिकॉर्ड मिलता है। लेकिन अधिकांश स्थानों पर उनकी जन्मतिथि 23 अप्रैल ही साबित होती है।

शेक्सपियर की प्रारम्भिक शिक्षा के बारे में मान्यता है कि स्टार्टफोर्ड ग्रामर स्कूल में उन्होंने आरम्भिक शिक्षा प्राप्त की। वहीं उन्होंने लैटिन और ग्रीक भाषा की शिक्षा प्राप्त की। शेक्सपियर के एक साहित्यिक आलोचक के कथनानुसार उन्होंने 'थोड़ी-सी लैटिन और बहुत कम ग्रीक' पढ़ी थी। उनके साहित्यिक समालोचक ब्रिजिल, होरेस, सेलेका, साइरो, ओविड और दूसरों की मान्यता है कि वे फ्रेंच और इटैलियन भाषा के भी जानकार थे। लेकिन इन भाषाओं पर उनकी पकड़ बहुत अच्छी न थी। उन्होंने बाइबिल का भी अध्ययन किया था, जिसका प्रभाव उनके जीवन और व्यक्तित्व शैली पर अक्सर परिलक्षित होता है। वे प्रकृतिवादी और खुले विचारों वाले इंसान थे। राष्ट्रीय रिकॉर्ड के अनुसार, शेक्सपियर का विवाह ऐनी हैथवे नामक

महिला के साथ 1582 ई. के बसन्त मौसम में हुआ था। उस समय शेक्सपियर की उम्र 18 वर्ष और ऐनी की उम्र 26 वर्ष थी। कहा जाता है कि शेक्सपियर का जीवन स्कूल शिक्षा के समय से ही रोमांचक था। मगर उनका वैवाहिक जीवन सुखी न रह सका। इसका कारण शायद यह था कि उनकी पत्नी आयु में उनसे आठ वर्ष बड़ी थी। विवाह के बाद मई, 1583 में उनकी पत्नी ने सुसन्ना नामक लड़की को जन्म दिया। सन् 1585 में उसने फिर दो जुड़वाँ बच्चों को जन्म दिया। जुड़वाँ बच्चों में लड़के का नाम हैपर तथा लड़की का नाम जूड़ी था। दुर्भाग्य से हैपर की 12 वर्ष की अल्पायु में ही मृत्यु हो गई।

मान्यता है कि विवाह के कुछ वर्षों पश्चात् ही पति-पत्नी के सम्बन्धों में कड़वाहट आ गई थी। इस सम्बन्ध में कहा जाता है कि सन् 1586 में जब शेक्सपियर बाइस वर्ष की उम्र में थे तो उन्होंने सर थामस लकीज गार्डन से एक हिरन को उठा लेने की चेष्टा की थी। इस बात पर पति-पत्नी में झगड़ा हुआ। पत्नी से झगड़ा और मुकदमे की कार्यवाही से बचने के लिए शेक्सपियर ने लंदन के लिए प्रस्थान किया। सन् 1586 में शेक्सपियर लंदन में आकर एक नौकरी पर लग गये। कुछ समय बाद लार्ड कम्बरलाइन कम्पनी में नौकरी की। उस कम्पनी के संरक्षक किंग जेम्स प्रथम थे। किंग जेम्स के उस कम्पनी के संरक्षक होने के कारण उसके कर्मचारी राजा के कर्मचारी कहलाते थे। शेक्सपियर ने कुछ आत्मकथाओं में लिखा है कि यहीं से उनके लेखक जीवन का आरम्भ हुआ। उन्होंने कुछ पुराने नाटकों को उस नौकरी में रहते हुए नए सिरे से लिखने का कार्य किया। कुछ समय बाद वे नाटकों में छोटा-मोटा अभिनय भी करने लगे। शेक्सपियर के लंदन में रहने के दौरान, आरम्भिक दिनों के इन छोटे-छोटे कार्यों ने उनके महान नाटककार, साहित्यकार बनने की नींव डाली। लंदन में उनके आय के साधन दिनों-दिन बढ़ते चले गये। उन्होंने स्ट्रेटफोर्ड ऑन ऐवोन में अपने पिता की विरासत में मिली जो सम्पत्ति छोड़ी थी, लंदन में आकर, कुछ ही दिनों में उससे बड़ी सम्पत्ति के स्वामी बन गये। बाद में उनके प्रयासों से 1596-1597 में उन्हें पिता की विरासत की सम्पदा भी प्राप्त हो गई—जिससे उन्होंने अपने जन्मस्थली पर एक महलनुमा नया भवन खरीदा। उसके बाद और भी सम्पत्तियों के स्वामी बने।

सन् 1611 ई. में शेक्सपियर स्ट्रेटफोर्ड ऑन ऐवोन में वापस लौटकर आये। जहाँ उन्होंने नगर के धनवान व्यक्ति के साथ सन् 1616 ई. तक जीवन गुजारा। सन् 1612 में उन्होंने ब्लैक फेनर्स में एक शानदार भवन खरीदा, जहाँ वे यदा-कदा रहने के लिए आते रहते थे। जनवरी, सन् 1616 में उनका स्वास्थ्य गिरना प्रारंभ हो गया और अप्रैल 23, 1616 को यह महान नाटककार एवं साहित्यकार सदा के लिए हमसे बिछड़ गया।

अनुक्रम

1. सिम्बेलिन

प्राचीन काल में इंग्लैंड का एक राजा रहता था जिसका नाम सिम्बेलिन था। इमोजिन इंग्लैण्ड के राजा सिम्बेलिन की इकलौती बेटी थी। उसकी सौतेली माँ अपने पूर्व पति से जन्मे बेटे क्लोटेन से इसकी शादी करना चाहती थी। लेकिन इमोजिन ने राजा और रानी की इच्छा के विरुद्ध पस्थूमस लिओंटस नामक एक साधारण परिवार के सुयोग्य युवक से शादी कर ली। इसके इस कारनामे से रुष्ट हो राजा ने अपनी बेटी को नजरबंद कर दिया और उसके पति को देश से बाहर निकाल दिया। राजा के सभासदों का मानना था कि इमोजिन ने जिस युवक से शादी करने से इंकार कर दिया, वह ठीक आदमी नहीं था। उनका कहना था कि पस्थूमस जैसा भला युवक दुनिया में मुश्किल से ही दूसरा मिलेगा। जैसा सुन्दर वह बाहर से दिखता है, वैसा ही सुन्दर और साफ उसका दिल भी है।

वे जानते थे कि क्लोटेन की एकमात्र विशेषता है रानी के पूर्व पति की संतान होना, जब पस्थूमस के पिता सिसिलियस ने रोम के विरुद्ध लोहा लिया था। पस्थूमस के अलावा उसके दो बेटे और थे जो लड़ाई में मारे गए थे। इसी शोक से संतप्त हो सिसिलियस भी संसार से चल बसा। पस्थूमस के जन्म के बाद उसकी माता का भी देहान्त हो गया। ब्रिटेन के राजा ने इस नवजात शिशु को अपने संरक्षण में रखकर इसका लालन-पालन किया। उसका नाम पस्थूमस लिओण्टस रखा। उसे शिक्षित-दीक्षित करके दरबार में स्थान दिया। अपनी योग्यता और अपने व्यवहार से वह थोड़े ही दिनों में सर्वप्रिय हो गया। उसकी सर्वगुण सम्पन्नता का अन्दाजा तो इसी बात से लगाया जा सकता है कि राजकुमारी इमोजिन ने साधारण परिवार के उस युवक को अपना पति बना लिया। सिम्बेलिन उस युवक के प्रति इसलिए भी उदार था कि किसी ने उसके दो पुत्रों का बाल्यावस्था में ही अपहरण कर लिया था। बीस वर्ष बीत जाने के बाद भी उनका कहीं अता-पता न था।

इमोजिन और पस्थूमस से रानी सख्त नाराज थी। लेकिन ऊपर से बनावटी ममता का प्रदर्शन करती रहती थी। वह उन्हें इस सजा से राहत दिलाने का आश्वासन देने से न चूकती। इस मायावी औरत की कूटनीति चालों से परेशान ये दोनों किसी प्रकार उसके फंदे से निकल भागना चाहते थे। देश निकाला होने के बाद पस्थूमस रोम चला गया वहाँ अपने पिता के दोस्त फिलेरिया के घर रहने लगा। जाते वक्त पत्नी को कहता गया कि फिलेरिया के पते पर तुम पत्र व्यवहार करना। यद्यपि रानी ने ही इन दोनों को इस समय बात करने का मौका दिया था, लेकिन बीच में आकर उस कपटी औरत ने इनकी बात खत्म कर दी। बोली कि यदि राजा तुम लोगों को

बातचीत करते देख लेगा तो मुझ पर मुसीबत आ जाएगी। यह सुनते ही जब पस्थूमस जाने के लिए उद्यत हुआ तो इमोजिन ने उसे थोड़ा और रुकने का आग्रह किया। अपनी माँ की दी हुई हीरे की अंगूठी उसे पहनने के लिए दी। बोली कि मेरी मृत्यु के बाद जब तक तुम किसी दूसरी औरत को अपना न लेना इस अंगूठी को अपने पास रखना। पस्थूमस ने भी इमोजिन के हाथ में बाजूबंद पहना दिया।

वे एक-दूसरे को जल्दी छोड़ना नहीं चाहते थे लेकिन चालबाज रानी ने उन्हें भरपूर प्यार करने का अवसर ही नहीं दिया। इतने में ही राजा अपने पार्षदों के साथ उधर आता दिखाई दिया। पस्थूमस धीरे से उसकी आँखों से ओझल हो गया। अपनी बेटी को डाँटते हुए राजा बोला। तुमने पिता के आदेश का पालन करने की शालीनता भी खो दी है। एक भिखारी से शादी करके हमारी मर्यादा नष्ट कर दी। इमोजिन भी चुप न रही। उसने कहा कि उससे शादी करने का प्रोत्साहन आपने ही तो दिया। साथ-साथ रहने और खेलने की सुविधा आपने ही प्रदान की। उस जैसे युवक पर कोई भी लड़की अपने को न्योछावर करके गौरवान्वित हो सकती है। ईश्वर की बड़ी कृपा थी कि मैं क्लोटेन से बच गई। राजा बेटी की इन्हीं बातों से इतना नाराज था कि उसे अब जीवित देखना नहीं चाहता था। पस्थूमस के वियोग में इमोजिन अपनी जान देने पर तुली थी। जाते समय न तो उसका चुम्बन ले पाई और न उसे विदा करने जहाज तक ही जा सकी। दोनों के मन में असंतोष बना ही रह गया।

रोम में फिलेरिया के घर पर बातचीत के दौरान पस्थूमस ने अपनी पत्नी की प्रशंसा करके वहाँ उपस्थित फिलेरिया के मित्रों के मन में कौतूहल उत्पन्न कर दिया था। उसने बड़ी शान से उन्हें बताया कि मेरी पत्नी जैसी सुन्दरी, साध्वी, बुद्धिमती और निष्ठावान औरत शायद ही कोई हो। उसकी बात सुनते ही इटैलियन युवक आइकिमो ने पस्थूमस से उसकी प्रेमिका को अपने वश में कर लेने की बाजी लगा ली। पस्थूमस ने यह कहकर उसे और उत्तेजित कर दिया कि इटली में ऐसा कोई प्रेमी नहीं है जो मेरी प्रेमिका का दिल जीत सके। आइकिमो ने पस्थूमस से कहा कि तुम मुझे अपनी प्रेमिका का पता-ठिकाना दे दो। बातचीत करके मैं उसे पटा लूँगा। जिसके अचल सतीत्व की प्रशंसा कर रहे हो उसका मजा भी ले लूँगा। यदि मैं ऐसा करने में सफल हो गया तो तुम्हारी यह अँगूठी मेरी हो जाएगी अन्यथा मैं तुम्हें दस हजार डकैट दूँगा।

आइकिमो की शर्त मान पस्थूमस ने इमोजिन द्वारा दी गई अँगूठी इंग्लैण्ड से वापस आने तक की अवधि के लिए उसे दे दी। उसे विदा करने से पहले उससे यह भी कहा कि यदि तुम मेरी पत्नी को अपने जाल में फँसाने में सफल रहे तो मुझे न तो तुम्हारे खिलाफ और न उसके संबंध में कुछ गिला होगा, लेकिन अगर तुमने जोर जबरदस्ती करके उसकी इज्जत लूटी तो तुम्हें इसका जवाब तलवार के माध्यम से दूँगा। बात पक्की करके आइकिमो ब्रिटेन की ओर चल पड़ा। इसके पहले कि वह इमोजिन के पास पहुँचे रानी उसकी हत्या का जुगाड़ बैठा रही थी। उसने अपने डॉक्टर कार्नेलियस से विषैली दवा वाली शीशियों की एक पेटी प्राप्त कर ली

थी। डॉक्टर उसकी दुर्भावना भाँप न सके इसलिए रानी ने उससे कह दिया था कि मैं इसका उपयोग मानव पर नहीं करूँगी। फिर भी कार्नेलियस उस औरत की बुरी नीयत से वाकिफ था। इसलिए उसने उन शीशियों के विष के बदले ऐसी दवा भर दी थी जिसके पीने से व्यक्ति कुछ देर के लिए बेहोश, बेज़ान-सा लगे और लेकिन होश आने पर और भी तरो-ताजा दिखाई दे।

डॉक्टर को विदा करके रानी ने पस्थूमस के विश्वस्त नौकर पिसेनियो को फुसलाना शुरू किया। उससे कहा कि जिस दिन तुम मेरे पास यह खबर लाओगे कि इमोजिन रोना-धोना छोड़ मेरे बेटे को प्यार करने लगी है उस दिन मैं राजा से कहकर तुम्हें पस्थूमस से भी बड़ा आदमी बनवा दूँगी। खूब पुरस्कार भी दूँगी। उसे प्रभावित करने के लिए बोली, तुम तो जानते ही हो कि तुम्हारा मालिक अब लौटकर आने वाला नहीं है। उस अभागे का भविष्य भी अंधकारमय है। क्या तुम मेरे मालिक के प्रति निष्ठावान बने रहकर अपनी जिन्दगी खराब कर दोगे? इसके बाद उसने डॉक्टर द्वारा दी हुई दवा की पेटी वहीं गिरा दी। पिसेनियो ने उसे उठा लिया। रानी ने उससे कहा कि तुम नहीं जानते कि इस पेटी में ऐसी संजीवनी है जिससे मैंने कई बार राजा के प्राण की रक्षा की है। इसे ले जाओ। तुम अपनी मालकिन को समझा-बुझाकर मेरे बेटे के लिए राजी कर दो। बस फिर क्या है तुम मालामाल हो जाओगे। जाओ मेरी बात याद रखना। रानी अच्छी तरह जानती थी कि यह नौकर अपने मालिक के प्रति पूर्ण समर्पित है। उसने सोचा कि मैंने उसे जो पेटी दी है यदि उस द्रव का उपयोग खुद कर लेगा तब तो इमोजिन बेसहारा हो जाएगी। उसे अपना मन बदलना ही पड़ेगा अन्यथा उसकी भी ऐसी ही गति होगी।

निराशा से घिरी इमोजिन अकेले बैठी अपने भाग्य को कोस रही थी। वह कह रही थी कि मेरा पिता निष्ठुर हो गया है। सौतेली माँ कपटपूर्ण व्यवहार करती है। उसका बेटा मुझ विवाहिता का दावेदार बन गया है। पति निष्कासित है। अच्छा होता यदि मेरे दोनों भाइयों की तरह मुझे भी कोई चुरा ले जाता, तो इस दुख से राहत पा जाती। परिस्थितियों से टूटी इमोजिन जब यह सब सोच ही रही थी कि पस्थूमस की चिट्ठी लिए हुए आइकिमो उसके पास आ पहुँचा। उसने इमोजिन को बताया कि पस्थूमस स्वस्थ और प्रसन्न है। मित्रों के साथ हँसी-ठट्ठा करता रहता है। औरतों की बेवफाई की खिल्ली उड़ाता है। अब आइकिमो ने शरारत शुरू की। उसने कहा कि ऐसे गाल जिन्हें चूम लेने के लिए होंठ बेताब हो जाते हों, ऐसी आँखें जो देखने वाले को अपने में कैद कर लेती हों, भला इनको छोड़कर किसी अन्य से इश्क का सौदा करना क्या ओछापन नहीं है। मैं अपने दोस्त के संबंध में कुछ कहना नहीं चाहता, लेकिन रोम पहुँचकर वह ब्रिटेन को भूल गया है और अपने आपको भी। उसने इमोजिन से कहा कि तुम जैसी रूपसी के प्रति उसका अन्याय मन को दुखी कर देता है। राजपुरुषों को गौरवान्वित करने वाली तुम जैसी तरुणी ऐसे साधारण युवक के फेर में पड़कर यह सब कैसे बर्दाश्त कर रही है? उसे तो दण्डित करना चाहिए। तुम्हें भूल तुम्हारे ही पैसे से वह वनिताओं के संग मौज उड़ा रहा है। उसने

कहा कि पस्थूमस जैसे भगोड़े की बनिस्बत मैं ज्यादा ईमानदारी से तुम्हारी सेवा करूँगा।

इस प्रकार बनावटी सहानुभूति दिखाने के बाद आइकिमो एक हाथ और आगे बढ़ा। इमोजिन से कहा कि जरा आप मुझे अपने होठों की सेवा करने का मौका दें। यह सुनते ही उस रमणी ने आइकिमो को दुत्कारते हुए कहा। व्यर्थ ही मैं तुम्हारी बातें इतनी देर से सुनती रही। ये लम्बी-चौड़ी बातें क्या करने में लगे हुए थे और यह कहकर तुम मुझे फँसाने की कोशिश कर रहे थे। इस शैतान की हरकत से वह इतनी नाराज हुई कि राजा को इसकी बेहूदगी की सूचना देने के लिए अपने नौकर पिसेनिओ को आवाज दे दी। आइकिमो ने क्षमा माँगते हुए। उससे कहा कि मैंने तो तुम्हारी वफादारी की परीक्षा लेने के लिए यह सब कहा था। धन्य है पस्थूमस लेओण्ट्स जिसने ऐसी निष्ठावान औरत पाई है।

चिकनी-चुपड़ी बातें करके उसने किसी प्रकार इमोजिन का गुस्सा शांत कर दिया, लेकिन वह तिकड़मी बिना अपना काम पूरा किए चुप बैठने वाला न था। इमोजिन को जाल में फँसाने के लिए उसने अब चालबाजी का सहारा लिया। उसने कहा सम्राट को उपहार देने के लिए मैंने फ्रांस से एक रत्न जड़ित बहुमूल्य सुन्दर पेटी खरीदी है। उसे तुम्हारे पास रखना चाहता हूँ। वह उपहार एक ट्रंक में है। रात में उसे भेज दूँगा। उसकी बातों पर विश्वास करके इमोजिन उसकी यह धरोहर अपने शयनकक्ष में रखने के लिए राजी हो गई।

इस प्रकार एक ट्रंक के अन्दर छिपकर वह छली इमोजिन के शयनकक्ष में पहुँच गया। आधी रात तक पढ़ने के बाद इमोजिन थक कर सो गई। उसके कमरे में मोमबत्ती जल रही थी। आइकिमो चुपके से ट्रंक से निकला। शुभ्र श्वेत शैया पर कुमुदिनी सी कमनीय उस कोमलांगी की काया पर नजर पड़ते ही उसका मन मचल उठा। चुम्बन लेने की ललक को दबाया, क्योंकि उसे अपने उद्देश्य की पूर्ति करनी थी। कुछ ऐसा ठोस सबूत हथियाना था जिससे पस्थूमस को पता चल जाये कि उसकी प्रेयसी के गोपनीय खजाने में किसने सेंध लगायी है। उसने इमोजिन से भी ज्यादा जरूरी चीज जिसे देखकर वह खुश हो गया था वह था इमोजिन के बाएँ कुच पर तिल। बस उसका काम हो गया। उसने आहिस्ता से इमोजिन का बाजूबंद उतारा और दाखिल हो गया बक्स के अंदर।

बेचारी इमोजिन एक ओर तो आइकिमो के इस दुश्चक्र में फँस गयी थी और दूसरी ओर क्लोटेन अभी भी उसके पीछे पड़ा था। गाना सुनाकर उसे अपने वश में करना चाहता था। राजा की भी ऐसी धारणा थी कि इमोजिन पस्थूमस को भूल जाएगी और कभी न कभी क्लोटेन को अपना बना लेगी। क्लोटेन इतना बेताब था कि सवेरा होते ही उसने इमोजिन का दरवाजा खटखटाना शुरू किया। वह ज्यों ही बाहर आई उससे प्रेम का इजहार किया। लेकिन इमोजिन बोली, मैं तुम्हें पसन्द नहीं करती। मेरा पिण्ड छोड़ो। इतना सुनते ही क्लोटेन बोल पड़ा। बाप का कहना न मानकर तुमने दरबार के जूठन पर पले एक भिखारी से नाता जोड़ लिया। राज-सुख से वंचित हो गई। अपने पति के संबंध में उसकी यह टिप्पणी सुनकर इमोजिन तिलमिला

उठी। बोली, नीच। तुम तो उसके खवास होने लायक भी नहीं हो। पति की अनुपस्थिति में क्लोटेन को इस छेड़छाड़ से वह उतनी परेशान नहीं थी कि जितना कि बाजूबंद के खो जाने से। पस्थूमस के प्यार की यह निशानी इमोजिन के लिए कलंक की कहानी गढ़ सकती थी। ब्रिटेन से चुराया बाजूबंद लेकर आइकिमो पहुँच गया रोम। पस्थूमस को दिखाने के लिए पहले तो उसने पस्थूमस के सामने इमोजिन के शयनकक्ष के बनावट सजावट का विस्तृत विवरण दिया। फिर इमोजिन का बाजूबंद उसके सामने रख दिया। जब उसने इमोजिन के बाएँ कुच के तिल का हवाला दिया तब तो पस्थूमस सन्न रह गया। उससे मान लिया कि आइकिमो उसके साथ हमबिस्तर हुआ होगा। उसका उपभोग किया होगा। इमोजिन की कामुकता और बेवफाई से उद्विग्न पस्थूमस अब उसे जीवित नहीं छोड़ना चाहता था। ब्रिटिश राज दरबार में उसका कत्ल करने का संकल्प कर लिया।

इसी बौखलाहट में पस्थूमस सोचने लगा। नारी पुरुष की अर्धांगिनी कही तो जाती है, लेकिन होती है नितान्त स्वेच्छाचारिणी। उस पर विश्वास करना मुश्किल है। मैं इमोजिन को बेदाग औरत समझता था, लेकिन हुआ क्या। बिना किसी प्रतिरोध के उसने आइकिमो को अपना शरीर समर्पित कर दिया। नारी जाति पाप की पिटारा होती है। झूठ, खुशामद, छल, कामुकता, लोभ, प्रतिहिंसा, अहंकार, वासना, चपलता, स्वच्छन्दता आदि नारकीय प्रवृत्तियाँ नारी जाति में होती हैं। उसने एक कड़ा पत्र लिखकर इमोजिन की निन्दा करने का निर्णय किया। दो पत्र लिखे, एक अपने नौकर पिसेनियो के नाम और दूसरा इमोजिन के।

अपने मालिक का पत्र पाकर पिसेनियो परेशान हो उठा। सोचने लगा कि इमोजिन जैसी सती साध्वी नारी पर व्यभिचार का दोषारोपण करने की बात मालिक के मन में कैसे आई। क्या उस झूठे इटैलिन ने तो यह विष उसके मन में नहीं घोला। अपनी सत्य निष्ठा के कारण ही तो यह नववधू विरहणी का जीवन बिता रही है। फिर उस पर ऐसा अविश्वास क्यों। भला मैं उसका काम तमाम क्यों करूँ? यह कैसे हो सकता है। अंत में खीझ कर बोला। बाज आया मैं ऐसी स्वामिभक्ति से। लेकिन पत्र पाकर इमोजिन आत्मविभोर हो उठी। सोचा कि साजन ने कुशल क्षेम लिखकर मुझ प्रेम वियोगिनी को सांत्वना दिया होगा। पत्र खोलकर पढ़ने लगीं। उसमें लिखा था कि तुम्हें देखने के लिए मैं तरस रहा हूँ। मुझसे मिलफोर्ड हेवन में मिलो। उसने नौकर से पूछा कि यह जगह कितनी दूर है। कितने समय में पहुँचा जा सकता है। काश! मेरे पास पंखदार घोड़ा होता। उसने कहा कि पहले यहाँ से छिपकर मेरे निकलने की व्यवस्था करो। मेरे लिए घुड़सवारी का साधारण सूट ले आओ।

पत्र द्वारा इमोजिन को जहाँ बुलाया गया था उसी अंचल में उसके दो भाई गिडेरिअस और आर्विरेगस, बिलेरिअस नामक निष्कासित लार्ड के साथ जंगली जीवन बिता रहे थे। गुफा ही उनका घर था और आखेट ही भोजन। ये दोनों राजकुमार जो अब पॉलिडोर और काडवेल के नाम से जाने जाते थे उसी बिलेरिअस के साथ खेलते थे। वही उन्हें ज्ञान दान देता था और सांस्कृतिक शिष्टाचार तथा

सांसारिक समस्याओं के संबंध में जानकारी भी। यह लार्ड बिलेरिअस जो अब मारगन बन गया था कभी ब्रिटेन के राजा का प्रिय मित्र था। रोम के विरुद्ध युद्ध किया था, लेकिन किसी ने उसे रोम का मित्र बताकर राजा के कान भर दिये और उसे देश से निकाल दिया गया। बीस वर्ष से वह इसी जंगल में रहता था। राजा के इन दोनों बेटों को जब वे केवल दो-तीन साल के थे, अपने साथ उठा ले आया था। न तो ये लड़के जानते थे कि वे राजा के बेटे हैं और न राजा सिम्बेलिन को ही पता था कि उसके बेटे जीवित हैं।

पति के बुलावे पर इमोजिन आ पहुँची, लेकिन पस्थूमस का कहीं पता न था। नौकर का उड़ा-उड़ा चेहरा देखकर वह और परेशान हो गई। बेचारा पिसेनियो सकते में था। क्या कहता, क्या बताता। उसने पस्थूमस की चिट्ठी इमोजिन को पकड़ा दी। पस्थूमस ने पिसेनियो को लिखा था कि तुम्हारी मालकिन वेश्या है। उसने हमारी शैय्या कलंकित कर दी है। उसका अंत कर दो। मिलफार्ड में यह काम आसानी से कर सकोगे। इमोजिन यह चिट्ठी पढ़कर आवाक रह गई। उसे विश्वास नहीं हो रहा था कि उसका पति कभी ऐसा सोच सकता है। ताड़ गई कि वही बदमाश आइकिमो जिसने मेरे पति पर चरित्रहीनता का लांछन लगाया था, मेरे खिलाफ यह विश्वासघात किया है। वह नौकर से बोली। अपनी तलवार निकालो और काट डालो मुझे। टुकड़े-टुकड़े कर दो मेरा कलेजा जिसमें अब तक तुम्हारा मालिक बसता था। इमोजिन के बार-बार कहने पर भी पिसेनियो आगे नहीं बढ़ा तो वह खीझ कर बोली, आखिर मुझे इतनी दूर ले क्यों आए। नौकर ने बड़ी नम्रता से कहा कि मैं मालिक के पास आपके मरने की रिपोर्ट भेज दूँगा। राजदरबार में आपकी अनुपस्थिति इसका सबूत हो जाएगी। उसने इमोजिन से कहा कि कल इसकी मिलफोर्ड हेवल में रोम का दूत लुसियस आएगा। पुरुषवेश धारण करके आप उसका नौकर बनकर रोम पहुँच जायें। रोम का सेनापति लुसियस तीन हजार पौंड वार्षिक बकाया कर की वसूली के लिए रोम से भेजा गया था। रोम की इस माँग को ब्रिटेन की रानी और उसके बेटे दोनों ने ठुकरा दिया था। राजा सिम्बोलिन ने भी बड़े ही शिष्ट संयत ढंग से कर न देकर रोम की गुलामी को खत्म करने की घोषणा की थी। अपने मिशन में फेल होने पर युद्ध का चैलेंज देकर लुसियस ब्रिटेन से लौट रहा था। उसे औपचारिक विदाई देने के बाद ब्रिटेन का राजपरिवार युद्ध की तैयारी में लग गया, लेकिन इसी बीच सिम्बेलिन को याद आया कि इमोजिन न तो इस रोमन से मिलने आई और न हम लोगों के प्रति दैनिक शिष्टाचार निभाने ही उपस्थित हुई। पूछने पर पता चला कि राजकुमारी के कमरे में ताला पड़ा है। आवाज देने पर अन्दर से कोई बोल भी नहीं रहा है। उसके नौकर पिसेनियो का भी पता नहीं है। रानी खुश थी कि हो सकता है मेरे द्वारा दिया हुआ द्रव पीकर वह दुनिया से विदा हो गई हो। तब तो ब्रिटिश राज सिंहासन की मैं हकदार हो जाऊँगी। क्लोटेन को विश्वास हो गया कि इमोजिन कहीं भाग गई। वह उसके संबंध में उधेड़-बुन कर ही रहा था कि पिसेनियो वहाँ आ पहुँचा। जब क्लोटेन ने उससे

इमोजिन का पता पूछा तो पिसेनियो ने उसे वही चिट्‌ठी पकड़ा दी, जो पस्थूमस ने उसके पास भेजी थी।

बदले की भावना से उद्वेलित हो क्लोटेन ने पिसेनियो से पस्थूमस का सूट मँगवाया। उसने तय किया कि उसी कपड़े को अपनी पीठ पर बाँधे वह पस्थूमस का काम तमाम करेगा और बाद में वहीं इमोजिन की इज्जत लूटेगा। इसके बाद इमोजिन को धक्का मारकर दरबार में ले जाकर अपमानित करेगा। अब वह जल्दी से जल्दी मिलफोर्ड पहुँचना चाहता था। संयोग से इमोजिन भी उसी गुफा पर जा पहुँची जहाँ उसके दोनों भाई मारगन के साथ रह रहे थे। चलते-चलते वह थक कर चूर हो गयी थी। आवाज लगाने पर भी जब उधर से कोई उत्तर न मिला तो इमोजिन अपनी तलवार संभालते गुफा के अन्दर आ पहुँची। वहाँ कोई न था। भूख से परेशान इमोजिन ने वहाँ रखा माँस खाना शुरू किया। इसी बीच यहाँ के तीनों सदस्य शिकार करके आ पहुँचे। उसके भाई गिडेरियस और आर्विरेगस भी थके-माँदे और भूखे थे। उन्होंने सोचा कि तीनों सदस्य शिकार के पहले का रखा हुआ मांस खाकर भूख मिटा लें। लेकिन उनके आश्चर्य का ठिकाना न रहा, जब उन्होंने देखा कि एक अलौकिक हसीन नौजवान औरत उस मांस का उपभोग कर रही है। इमोजिन ने उनसे कहा कि यदि तुम लोग न आते तो भी में इस गोश्त का दाम यहाँ रखकर अपनी यात्रा पर बढ़ जाती। इमोजिन ने उन्हें अपना नाम फिडेल बताया और कहा कि मैं अपने संबंधी से मिलने मिलफोर्ड जा रही था। क्षमा करें। भूख से पीड़ित होने के कारण मैंने बिना पूछे मांस खा लिया। मारगन ने इमोजिन से कहा कि हम लोग मानवताविहीन नहीं हैं कि इसके लिए तुम्हें दण्ड दें। उसने सलाह दी, रात में यात्रा करने से अच्छा होगा कि खा-पीकर तुम यहीं विश्राम करो। वनवासी उन दोनों युवकों ने भी इस यात्री के साथ ऐसा आत्मीय व्यवहार किया कि इमोजिन का मन बोल उठा। काश! ये दोनों मेरे खोए हुए भाई होते।

बाद में नियति ने क्लोटेन को भी इसी स्थान पर पहुँचा दिया। बिलेरिअस की गुफा के पास पस्थूमस की पोशाक पहने वह सोच रहा था कि यहीं उन दोनों के मिलने की बात है। मैं पस्थूमस से किसी तरह खराब नहीं हूँ। धन दौलत और मान-मर्यादा में तो मैं उससे बीस ही हूँ। फिर भी यह बुद्धू लड़की मेरी अवहेलना करती है। उसे आज मजा चखा दूँगा। उसे ले जाकर उसके बाप के सामने पेश कर दूँगा। रोज की तरह आज भी गुफावासी शिकार के लिए तैयार हुए। अस्वस्थ होने के कारण इमोजिन उनके साथ न जा सकी। रोग से छुटकारा पाने के लिए उसने पिसेनिओ द्वारा दिया हुआ द्रव पी लिया। उसे जल्दी लौटने का आश्वासन दे सभी गुफा से बाहर निकल पड़े। बाहर आते ही विलेरिअस ने क्लोटेन को यह कहते सुना कि उन भगोड़ों का कहीं पता नहीं है। उस शैतान ने मुझे धोखा दिया है। बिलेरिअस क्लोटेन को पहचानता था। उसे लगा कि यह हमी लोगों को खोज रहा है। गिडेरिअस ने मारगन को सलाह दी कि छोटे भाई के साथ जाकर इसके साथियों का पता लगावें। मैं इससे अकेले ही निपट लूंगा।

गिडेरिअस को अकेला देखकर क्लोटेन ने उसे डाँटना फटकारना शुरू किया। उससे बोला। तू कोई पहाड़ी उपद्रवी है या गुलाम। मेरी ओर ऐसे क्यों देख रहा है। यह सुनते ही गिडेरिअस ने उससे कहा कि तू अधम है। तुम्हारी बात का जवाब है घूसा। इसके जवाब क्लोटेन ने डाकू-चोर कहकर उसकी भर्त्सना की। बोला कि मैं ब्रिटेन की रानी का बेटा क्लोटेन हूँ। आत्मसमर्पण करो अन्यथा तुम्हारे साथ ही तुम्हारे साथियों का सिर धड़ से अलग करके लंदन टाउन के गेट पर लटका दूंगा। बेचारा क्लोटेन तो ऐसा न कर पाया। हाँ! गिडेरिअस उसका कटा सिर जरूर लेकर बिलेरिअस के पास जा पहुँचा। यह देखते ही बूढ़े का माथा ठनका। बोला, अब तो हम सब विपत्ति में पड़ जाएँगे। हमें राजा का कोपभाजन बनना पड़ेगा, लेकिन इन नौजवानों को क्या पता था कि क्लोटेन की हत्या का क्या फल होगा? बिलेरिअस आज आखेट के लिए नहीं गया। आर्विरगस को फिडेल के साथ खाना तैयार करने के लिए गुफा में भेज दिया।

क्लोटेन का सिर बहाकर गिडेरिअस ज्यों ही लौटा तो देखा कि आर्विरगस मृतप्राय इमोजिन को गुफा से बाहर उठा लाया है। इस आकस्मिक दुर्घटना से सभी चिन्तित हो उठे। आर्विरगस ने उन्हें बताया कि कुशन के सहारे अपना गाल रखे यह नौजवान जमीन पर ऐसे पड़ा था मानो सो रहा हो। उन्होंने तय किया कि फिडेल का शव माँ यूरिफिल की कब्र के पास ही दफना दिया जाये। बिलेरिअस ने कहा कि यद्यपि क्लोटेन हमारा शत्रु था फिर भी वह रानी का बेटा था। इसलिए उसे भी सम्मान के साथ दफनाना उचित होगा। फलतः फिडेल के पास ही क्लोटेन का भी धड़ रख दिया गया, लेकिन द्रव का प्रभाव समाप्त होते ही इमोजिन थोड़ी ही देर बाद होश में आ गई। उसने देखा कि यह वह गुफा नहीं है जहाँ वह अपने साथियों के लिए खाना बना रही थी और यहाँ यह धड़ कैसा? इसका कपड़ा तो पस्थूमस जैसा ही है। इसके हाथ-पाँव सब उसी की तरह हैं। क्या पस्थूमस की हत्या कर दी गई। लगता है उसी धोखेबाज पिसेनियो ने क्लोटेन से मिलकर मेरे नाथ की हत्या कर दी। उस बेईमान ने जो औषधि मुझे अमृत कहकर दी थी, उसके विषैले असर का अनुभव मैं कर चुकी हूँ। उस धड़ को पस्थूमस का समझ इमोजिन विलाप करते-करते मूर्च्छित हो उस पर गिर पड़ी।

संयोग से इस मौके पर रोमन जनरल लुसियस अपने कैप्टन और एक भविष्यवक्ता के साथ उधर आ पहुँचा। भविष्यवक्ता ने लूसियस को विजय का विश्वास दिलाया। जब यह सब बातें हो रही थीं कि लुसियस की निगाह वहाँ पड़े धड़ पर पड़ी। वह बोल उठा कि यह तो किसी शालीन आदमी का शव लगता है। देखने गया कि उस मुर्दे पर सिर रखे जो नौकर पड़ा था, वह जीवित है या अपने स्वामी के लिए उसने भी शरीर त्याग कर दिया है। नौकर जीवित था। अब इस दुःखद काण्ड की जानकारी के लिए पूछे गए लुसियस के प्रश्नों के उत्तर में इमोजिन ने उसे अपने मालिक का नाम रिचर्ड और अपना नाम फिडेल बताया। उसने यह भी कहा कि मेरा मालिक वीर था। उसने ब्रिटेन की बड़ी सेवा की थी। इमोजिन की बातचीत से प्रभावित हो

लुसियस ने उसे अपनी सेवा में ले लिया।

सिम्बेलिन चारों ओर परेशानियों से घिर गया था। एक ओर रोमन सैनिक दरवाजे पर दस्तक दे रहे थे, दूसरी ओर उसकी पुत्री और रानी के बेटे का कहीं पता न था। राजा के दोनों बेटों के साथ बिलेरिअस जहाँ रहता था, वह अंचल भी अब सुरक्षित नहीं रह गया था। ये दोनों नौजवान भी युद्ध में अपना कौशल दिखाना चाहते थे, लेकिन बिलेरिअस वहाँ से बच निकलने में ही फायदा समझता था। उसका तर्क था कि क्लोटेन की मृत्यु के लिए हम सब उत्तरदायी समझे जाएँगे और नतीजा होगा मृत्युदण्ड। उसका तर्क सुनने के बाद भी दोनों लड़के लड़ाई में सक्रिय भाग लेने के लिए उतावले थे। उन्हें जिंदगी की परवाह न थी। इसी प्रकार का कर्त्तव्यबोध पस्थूमस के मन में भी था। इटेलियन सेना के साथ वह ब्रिटेन पहुँच चुका था। हाथ में रक्तरंजित रूमाल ले इमोजिन कि हत्या पर पश्चाताप कर रहा था। भावुकतावश उसने निर्णय किया कि अपनी प्रेयसी के राज्य के विरुद्ध युद्ध नहीं करेगा। रोमनवर्दी के बदले ब्रिटिश किसान के वेश में रोम के विरुद्ध लड़ाई करके अपनी प्रेयसी के लिए वह बलिदान हो जाएगा।

ब्रिटिश और रोमन सैनिक आमने-सामने आ चुके थे। साधारण ब्रिटिश सैनिक के वेश में पस्थूमस ने आइकिमो को परास्त कर दिया। एक साधारण ब्रिटिश सिपाही से मात खाकर आइकिमो सोचने लगा कि जिस देश की राजकुमारी के साथ मैंने धोखेबाजी की थी उसी अपराध बोध के कारण मेरा पौरुष कुण्ठित हो गया है। नहीं तो ऐसे गंवार सिपाही से मैं कैसे हार जाता। फिर भी रोमन सेना के सामने ब्रिटिश सेना के पैर उखड़ गए। राजा सिम्बेलिन बंदी बना लिया गया। मौके पर पहुँचकर बिलेरिअस, गिडेरिअस और आर्विरेगस ने पस्थूमस के सहयोग से राजा को मुक्त करा लिया। सभी ओर इन लोगों की बहादुरी की चर्चा होने लगी। इस उपकार के बाद ही पस्थूमस का मन बदला। वह न तो अब लड़ाई में भाग लेगा और न ब्रिटेन का साथ देगा। इसका परिणाम हुआ कि ब्रिटिश कैप्टन के पूछने पर ज्यों ही उसने रोमन सैनिक कहकर अपना परिचय दिया गिरफ्तार कर लिया गया तथा जेल में डाल दिया गया।

पस्थूमस ने जेल में थोड़ी राहत महसूस की। उसने सोचा कि यह स्थान तो चिर स्वतंत्रता के लिए सहायक बनेगा। जीवन से मुक्त हो इमोजिन से मिलने के लिए वह उत्सुक था। वह बड़ी बेसब्री से मृत्यु का भी इंतजार कर रहा था। यह सब सोचते-सोचते वह सो गया। बस इतने में ही गंभीर संगीत धुन के साथ पस्थूमस का पिता सिसिलियस उसकी माँ तथा लड़ाई में हत उसके दो छोटे भाईयों की प्रेम मूर्तियाँ आकर उसे चारों ओर से घेरकर खड़ी हो गईं। ये सभी पस्थूमस के जीवन में आए उतार-चढ़ाव से परिचित थे। उसकी वर्तमान दशा से राहत दिलाने के लिए उन्होंने जुपिटर से प्रार्थना की। उनकी विनती से द्रवित हो देवराज जुपिटर प्रकट हुए। उन्होंने अपने आशीर्वाद में कहा कि पस्थूमस सुखी और यशस्वी होगा।

जागने पर पस्थूमस को पछतावा हुआ कि मैं अपने परिजनों का आदर-सत्कार

न कर सका। वे लोग रूठकर चले गए। उसी जगह एक अलौकिक पुस्तक पड़ी देख उसने पढ़ना शुरू किया। उसमें भी पस्थूमस के दुर्दिन का अंत होने और ब्रिटेन के सुखी समृद्धिशाली होने की भविष्यवाणी की गई थी। कहाँ वह इस प्रकार के सुनहरे सवेरे की बात सोच रहा था और कहाँ आ गया जेल। पूछा फाँसी के लिए तैयार हो न। पस्थूमस से उत्तर मिला कि मैं तो इसके लिए कब से तैयार बैठा हूँ। जेलर और पस्थूमस में बातें हो ही रही थीं कि एक संदेशवाहक ने आकर जेलर से कहा कि इसकी हथकड़ी बेड़ी हटा दो और इसे राजा के सामने ले चलो। इस समय सिम्बेलिन के पास बिलेरिअस, गिडेरिअस, एर्विरगस, पिसेनियो तथा अन्य लोग जुटे थे, लेकिन राजा उस वीर के लिए परेशान था, जिसके पास कायदे की सैनिक पोशाक तक न थी फिर भी उसने राजा की रक्षा के लिए अपनी जान की बाजी लगा दी थी। शत्रु के दाँत खट्टे कर दिए थे। राजा ने ब्रिटेन की रक्षा के लिए बिलेरिअस और उसके दोनों पुत्रों के प्रति आभार प्रकट करते हुए उन्हें 'नाइट' पद से विभूषित कर दिया। अपना पार्षद बना लिया।

विजय का यह हर्षोल्लास गम में उस समय बदल गया जब डॉक्टर कार्नेलियस ने आकर उसे रानी के मरने की सूचना दी। उसने राजा को बताया कि मरने के पूर्व रानी ने कबूल किया था कि वह आपको नहीं बल्कि आपका राजकीय सत्ता व ऐश्वर्य को प्यार करती थीं। उसने यह भी कहा था कि आपकी बेटी यदि भाग न गई होती तो वह उसे जहर देकर मार डालती। उसने इससे भी खतरनाक जो बात बताई उसके अनुसार वह एक ऐसे जान लेवा द्रव का प्रयोग करना चाहती थी, जिससे आप धीरे-धीरे गल जाते। इसी बीच सेवा और प्यार से आपका मन जीतकर अपने बेटे को सिंहासन का मालिक बना देती, लेकिन बेटे के अचानक लापता हो जाने के कारण वह यह काम न कर सकी और इसी अफसोस में उसने अपनी जान भी गंवा दी। अब राजा की आँखें खुलीं। उसने माना कि उसकी लड़की इमोजिन अपनी सौतेली माँ की असलियत से अच्छी तरह वाकिफ थी।

राजा सिम्बेलिन के जीवन का दुःखद पक्ष अब समाप्त होने वाला था। रोम के विरुद्ध उसने युद्ध जीत लिया था। उसके सामने रोमन सेनाध्यक्ष केयस लुसियस, आइकिमो और दूसरे बंदी खड़े थे। इन लोगों के पीछे था पस्थूमस और फिडेल के रूप में इमोजिन। बंदी रोमन सैनिकों के अपराध की सजा थी मृत्युदण्ड। लुसियस इससे इनकार भी कैसे करता! हाँ उसने राजा से एक विनम्र माँग अवश्य की। उसने कहा कि कृपया मेरे नौकर को मुक्त कर दें। वह बड़ा ही कर्मठ, आज्ञाकारी और संवेदनशील युवक है। यद्यपि उसने रोमन मालिक की सेवा की है, लेकिन है वह ब्रिटिश। राजा ने उसकी प्रार्थना स्वीकार कर ली। उसने उस बालक भृत्य से कहा कि तुम्हारा चेहरा परिचित लगता है। अपने लगते हो। तुम्हें मुक्त करने के साथ ही मैं तुम्हारी कोई भी माँग पूरी करने का वचन भी देता हूँ। इसके साथ ही राजा ने उसे अपना निजी परिचारक बना लिया।

अब इमोजिन ने राजा के माध्यम से आइकिमो से पूछा कि तुम्हारे हाथ में जो

हीरे की अंगूठी है कहाँ से आयी। राजा के सामने उसने कबूल किया कि यह अंगूठी निर्वासित लेओण्टस की थी और मैंने मक्कारी से इसे हथिया ली। फिर उसने अपनी नीचता की सारी कहानी सुना दी। कहानी सुनने के बाद पस्थूमस अपने को रोक न सका। उसने इस झूठे दगाबाज इटेलिन की भर्त्सना की। उसने राजा से प्रार्थना की कि इमोजिन की हत्या करा देने के लिए जो सजा देना चाहें दें। फिडेल ने पस्थूमस को शांत रहने और अपनी बात सुनने की अपील की। पस्थूमस ने उसे तमाचा जड़ दिया। कहा कि इस तुच्छ नौकर को दो बड़ों की बात के बीच टकपने की यह सजा थी। एक ही तमाचे में इमोजिन के होश-हवास गुम हो गए। पास ही खड़े पिसेनियो ने पस्थूमस को बताया कि यही मेरी और आपकी दोनों की मालकिन है। यह सुनते ही इमोजिन ने पस्थूमस को अपनी बाँहों में जकड़ लिया। बेटी को सही-सलामत देख राजा भी गद्गद् हो उठा।

क्लोटेन के संबंध में पिसेनियो ने राजा को बताया कि राजकुमारी इमोजिन का सतीत्व हरण करने की मंशा से वह पस्थूमस की पोशाक पहनकर मिलफोर्ड गया था। उसके बाद उसकी कोई खबर नहीं मिली। पास ही खड़ा गिडेरियस बोल उठा कि मैंने उसके जीवन की कहानी हमेशा के लिए खत्म कर दी। यह सुनते ही राजा ने गिडेरियस को फाँसी की सजा सुना दी, लेकिन ज्यों ही अभियुक्त को बाँधकर वहाँ से ले जाने का आदेश दिया कि बिलेरिअस बोल उठा—महाराज, रुकिए। यह आदमी उससे बेहतर है, जिसका इसने कत्ल किया है। यह भी आपकी तरह राजकुल में जन्मा है। अब उसने राजा को बताया कि मेरा नाम बिलेरिअस है। मारगन नाम से मैं अब तक निर्वासित जीवन बिताता रहा। ये दोनों तरुण जो मुझे अपना पिता मानते हैं, वे आप ही के पुत्र हैं। बीस वर्षों तक मैं इन दोनों का लालन-पालन करता रहा। इस समय अपनी तीन-तीन संतानों को पाकर राजा सिम्बेलिन आत्मविभोर हो उठा था। बिलेरिअस के प्रति कृतज्ञता व्यक्त करते हुए राजा ने उसे भाई की तरह अपना बना लिया।

इस आनन्द और सुख के वातावरण से राजा किसी को वंचित नहीं रखना चाहता था। रोमन युद्ध बंदियों को भी नहीं, लेकिन उसे उस कृषक सैनिक की अनुपस्थिति खटक रही थी, जिसने उसकी प्राणरक्षा की थी। राजा की बात सुनते ही पास में खड़े पस्थूमस ने अपना परिचय दिया और कहा कि मैंने ही आइकिमो को युद्ध से खदेड़ा था। उसे खत्म भी कर सकता था। आइकिमो इस समय शर्म से पानी-पानी हो गया। अपने अनैतिक कर्म के लिए अपना अंत कर देने की प्रार्थना करते हुए उसने पस्थूमस से कहा कि मेरी जान लेने के पहले पस्थूमस ने भी आइकिमो को क्षमा कर दिया। नेक जीवन बिताने की सलाह दी। अपने दामाद की इसी भावना से प्रेरित हो राजा ने भी आम माफी की घोषणा की। अपनी उदारता का परिचय दते हुए उसने लुसियस से कहा कि यद्यपि हम विजयी हुए हैं फिर भी रोम को कर देते रहेंगे। अफसोस है कि रानी की गलत सलाह के कारण हमने कर देना बंद कर दिया था।

2. जूलियस सीजर

पन्द्रह फरवरी का रोज रोमन परम्परा के अनुसार विकास तथा समृद्धि का शुभ दिन है, जो 'लुपरकेलिया' के नाम से मनाया जाता है तथा आज पन्द्रह फरवरी ही था। इस शुभ मौके पर जूलियस सीजर पाम्पी पर विजय प्राप्त करके वापिस लौट रहा था।

रोम के लोगों को एक तो त्योहार की प्रसन्नता थी, और उसमें दूसरी खुशी सीजर की विजय की मिल गई थी। इस कारण से वहाँ के लोग कुछ ज्यादा ही उल्लासित हो रहे थे। वे जूलियस सीजर के दर्शनों की इच्छा में अपने-अपने कार्य बन्द करके सड़कों पर इकट्ठा हो गये थे।

किन्तु रोम के दो प्रतिनिधि फलोवियल तथा मारलस जूलियस सीजर की इस विजय से कतई खुश नहीं थे। जब उन्होंने वहाँ इकट्ठा भीड़ को देखा तो उन्होंने उस भीड़ में घुसकर इसका कारण पूछना आरम्भ कर दिया। सबसे पहले फलोवियल आगे बढ़कर एक आदमी से बोला—'तुम लोग यहाँ खड़े क्या कर रहे हो, भागो यहाँ से! निठल्ले कहीं के! अपने-अपने घर जाओ। क्या अपने औजार लेकर सड़कों पर नहीं घूमना चाहिए?' उसने उसी में से एक व्यक्ति को पकड़कर पूछा—'बता बे, तू क्या कार्य करता है?'

पहला नागरिक बोला—'सरकार, मैं एक बढ़ई हूँ।'

तभी मारलस ने क्रोधित होकर उसकी तरफ देखकर पूछा—'तो फिर तेरा चमड़े का वस्त्र तथा लकड़ी नापने का पैमाना कहाँ है? और यह नये-नये वस्त्र पहनकर तू यहाँ क्या कर रहा है?'

फिर उसने दूसरे नागरिक को पकड़कर कहा—'और तुम क्या करते हो, यहाँ किस लिए खड़े हो?'

दूसरा नागरिक कहने लगा—'सरकार मैं तो एक अनाड़ी दस्तकार हूँ, मेरा पेशा जानकर आप क्या करेंगे?'

मारलस झल्लाकर बोला—'लेकिन तुम्हारा पेशा है क्या, मुझे साफ-साफ क्यों नहीं बता रहे हो?'

दूसरे नागरिक ने डरते हुए बताया—'हुजूर, मैं आपसे विनती करता हूँ कि आप मुझसे नाराज न हों, मैं हकीकत में बुरे तलों की मरम्मत करता हूँ।'

'बदमाश! अपना पेशा बता।' मारलस ने भड़कते हुए कहा—'बोल, क्या करता है दुष्ट!'

'आपने सही पहचाना हुजूर। मैं जूते सीकर ही अपने परिवार का गुजारा करता

हूँ। जितने भी व्यक्ति जूते पहनते हैं वे मेरी दस्तकारी के ही होते हैं।'

फलोवियल ने कड़ककर पूछा—'लेकिन आज तूने अपनी दुकान क्यों नहीं खोली? तू क्यों इन लोगों के साथ सड़कों पर ही घूम रहा है?'

तभी एक दूसरा नागरिक बोला—'बात यह है सरकार कि मैं इनके जूते घिसवा रहा हूँ जिससे कि मुझे और भी अधिक काम मिले।'

'अबे सच बताता है या....।' फलोवियल ने गुर्राते हुए उसकी तरफ देखा।

'बताता हूँ हुज़ूर!' वह डरते हुए कहने लगा—'हुज़ूर, बात यह है कि आज हमने छुट्टी की है सीजर को देखने के वास्ते।'

'तुम उसके आने की खुशी क्यों मना रहे हो?' वह क्रोध से भड़ककर बोला—'सीजर कौन सा लूट का माल रोम में बाँटने वाला है। तुम सब के सब मूर्ख हो! जाओ यहाँ से।'

वह दोनों भीड़ को अपनी तरफ करते हुए बोले—'कैसे हो तुम लोग! कल तक तो तुम लोग वीर पाम्पी को देखने और उनके दर्शनों के लिए खड़े होते थे और उन्हीं की जय-जयकार करते थे। और आज उसी के शत्रु का स्वागत करने जा रहे हो। शायद नहीं मालूम कि इस विजय से रोम को कोई लाभ नहीं होगा। भागो यहाँ से और जाकर अपने वीर पाम्पी की पराजय का शोक मनाओ।'

उसकी फटकार सुनते ही सब लोग तितर-बितर हो गए।

रोम के कुछ प्रतिनिधि सीजर से ईर्ष्या कर रहे थे, इसलिए वे लोग उसका विरोध कर रहे थे।

मारलस ने देखा कि उसकी एक डाँट पर ये व्यक्ति आसानी से चले गये, इसका अर्थ है कि ये लोग मेरी बातों से प्रभावित हुए हैं। उनके मुँह से एक अलफाज़ भी नहीं निकला।

फिर फलोवियल ने मारलस को मशवरा दिया कि तुम तो अब उस रास्ते से कैपिटल की तरफ जाओ, मैं इस रास्ते से जा रहा हूँ। हम दो अलग-अलग मार्गों से जायेंगें और रास्ते में सीजर जो मूर्तियाँ सजावट की देखेगा तो उसका दिमाग सातवें आसमान पर पहुँच जायेगा। और फिर वह हमारा और भी अधिक अपमान करने लगेगा।

उसकी बात सुनकर मारलस कहने लगा—'क्या हम ऐसा कर सकते हैं? तुम जानते हो आज लुपरकेलिया का त्योहार है।'

'तुम इसकी चिन्ता मत करो।' फलोवियल बोला—'किसी भी प्रतिमा को सीजर की विजय प्रतीकों से सजने नहीं दो। मैं इधर-उधर जाऊँगा और नगर के लोगों को सड़कों पर इकट्ठा नहीं होने दूँगा।

अगर तुम भी कहीं लोगों को इस प्रकार देखो तो तुम भी इसी तरह करना। सीजर नाम की चिड़िया इन बढ़ते हुए सम्मान रूपी पंखों से महरूम होकर साधारण ऊँचाई तक ही उड़ सकेगी वरना वह इतना ऊँचा उड़ेगी कि इंसान की नजरों से ओझल हो जायेगी। यदि हमने ऐसा नहीं किया तो सीजर इतना ज्यादा बलवान तथा

प्रभावशाली हो जायेगा कि वह इंसान को इंसान नहीं समझेगा। और हम सबको उससे भयभीत होकर रहना होगा।'

तभी वहाँ शानो-शौकत के साथ सीजर का जुलूस आ पहुँचा।

इस शुभ अवसर पर होने वाली दौड़ में दौड़ने के लिए एण्टोनियस खास तौर पर सीजर के साथ-साथ ही चल रहा था।

उसके अतिरिक्त सीजर के साथ उसकी पत्नी कलफुर्निया, सुरस की पत्नी पोर्शिया, सिसरो, डेसियस, ब्रुटस, कैसियस तथा कास्का भी थे।

इस विशाल जनसमूह में एक भविष्यवक्ता भी उनके साथ था।

सीजर ने अपनी बीवी कलफुर्निया को पहले ही हिदायत दे दी थी कि तुम उसी मार्ग पर खड़ी होना जिस पर दौड़ता हुआ एण्टोनियस गुजरेगा। उसने एण्टोनियस को भी हिदायत दी थी कि वह दौड़ते हुए कलफुर्निया को छूना नहीं भूले।

इसकी सबसे बड़ी वजह थी कि वहाँ के बुजुर्गों का मानना था कि आज के पवित्र और शुभ अवसर पर दौड़ने वाले के स्पर्श मात्र से ही स्त्री का बाँझपन दूर हो जाता है।

तभी भीड़ मे चलते हुए उस भविष्यवक्ता ने उसे पुकारा। वह उसे किसी आने वाले खतरे से सतर्क करना चाहता था, इसलिए उसने आवाज लगाई—

'सीजर! सीजर!'

सीजर ने पीछे मुड़कर देखते हुए पूछा—'अरे।....ये मुझे निरन्तर कौन पुकार रहा है?'

'शान्त हो जाओ।' कास्का ने भीड़ से कहा।

सीजर फिर दोबारा पूछता है—'इस भीड़ में कौन व्यक्ति है जो मुझे पुकार रहा है तथा मुझसे बात करना चाहता है? मैंने किसी को 'सीजर-सीजर' पुकारते सुना है। बोला कौन है जो बात करना चाह रहा है?'

भविष्यवक्ता तभी आगे बढ़कर कहने लगा—'15 फरवरी को सावधान रहना जूलियस सीजर।'

'कौन हो तुम?' सीजर चौंक पड़ा।

तभी ब्रुटस ने बताया—'सीजर, यह एक भविष्यवक्ता लगता है और 15 फरवरी को तुमसे सतर्क रहने को कह रहा है।'

सीजर आश्चर्य से कहने लगा—'इस भविष्यवक्ता को हमारे सामने लेकर आओ, मैं इसको देखना चाहता हूँ।'

कैसियस भीड़ में चिल्लाया—'ऐ भविष्यवक्ता! तुम सामने आ जाओ, सीजर तुम्हें देखना चाहता है।'

भविष्यवक्ता सीजर के सामने आकर खड़ा हो गया। सीजर बड़े गौर से देखते हुए कहने लगा—'हाँ, अब कहो, तुमने क्या कहा था?'

भविष्यवक्ता ने फिर कहा—'पन्द्रह फरवरी को सतर्क रहना।'

सीजर उसकी बात सुनकर कहने लगा—'अरे, यह तो कोई ढोंगी व्यक्ति है।

मुझे इस पर विश्वास नहीं।'

उसके पश्चात् सीजर का जुलूस आगे बढ़ने लगा और ब्रुटस तथा कैसियस वहीं खड़े रह गये।

कैसियस ने ब्रुटस से कहा—'रुक क्यों गए? क्या तुम दौड़ का कार्यक्रम देखने नहीं जाओगे?'

'मैं दौड़ देखने नहीं जाऊँगा।' ब्रुटस ने कहा—'किन्तु अगर तुम जाना चाहते हो तो जाओ।'

कैसियस ने उससे विनती की—'चलो ब्रुटस!'

'मुझे खेलों में कोई चाव नहीं है। मेरे अन्दर वह स्फूर्ति भी नहीं है जो उण्टोनी में है, मैं तुम्हें तुम्हारी इच्छा के खिलाफ रोक नहीं रहा हूँ, तुम वहाँ जाकर खेल का आनन्द लो।'

पिछले कई रोज से कैसियस एक बात को महसूस कर रहा था कि ब्रुटस के मन में उसके लिए आत्मीयता की कमी आ गई है।

किन्तु सच्चाई यह थी कि ब्रुटस के मन में एक द्वन्द्व चल रहा था, जिसके बारे में वह किसी को बताना भी नहीं चाहता था और शायद यही वजह थी कि वह सबसे अलग-अलग सा रहने लगा था।

ब्रुटस के खेल में जाने से इन्कार करना ही कैसियस के लिए काफी था। इसलिए उसने सोचा कि इसको कुरेद कर देखना चाहिए।

कैसियस संभलते हुए बोला—'ब्रुटस, मैं कुछ रोज से देख रहा हूँ अब मुझे तुम्हारी आँखों में वह विनम्रता और प्यार की झलक नहीं दिखाई देती, जो कि मुझे पहले देखने को मिला करती थी। अब तुम जिद्दी और अजनबी की भाँति बर्ताव करते हो। मेरे साथ भी तुम इसी तरह की जिद्द करने लगे हो जो कि तुम्हारा मित्र है तथा तुम्हारा सबसे बड़ा हमदर्द भी।'

ब्रुटस उसकी बात सुनकर कहने लगा—'कैसियस, मेरे मित्र! मुझे गलत मत समझो यदि मेरे व्यवहार में बदलाव आया है तो इससे दुखी भी तो मैं ही होता हूँ, कोई दूसरा इंसान नहीं।'

'कुछ दिनों से मैं कुछ अधिक ही परेशान हूँ, तथा इन भावों से का सम्बन्ध सिर्फ मुझसे ही है। इसलिए मेरे दोस्तों को मुझसे दुखी नही होना चाहिए और कैसियस! तुम भी मेरे पक्के दोस्त हो इसलिए तुम तो मेरी स्थिति को समझ ही सकते हो, कि मेरे हृदय में जो अर्न्द्वन्द्व होता है उसी की वजह से मैं तुम लोगों से सद्व्यवहार करना भूल जाता हूँ।'

कैसियस थोड़ा गम्भीरता से बोला—'कोई भी आदमी अपना चेहरा खुद नहीं देख सकता, उसे देखने के लिए दूसरे का सहारा लेना ही पड़ता है। इसलिए तुम भी अपने आपको नहीं समझ पा रहे हो। मैं तुम्हारी ताकत को ज्यों की त्यों तुम को दिखाऊँगा, जो तुम्हारे भीतर है और तुम्हें उसका पता नहीं है। मगर मेरे मित्र, तुम यह सोचना छोड़ दो कि मैं एक खतरनाक इंसान हूँ। मैं तुमसे विनती करता हूँ कि

मुझ पर सन्देह न करना।'

ब्रुटस को समझते देर नहीं लगी थी कि कैसियस उसकी भावनाओं को भड़का कर उसको संकट में धकेलना चाहता है।

तभी भीड़ में शोर की आवाज सुनाई देने लगी।

ब्रुटस ने अपने मित्र से कहा—'लगता है जनता ने सीजर को अपना राजा मान लिया है,? हालाँकि मैं उसे बेहद प्रेम करता हूँ, मगर मैं नहीं चाहता कि वह राजा बने।' फिर उसने कैसियस से पूछा—'आखिर बात क्या है, तुमने इतनी देर से मुझे यहाँ पर रोक रखा है? यदि तुम कुछ कहना ही चाहते हो, तो साफ-साफ कहो।'

कैसियस बड़ा मक्कार आदमी था। उसने कहा—'मेरा मन तो स्वाभिमान की हिफाजत के लिए चिंतित हो रहा है। मैं किसी से डरकर या दबकर जीना नहीं चाहता। सीजर हम लोगों की भाँति ही साधारण आदमी है। उसका पालन-पोषण भी हमारे प्रकार ही हुआ है। जन्म के समय हम भी आबाद थे, जैसे सीजर है। आज लोग उसे बहादुर समझते हैं, मगर वह इतना वीर नहीं है जितना लोग उसे समझ रहे हैं, अरे, वह तो एकदम डरपोक है।'

एक बार की बात है। जाड़ों में बारिश के तूफानी दिन थे, जब टाइबर नदी में बाढ़ आई हुई थी तथा उसका पानी उसके किनारों से जोर-जोर से टकरा रहा था। सीजर ने मुझसे कहा—'कैसियस, क्या तुममें इतनी हिम्मत है कि मेरे साथ इस तूफानी नदी में कूद सको तथा तैरकर सामने वाले किनारे तक पहुँच सको?'

उसका इतना कहना था कि मैं उस वक्त पूरे कपड़े पहने हुए था, फौरन नदी में कूद पड़ा और सीजर से कूदने को कहा। सीजर ने भी नदी में छलाँग लगा दी। नदी का बहाव बहुत तेज था। हम दोनों उसी लहरों को बलशाली अवयवों से पीट रहे थे।

हम निरन्तर पानी को धकेलते हुए आगे बढ़ रहे थे और सफलतापूर्वक उनका विरोध कर रहे थे। हमारे दिल स्पर्धा की भावना से भरे हुए थे। इसकी वजह थी कि हम दोनों एक-दूसरे को हराना चाहते थे। किन्तु इससे पहले हम दूसरे तट पर पहुँच पाते, सीजर चिल्ला उठा-कैसियस! मुझे बचाओ...पर डूब रहा हूँ।'

उस रोज मैंने थके हुए सीजर को अपनी पीठ पर डालकर इस तरह बचाया था जिस प्रकार हमारे पूर्वज एनिअस ने अपने बूढ़े पिता को अपने कन्धों पर लाद कर ट्रॉय की लपटों से बाहर निकाला था।....पर आज सीजर दुनिया की दृष्टि में एक देवता बन गया है।

लोग उसकी पूजा करते हैं, मुझ जैसे वीर इंसान को उसके सामने झुकना पड़ता है और उसके इशारों पर नाचना पड़ता है। यही नहीं, इसकी कायरता की एक कथा और सुनाता हूँ।

काफी पहले की बात है; जब हम स्पेन में थे। एक बार उसे बहुत तेज बुखार आया था। उसका शरीर बिल्कुल पीला पड़ चला था। वह पानी भी बच्चे की तरह कराहकर माँगता था। इतना कमजोर आदमी आज महान् विजेता होने का दावा कर रहा है और लोगों का श्रेय लूट रहा है।

हम लोग उसके सेवक बने हुए हैं, अगर कोई हमसे कहे कि ये तो भाग्य की बात है, तो मैं कहूँगा कि नहीं! ये हमारी कायरता है। मैं तुम्हीं से पूछता हूँ ब्रुटस, तुम्हीं बताओ, उसमें और तुममें क्या फर्क है? मगर तुम तो अपने भीतर के व्यक्तित्व को बिल्कुल भूल गए हो। हम लोगों ने अपने पूर्वजों से ही सुना है कि किसी वक्त में यहाँ ब्रुटस नाम का एक बहादुर व्यक्ति था जो रोम के किसी राजा के वजूद को शैतान के राज्य के समान ही मानता था। उसने आज तक किसी राजा को मंजूर नहीं किया। तुम भी तो उसी के वंश से ताल्लुक रखते हो।'

ब्रुटस ने उसकी तरफ देखते हुए कहा–'कैसियस, मैं जानता हूँ कि तुम क्या कहना चाहते हो। मैं खूब अच्छी प्रकार समझ रहा हूँ। लेकिन इस सम्बन्ध में हम लोग बाद में बात करेंगे। इस वक्त तुम मुझे भड़काने की चेष्टा मत करो। मैं सोच रहा हूँ कि आज जैसे हालात हैं, उनको सम्मुख रखते हुए हमें रोम में रहने से बेहतर गाँव में रहना अधिक ठीक होगा।'

कैसियस बोला–'मुझे खुशी है कि मेरे टूटे-फूटे शब्दों ने कम से कम ब्रुटस में यह भावना तो उत्पन्न कर दी।'

कैसियस मन-ही-मन बड़ा प्रसन्न था कि वह ब्रुटस को भड़काने में कामयाब हो गया था।

इन दोनों को बातें करते हुए काफी समय गुजर चुका था।

सीजर का जुलूस वापस चला आ रहा था। उसे देखते ही ब्रुटस कहने लगा–'खेल खत्म हो गया है तथा सीजर वापस आ रहा है।'

कैसियस ने कहा–'जब वह निकट आए तो तुम कास्का के चोंगे की बाँह पकड़कर खींच लेना तथा फिर वह अपनी तीखी मुद्रा में तुम्हें सब कुछ बता देगा जो आज वहाँ हुआ होगा।'

ये दोनों वहाँ नहीं जा सके थे इसलिए कास्का से वहाँ की वार्तालाप जानना चाहते थे।

ब्रुटस ने उसकी बात सुनकर कहा–'मैं ऐसा ही करूँगा।' तभी इनकी दृष्टि सीजर पर पड़ी तो देखा उसका चेहरा गुस्से से लाल हो रहा था। कलफुर्निया का मुख भी मुरझाया हुआ था।

ब्रुटस स्थिति को भाँपता हुआ कैसियस की तरफ देखते हुए बोला–'देखो कैसियस, लगता है कि सीजर बहुत क्रोध में है और बाकी लोग भी खामोश से दिखाई दे रहे हैं। सीजर की पत्नी का मुख भी देखो, उतरा हुआ सा लग रहा है। सिसरो भी मुझे काफी गुस्से में दिखाई दे रहा है। मुझे तो उनकी स्थिति ऐसी लगती है जैसे कि कैपिटल में सम्मेलन के समय कुछ सीनेटरों के जरिये लगातार सवाल पूछे जाने पर हो जाती है।'

'कास्का हमें सब कुछ बता देगा।' कैसियस कहने लगा।

मार्ग में सीजर ने एण्टोनियस से कहा–'एण्टोनियस!'

'क्या आदेश है सीजर!' एण्टोनी ने पूछा।

'मुझे मेरे आस-पास मोटे, स्वस्थ, व्यक्ति चाहिए।' सीजर ने बताया—'क्योंकि कैसियस जैसे पतले-सूखे चेहरे वाले चिन्तनशील व्यक्ति कभी-कभी खरतनाक भी हो बैठते हैं। ऐसे लोगों से सदा दूर रहना ही ठीक है। ये किसी को अपने से बड़ा नहीं देख सकते। जिन लोगों का हँसने-बोलने, खेलने-कूदने अथवा संगीत आदि से कोई नाता नहीं होता वे क्षण भर में ही अशान्त हो जाते हैं।'

एण्टोनी ने उसी का उत्तर दिया—'सीजर, तुम्हें उससे डरने की कोई आवश्यकता नहीं है, वह एक श्रेष्ठ रोमन और स्वभाव से मैत्रीपूर्ण तथा हमदर्दीपूर्ण है।'

'काश, वो ज्यादा मोटा होता!' सीजर एक लम्बी साँस खींचते हुए बोला—'किन्तु मैं उससे डरता नहीं हूँ, मेरा नाम भी सीजर है। फिर भी सीजर यदि किसी से कभी डरता, तो सबसे पहले वह कैसियस से बचता। वह लोगों के चरित्र को बड़े गौर से देखता है और उनके काम के पीछे जुड़े दृश्यों को तुरन्त भाँप जाता है। उसमें तुम्हारी तरह खेलने का या संगीत का कोई शौक भी नहीं, वह मुस्कुराता भी काफी कम है और अगर कभी मुस्कुराता भी है तो इस प्रकार जैसे वह अपनी आत्मा पर मुस्कुरा रहा हो कि वह इतनी कमजोर है, जो मुस्कुराना भी जानती है।

इस प्रकार के लोग जैसा कि कैसियस है, कभी भी अपने से बडों को देखकर प्रसन्न नहीं होते, इसलिए ऐसे लोग बहुत खतरनाक होते हैं। मैं तुम्हें उन लोगों के बारे में बताना चाहता हूँ जिनसे तुम्हें डरना चाहिए, न कि उन लोगों के विषय में जिनसे मैं डरता हूँ। मेरा नाम सीजर है तथा सीजर किसी से नहीं डरता।'

सीजर का जुलूस आगे की तरफ बढ़ चुका था, तभी कास्का का चोला कैसियस ने खींचा, तो कास्का ने पीछे मुड़कर देखा तथा पूछा—'क्या बात है, क्या तुम्हें मुझसे कोई आवश्यक बात करनी है?'

ब्रुटस बोला—'हाँ कास्का, हम यह पता करना चाहते हैं कि ऐसी क्या बात हो गई जो सीजर इतना क्रोध में है?'

'तुम तो उसके साथ थे न।' कास्का ने कहा।

'यदि मैं उसके साथ होता तो फिर तुम्हीं से ही क्यों पूछता कि वहाँ क्या हुआ है।' ब्रुटस मुस्कुराया।

कास्का कुछ सोचते हुए कहने लगा—'बात यह थी कि सीजर का जब राजमुकुट उपस्थित किया गया तो उसने अपने हाथ से मुकुट को एक तरफ हटा दिया और यहाँ-वहाँ खड़े सभी व्यक्ति शोर मचाने लगे।'

कास्का ने ब्रुटस और कैसियस को बताया कि एण्टोलियस ने तीन बार सीजर को मुकुट पेश किया। लेकिन सीजर ने तीनों बार मुकुट पहनने से इंकार कर दिया। इस पर शहर की पूरी जनता तालियाँ बजाने लगी। लोगों के शोर-गुल से सीजर का दम घुटने लगा और वह मूर्छित होकर वहीं गिर पड़ा। उसके मुँह से झाग निकल रहे थे तथा उसका गला रुंध गया था।

ब्रुटस तो पहले से ही इस बात को जानता था कि उसे हिस्टीरिया की बीमारी है। वह कुछ सोचते हुए बोला—'तो क्या सीजर को मुकुट तीन बार पेश किया गया

था? और उसने तीनों बार इंकार कर दिया?'

कास्का ने कहा—'हाँ, तीनों बार ही इंकार कर दिया, किन्तु हर बार बड़ी कोमलता के साथ।'

तभी बीच में बात काटते हुए कैसियस ने पूछा—'मुकुट सीजर को पेश किसने किया था?'

'एण्टोनी ने।' कास्का शीघ्रता से बोला।

'मेरे मित्र कास्का, एक बात और बताओ कि मुकुट सीजर को कैसे पेश किया गया?' उत्सुकतावश ब्रुटश ने कहा।

कास्का कुछ सोचते हुए बोला—'यह बात बताना तो उतना ही मुश्किल है जितना फाँसी पर चढ़ना। ये केवल बेवकूफी ही थी, मैंने इसे देखा तक नहीं, मैंने तो सिर्फ एण्टोनी को ताज पेश करते देखा।

जो वस्तु उसे पेश की गई थी, वह कोई मुकुट नहीं था। वह तो एक फूलों का मुकुट था। जैसा कि मैंने तुम्हें अभी बताया था कि सीजर ने ताज पहनने से इंकार कर दिया। उसके दिखावटी इंकार के कारण मैं जानता हूँ कुछ ऐसे भाव थे, जिनसे प्रकट होता था कि सीजर उसे खुशी के साथ स्वीकार कर सकता था। फिर एण्टोनी ने उसे एक पुष्प मुकुट दोबारा से पेश किया। सीजर ने फिर इंकार कर दिया। किन्तु जहाँ तक मैं सोचता हूँ कि सीजर ने उस मुकुट पर से बड़ी अनिच्छा के साथ अंगुलियाँ हटायीं।

और फिर एण्टोनी ने तीसरी बार ताज पेश किया। सीजर ने तीसरी बार भी इंकार कर दिया। इस बार जैसे ही उसने इंकार किया, लोगों ने फौरन वहीं शोर मचा दिया तथा अपने गन्दे हाथों से पसीने से गन्दी हुई टोपियाँ जिनमें बदबू आ रही थी, हवा में उछालना आरम्भ कर दी और अपने मुँह से इतनी गन्दी बदबू बाहर निकाली—क्योंकि सीजर ताज को ठुकरा चुका था— इस बदबू से सीजर का दम घुटने लगा और वह बेहोश होकर वहीं गिर पड़ा। जहाँ तक मेरा प्रश्न है, मैंने तो हँसने की भी हिम्मत नहीं की थी क्योंकि ऐसा करने के लिए मुँह खोलना पड़ता और वह गन्दी वायु मेरे मुख में घुस जाती।'

कैसियस ने कास्का से विनती की—'कास्का, कृपया तुम शीघ्रता से न बोलो तथा मुझे बताओ, क्या सीजर वाकई बेहोश हो गया था?'

कास्का बोला—'हाँ, मैं बिल्कुल सत्य कहता हूँ वह फोरम पर गिर पड़ा और उसके मुख से झाग निकल रहे थे। वह कुछ नहीं बोल रहा था।'

यह सारी कथा सुनने के बाद कैसियस ने ब्रुटस से कहा—'गिरने से पहले सीजर ने देखा कि राजमुकुट मंजूर न करने पर जनता प्रसन्न है तो अपना अंगरखा उतारकर सीजर बोला कि यदि प्रजा चाहती तो अपना सकती है। हाँ एक बात और, उसकी मूर्तियों की सजावट उतार फेंकने के अपराध में उसने मारलस तथा फलोवियल को भी नौकरी से हटा दिया।'

कैसियस ने फिर उससे पूछा—'क्या सिसरो ने भी कुछ बताया था?'

कास्का जल्दी से बोला–'उसने ग्रीक भाषा में कुछ कहा था।'

'उसने क्या कहा था हमें बताओ?' कैसियस ने अधीरता से पूछा।

कास्का कुछ गम्भीरतापूर्वक कहने लगा–'देखो, यदि मैं आपसे कहूँ कि उसने वैसा कहा तो ये झूठ होगा, सत्य बात तो यह है कि मेरी समझ में कुछ भी नहीं आया जो उसने कहा था, क्योंकि मैं ग्रीक भाषा बिल्कुल नहीं जानता। अब आप लोग मुझे अनुमति दें।'

'एक बात और कास्का।' कैसियस ने उसे रोका–'क्या तुम आज रात मेरे साथ खाना खा सकते हो?'

'नहीं, मुझे कहीं और भी भोजन पर जाना है।'

'तो फिर सही है, तुम कल रात का भोजन मेरे साथ करोगे।' कैसियस ने शीघ्रता से कहा।

कास्का मुस्कुराते हुए बोला–'जी हाँ, यदि मैं जिन्दा रहा और आपका निश्चय नहीं बदला तो अवश्य करूँगा।'

'फिर ठीक है। मैं कल खाने पर तुम्हारा इंतजार करूँगा और मुझे पूरी आशा है तुम वहाँ आओगे।' कैसियस ने कहा।

'ठीक है, मैं अवश्य आऊँगा।' यह कहकर कास्का वहाँ से तेज-तेज कदमों से निकल गया था।

उसके जाने के पश्चात् ब्रुटस ने भी जाने की आज्ञा माँगी और कहा–'अब मैं चाहता हूँ। कल यदि तुम चाहो तो मैं तुम्हारे पास बात करने आ सकता हूँ। यदि तुम चाहो तो तुम्हीं मेरे घर आ जाना, मैं तुम्हारा इन्तजार करूँगा।'

उसकी बात सुनकर कैसियस बोला–'मैं तुम्हारे पास आ जाऊँगा। तब तक तुम रोम के वर्तमान हालात पर विचार करना।'

फिर उसके जानें के पश्चात् कैसियस न जाने क्या सोचता रहा। उसने कास्का को डिनर पर आमन्त्रित इसलिए किया था कि वह उससे मिलकर अपना कार्य साधना चाहता था।

और फिर वह ब्रुटस के विषय में सोचने लगा कि ब्रुटस सीधा-सादा व्यक्ति है, वह उसके झाँसे में आसानी से आ सकता है, लेकिन उसके सामने जो परेशान करने वाली बात थी वह यह थी कि वह सीजर का वफादार व्यक्ति था और कैसियस से नफरत करता था। किन्तु उसने पूरी योजना बना ली थी कि किस प्रकार वह उसे सीजर के विरुद्ध भड़काएगा।

फिर वह सीजर के विषय में सोचने लगा कि सीजर मेरे लिए दुर्भावना रखता है, लेकिन वह ब्रुटस को प्यार करता है, यदि मैं ब्रुटश होता और ब्रुटस कैसियस होता तो मैं कभी भी उसके बहकावे में नहीं आता।

आज रात को मैं उसकी खिड़की के भीतर अनेक प्रकार के हस्तलेखों में लिखे खत फेंकूंगा, जिससे लगे कि वे पत्र जनता के पास से आये हैं, इससे लाभ यह होगा कि ब्रुटस को इस बात का विश्वास हो जायेगा कि रोम के लोग उसका बड़ा सम्मान

करते हैं, और इसके साथ ही ये पत्र सीजर की महत्त्वाकांक्षा की ओर भी इशारा करेंगे। इसके बाद सीजर चाहे कितनी सावधानी के साथ भी गद्दी पर बैठे, उसका पतन जरूरी है।

दूसरे रोज कास्का भोज आमन्त्रण पर वहाँ पहुँचा। उस रात काफी तूफान आ रहा था, भयानक हवाएँ चल रही थीं, मगर कास्का वहाँ पहुँच गया। उसकी आहट पाकर कैसियस चौंककर कहने लगा—'कौन है वहाँ?'

'एक रोमिन!' कास्का ने जवाब दिया।

'ओह, कास्का! आओ....मैं तुम्हारी ही प्रतीक्षा कर रहा था।' कैसियस ने मुस्कुराते हुए बताया—'मैं तुम्हारी आवाज सुनकर तुम्हें पहचान गया।'

'तुम्हारे कानों के सुनने की ताकत काफी तेज है।' कास्का समीप आते हुए बोला—'बाहर देखो कैसा तूफानी मौसम है।'

कैसियस के होठों पर एक व्यंगात्मक मुस्कुराहट फैल गई। फिर वह कहने लगा—'मेरे ख्याल से यह रात्रि सच्चे लोगों के लिए बड़ी सुख देने वाली रात है।'

'मैंने कभी आसमान को इतना क्रोधित होते नहीं देखा।' कास्का कुर्सी पर बैठ गया।

'तुम कहते हो कि तुमने आसमान को इतने भयंकर रूप में नहीं देखा लेकिन मैं कहता हूँ कि उन लोगों ने अवश्य देखा होगा जो जानते हैं कि संसार बुराइयों से भर गया है। जहाँ तक मेरा प्रश्न है, मैं तो ऐसी रातों में कई बार सड़कों पर घूमा हूँ, मैं तो गरजते हुए आकाश के नीचे अपनी छाती खोल कर खड़ा हो जाता हूँ।' कैसियस ने दृढ़तापूर्वक बताया।

कास्का आश्चर्यचकित होकर बोला—'किन्तु तुम क्यों आकाश के क्रोध को अपने ऊपर ही लेना चाहते हो?'

कैसियस मुस्कुराया—'कास्का तुम अपनी अक्ल का इस्तेमाल करना नहीं जानते हो। तुममें सजीवता भी काफी कम है, जो एक रोमन में होनी चाहिए। और यदि तुम में ये गुण हैं तो तुम उसका इस्तेमाल नहीं करते। तुम जरा सी बादलों की गरज की वजह से भयभीत हो रहो हो, अगर तुम ध्यान से सोचो कि ये अग्नि क्यों जलती है और ये भंयकर भूत-प्रेत क्यों घूमते हैं; क्यों मूर्खों की तरह व्यवहार करते हैं तथा बच्चे क्यों बुद्धिमानों की तरह बात करते हैं। जब तुम इन बातों को सोचोगे तो तुम इस फैसले पर पहुँचोगे कि देवताओं की प्रेरणा के कारण ही ये बातें हो रही हैं जिससे लोग डरें तथा यह बात जान लें कि इस संसार की बड़ी भयानक हालत होने वाली है।'

फिर वह गम्भीरतापूर्ण स्वर में बोला—'काश! कास्का! मैं तुम्हें उस भयानक व्यक्ति के बारे में बता पाता जो बिल्कुल इस भयानक रात की तरह चमकता है, दहाड़ता है और वह आदमी न तुमसे ज्यादा ताकतवर है और न ही मुझसे, किन्तु वह प्रकृति की इन भंयकरताओं की तरह ही शक्तिशाली बन गया है। भयानक बन गया है।'

कास्का भयभीत स्वर में बोला—'तुम्हारा मतलब सीजर से है न कैसियस?'

'उससे कोई अन्तर नहीं पड़ता कि वह कौन है।' कैसियस ने कहा–'क्योंकि हम रोमन भी अपने पूर्वजों की भाँति बहादुर हैं, लेकिन दुख इस बात का है कि हमारे भीतर पूर्वजों जैसी आत्मायें नहीं हैं, हम जिस गुलामी की जंजीरों से बंधे हुए हैं उससे तो ऐसा ही लगता है कि हममें स्त्रीत्व ही है।'

'तुम सही कहते हो।' कास्का शीघ्रता से बोला–'सभी लोग कहते हैं कि कल सीनेटर लोग सीजर को राजा बनाने जा रहे हैं, फिर वह राजमुकुट पहनकर जल व थल सभी स्थलों पर घूमेगा।'

'इससे पूर्व मैं आत्महत्या करके अपने आप को गुलामी से आजाद कर लूँगा।' कैसियस ने दृढ़ स्वर में कहा–'कोई भी चीज बलवान आत्मा को शरीर त्यागने से रोक नहीं सकती, क्योंकि जब आत्मा इन लौकिक बन्धनों से ऊब जाती है तो वह स्वयं को आजाद कर सकती है और सारी दुनिया को यह बात जान लेनी चाहिए।'

कास्का उसकी बात सुनकर एक लम्बी साँस खींचते हुए कहने लगा–'मैं भी ऐसा करने की हिम्मत रखता हूँ और इसी प्रकार प्रत्येक गुलाम में यह साहस है कि वह खुद को गुलामी से स्वतन्त्र कर ले।'

'अगर ऐसी ही बात है कि सीजर दुष्ट शासक क्यों है?' उसे कास्का के आगे जाल फेंकना चाहा। इसलिए वह बोला–'मैं यह बात अच्छी प्रकार जानता हूँ कि सीजर कभी भेड़िया न बनता, यदि वह न देखता कि रोम के लोग सिर्फ भेड़ हैं। मुझे यह भी पता है कि तुम इन बातों को सीजर से बता दोगे। लेकिन मैं संकटों से नहीं डरता।'

'क्या तुम मुझे विश्वासघाती समझते हो? तुम कास्का से वार्तालाप कर रहे हो जो सभी राज्यों को सरलता से निगल सकता है। मैं तुमसे वादा करता हूँ कि आज से मैं तुम्हारा साथी हूँ।' कास्का ने विश्वास दिलाते हुए कहा–'मेरे साथ मिलकर इन बुराइयों को दूर करने की कोशिश करो, मैं तुम्हारी इस लड़ाई में सबसे आगे रहूँगा।'

'तो फिर हमारा यह समझौता पक्का हुआ।' कैसियस धूर्तता वाली मुस्कुराहट के साथ बोला–'अब मैं तुम्हें बताना चाहता हूँ कि मैंने कितने श्रेष्ठ रोमनों को सज़ो कर अपने गुट में मिला लिया है। वे लोग इस कार्य के लिए तैयार हैं। जिसका अंजाम सम्मान के बदले मृत्यु भी हो सकती है।'

और इसी प्रकार धूर्त कैसियस ने सीज़र के उस वफादार को भी उसके खिलाफ भड़का दिया। इसी प्रकार उसने उसके कुछ और वफादारों को भी अपनी ओर कर लिया, यहाँ तक कि ब्रुटस को भी उसने भड़काना आरम्भ कर दिया।

कैसियस तथा कास्का अभी बात ही कर रहे थे कि किसी के कदमों की आहट सुनाई दी तो कास्का सतर्क हो गया।

तभी कैसियस बोला–'अरे, ये तो सिन्ना है, मैं उसके पाँवों की आवाज को पहचानता हूँ। यह भी हमारा ही मित्र है।'

तभी सिन्ना ने वहाँ प्रवेश किया।

'तुम इतनी तेजी से कहाँ से आ रहे हो सिन्ना?' कैसियस ने कहा।

'मैं आप ही के पास आ रहा था।' उसने बताया–'यह आदमी कौन है? मैंने इसे पहले नहीं देखा।'

'ये कास्का है।' उसने कहा–'आज से हमारे कार्य में यह भी बराबर सम्मिलित रहेगा।'

'यह तो काफी अच्छी बात है।' सिन्ना प्रसन्नतापूर्वक बोला–काश कैसियस, तुम ब्रुटस को भी हमारी मंडली में सम्मिलित कर पाते।'

'शान्ति रखो सिन्ना–यह पर्चा लो और इसे प्रेटर की कुर्सी में रख देना, जहाँ ब्रुटस इसे सरलता से उठा सके, दूसरा पर्चा खिड़की में फेंक देना, और तीसरा बूढ़े ब्रुटस की प्रतिमा पर चिपका देना। जब तुम यह काम निपटा लो तो पाम्पी के थियेटर आ जाना, वहीं हम लोग मिलेंगे।'

'अच्छा सही है, जैसा आपने कहा मैं इन पर्चों को वैसे ही वहाँ डाल दूँगा।' कहकर वह चला गया।

फिर कैसियस कास्का से बोला–'कास्का तुम भी मेरे साथ चलो क्योंकि हमें अभी सुबह होने से पहले ब्रुटस के घर पर भी जाना है, तुम नहीं जानते तीन चौथाई, ब्रुटस हमारी तरफ हो चुका है। जब हम उससे मिलेंगे तो वह पूरी तरह हमारा हो जायेगा।'

उसकी बात सुनते ही कास्का बोला–'वह लोगों के दिल पर चढ़ा है। यदि वह हमारे साथ हो जाये तो हमारा अपराध भी लोगों को महान् कार्य दिखाई देगा।'

'तुम सही कहते हो कास्का!' कैसियस लम्बी साँस लेकर बोला–'तुमने ब्रुटस को, उसकी काबिलियत को और उसकी जरूरत को अच्छी तरह समझा है। अब हमें यहाँ से चलना चाहिए। क्योंकि आधी रात से अधिक का समय हो गया और हमें उसे सवेरा से पहले ही जगाना पड़ेगा, क्योंकि हमें अपनी योजना के तहत उसे अपने साथ मिलाना है।'

उधर ब्रुटस ने अपने सेवक को बुलाया और उससे रात में रोशनी करने के लिए कहा–लूसियस, देखो मेरे कक्ष में अंधेरा है, जाकर मोमबत्ती जला दो।'

'जी बहुत अच्छा।' लूसियस कहकर चला गया तथा थोड़ी देर पश्चात् आकर उसे खबर दी कि उसने कमरे में मोमबत्ती जला दी है और कमरे की खिड़की से एक पत्र मिला है, लेकिन जब मैं सोने गया था तो उस वक्त वह पत्र वहाँ नहीं था। मैं विश्वास से कह सकता हूँ।

उसकी बात पर ब्रुटस ने ध्यान नहीं दिया और बोला–'तुम फिर से जाकर सो जाओ। अभी सुबह होने में काफी समय बाकी है, और हाँ, कल कौन-सा रोज है, क्या तुम्हें मालूम है?'

'मुझे नहीं पता।' लुसियस ने कहा।

'जाओ, जाकर जन्त्री से देखो।' ब्रुटस ने हुक्म दिया।

उसके जाने के पश्चात् ब्रुटस ने पत्र को खोला, जो लूसियस ने उसे दिया था।

और उसे पढ़ा। उसमें लिखा हुआ था–

'आदरणीय ब्रुटस!

तुम कहाँ सोये हुए हो? जागो, और स्वयं को पहचानो, और रोम के लिए अपना मुख खोलो, प्रहार करो, जो बातें गलत हैं उन्हें दूर करने की कोशिश करो, बुराई को दूर करो।'

ब्रुटश खत पढ़ने के बाद सोचने लगा कि ऐसे भड़काने वाले पत्र अक्सर उन जगहों पर डाले गये हैं जहाँ से वे मुझे सरलता से मिल जायें। क्या रोम के लोग एक व्यक्ति की वजह से भयभीत हैं? क्या रोम, मेरा देश मेरी आँखों के सामने....? नहीं ऐसा नहीं है, मेरे बुजुर्गों ने तो टारक्विनियस सुपरबस जैसे दंभी को रोम से बाहर निकाल फेंका था, और वह भी उस वक्त जब वह वहाँ का राजा कहलाता था।

ब्रुटश के मस्तिष्क में बार-बार पत्र में लिखी हुई बातें घूम रही थीं।

उसके मस्तिष्क में ख्यालों का तूफान उमड़ रहा था....अपना मुँह खोलो, प्रहार करो, बुराईयों को दूर करो।

'क्या ये लोग मुझसे विनती कर रहे हैं?' वह मन ही मन बड़बड़ाया 'ओ रोम के नगरवासियों! मैं तुमसे वादा करता हूँ कि मैं अपना मुख खोलूँगा, प्रहार करूँगा और सारी बुराईयों को दूर कर दूँगा। यदि तुम्हारी प्रार्थना है, यदि ये विनती सीजर की मौत से दूर की जा सकती है तो....

तभी वहाँ लूसियस आ गया तथा बता कर चला गया कि आज पन्द्रह मार्च है।

उसके जाने के पश्चात् ब्रुटस सोचने लगा कि जिस समय से कैसियस ने मुझे सीजर के विरुद्ध भड़काया है तब से मेरी आँखों से नींद भी उड़ गई है। किसी भयानक कार्य को करने की प्रथम इच्छा से बीच का वक्त एक भंयकर स्वप्न के समान होता है।

उसके पश्चात् मनुष्य के रक्षक देवता और मनुष्यों की स्वयं भावनाओं के बीच एक संघर्ष छिड़ा रहता है। उस समय मनुष्य की हालत क्रान्ति से पीड़ित एक राज्य के बराबर होती है।

तभी फिर लूसियस वहाँ जा पहुँचा।

उसने आकर बताया–'हुजूर, द्वार पर आपके बहनोई कैसियस आये हैं। वे आपसे मिलने की अनुमति चाहते हैं।'

'क्या वे अकेले ही आये हैं?' उसने कहा।

'जी नहीं।' वह बोला–'उनके साथ कुछ व्यक्ति और भी हैं।'

ब्रुटस उत्सुकता से बोला–'क्या तुम उन्हें जानते हो?'

'जी नहीं सरकार, मैं उनमें से किसी को नहीं जानता। उनके चेहरे ढके हुए हैं इसलिए मैं अच्छी प्रकार पहचान नहीं सका।' लूसियस ने कहा।

'उन्हें भीतर ले जाओ।' ब्रुटस ने आज्ञा दी।

अगले रोज ही सीजर विधिवत् रोम की गद्दी पर बैठने वाला था। उससे एक

रात पहले कैसियस अपने साथियों के साथ ब्रुटस के घर आ पहुँचा था तथा वो ब्रुटश को भी अपने साथ मिलाकर सीजर तथा एण्टोनियों की हत्या की साजिश रचने वाले थे इसलिए वह रात में ब्रुटस के पास पहुँचा।

कैसियस के साथ कास्का, डेशस, सिन्ना, मैटिलस, सिम्बर और ट्रिबीनियस भी थे। कैसियस ने ब्रुटस को देखते ही कहा—'शायद हम सब लोगों ने आकर तुम्हारे विश्राम में बाधा डाल दी।'

'नहीं, ऐसी बात नहीं है। मैं लगभग एक घण्टे से जाग रहा हूँ। आज न जाने क्यों नींद नहीं आ रही है।' ब्रुटस ने कहा, 'ये लोग कौन हैं जो तुम्हारे साथ हैं?' ब्रुटस हैरानी से उन लोगों को देखने लगा जिन्होंने अपना मुख ढका हुआ था।

'तुम इन लोगों को अच्छी तरह जानते हो। इनमें कोई भी ऐसा आदमी नहीं है जो तुम्हारा सम्मान न करता हो। इन सबकी यही इच्छा है कि तुम अपने भीतर भी वही राय पैदा करो जो प्रत्येक रोमन के दिल में है।' फिर कैसियस ने बारी-बारी से सबका परिचय कराया।

ब्रुटस ने बड़ी प्रसन्नतापूर्वक कहा—'इन सबका स्वागत है। अच्छा, यह तो बताओ वो कौन-सी चिन्ता है जिसने तुम्हें आधी रात को भी बेचैन कर रखा है और तुम लोग यहाँ आये हो?'

कैसियस आहिस्ता से उसके पास आकर बोला—'मैं तुमसे अलग में कुछ बात करना चाहता हूँ।'

फिर दोनों आपस में कुछ कानाफूसी करने लगे।

कुछ देर बाद वे लोग वहाँ आकर उन लोगों से कहने लगे—'आइये, अपना-अपना हाथ आगे कर हम लोग कसम लेते हैं ताकि हममें से कोई गद्दारी करने की हिम्मत नहीं कर सके।'

वे लोग सौगन्ध लेने के लिए जैसे ही आगे बढ़े, शीघ्रता से ब्रुटस बोला—'शपथ लेने की कोई आवश्यकता नहीं है। लज्जा और ग्लानि जो रोमन लोगों के मुख पर है, हमारी आत्माओं को रूदन तथा शक्ति एवं प्रभाव का वर्तमान अनुचित प्रयोग-यदि ये सब बातें शक्तिहीन हैं और हमें एक नहीं रख सकतीं और हमारी आत्माओं को बल नहीं दे सकतीं, तो फिर हम सबके लिए यही सही होगा कि हम यहीं इस षड्यंत्र को समाप्त कर दें। और हर आदमी यहाँ से अपने-अपने घर चला जायें तथा कायरों के समान बिस्तर पर जाकर आराम करे। और अत्याचारी को मनमाने ढंग से शासन करने दे फिर बारी-बारी हममें से कोई न कोई मारा जाता रहे।

किन्तु अगर इन बातों में इतना बल है कि ये कायर लोगों में साहस भर दे, तथा दुर्बल दिल वालों को बहादुर बना दे जैसा कि मेरा यकीन है कि इनमें इतनी ताकत है तो हे देशवासियों, हमें अपने कारण को छोड़कर उत्तेजना प्रदान करने वाली ऐसी वस्तु की क्या जरूरत है, जो हमें हालतों को बदलने के लिए आगे बढ़ाए?'

'मगर अपने पवित्र कार्य अथवा उत्साह को यह सोचकर दूषित न करो कि

हमारे मकसद या निश्चय को किसी शपथ की जरूरत है।'

इसके साथ-साथ ब्रुटस ने यह भी बता दिया कि सीजर की सीधे-सीधे हत्या करने से जनता हमारे विरोध में खड़ी हो सकती है। यदि हमें यह काम करना ही है तो इस तरीके से करना चाहिए कि जनता को लगे कि वह हमारे राष्ट्र के हित में ही किया है।

और फिर सब निश्चित हो चुका था कि क्या, कैसे करना है?

कैसियस उसकी बात सुनकर कहने लगा—'और एण्टोनी का क्या होगा?

'जहाँ तक एण्टोनी का सवाल है तुम उससे मत डरो।' ब्रुटस ने कहा—'क्योंकि सीजर की मौत के बाद वह सीजर की मृत देह की कटी भुजा के समान व्यर्थ हो जायेगा।'

फिर उन्हें घन्टा बजने की आवाज सुनाई पड़ी।

ब्रुटस बोला—'देखो तो क्या बजा है?'

कैसियस ने बताया—'तीन बज चुके हैं।'

उन्हीं लोगों में से एक ने बोला—'अब हमें चलना चाहिए, रात भी बहुत हो चुकी है और बाकी का कार्य भी निपटाना है।'

कैसियस ने कुछ सोचते हुए कहा—'किन्तु एक बात जरा टेढ़ी सी लगती है कि सीजर सुबह जाएगा भी अथवा नहीं। क्योंकि आजकल वह भविष्यवाणियों पर ज्यादा यकीन करने लगा है। हो सकता है कि किसी भविष्यवाणी पर यकीन करके वह कल कैपिटल पहुँचे अथवा नहीं।'

डेशस शीघ्रता से बोला—'तुम इसकी चिन्ता मत करो, अगर वह नहीं भी जायेगा तो भी मैं उसे लेकर आऊँगा। तुम लोग इस कार्य को मेरे ऊपर छोड़ दो क्योंकि मैं उसे खुश करना जानता हूँ, और इस प्रकार कैपिटल ला सकता हूँ।'

कैसियस एक गहरी साँस लेकर कहने लगा—'नहीं, हम सब लोग जाकर उसे कैपिटल लेकर आयेंगे।'

'ठीक है और वह भी अधिक से अधिक आठ बजे तक, ठीक है ना?' ब्रुटस ने कहा।

'सवेरा होने वाला है, हम अब चलते हैं ब्रुटस। और दोस्तों! अब आप सब लोग जा सकते हैं। लेकिन याद रखना कि आप लोगों ने क्या निश्चय किया है तथा स्वयं को सच्चा रोमन प्रमाणित करना।' कैसियस ने कहा।

फिर सभी ब्रुटस से अनुमति लेकर अपने-अपने घर को चल दिये। उनके जाने के पश्चात् जैसे ही ब्रुटस मुड़ा तो चौंक गया। सामने उसकी पत्नी पोर्शिया खड़ी थी। वह ब्रुटस के निकट आकर उन सभी लोगों के विषय में पूछने लगी और उसकी चिन्ता की वजह भी पूछने लगी।

किन्तु ब्रुटस ने अपनी बीमारी का बहाना बनाकर उसे टालने की कोशिश की और कहने लगा कि समय आने पर वह उसे सब समझा देगा।

पिछली रात ही उसे ख्वाब आया था कि सीजर की हत्या की जा सकती है।

प्रातः काल होने पर कलफुर्निया ने अपने पति सीजर को यह बात बताई और कहा कि आज वह घर से बाहर न निकले। ज्योतिषियों ने भी ऐसा ही समाचार भेजा है। किन्तु सीजर नहीं माना। वह राजधानी जाने के निश्चय पर दृढ़तापूर्वक अटल था।

उसने पत्नी से कहा–'खतरों से डरना तो कायरों का कार्य होता है। वीर लोग खतरों का सामना करते हैं और मुझे डरपोक बनकर रहना कभी भी पसन्द नहीं। मृत्यु तो अटल है तो फिर उससे डरना कैसा? मैं खतरों से डरने वाला मनुष्य नहीं।'

फिर उसने अपने सेवक को बुलाया–'अरे, कोई है?'

'क्या अनुमति है मालिक?' नौकर आदरपूर्ण मुद्रा में बोला।

सीजर ने हुक्म दिया–'जाओ और जाकर पुजारियों से कहो कि फौरन देवताओं की बलि दें। वापस आकर बलि के फल के विषय में मुझसे उनकी राय बताओ।'

'जो हुक्म।' कहकर वह चला गया।

तभी कलफुर्निया ने वहाँ आकर सीजर से बताया–'मैंने आपसे कहा था न कि आप बाहर नहीं जायेंगे।'

सीजर कठोर स्वर में बोला–'सीजर बाहर अवश्य जायेगा। खतरा उत्पन्न करने वाली चीजों ने कभी मेरे मुँह की ओर नहीं देखा, उन्होंने सदा मेरी पीठ की तरफ ही देखा है, अगर उन्होंने कभी मेरे मुँह की ओर देखने की हिम्मत की तो उनको वहीं समाप्त कर दिया जायेगा।'

सीजर की पत्नी उसे समझाने लगी कि रात्रि को तूफान में बहुत-सी अजीब घटनाएँ घटी हैं, जिन्हें पहरेदारों ने अपने नेत्रों से देखा है। और मुझे बड़ा डर लग रहा है। किन्तु सीजर ने कहा–'सीजर बाहर जरूर जायेगा। क्योंकि ये अपशकुन केवल अकेले सीजर के लिए नहीं, सारे विश्व के लिए है।'

'जब भिखारी मरते हैं तो पुच्छल तारे दिखाई नहीं देते।' कलफुर्निया बोली–'आकाश इन पुच्छल तारों के माध्यम से केवल राजाओं की मृत्यु की भविष्यवाणी करता है।'

सीजर दृढ़ स्वर में बोला–'कायर अपनी मृत्यु से पहले अनेकों बार मरते हैं। लेकिन बहादुर सिर्फ एक बार मरते हैं। यदि मृत्यु को आना है तो वह जरूर आयेगी, उसे टाला नहीं जा सकता।'

तभी सेवक ने आकर बताया–'पुजारियों का कहना है कि आज आप बाहर न जायें क्योंकि बलिदान करते वक्त पशुओं की अन्तड़ियाँ बाहर निकाली गईं तो उनमें दिल नहीं था।'

उसकी बात सुनकर सीजर बोला–'फिर तो देवताओं ने उसे कायरों को लज्जित करने के लिए ही बनाया होगा। अगर सीजर डरकर आज घर पर ही रहेगा तो वह भी हृदयहीन ही बन जायेगा। सीजर बाहर अवश्य जायेगा।'

हठ और घमण्ड व्यक्ति का सर्वनाश कर देते हैं और इस वक्त सीजर इन्हीं दुर्गुणों को शिकार था।

कलफुर्निया उसके पाँव पकड़ते हुए बोली–'आप कैपिटल न जाएँ, आपका

यह आत्मविश्वास आपके विवेक को समाप्त कर रहा है।' उसने सुझाव दिया—'हम मार्क एण्टोनी को सीनेट-हाउस भेज देंगे। वह वहाँ जाकर बता देगा कि आज आपकी तबियत सही नहीं है। मैं आपके पैर पड़ती हूँ, आप मेरी बात मान लीजिए।'

उसकी बात सुनकर सीजर बोला—'अच्छा ठीक है, मार्क एण्टोनी कह देगा कि आज मेरी तबियत ठीक नहीं है। तुम्हारी खुशी के लिए मैं घर पर ही रुक जाता हूँ।'

अभी यह सब चल ही रहा था और सीजर पत्नी की बात मानने का दिल बना ही रहा था तभी डेशस उसे लेने के लिए वहाँ आ गया। उसे देखते ही सीजर ने कहा—'तुम अच्छे वक्त पर आ गये। यदि मैं तुमसे कहूँ कि मैं नहीं आ सकता तो यह असत्य होगा, इसलिए डेशस से कहो कि मैं आज नहीं आऊँगा।'

तभी कलफुर्निया बोली—तुम बता सकते हो कि वह आज बीमार है।'

'सीजर झूठ नहीं बोलेगा।' सीजर बोला—'क्या मैंने इतने सारे देश इसलिए जीते हैं कि सीनेटरों से सच भी नहीं कह सकूँ? डेशस जाओ और उनसे केवल इतना ही कहना कि आज मैं नहीं आ सकता।'

'मगर क्यों?' डेशस ने पूछा।

'आज मेरी ऐसी ही इच्छा है।' सीजर ने कहा।

मगर डेशस को यह बात हजम नहीं हो रही थी, इसलिए वह घुमा-फिरा कर बातें करने लगा, जिससे सीजर उसे असली बात बताने के लिए विवश हो गया।

सीजर ने बताया—'मेरी बीवी कलफुर्निया ने आज मुझे रोक लिया है।

इस ख्वाब को वह अपशकुन मानती है और समझती है कि यह बात शीघ्र ही होने वाली है। इसलिए उसने मेरे पाँव पकड़कर मुझसे कहा कि मैं आज कहीं नहीं जाऊँ।'

पूरी बात जानकर डेशस कहने लगा—'आप इस सपने का गलत मतलब न निकालें, यह तो बड़ा ही शुभ स्वप्न है। इसका मतलब है कि रोम में नये जीवन का रक्त संचार होगा। और रोम की प्रजा को नवजीवन की प्राप्ति होगी।'

डेशस की इस व्याख्या से सीजर प्रसन्न हुआ।

इतना ही नहीं, उसने यह कहकर उसका दिमाग और खराब कर दिया कि सीनेट के लोग आपको राजमुकुट पहनाना चाहते हैं तथा यह भी कहा कि आप यदि वहाँ न जायेंगे तो हो सकता है कि लोग आपको डरपोक समझ लें, कुछ लोग ऐसा व्यंग्य भी कर सकते हैं कि जब तक कलफुर्निया का शुभ स्वप्न नहीं आयेगा तब तक आपकी ताजपोशी भी नहीं होगी।

सीजर कलफुर्निया की तरफ देखकर बोला—'कलफुर्निया, अब देखो, तुम्हारे डर कितने बेवकूफी वाले हैं। मुझे शर्मिन्दगी हो रही है कि मैंने तुम्हारी बात क्यों मान ली! मेरे कपड़े लाओ, मैं कैपिटल जाऊँगा।'

यह सब सुनकर सीजर का मन बदल गया तथा वह सीनेट जाने के लिए राजी हो गया। तभी ब्रुटस, कास्का आदि अन्य दरबारी भी वहाँ आ पहुँचे। सीजर ने उन सबका स्वागत किया। फिर राजसी वस्त्रों से सजधज कर वह सीनेट की तरफ चल

दिया।

उसको देखकर ब्रुटस बोला—'तुम्हारा स्वागत है सीजर, मगर ब्रुटस का हृदय दुख से ग्रस्त है, यह सोचकर कि एक समय समान वस्तुएँ हमेशा नहीं रहतीं। कभी हम लोग मित्रों की तरह जाते थे, लेकिन आज हालात बदल चुके हैं।'

फिर वे सब वहाँ से रवाना हो गये।

रास्ते में आरटेमिडोरस नाम का आदमी सीजर को एक पत्र देने के लिए प्रतीक्षा कर रहा था। खत में लिखा था—

'प्रिय सीजर!'

ब्रुटस से सावधान, कैसियस से सावधान, कास्का के निकट भी मत जाना और सिन्ना पर कड़ी नजर रखना। ट्रिबोनियस का भी विश्वास मत करना, मैटिलर सिम्बर को भी भाँपना।

डेशस, ब्रुटस को भी तुमसे प्यार नहीं है, लिगारियस को तुमने नुकसान पहुँचाया था, इसलिए वह भी तुम्हारा मित्र नहीं हो सकता। इन सब लोगों का एक ही इरादा है। यह सब लोग तुम्हारे खिलाफ हैं। मगर तुम खुद को नहीं समझते हो तो अपनी जान बचाने की चिन्ता करो। ज्यादातर सुरक्षित भाव भी षड्यन्त्र को कामयाब बनाता है। शक्तिशाली तुम्हारी हिफाजत करे।'

तुम्हारा दोस्त—आरटेमिडोरस

वह पत्र लिए मार्ग में प्रतीक्षा कर रहा था कि जब सीजर इधर से गुजरेगा, मैं वहाँ खड़ा रहूँगा तथा उसको एक प्रार्थी के रूप में यह पत्र दूँगा। यह सोचकर मुझे बड़ा दुख होता है कि सद्गुण कभी भी डाह के संकट से बाहर नहीं होता। यदि सीजर, तुमने इस खत को पढ़ लिया तो शायद तुम जीवित बच सकोगे। अगर नहीं, तो तुम्हारी किस्मत ही तुम्हारा साथ नहीं दे रही है।

मार्ग में जब सीजर आरटेमिडोरस के पास से गुजरा तो उसने आगे बढ़कर उसे अपना खत थमा दिया, कहने लगा—'तुम्हारा स्वागत है सीजर! यह दस्तावेज पढ़ो।'

तभी डेशस सलाह देने लगा—'सीजर, तुम्हें यह खत शान्ति के साथ कैपिटल जाकर ही पढ़ना चाहिए।'

आरटेमिडोरस जल्दी से बोला— 'नहीं सीजर, मेरी याचिका पहले पढ़ो क्योंकि मेरी याचिका ऐसी है जो सीजर से घनिष्ठ ताल्लुक रखती है। इसे पढ़ो महान् सीजर।'

'जो हमसे घनिष्ठ सम्बन्ध रखती है, वह याचिका सबसे बाद में देखी जायेगी।' सीजर बोला।

'देर न करो, सीजर फौरन पढ़ो।' उसने प्रार्थना की।

सीजर झल्लाया—'अरे, क्या यह व्यक्ति पागल है?'

तभी कैसियस ने उसे डाँटा—'क्या तुम अपनी विनय पत्रिका सड़कों पर ही पढ़वाओगे? यदि तुम्हें अपनी याचिका पढ़वानी है तो कैपिटल आओ।'

फिर सीजर सीनेट हाऊस पर पहुँचकर उसकी सीढ़ियाँ चढ़ता हुआ सीनेट हाऊस में दाखिल हो गया। उसके पीछे शेष सारे लोग भी चढ़ गये।

कैपिटल पहुँचते ही सीनेटर पॉपिलियस के यह कहने पर कि तुम्हारी कोशिश सफल हो, उन सब षड्यन्त्रकारियों को शक हो गया कि कहीं हमारी योजना के विषय के बारे किसी को पता तो नहीं चल गया।

परंतु ब्रुटस ने उन सबकी हिम्मत बँधायी और कैसियस से कहा कि तुम्हारा संदेह बिल्कुल बेतुका है, यह बात पॉपिलियस ने हमारे सम्बन्ध में नहीं कही है। देखो, यह हँस रहा है और सीजर के चेहरे पर भी किसी प्रकार का परिवर्तन नहीं दिखाई दे रहा है।

सीनेट की कार्यवाही आरम्भ होते ही ट्रेबोनियस जो कि एक षड्यन्त्रकारी था, सीजर के खास हितैशी एण्टोनियस को लेकर बाहर चला गया।

तभी डेशस इधर-उधर देखकर कहता है—'मैटिलस सिम्बर कहाँ है? उसे अब तक यहाँ आ जाना चाहिए था तथा अपना प्रार्थना पत्र सीजर को दे देना चाहिए था।'

तभी मैटिलस सिम्बर ने भी वहाँ प्रवेश किया।

डेशस ने मैटिलस सिम्बर से अपना प्रार्थना पत्र देने के लिए कहा।

सिन्ना ने कास्का से कहा—'सीजर पर पहला आघात तुम करोगे।'

सीजर ने वहाँ बैठकर पूछा—'क्या हम सब लोग तैयार हैं? अब बताओ वह कौन सी भूल है जो सीजर के सम्मान में सिर झुकाकर अपने भाई पबलियस सिम्बर के निष्कासन का आदेश रद्द कदने की विनती की।

'तुम्हारे भाई का निष्कासन देश के कानून के मुताबिक हुआ है। मैं तुम्हारे इस दण्डवत् प्रणाम से या सिर झुकाने से पिघलने वाला नहीं हूँ। और न ही न्याय के मार्ग से विचलित हो सकता हूँ। तुम अपने भाई की रिहाई के लिए इतनी कपटपूर्ण सौजन्यता क्यों दिखा रहे हो? एक बात समझ लो कि न तो मैं किसी को आहत करता हूँ और न ही बिना किसी उपयुक्त कारण के अपना निर्णय बदलता हूँ।'

इस तरह उसने फटकारते हुए सिम्बर को कुत्ते की तरह दुत्कार दिया।

मैटिलस भीड़ को देखता हुआ कहने लगा—'क्या यहाँ और कोई ऐसा आदमी नहीं है जो सीजर से मेरे निष्कासित भाई की वापसी के लिए विनती करे।'

इस प्रकार ब्रुटस ने भी सीजर से पब्लियस सिम्बर की मुक्ति के लिए विनती की—कैसियस ने भी बड़े अदब के साथ कहा—'माफ करना सीजर, मैं अत्यधिक आदरपूर्वक तुमसे प्रार्थना करता हूँ कि तुम पब्लियस सिम्बर को पूर्ण नागरिक अधिकार प्रदान करो।'

सीजर ने कहा—'मैं भी तुम्हारी भाँति इन बातों से प्रभावित हो सकता था, मगर मैं लोगों को नम्र करने के लिए विनती करता तो प्रार्थनाओं से प्रभावित होता। लेकिन मैं ध्रुव तारे की तरह दृढ़ जिसका सानी पूरे आसमान में कोई नहीं। आसमान में अनेकों तारे हैं, सभी चमकते हैं लेकिन इन सबमें एक ही तारा ऐसा है जो अपने स्थान पर ही स्थित है। यही बात इस दुनिया के विषय में भी कही जा सकती है—इसमें भी अनेकों मनुष्य हैं और बुद्धिमान हैं। मगर इन अनेकों मनुष्यों में मेरी समझ में केवल एक ही व्यक्ति ऐसा है जो अपनी बात से हिलता नहीं है तथा एक

ही जगह स्थिर रहता है।'

इसके पश्चात् सिन्ना और डेशस ने भी प्रार्थना की, लेकिन सीजर ने उन्हें भी फटकार दिया और बोला—'देखते नहीं, ब्रुटश की अपील भी रद्द कर दी गई है।'

इतना सुनते ही कास्का बोला—'हमारे हाथ ही अब हमारी बात मनवायेंगे।'

इसके पश्चात् सभी ने बारी-बारी से सीजर को तलवार भोंकना शुरू कर दिया। सबसे पहला आघात सीजर पर कास्का ने किया था और सबसे आखिरी बार सीजर पर ब्रुटस ने किया।

इस घृणित काम में ब्रुटस की सहभागिता देखकर सीजर मर्माहत हो उठा और बोला—'ब्रुटस! तुम भी?'

और इसके पश्चात् सीजर ने वहीं दम तोड़ दिया।

सीनेटर लोग तथा जनता भयभीत होकर इधर-उधर भागने लगी।

तभी सिन्ना ने कहा—'अब हम स्वतन्त्र हैं, अत्याचारी का अन्त हो गया। अब हमें जल्द से जल्द यह स्थान छोड़कर सड़कों पर चलना चाहिए तथा चीख-चीखकर घोषणा करनी चाहिए कि अब हम स्वतन्त्र हैं।'

ब्रुटस ने भी मौजूद सीनेट के सदस्यों को सम्बोधित किया और बोला—'आप लोग जरा भी न घबरायें, भयभीत होकर नहीं भागें। ठहरों, महत्त्वाकांक्षी का कर्ज चुका दिया गया है।' उसने प्रजा के नाम भी एक सन्देश जारी किया—'अब रोमन को कोई नुकसान नहीं होगा।'

कैसियस बोला—हममें से कुछ लोगों को प्लेटफार्मों पर जाना चाहिए और चीख-चीखकर बताना चाहिए स्वतन्त्रता, नागरिक अधिकार आज ये सभी सुरक्षित हो चुके हैं।'

तभी कास्का ने ब्रुटस को बताया—'ब्रुटस, प्लेटफार्म पर आ जाओ।' फिर वह कैसियस की तरफ मुखातिब हुआ—'और कैसियस तुम भी।'

'हम लोगों को एक साथ मिलकर सुरक्षित जगह पर खड़ा होना चाहिए, ऐसा न हो कि सीजर का कोई मित्र अचानक....।'—मैटिलस ने कहा। ब्रुटस ने ढाढस बंधाया—'इस प्रकार घबराने की जरूरत नहीं है। हम रोमन के किसी आदमी को नुकसान नहीं पहुँचायेंगे।' फिर सहसा कैसियस को ख्याल आया।

'एन्टोली कहाँ है?' वह चौंका।

'इस काण्ड की सूचना जैसे ही एण्टोनियस को मिली तो वह अपने घर की ओर भाग निकला।' एक षड्यंत्रकारी ने बताया—'वह ऐसे घबराकर भाग रहा था जैसे कयामत आ गई हो।'

ब्रुटस ने सीजर की लाश को देखते हुए बताया—'हमारे भाग्य में क्या है, हम सब जानते हैं कि एक न एक दिन हमें भी मरना ही हे लेकिन मृत्यु का वक्त कब आयेगा, हमारा जीवन कितना शेष है—यही बातें सोचा करते हैं।'

कैसियस बोला—'फिर तो वह व्यक्ति जो अपनी मौत से बीस वर्ष पूर्व ही मर गया, सब बातें सोचने से बच गया।'

ब्रुटस ने कहा—'यदि ऐसा मान लिया जाए, तब तो मृत्यु एक फायदा है और हम सीजर के मित्र हैं, जिन्होंने उसे मारकर मृत्यु की चिन्ता से छुटकारा दे दिया। हे रोम के लोगों! झुक जाओ तथा सीजर के खून से अपने कुहनियों तक हाथ भिगो लो। अपनी तलवारों को भी इस रक्त से स्नान कराओ। फिर हम बाजार के चौराहे की ओर जायेंगे, सजिर के खून से सनी तलवारों को अपने सिरों के ऊपर हिलाते हुए चीखते हुए बढ़ेंगे—शक्ति प्राप्त हो गई है, हमें आजादी मिल गई, हमारे हक हमें मिल चुके हैं।'

'हम सबको झुकना चाहिए तथा फिर अपने हाथों और तलवारों को सीजर के रक्त से स्नान कराना चाहिए। आने वाले वक्त में हमारा यह महान् कार्य लोगों को सबक देगा—उन अनेकों राज्यों में जो अभी उत्पन्न भी नहीं हुए हैं।' कैसियस ने कहा।

ब्रुटस मुस्कुराया—'अब अनेकों दफा इसी तरह सीजर का वध होगा। उस सीजर का, जो अब पाम्पी की प्रतिमा के आगे मृत पड़ा हुआ है, जिसकी कीमत मिट्टी के बराबर भी नहीं है।'

कैसियस ने कहा—'और जितनी बार भी ऐसा होगा, व्यक्ति उतनी ही बार हम सबको याद करेंगे कि यही वे महान् लोग हैं जिन्होंने इतना महान् काम करके देश को स्वतन्त्र करा दिया था।'

'अब हमें बाहर भी तो चलना चाहिए।' डेशस ने कहा।

'हाँ चलते हैं। सबसे आगे ब्रुटस चलेंगे, उनके पीछे हम सब जायेंगे।'

तभी ब्रुटस के कानों में किसी के पदचाप की आवाज सुनाई पड़ी, तो वह सतर्क होकर कहने लगा—'शान्त हो जाओ, इधर कोई जा रहा है।'

एक सेवक वहाँ दाखिल हुआ।

'अरे, ये तो एण्टोनी का नौकर है।' सभी एक साथ बोले।

नौकर ने आदरपूर्ण अन्दाज में कहा—'ब्रुटस, मेरे मालिक ने मुझसे आज्ञा दी है कि पहले तो मैं आपके सामने इस तरह झुकूँ और फिर आपको प्रणाम करूँ, उसके पश्चात् आपको यह सन्देश दूँ कि ब्रुटस उच्च वीर और ईमानदार है। सीजर शक्तिशाली, वीर, राजसी ठाठ वाला तथा प्रेमी था। एण्टोनी ब्रुटस से प्रेम करता है और उसका आदर करता है। वह सीजर से डरकर उससे प्रेम करता था और उसका सम्मान करता था।'

'भाईयों, मैं नहीं जानता कि आपके क्या इरादे हैं तथा किस-किस का खून अभी बहना है। यदि आप मुझे मारना ही चाहते हैं तो मेरी मृत्यु का सीजर की मृत्यु के वक्त से उपयुक्त और कोई समय नहीं है। मैं आपसे विनती करता हूँ कि अगर मेरी ओर से आपके दिल में कोई दुर्भावना हो तो आप अपनी इच्छा पूरी कर लें। इस वक्त आपके हाथ खून से रंगे हैं, अगर मैं एक हजार साल तक भी जिन्दा रहा तो मरने के लिए मैं इतना तैयार नहीं मिलूँगा जितना इस समय हूँ। न ही मेरी मौत के लिए कोई दूसरी जगह इतनी उपयुक्त होगी जितनी कि यह जगह जहाँ सीजर

मरा हुआ पड़ा है, और न ही मुझे कोई दूसरा मारने वाला इतना पसन्द होगा जितने कि आप लोग हैं, इस युग की प्रतिभाशाली आत्माएँ।'

उसका सन्देश पाकर ब्रुटस बोला–'ओ एण्टोनी! हमसे अपनी मौत मत माँगो, इस समय हम तुम्हें सीजर की हत्या करने की वजह से दुष्ट प्रतीत हो रहे हैं। तुमने हमारे दिल को नहीं पहचाना, जो कितना कोमल है, उसी प्रकार रोमनों के लिए जो दया हमारे दिल में थी, उसने सीजर के लिए दया को बाहर निकाल दिया और हमें मारने के लिए विवश होना पड़ा।

जहाँ तक तुम्हारा प्रश्न है, तुम्हारे लिए हमारी तलवारें ढूँठ सीसे के समान हैं। हम तुम्हारा प्रेमपूर्वक सद्भावना के साथ इस्तकबाल करते हैं।' यह सन्देह नौकर ने ले जाकर एण्टोनी को सुनाया और एन्णेनी वहाँ हाजिर हो गया। उससे कैसियस बोलता है–'एण्टोनी नये पदों के वितरण के वक्त हमें तुम्हारी राय उतनी ही महत्त्वपूर्ण है जितनी के हममें से किसी और की।'

'तुम उस वक्त तक सब्र करो जब तक कि हम डरी हुई प्रजा को शान्त न कर दें तथा फिर हम तुम्हें वह तर्क देंगे जिसकी वजह से मैंने सीजर की हत्या में भाग लिया–मैंने जो कि सीजर से उस वक्त भी प्यार करता था, जिस वक्त मैंने उसे मारा था।

उनकी बात सुनकर एण्टोनी बोला–'मुझे इस बात पर कोई शक नहीं है कि तुम अक्लमंद हो। इसलिए मैं तुम लोगों से हाथ मिलाना चाहता हूँ, सबसे पहले मैं ब्रुटस से हाथ मिलाऊँगा।'

फिर वह सब लोग आपस में हाथ मिलाने लगे। एण्टोनी सीजर की मृत देह की तरफ देखते हुए बोला–'ओह सीजर! यह सच है कि मैं तुमसे प्यार करता था इसलिए इस समय तुम्हारी आत्मा मुझे देख रही होगी तो क्या उसे तुम्हारी मौत से अधिक दुख इस बात पर नहीं होगा कि तुम्हारा एन्टोनी तुम्हारे दुश्मनों से सुलह कर रहा है और उनके रक्त से सने हाथों से हाथ मिला रहा है तथा वो भी तुम्हारी लाश के सामन। ओ महान् सीजर।'

'यदि मेरे पास इतनी आँखें होतीं जितने कि तुम्हारे घाव हैं और अगर मैं उन आँखों से उतना ही रोता जितना तेजी से तुम्हारे शरीर से रक्त बह रहा है। मुझे माफ कर दो सीजर। इस स्थान पर तुम्हें घेरा गया होगा, यहीं घायल होकर तुम गिरे होगे। और यहीं तुम्हारे हत्यारे भी खड़े हैं, जिनकी पोशाक तुम्हारे खून से लाल हैं। देखो किस तरह तुम पड़े हो?

तभी कैसियस ने उसे सम्बोधित करते हुए पुकारा–'मार्क एण्टोनी!'

'क्षमा करना कैसियस।' वह बोला–'क्योंकि इतना तो सीजर के दुश्मन भी कह जाते, फिर मेरे जैसे सीजर के मित्र के लिए तो यह बहुत कम है।'

'मैं तुम्हें सीजर की तारीफ करने के लिए दोषी नहीं ठहरा रहा हूँ।'

कैसियस ने कहा–मैं तो यह जानना चाहता हूँ कि तुम हम लोगों से क्या समझौता करना चाहते हो, बोलो क्या तुम्हारा नाम मित्रों की सूची में लिखा जाये

या फिर हम लोग तुम्हारी सहायता के बिना ही आगे बढ़ें।'

'दोस्त बनने के लिए ही तो मैंने आप लोगों से हाथ मिलाया था।' उसने बताया—'मैं मानता हूँ कि मैं उस समय अपने आप को भूल गया था, जिस वक्त मैंने सीजर क़ी लाश को देखा था।'

मैं आप सबका मित्र हूँ और इस उम्मीद पर आप सबको प्यार करता हूँ कि आप मुझे यह बतायेंगे कि सीजर कैसे तथा कहाँ से खतरनाक था।'

'यदि हम कारण न बतायें तो तुम इस कार्य को अपराध मानोगे।' ब्रुटस ने कहा—'एण्टोनी, हमारे तर्क इतने ठोस हैं कि यदि तुम सीजर के पुत्र भी होते तो भी उनसे सन्तुष्ट हो जाते।'

'यही मैं चाहता हूँ।' एण्टोनी ने कहा—'यही मैं सोचता हूँ बस। एक और प्रार्थना है कि आप मुझे आज्ञा दें कि मैं सीजर की लाश को बाजार के चौराहे पर ले जाऊँ और इसके दाह-संस्कार के वक्त, प्लेटफार्म से कुछ ऐसे भाषण दूँ जैसा कि मित्र दिया करते हैं।'

तुम्हें आज्ञा दी जाती है मार्क एण्टोनी।' ब्रुटस ने आदेश दे दिया।

कैसियस शीघ्र बोला—'ब्रुटस, मैं तुमसे कुछ बात करना चाहता हूँ।' फिर वह एकान्त में जाकर बोला—'तुम नहीं जानते कि ये तुम क्या कर रहे हो। उसके दाह-संस्कार में एण्टोनी को बोलने की आज्ञा न दो। क्या तुम जानते हो कि उसके भाषण देने से लोग कितना भड़क सकते हैं।'

'क्षमा करना।' ब्रुटस ने कहा—'पहले मैं प्लेटफार्म पर जाऊँगा और वहाँ जाकर सीजर की हत्या की वजह बताऊँगा।'

'क्या बताओगे?' कैसियस चौंका।

मैं घोषणा करूँगा कि जो कुछ मार्क एन्टोनी बताने जा रहा है वह हमारी ही अनुमति से कहेगा और मैं यह भी कहूँगा कि हम स्वयं चाहते हैं कि सीजर के दाह-संस्कार की सभी रस्में अदा की जायें। इससे हमें नुकसान की अपेक्षा लाभ ज्यादा होगा।'

'मैं नहीं जानता कि क्या नुकसान हो सकता है। किन्तु मुझे यह पसन्द नहीं कि एण्टोनी दाह-संस्कार में भाषण दे।' कैसियस बोला।

'मार्क एण्टोनी, यह सीजर का मृत शरीर है, तुम इसे ले जा सकते हो। मगर तुम अपने दाह-संस्कार के भाषण में हमें दोषी नहीं ठहराओगे।'

ब्रुटस ने कहा—'तथा तुम सीजर की तारीफ में जो भी कहना चाहते हो कह सकते हो। वरना अंत्येष्टि संस्कार में तुम कोई हिस्सा नहीं ले सकते। तुम्हें सिर्फ उसी प्लेटफार्म पर बोलना होगा, जहाँ मैं जा रहा हूँ तथा मेरा भाषण खत्म हो जाने के पश्चात् ही तुम बोलोगे।'

'ठीक है, मुझे स्वीकार है।' एण्टोनी ने स्वीकृति दी।

'तब लाश को तैयार करो तथा मेरे पीछे आओ।' एण्टोनी को छोड़कर सब बाहर निकल गये।

उनके जाने के पश्चात् एण्टोनी सीजर की लाश के पास बैठते हुए बोला—'ओ खून से लथपथ लाश, मुझे क्षमा करना कि मैं इन कसाइयों के साथ शान्त और विनम्र हूँ। तुम उस महान् व्यक्ति का अवशेष हो जो कि कभी प्रगतिशील वक्त के किसी अंश में जीवित था।

ईश्वर उन लोगों को सजा देगा जिन्होंने तुम्हारी हत्या की है। मैं भविष्यवाणी करता हूँ कि—उन मर्दों के अंगों पर एक अभिशाप उतरेगा। गृह कलह तथा गृह युद्ध से पूरी इटली संतप्त होगी। खून खराबा और विनाश इतनी सामान्य बात होगी और भयानक दृश्य इतने साधारण सी बात होगी कि हर माँ योद्धाओं के द्वारा काटे हुए अपने बच्चों को देखकर सिर्फ मुस्कुराया करेंगी। कारण कि इन नजारों को देखने की वह आदी हो जायेंगी। रोया नहीं करेंगी।

तभी वहाँ एक आदमी आ गया।

उसे देखकर एण्टोनी ने पूछा—'क्या तुम ओक्टेबियस के सेवक हो?'

'जी हाँ मार्क एण्टोनी।'

'सीजर ने ओक्टेबियस को रोम आने के लिए चिट्ठी लिखी थी।' एण्टोनी बोला।

'जी हाँ, वो खत उन्हें मिल चुके हैं। वो रोम आ रहे हैं। उन्होंने मुझे आज्ञा दी थी कि मैं जबानी तुमसे....ओ सीजर!' तभी उसकी दृष्टि सीजर की लाश पर पड़ी, वह रोने लगा।

एण्टोनी उसे समझाने की चेष्टा करने लगा—'तुम्हारी हृदय भावनाओं से भरा हुआ है, इसलिए तुम एक ओर हट जाओ और रोकर अपना दिल हल्का कर लो, वरना तुम्हें रोता हुआ देखकर मुझे भी रोना आ जायेगा।'

फिर उसने आप पर नियन्त्रण पाते हुए नौकर से पूछा—'क्या तुम्हारा मालिक आ रहा है?'

'मेरा मालिक आज रात्रि को रोम से लगभग बीस मील की दूरी पर आराम करेगा।' उसने बताया।

एण्टोनी ने हिदायत दी—'तुम तुरन्त वहाँ के लिए रवाना हो जाओ और जो यहाँ घटा है उसकी खबर उन्हें दो। आज लोग शोक में, खतरे में हैं इसलिए उन्हें यहाँ खतरा पैदा हो सकता है।

तुरन्त तुम यहाँ से प्रस्थान करो। लेकिन थोड़ी देर ठहर जाओ। तुम्हें तब तक नहीं जाना है जब तक मैं इस लाश को बाजार के चौराहे पर न ले जाऊँ। वहाँ मैं अपने भाषण से यह जानने की चेष्टा करूँगा। कि लोग इन हत्यारों के कुकृत्य को कैसे लेते हैं? यह सब देखकर तुम जाना और युवक ओक्टेबियस को वर्तमान स्थिति से अवगत कराना। आओ और मेरी मदद करो।'

बाहर ब्रुटस नागरिकों को अपना भाषण सुना रहा था।

'मेरे देशवासियों! मैं आपको सीजर की मृत्यु का कारण बताने जा रहा हूँ। खामोश रहो ताकि तुम मेरी एक-एक बात सुन सको। मेरे सम्मान के लिए मेरा

विश्वास करो। तुम बुद्धिमान हो, इसलिए मुझे पहचानो। अपनी बुद्धि को जागृत करो ताकि तुम मुझे पहचान सको।

यहाँ कौन है जो सीजर का दोस्त है और यह जानना चाहेगा कि सीजर के खिलाफ ब्रुटस ने अपनी तलवार क्यों उठाई तो मैं यही कहूँगा—इसलिए नहीं कि ब्रुटस सीजर को कम प्रेम करता था बल्कि इसलिए कि ब्रुटस रोम को ज्यादा चाहता था। आप क्या चाहते हैं—सीजर जिन्दा रहता और हम सब उसकी गुलामी करते मर जाते या सीजर मरता, हम लोग स्वतन्त्रता के साथ जिन्दा रहते। क्योंकि सीजर को मुझसे प्यार था, मैं उसकी मृत्यु पर रोता हूँ, क्योंकि वह भाग्यशाली था। मुझसे इस बात की खुशी है, क्योंकि वह वीर था। मैं उसका सम्मान करता हूँ किन्तु वह महत्त्वाकांक्षी था इसलिए मैंने उसकी हत्या की है। उसके प्रेम के कारण ही मेरे नेत्रों में आँसू हैं।

यहाँ कौन इतना नीच है जो गुलाम बनना चाहेगा। अगर कोई है तो वह कहे कि मैंने जुर्म किया है। उसके साथ मैंने अन्याय किया है। यहाँ कौन ऐसा रोमन होगा जो अपने देश से प्रेम नहीं करता, अगर कोई है जो बताए कि मैंने अपराध किया है। मैं उत्तर की प्रतीक्षा करूँगा।'

'हम तुम्हारी बात से सहमत हैं ब्रुटस।' एक नागरिक कहने लगा।

तभी एण्टोनी वहाँ सीजर का मृत शरीर लेकर आ गया।

ब्रुटस ने कहा—'यह लो उसका मृत शरीर आ गया, एण्टोनी उसके साथ मुख्य विलावी के रूप में आ गया है। अगर एण्टोनी ने सीजर के वध में कोई हिस्सा नहीं लिया तो भी उसे सीजर की मृत्यु का लाभ होगा। उसे आजाद रोमन की सदस्यता हासिल होगी।

क्योंकि मैंने अपने परम प्रिय दोस्त का रोम के कल्याण के लिए वध किया है। उसी हथियार को मैं अपने लिए सुरक्षित रखता हूँ। आप जब चाहें मेरे प्राण ले सकते हैं।' इतना कहकर मैं जाना चाहता हूँ।

समस्त नागरिक उसकी प्रशंसा करने लगे। सीजर को दुष्ट कहकर पुकारने लगे कि हम लोग भाग्यशाली हैं जो सीजर जैसे जालिम राजा से छुटकारा पा गये।

तभी एण्टोनी सभी नागरिकों को अपनी तरफ आकृष्ट करते हुए कहने लगा—'मेरे प्यारे रोमन वासियों!'

उसकी बात सुनकर वहाँ जमा भीड़ खामोश हो गयी और एण्टोनी को सुनने की चेष्टा करने लगी। एण्टोनी ने कहा—'मित्रों, रोमन बन्धुओं, जरा मेरी बात ध्यान से सुनो, मैं सीजर को दफनाने आया हूँ, उनकी तारीफ करने नहीं, लोग जो बुराई करते हैं वह उनकी मौत के बाद भी याद की जाती है, भलाई अक्सर मृत्यु के साथ ही भुला दी जाती है। यही बात सीजर के साथ भी हो जाने दो।

श्रेष्ठ ब्रुटस ने आपको बताया कि सीजर महत्त्वांकाक्षी था, यदि वह वास्तव में महत्त्वाकांक्षी था तो वह एक बड़ा भयानक दोषी था और सीजर ने उतने ही भयंकर रूप में इसका फल भी भोगा है। मैं यहाँ भाषण देने के लिए ब्रुटस और उसके साथियों

की आज्ञा से ही आया था। क्योंकि वे सम्माननीय लोग हैं। सीजर मेरा मित्र था और मेरे लिए न्यायपूर्ण था। लेकिन ब्रुटस कहता है कि सीजर महत्त्वाकांक्षी था, जैसा कि ब्रुटस सम्मानीय व्यक्ति है इसलिए यकीन करने चाहिये।

सीजर अनेकों बन्दीगण को रोम लाया था तथा उनके बदले में आए धन से प्रजा के खजानों को भरा। क्या इसमें सीजर महत्त्वाकांक्षी था तथा ब्रुटस एक सम्मानीय व्यक्ति है। लुपरकेलिया के मौके पर आपने देखा कि मैंने सीजर को तीन बार एक ताज पेश किया। उसने तीनों बार उसे लेने से इंकार कर दिया। क्या वह महत्त्वाकांक्षी था? फिर भी ब्रुटस कहता है कि वह महत्त्वाकांक्षी था; तथा निश्चय ही ब्रुटस सम्माननीय व्यक्ति है, इसमें कोई सन्देह नहीं।

मैं ब्रुटस की बात को झूठा साबित करने की कोशिश नहीं कर रहा हूँ। मैं तो वो बता रहा हूँ जो मैं जानता हूँ, आप लोग किसी वक्त सीजर को प्यार करते थे लेकिन बिना वजह के नहीं। किन्तु आज वो कौन-सी वजह है जो आपको सीजर की मृत्यु पर शोक प्रकट करने से रोक रही है?

हे बुद्धि! तूने इंसानों के मस्तिष्क में निवास करने के बजाय जानवरों के शरीर में निवास कर लिया होता इसलिए कि मनुष्य आज बुद्धिहीन हो गया है। थोड़ा ठहरो, मेरा दिल सीजर के शव के कफन में पहुँच गया है। मुझे उस समय तक रुकना होगा जब तक मैं स्वयं को संभाल न लूँ।'

तभी एक नागरिक बोला—'ये तो वाकई सीजर के साथ बड़ा जुल्म हुआ है।'

दूसरा नागरिक कहने लगा—'एण्टोनी ठीक कहता है, सीजर महत्त्वाकांक्षी नहीं था क्योंकि उसने राजमुकुट को भी ठुकरा दिया था।'

एण्टोनी ने फिर अपनी बात आरम्भ कर दी—'मेरे देशवासियों! मैं तुम्हें एक बात से ज्यादा अवगत कराना चाहता हूँ। मेरे पास सीजर की लिखी वसीयत है, जो रोमन लोगों के लिए है तथा उस पर उसकी मोहर भी लगी है। यह वसीयत मुझे उसके निजी कक्ष से मिली थी।

लेकिन दोस्तों! माफ करना मैं इस वसीयत को पढ़ना नहीं चाहूँगा क्योंकि इसे सुनते ही रोमन लोग पागल हो जायेंगे और सीजर के शव को चूमने लगेंगे। वे यादगार के रूप में उसके बाद मुझसे माँगेंगे तथा अपने मरने के पश्चात् उसे एक कीमती पैतृक सम्पत्ति के रूप में अपने बच्चों के लिए छोड़ जायेंगे।'

एक नागरिक बोला—'हम वसीयत सुनना चाहते हैं।'

सभी नागरिक चीख पड़े—'वसीयत वसीयत! हम सीजर की वसीयत को सुनना चाहते हैं।'

'मेरे दोस्तों।' एण्टोनी ने कहा—'मैं सोचता हूँ मुझे वो वसीयत नहीं पढ़नी चाहिए क्योंकि यह सही नहीं होगा। वसीयत सुनकर रोम की प्रजा भड़क सकती है तथा विद्रोह कर सकती है। जहाँ तक मैं सोचता हूँ कौन जाने कितना भयंकर नतीजा हो सकता है।'

तभी नागरिक चिल्ला पड़े—'वसीयत पढ़ो।'

एण्टोनी वसीयत पढ़ने लगा—'ये रही वसीयत तथा इस पर सीजर की मोहर लगी हुई है। इसमें सीजर ने हर रोमन को, हर एक को अलग-अलग अपने निजी धन में से 75 ड्रेचमा दिये हैं।'

तभी नागरिक बोले—'ओह महान् सीजर! हम तुम्हारी मृत्यु का बदला लेंगे।'

इतना ही नहीं उसने अपने मनोरंजन की सभी चीजें तुम्हारे लिए छोड़ी है, अपने बगीचे जो कि टाइवर नदी के पास स्थित है, तुम्हारे लिए सदा-सदा के लिए घूमने की वजह से छोड़ दिये। ये सब अब आम प्रजा के आनन्द के लिए हैं। इस बात से आपको सीजर की महानता का अनुभव होता है, भला अब इस दुनिया में फिर ऐसा आदमी कब उत्पन्न हो सकता है?' एण्टोनी ने रोमन लोगों को अहसास दिलाया।

अब एण्टोनी जो चाहता था वह उसे हासिल हो चुका था। वह अपने मकसद में कामयाब हो चुका था। उसका मकसद था रोमन लोगों को भड़काना, जनता बुरी तरह भड़क उठी थी और वह चिल्ला-चिल्ला कर कह रही थी कि हम सीजर के कातिलों को नहीं छोड़ेंगे, बदला लेंगे।

सही समय पर ओक्टेबियस भी वहाँ पहुँच चुका था। एन्टोनी के साथ उसने भी मिलकर कास्का, सिन्ना, डेशस, कैसियस आदि सभी षड्यन्त्रकारियों को मौत के घाट उतार दिया। प्रजा ने इन लोगों के घरों में आग लगा दी। आखिर में ब्रुटस रह गया। उसकी खोज रोमन जनता, एण्टोनी और ओक्टेबियस कर रहे थे।

लेकिन वह उन लोगों के हाथ नहीं आया तथा उसने स्वयं आत्महत्या कर ली।

आखिर में एण्टोनी उसके शव को देखकर कहने लगा—'ब्रुटस उन सब लोगों में महान् था। इसे छोड़कर सभी षड्यंत्रकारियों ने जो कुछ भी किया, वह सब सीजर के डाह के कारण किया। केवल ब्रुटस ही उनमें सच्ची ईमानदारी से और जनता की भलाई के लिए सम्मिलित हुआ है। इसका जीवन शान्तिपूर्ण था तथा सभी तत्व अग्नि, जल, मिट्टी, वायु—उसके शरीर में इतने सही तरीके से मिश्रित हुए थे कि खुद प्रकृति भी सारे विश्व के सामने साक्षात् खड़ी होकर यह कह सकती थी कि मनुष्य हो तो ऐसा हो जैसा यह था।'

और इसके बाद ब्रुटस का सम्मान सहित दाह-संस्कार एण्टोनी व उसके साथियों के द्वारा किया गया।

3. पेरिक्लीज़-प्रिंस आव टायर

सीरिया में एण्टिओक नामक सुन्दर नगर था। राजा एण्टिओकस ने इस भव्य नगरी का निर्माण कराकर इसे अपनी राजधानी बना लिया था। उसकी रानी एक सुन्दर, स्वस्थ और हंसमुख कन्या छोड़ चल बसी थी। लड़की जब बड़ी हुई तो ऐसा कहा जाता था कि अपनी अप्सरा जैसी रूपसी बेटी के यौवन से आकर्षित हो राजा ने उससे अनैतिक संबंध स्थापित कर लिया। राजकुमारी के अनुपम लावण्य का बखान सुनकर बहुत से राजकुमार उससे शादी करने वहाँ पहुंचने लगे, लेकिन उन्हें हतोत्साहित करने के लिए राजा उनके सामने एक पहेली रख देता था, जो उस पहेली का ठीक-ठीक अर्थ नहीं बता पाता था, तथा उसे अपनी कुर्बानी देनी पड़ती थी। इसी जानलेवा पहेली का सामना टायर के राजकुमार पेरिक्लीज को भी करना पड़ा।

राजकुमारी को पाने के उद्देश्य से जब पेरिक्लीज एण्टिओकस के सामने पहुंचा तो राजा ने उससे कहा कि जिस काम के लिए तुम यहाँ आए हो उसके खतरनाक परिणाम से तो तुम वाकिफ होगे ही। पेरिक्लीज ने उतर दिया, राजकुमारी की खूबसूरती की प्रशंसा सुनकर मैं उसका वरण करने के लिए अपनी जान हथेली पर रखकर लाया हूँ। इस प्रेम दीवाने की बात सुनते ही राजा ने अपनी बेटी को बुला भेजा। राजकुमारी की सजधज, रूप, रंग, यौवन का उभार देख पेरिक्लीज लट्टू हो गया। उसने अपने उद्देश्य की पूर्ति के लिए भगवान से प्रार्थना की। उसे एक बार फिर चेतावनी देते हुए राजा बोला। तुम्हारे सामने जो तरूणी खड़ी है उसे पाने के लिए कितने दीवाने आये, लेकिन उस तक पहुंचने के पहले उन्हें अपनी जान से हाथ धोना पड़ा। तुम भी सोच लो, इस मोहिनी को पाना टेढ़ी खीर है। राजकुमार भी बड़े जीवट का प्राणी था। खतरे के प्रति सचेत करने के लिए उसने राजा को धन्यवाद दिया और बोला जीवन तो नश्वर है ही, फिर मौत से डरना क्या। इतना कहने के बाद राजकुमारी की ओर मुखातिब हो उसने अपना प्रणय प्रतिवेदन प्रस्तुत किया। बोला इस हूर को पाने के लिए जीऊँ या मरूं मुझे इसकी तनिक भी चिन्ता नहीं है। उसकी इस निर्भीकता पर झुंझला कर राजा ने कहा ठीक है, तब परिणाम के लिए तैयार हो जाओ।

राजकुमारी भी पेरिक्लीज से प्रभावित थी। उसने उसकी विजय की कामना की। अब पेरिक्लीज के सामने वह पहेली प्रस्तुत की गयी, जिसका ठीक हल न बताने के कारण अन्य प्रत्याशी जान गंवा चुके थे। पहेली थी कि मैं विषधर साँप नहीं हूँ, फिर भी अपनी माता का माँस खाती हूँ। विवाह के लिए वर की बहुत तलाश थी, लेकिन अंत में उसे प्राप्त

किया पिता का पास। वही मेरा पिता, पुत्र और पति हैं। मैं उसकी माँ, पत्नी और पुत्री हूँ। यह भला कैसे सम्भव है। जान बचाना है तो ठीक-ठीक उतर दो।

पेरिक्लीज ने बड़ी ही संयत भाषा में एण्टिओकस से कहा कि पाप कर्म करने में हमें जितना मजा आता है, उसकी चर्चा सुनने में उतनी ही तकलीफ होती है। फिर भी पाप छिपा तो रहता नहीं। कानों कान उसकी चर्चा फैलती है, लेकिन राजा के पाप की चर्चा कर कौन सुरक्षित रह सकता है। वह तो भू देव हैं उसकी इच्छा ही कानून है। और कुछ कहने की जरूरत नहीं है। राजा समझ तो गया कि राजकुमार ने मेरी नस पकड़ ली है। फिर भी उसने पेरिक्लीज से कहा कि तुमने सही उतर नहीं दिया। विधान के अनुसार अभी तुम्हारा वध कर देना चाहिए, लेकिन मैं तुम्हें चालीस दिन की मोहलत देता हूँ। यदि इस बीच तुम पहेली का ठीक उतर दे सकोगे तो दामाद की तरह तुम्हारा आदर सत्कार होगा।

यह कहकर जब एण्टिओकस अपनी बेटी के साथ चला गया तो पेरिक्लीज सोचने लगा कि भला मेरी व्याख्या गलत कैसे हो सकती है। बेटी के साथ रति करके जो पाप इसने किया है, उसका भण्डाफोड़ न हो इसके लिए वह कोई और पाप करने में भला कैसे चूकेगा। इसलिए बदनामी से बचने के लिए मुझे जीवित नहीं छोड़ेगा। यहाँ से भाग निकलना ही उचित होगा। पेरिक्लीज का अनुमान ठीक ही था। क्योंकि राजा ने अपने अंतरंग सहयोगी थेलियार्ड को स्वर्ण मुद्रा और विष सौंपते हुए आग्रह किया कि जैसे भी हो राजकुमार की हत्या जल्दी होनी चाहिए। लेकिन राजकुमार पेरिक्लीज इन लोगों से ज्यादा तेज था। इससे पहले कि थेलियार्ड उस पर धावा बोले वह एण्टओक की सीमा पार कर चुका था। उसके भाग जाने की सूचना पाते ही राजा ने थेलियार्ड को आदेश दिया कि राजकुमार का पीछा करके उसका काम तमाम करो।

टायर पहुंचकर पेरिक्लीज सोचने लगा कि बदनामी से बचने के लिए एण्टिओकस हमारी जबान बंद करना चाहेगा। हो सकता है कि इसके लिए वह टायर पर आक्रमण कर दे। उसका मुकाबला करना हमारे बूते के बाहर है। यहाँ की निर्दाज प्रजा पीड़ित होगी। अब उसने अपने सहयोगी लार्ड हेलिकेनस से अपनी परेशानी का कारण बताया। उसने कहा कि एण्टिओकस की जिस राजकुमारी से शादी करने मैं गया था वह है तो गजब की सुन्दरी, लेकिन है व्याभिचारिणी। अपने बाप से ही उसका अनैतिक संबंध है। राजा के पाप की जानकारी मुझे हो चुकी है। इसलिए वह मुझे हमेशा-हमेशा के लिए चुप कर देना चाहता है। उसके क्रोध से बचने के लिए अच्छा होगा कि प्रजा की सुरक्षा और प्रशासन का भार तुम्हें देकर मैं थेरसस चला जाउं। इस प्रकार प्रबंध करके पेरिक्लीज टायर से भी ठीक समय पर निकल भागा, अन्यथा थेलियार्ड से बचना मुश्किल हो जाता। एण्टिओकस के आदेशानुसार पेरिक्लीज का पीछा करते हुए जब थेलियार्ड टायर पहुंचा तो उसे पता चला कि राजकुमार कहीं यात्रा पर जा चुका है। लाचार हो उसे खाली हाथ लौटना पड़ा। इधर थेरसर की हालत बड़ी खराब थी। वहाँ की जनता अकाल और भुखमरी के चपेट में थी। धनधान्य सम्पन्न यह क्षेत्र दुर्दिन में फंस गया था। भूख से तड़पती माताएँ अपनी संतान का

भक्षण करने के लिए आतुर थीं। वहाँ का गर्वनर किओन और उसके सहायक असहाय मूकदर्शक बने हुए थे। सहायता की आशा लगाये बैठे थे। चिंता की इस घड़ी में जब एक लार्ड ने आकर एक जहाज आने की सूचना दी तो किओन भयभीत हो गया। सोचा कि हमारे दुर्दिन का फायदा उठाकर कोई हम पर हमला करने की गरज से आया है, लेकिन लार्ड ने उसे आश्वस्त किया कि जहाज पर लगा सफेद झण्डा खतरे का सूचक नहीं हो सकता। यह सुनते ही किओन ने उससे कहा कि जाओ और उस जहाज के जनरल को बुला लाओ।

उसके सामने पहुंचते ही पेरिक्लीज ने किओन को आश्वस्त किया कि हम हमलावर नहीं हैं। इस जहाज में अन्न लेकर आये हैं। यहाँ की मुसीबत की कहानी टायर तक पहुंच चुकी थी। स्वाभाविक था कि इस सामयिक सहायता के लिए थेरसर के लोग पेरिक्लीज का स्वागत करते। आभार प्रकट करते। लेकिन सुरक्षा की दृष्टि से पेरिक्लीज का यहाँ अधिक समय तक रुकना उचित नहीं था। हेलिकेनस ने पत्र भेजकर उसे थेलियार्ड के आने की सूचना दे दी थी। लाचार हो पेरिक्लीज को थेरसर भी छोड़ना पड़ा। दुर्भाग्य ने अभी भी उसका पीछा नहीं छोड़ा था। समुद्री तूफान से जहाज टुकड़े-टुकड़े हो गया। सारी सम्पति डूब गई।अकिंचन और असहाय पेरिक्लीज समुद्र की तूफानी लहरों से लड़ता किसी तरह पेंटापोलिस पहुंचा। मछुवारों ने उस राजकुमार को बाहर निकाला। पहनने के लिए कपड़ा दिया और घर ले जाकर भोजन कराया।

बातचीत के सिलसिले में मछुआरों ने पेरिक्लीज को बताया कि जहाँ तुमने शरण ली है उस नगर का नाम पेंटापोलिस है। यहाँ का राजा सिमॉनडीज बड़ा भला आदमी और लोकप्रिय प्रशासक है। यहाँ थोड़ी दूर पर उसका महल है। उन्होंने कहा कि अगले दिन उसकी रूपसी बेटी का जन्म दिन है। इस अवसर पर अनेक देशों के राजकुमार अपनी शक्ति का प्रदर्शन करके राजकुमारी को पाने का प्रयास करेंगे। पेरिक्लीज सोचने लगा, काश! मेरी हैसियत ऐसी होती कि मैं भी इस होड़ में शामिल हो पाता। इतने में दो मछुआरे वहाँ आ पहुँचे। उनकी जाल में एक भारी कवच फंस गया था। उसे देखते ही पेरिक्लीज प्रसन्नता से बोल उठा यह तो मेरा पुश्तैनी जिरह बख्तर है। मरते समय मेरे पिता ने मुझे दिया था। उसे लगा कि इतनी मुसीबतें झेलने के बाद भाग्य को अब उस पर तरस आया है। वह धरोहर पाने के बाद उसने मछुआरे से कहा कि अब तुम अपने राजा के दरबार में ले चलो। मैं अपना युद्ध कौशल दिखाउंगा। राजकुमारी के लिए होने वाली वर प्रतियोगिता में भाग लूंगा। उन मछुआरों ने उसे एक बढ़िया गाउन भी दिया और उसे लेकर दरबार में जा पहुंचे।

प्रतियोगिता के लिए बने मंडप के मंच पर राजा सिमॉनोडिज अपनी बेटी थाइसा के साथ विराजमान था। स्पार्टी, मेसिडान, एण्टिओकस आदि पाँच देशों के राजकुमारों ने बारी-बारी से अपना शील्ड राजकुमारी के सामने प्रस्तुत किया। अन्त में बारी आयी पेरिक्लीज की। उसने बड़ी सौजन्यतापूर्वक अपना शील्ड पेश किया। यद्यपि उसका कपड़ा ऐसे अवसर के लिए उपयुक्त नहीं था फिर भी वह इसी प्रतियोगिता के माध्यम से अपना भविष्य सुधारने की आशा में था। प्रतियोगिता समाप्त होते ही

सभी चिल्ला उठे, वह साधारण सरदार है। उसका मुरझाया चेहरा देखकर थाइसा ने भी अनुमान लगाया कि यह कोई अपरिचित विदेशी प्रत्याशी है।

इसके बाद आयोजित शाही भोज में सभी लोग सादर आमंत्रित हुए। थाइसा ने पेरिक्लीज को विजय माला देकर पुरस्कृत किया। वह उस दिन का राजा था। टेबल पर उसे विशिष्ट स्थान दिया गया। पास मैं बैठी थाइसा पेरिक्लीज की वीरता और विनम्रता की प्रशंसा में मग्न थी। खाना उसे अच्छा नहीं लग रहा था। वहाँ सभी लोग आनन्द मंगल मनाने और खाने-पीने में व्यस्त थे, लेकिन पेरिक्लीज उसी तरह मुरझाया हुआ बैठा था। राजा ने बेटी से कहा कि जाओ उस युवक की स्वास्थ्य की कामना करते हुए उसका परिचय पूछो। अपना परिचय देते हुए पेरिक्लीज ने अपना नाम, पता, शिक्षा-दीक्षा आदि के संबंध में बताने के बाद कहा कि समुद्री तुफान का शिकार हो मैं संयोगवश यहाँ आ पहुँचा। नाच-गान में रात काफी बीत चुकी थी। राजा ने सभी अतिथियों को अपने-अपने शयन कक्ष में विश्राम हेतु भेज दिया, लेकिन पेरिक्लीज को अपने बगल वाले कमरे में रखा।

अब पेरिक्लीज के अच्छे दिन आ गये थे। पापी राजा एण्टिओकस एक दिन जब अपनी चरित्रहीन बेटी के साथ रथ पर सवार हो कहीं जा रहा था कि दैवी बज्रपात से उन दोनों की मृत्यु हो गयी। टायर के सामन्त पेरिक्लीज की लम्बी गैर हाजिरी से बेचैन थे। उन्होंने हेलिकेनस से कहा कि बहुत दिन तक राजगददी सुनी रखना ठीक नहीं है या तो हम राजकुमार को खोजकर यहाँ ले आवें और अगर वह मर चुका है तो दूसरे प्रशासक को चुन लें। उन सभी ने हेलिकेनस को ही प्रशासन सौंप देने का निर्णय लिया, लेकिन हेलिकेनस ने उनसे अनुरोध किया कि जल्दबाजी में कोई निर्णय न लें। एक वर्ष तक हम लोग पेरिक्लीज की खोज करें। यदि वह नहीं मिलता तो मैं आप लोगों के मतानुसार राज्य का दायित्व अपने बूढ़े कंधों पर लेने के लिए तैयार हूँ।

इन लोगों को क्या पता था कि पेण्टापोलिस में पेरिक्लीज वहाँ की राजकुमारी का चहेता बन गया है। राजा सिमाण्डीज ने अन्य राजकुमारों से कहा कि मेरी बेटी ने निर्णय किया है कि एक वर्ष तक वह शादी नहीं करेगी। अपने कमरे में रहेगी। अब उससे मिल पाना असम्भव है। लाचार हो सभी वहाँ से विदा हो गये। राजकुमारी ने अपने पिता को पत्र लिखकर सूचित किया कि मैं उसी अपरिचित योद्धा पेरिक्लीज से शादी करूंगी, नहीं तो पूरा जीवन अकेले अपने कमरे में बिताउंगी। राजा भी बेटी के इस निर्णय से सहमत था। जब वह अपनी बेटी के पत्र और उसके प्रस्ताव पर विचार कर ही रहा था कि पेरिक्लीज वहाँ आ पहुँचा। राजा ने उसे अपनी बेटी के प्रस्ताव से परिचित कराया। भला दुर्दिन का मारा एक अजनबी जो राजदरबार में अपनी वीरता का प्रदर्शन करने आया था इस पर कैसे विश्वास कर लेता। उसने राजा से निवेदन किया। कृपया मझे इस जाल में न फंसाये। मैं आपकी बेटी से शादी करने योग्य नहीं हूँ। यह सुनते ही राजा उखड़ गया। उसने कहा मक्कार। मेरी बेटी पर जादू डालकर अब उसे धोखा देना चाहता है। यह सुनते ही पेरिक्लीज भी गर्म हो गया। उसने कहा कि आपके बदले किसी दूसरे ने मुझे ऐसा कहा होता तो मेरी तलवार

उसका उत्तर देती। पेरिक्लीज के इस साहस पर राजा मन ही मन खुश था, लेकिन इसके पहले कि बात बढ़े राजकुमारी थाइसा उन लोगों के सामने आ खड़ी हुई।

थाइसा को देखते ही पेरिक्लीज ने उलाहना दिया। उसने कहा कि अपने पिता को बताओ। क्या मैंने कभी तुम्हें रिझाने का प्रयास किया था। उस रूपसी ने जवाब दिया। मान लो तुमने ऐसा किया भी होता तो इसमें किसी को आपति क्यों। यह तो प्रसन्नता की बात है। राजा ने देखा कि बेटी बिना बाप की अनुमति लिए ही आगे बढ़ चुकी है, लेकिन यह सोचकर कि यह युवक कुल, खानदान, रूपरंग, साहस और शौर्य में किसी से भी कम नहीं है, उसने दोनों का हाथ मिलाकर उन्हें प्रणय सूत्र में बाँधने का निश्चय किया।

इन दोनों का वैवाहिक जीवन बड़ा सुखी और सफल था। उन्हें एक कन्या की प्राप्ति हुई। जब ये लोग मूक अभिनय देखने में व्यस्त थे, तभी एक दूत ने आकर पेरिक्लीज को पत्र दिया। उसमें एण्टिओकस और उसकी बेटी के निधन का समाचार था। साथ ही यह भी लिखा था कि टायर के लोग पेरिक्लीज को ढूंढने के प्रयास में हैं। प्रजा भी उसे देखने के लिए आतुर है। पत्र पढ़ते ही थाइसा टायर जाने के लिए तैयार हो गयी। जिस जहाज से पेरिक्लीज इस बार सपरिवार टायर की यात्रा पर निकला, वह भी तुफान की चपेट में आ गया। डर के मारे थाइसा का बुरा हाल था। तूफान की शांति के लिए पेरिक्लीज प्रार्थना करने लगा। इतने में नर्स लिकौरिडा ने आकर उसे रानी के मरने का समाचार सुनाया।

इतनी जल्दी पत्नी से बिछुड़ जाना पेरिक्लीज के लिए असहनीय तो था ही, लेकिन जब नाविकों ने पेरिक्लीज से आग्रह किया कि रानी का शव जहाज से बाहर कर दिया जाये तब तो वह बेचारा सन्न रह गया। नाविकों की भी लाचारी थी। उनकी मान्यता थी कि जहाज पर शव रहने से तूफान नहीं थमता। शव प्रवाह करने के लिए नाविकों ने उसे एक बक्सा दिया। बक्से में एक पत्र, कुछ आभूषण और नकद रखकर पेरिक्लीज ने विसर्जित कर दिया।

इधर थाइसा का ताबूत बहता हुआ इफिसस के तट पर आ गया। संयोगवश लार्ड सेरिमन के नौकरों ने उसे बाहर निकाल लिया। लार्ड ने सोचा कि हो न हो इस वजनी बक्स में सोना भरा हो। उसके आदेश से बक्सा खोला गया तो उसमें शव के अलावा एक पत्र भी मिला। पत्र में पेरिक्लीज ने अपनी पत्नी को दफन करने का निवेदन किया था और जो धन बक्स में था वह दफन खर्च था। सेरिमन ने शव देखकर अन्दाजा लगाया कि यह महिला अभी जीवित लगती है, अतः उस रात में ही आग जलवा कर उसका शरीर गरम किया। औषधि दिया। ध्वनि संगीत से उसे प्रभावित करने से आँखें खुलीं। तब लार्ड बोला। भगवान करे तुम जीवित हो जाओ, ताकि हम तुम्हारी मुसीबत की कहानी सुन सकें। थाइसा बोल उठी। मैं कहाँ हूँ, मेरे पति कहाँ हैं। अब उसे उठाकर कमरे में पहुंचाया गया। सेरिमन ने थाइसा को वह पत्र दिखाया जो बक्स में मिला था। उसने पति की लिखावट पहचान ली। उसने अफसोस जाहिर किया कि शायद मैं अपने पति को न देख पाऊंगी। ऐसी स्थिति

में मैं संयासिनी का जीवन बिताऊंगी। लार्ड ने उसे सुझाव दिया कि पास के डायना मंदिर में जाकर रहो और आपत्ति न हो तो मैं अपनी भतीजी को भी तुम्हारी सेवा के लिए भेज दूं।

इस समय थाइसा का पति थेरसस के गवर्नर किओन के दरबार में था। अपनी बेटी मेरिना को सुपुर्द करके वह टायर पहुंचने के लिए उतावला था। पेरिक्लीज ने अन्न देकर थेरसर के लोगों की जो सहायता की थी, उससे उपकृत किओन ने उसे आश्वस्त किया कि यहाँ मेरीना का उचित लालन-पालन होगा। उसकी पत्नी डायोनिजा ने भी आश्वस्त किया कि मैं अपनी बेटी की तरह इसकी देखभाल करूंगी। दाई लिकोरिडा को बेटी के पास छोड़कर पेरिक्लीज टायर की ओर चल पड़ा।

कुछ समय बाद लिकोरिडा की मृत्यु हो गई। नर्स की मृत्यु के बाद अब थेरसर मे मेरिना अकेली रह गई। किओन ने उसको संगीत और साहित्य में पारंगत कर दिया था। उसकी उच्च शिक्षा और उसका मोहक सौंदर्य सभी को अपनी ओर खींच लेता था। मेरिना की बढ़ती कीर्ति के कारण किओन की पत्नी और पुत्री उससे ईर्ष्या करने लगी। माँ समझती थी कि मेरिना के न रहने पर उसकी बेटी लोगों के आकर्षण का केन्द्र बिन्दु बन जाएगी। अन्ततोगत्वा उसकी हत्या कर देने का मन बना लिया। इस काम का जिम्मा उसने अपने नौकर लिओनिन को दिया। हत्यारा जानता था कि मेरिना बड़ी भली लड़की है। रानी ने मेरिना के सामने उससे कहा यह लड़की नर्स की मृत्यु से दुःखी है। इसके पिता आने वाले हैं। इसकी ऐसी दशा देखकर वे इसकी ठीक देखभाल न करने पर हम पर दोषारोपण करेंगे। आधा घंटा टहलाने से इसकी तबीयत ठीक हो जायेगी।

हत्यारे के संग बातचीत करती हुई मेरिना समुद्र के किनारे पहुँची। वहाँ पहुँचते ही लिओनिन ने उससे प्रार्थना करने के लिए कहा। जब मेरिना ने इसका कारण पूछा तो हत्यारे ने केवल इतना ही कहा कि मुझे अपना काम जल्दी पूरा करना है, मैं तुम्हारी हत्या करूंगा। मेरिना बड़े ताज्जुब में थी। मैंने कभी कोई ऐसा काम नहीं किया जिससे डिओनिजा को कष्ट पहुँचा हो। फिर मेरी हत्या क्यों? लेकिन हत्या का कारण बताना लिओनिन का काम नहीं था। वह तो मालकिन के आदेशानुसार काम करने का जिम्मेदार था। मेरिना ने उससे दया की अपील की। हत्यारा तो काम पूरा करने के लिए वचनबद्ध था। उसने मेरिना को पकड़ लिया। संयोग से इसी समय समुद्री डाकू आते दिखाई पड़े। लिओनिन जान बचाकर भागा। अब मेरिना डाकूओं के चंगुल में आ गई। हत्यारे ने सोचा अच्छा हुआ। ये डाकू लड़की को अपने साथ पकड़ ले जाएँगे। मैं मालकिन से जाकर कह दूंगा कि मेरिना को मारकर मैंने समुद्र में फेंक दिया। बाद में उसने सोचा कि हो न हो ये डाकू लड़की के साथ दुष्कर्म करने के बाद उसे यहीं छोड़ दें।

डाकू मेरिना को लेकर मटिलीन की वेश्या मण्डली में पहुंचे। बोल्ट नामक दलाल से सौदा पटाया और चकले वाली को सौंप दिया। आज रात वहाँ एक विदेशी आने वाला था। अच्छी कमाई होगी। यह सोचकर चकले वाली खिल उठी। वेश्या का जीवन बिताने

के लिए बाध्य बेचारी मेरिना अपने दुर्भाग्य पर अफसोस कर रही थी। मुक्ति प्राने के लिए तड़प रही थी। फिर भी वह दृढ़ थी अपने सतीत्व की रक्षा के लिए।

इधर मेरिना की गैर हाजिरी से किओन परेशान था। पेरिक्लीज के आने पर क्या जवाब दूंगा। उसकी बेटी कहाँ से लाऊंगा, लेकिन उसकी जल्लाद पत्नी ने पति को डाँटा। क्या बेवकूफी की बातें कर रहे हो? जो हो चुका उसे कैसे बदला जा सकता है। मैं पेरिक्लीज से कह दूंगी कि रात में उसका देहान्त हो गया। लाख प्रयास करने के बावजूद उसे बचाया न जा सका। उसने पति से कहा कि उस वक्त तुम चुप रहना। यह न कह देना कि मेरिना के साथ छल किया गया। किओन दुखी था। उसने पत्नी को धिक्कारा, लेकिन उसकी भर्त्सना का डिओनिजा पर कोई असर नहीं पड़ा। उल्टे वह पति को ही फटकारती रही। उसने कहा कि वह कहाँ गई इस विषय में और कोई नहीं जानता। तुम्हारी एकलौती बेटी की भलाई के लिए यह काम किया गया। उसने यह भी कहा कि उसकी यादगार में एक मकबरा बनवाकर तैयार कराओ, जिसें पेरिक्लीज को दिखा दिया जाएगा।

टायर के प्रशासन की संतोषजनक व्यवस्था कर लेने के बाद पेरिक्लीज सामन्तों और लार्डों के साथ अपनी बेटी को वापस लेने के लिए थेरसस पहुँचा। गवर्नर किओन ने बिना कुछ कहे सुने उसे मेरिना का मकबरा दिखा दिया। बेटी का मकबरा देखते ही उसका कलेजा दो टूक हो गया। बिना कुछ बोले वह टायर की ओर लौट पड़ा। पत्नी और पुत्री दोनों के वियोग से वह मर्माहत था। अब उसने संन्यासी की जीवन बिताने का निश्चय किया। बोला कि अब मैं न तो राजसी पोशाक पहनूंगा और न दाढ़ी बनाऊँगा। बोरे से सिला वस्त्र पहनूंगा। उसे क्या मालूम था कि जिस बेटी का मकबरा देखकर उदास मन से लौटने के बाद यह सब कर रहा है वह बेटी अभी भी जीवित है।

एक दिन मटिलीन का गर्वनर उसी चकला घर में आ पहुंचा, जहाँ मेरिना पड़ी थी। स्वाभाविक था वेश्यालय की मालकिन और दलाल जाल में फंसी नई मछली को उनके सामने पेश करते। गवर्नर लिसिमेकस मेरिना को देखते ही मुग्ध हो गया। उन लोगों ने गर्वनर को बता रखा था कि गुलाब की वह कली अभी अछूती है। इस धंधे में सध नहीं पाई है। उसे साधने के लिए गवर्नर को थोड़ा प्रयास करना पड़ेगा।

अब लिसिमेकस और मेरिना अकेले रह गये। गवर्नर ने उससे पूछा तुम कब से वेश्यावृति में आई हो। मेरिना ने जवाब दिया, आप जानते हैं कि यह वेश्यालय है तब आप जैसा सम्मानित व्यक्ति, जो यहाँ का गवर्नर भी है, यहाँ क्यों आया। गवर्नर ने उससे पूछा। क्या चकले वाली ने तुम्हें बताया नहीं। विश्वास रखो कि मैं तुम्हारे साथ गलत व्यवहार नहीं करूंगा। आओ हम लोग कहीं अलग चलें। मेरिना ने गवर्नर से निवेदन किया कि यदि आप सचमुच संभ्रांत कुल के हैं, तो मेरे साथ न्यायोचित व्यवहार करेंगे। मैं एक कुमारी हूँ, लेकिन दुर्भाग्यवश इस नरक में फंस गई हूँ, जहाँ से केवल भगवान ही मेरा उद्धार कर सकता है। मेरिना की दर्दभरी कहानी से प्रभावित हो गवर्नर बोल उठा। यद्यपि मैं दुर्भावना लेकर यहाँ आया था, लेकिन

इस धंधे के संबंध में तुम्हारी भावना जान और तुम्हारे विचार सुनकर मेरा मन बदल गया। तुम सचमुच साध्वी और कुलनी हो। उसने मेरिना से कहा, लो यह धन अपने पास रखो। मैं और भी सहायता करूंगा। दलाल और चकले वाली दोनों मेरिना से बहुत नाराज थे। बोले यह तो हमारा रोजगार ही चौपट कर देगी। उन्होंने मेरिना से कहा कि तुमने इतने बड़े आदमी को वैसे ही लौटा दिया। हम लोगों को भी कुछ नहीं मिला। हमारी आमदनी मारी गई। चकले वाली ने दलाल बोल्ट से कहा, इसे ले जाओ। इसका कौमार्य भंग करो। उसे सीधा कर दो। बोल्ट ने जब उसे साथ ले जाने का प्रयास किया तो मेरिना ने उसे फटकारा। तुम! नरक के पहरेदार दूसरों की जूठन पर जीने वाले। अधम नीच। मेरिना की झिड़की सुनकर बोल्ट उससे पूछ बैठा बताओ मैं क्या करूं। मेरिना का उतर था कि यह काम छोड़ दो और कोई दूसरा काम करो। लो मुझसे यह रकम। उससे कहा कि अपनी मालकिन से जाकर बोल दो कि यदि उसे पैसा चाहिए तो मैं संगीत, नृत्य, सिलाई, बुनाई सब कुछ सिखाने का काम करके उसे पैसा दे सकती हूँ।

पैसे से प्रभाावित हो दलाल बोल्ट ने मेरिना को आश्वासन दिया कि मैं चकले वाली से बात करके तुम्हें छोड़ने के लिए राजी कर लूंगा। किसी प्रकार वहाँ से मुक्त हो मेरिना ने एक भले घर में शरण लिया। संगीत, विधा, सिलाई, कढ़ाई, बुनाई की कला से उसने सब लोगों का मन मोह लिया। संयोग से पेरिक्लीज का जहाज भी थेरसस से चलकर मटिलीन पहुँचा। यहाँ सागर देवता, नेपचून का वार्षिक जलसा हो रहा था। गवर्नर लिसिमेकस की नजर पेरिक्लीज के जहाज पर पड़ी। बस वह स्वयं तट पर लगे उस जहाज पर आ पहुंचा। पारिवारिक रिक्तता और अनुताप से टूटा पेरिक्लीज मौन बेदम पड़ा था। तीन महीने से न उसने कुछ खाया था और न किसी से बात की थी। गम ने उसे बेदम कर दिया था। पेरिक्लीज के साथी बुढ़े हेलिकेनस ने गवर्नर को बताया कि पत्नी और पुत्री के वियोग से उसकी यह हालत हुई है। गवर्नर ने पास पहुंचकर उसे सलाम किया, परन्तु पेरिक्लीज पर इसका कोई प्रभाव न पड़ा। अंत में उसकी सेवा सुश्रुषा के लिए मेरिना को बुलाया गया। गर्वनर को विश्वास था कि मेरिना अपनी मीठी बोली तथा मधुर स्वभाव से पेरिक्लीज को प्रभावित करने में सफल होगी। मेरिना ने पेरिक्लीज की सेवा करने की जिम्मेदारी एक शर्त पर ली कि इस बीच पेरिक्लीज के पास और कोई न जाने पावे।

अब मेरिना अपनी साथी लड़की के साथ पेरिक्लीज पर परिचर्चा में लग गई। पहले उसने गाना गाया। देखा कि राजा इससे भी प्रभावित न हुआ। तब बड़े ही मीठे स्वर में उसने अपने मुसीबत की कहानी कहना शुरू किया। कहानी सुनकर प्रिंस थोड़ा कनमनाया। आँखें खोली। मेरिना पर नजर पड़ते ही उसे लगा कि इस लड़की को चेहरा तो मृत रानी जैसा है। मेरी बेटी भी ऐसी ही हुई होती। कद, काठी, चेहरा मोहरा, स्वर, सौन्दर्य सब कुछ तो वैसा ही है। वह मेरिना के संबंध में पूरी जानकारी प्राप्त करने की उत्सुकता रोक न सका। अपने पास बैठाकर उसकी आप बीती सुनने लगा। उसने अपना नाम मेरिना बताया। उसने आगे कहा कि जैसा मैंने अपनी नर्स

लिकारिडा से सुना था कि समुद्री यात्रा के दौरान मैं पैदा हुई थी, इसलिए मेरा नाम मेरिना रखा गया। मेरे जन्म के बाद ही मेरी माता चल बसी। उसने मेरिना से पूछा, बताओ तुम्हारा पालन-पोषण कहाँ हुआ। मेरिना ने कहा किओन के पास। उसने थेरसस की घटना सुनाई, जहाँ उसके बाप ने उसे सुपुर्द किया था। उसने बताया कि किओन और उसकी पत्नी ने मुझे मरवा डालने का षडयंत्र रचा, लेकिन डाकूओं ने बचा लिया। मेरिना की बातें सुनकर पेरिक्लीज द्रवित हो उठा।

आँसू रोक न सका। अंत में मेरिना ने बताया कि मेरे पिता का नाम पेरिक्लीज था। पता नहीं वह जीवित हैं या नहीं। मेरिना ने अपनी माता थाइसा का भी नाम लिया। कहानी सुनकर पेरिक्लीज अवाक था। जिस लड़की का मकबरा देख चुका था, वही लड़की उसके सामने थी। उसने ईश्वर के प्रति आभार प्रकट किया। पुत्री के इस अप्रत्याशित मिलन से बड़ा संतुष्ट था। आह्लाद ओर अवसाद के उद्वेग से उसकी आँखें नम हो उठीं और वह बेखबर सो गया।

सपने में पेरिक्लीज ने देखा कि देवी डायना ने आकर उसे आदेश दिया कि एफिसस जाकर मेरे मंदिर में पूजा करो। वहाँ की पुजारिन के सामने अपनी मुसीबत की कहानी सुनाओ। यदि यह काम नहीं करोगे तो दुःखी रहोगे। उसने हेलिकेनस को आवाज दी। गवर्नर लिसिमेकस और मेरिना के साथ वह हाजिर हुआ। पेरिक्लीज बोला, पहले तो मैं थेरिसस जाकर किओन से बदला लेना चाहता था, लेकिन अब ऐफिसस चलो इसका कारण मैं बाद में बताउंगा। लिसिमेकस के सदव्यवहार से प्रसन्न हो पेरिक्लीज उसे कुछ स्वर्ण मुद्रा देना चाहता था, परन्तु लिसिमेकस ने कहा कि आप लौटकर आ जायें तो मैं अपना निवेदन पेश करूंगा। पेरिक्लीज ताड़ गया कि शायद वह मेरिना को प्राप्त करना चाहता है। एफिसस के डायना मंदिर में जब पेरिक्लीज पहुंचा तो वहाँ की प्रमुख पुजारिन अन्य सहवासिनियों के साथ इंतजार कर रही थी। लार्ड सेरिमन तथा दूसरे लोग उसकी सेवा में उपस्थित थे। देवी डायना के आदेशानुसार पेरिक्लीज ने अपनी जीवन गाथा शुरू की। उसकी पूरी बात सुनते ही पुजारिन मूर्च्छित हो गई। यह देख पेरिक्लीज पेरशान हो सहायता की गुहार करने लगा। लार्ड सेरिमन ने उससे कहा कि यदि तुमने इस मंदिर में सच्ची बात कही है तो विश्वास करो कि यही पुजारिन तुहारी पत्नी है। भला पेरिक्लीज उसकी बात कैसे मान लेता। जिस औरत का शव अपने हाथ से समुद्र में फेंका था, वह कैसे यहाँ पहुंच गई। अब सेरिमन ने उसे बताया कि समुद्र तट पर लगे एक ताबूत से इस महिला का शव और उसमें रखे जेवर मैंने ही निकाला था और इस मंदिर में मैंने ही उसके रहने की व्यवस्था की थी। थोड़ी देर बाद थाइसा होश में आ गई। उसने पेरिक्लीज की ओर देखा और पूछा। क्या आपका नाम पेरिक्लीज है? आपकी बोली और रूप रंग तो वैसा ही मालूम होता है। बोली कि मैं आपकी थाइसा हूँ, जिसे मरा हुआ समझकर समुद्र में फेंक दिया गया था। उसने वह अंगूठी भी दिखायी, जिसे उसके पिता ने पेंटापोलिस से विदा होते समय दिया था। अपनी पत्नी को इस प्रकार जीवित पाकर पेरिक्लीज आत्मविभोर हो उठा। उसे अपनी बाँहों में समेट लिया। ऐसी खुशी के मौके पर भला

बेटी कैसे मूकदर्शक बनी रहती। उसने भी नतजानू हो माँ का अभिवादन किया। थाइसा को बचाने के लिए उसने लार्ड सेरिमन की सराहना की। धन्यवाद दिया।

अब सेरिमन के प्रस्ताव पर सभी लोग उसके घर की ओर चल पड़े, जहाँ थाइसा के ताबूत से निकले जेवर का अवलोकन करेंगे। पेरिक्लीज ने थाइसा को बताया कि मेरिना की शादी मेटिलिनी के गवर्नर लिसिमेकस के साथ पेणटापोलिस में सम्पन्न की जायेगी। उससे यह भी कहा कि अब तुम्हारे पिता नहीं रहे। इसलिए हम दोनों अपना बाकी जीवन वहीं बितायेंगे। मेरिना और लिसिमेकस टायर का राजकाज सम्हालेंगे।

4. बारहवीं रात

ईश्वर की माया भी अजीब है। वह कभी-कभी ऐसे चमत्कार कर दिखाता है जिन्हें देखकर व्यक्ति की बुद्धि दंग रह जाती है। किसी समय की बात है, इल्यूशियम शहर में किसी स्त्री के दो जुड़वाँ शिशु उत्पन्न हुए। दोनों की शक्ल-सूरत, रूप-रंग और डील-डौल बिल्कुल एक जैसा था। अंतर सिर्फ इतना था कि उनमें एक लड़की थी और एक लड़का। माँ ने लड़के का नाम सैबेस्टियन और लड़की का नाम व्यूला रखा। आश्चर्यजनक बात तो यह थी कि बहन-भाई की तकदीर भी एक जैसी थी।

एक बार जब वे दोनों कुछ बड़े हुए तो एक जहाज पर सवार होकर विदेश के सफर को चले। अपने नगर से अभी वे कुछ ही दूर गए होंगे कि समुद्र में एक भयानक तूफान उठ खड़ा हुआ और उनका जहाज बेकाबू होकर एक समुद्री चट्टान से जा टकराया। बीसियों व्यक्ति डूब गए और बीसियों घायल होकर लहरों से समा गए। मगर इन दोनों बहन-भाई के जीवन के कुछ दिन शेष थे। इसलिए इतनी बड़ी दुर्घटना में भी बच निकले थे। सैबेस्टियन ने जहाज से कूदकर एक बड़ा-सा तख्ता हथिया लिया तथा चिपटकर लहरों पर डूबता-उतराता हुआ वह समुद्र में तैरने लगा। उसे व्यूला की काफी चिंता थी, परंतु जब उसने देखा कि जहाज के मल्लाहों ने उसे भी अपने साथ नाव पर बिठा लिया है तो उसके मन को बड़ा संतोष हुआ।

भगवान ने जिन्दगी दी तो बहन-भाई फिर से मिल जाएँगे, यही सोचकर व्यूला उस तख्ते को बड़ी तत्परता से किनारे लाई था, इसीलिए उसने भाई से फिर से मिलने की उम्मीद मन से न छोड़ी। किनारे पर पहुँचकर उसने जहाज के कप्तान से कहा-'कप्तान साहब! यह तो आप जानते ही हैं, भाई ही मेरा एक सहारा था, तथा इस दुर्घटना से उसके बच निकलने की आशा ही दिल में शेष रह गई है। पता नहीं उस पर क्या बीत रही होगी। उससे मेरी इस जिन्दगी में भेंट होगी या नहीं और होगी तो पता नहीं कब; इसलिए मैं आपसे सलाह माँगती हूँ कि अपने मुश्किल के दिन किसके पास रहकर बिताऊँ?'

कप्तान ने, जो अधेड़ आयु का एक अनुभवी व्यक्ति था, स्नेह भरे शब्दों में कहा—यूँ तो बिटिया, मुझे भी तुमको अपने घर में रखने में कोई आपत्ति नहीं, मगर मैं ठहरा जहाज का कप्तान! आज यहाँ तथा कल वहाँ। किसी एक जगह तो हमारा ठिकाना है नहीं, इसलिए मैं तो तुम्हें यही सलाह दूँगा कि तुम पास वाले द्वीप में चली जाओ। वहाँ ओर्सिनो नाम का एक काफी धर्मात्मा राजकुमार रहता है। वह ब्याह योग्य उम्र होने पर भी अभी कुंआरा ही है।'—व्यूला ने उसके अभी तक कुंआरे

रहने की वजह पूछी तो कप्तान ने कहा—'सच में वह राजकुमार एक रईस की बेटी से प्यार करता है जिसका नाम ओलीविया है। किसी वक्त ओलीविया भी उससे प्यार करती थी। मगर लगभग छः महीने बीते कि उसका एकमात्र भाई दुनिया से चल बसा। भाई की मृत्यु से ओलीविया को इतना गहरा आघात पहुँचा कि वह उसकी याद को मन से कभी न भुला सकी तथा दुनिया के सारे ऐश व आरामों से किनारा करके तब से एक बन्द कमरे में रहती है। न तो वह किसी से मिलती-जुलती है और न ही किसी व्यक्ति की छाया तक अपने पर पड़ने देती है। यही वजह है कि राजकुमार भी उससे मिल नहीं पाता तथा उसकी याद में दिन-रात कुढ़ा करता है।

ठंडी गहरी साँस भरकर व्यूला ने कप्तान से कहा—'बहनों को भाई कितने प्रिय होते हैं, यह बहनों का दिल ही जानता है। न जाने मेरा भैया भी कभी मुझे मिलेगा अथवा नहीं। कप्तान साहब, जिस ओलीविया का वर्णन आप कर रहे हैं वह तो अपने भाई के शोक में मग्न है तथा मैं भी। इसीलिए मुझे विश्वास है कि जो अपने भाई को हमेशा के लिए खो चुकी हैं वह मेरे दिल की पीड़ा को जरूर पहचानेगी और मुझे उम्मीद है कि मेरे भाई को खोज लाने में वह हर सम्भव सहायता मुझे देगी। मगर कप्तान, तुम मुझे किसी तरह ओलीविया तक पहुँचा दो तो मैं जन्म-जन्म तक तुम्हारा उपकार मानूँगी।' बूढ़े कप्तान ने कहा—'बिटिया, मुझे शक है कि बिना पूर्व परिचय के ओलीविया मुझसे भेंट करना स्वीकार नहीं करेगा। इसलिए मेरी तो यही सलाह है कि तू राजा की शरण में ही जा। वह जरूर तेरी सहायता करेगा।'

व्यूला ने कैप्टन की बात मान ली तथा एक पहाड़ी नौकर का वेश धारण करके राजकुमार के यहाँ नौकरी करने लगी। उसने राजकुमार को अपना नाम सिसेरियो बताया तथा मन लगाकर उसकी सेवा करने लगी। पुरुष-वेश में वह ठीक अपने भाई जैसी लगती थी। उसके भाई का कोई मित्र व्यूला को इस वेश में देखकर उसे सैबेस्टियन समझने की भूल कर सकता था। अपने भाई की भाँति वह काम करने में भी बड़ी कुशल थी। कुछ ही दिनों में वह राजकुमार की गहरी विश्वासपात्र बन गई। यहाँ तक कि राजकुमार ने उसे ओलीविया के साथ अपने प्यार की बात भी बता दी और इस काम में उसकी मदद माँगी। बेचारी व्यूला इस काम में राजकुमार की क्या सहायता करती? वह तो राजकुमार के प्यार में खुद फंस जाने से स्वयं अपनी मदद भी न कर सकी। वह जब राजकुमार की सौम्य आकृति को देखती तो मन ही मन सोचती कि न जाने ओलीविया का मन किस फौलाद का बना हुआ है जो राजकुमार जैसे प्रेमी की प्रार्थना पर भी नहीं पसीजता है। मैं तो ऐसे राजकुमार की एक 'हाँ' के प्रति हजार बार कुर्बान होने को तैयार हूँ।

जब एक बार राजकुमार ओलीविया की निष्ठुरता को याद कर-करके आँसू बहा रहा था तो सिसेरिया ने मौका देखकर कहा—'मालिक, मुझसे आपकी यह हालत अब और अधिक नहीं देखी जाती। आपकी रातें ओलीविया के विरह में आँसू बहाते और दिन उसी के गुण गाते हुए बीते जाते हैं। न तो खाने की सुध है, न पीने की। बस आठों पहर ओलीविया के नाम की ही रट लगाए रहते हैं। मैं पूछता हूँ कि क्या

ओलीवीया ने एक बार भी आपकी इन तपस्याओं का ख्याल किया?'

राजकुमार ठंडी आह भरकर बोला—'सिसेरियो! नारी का मन भगवान ने बनाया ही कठोर है। उसका हृदय लहू-गोश्त का नहीं, अपितु पत्थर का बना होता है। पसीजना तो उसे आता ही नहीं। यह व्यक्ति ही है जो अपनी प्रेयसी के लिए अपना सर्वस्य बलिदान करके भी अपने-आपको ऋणी मानता है।'

नारी का तिरस्कार सुनकर व्यूला के मन को मानो ठेस पहुँची। उसका वेश भले ही मर्द का था, मगर हृदय तो नारी का ही था। उसने दिल ही दिल में कहा—'काश! राजकुमार मेरे हृदय में झाँककर देख सकता कि नारी का मन किन कोमल भावनाओं से ओत-प्रोत है!' व्यूला के मन की यह बात होठ भी न रोक सके और सहसा उसके मुँह से निकल गया—'राजकुमार! मैं नारी होता तो तुम्हें बता सकता कि नारी की तुलना में पुरुष के प्रेम का मुझे गहरा अनुभव है। उसे तिरस्कार के नजरिये से मत देखो।'

राजकुमार ने कहा—'इसका प्रमाण!'

सिसेरियो बोला—'वक्त आने पर मैं इसका प्रमाण भी आपको दिखा दूँगा।'

राजकुमार ने कुछ खुलकर कहा—'मेरे लिए प्रत्यक्ष तो ओलीविया ही है। अगर तुम अपना प्रमाण दिखा सको तो प्रिय सिसेरियो! मैं जन्मों तक तुम्हारा उपकार न भुला सकूँगा। मैंने आज तक अपने प्रेम का रहस्य अन्य किसी को नहीं बताया। आज सिर्फ तुम्हें बता रहा हूँ और वह भी इसी आशा पर कि तुम ओलीविया को मोहने की अद्‌भुत शक्ति में प्रेम का अफसाना सुनाओ तो निश्चय ही उसका कठोर हृदय पिघल जाएगा तथा तुम्हारे हठ के सामने वह 'ना' नहीं कर सकेगी।'

जिसे व्यूला खुद चाहती थी भला उसी के प्रेम का संदेश लेकर किसी दूसरी लड़की के पास कैसे जा सकती थी? वह कैसे अपने मन के प्रेमी को अपने ही हाथों से किसी दूसरे को सौंप सकती थी? फिर भी वह अपने मन पर पत्थर रखकर राजकुमार की खातिर ओलीविया के पास गई तथा उसने ऐसे दर्द-भरे अल्फाजों में राजकुमार के विरह का वर्णन किया कि ओलीविया का मन उमड़ आया, राजकुमार के प्रति नहीं बल्कि सिसेरियो के ही प्रति। उसकी नजरों में सिसेरियो पुरुष था, सुन्दर था तथा उसकी वाणी में जादू था। बस इन्हीं गुणों पर वह सिसेरियो पर रीझ गई तथा उसे अपने भाई के वियोग का स्मरण न रहा। सिसेरियो ने लाख कोशिश की कि किसी प्रकार वह ओलीविया का दिल राजकुमार की ओर खींच सके, किन्तु इससे उसके मन पर कुछ असर नहीं हुआ और उसने नम्रता-भरे शब्दों में कहा—'मेरी तरफ से अपने मालिक से जाकर माफी माँग लेना कि मैं उनके लायक नहीं। वे मुझ दुखिया को क्यों इतना गान देना चाहते हैं! वे ऐसा न किया करें।'

इस तरफ से हर तरह से निराश होकर सिसेरियो उसके पास से जाने लगा तो ओलीविया को ऐसे लगा जैसे कि कोई उसके पहलू से हृदय निकालकर लिए जा रहा हो। जब वह रात सोई तो सपने में भी उसे सिसेरियो की ही आकृति दिखाई दी थी। उस जादू-भरे मुस्कराते मुखड़े को वह फिर कैसे देख सके। इसी फिकर में शेष रात कट गई। सुबह हुई तो उसे एक बहाना सूझा। उसने काँपते हाथों से

भोज-पत्र का एक टुकड़ा उठाया तथा उस पर लिखने लगी–

मेरे अनजाने बन्धु सिसेरियो!

तुम राजकुमार की खबर लेकर मेरे पास आए ही क्यों थे? मैं अपनी ही धुन में मस्त होकर किसी तरह से सुख-दुख से दिन काट रही थी, मगर तुमने आकर सहसा मेरे हृदय में उथल-पुथल मचा दी तथा जाते समय मेरे मन की सारी शांति बटोर कर अपने साथ लेते गए! यह तुम्हारी निष्ठुरता नहीं तो और क्या है? दो पल के तुम्हारे सहवास ने उसे पराया बना दिया। अगर इस तुच्छी ओलीविया के प्रति तुम्हारे मन में जरा भी सहानुभूति शेष हो, तो एक बार अवश्य दर्शन देना! मैं तुम्हारी बाट जोहती रहूँगी।

तुम्हारे मिलने की उम्मीद में,

तुम्हारी ही,
ओलीविया।

खत लिखकर उसने अपने एक विश्वासपात्र नौकर के हाथ सिसेरियो के पास भेज दिया। खत को पढ़कर सिसेरियो ने जोर का एक ठहाका लगाया तथा ओलीविया के भोलेपन पर उसे रहम आने लगा। कहाँ तो वह पुरुष की छाया से भी दूर भागती थी तथा कहाँ अब पुरुष के छल में, एक स्त्री पर ही अपना प्यार लुटाने को तैयार हो गई थी। वह अगले दिन फिर राजकुमार के संदेश के बहाने से ओलीविया के पास गई और अपनी ओर से मन हटा लेने का उससे बड़ा आग्रह किया, परंतु ओलीविया ने एक न मानी। हारकर वह उसे वहीं छोड़कर चली आई थी। जैसे ही सिसेरिया दरवाजे से बाहर निकला, त्यों ही न जाने कहाँ से एक शराबी व्यक्ति निकल आया और उसकी तरफ घूमकर बोला–'तो तुम्हीं मेरे वह शत्रु हो जो राजकुमार की चिट्ठियाँ और संदेश ले-लेकर इस घर में आया करते हो। जानते नहीं, वह मेरे मन की मलिका है और उस पर मैं किसी की नजर तक पड़ते देखना नहीं चाहता! बदमाश! तुम उसे मुझसे छीन कर राजकुमार के हाथों सौंपना चाहते हो, तो लो मैं पहले तुम्हारा ही काम तमाम करता हूँ, फिर तुम्हारे राजकुमार की भी खबर लूँगा।'

यह कहकर वह व्यक्ति शराबियों की तरह झल्लाकर व्यूला पर झपटा। बेचारी व्यूला ने वेश तो मानवों का ही पहन रखा था। परंतु उन जैसा साहस कहाँ से लाती! बेचारी अपनी सारी मर्दानगी भूलकर डर से चिल्लाना ही चाहती थी कि गली के दूसरे मोड़ से एक मुसाफिर इसी तरफ आता हुआ दिखाई दिया। व्यूला को मुश्किल में फंसा देखकर, मुसाफिर ने अपनी चाल तेज कर दी तथा उसकी ओर आते हुए बोला–'सैवेस्टियन, डरो नहीं! मैं अभी इस दुष्ट की अक्ल ठिकाने लगाता हूँ।'

कई वर्षों बाद आज अपने भाई का नाम सुनकर व्यूला चौंकी और वह पैनी निगाह से उस मुसाफिर को पहचानने का यत्न करने लगी। तब तक मुसाफिर उस शराबी के पास पहुँच चुका था तथा उसकी तलवार छीनकर वह उसे दो-चार घूंसे भी मार चुका था। पलक मारते ही न जाने कहाँ से दो सिपाही टपक पड़े। उन्होंने आते ही उस मुसाफिर के दायें-बायें हथकड़ी लगा ली तथा उसे थाने ले चले, किन्तु शराबी आदमी से उन्होंने बात तक न पूछी। बेचारा मुसाफिर इस सबका कुछ भी अर्थ न

समझ सका और व्यूला की ओर देखकर बोला—

'अरे सैबेस्टियन! मुझे सिपाही पकड़कर ले जा रहे हैं तथा तू खड़ा देख रहा है! बेशर्म कहीं के! मैंने समुद्र में उस वक्त तेरे प्राणों की रक्षा की जब भगवान भी तुम पर दया करना भूल गया था।'

इतना सुनकर व्यूला मानों किसी गहरे सपने से जागी। अब उसे कुछ-कुछ समझ में आने लगा कि यह मामला क्या है? मुसाफिर की बातों से इतना जरूर इशारा मिल गया कि उसका भाई सैवेस्टियन समुद्र में डूबा नहीं तथा अब भी जीवित है। उसी के भ्रम से मुसाफिर ने सैबेस्टियन समझकर उसकी हिफाजत की थी।

जब तक व्यूला इस स्वप्न से जागी तब तक निर्दयी सिपाही उस मुसाफिर को घसीटकर ले जा चुके थे। व्यूला ने दायें-बायें देखा तो वह शराबी कहीं दिखाई नहीं दिया। कहीं वह यमदूत फिर न आ धमके, इस डर से वह बेचारी झटपट वहाँ से महल की तरफ भागी। अभी उसके मुड़ने की देर ही थी कि दूसरी गली से एक और लड़का आकर उस चौक में खड़ा हो गया जिसकी आकृति व्यूला से बिल्कुल मिलती-जुलती थी। यही व्यूला का बिछड़ा भाई असली सैबेस्टियन था। तब तक वह शराबी भी एक-दो गुण्डे सहयोगियों को लेकर फिर उसी चौक में आ गया। सैबेस्टियन को व्यूला समझकर शराबी ने धमकाकर कहा—'क्यों बे नकारा! तूने मुझे घूंसे क्यों मरवाए थे?'—यह कहकर जैसे ही शराबी ने तलवार से उस पर वार करना चाहा वैसे ही सैबेस्टियन ने भी तलवार निकाल ली और एक-एक की अच्छी प्रकार मरम्मत की। चौक में मारपीट की आवाज सुनकर ओलीविया भागी आई और सैबेस्टियन को सिसेरियो समझकर उसने उसकी बहादुरी की बड़ी तरीफ की और उसे बड़े आग्रह से अपने घर में लिवा ले गई। सैबेस्टियन हैरान था कि वह इस शहर में किसी को जानता तक नहीं, फिर क्यों एक शराबी उसे शत्रु समझकर मारने के लिए भागा और क्यों वह रईसजादी उसके साथ इस सलीके से पेश आ रही है? आखिर में उसने यही निष्कर्ष निकाला कि हो न हो यह रईसजादी ओलीविया पहली मुलाकात में ही मुझसे प्रेम करने लगी है, तो इससे बढ़कर मेरा सौभाग्य हो ही क्या सकता है? यह सोचकर वह आलीविया के द्वारा उसी प्रेम और मुहब्बत के साथ पेश आया जैसे कि ओलीविया उससे पेश आ रही थी। वह भी इसे ईश्वर का चमत्कार ही समझने लगी थी कि अभी तो सिसेरियो मुझसे सीधे मुँह बात भी न करता था तथा अभी वह मुझे सिर-आँखों पर बिठाने को तैयार हो रहा है।

उधर मुसाफिर ने पुलिस स्टेशन में जाकर अपना बयान देते हुए कहा—

'मेरा नाम एंटीनियो है तथा मैं एक जहाज का कप्तान हूँ। बहुत महीने बीते, मैंने एक मनुष्य को समुद्र में डूबते हुए देखा। मैंने रहम करके उसे अपने जहाज पर बिठा लिया और जब तक वह पूरी तरह स्वस्थ न हो गया तब तक मैंने दिन-रात एक करके उसकी सेवा-सुश्रुषा की तथा उसके लिए पानी की तरह रुपया बहाया। यह वही व्यक्ति है जिसे आज फिर एक शराबी से बचाने के लिए मैंने बीच-बचाव किया तथा जिसकी वजह से आपके सामने मुझे अपराधी बनकर आना पड़ा है। उसका नाम सैबेस्टियन है तथा मैं उसे अपना गाढ़ा मित्र समझता था, मगर आप

मेरे गवाह हैं कि जब आज मुझ पर मुसीबत पड़ी तो वह काठ के उल्लू की भाँति खड़ा मेरे मुँह की ओर ताकता रहा तथा आप लोग मुझे पकड़कर ले आए हैं। तरस खाकर मैंने उसे मरने से बचाया है। अब यह आप की मर्जी है कि आप मुझे पुरस्कार दें या कारागार।'

पुलिस वालों ने कुछ डरा-धमकाकर उसे छोड़ दिया था। सैबेस्टियन की कृतघ्नता को याद करके उसके मन में आग-सी धधक रही थी। उसने फैसला कर लिया कि चाहे उसे फाँसी पर क्यों न लटकना पड़े मगर वह ऐसे बेवफा मित्र को सबक सिखाकर ही छोड़गा। यही सोचकर वह सीधे उसी चौक में गया जहाँ सिसेरियो को सैबेस्टियन मानकर वह उसे शराबी के चंगुल से छुड़ाकर छोड़ गया था। भला उन दोनों में अब उसे कौन दिखाई देता। बेचारा सिसेरियो तो अपने सिर से आफत टली देखकर उसी वक्त वहाँ से दुम दबाकर ऐसे भागा कि उसने पीछे की तरफ घूमकर भी न देखा। और सैबेस्टियन, जिसे एंटोनियो सचमुच ढूँढना चाहता था वह तो रईसवादी ओलीविया का प्रेमपात्र बन चुका था तथा हजारों दास-दासियाँ उसकी खुशामद करने में लगे हुए थे। भला उसे वह कहाँ दिखाई देता? बेचारा बेकार ही चौक के आसपास चक्कर काटने लगा।

उधर जब काफी देर तक सिसेरियो महल में न पहुँचा तो राजकुमार को फिकर हुई। वह स्वयं उसकी खबर लेने के लिए ओलीविया के घर की तरफ चला। वहाँ पहुँचकर उसने देखा कि सिसेरियो की शक्ल का एक व्यक्ति शाल-दुशाले से सजे एक पलंग पर सोया हुआ है और खुद रईसजादी ओलीविया उसे पंखा झल रही है। यह नजारा देखकर उसके तन में दोहरी आग लग गई। उसने आव देखा न ताव और उस व्यक्ति को सिसेरियो ही समझकर लगा उसे कोसने।

'कृतघ्न कहीं के! मैंने तुझ पर यकीन करके अपना संदेश देकर तुझे यहाँ भेजा तथा तू उल्टा मेरी ही ओलीविया को मुझसे छीन बैठा! तुम अपने वह दिन भूल गए क्या, जब एक-एक पैसे के लिए तरसते मेरे पास आए थे और मैंने तुम पर दया करके अपने यहाँ नौकर रख लिया था। दुष्ट सिसेरियो! क्या मेरे रहम का तुमने यही बदला दिया! कमीना! दुष्ट! नीच!'

राजकुमार की त्योरियाँ देखकर सैबस्टियन भी लपककर खड़ा हो गया तथा क्रोध में होठ चबाते हुए बोला—

'कौन है रे तू बकवासी, जिसे बोलने तक की तमीज नहीं? कौन कमीना तेरे पास भीख माँगने आया था तथा किसे तूने नौकर रखा था? झूठी बात कहते क्या तुझे शर्म भी नहीं आती! तेरे जैसे एक शराबी से पहले भी मेरा वास्ता पड़ चुका है। दीखता है तूने भी हद से ज्यादा ही शराब पी रखी है। इसलिए मुझे 'सिसेरियो! सिसेरियो!' कहकर पुकार रहा है। मैं सिसेरियो नहीं। मेरा नाम सैबेस्टियन है तथा मैं अपने एक दोस्त के साथ आज ही पहली बार इस नगर में आया हूँ।'

यह झगड़ा सुनकर चौक में चक्कर काटता हुआ एंटीनियो भी वहीं आ पहुँचा। सैबेस्टियन को खड़ा देखकर उसने राजकुमार से कहा—'आप सही कहते हैं महाराज! यह व्यक्ति बड़ा की कृतघ्न तथा झूठा है। आज इसने मुझे भी धोखा देकर हवालात

में भिजवा दिया था। मेरी तकदीर अच्छी थी जो छूटकर आ गया, नहीं तो इसने अपनी दुश्मनी निकालने में कोई कसर न उठा रखी थी। मैंने इसे एक बार समुद्र में डूबने से बचाया था। जब यह मेरा अपना नहीं बना तो भला आपका कैसे बन सकता है? यह झूठा है, कृतघ्न है, गद्दार है! उसकी चमड़ी कुत्तों से नुचवा देनी चाहिए। इसकी बोटी-बोटी काटकर, इसे तड़पा-तड़पाकर मारना चाहिए।'

यह कहकर एंटोनियो तथा राजकुमार बेचारे सैबेस्टियन को पकड़कर घसीटने ही वाले थे कि अचानक बाहर से उन्हें उसी शक्ल का एक और आदमी आता हुआ दिखाई दिया। उसे देखकर दोनों हैरान रह गए कि एक ही व्यक्ति अन्दर भी और बाहर भी, दोनों ही एक जगह कैसे दिखाई दे सकते है? बेचारी ओलीविया दुविधा में पड़ गई कि वह घर के अन्दर खड़े पुरुष को पति स्वीकार करे या बाहर से आने वाले को? शक्ल-शूरत, चाल-ढाल, कद-उम्र, सबमें दोनों बिल्कुल समान थे किसी में तिल-भर का फर्क भी न था।

वास्तव में बाहर से आने वाला पुरुष व्यूला थी और राजकुमार तथा एंटीनियो आदि से घिरा हुआ, घर में खड़ा व्यक्ति व्यूला का बिछड़ा हुआ भाई सैबेस्टियन ही था। बहन-भाई की आकृति बिल्कुल समान थी तथा व्यूला ने भी सिसेरियो के नाम से व्यक्ति का वेश धारण कर रखा था। इसलिए देखने वालों को दोनों में कोई भेद न जान पड़ा। मगर बहन-भाई तो इस रहस्य को जानते थे तथा चिरकाल से वे एक-दूसरे की खोज में ही दर-दर भटक रहे थे। जैसे ही उनकी आँखें चार हुई, वे एक-दूसरे को पहचान गए तथा गले लिपटकर हर्ष के आँसू बहाने लगे। व्यूला ने हर्ष-विभोर होकर कहा—

'भैया, आज तुम मुझे मिल गए तो मुझे सारा जहान मिल गया है।'

सैबेस्टियन ने कहा—'बहन, मैंने तुम्हें देख लिया तो मानो मुझे जिन्दगी की निधि मिल गई।'

सैबेस्टियन के मुँह से 'बहिन' सम्बोधन सुनकर राजकुमार ने चौंककर पूछा-'तो क्या सिसेरियो स्त्री है?'

सैबेस्टियन ने कहा—'हाँ राजकुमार! यह मेरी छोटी बहन व्यूला है। एक बार जहाज की दुर्घटना में हम दोनों एक दूसरे से अलग हो गए थे। मुझे एक दयालु कप्तान ने अपने जहाज पर बिठाकर मेरे प्राण बचाए थे। मैं और वह आज ही इस शहर में पहुँचे हैं। हम दोनों अलग-अलग दिशाओं में चलकर नगर में इसी बहन की खोज करने के लिए निकले थे, मगर तब से उस कप्तान का कुछ पता ही नहीं।'

पास खड़ा एंटोनियो ये सब बातें सुन रहा था। अब भली तरह उसकी समझ में आ रहा था कि अपने दोस्त सैबेस्टियन को कृतघ्न समझने का भ्रम उसे क्यों हुआ! उसने आगे बढ़कर कहा—'वह अभागा एंटोनियों मैं ही तो हूँ।'

उनकी सारी गुत्थी सुलझी देखकर व्यूला ने आदि से लेकर अन्त तक सारी कहानी कह सुनाई और उसने राजकुमार को साफ कह दिया कि वह उससे प्रेम करती थी, इसलिए नौकर बनकर भी उसकी खिदमत में रहना उसने स्वीकार किया।

5. मानो न मानो

किसी समय एक राजा रहा करता था। उसका एक वजीर था। उस वजीर ने राजा का राज्य छीनकर उसे जंगलों में भगा दिया था और उसकी जगह खुद राजा बन बैठा था। पहले राजा की एक लड़की थी, जिसका नाम था रोजा। वजीर की भी एक बेटी थी, जिसका नाम था शीलिया। रोजा तथा शीलिया में सगी बहनों से भी अधिक प्रेम था। वे बचपन से ही एकसाथ रहतीं, एकसाथ उठतीं और एकसाथ बठैती थीं। जिस वक्त इन दोनों के पिताओं में गहरी शत्रुता ठन गई तथा पहला राजा अपने संगी-साथियों को लेकर जंगल की तरह भाग निकलने की तैयारी कर रहा था, उस वक्त भी ये दोनों सहेलियाँ एक-दूसरे के गले लगकर प्रेम के आँसू बहा रही थीं।

शीलिया कह रही थी—'तो रोजा! आज तू मुझे छोड़कर हमेशा के लिए मुझसे दूर चली जाएगी।'

रोजा कह रही थी—'हाँ सखि! मैं आखिरी बार तुमसे विदा माँगने आई हूँ।'

शीलिया—'इतनी बेदर्द हो तुम रोजा! मुझे पता न था। बचपन का वह स्नेह, प्रेम की वे बातें और गुड्डे-गुड़ियों के वे ब्याह—क्या यह सब कुछ पल-भर में भूल गई?'

रोजा—'मेरी प्यारी शीलिया। बिदा के वक्त इतने कठोर व्यंग्य मुझ पर न कसो। तुम्हारा वियोग ही क्या मेरे प्रति कम दुखदायी है, जो तुम ऐसे वचन कहकर मेरी आत्मा को दुखा रही हो! भला तुम जैसी सहेली को छोड़कर जाने को किसका जी करता है? मगर जाऊँ नहीं तो क्या करूँ?'

शीलिया—'तुम सदैव मेरे साथ रहो। मैं तुम्हें अपने प्राणों में छिपाकर रखूँगी, जहाँ कोई तुम्हें देख भी नहीं सके।'

रोजा शीलिया का एक चुंबन लेते हुए बोली—'इस जुदाई के वक्त, शीलिया! सच तुम कितनी प्यारी लग रही हो। जी तो यही चाहता है कि तुम्हारे गले लिपटकर पूरे जीवन आँसू बहाती रहूँ, तुम्हें छोड़कर न जाऊँ, मगर किस्मत का लिखा कौन मिटा सकता है! अब तो मुझे जाना ही पड़ेगा।'

विदाई का नाम सुनकर शीलिया की आँखों में आँसू भर आए और उसने भर्राए हुए कंठ से सिर्फ इतना कहा—'रोजा! मैं तुम्हें नहीं जाने दूँगी।'

और सचमुच शीलिया ने उसे जाने भी न दिया। राजा भी दोनों सखियों के स्नेह को भली-भाँति जानता था, इसलिए उसने भी रोजा को साथ ले जाने का हठ नहीं की तथा अपने-साथियों को लेकर जंगलों की तरफ चला गया। दोनों सखियाँ

इस प्यार से रहने लगीं जैसे कि उनके पिताजी में शत्रुता की कोई घटना ही न घटी हो।

एक दिन राजधानी में एक बाँका नौजवान आया तथा उसने दरबार के नामी पहलवानों के दंगल के प्रति अखाड़े में ललकारा। उसकी बड़ी-बड़ी आँखें, भोला-भाला चेहरा तथा कमल-से कोमल शरीर को देखकर किसी को यह गुमान भी न होता था कि उसने कभी तलवार की मूठ भी पकड़कर देखी होगी। फिर भी वह खूँखार पहलवानों के समक्ष मुस्कराता हुआ खड़ा था। दो पल बाद ही उन निर्दयी पहलवानों की तलवारों तले उसकी क्या रफ्तार होगी? इसकी कल्पना करके ही सब लोग मन-ही-मन लड़के की जवानी पर तरस खा रहे थे। रोजा के जी में रह-रहकर आने लगा कि वह लपककर लड़के के हाथ से तलवार छीन ले ताकि अब भी दंगल खेलने से बाज आ जाए। मगर लोकलाज के कारण वह ऐसा न कर सकी। उसने पास बैठी शीलिया के कान में कहा—'शीलिया! ईश्वर के लिए इसे मना करो कि वह दंगल न खेले! उसे हाथ में से तलवार पकड़े देखकर न जाने मेरा मन क्यों घबराने लगा है!'

शीलिया समझ गई कि उसकी भोली-भाली रोजा अन्जाने ही उस परदेशी को अपना दिल दे बैठी है। सखी के निमित्त अब तो उस लड़के के प्राण बचाने ही होंगे। यह सोचकर शीलिया ने काफी सहानुभूति के साथ लड़के की मर्दानगी की प्रशंसा की और उससे अनुरोध किया कि वह दंगल खेलने का हठ छोड़ दे।

इसके जवाब में युवक ने एक गहरी साँस भरकर कहा—'राजकुमारी इन प्राणों से मोह करके मैं क्या करूँगा? इस संसार में अब न कोई मेरा अपना है, न ही पराया। फिर मैं इस दुनिया में किस लिए जीवित रहूँ?'

रोजा के हृदय ने कहा—'मेरे लिए।' मगर उसके हृदय की यह आवाज उसके कानों तक न पहुँच सकी। उधर दंगल की तैयारियाँ आरम्भ हो चुकी थीं।' म्यानों से तलवारें निकलकर आसमान में चमकने लगी थीं। उनकी झनझनाहट से सारा अखाड़ा गूँज उठा था। सहसा अखाड़े में एक बिजली-सी चमकी तथा युवक की तलवार ने विरोधी के दो टुकड़े कर दिये। उसके मुलायम हाथों की यह करामात देखकर देखने वाले दंग रह गए तथा वे युवक की जय-जयकार के नारे लगाने लगे। खुद मंत्री ने युवक की पीठ थपथपाकर पूछा—'वीर! तुम कौन हो तथा कहाँ के रहने वाले हो? वह कौन भाग्यशाली पिता है। जिसने तुम्हारे जैसे बहादुर को जन्म दिया है?'

सच पूछो तो रोजा के दिल की बात मंत्री ने पूछ डाली। लड़के की विजय से सारी जनता में यदि सबसे अधिक कोई खुश था तो वह थी रोजा! युवक का परिचय जानने के लिए उसका मन व्याकुल हो रहा था। इसलिए वह युवक के एक-एक शब्द को बड़े ध्यान से सुनने लगी। लड़का कह रहा था—

'महाराज! मेरा नाम औरलैंडो है तथा मेरे पिता रोलैंड किसी वक्त इसी राज्य के प्रतिष्ठित दरबारी थे।'

मंत्री ने चौंककर पूछा—'क्या वही रोलैंड जो पहले राजा का घनिष्ठ मित्र था?'

लड़का औरलैंडो ने सिर हिलाकर कहा—'हाँ, महाराज!'

इस एक 'हाँ' को सुनकर मंत्री के मन पर मानो एकसाथ सैकड़ों बिजलियाँ टूट पडी हों। उसने लड़के को घूरते हुए कहा—'बस, औरलैंडो! इससे ज्यादा तुम्हारा परिचय पाने की मुझे आवश्यकता नहीं! अपने दुश्मन के पुत्र को एक क्षण भी मैं जीता नहीं देख सकता, मगर तुम्हारी वीरता और जवानी पर तरस खाकर मैं तुम्हें इजाजत देता हूँ कि तुम इसी क्षण मेरे राज्य की हद से बाहर हो जाओ!'

लड़के की वीरता को देखकर रोजा जितनी प्रसन्न हुई थी, मंत्री के गुस्से को देखकर उतनी ही दुःखी हुई। यह जानकर कि यह युवक उसी के पिता के एक गहरे दोस्त और पुराने दरबारी का पुत्र है, रोजा के दिल को बड़ा सहारा मिला था। वह उसे अपना समझ बैठी थी और एकान्त में उससे मिलकर अपने मन की हजारों बातें कहना तथा उससे हजारों बातें पूछना चाहती थी। मगर जिस मंत्री ने रोजा से उसके पिता को छीना था, अब उसी के उस लड़के को भी उससे छीन लिया। सखी की इस निराशा ने शीलिया को भी निराश बना दिया। वह उसी समय उस लड़के को क्षमादान देने की प्रार्थना करने अपने पिता के पास गई तो मंत्री ने एक ऐसी बात उसे कह दी जिसे सुनने के लिए शीलिया कभी तैयार न थी। मंत्री ने कहा—'बेटी! मैंने सिर्फ तुम्हारे हठ के कारण अपने दुश्मन की बेटी को भी अब तक अपने राजमहल में रहने दिया, परन्तु अब वह एक क्षण भी यहाँ न रह पाएगी। उसे कह दो कि आज सांझ को सूरज डूबने से पहले-पहले मेरे राज्य की हद से बाहर हो जाए!'

शीलिया ने धीमे लहजे में कहा—'और यदि मैं ही उसे न जाने दूँ तो?'

मंत्री कड़ककर बोला—'तो तुम भी उसी के साथ मेरे राज्य से बाहर निकल जाओ!'

मंत्री ने आवेश में आकर यह इजाजत दे तो दी किन्तु शायद उसे यह पता न था कि उसकी लड़की उसे, उसके राज्य और सारे सुखों को लात मार सकती है मगर रोजा को कभी नहीं छोड़ सकती। पिता की इजाजत सुनकर शीलिया को अब कुछ और सोचने की आवश्यकता न थी। उधर साँझ के वक्त आकाश का सूर्य इस भूमि को विदा दे रहा था, इधर ये दोनों सखियाँ राजमहल तथा राजधानी को विदा दे रही थीं। राजकुमारियों के वेश में उनका बीहड़ रास्तों से गुजरना खतरे से खाली न था। अतः रोजा ने लम्बी होने की वजह से पुरूष का वेश धारण किया और शीलिया ने ग्वालिन का। दोनों भाई तथा बहिन बनकर राजधानी से दूर जंगल की तरफ चल पड़ीं। रोजा ने अपना नाम गैनीमीड तथा शीलिया ने ऐलिना रखा। जिन्होंने कभी महलों से बाहर पैर तक रखकर नहीं देखा था, वहीं राजकुमारियाँ आज दर-दर की खाक छानती हुई, भूख-प्यास के दुःखों को झेलती हुई जंगल की ओर बढ़ने लगीं। न उन्हें पता था कि वे कहाँ से आ रही हैं तथा न उन्हें पता था कि वे किधर जाना चाहती हैं। उन्होंने केवल इतना सुन रखा था कि पहले वाले राजा अर्थात् रोजा के पिता आर्डन नामक जंगल में किसी स्थान पर अपने संगी-साथियों के साथ रहते हैं और शिकारियों सा जीवन बिताते हैं। मगर जंगल का वह कोना कहाँ है इसका उन्हें कुछ पता न था।

अन्त में भटकते-भटकते एक दिन वे दोनों नगर से दूर वन की हद के पास जा पहुँची। वहाँ उन्होंने क्या देखा कि एक गड़रिया जंगल में भेडें चराकर साँझ के वक्त घर की ओर लौट रहा है। ये दोनों थकी-माँदी तथा भूखी-प्यासी तो थी ही, गैनीमीड ने आगे बढ़कर उस गड़ेरिये से कहा—'क्यों भाई? यहाँ कहीं रात बिताने को स्थान मिल जाएगा?' गड़ेरिये ने उन्हें किसी काफी दूर **गाँव** का बटोही समझकर उनका आदर-सत्कार किया तथा रात को रहने का स्थान दिया। महलों में रहते हुए शायद छाछ व बाजरे की रोटी का नाम सुनते ही कोमल राजकुमारियों के पेट में शूल उठने लगते, परंतु रास्ते की थकान और भूख-प्यास के कारण आज यह खाना भी उन्हें अमृत से मधुर और मक्खन से भी मुलायम लग रहा था। रात को उन दोनों ने सोचा कि साथियों की खोज करते हुए पता नहीं उन्हें किन कठिनाइयों का सामना करना पड़े, इसलिए सही यही है कि कुछ दिन इसी गड़रिये की कुटिया में रहकर गाँव की बोली, गाँव की चाल-ढाल तथा वहाँ के रीति-रिवाज सीख लिएं जाएँ, ताकि इस वेश में उन्हें कोई पहचान न सके। ये भी हो सकता है कि यहाँ रहते-रहते राजा के निवास स्थान का भी कुछ पता पा सकें। यह सोचकर उन्होंने गड़रिये को काफी इनाम दिया और उसी के मेहमान बनकर उसके घर में रहने लगीं।

वहाँ रोजा को यह देखकर बड़ी हैरत हुई कि जगह-जगह जंगल में पेडों पर उसका नाम खुदा हुआ है तथा चट्टानों पर किसी ने उसका नाम ले-लेकर विरह के गाने लिखे हुए हैं। उसे शक हुआ कि हो न हो औरलैंडो ने ही ये लिखे हैं और वह भी यहीं कहीं इसी जंगल में होगा। एक दिन उन्हीं चट्टानों के आस-पास पागलों की भाँति 'रोज-रोजा' पुकारता हुआ औरलैंडो उसे दिखाई दे गया। अपने प्यार में उसकी यह दशा देखकर गैनीमीड के जी में आया कि वह अभी जाकर उसे कह दे कि जिसके प्यार में पागल हुए तुम इस प्रकार जंगलों में भटक रहे हो, वह तुम्हारे ही सामने खड़ी है, मगर अपने आप को प्रकट करने का अभी सही समय नहीं आया था इसलिए वह बड़ी मुश्किल से अपने दिल की व्याकुलता को रोक सकी और पुरुष वेश में ही उसके सामने जाकर कहा—'इसे घने जंगल में किसे सुनाकर तुम 'रोजा-रोजा' चिल्ला रहे हो? कहाँ है वह रोजा?'

औरलैंडो ने सिर से पैर तक गैनीमीड को देखा और मन-ही-मन सोचने लगा कि जैसे इस मनुष्य को पहले भी मैंने कहीं देखा है। मगर वह यह कल्पना भी न कर सका कि वह उसी की प्रेयसी रोजा है। उसने अपने मन पर हाथ रखकर कहा—'रोजा मेरे दिल में विद्यमान है।'

गैनीमीड ने सिर झुकाकर कहा—'तो तुम हो जो वृक्षों और चट्टानों पर रोजा के विरह में गीत तथा गजलें कुरेदा करते हो? अगर तुम चाहो तो रोजा से मिलने का मैं तुम्हें एक उपाय बता सकता हूँ।'

औरलैंडो—'जल्दी बताओ! मैं अपनी रोजा को कैसे देख सकता हूँ?'

गैनीमीड ने कहा—'तुम हर दिन इसी कुटिया में मेरे पास आया करो। हम दोनों प्रेमी तथा प्रेमिका का खेल खेला करेंगें। तुम तो राजकुमार औरलैंडो ही हो, मैं तुम्हारी रोजा बन जाया करूँगा। तुम मुझे रोजा समझकर उसी तरह मुझसे प्यार की

बातें किया करना जैसे तुम रोजा को कहना चाहते हो। मैं भी अपने-आपको रोजा मानकर उसी की भाँति मीठी-मीठी बातें करके तुम्हारा दिल बहलाया करूंगा। हो सकता है कि कभी असली रोजा भी तुम्हें मिल जाए।'

उस वक्त तो औरलैंडो को इस बात का कोई खास मतलब समझ में नहीं आया, मगर उसे ऐसा लगा जैसे अब वह गैनीमीड के बिना रह ही नहीं सकता। वह हर दिन उससे मिलने उसी कुटिया में आने लगा तथा उसे 'मेरी रोजा' कहकर अपना जी बहलाने लगा। उसे क्या पता था कि उसके मन की रानी सचमुच उसी की आँखों के आगे बैठी रहती है, मगर वह उसे पहचान नहीं पाता!

एक दिन जब वह रोजा से मिलने के लिए आ रहा था तो दूर से उसे दिखाई दिया कि कोई व्यक्ति पेड़ की छाया में गाढ़ी नींद में सोया है तथा एक शेरनी झाड़ी में से निकलकर बिल्ली की तरह दबे पैर उसकी ओर चली जा रही है। औरलैंडो ने ध्यान से देखा तो उसे पता चला कि यह उसी का सगा भाई ओलिवर था, जिसने उसे जीते जी घर में जलाकर पिता की सारी संपत्ति पर अधिकार करने का षड्यन्त्र रचा था। जब वह इससे भी बच निकला तो इसी भाई ने उसे खूंखार पहलवानों से दंगल लड़ने का मशवरा देकर यह सोचा कि उनके हाथों वह जरूर मारा जाएगा और उसे अपनी मनमानी करने का अवसर मिल जाएगा। भाई के ये सब अत्याचार एक बार औरलैंडो की आँखों के समक्ष घूम गए, किन्तु अधिक सोचने-विचारने का वक्त नहीं था। औरलैंडो तलवार निकालकर शेरनी पर झपट पड़ा तथा आन में उसके शरीर के दो टुकड़े कर दिए। मरती हुई शेरनी एक बार पूरे जोर से दहाड़ी तथा ओलिवर के पास जाकर धड़ाम से गिर पड़ी। वह हड़बड़ाकर नींद से जागा तथा अपने सामने जो दृश्य देखा तो उससे उसकी आँखें डबडबा आईं। वह अपने अपराध के लिए माफी माँगने के लिए औरलैंडो के चरणों में गिर पड़ा। औरलैंडो का शरीर काफी घायल हो चुका था, इसलिए वह अब गैनीमीड से मिलने के लिए उसकी कुटिया तक नहीं जा सका। उसने अपने भाई ओलिवर के हाथ खबर भेजकर गैनीमीड को अपने पास बुला भेजा। उस वक्त गैनीमीड और ऐलिना औरलैंडो की प्रतीक्षा में बैठे थे। ऐलिना के रूप सौन्दर्य को देखकर ओलिवर उस पर फिदा हो गया और बदले में ऐलिना की आँखों में भी उसने प्रेम की झलक पाई। गैनीमीड को साथ लेकर वह शीघ्र ही औरलैंडों के पास पहुँचा तथा उसने ऐलिना से अपने प्रेम की सारी घटना कह सुनाई। यह सुनकर औरलैंडो बड़ा प्रसन्न हुआ और कहने लगा—'क्या ही अच्छा होता अगर किसी दिन मेरी रोजा भी इस तरह मुझे अचानक मिल जाती।'

अब गैनीमीड से चुप नहीं रहा गया। उसने चुटकी लेते हुए कहा—'तो मैं तुम्हारी रोजा नहीं हूँ क्या?'

औरलैंडो मुस्कराते हुए बोला—'मेरी रोजा! काश कि मैं तुम्हारे में अपनी असली रोजा के दर्शन कर सकता!'

गैनीमीड के मन में आया कि मैं अभी प्रकट होकर कह दूँ कि मैं ही तुम्हारी असली रोजा हूँ मगर कुछ सोचकर उसने ऐसा नहीं किया और मन का भाव छिपाकर बोला—'तो अगर तुम चाहो तो मैं तुम्हारी असली रोजा भी बन सकता हूँ?'

औरलैंडो ने हैरान होकर पूछा—'कैसे?'

गैनीमीड ने उसी वक्त पुरुष वेश उतारकर कहा—'ऐसे!'

इस तरह अचानक ही अपनी रोजा को सामने खड़ा देखकर पहले तो औरलैंडो को यकीन न आया कि वह सत्य देख रहा है या सपना!

उधर ओलिवर के मुँह से शीलिया ने जब ये सुना कि महाराज का ठिकाना भी यहाँ से थोड़ी ही दूरी पर है तो वह उसके साथ शीघ्रता से गई और महाराज को लेकर उस जगह पर पहुँची जहाँ रोजा तथा औरलैंडो खड़े थे। महाराज की दाढ़ी बढ़ आई थी तथा उन्होंने सिर पर लम्बे-लम्बे बाल रखे हुए थे। इस रूप में भी रोजा ने उन्हें पहचान लिया तथा उनकी गर्दन से लिपट गई फिर रोजा ने औरलैंडो, महाराज तथा उनके साथियों के सामने शुरू से लेकर आखिर तक अपनी राम-कहानी कह सुनाई और औरलैंडो की तरफ संकेत करके कहा—'पिताजी! ये आपके मित्र और पुराने दरबारी रोलैंड के वीर बेटे हैं और अब—

शीलिया बात पूरी करते हुए बोली—'और अब आपके बेटे बनना चाहते हैं।'

जब राजा ने यह सुना कि यह लड़का उसी के पुराने मित्र रोलैंड का पुत्र है, तो उसे देखकर वह बहुत खुश हुआ और रोजा का हाथ पकड़कर उसके हाथ में देते हुए कहा—'बेटी! आज की यह बेला कितनी धन्य है कि न सिर्फ मैं अपनी बिछड़ी लड़की को अपने सामने बैठे देख रहा हूँ, अपितु उसे एक लायक वर के हाथ सौंप रहा हूँ।'

उसी साँझ को प्रकृति के उस सुन्दर आँगन में रोजा का औरलैंडो के साथ तथा शीलिया का ओलिवर के साथ विवाह सम्पन्न हुआ। अभी नये वर-वधू एक-दूसरे के लिए अमिट प्यार की शपथ उठा ही रहे थे कि राजधानी से एक दूत आया तथा राजा को प्रणाम करके उसने उसके हाथ में एक खत दे दिया। खत में लिखा था—

मेरे वीरशिरोमणि धर्मस्वरूप महाराजधिराज!

आपको यह जानकर खुशी होगी कि जिस मोह में आकर मैंने आप-सरीखे देवतुल्य महाराज को प्रजा से बिछोह दिया था, वह मोह अब मेरे मन से दूर हो गया है। मैं एक दिन आप ही की हत्या करने के उद्देश्य से आर्डर के जंगलों में जा रहा था कि अचानक रास्ते में एक साधु से मेरी भेंट हो गई। उस साधु के दर्शनमात्र से मेरा मन बदल गया और उसके ज्ञान-भरे उपदेशों ने मेरी आँखें खोल दीं। महाराज! अब न तो मुझे राज्य चाहिए और न महल। मैं अपने पाप का प्रायश्चित करने के लिए अपना शेष जीवन उसी साधु के चरणों में बिता देना चाहता हूँ, मगर ऐसा करने से पहले मैं चाहता हूँ कि एक बार आपके चरणों पर गिरकर आपसे अपने अपराध के लिए क्षमा माँग सकूं तथा राज्य की प्रजा को उनका सच्चा राजा दिला सकूं।

संक्षेप में, आपसे यही प्रार्थना है कि खत पढ़ते ही आप शीघ्र राजधानी में लौटने की मेहरबानी करें।

आपका क्षमाप्रार्थी,
वजीर

इस सामचार ने ब्याह के शुभ अवसर को और भी खुशमय बना दिया। वाकई यह घड़ी कितनी सौभाग्यशालिनी थी जिसमें बिछुड़े पिता पुत्रियों से, बिछुड़े प्रेमी प्रेमिकाओं से तथा बिछुड़े दोस्त दोस्तों से मिले।

6. टीटस एण्ड्रोनिकस

रोम के पूर्व सम्राट सीजर के दोनों बेटों—सेटरनिनस और बेसिएनस ने वहाँ के जन-प्रतिनिधियों और सिनेट के सदस्यों के सामने रोम के ताज के लिए अपना अपना दावा पेश करते हुए सहायता, समर्थन और न्याय की अपील भी की। इन दोनों राजकुमारों की अपील का जवाब दिया टीटस एण्ड्रोनिकस के भाई 'रोमन जनता' के प्रतिनिधि मारकस एण्ड्रोनिकस ने। हाथ में राजमुकुट लिए हुए वह बोला कि जनता ने एक मत से इस राजसिंहासन के चुनाव के लिए एण्ड्रोनिकस को मनोनीति किया है। वह बहादुर योद्धा और महान व्यक्ति आज नगर में नहीं है। दस वर्षों से रोम की रक्षा के लिए गोथ लोगों का मुकाबला करने में उसने केवल अपने शौर्य का ही परिचय नहीं दिया बल्कि अपने बेटों को भी लड़ाई में बलिदान कर दिया। गोथों को परास्त करके अब वह विजयी योद्धा सिनेट के बुलावे पर रोम लौट रहा है। अच्छा हो कि आप दोनों इस प्रकार तलवार का सहारा लेने के बदले शांति और सौजन्यतापूर्वक अपनी-अपनी बात कहें।

दोनों भाइयों ने उसकी बात मान ली। अपने साथियों और सहयोगियों को विदा कर दिया। तुरन्त ही एक कैप्टन ने विजयी वीर टीटस के आने की सूचना दीं। उसके साथ उसके चार बेटे मारटियस, मुटियस, लुसियस और क्विंटस भी थे। दो अन्य लोग उसके मृत बेटे की शव-पेटिका लिए हुए आ रहे थे। गोथ रानी तमोरा, उसके तीनों बेटे एलारबस, डेमट्रियस चिरान, ऐरन मूर और कई बंदी भी उसके पीछे-पीछे चल रहे थे। बेटे की शव पेटिका रख कर टीटस ने स्वदेश लौटने की खुशी और बेटे की मृत्यु पर शोक व्यक्त किया। खानदानी कब्रगाह में जहाँ वह अपने एक कोढ़ी बहादुर बेटों को पहले दफना चुका था इसे भी दफनाने की व्यवस्था की। इतने में टीटस का बड़ा बेटा लुसियस बोल उठा। पिताजी इन बंदियों में सर्वश्रेष्ठ व्यक्ति मुझे दे दें ताकि उसकी बोटी-बोटी करके आग में आहुति देकर संतुष्ट हो जाऊं। गोथ रानी तमोरा के बड़े बेटे एलारबस के नाम का ऐलान होते हुए उसकी माँ बिलखकर बोल उठी। विजयी वीर टीटस जैसे तुम्हारा बेटा तुम्हें प्रिय है वैसे ही मेरा बेटा मेरी जान है। इसकी आहुति न दो। आखिर मेरे बेटे का अपराध तो केवल इतना ही है न कि उसने अपने देश और देशवासियों की रक्षा के लिए तुमसे युद्ध किया। तुमने भी अपने देश के सम्मान की रक्षा के लिए युद्ध किया था। तुम्हारे लिए तो लड़ाई धर्म हो गयी। फिर हमारे बेटे के लिए यह कैसे अपराध हो गया। मैं तुमसे दया की भीख माँगती हूँ। दयालुता का परिचय देकर देवत्व की गरिमा प्राप्त करो।

दया कर मेरे बड़े बेटे को छोड़ दो। लेकिन माँ की यह प्रार्थना वहाँ कौन सुनता! लुसियस अपने भाइयों के साथ तुरन्त एलारबस को टुकड़े-टुकड़े करके प्रज्वलित अग्नि में आहुति देने के लिए चल पड़ा। आनन-फानन में यह काम पूरा करके ये लोग लौटकर बाप के सामने आ पहुँचे। अब टीटस के भाई मारकस और दूसरे जन प्रतिनिधियों ने वहाँ पहुँचकर टीटस से अनुरोध किया कि इस खाली राजसिंहासन की पूर्ति के लिए यदि तुम चाहो तो यह तुम्हें समर्पित है। भला जो वीर चालीस वर्ष तक अपने देश के गौरव की रक्षा के लिए लड़ा हो, युद्धक्षेत्र में इक्कीस बेटों को बलिदान कर दिया हो, वह अब बुढ़ौती में राज लेकर क्या करेगा! उसे तो बुढ़ौती का सहारा एक लाठी ही चाहिए। जन-प्रतिनिधियों की मंशा सुनकर राजा सीजर का ज्येष्ठ पुत्र सेटरनिनस उबल पड़ा। जन प्रतिनधियों को चुनौती देते हुए उसने सिनेट सदस्यों को ललकारते हुए कहा कि अपनी तलवार निकाल लो और जब तक मैं रोम का सम्राट नहीं बन जाता म्यान में मत रखना। उसने टीटस की भी भर्त्सना की और कहा कि मुझे अधिकार से वंचित करके तुम नरकगामी होगे।

टीटस और उसके बेटे लुसियस दोनों ने उसे शांत करते हुए कहा कि घबड़ाओ मत तुम्हारे हित में ही काम होगा। इधर सीजर का छोटा बेटा बेसिएनस अपने पक्ष में अपील करने लगा। अब टीटस ने जनता और उनके प्रतिनिधियों से इस बात का आश्वासन प्राप्त कर लिया कि जिसे वह सिंहासन के लिए उपयुक्त समझेगा जनता उसे स्वीकार करेगी। उसने प्रस्ताव किया कि राजा सीजर के बड़े बेटे को राजमुकुट प्रदान किया जाये। सिनेट के सदस्यों और जन प्रतिनिधियों ने उसका प्रस्ताव सहर्ष स्वीकार कर लिया। सम्राट बनने के बाद सेटरनिनस ने टीटस के सामने प्रस्ताव रखा कि आपको कोई आपत्ति न हो तो मैं आपकी पुत्री लवेनिया से विवाह करके उसे रोम की साम्राज्ञी बनाने के लिए तैयार हूँ। इस प्रस्ताव से गद्‌गद् टीटस ने अपनी तलवार, अपना रथ और बंदी गोथों को भी सम्राट को सुपूर्द कर दिया। टीटस ने गौथ रानी तमारो को संबोधित करते हुए कहा कि अब तुम सेटरनिनस के अधीन हो। वह तुम्हारे साथ उपयुक्त व्यवहार-बर्ताव करेगा। तमारो के श्याम जामुनी वर्ण पर मोहित सम्राट ने सोचा कि यदि मौका मिला तो मैं इसे अपना बनाऊंगा। उसने रानी तमारो को आश्वासन दिया कि रोम में तुम्हारा अपमान नहीं होने पायेगा। तुम्हारे साथ रानी जैसा व्यवहार होगा। चिन्ता छोड़कर आनन्द से जीवन बिताओ। मैं तुम्हें गोथ रानी से अधिक मर्यादित बना दूंगा। उसने बिना कोई हर्जाना लिए सभी गोथ बंदियों को भी रिहा कर दिया।

अब तक तो सभी काम शान्तिपूर्वक सकुशल हो गया। राजसिंहासन से वंचित सीजर का दूसरा पुत्र बेसिएनस भला अपनी प्रेयसी लवेनिया को कैसे छोड़ सकता था। सेटरनिनस ने इसे अपना बनाने का प्रस्ताव किया था। लवेनिया के पिता टीटस ने प्रस्ताव मान भी लिया था। इसी बीच बेसिएनस ने लवेनिया को पकड़ लिया। उसने टीटस से कहा कि मुझे क्षमा प्रदान करने की कृपा करें। टीटस के भाई मारकस और पुत्र लूसियस ने भी बेसिएनस का समर्थन किया। टीटस तो भौंचक्का था।

उसने रक्षकों की पुकार की। बेसिएनस के इस राजविरोधी कृत्य के लिए उसके विरुद्ध सम्राट से अपील की। टीटस के अन्य पुत्रों ने भी बेसिएनस का साथ दिया। टीटस ने सेटरनिनस को आश्वासन दिया कि मैं लवेनिया को अभी वापस ला दूंगा। लेकिन टीटस के बेटे म्यूटियस ने उसे आगे बढ़ने से रोक दिया। बेटे के इस दुस्साहस से क्रुद्ध हो टीटस ने उसे वहीं धाराशायी कर दिया।

बाप-बेटे की इस लड़ाई के बीच ही तमोरा अपने बेटों के साथ वहाँ से खिसक गयी। टीटस के बड़े बेटे लुसियस ने इस अमानवीय कृत्य के लिए बाप की भर्त्सना की। बेटों द्वारा इस प्रकार बेइज्जत होना भला वह बहादुर बाप कैसे बर्दाश्त करता। उसने बेटे से कहा कि भलाई इसी में है कि लवेनिया को लाकर सम्राट को सौंप दो। बेटा बोला कि मरी हुई लवेनिया तो सेटरनिनस को सौंपी जा सकती है, परन्तु जीवित लवेनिया बेसिएनस के पास ही रहेगी अपने बरामदे से सम्राट बोला। टीटस! मुझे न तो अब लवेनिया की जरूरत है, न तुम्हारी और न तुम्हारे बेटों की। तुम सबने मिलकर मेरे विरुद्ध यह चाल चली है। जाओ तुम अपनी बेटी उसी बेसिएनस को सौंप दो। वह तुम्हारे अनुशासनहीन बेटों के साथ उपद्रव में अच्छा साथी रहेगा। सेटरनिनस के इस तीखे व्यंगय से मर्माहित हो टीटस वहीं अवाक् खड़ा ताकता रह गया।

इसके बाद सेटरनिनस ने तुरन्त तमोरा से कहा कि मैंने तुम्हें पत्नी बनाने का निर्णय किया है। मैं अब एक पग भी आगे नहीं बढ़ूंगा और बिना तुम्हें पत्नी रूप में लिए महल में प्रवेश नहीं करूंगा। उम्र में उससे बड़ी तमोरा ने सम्राट को आश्वासन दिया कि यदि आपकी यही इच्छा है तो मैं आपकी सेविका बनने के लिए तैयार हूँ। इतना सुनते ही सम्राट अपने सभासदों को लेकर विवाह सम्पन्न कराने चल पड़ा।

इधर बेटे के शव के पास टीटस अकेला ही खड़ा था। ठीक मौका देखकर उसका भाई और टीटस के सभी पुत्र उसके पास पहँचे। सभी ने उससे प्रार्थना की कि म्युटिएस का शव खानदान कब्रगाह में गाड़ दिया जाये, लेकिन टीटस ने उनकी बातें यह कहकर इंकार कर दिया कि इस कब्रगाह में जहाँ मेरे बहादुर और लड़ाई में शहीद बेटे दफनाए गए हैं यह वहाँ नहीं दफनाया जा सकता। इसने तो मुझे और मेरे पूरे परिवार को अमर्यादित किया था। उसने कहा कि इसे और कहीं ले जाकर दफना दो। मारकस ने कहा कि म्युटिएस ने अपनी बहन के प्यार की रक्षा हेतु आपका विरोध किया था। आपने उसे मार डाला अब और क्रूर न बनें। हम लोगों की बात मान लें। प्रार्थना से देवता भी पसीज जाते हैं। टीटस भी नरम पड़ा। दुःखी मन से बोला कि जाओ इसे खानदानी कब्रगाह में दफना दो और बाद में मुझे भी वहीं दफना देना।

इन लोगों को क्या पता था कि सम्राट की शादी लवेनिया के बदले तमारो से होने का क्या दुष्परिणाम टीटस को भुगतना पड़ेगा। बंदिनी के रूप में रोम लाई गई तमोरा रोम की साम्राज्ञी बन गई थी। तमोरा और उसके दोनों बेटों के साथ सम्राट के आते ही लवेनिया को लिए उसका छोटा भाई भी आ पहुँचा। लवेनिया के इस प्रकार अवैध कब्जा करने से सेटरनिनस उस पर नाराज तो था ही, उसने छोटे भाई

से कहा कि घबड़ाओ मत। तुम्हें शीघ्र ही इसका फल भुगतना पड़ेगा। बेसिएनस ने अपना कदम उचित ठहराते हुए सम्राट से टीटस पर रहम करने की अपील की। रानी तमोरा ने भी टीटस के प्रति बनावटी सहानुभूति दिखाते हुए सम्राट से आग्रह किया कि बीती बातें भुलाकर उसे क्षमा करें। टीटस बेगुनाह है। ऐसे योग्य मित्र को तिरस्कृत न करें। उसका दिल न दुखाएँ। उसने सम्राट के कान में कहा कि इस समय जब आप नये-नये शासनाध्यक्ष बने हैं टीटस का अपमान करने से संभ्रान्त वर्ग भी उसकी ओर से आपकी आलोचना करेगा। धैर्य रखिए। मैं मौका पाते ही टीटस और उसके बेटों को समाप्त कर दूंगी। रोम के सड़क पर उसने मुझे अपमानित किया था। प्रार्थना करने पर भी मेरे बेटे की हत्या कर दी थी। इसका फल उसे चखाऊंगी, लेकिन इस समय उसका हाथ पकड़िए और उसे सान्त्वना दीजिए। उस पर क्रोध न करें। सम्राट को रानी की बात जंच गयी। उसने बड़े प्यार से कहा, उठो टीटस, रानी ने मुझे प्रभावित कर दिया है।

सम्राट की ये मीठी बातें सुनते ही टीटस गद्‌गद् हो उठा। रानी ने उससे कहा कि आज से सब झगड़ा समाप्त हो गया। हम सभी मित्र हैं। बेसिएनस के लिए भी सम्राट ने मित्रता का वादा कियां लेकिन इस बूढ़े के भाग्य में सुख नहीं बढ़ा था। तमोरा के दोनों बेटे डेमेट्रियस और चिरान टीटस की विवाहिता पुत्री लवेनिया को पाने के लिए लालायित थे। दोनों अपना-अपना दावा पेश करते हुए इतने आवेश में आ गये कि अपनी तलवारें निकाल लीं।

संयोग से तमोरा का पूर्व प्रेमी मूर एरान इसी समय वहाँ आ पहुँचा। उसने इन दोनों को समझाया कि महल के सामने तुम दोनों के कलह से माँ अपमानित होगी। शांत रहो। तलवार म्यान के अन्दर करो, लेकिन प्रेम के दीवाने उसकी सलाह कैसे मानते। दोनों एक-दूसरे के खून के प्यासे थे। एरान ने उन्हें फिर समझाया कि क्या लवेनिया इतनी बदचलन हो गई है या उसका पति बेसिएनस इतना पतित कायर हो गया है कि उसकी पत्नी को पाने के लिए इस प्रकार आपस में झगड़ा कर रहे हो। क्या तुम लोगों को कानून का भय नहीं है। लगता है तुम लोगों को माँ की भी परवाह नहीं है। उसकी बातों का उत्तर देते हुए चिरान ने कहा कि मैं लवेनिया को प्यार करता हूँ। मुझे दुनिया में किसी की परवाह नहीं है। डेमेट्रियस ने उसे टोका और कहा, छोरे! जाओ कोई घटिया लड़की ढूंढो। लवेनिया तुम्हारे बड़े भाई की चहेती है।

एरान ने उन्हें शांत करने की कोशिश की और कहा कि इस प्रेम प्रपंच का परिणाम होगा तुम लोगों की मृत्यु, लेकिन प्रेम का दीवाना चिरान मृत्यु से डरने वाला न था। उसने कहा कि लवेनिया के लिए मैं मरने के लिए भी तैयार हूँ। एरान हैरान था कि आखिर सम्राट के भाई बेसिएनस की पत्नी को ये कैसे पा सकेंगे। डेमेट्रियस ने तपाक से जवाब दिया कि लवेनिया एक औरत है। उसे प्यार से या बलपूर्वक पाया जा सकता है। बेसिएनस भले ही राजा का भाई हो। एरान समझ गया कि ये दोनों जबरदस्ती उस औरत को हथियाना चाहते हैं। तिकड़म से काम लो। मैं रास्ता बताता हूँ। सम्राट ने आखेट का प्रोग्राम बनाया है। वहाँ रोमन सुन्दरियों का दल भी

पहुँचेगा। तुम अपनी चहेतों को इनके बीच से निकाल ले जाओ। किसी सूनी जगह तुम अपनी इच्छा पूर्ति कर सकते हो। लवेनिया के यौवन का उपभोग करने का वही उपयुक्त स्थान होगा। राजप्रासाद नहीं। एरान की यह बात उन्हें जंच गई। इन युवकों की यह हरकत टीटस से बदला लेने की दुर्भावना से प्रेरित थी।

टीटस भी अपने भाई और बेटों के साथ सवेरे ही जंगल पहुँचा। शिकार के लिए हंकवा लगाना शुरू किया। थोड़ी ही देर में सम्राट सेटरनिनस, रानी तमोरा और बेसिएनस भी अपनी पत्नी लवेनिया के साथ वहाँ पहुँचे। तमोरा के दोनों बेटे भी इसी दल के साथ थे। सम्राट ने उलाहनाभरे शब्दों में टीटस से कहा कि तुमने बड़े ही सवेरे सिंहाध्वनि करके हम नवविवाहितों को जगा दिया—और लोग तो तेंदुआ के शिकार के फेर में थे, लेकिन तमोरा के बेटे तो हरिनी (लवेनिया) को अपने वश में करने की बात सोच रहे थे। दूसरी ओर एरान अपनी स्वर्णमुद्रा जंगल के निर्जन अंचल में पेड़ के नीचे गाड़कर वहीं बैठा कुछ दावपेंच की बातें सोच रहा था। तमोरा भी यहीं उसके पास पहुँच गई। आखिर ये दोनों थे तो पुराने साथी। प्रेमी और पेयसी।

तमोरा ने एरान से कहा कि ऐसे आनन्दमय प्राकृतिक वातावरण में तुम्हारी उदासी अच्छी नहीं लगती। आओ! हम दोनों गलबहियाँ डाले यहीं विश्राम करें। बात करें। स्वर्णिम स्वप्नों में कुछ समय आनन्द से बिताएँ। एरान दुःखी तो था ही। उसने तमारो से कहा कि तुम पर तो कामदेव की कृपा है, लेकिन मुझ पर शनि देवता की कुदृष्टि है। मेरा कांत चेहरा प्रेम से वंचित होने का द्योतक नहीं है, बल्कि तीव्र प्रतिशोध की भावना का प्रतिबिंब है। सुनो! आज ही तुम्हारे दोनों बेटे टीटस की बेटी लवेनिया का उपभोग करेंगे। इसके साथ ही बेसिएनस का अंत भी होने वाला है। लो! यह चिट्ठी बिना मुझसे कोई सवाल-जवाब किए इसे सम्राट तक पहुँचा दो। इसे पढ़कर वह इस खूनी षड्यंत्र के विरुद्ध सावधान हो जायेगा।

पता नहीं कैसे इस निर्जन कोने में लवेनिया के साथ पहुँच बेसिएनस एरान और तमोरा की इस गुप्त वार्ता में विघ्न डाल दिया। एरान तो इन्हें देखते ही वहाँ से खिसक गया, लेकिन तमोरा बैठी ही रही। आते ही वह तमोरा से पूछ बैठा। अपना आखेट दल छोड़कर यहाँ डायन की तरह अकेली क्यों बैठी हो? डायन शब्द का मतलब होता है अफ्रीकी लंगूर। जबकि डायना आखेट की देवी कही जाती है। यह शब्द सुनते ही तमोरा आगबबूला हो उठी। गुस्से में बेसिएनस को डांटते हुए उसने कहा कि मेरे निजी कार्यकलाप में दखल देने वाले तुम कौन होते हो। यदि मुझमें ताकत होती तो मैं तुम्हारा गला नोच देती। जाते-जाते एरान तमोरा को सिखा गया था कि तुम बेसिएनस से वाद-विवाद कर उलझाए रखना और मैं तुम्हारे दोनों बेटों को बुला लाता हूँ।

बेसिएनस ने बड़े कटु शब्दों में तमोरा से कहा कि अपना दल छोड़कर इस निर्जन स्थान में हब्शी एरान के साथ रहने का मतलब कोई अपवित्र अभिलाषा नहीं तो और क्या है। लवेनिया ने पति को सलाह दी कि तमोरा को उस हब्शी के साथ मौज उड़ाने दो। हम लोग यहाँ से चलें। बोला कि काश! राजा इस अपमानजनक

हरकत को देख पाता। यह लांछन सुन तमोरा उद्विग्न हो उठी। इसी समय उसके दोनों बेटे वहाँ आ पहुँचे। माँ का पीला उतरा हुआ चेहरा देखकर उन्होंने इसका कारण जानना चाहा। अपमान का बदला लेने के लिए नारी कभी-कभी भूखी शेरनी हो जाती है। तमोरा ने भी मनगढ़त कहानी सुनाकर बेटों का बेसिएनस और लवेनिया के खिलाफ भड़का दिया। उसने कहा कि देखते नहीं ये दोनों हमें बहकाकर इस निर्जन स्थान में ले आये। यहाँ कभी सूर्य की रोशनी भी नहीं पहुँचती। यहाँ निशाचर और सर्प वास करते हैं। इन्होंने मुझे बताया कि रात में यहाँ इतनी भयंकर चीख-पुकार होती है कि कोई भी पागल हो जाये। प्राणान्त भी हो सकता है। यदि तुम लोग समय से न आ जाते तो ये लोग मुझे एक पेड़ से बांधकर यहीं मरने के लिए छोड़ देते। इन लोगों ने मुझे कामुक, व्यभिचारिणी, गोथ और न जाने क्या-क्या कहा। यदि तुम लोग अपनी माँ को प्यार करते हो तो इस अपमान का बदला लो। इतना सुनते ही डेमेट्रियस ने बेसिएनस को छुरा भोंक दिया। भला दूसरा बेटा कैसे पीछे रहता। उसने भी छुरा चला दिया।

पति की हत्या से क्षुब्ध लवेनिया ने तमोरा को क्रुद्ध कहकर भर्त्सना की। बेटों से छुरा लेकर तमोरा लवेनिया की भी हत्या कर देती, लेकिन बेटों के मन में तो पाप था। माँ को शांत करते हुए उन्होंने कहा कि बेसिएनस का शव किसी गुप्त स्थान में छिपाने के बाद हम लोग इस लवेनिया को अपनी कामुकता का शिकार बनायेंगे। माँ ने तुरन्त अपने बेटों को उसे वहाँ से ले जाने का आदेश दिया। लवेनिया ने तमोरा और उसके बेटों से आरजू मिन्नत की, लेकिन वह पिशाचिनी और उसके कामान्ध बेटे उस समय पागल हो उठे थे। लवेनिया ने उन्हें याद दिलाया कि मेरे पिता को तुम लोगों को कत्ल कर दिये होते। उन्होंने तुम्हारी प्राणरक्षा की। तमारो ने लड़कों को याद दिलाया कि कैसे मैंने तुम्हारे भाई की हत्या न करने के लिए टीटस से प्रार्थना की थी, लेकिन उसने हमारी एक न सुनी। ऐसे क्रूर बाप की बेटों पर रहम करने के लिए भला वह कैसे तैयार होती! उसने बेटों से कहा कि ले जाओ इसे भरपूर उपभोग करो। लवेनिया ने रानी से प्रार्थना की कि तुम यहीं मेरी हत्या कर दो, लेकिन अपने बेटों की कामुकता का शिकार होने से मुझे बचा लो। रानी ने जवाब दिया कि बेटों की काम पिपासा अतृप्त रखना मुझे मंजूर नहीं है।

एरान द्वारा निर्धारित खन्दक में बेसिएनस का शव फेंककर वे दोनों लवेनिया को घसीटते हुए लेकर चम्पत हो गये। इधर तमोरा पूरे टीटस परिवार की सफाई की योजना बनाकर अपने प्रेमी मूर की खोज में चल पड़ी। इतने में ही नीच एरान टीटस के दोनों पुत्रों किंटस और मारटियस को यह कहकर इधर ले आया कि चलो यही गड्ढे में एक तेंदुआ सोया हुआ है। झाड़झंखाड़ से ढंके इस डरावने खन्दक के ऊपर की पतियों पर बेसिएनस के खून के धब्बे लगे थे। दुर्भाग्यवश मारटियस उसी में गिर गया। उसे गहरी चोट आई। अपने षडयंत्र में सफल एरान इन्हें यहीं छोड़ राजा को बुलाने दौड़ पड़ा ताकि उसे लाकर दिखा सके कि टीटस के बेटों ने उसके छोटे भाई की हत्या कर दी है। मारटियस ने अन्दर ही से कहा कि इस अन्धेरे में भी

बेसिएनस की बहुमूल्य अंगूठी की रोशनी से सारी गुफा जगमग है। इसी के सहारे मैंने बेसिएनस को पहचान लिया है। किंक्टस का मन किसी अज्ञात अमंगल से सिहर उठा था। उसका शरीर कांप रहा था। उसने भाई से कहा कि अपना हाथ बढ़ाओ, लेकिन मैं इतना कमजोर हो गया हूँ कि शायद तुम्हें निकालने के बदले मैं स्वयं भी गिर पडूंगा, हुआ भी यही। ज्यों ही वह खन्दक में गिरा कि सम्राट ने आते ही पूछा कि अभी-अभी इस खन्दक में कौन कूदा है। मारटियस ने बताया कि हम बूढ़े टीटस के पुत्र हैं। यहाँ आपके भाई का शव पड़ा है। सम्राट ने कहा कि एक घंटा पहले तक मेरा भाई और उसकी पत्नी दोनों अपने लॉज में थे। तुम मजाक तो नहीं कर रहे हो। इतने में ही रानी तमोरा और टीटस अपने बेटे लुसियस के साथ वहाँ आ पहुँचे। रानी ने जब बेसिएनस की मृत्यु की बात सुनी तो अफसोस जाहिर करते हुए सम्राट से कहा कि यह पत्र पहुँचाने में मुझे देर हुई, जिसमें इस हत्या की बातें लिखी हुई हैं। उसने अपने पति को वही पत्र पकड़ा दिया जिसे एरान ने राजा तक पहुँचाने के लिए बहुत पहले ही दिया था। इस पत्र में बेसिएनस की हत्या करके उसी गड्ढे में फेंकने की बात कही गई थी, जहाँ उसका शव पड़ा था। साथ ही इस काम के लिए पुरस्कार भी देने का उल्लेख था। एरान ने सेटरनिनस को स्वर्णमुद्रा की वह थैली दिखाई, जिसे उसने ही वहीं पेड़ के नीचे छिपा दिया था।

पत्र पढ़ते ही सम्राट ने हुक्म दिया कि टीटस के इन बेटों को गड्ढे से निकाल कर कैद खाने में ले जाओ। उनको कठोरतम सजा दी जायेगी। बूढ़े टीटस को विश्वास नहीं हो रहा था कि उसके बेटे ऐसा जघन्य अपराध किये होंगे। नतजानु हो उसने सम्राट से आग्रह किया कि अपराध साबित होने तक मैं अपने बेटों के लिए जामिन होता हूँ, परन्तु सम्राट को तो पूरा विश्वास हो गया था कि इन दोनों ने ही बेसिएनस की हत्या की है। इसलिए उसने टीटस की प्रार्थना अमान्य कर दी। भाई का शव और उसके हत्यारों को लेकर आने का आदेश देकर सम्राट आगे बढ़ गया। नीच रानी ने टीटस को झूठी सान्त्वना देते हुए कहा कि घबड़ाओ मत। मैं सम्राट से प्रार्थना करूंगी। तुम्हारे बेटों का कुछ नहीं होगा। बेचारा टीटस इस समय चारों ओर विपति से घिर गया था। निरपराध बेटे बंदी बना दिये गये थे और उधर असली अपराधी तमोरा के दोनों बेटे लवेनिया का सतीत्वहरण करने के बाद उसकी जीभ और दोनों हाथ काटकर उसे वहीं अकेला छोड़ चम्पत हो गये थे। आखेट से लौटते हुए लवेनिया के चाचा के पुकारने पर भी लज्जा के मारे वह रुकने का नाम नहीं ले रही थी। उसके हाथ कटने का कारण पूछने पर जब वह कुछ नहीं बोली तो चाचा को और आश्चर्य हुआ। पति कहाँ है इसका भी उतर न दे सकी। तब चाचा ने उसके मुंह से निकलते खून के फव्वारे की ओर ध्यान दिया। उसने सोचा कि बेटी यदि अपनी इस दुर्दशा के लिए उतरदायी व्यक्ति का पता बता देती, तो मैं उसका काम तमाम कर देता, लेकिन बेचारी न तो कुछ बोल पा रही थी और न लिख ही सकती थी। इस स्थिति से परेशान मारकस लवेनिया को साथ लेकर टीटस के पास पहुँचा।

वाह रे जीवन! रोम राज्य की रक्षा करने वाला टीटस जिसने युद्धभूमि में अपने

इक्कीस बेटों की आहुति दे दी थी, अपने इन दो निरपराध बेटों के लिए रोम के जन प्रतिनिधियों, सिनेट के सदस्यों और न्यायाधीशों के सामने गिड़गिड़ा रहा था। आंसू बहाकर अपने त्याग और बलिदान की कहानी सुना रहा था। अंत में बेटों का वध न करने की प्रार्थना करते-करते वहीं जमीन पर गिर पड़ा, लेकिन इस समय उसकी बातें सुनने की किसी को फुसर्त न थी। जमीन पर पड़ा वह बड़बड़ाता रहा और उसके बेटे वध स्थल की ओर बढ़ते रहे। बूढ़े को क्या पता था कि वह अकेले ही वहाँ पड़ा है! उसकी बातें सुनने वाला कोई भी आस-पास नहीं है। उसका तीसरा बेटा लुसियस जब वहाँ पहुँचा तो उसने पिता को बताया कि आप तो पत्थरों को अपना दुःखड़ा सुना रहे हैं। यहाँ कोई भी जन प्रतिनिधि नहीं है। बेटे की बात सुनकर बूढ़ा खड़ा हो गया और उसने पूछा कि आखिर तुम नंगी तलवार क्यों लिए हो? बेटे ने उतर दिया कि भाइयों की रिहाई से बूढ़ा खुश हो उठा। उसने बेटे से कहा कि रोम अब हिंसक शिकारी जानवरों से भर गये हैं। ये लोग मेरे और मेरे परिवार का शिकार करने पर तुले हुए हैं। अच्छा हुआ कि तुम इन जल्लादों के खूनी पंजे से बच गये।

लुसियस से जब टीटस बात कर ही रहा था कि मारकस लवेनिया को लिए हुए उसके सामने आ खड़ा हुआ। बेटी का कटा हाथ देखकर टीटस क्रोध से बोल उठा। वह कौन नीच था जिसने तुम्हारा हाथ काटा। इस समय देश रक्षक इस योद्धा के चारों ओर अंधकार ही अंधकार था। बेटी की यह दुर्दशा उसे असह्य थी। लवेनिया को संबोधित करते हुए उसने कहा कि तुम्हारा पति मार डाला गया। उसकी हत्या के अपराध में तुम्हारे दोनों भाई इसी रास्ते वध स्थल ले जाये गये हैं। अब तक उनका काम तमाम कर दिया गया होगा। पिता से अपने भाइयों के दुर्भाग्य की कहानी सुनते ही लवेनिया रोने लगी। बेटी के इस प्रकार रोने का कारण समझने मे असमर्थ टीटस भी रोने लगा। इस हृदयविदारक दृश्य से थोड़ी राहत उस समय मिली जब मक्कार झूठे मूर एरान ने टीटस के पास आकर सम्राट का यह संदेश सुनाया कि यदि तुम लोगों में से कोई अपना हाथ काटकर उसके पास भेज दे तो तुम्हारे दोनों पुत्र जीवित लोटा दिये जायेंगे। उस हब्शी का चेहरा जितना काला था, उसका दिल उससे भी ज्यादा काला था। उसके इस फर्जी संदेश से टीटस की बांछे खिल उठीं। अपना हाथ काटकर भेजने के लिए वह तैयार हो गया। पुत्र लुसियस ने पिता से आग्रह किया कि आपके हाथों ने कितने शत्रुओं का मानमर्दन किया है। हाथ कटने से जो खून बहेगा आप सहन नहीं कर पायेंगे। मैं जवान हूँ। मैं अपने हाथ भेज दूंगा। अब टीटस के भाई मारकस ने दोनों को रोकते हुए कहा कि मैंने कोई लड़ाई नहीं लड़ी। मेरे हाथ गरीजों को बचाने के काम आयेंगे। इसलिए यह काम मैं करूंगा। एरान बोल उठा—जल्दी तय करके हाथ काटकर दो अन्यथा देर हो जाने से वे दोनों क्षमादान से वंचित रह जायेंगे।

अंत में टीटस ने अपना हाथ काटकर एरान को सौंप दिया। उसने एरान से निवेदन किया कि राजा से जाकर कह देना कि इस हाथ ने रोम की सुरक्षा की। मैं उस समय बड़ा खुश था कि इसे देकर मैं अपने बेटों की जान बचा पाऊंगा। निष्ठुर

मक्कार एरान ने झूठा आश्वासन दे बूढ़े का हाथ तो कटवा लिया लेकिन उसके बदले में दिया उसके बेटों का कटा सिर। जो दूत उसके बेटों का कटा सिर लेकर आया था, उसने टीटस का कटा हुआ हाथ लौटाते हुए उससे कहा कि तुम्हारे साथ क्रूर मजाक किया गया था। वे लोग तुम्हारी सिद्धान्तवादिता का माखौल उड़ा रहे थे। भला इस दृश्य को टीटस और उसका बचा-खूचा परिवार कैसे सहता! परिस्थिति ने उस पर वज्रपात कर दिया था। मारकस भी इस समय आत्मनियंत्रण खो बैठा। दो बेटों का कटा सिर, अपंग बेटी, तीसरा निष्कासित और स्वयं वीर टीटस का एक हाथ साफ। उसने कहा, इस स्थिति को चुपचाप बर्दाश्त करने के बदले तूफान मचाना ही समय का तकाजा है।

भाई मारकस की बातें सुन बूढ़ा पागलों की तरह हंसने लगा। आखिर जिन लोगों ने उस पर कहर ढाया था, उससे बदला लेने का उपाय भी क्या था। एक बेटे का कटा सिर मारकस ने तथा दूसरा स्वयं टीटस ने ले लिया और बेटी ने बाप का कटा हाथ अपने दांतों से उठा लिया। इस कुकृत्य का बदला लेने के लिए टीटस ने लुसियस से कहा कि जाओ गोथ लोगों की सेना तैयार करो।

लुसियस को विदा करने के बाद टीटस अपने घर पहुँचा। लवेनिया की दशा से विह्वल टीटस बार-बार अपने शोक की अभिव्यक्ति कर रहा था। अंत में उसने लवेनिया से कहा। चलो! तुम्हारे कमरे में चलकर किताब पढ़ें। जो किताब लवेनिया पढ़ना चाहती थी, उसे लेकर लुसियस का बेटा भाग रहा था और उसका पीछा कर रही थी लवेनिया। वह बुआ की इस हरकत से परेशान हो उठा। लवेनिया ने ओविड की पुस्तक 'मेटामारफोसिस' का वही पेज खोला, जहाँ फिलामेल पर टेरेस द्वारा बलात्कार करने और उसकी जीभ काट लेने की कहानी लिखी हुई थी। अब टीटस और मारकस की समझ में आया कि जंगल में लवेनिया पर इसी प्रकार का दुष्कर्म किया गया होगा। अब पिता ने बेटी से कहा कि किसी संकेत द्वारा उस रोमन दुष्कर्मी का नाम बताओ, जिसने तुम पर ऐसा अत्याचार किया। मारकस, टीटस और लवेनिया के साथ जमीन पर बैठ गया। अपनी छड़ी मुंह में पकड़कर अपने टूटे हाथ की सहायता से दो नाम लिखे-चिरान और डेमेट्रियस। नतजानु हो मारकस ने कसम खाई कि या तो हम इस जघन्य अपराध का बदला लेंगे या अपने कलंकित जीवन का अंत कर देंगे।

टीटस जानता था कि तमोरा के दोनों लड़कों पर सीधा हमला करने का भीषण दुष्परिणाम होगा। तमोरा सम्राट पर पूर्ण रूप से हावी है। हाँ, उसकी पीठ पीछे वह स्वच्छन्द हो अपनी इच्छा पूर्ति करती है। इसलिए बूढ़े ने बदला लेने का एक दूसरा उपाय निकाला। उसने अपने शष्त्रागण से कुछ हथियार देकर युवा लुसियस को सम्राट सेटरनिनस के दरबार में भेज दिया। ये हथियार तमोरा के दोनों बेटों को उपहार स्वरूप प्रस्तुत किये गये। इस साहसी बालक ने उपहार देते हुए मुंह घुमाकर धीरे से कहा। बदमाश! तुम्हारे पाप का भण्डाफोड़ हो चुका है। यही बात एक कागज पर लिख टीटस ने एक हथियार के साथ लगा भी दिया था। एरान तो ताड़ गया

कि बूढ़े ने इन बेवकूफों के अपराध का पता लगा लिया है, लेकिन डेमेट्रियस यह सोचकर प्रसन्न हो उठा कि इतने बड़े लार्ड ने इस प्रकार का तोहफा मेरे पास भेजा है। वह इतना नीच था कि लवेनिया के साथ बलात्कार करने का न तो उसे दुःख था और न पश्चाताप। वह बेशर्म हजारों रोमन युवतियों के साथ ऐसा दुष्कर्म करने के लिए तैयार था। जिसकी माता ही व्याभिचारिणी थी, उसका पुत्र भला बदचलन कैसे न होता!

इस समय तमोरा प्रसव पीड़ा से छटपटा रही थी। थोड़ी ही देर में एक नर्स काले हब्शी नवजात शिशु को लेकर बाहर आई। शिशु लेकर वह एरान के पास पहुँची और कहा कि अनर्थ हो गया। यह शिशु तो एकदम तुम्हारा प्रतिरूप है। यह रानी के लिए कलंक है। उसने इसे तुम्हारे पास भेजा है कि तुम अपनी कटार से इसका अंत कर दो। यह सुनते ही एरान उखड़ गया। क्या काला रंग ऐसा खराब है? तमोरा के दोनों बेटे एरान को धिक्कारने लगे। तुमने मेरी माता को लांछित कर दिया। चिरान ने कहा कि इस शिशु का अंत कर दो। भला बाप अपने ही नवजात शिशु का अंत क्यों करता। डेमेट्रियस ने शिशु का वध करने की कोशिश की। इसके पहले नर्स से शिशु लेकर एरान डेमेट्रियस से बोला! खबरदार यदि किसी ने इसे छूने की कोशिश की। अपने ही भाई की हत्या करते तुम्हें शर्म नहीं आती। आगे बढ़े तो मैं अपने खंजर से तुम्हारा काम तमाम कर दूंगा। जाओ, अपनी माँ से कह दो कि शिशु का पालन-पोषण मैं स्वयं करूंगा। डेमेट्रियस ने उसे माँ के साथ ऐसी धोखेबाजी करने के लिए धिक्कारा। नर्स ने कहा कि हो सकता है कि इस बच्चे की जानकारी मिलने पर सम्राट तमोरा का वध कर दे। अंत में तमोरा के बेटों ने एरान से पूछा कि क्या उपाय है जिससे शिशु भी जीवित रहे और हम भी निष्कलंक रहें।

अब एरान ने नर्स से पूछा कि प्रसव के समय कौन-कौन लोग वहाँ थे। कितनी औरतों ने इसे देखा। नर्स ने उसे बताया कि रानी के अतिरिक्त, मैं और कार्नेलिया नामक धाय यही दो वहाँ उपस्थित थे। हमी दोनों ने अब तक शिशु देखा है। यह सुनते ही मूर ने नर्स का तो वहीं काम तमाम कर दिया और उन युवकों से कहा कि इसे दफना कर मेरे पास उस धाय को भी जल्दी भेज दो। न ये दोनों गवाह रहेंगी और न बदनामी फैलेगी। उसने उन्हें यह भी सलाह दी कि यहाँ से थोड़ी दूर पर मेरे देश का म्युलिटियस नामक एक व्यक्ति रहता है। उसकी पत्नी ने गत रात एक सुन्दर शिशु को जन्म दिया है। तुम लोग उसके पास जाओ। धन-दौलत से औरत को प्रभावित करो। सारी स्थिति उसे बताओ और कहो कि उस शिशु को अपना बेटा समझकर सम्राट उसे दुलार प्यार करेगा और बाद में राज्य का उतराधिकारी बनाएगा। यह कहकर उसका बेटा ले आओ। इस प्रकार समझा-बुझाकर एरान ने तमोरा के दोनों बेटों को विदा किया और अपने बेटे को ले गौथ लोगों की ओर चल पड़ा। वहीं किसी गुफा में छिपाकर वह इसका लालन-पालन करेगा, ताकि बड़ा होकर वह सेनानायक बन सके।

मूर ने रानी और उसके बेटों की चिन्ता तो शांत कर दी, लेकिन बेचारा बूढ़ा

टीटस अपने परिवार पर आई विपति से अभी तक न उबर पाया था। टीटस अर्धविक्षिप्त हो गया था। इसी पागलपन में उसने सम्राट सेटरनिनस, रानी तमोरा और उसके बेटों से बदला लेने की एक उटपटांग योजना बनाई। टीटस ने अपने भाई मारकस, उसके बेटे पबलियस, अपने पौत्र तथा अन्य लोगों को एक-एक तीर दिया, जिस पर अपने साथ हुए अन्याय, अत्याचार का बदला लेने के लिए देवताओं से प्रार्थना की गई थी। मारकस ने सबको सलाह दी कि वे अपना-अपना तीर राज महल की ओर फेंके, ताकि सम्राट बेचैन हो जाये। संयोग से उधर एक विदूषक आ निकला, जो सम्राट के पास दो कबूतर उपहार स्वरूप ले जा रहा था। उसे पकड़कर टीटस ने कहा कि मेरा निवेदन भी राजा से कहना।

मारकस की चाल का असर सम्राट पर पड़ा। टीटस की ओर से जो तीर फेंके गये थे, उसे लिए हुए वह बाहर आया। उसने रानी, उसके बेटों और अन्य लार्डों को संबोधित करते हुए कहा कि मैंने जो कुछ टीटस के बेटों के विरुद्ध किया वह कानून के अनुसार ही था। फिर भी टीटस पागल होकर ये पत्र देवताओं के नाम लिख रहा हैं मुझसे अन्याय का बदला लेने के लिए। उसके इस पागलपन से शांति से रहना दूभर हो गया है। एक सम्राट इस प्रकार का अपमान भला कैसे सहन कर सकता है। रोम के सिनेट और यहाँ की न्याय व्यवस्था की खिल्ली उड़ाने से हमारी बदनामी हो रही है। रानी ने टीटस के प्रति झूठी सहानुभूति दिखाते हुए सम्राट से प्रार्थना की कि वीर पुत्रों की मृत्यु से विक्षिप्त बूढ़े पर दया करें, लेकिन वह व्याभिचारिणी अन्दर-ही-अन्दर टीटस का अंत करने का षडयंत्र रच रही थी।

एक विदूषक के हाथ भेजी हुई टीटस की चिट्ठी पढ़कर तो सम्राट का पारा और चढ़ गया। उसने आज्ञा दी कि टीटस की उम्र और उसके सम्मान की परवाह किए बिना पकड़कर उसे खींच लाओ और उसका वध कर दो, लेकिन सम्राट को क्या पता था अब उसके अत्याचार का भी अंत होने वाला है। उसके पाप का घड़ा भर चुका है। उससे बदला लेने के लिए टीटस के निष्कासित पुत्र लुसियस के नेतृत्व में गोथ सेना आ पहुँची थी। इससे सेटरनिनस का दिमाग कुछ ठंडा हुआ। उसने मान लिया कि अब उसका दुर्दिन आ गया है। वह जानता था कि रोम की जनंता लुसियस को प्यार करती है। उसके निर्वासन से लोग विचलित हो उठे थे। जनता उसी को सम्राट बनाने के पक्ष में थी। अब जनता मेरे विरुद्ध विद्रोह कर देगी। रानी ने पति को ढांढस देते हुए कहा कि घबड़ाइए मत। मैं स्वयं बूढ़े टीटस से चिकनी चुपड़ी बातें करके उसे वश में कर लूंगी। लम्बा-चौड़ा झूठा वादा करके उसे शांत कर दूंगी।

तमोरा ने रोमन सांमत एसिलियस को लुसियस के पास सम्राट का यह संदेश लेकर भेजा कि सम्राट तुम्हारे साथ बातचीत करना चाहता है। तुम्हारे पिता के घर पर ही यह बातचीत होगी। इसके साथ ही रानी टीटस के पास जाकर उसे समझाएगी कि लुसियस को गोथ सैनिकों से अलग कर दे। लेकिन सेटरनिनस को संदेह था कि टीटस अपने बेटे से हमारे लिए ऐसा नहीं कहेगा। उसकी आशंका ठीक ही

निकली। गोथ सेना लेकर लुसियस आ धमका। उसने सैनिकों और साथियों को बताया कि रोम से एक पत्र मिला है जिससे पता चलता है कि वहाँ की जनता सम्राट से असंतुष्ट है और गोथ सेना की आतुरता से प्रतीक्षा कर रही है। सैनिकों ने उसे आश्वासन दिया कि टीटस की बहादुरी और देश सेवा के बदले रोम ने उसके साथ जो दुर्व्यवहार किया है, उसके लिए रानी तमोरा से हम लोग बदला लेंगे। तुम्हारे आदेश का पालन करेंगे।

इतने में ही एक दूसरा गोथ एरान और उसके बच्चे के साथ लुसियस के सामने आ पहुँचा। उसने बताया कि जब मैं एक टूटे मठ को देख रहा था तो मुझे बच्चे के रोने की आवाज सुनाई पड़ी। जब मैं उस ओर बढ़ा तो देखा कि यह आदमी उस शिशु को चुप कराते हुए इस बच्चे से कह रहा था कि बच्चे तुम तो सम्राट होते, लेकिन तुम्हारे इस काले रंग ने तुम्हारा भविष्य बिगाड़ दिया। तू नहीं जानता कि रोम की रानी तुम्हारी माँ है और मैं तुम्हारा पिता हूँ। इसने बच्चे से यह भी कहा कि मैं तुम्हारे लालन-पालन का जिम्मा किसी विश्वास पात्र गोथ को सौंपूंगा। जब उसे मालूम होगा कि तुम रानी के बेटे हो तो वह तुम्हें बड़े प्यार से रखेगा। यह सब सुनकर मैं उस आदमी को तलवार की नोंक पर अपने कब्जे में करके आपके पास लाया हूँ।अब आप जैसा उचित समझें इसके साथ व्यवहार करें।

मूर एरान को देखते ही लुसियस उत्तेजित हो बोला। यही तो वह शैतान है जिसने मेरे पिता को हाथ से वचिंत कर दिया था। इसी नीच पर तो तमोरा लट्टू थी और यह शिशु इन्हीं दोनों के कुकृत्य का फल है। उसने एरान से पूछा कि तुम इस बच्चे को कहाँ ले जा रहे थे। जवाब न पाने पर क्रोधाभिभूत हो लुसियस ने हुक्म दिया कि सामने के पेड़ से इसे लटका दो और इसके बगल में इसके बेटे को भी। मूर ने लुसियस को सावधान करते हुए कहा कि इस शाही बच्चे पर हाथ न लगाना। मूर के इस प्रतिरोध पर लुसियस ने कहा कि पहले बच्चे को पेड़ से लटका दो, ताकि यह नीचे उसे छटपटाता देख सके। विवश एरान ने लुसियस को सलाह दी कि तुम इस बच्चे को रानी के पास पहुँचा दो मैं वादा करता हूँ कि मैं ऐसी-ऐसी बातें बताऊंगा, जिससे तुम्हारा फायदा होगा। लुसियस ने उसकी बात मानकर बच्चे को उचित लालन-पालन की व्यवस्था का जिम्मा स्वयं ले लिया।

अपने पुत्र की सुरक्षा का वचन लेकर एरान ने अब पुरानी बातें शुरू कीं। उसने कहा कि यह मेरा ही बेटा है जिसे रानी ने जन्म दिया है। उसी रानी के दोनों बेटों ने तुम्हारे बहनोई बेसिएनस की हत्या की थी। तुम्हारी बहन के साथ बलात्कार करके उसका हाथ और जीभ काट लिया था। यह भी सच है कि इस सारे दुष्कर्म की प्रेरणा मैंने ही उन्हें दी थी। उसने आगे बताया कि मैं ही तुम्हारे दोनों भाइयों को बहकाकर उसे गड्ढे तक ले गया था, जहाँ बेसिएनस का शव पड़ा था। तुम्हारे भाइयों को षडयंत्र में फंसाने के लिए मैंने झूठी चिट्ठी लिखी थी और पुरस्कार की रकम भी पेड़ के नीचे छिपा दी थी। मैंने यह सब रानी और उसके बेटों की मिली-भगत से ही किया था। मैंने ही धोखा देकर तुम्हारे पिता का हाथ कटवा दिया था और उसके

बदले तुम्हारे भाइयों का कटा सिर उसके पास भिजवाया था। अंत में उस बेशर्म ने स्वीकार किया कि दुनिया का जघन्यतम अपराध कराने से न तो मुझे भय है और न संकोच। उसके पाप की यह गाथा सुनकर लुसियस बोला, इस नीच को इतनी जल्दी और इतनी सरलता से न मरने दो। इसे पेड़ से उतार लो।

एरान के इस जघन्य अपराधों की दास्तान सुनते सुनते लुसियस अब ऊब चुका था। उसकी जबान बंद कराना ही चाहता था कि उसके सामने एक दूसरी समस्या आ खड़ी हुई। सम्राट का दूत उसके नाम संदेश लेकर आया और कहा कि सम्राट आपसे आपके पति के घर पर बात करना चाहते हैं। लुसियस ने सम्राट का बुलावा स्वीकार कर लिया। इस वार्ता के पूर्व ही रानी तमोरा अपने दोनों बेटों के साथ वेश बदलकर टीटस को फुसलाने की गरज से उसके घर जा पहुँची थी। दरवाजा खटखटाते ही बूढ़े ने अपने कक्ष से कहा कि क्या तुम शत्रु से बदला लेने की योजना नष्ट करना चाहती हो? मैंने जो कुछ तय कर लिया है उसे पूरा करूंगा। तमोरा ने उससे जब बातचीत करने की इच्छा जाहिर की तो टीटस ने उतर दिया कि मैं तुम्हें पहचानता हूँ। तमोरा तुमने मुझ पर इतनी मुसीबतें ढाई है। क्या अब मेरा दूसरा हाथ भी लेने के लिए आयी हो? लेकिन इस तिकड़मी औरत ने बूढ़े की आँख में धूल झोंकने की कोशिश करते हुए कहा कि मैं तमोरा नहीं हूँ। वह तुम्हारी दुश्मन है। मैं तो तुम्हारे प्रति किये गये अत्याचार का बदला लेने के लिए पाताल लोक से भेजी गयी हूँ। मैं प्रतिशोध हूँ। टीटस उसे और उसके बेटों को पहचानता तो था ही। उसने कहा कि यदि तुम मेरे शत्रुओं से बदला लेने आयी हो तो तुम्हारी बगल में जो बलात्कारी और हत्यारे खड़े हैं, सबसे पहले उनकी हत्या कर दो। इसके बाद मैं अन्य अपराधियों की खोज में तुम्हारा साथ दूंगा।

इतनी सटीक पहचान के बाद भी तमोरा ने बूढ़े को यह कहकर बहकाने की कोशिश की ये दोनों मेरे मंत्री हैं। चूंकि ये बलात्कारियों और हत्यारों को सजा देते हैं, इसलिए इनका नाम 'रेप' और 'मरडर' है। भला बूढ़ा उसकी बात कैसे मान जाता। उसने कहा कि तुम साम्राज्ञी जैसी हो और ये हैं तुम्हारे बेटे। फिर भी मैं तुमसे आकर मिलूंगा। तमोरा ने सोचा कि यह बूढ़ा पागल है। मुझे सचमुच प्रतिशोधी समझ रहा है। मैं इसके द्वारा लुसियस को बुलवा भेजूंगी। फिर कोई ऐसा जाल रचूंगी कि या तो गोथ सेना वापस चली जायेगी या लुसियस के विरुद्ध हो जायेगी।

उनके पास आकर टीटस ने कहा कि तुम लोग रानी तमोरा और उसके दोनों बेटों जैसे ही हो। तुम लोगों के साथ अगर एरान भी होता तो चंडाल चौकड़ी पूरी हो जाती। फिर भी बताओ कि मैं क्या करूं। इन तीनों शैतानों ने बड़ी तत्परता से टीटस के सामने उसके दुश्मनों से प्रतिशोध लेने का प्रस्ताव रखा। वह बूढ़ा तो इन्हें खूब पहचानता ही था। वह पहले से ही जला भुना था। उसने डेमेट्रियस से कहा कि तुम सड़क पर जाओ और जो कोई भी तुम्हारी तरह का दिखाई दे उसकी हत्या कर दो, क्योंकि वह हत्यारा है। यही बात उसने चिरान से भी कही। फिर तमोरा को संबोधित करते हुए उसने कहा कि राजा के दरबार में तुम्हारे शक्ल-सूरत की

उसकी रानी है। उसके साथ हमेशा एक मूर लगा रहता है। जाकर इन दोनों की हत्या कर दो। इन्होंने ही मेरे परिवार पर वज्रपात किया है।

टीटस का प्रस्ताव सुनते ही तमोरा ने उसे आश्वासन दिया कि हम लोग तुम्हारे निर्देश का पालन करेंगे। उसने बूढ़े को सलाह दी कि तुम अपने बेटे लुसियस को अपने घर भोज पर बुला लो। वही मैं तुम्हारे सारे विरोधियों राजा, रानी उसके बेटों को लेकर आउंगी। इसी अवसर पर तुम जैसे चाहो उन पर अपना गुस्सा उतारना। तमोरा की बात मानकर टीटस ने अपने भाई मारकस को लुसियस के पास बुलावे का संदेश लेकर भेज दिया। कहला दिया कि अपने साथ केवल थोड़े चुने हुए गोथ प्रधान नायकों को लेकर आवे। मारकस से कहा कि उसे बता देना कि भोज में राजा ओर रानी भी शामिल होंगे। अब उस मक्कार रानी ने उससे कहा कि मैं अपने इन सचिवों के साथ तुम्हारा काम पूरा करने जा रही हूँ। बूढ़े ने भी चालाकी से काम लिया और कहा कि इन दोनों को मेरे पास रहने दो अन्यथा मैं मारकस को वापस बुला लूंगा।

रानी इस समय अपने बेटों को छोड़ने के लिए लाचार थी। उसने धीरे से अपने बेटों को सलाह दी कि सम्राट को अपनी सफलता की सूचना देकर लौटने तक तुम दोनों इस बूढ़े से घुल-मिलकर रहना। माँ को विदा कर अब बेटों ने बूढ़े से कहा बताये हम आपकी क्या सेवा करें। बूढ़ा इन दोनों जघन्य अपराधियों को तो पहचानता ही था। उसने अब अपने भतीजे पबलियस और अपने दो सहयोगियों केयस और वेलेन्टाइन को बुलाया। उन्हें आदेश दिया कि इन दोनों को रस्सी से कसकर बांध दो। यदि चिल्लाये तो इनका मुंह भी बंद कर देना। उनकी गिरफ्त से बचने के लिए चिरान बोल उठा। रानी के बेटे के साथ तुम ऐसा नहीं कर सकते, लेकिन हाथ में आये शिकार को कौन छोड़ता है। टीटस अपने हाथ में कटार और लवेनिया अपने टूटे हाथों में एक गमला पकड़े वहाँ पहुँची। टीटस ने आदेश दिया कि इनका मुंह बांधे रखो, ताकि वे मुझसे कुछ कह न सकें। हाँ! जो कुछ कहूँ वही सुनते रहें। उन दोनों को संबोधित करते हुए उसने उनके अपराधों का पूरा विवरण सुनाया और कहा कि बेशर्म तुम लोग किस मुंह से दया की भीख मांगोगे। अब तुम लोग मरने के लिए तैयार हो जाओ। मेरा एक हाथ बचा है इसी से तुम्हारा सिर काटूंगा और मेरी बेटी तुम्हारा खून इस गमले में रोप लेगी। तुम्हारी माँ मुझे पागल समझकर प्रतिशोध बनने का नाटक कर रही है, लेकिन आज मैं उसे तुम्हारे रक्त मांस से पका भोजन दूंगा। इतना कहकर उसने दोनों का सिर धड़ से अलग कर दिया।

इधर पिता का आदेश पाकर लुसियस आ पहुँचा। उसके साथ बंदी एरान और उसका नवजात बेटा भी था। घर पहुँचते ही उसने आदेश दिया कि इस शैतान मूर को हथकड़ी बेड़ी पहनाकर भूखा रखो। इन्हें रानी के सामने पेश किया जायेगा, ताकि वह अपने व्याभिचार का सबूत भी देख सके। इतने में ही राजा और रानी सदल बल वहाँ आ पहुँचे।

लुसियस को देखते ही सेटरनिनस बोल उठा। क्या आकाश में एक सूरज के

अलावा और भी हो सकते हैं। इस व्यंग्य पर लुसियस का नाराज होना स्वाभाविक था। इन दोनों का वाद-विवाद और आगे न बढ़े इसलिए मारकस ने सुझाव दिया कि भोजन तैयार है वहीं हम लोग बैठकर शांतिपूर्वक बात करें। रसोइया के वेश में टीटस नें सबके सामने भोजन परोस दिया। बुर्का ओढ़े लवेनिया और लुसियस का पुत्र भी उसके साथ थे। अब टीटस ने सम्राट से पूछा कि जिस लड़की पर जोर जबर्दस्ती और बलात्कार हुआ हो क्या उसकी हत्या करना पिता के लिए उचित है। सेटरनिनस का उतर था कि जिन्दगी भर कलंकित जीवन बिताने और पिता का दिल दुखाते रहने से अच्छा है कि उसका अंत कर दिया जाये। सम्राट की इस विवेचना को सुनते ही टीटस ने वहीं बेटी लवेनिया की हत्या कर दी। टीटस की इस क्रूरता से अवाक सेटरनिनस पूछ बैठा। क्या तुम्हारी बेटी का सतीत्व हरण किया गया था। अच्छा बताओ तो इसके लिए कौन दोषी है।

सम्राट की इस जिज्ञासा का उतर देने से पहले टीटस ने भोजन ग्रहण करने का आग्रह किया, लेकिन रानी ने कहा कि पहले तुम इस हत्या का कारण बताओ। टीटस ने कहा कि हत्या मैंने नहीं की। इस हत्या के लिए तुम्हारे दोनों पुत्र उतरदायी हैं। उन्होंने ही मेरी बेटी के साथ बलात्कार करने के बाद उसकी जीभ और उसके दोनों हाथ काट लिए थे। यह सुनते ही सेटरनिनस ने उन दोनों को पकड़ लाने का आदेश दिया। टीटस अब अपने को रोक न सका। उसने कहा कि उन्हीं के मांस से ही यह पकवान बनाया गया था, जिसे रानी ने बड़े चाव से खाया। मैं ठीक कहता हूँ देखिए न मेरे छूरे की नुकीली धार। यह कहकर उसने रानी पर उसी छुरे से वार कर दिया। भला अपने ही सामने कैसे सहन कर सकता था। सेटरनिनस ने तुरन्त टीटस का काम तमाम कर दिया। बाप की मृत्यु से उद्वेलित हो लुसियस ने सम्राट को भी धराशायी कर दिया। सम्राट के मरते ही तो वहाँ खलबली मच गई।

स्थिति सम्हालने के लिए अपने साथियों को लेकर मारकस और लुसियस बालकनी पर जा पहुँचे। नागरिकों को सम्बोधित करते हुए मारकस ने कहा रोम की वर्तमान स्थिति से आपका दुःखी होना स्वाभाविक है। उसने कहा कि रोम की दुर्दशा के कारणों का वर्णन कर जनता में करुणा जगाने के लिए बातें कहने में मेरा शोक संतप्त हृदय अक्षम है। इसलिए आप लोग रोम जनप्रिय सेवक लुसियस की बातें सुनें। लुसियस ने रोम के रक्षक बहादुर सेनापति टीटस एण्ड्रोनिकस के परिवार पर गुजरी विपदा की कहानी शुरू की। उसने बताया कि तमोरा के दोनों बेटों चिरान और डेमेट्रियस ने सम्राट सेटरनिनस के भाई बेसिएनस की हत्या की। इन्हीं दोनों ने मेरी बहन की इज्जत लूटी। कुकृत्य से बचने के लिए उन लोगों ने मेरे दो भाइयों पर बेसिएनस की हत्या का दोषारोपण किया। उनको प्राणदण्ड दिया गया। मेरे पिता का हाथ कटवाया गया। मुझे देश से निकाल दिया गया। लाचार हो मुझे रोम के शत्रु गोथ लोगों की मदद लेनी पड़ी। लुसियस की बात खत्म होने के बाद मारकस ने रानी तमोरा की चरित्रहीनता का साक्षात सबूत पेश करते हुए कहा कि यह शिशु एरान का जन्मा है। हमारे परिवार के विरुद्ध सारे कारनामें में इसी नीच मूर का हाथ

था। आज वह टीटस ने जो बदले की कार्रवाई की वह उचित थी या अनुचित। यदि आप इस काम को ठीक नहीं समझते तो मैं और लुसियस, जो अब एण्ड्रोनिकस परिवार के बचे सदस्य हैं आत्मोत्सर्ग करने के लिए तैयार हैं।

श्रोताओ में रोम का सामन्त एसिलियस भी था। उसने मारकस से कहा कि आप अब बालकनी से नीचे आवें। रोम सम्राट लुसियस को भी साथ ले आवें। मैं जानता हूँ कि यहाँ उपस्थित सभी लोग हमारे इस विचार का समर्थन करेंगे। सभी लोगों ने लुसियस का सम्राट रूप में स्वागत किया। रोम पर अब लुसियस का अधिकार था। नये सम्राट का पहला काम था अत्याचारी, दुराचारी और हत्यारे मूर एरान को सजा देना। टीटस के घर से बुलाकर एरान को धड़ तक जमीन में गाड़कर उसे भूखा-प्यासा तड़पने, चिल्लाने के लिए छोड़ दिया गया। इसके साथ ही यह भी घोषणा हुई कि यदि किसी ने इस नीच अपराधी पर दया दिखाई या इसकी सहायता की तो उसे प्राणदण्ड भुगतना पड़ेगा। इसके बाद सम्राट लुसियस ने अपने पिता, बहन और सेटरनिनस के शवों को दफनाने की व्यवस्था की, लेकिन घृणित क्रूर तमोरा का शव उसने फिकवा दिया, ताकि पशु-पक्षी खाकर संतुष्ट हों।

7. अर्द्ध रात्रि का स्वप्न

पुराने जमाने में एथेंस नगर में एक राजा राज्य करता था। अपने नगर में उसने ढिंढोरा पिटवा रखा था कि युवा होने के बाद उसके राज्य में कोई भी लड़की कुंआरी न रहे। लड़की की इच्छा हो या न हो, फाँसी के डर से ज्यादातर लड़कियाँ अपने पिताओं की इच्छानुसार ब्याह करवा लिया करती थीं और अगर कोई लड़की अपनी मर्जी से विवाह कर भी लेती तो कोई भी पिता इसकी खबर राजा को नहीं देता था। हाँ, एक दिन एक पिता, पहली बार अपनी फरियाद लेकर राजा के दरबार में आया और बोला–

'महाराज! मेरी इकलौती बेटी है जिसका नाम हर्मिया है। मैंने उसे बहुत लाड़-प्यार से पाला-पोसा है और बड़ा किया है। मगर जब उसका विवाह करने का समय आया तो उसने मेरी इच्छा के अनुसार विवाह करने से इंकार कर दिया। जिस युवक के हाथ में मैं उसे सौंपना चाहता हूँ उसे हर्मिया बिल्कुल नहीं चाहती तथा किसी अन्य युवक से प्यार करती है। महाराज, मैं चाहता हूँ कि आप ऐसी बेवफा लड़की को मौत की सजा देकर मेरे साथ अच्छा कार्य कीजिए।'

यह सुनकर राजा ने हर्मिया को बुलाया तथा पिता को रुष्ट करने की उससे वजह पूछी! हर्मिया ने कहा, 'महाराज! मेरा पिता मेरा ब्याह डीमिट्रियस नाम के एक युवक के साथ करना चाहता है; मगर वह हेलेना नामक किसी और लड़की से प्रेम करता है। जब डीमिट्रियस मुझे चाहता नहीं तो भला मैं उससे कैसे ब्याह कर सकती हूँ? मैं विवाह करूँगी तो लाइसेण्डर के साथ करूँगी, नहीं तो कुँआरी रहना अच्छा।'

दोनों की बात सुनकर राजा ने हर्मिया को एक बार फिर सोचने को कहा और इजाजत दी कि तीन दिन के अन्दर वह डीमिट्रियस के साथ ब्याह करने को तैयार हो जाए, नहीं तो पाँचवें दिन उसे फाँसी पर लटका दिया जाएगा।

यह आदेश सुनकर हर्मिया सीधे अपने साथी लाइसेण्डर के पास पहुँची तथा अपनी मुसीबत उसे कह सुनाई। बहुत सोच-विचार के पश्चात् लाइसेण्डर ने कहा–'मुझे एक ऐसा उपाय सूझा है जिसके द्वारा हमारा-तुम्हारा ब्याह भी हो सकेगा तथा तुम फाँसी पर लटकने से भी बच जाओगी। इस नगर की हद से बाहर किसी दूसरे राजा का राज्य है। उसी राज्य में मेरी एक मौसी रहती है। अगर तुम आज सांझ होने से पहले-पहले अपने पिता से आँख बचाकर उस राज्य की हद के बाहर पहुँच जाओ तो मैं भी तुम्हें वहीं मिलूँगा। वहाँ से मैं तुम्हें अपनी मौसी के घर ले चलूँगा, जहाँ पर तुम अपनी मर्जी के अनुसार मेरे साथ विवाह कर सकोगी, क्योंकि इस राजा के कायदे-कानून इसी के राज्य में माने जाते हैं। इसकी हद से बाहर नहीं।'

यह सलाह हर्मिया को बहुत अच्छी लगी और दोनों किसी तरह एथेंस नगर की सीमा के बाहर पहुँच गए। संयोगवश उसी दिन डीमिट्रियस भी अपनी पहली चहेती हेलेना के साथ वन-विहार के लिए उसी जंगल में गया हुआ था। एक ओर से हर्मिया तथा लाइसेण्डर ने उस जंगल में प्रवेश किया और दूसरी ओर से हेलेना और डीमिट्रियस ने। जिस तरफ से हेलेना और डीमिट्रियस जा रहे थे उसी तरफ कुछ दूरी पर आबेरोन नाम के परियों का एक राजा रहता था। परियों की रानी टिटैनिया उसी की पटरानी थी। किसी वजह से टिटैनिया अपने पति आबेरोन से नाराज होकर कहीं दूर चली गई थी और महल में आबेरोन अकेला ही था। घूमते-घामते हेलेना तथा डीमिट्रियस परियों के इसी राजा के पास से गुजरे। वे थके हुए तो थे ही, परियों के राजा ने सोचा कि वे भी एक-दूसरे से रूठे हैं। आबेरोन ने मन-ही-मन परियों को याद किया तथा पक नाम की एक परी उसके सामने हाजिर हो गई। यह परी लोगों को चिढ़ाने और उल्लू बनाने की कला में बड़ी निपुण थी। प्रायः वह करीब के गाँवों में जाती तथा ग्वालिनों के मटकों में मेढक बनकर बैठ जाती। ज्योंहि ग्वालिनें छाछ उलटने के लिए मटके खोलती वह पक परी जोर से टरटराती हुई मटके से बाहर निकल पड़ती। बेचारी ग्वालिनें डरकर मटके को नीचे पटक देती तथा उनकी सारी छाछ बिखर जाती थी। कभी वह अदृश्य होकर राजदरबार में पहुँच जाती तथा जब वजीर लोग राजा के सत्कार के लिए खड़े होते तो पक परी उन सबके पीछे से कुर्सियाँ सरका देती थी। बेचारे वजीर बैठने लगते तो धड़ाम से जमीन पर लुढ़क जाते। यह देखकर सारे दरबार में खिल्ली मच जाती तथा पक परी हँसती हुई जंगल को लौट आती। आज भी हेलेना तथा डीमिट्रियस के साथ कुछ इसी प्रकार की हँसी करने का ख्याल परियों के राजा को सूझा। वह पक परी को हरे रंग की एक शीशी देते हुए बोला—'देख पक! इसमें वशीकरण है। इस तेल में यह गुण है कि अगर किसी सोये हुए मनुष्य की दाईं आँख पर लगा दिया जाए तो जागने पर वह जिसे भी सबसे पहले देखेगा उसी पर फिदा हो जाएगा, चाहे वह गधा, घोड़ा या बन्दर ही क्यों न हो। लो यह वशीकरण तेल की शीशी अपने करीब रखो तथा देखो आज इस जंगल में डीमिट्रियस नाम का एक युवक अपनी चहेती के साथ आया हुआ है, मगर ऐसा लगता है कि वे दोनों एक-दूसरे से रूठे हुए हैं। डीमिट्रियस सुनहरे तथा हरे रंग के कपड़े पहने है। इस निशानी से तुम उसे अच्छी तरह पहचान सकोगी। यदि वह तुम्हें कहीं सोया हुआ मिल जाए तो इस तेल की एक चहेती हेलेना उसके पास ही हो ताकि नेत्र खुलने पर उसकी नजर सबसे पहले हेलेना पर ही पड़े।'

ये बातें सुनते हुए पक परी को शरारत सूझ रही थी, इसीलिए अधूरी ही बात उसकी दिमाग में आई। वह डीमिट्रियस व हेलेना की ओर जाने के बजाय उस ओर चली गई जिस ओर से हर्मिया तथा लाइसेण्डर आ रहे थे। संयोगवश लाइसेण्डर भी जाड़ाऊ हरे रंग के कपड़े पहने हुए था। इसीलिए उसे ही डीमिट्रियस समझकर पक परी ने सोते हुए लाइसेण्डर की सीधी आँख पर वशीकरण तेल की एक बूँद लगा दी और अदृश्य हो गई।

जंगल के दूसरे किनारे पर डीमिट्रियस तथा हेलेना किसी प्रकार आपस में

बिछड़ गए तथा दोनों एक-दूसरे की खोज करते हुए जंगल में टहलने लगे। घूमते-घूमते हेलेना उसी जगह आ पहुँची जहाँ लाइसेण्डर तथा हर्मिया सोए हुए थे। पत्तों के मर्मर के स्वर से लाइसेण्डर चौंककर जाग उठा और उसने हड़बड़ाकर उस तरफ देखा जिस ओर से हेलेना आ रही थी। दोनों की आँखें चार होने की देर थी कि लाइसेण्डर वशीकरण तेल के असर से हेलेना पर आसक्त हो गया और 'रूपसुन्दरी, स्वर्ग की देवी, मेरे मन की रानी', जैसे हजारों सम्बोधनों से बुलाने लगा। इससे पहले वह हेलेना को उज्जड़ तथा गंवार कहकर उसकी खिल्ली उड़ाया करता था तथा उसकी तुलना में अपनी हर्मिया के रूप की तारीफ करते-करते अघाता नहीं था। किन्तु आज वह हर्मिया के प्रेम को बिल्कुल भूल गया और उसके बदले हेलेना को अपनी 'प्रेयसी, प्रियतमा' और न जाने क्या-क्या खुशामद की बातें कहने लगा। हेलेना ने सोचा कि वह उसका मखौल उड़ा रहा है, इसीलिए वह उसे निर्लज्ज, बेशर्म तथा बातूनी कहकर वहाँ से खिसकने लगी। किन्तु ज्यों-ज्यों तेल का प्रभाव बढ़ता जाता था त्यों-त्यों लाइसेण्डर का प्यार हेलेना के लिए बढ़ता जाता था। उसकी गालियाँ भी उसे फूलों की पँखुड़ियों-सी लगने लगी थी तथा वह उसके पीछे भागने लगा।

कुछ देर बाद हर्मिया की आँख खुली तो वह अपने-आपको जंगल में अकेली देखकर बहुत डरी तथा 'सेण्डर! सेण्डर'! पुकारती हुई इधर से उधर भागने लगी। आसमान में छिपी पक परी ने यह सारा दृश्य देखा कि तेल का क्या प्रभाव हुआ है। इसकी सूचना देने के लिए वह परियों के राजा आबेरोन के पास गई तथा बोली—'मालिक! सचमुच आपके तेल ने खूब रंग जमाया। आपके कहने के मुताबिक मैंने हरे कपड़ों वाले उस लड़के की आँख पर इसकी एक बूंद डाला तो वह अंधा हो गया और छाया की भाँति उसके पीछे-पीछे भाग रहा था। मगर वह लड़की उसे बिल्कुल नहीं चाहती थी; जब उसे गालियाँ सुनाती है तो उनकी बकझक सुनने में इतना मजा आता है जितना कि ग्वालिनों को खिझाने में भी नहीं आता।'

यह सुनकर आबेरोन बोला—'अरी पगली! कहीं तू गलती से किसी दूसरे व्यक्ति की आँख पर तो तेल नहीं चुपड़ आई। तेरी बातों से मुझे ऐसा ही लगता है। मैं रूठे मियाँ-बीवी को मनाने की कोशिश कर रहा था, तूने उल्टे एक जोड़ी को एक-दूसरे से अलग कर दिया। तेरी बातों से मुझे दीखता है कि आज इस जंगल में एक पति-पत्नि नहीं अपितु दो जोड़े आए हुए हैं और शायद दोनों की पोशाक भी एक-सी है। अब जा और इस बात का ख्याल रख कि मैं जिस रूठे हुए मियाँ-बीवी में सुलह करवाना चाहता हूँ उनमें लड़के का नाम डीमिट्रियस और लड़की का नाम हेलेना है। जा झटपट उन दोनों में प्रेम करवाकर आ।'

यह सुनते ही पक परी वहाँ से गई तथा डीमिट्रियस की आँख पर तेल की बूंद लगा आई। इधर आगे-आगे हेलेना उसके पीछे-पीछे लाइसेण्डर तथा लाइसेण्डर के पीछे-पीछे भागती हुई हर्मिया। वे तीनों भी उसी जगह पर जा पहुँचे जहाँ डीमिट्रियस सोया था। पक परी ने जैसा कि पहले ही अनुमान लगा लिया था, डीमिट्रियस की आँख खुलते ही सबसे पहले उसकी नजर हेलेना पर पड़ी। हेलेना उसकी चहेती तो शुरू से ही थी अब तेल के असर से वह उसे पहले से भी हजार गुना अधिक सुन्दरी

दिखने लगी। उसने चिल्लाते हुए उससे कहा—'प्रिय हेलेना, तुम कहाँ गुम हो गई थी! तुम्हें ढूँढ़ते-ढूँढ़ते मेरे पैर में छाले पड़ गए! तुम्हारे विरह में मैंने एक-एक मिनट बरस के समान बिताया है! वाकई आज तुम मुझे कितनी सुन्दर लग रहीं हो।' यह कहता हुआ वह भी पागलों की भाँति हेलेना की ओर भागा। हेलेना अब तक समझती थी कि डीमिट्रियस एक सभ्य मनुष्य है और इसी गुण के कारण वह उसे प्यार करती थी मगर आज उसे भी पागलों-सी ढिठाई करते देखकर वह समझ न सकी कि आज इन व्यक्तियों को हो क्या गया है। लाइसेण्डर ने आज तक मुझे घृणा की नजर से देखा है। मगर आज मुझे परियों से भी सुन्दर और पंखुडियों से भी कोमल बता रहा है। उसकी बात जाने दो, मेरा अपना डीमिट्रियस ही आज मेरा मजाक उड़ाने पर तुल गया है। हो न हो, दाल में कुछ काला जरूर है।

अभी हेलेना यह सोच रही थी कि उसकी नजर दूर से आती हुई हर्मिया पर पड़ी। हेलेना को लगा, हो न हो इसी रांड ने इन दोनों को अपने पक्ष में करके मुझे तंग करने के लिए मेरे पीछे लगाया है। यह देखकर हर्मिया ने समझा कि इसी डायन ने मेरे लाइसेण्डर की यह हालत की है ओर वह हर्मिया की चुटिया पकड़कर उसके बाल नोचने लगी थी। इन्हें लड़ते देखकर आसमान में छिपी पक परी अपनी हँसी न रोक सकी तथा 'हा-हा' करके हँस पड़ी।

डीमिट्रियस पहले ही लाइसेण्डर पर इसी बात से चिढ़ा था कि हेलेना की बेइज्जती क्यों की। अब हँसी की आवाज सुनकर उसने सोचा कि लाइसेण्डर ही उसे चिढ़ाने के लिए हँस रहा है। उसने आव देखा न ताव तलवार लेकर लाइसेण्डर पर झपट पड़ा। लाइसेण्डर ने भी तलवार खींच ली और दोनों लड़ते हुए वहाँ से काफी दूर निकल गए। इस तरह दोनों और महाभारत मचाकर पक परी हँसती, खिलखिलाती हुई अपने राजा आबेरोन के पास पहुँची तथा हँसी का ठहाका लगाकर बोली—

'मालिक! बटेरों तथा बटेरनियों की छीना-झपटी देखनी हो तो झटपट चलो, नहीं तो फिर देखने को न मिलेगी।'

जब आबेरोन ने पूरी कहानी सुनी तो उसे अपनी गलती पर काफी पश्चाताप हुआ। उसकी एक भूल के कारण दो सुखी युगल विपत्ति में पड़ गए। तब उसे अपनी हालत भी याद हो आई कि किस तरह उसकी अपनी रानी टिटैनिया भी उससे रूठकर चली गई तथा उसके बिना वह कितना उदास बैठा है। उसने उसी वक्त पक परी को आज्ञा दी—

'पक! अब इन शरारतों को छोड़ो तथा जो काम मैं कहता हूँ वह अभी करके आओ! जिन दो युवकों को तुम लड़ते छोड़कर आई हो उनमें एक का नाम लाइसेण्डर तथा दूसरे का नाम डीमिट्रिगस है जो हेलेना नाम की उस लड़की से प्यार करता है जिसके प्यार में तुमने डीमिट्रियस तथा लाइसेण्डर दोनों को अंधा बना दिया है। दूसरी लड़की लाइसेण्डर को चाहती है और उसका नाम हर्मिया है। तुम झटपट जाओ, आसमान में अदृश्य होकर ऐसा संगीत आरम्भ करो कि उसकी मस्ती में दोनों युवक और दोनों युवतियाँ झूम उठें तथा अपनी लड़ाई भूलकर तुम्हारे संगीत के पीछे भागने लगें। उन्हें भगाते-भगाते इतना दौड़ाओ कि वे थककर सो जाएँ। पहली बार तुमने

डीमिट्रियस तथा लाइसेण्डर की दाईं आँख पर एक-एक बूंद टपका दी थी। इस बार तुम उनकी दूसरी आंख पर तेल टपकाना उससे उन पर छाए हुए तेल का वशीकरण जादू का प्रभाव जाता रहेगा और वे पहले ही भाँति अपनी-अपनी चहेती को चाहने लगेंगे। जा तू, झटपट जाकर यह कार्य कर, तब तक मैं अपनी रूठी टिटैनिया को मनाने जाता हूँ।'

यह कहकर परियों का राजा अपनी रानी के महल की तरफ चला। महल के बगीचे में एक काफी बड़ा सदाबहार का पेड़ था, जिस पर सुनहरे रंग का एक झूला लगा हुआ था। इसी झूले में परियों की रानी टिटैनिया लेटी हुई थी तथा दुसरी परियाँ उसे सुलाने के लिए लोरियाँ गा रही थीं–

सो जा! परियों की रानी! सो जा!
आबेरोन राजा की पटरानी! सो जा!
सो जा! इस झूले अपने में!
रूठे पिया मिले सपने में!

जब तक परियाँ लोरी गाती रहीं, आबेरोन अदृश्य होकर एक गुलाबी फूल की पंखड़ियों पर बैठा सुनता रहा। जब झूले में टिटैनिया सो गई तो आबेरोन ने उसकी सीधी आँख पर उसी वशीकरण तेल की एक बूंद टपका दी। उसी वक्त परलोक का एक शेखचिल्ली, सारा दिन घूम-घुमाकर उसी सदाबहार पेड़ की एक शाखा पर आकर सो गया। आबेरोन ने शेखचिल्ली के असली सिर पर गधे का सिर रख दिया तथा ऐसा प्रबन्ध किया कि आँख खुलने पर टिटैनिया की निगाह सबसे पहले इसी शेखचिल्ली पर पड़े।

कुछ देर बाद जब टिटैनिया जागी तो उसने एक शाखा पर सोए हुए शेखचिल्ली को सबसे पहले देखा। तेल के असर से वह उसी पर फिदा हो गई और दूसरी परियों को कहने लगी–

'आह! पता नहीं स्वर्ग से कौन-सा देवता उतरकर उस शाखा पर सो गया है। देखो! उसका सिर तथा उसके कान कितने सुन्दर हैं। ऐसा सुन्दर लड़का तो मैंने परलोक में भी नहीं देखा।' टिटैनिया के मुँह से गधे के सिर के लिए ऐसी बातें सुनकर मारे हँसी के आबेरोन लोट-पोट हो रहा था, मगर वह अदृश्य था। इसीलिए रानी को कुछ पता नहीं चला।

ज्यों-ज्यों तेल का असर अधिक होता जाता था, रानी को शेखचिल्ली की शक्ल और भी ज्यादा सुन्दर दिखाई देती जा रही थी। जब थोड़ी देर बाद शेखचिल्ली जागा तथा गधे के लहजे में उसने ढींचू-ढींचू किया तो टिटैनिया खुशी से नाच उठी और बोली–'वाह! ऐसा मीठा स्वर तो मैंने आज तक नहीं सुना। वाकई जितना सुन्दर इसका रूप है उतना ही सुन्दर इसका स्वर भी है! जाओ, परियों! उस सुन्दर लड़के को आदर के साथ जाकर कहो कि परियों की रानी तुम्हारे प्रेम में पागल हो रही है। तुम चलकर उसे अपने शुभ दर्शन दो।'

यह सुनकर दासी परियाँ एक निगाह से गधे के सिर वाले शेखचिल्ली की तरफ देखती और दूसरी नजर से रानी की ओर देखकर मन-ही-मन हँसती कि आज

रानी को क्या हो गया है? मगर उसके डर के मारे मुँह से कुछ न कह सकतीं। आखिर वे जाकर शेखचिल्ली को बुला लाईं। रानी ने शेखचिल्ली के गधे के सिर को चूमकर अपनी गोद में रख लिया तथा उस से अपना प्रेम प्रकट करने लगी।

जादू के असर से शेखचिल्ली को कुछ पता न था कि उसके ऊपर किसका सिर लगा हुआ है। उसका दिमाग तथा उसकी भूख भी अब गधे जैसी हो गई थी। रानी उससे बोली–'हे सुन्दर लड़के! तुम्हें भूख लगी होगी। आज्ञा करो कि मेरी दासियाँ तुम्हारे लिए कौन-सा भोजन उपस्थित करें।' शेखचिल्ली हिनहिनाकर बोला–'मुझे पाँच सेर भूसा और तीन सेर चने की दाल चाहिए! बस इतने से ही मेरा पेट भर जाएगा।'

परियाँ उसी वक्त जाकर भूसा और चने ले आईं। अब रानी ने पूछा–'ऐ सुन्दर लड़के! तुम कौन-से वस्त्र पहनना पसन्द करोगे–रेशमी अथवा सूती?'

शेखचिल्ली का दिमाग तो गधे का दिमाग बन ही चुका था। उसने खुश होकर कहा–'मुझे तो बोरी के वस्त्र चाहिए।'

परियाँ झटपट बोरी के वस्त्र उठा लाईं और जब उसे पहनाने लगी तो उसने कहा–'पहले खरहरा लेकर मेरी पीठ खुजलाओ फिर मैं वस्त्र पहनूँगा।' बेचारी परियों ने कभी ऐसी चीजों को हाथ तक लगाकर न देखा था, मगर आज उन्हें गधे शेखचिल्ली की कमर पर खरहरे से खाज मिटानी पड़ी। थोड़ी देर तक खरहरा चलाने के पश्चात् शेखचिल्ली को फिर नींद आ गई और वह रानी की गोद में सिर रखकर सो गया तथा जोर-जोर से फुंकारें मारने लगा। ठीक उसी वक्त आबेरोन ने मौका देखकर उस तेल की एक बूंद रानी की उल्टी आँख पर लगा दी जिससे शेखचिल्ली के लिए उसके प्यार का सारा नशा दूर हो गया और अब उसे सचमुच गधे का सिर दिखाई देने लगा था। इसी समय आबेरोन हाजिर होकर टिटैनिया के सामने खड़ा हो गया और खिलखिलाकर बोला–'क्यों पटरानी जी! मुझसे रूठकर किससे प्रेम किया जा रहा है?' यह सुनकर बेचारी टिटैनिया शर्म के मारे पानी-पानी हो गई और गधे के सिर को लात मारकर चुप ही रही। आबेरोन मुस्कुराते हुए बोला–'फिर तो कभी मुझसे रूठने का नाम न लोगी। आज न रूठने की कसम उठाओ तो मैं तुम्हें एक चुटकुला सुनाता हूँ।'

टिटैनिया ने अपने दोनों कानों को पकड़कर तथा आबेरोन के पाँवों को पकड़कर उससे माफी माँगी। जब आबेरोन ने उसी वशीकरण तेल के असर और गधे के सिर की कहानी सुनाई तो क्या राजा, क्या परियाँ तथा क्या टिटैनिया सब मारे हँसी के लोट-पोट होने लगे।

इस वक्त पक परी भी अपना काम पूरा करके लौटी और चारों प्रेमियों को अपने साथ लेती आई। राजा आबेरोन ने उन चारों को अपने यहाँ निमंत्रित किया तथा उनके दिल बहलाव के लिए बड़ी देर तक गाना-बजाना और खाना-पीना होता रहा। जब एक ओर हर्मिया और लाइसेण्डर तथा दूसरी तरफ हेलेना और डीमिट्रियस हँसते-मुस्कुराते हुए वहाँ से गये तो वे यही सोच रहे थे, जैसे उन्होंने आधी रात का कोई सपना देख लिया हो।

8. महाराज हैमलेट

पुराने जमाने में डेनमार्क के दूर देश में हैमलेट नाम का राजा राज करता था। उसकी एक परम सुन्दरी रानी थी। राजा रानी को तथा रानी राजा को हृदय से प्यार करते थे और दोनों एक-दूसरे पर कुर्बान होने को तैयार रहते थे। लेकिन उनका बेटा कुमार माँ की अपेक्षा पिता का ही ज्यादा लाड़ला और प्यारा था।

एक दिन अनायास ही महाराज हैमलेट की मृत्यु हो गयी और उसके छोटे भाई क्लेदियस ने आँखों से आँसू भरकर बड़े खेद से प्रजा को यह खबर सुनाई कि विषधर सांप के काटने से राजा की तत्काल मौत हो गई है। लोग राजा को अपने पिता के समान समझते थे, इसलिए मौत पर सारी प्रजा में गहरा शोक छा गया। महाराज की मृत्यु का अगर किसी को सबसे अधिक आघात पहुँचा तो वह था कुमार हैमलेट। पिता के वियोग में रो-रो कर उसने अपनी आँखें सुजा लीं। रात को सोते वक्त पिता का नाम लेकर वह हड़बड़ाकर उठ बैठता।

अभी उसकी आँखों से अपने प्रिय पिता के वियोग के आँसू भी न सूख पाए थे कि दो माह के थोड़े समय बाद ही उसने एक और दुःखद खबर सुनी कि उसकी माता ने दूसरा ब्याह कर लिया है। विवाह भी किससे—स्वर्गीय महाराज के छोटे भाई क्लेदियस से—जो रूप, रंग तथा गुणों में अप्रशंसनीय। इससे भी खराब बात जो कुमार हैमलेट को लगी, वह थी उसकी माँ की इस ब्याह करने में जल्दबाज़ी। कहाँ तो वह स्वर्गीय महाराज को अपने तन-मन से ज्यादा प्यार करती थी और कहाँ उसकी मृत्यु के केवल दो महीने के पश्चात् ही उन्हें बिल्कुल भुलाकर दूसरा पति भी कर बैठी। यह देखकर कुमार हैमलैट के दिल पर गहरी चोट लगी तथा मारे शर्म के उसका दिल डूब मरने को चाहने लगा।

एक दिन वह इसी फिकर में बैठा सोच रहा था, कि इतनी जल्दी उसकी माँ क्यों बदल गई, कि सहसा उसके ध्यान में आया कि हो न हो इस ब्याह में भी कोई रहस्य है। हो सकता है कि मेरे चाचा तथा मेरी माँ ने जान-बूझकर मेरे पिता की हत्या करवाई हो और झूठमूठ ही प्रजा में सांप काटने का समाचार फैला दिया हो। मेरे पिता को डसने वाला विषधर सांप अन्य कोई नहीं—वह यही क्लेदियस है। राज्य के लोभ से उसने मेरे पिता को मरवा दिया है तथा मेरी माता को वश में करके अब मेरे राज्याधिकार पर भी फन फैलाए बैठा है। इन्हीं फिकरों के कारण वह दिनोंदिन दुबला होने लगा। उसका फूल-सा चेहरा कुम्हलाकर पीला पड़ गया तथा वह बच्चों वाली चुलबुलाहट भुलकर बूढ़ों की भाँति दिन-रात चिन्ताग्रस्त रहने लगा।

इसी बीच एक दिन महल के पहरेदारों ने उसे बताया कि उन्होंने स्वर्गीय महाराज की प्रेतात्मा को महल के सामने हाजिर होते देखा है। वह तीन दिन लगातार हाजिर होती रही और हर बार वह चुपचाप आई और जबान से बिना एक भी शब्द बोले चुपचाप चली गई। मगर उसकी चाल-ढाल से यही पता चलता था कि वह किसी को ढूंढ रही है तथा कुछ बात कहना चाहती हैं।

यह सुनकर कुमार हैमलेट को विश्वास हो गया कि वह उसी के पिता की भटकती आत्मा है। उसने उससे भेंट करने का निश्चय किया तथा दूसरी ही रात को पहरेदारों के साथ उस जगह पर जा बैठा जहाँ उन्होंने पिछली रातों में उसके पिता की प्रेतात्मा को देखा था।

जब रात को अन्धकार छा गया तथा महल की घड़ी ने दस बजाए तो एक पहरेदार ने महल के समक्ष वाले चबूतरे की तरफ इशारा करके कुमार हैमलेट के कान में धीरे से कहा—"भूत!" कुमार को चांद की चांदनी में साफ दिखाई दिया कि उसके पिता की छाया लगभग साठ कदम की दूरी पर खड़ी उसी की तरफ टकटकी लगाकर देख रही है और जैसे कुछ कहना चाहती है। वही चाल, वही ढाल तथा वही वेश था जो महाराज ने अपने अन्तिम पलों में धारण किया हुआ था। उसे देखकर एकदम कुमार के मुँह से निकल पड़ा—"पिताजी!" और वह पहरेदारों की चेतावनी की परवाह किए बिना ही पिता की प्रेतात्मा की तरफ लपका। वह छाया मुँह से एक शब्द भी न बोली तथा हाथों के इशारों ही इशारों से उसने कुमार को ऐसे अकेले स्थान में चलने को कहा, जहाँ कोई भी उनकी बात को न सुन सके। यह देखकर एक पल के लिए कुमार के मन में सन्देह हुआ कि वही यह कोई मायावी प्रेतात्मा न हो तथा मेरे पिता के रूप में प्रकट होकर कहीं मुझे छलना चाहती हो, दूसरे ही क्षण उसकी अन्तरात्मा ने अन्दर से गवाही दी कि यह तेरे पिता की ही भटकती आत्मा है और कुमार निडर होकर उसी तरफ चलने लगा जिस तरफ छाया उसे ले जाना चाहती थी। जब वे एक बिल्कुल एकांत स्थल में पहुँचे तो छाया ने एक बार चारों तरफ नजर घुमाकर देखा कि कोई उनकी बातें सुन तो नहीं रहा है और फिर कुमार की तरफ झुककर बोली—"कुमार!"

कुमार ने देखा कि स्नेह तथा लाड़ से भरा यह स्वर और संबोधन था, जिसके जरिये उसके स्वर्गीय पिता जब बहुत उदास होते तो उसे पुकारा करते थे। इससे कुमार का हौसला बढ़ा तथा उसने साहस करके पूछा—"पिताजी! मैं जानना चाहता हूँ कि किस बात ने आपको परलोक के खामोश वातावरण से लौटाकर फिर इस दुनिया में आने को मजबूर किया है! आपके गन की उस अशांति तथा इस भटकने की क्या वजह है?"

छाया ने फुसफुसाते लहजे में कहा—"मेरी रहस्यमयी हत्या!"

कुमार को जिसका शक था, उसी की पुष्टि सुनते हुए उसने चौककर पूछा—"क्या हत्या?"

छाया—"हाँ हत्या! अपनी हत्या के इसी रहस्य को बताने के लिए तब से मेरी

आत्मा भटक रही है। आज वह रहस्य तुम्हें बताकर मेरी आत्मा को थोड़ी शान्ति मिलेगी।''

कुमार ने सहसा आवेश में आकर कहा—''किस दुष्ट ने आपकी...........
छाया ने बात काटकर कहा—''कुमार, जोश में मत आओ! धैर्य से सुनो—''अपनी मौत के दिन प्रातःकाल मैं उसी स्फूर्ति से जागा था जिससे कि बसन्त के उषाकाल में गुलाब की एक कली खिला करती है। उठकर मैं प्रतिदिन की भाँति नहाया-धोया और दरबार के कार्य से निपटकर महल के उसी बाग में सुस्ताने के लिए जा लेटा, जिसमें अभी तुमसे भेंट हुई थी। वहाँ के झोकों के ठण्डे स्पर्श से क्षण-भर में मेरी आँख लग गई और मैं स्वप्नलोक में विहार करने लगा था। तभी तुम्हारा चाचा अर्थात् मेरा छोटा भाई क्लेदियस दबे पैर उसी बाग में आया तथा चुपके से उसने मेरे कान में किसी विषैले तेल की सिर्फ दो बूँद टपका दी। बूँद के कान में टपकते ही मेरी-नस जल उठी और मेरा मन एक साथ ही सौ बार धड़ककर गतिहीन हो गया। इस तरह एक क्षण में ही उस जालिम ने मुझे अपने राज्य, पत्नी तथा अपने प्यारे पुत्र से छीनकर अंधकार की दुनिया में जा धकेला, जहाँ मेरी आत्मा को गति नहीं और मेरे दिल को शांति नहीं। कुमार! तुम्हें मुझसे तनिक भी स्नेह है तो...
........''

कुमार—''तो मैं इसका बदला लेकर ही छोड़ूँगा।''

छाया—''हाँ। तभी मेरी आत्मा को शान्ति मिलेगी! मगर एक बात याद रखना कि अपनी माता के अपराधों को क्षमा करके उसे भगवान के इंसाफ पर छोड़ देना।'' यह कहकर महाराज की प्रेतात्मा अन्तर्धान हो गई थी।

उसी पल से कुमार हैमलेट अपने चाचा से बदला लेने की फिकर में रहने लगा। हैमलेट जैसे सरल-हृदय कुमार के लिए किसी की हत्या जैसा जाल रचना कोई आसान बात न थी। फिर, क्लेदियस के गुप्तचर हर वक्त और हर जगह उसका पीछा किया करते तथा उसकी छोटी से छोटी बात को क्लेदियस तक पहुँचा दिया करते थे। शक की इस चारदीवारी से बचने के लिए कुमार को एक उपाय सूझा—वह जान बूझकर पागल बन बैठा। चाल-ढाल, वेश-भूषा तथा बातचीत में उसने पागलपन का अभिनय (नाटक) इस निपुणता से किया कि स्वयं क्लेदियस के दरबार में एक वजीर था, जिसकी पुत्री ओफीलिया से कुमार प्यार करता था, सबने यही समझा कि वह पागल हो गया है पागलपन की ओट में और क्लेदियस को चकमा देने के विचार से कुमार ने एक ऊट-पटांग खत ओफीलिया के नाम लिखा, जिसकी उल्टी-सीधी भाषा से यही जाहिर होता था कि वह अब भी ओफीलिया को दिल से प्रेम करता है और प्यार की बीमारी ने उसे पागल बना दिया है। ओफीलिया ने यह खत अपने पिता को दिखाया और उसके पिता ने क्लेदियस को। खत की भाषा को पढ़कर क्लेदियस का कुमार के लिए रहा-सहा सन्देह भी जाता रहा और उसने उसकी चौकसी करना बिल्कुल छोड़ दिया।

अब कुमार कहीं जाने तथा सब कुछ करने को स्वतंत्र था। उसने छिपे-छिपे

क्लेदियस की मौत का जाल रचना आरम्भ किया। संयोगवश उन्हीं दिनों एक ड्रामा मंडली वहाँ आई। कुमार ने भी मंडली का एक ड्रामा देखा, जिसमें एक राजा की हत्या का मंजर दिखाया गया था। हत्या का वह दृश्य इतना स्वाभाविक बन गया था तथा नटों ने उसे इस निपुणता से खेला था कि राजा की हत्या होते वक्त दर्शक लोग 'त्राहि-त्राहि' चिल्ला उठे थे तथा कई तो बेहोश तक हो गए थे। उस नजारे को देखकर कुमार को अपने पिता की हत्या स्मरण हो आई तथा साथ ही उसे यह भी विचार आया कि इसी नाटक की कथा में कुछ परिवर्तन करके स्वर्गीय महाराज हैमलेट की मौत का दृश्य रंगमंच पर दिखाया जाए तथा उसे देखने के लिए क्लेदियस को भी बुलाया जाए। देखें नाटक का उस पर क्या असर होता है। अगर वह बिल्कुल पत्थर-दिल न हुआ और उसमें थोड़ी सी सहृदयता शेष हुई तो अपने हाथों से किए गए काण्ड का अभिनय अपनी आँखों के सामने देखकर वह अपने-आप को संभाल न सकेगा तथा इससे उसके हत्यारा होने का मुझे आँखों देखा सबूत मिल जाएगा। यही सोचकर उसने तीसरे ही दिन ड्रामा मंडली को राजभवन में एक नाटक खेलने के लिए कहा, जिसकी कथा संक्षेप में इस तरह थी–

वियना नामक नगरी में एक गुंजाक नाम का राजा था। उसकी रानी बेपतिस्ता उसे प्राणों से भी ज्यादा प्यार करती थी। राजा का एक चचेरा भाई भी था जिसका नाम था लोशियन। वह मन ही मन राजा के ऐश्वर्य तथा उसकी रूपवती रानी को देखकर जला करता था। एक दिन राजा गुंजाक अपने महल की एक फुलवारी में सोया हुआ था कि लोशियन ने दबे पैर जाकर राजा के कान में विषैले तेल की दो बूंदे टपका दी, जिसके फलस्वरूप राजा ने उसी पल तड़पकर प्राण दे दिए और लोशियन ने राजा की पत्नी को काबू में करके उसके सिंहासन पर अधिकार जमा लिया।

वस्तुतः यह क्लेदियस के अपने गुनाह की सच्ची कहानी थी। केवल व्यक्तियों के नाम बदल दिए गए थे। जब नाटक आरम्भ हुआ और रानी बेपतिस्ता ने गुंजाक के समक्ष अपने प्यार की सौगन्ध उठानी शुरू की तो इस वार्तालाप को सुनकर रानी के चेहरे का रंग उड़ने लगा था। आगे चलकर जब नाटक में एक फुलवारी का नजारा दिखाया गया, जिसमें एक ओर राजा गाढ़ी नींद में सोया था और दूसरी तरफ से लोशियन हाथ में विषैले तेल की शीशी लेकर राजा के कान के पास पहुँचा तो इस नजारे को देखकर क्लेदियस का मन डावांडोल हो गया। जिसे वह अब तक एक छिपा रहस्य मान रहा था, उसी रहस्य -भरी हत्या का खुले आम ड्रामा देखकर देर तक न बैठा रह सका और बीमारी का बहाना करके आधे ड्रामे से उठकर चला गया।

कुमार हैमलेट ने इसी अभिप्राय से यह नाटक खिलवाया था और नाटक के शुरू से ही वह टकटकी लगाकर क्लेदियस के मुँह पर आते-जाते भावों को भाँपता रहा। इसलिए जब उसने क्लेदियस को बेचैनी की हालत में अधूरे नाटक में से ही उठाकर जाते देखा तो पास बैठे अपने एक दोस्त के कान में कहा–"देखा! क्लेदियस के दिल का चोर!"

दोस्त ने कहा–"यही हत्यारा है!"

कुमार ने कहा—"चुप रहो! यहाँ कुछ कहने का अथवा करने का समय नहीं जब वक्त आएगा तो मैं तुम्हें कहूँगा।"

नाटक समाप्त हुआ तो रातो-रात ही रानी ने कुमार को एक जरूरी सन्देश भेजकर अपने पास बुलवा भेजा। कुमार को यह समझते देर न लगी कि इसमें भी क्लेदियस की ही साजिश है। उसे माँ पर भी क्रोध आ रहा था, मगर शीघ्र ही उसे पिता की प्रेतात्मा के ये शब्द याद हो आए कि माता के अपराध को माफ कर देना। कुमार यह सोचकर उसी क्षण माँ से मिलने के लिए चल दिया। जिस बात का उसे पहले से ही अन्दाज था, माँ ने उसे ही कहा—

"कुमार! अपने पिता के लिए तुम्हारा यह व्यवहार ठीक नहीं!"

कुमार ने कड़क कर पूछा—" किस पिता के लिए?"

माँ—"महाराज क्लेदियस के लिए! अब वे ही तुम्हारे पिता हैं!"

ये अल्फ़ाज़ सुनकर कुमार की आँखों से क्रोध की चिंगारियाँ निकलने लगीं। उसने क्रोध से होठ चबाते हुए कहा—"माँ! तुम्हारे मुँह से—उस पुरुष के लिए जो कि स्वर्गीय महाराज का हत्यारा है—ये शब्द सुनकर मेरा सिर लज्जा से झुका जा रहा है। 'पिता' जैसा पवित्र नाम क्लेदियस जैसे नीच आदमी को देने से पहले मैं तलवार से उसके टुकड़े क्यों न कर दूं!

कुमार को गुस्से में आया देखकर रानी को कुछ और कहने का साहस न हुआ तथा वह वहाँ से उठकर जाने लगी। कुमार ने उसका हाथ पकड़कर उसे बिठा लिया तथा कहा—माँ! मैं तब तक तुम्हें जाने न दूंगा, जब तक तुम मेरे एक सवाल का उत्तर न दे दो!"

रानी हाथ छुड़ाकर भागना चाहा, मगर कुमार ने उसे दृढ़ हाथों से पकड़कर फिर बिठा लिया। रानी ने भय से 'बचाओ, बचाओ' चिल्लाना शुरू किया। रानी की चिल्लाहट सुनकर पर्दे के पीछे से, बाहर की तरफ से भी किसी पुरुष ने 'बचाओ-बचाओ' का शोर मचाया। कुमार को लगा कि छिपकर हमारी बातें सुनने के लिए क्लेदियस ही पर्दे के पीछे बैठा होगा और अब रानी को चिल्लाते देखकर वह भी चिल्लाने लगा है। यह सोचकर कुमार रानी को कमरे के एक कोने में धकेलकर बिजली की फुर्ती से तलवार लेकर पर्दे की ओर झपटा। तलवार के पड़ते ही किसी के 'हाय' कहने तथा धड़ाम से नीचे गिरने का अल्फ़ाज़ सुनाई दिया। कुमार ने झटपट आगे बढ़कर देखा तो वह क्लेदियस न था-अपितु उसकी प्रियतमा ओफीलिया का पिता था, जो क्लेदियस की खुशामद करने के लिए अपनी जान की बाजी लगाकर भी छिपकर कुमार की बातें सुनने के लिए आया था। कुमार के मुँह से सिर्फ इतना निकला—"इस अपराध के लिए ओफीलिया मुझे कभी माफ न करेगी! ईश्वर उसके पिता की आत्मा को सद्गति दे।"

यह कहकर कुमार रानी की तरफ बढ़ा। मारे भय के रानी की बोलती बन्द हो चुकी थी और वह अचेत होकर जमीन पर गिरना ही चाहती थी कि कुमार ने अपने हाथ का सहारा देकर उससे कहा—"माँ डरो नहीं! मैं तुम्हारा पुत्र कुमार हैमलेट हूँ

और स्वर्ग की देवी के समान तुम्हारी पूजा करता हूँ। डरावना आदमी तो स्वयं क्लेदियस है जिससे तुम्हें डरना चाहिए। वह स्वर्गीय महाराज का हत्यारा है। उसने उनके लहू से हाथ रंगकर डेनमार्क के सिंहासन पर कब्जा जमा लिया है और अब हमारे पुश्तों की इज्जत के साथ अठखेलियाँ करना चाहता है।''

रानी मूक होकर सुनती रही। सामने ही एक दीवार पर महाराज हैमलेट का फोटो टँगा था। कुमार ने उसी ओर संकेत करके कहा—''वह देखो माँ! पिताजी हमारी तरफ देखकर मुस्करा रहे हैं, मानों माँ तथा बेटे के इस मिलन पर वे भी गद्‌गद् होकर हमें गले लगा लेना चाहते हों।''

ये अल्फाज़ कुमार ने इस दर्द-भरे स्वर में कहे कि रानी का मन मोम की तरह पिघल गया और उसकी आँखों से टपटप आँसू गिरने लगे। कुमार ने उसके आँसू पोंछते हुए कहा—''माँ, अब भी कुछ नहीं बिगड़ा! तुम आशीर्वाद दो......।'' कुमार ने अभी इतना ही कहा था कि कमरे के दूसरे कोने से गम्भीर स्वर में सुनाई दिया—

.........कि मैं अपने पिता के हत्यारे का बदला ले सकूं।

कुमार ने हैरान होकर उस ओर देखा तो उसके पिता की प्रेतात्मा शोक-भरी मुद्रा में उसके सामने खड़ी थी। उसे देखकर कुमार के मुँह से एक चीख निकल गई तथा उसने उसी तरफ टकटकी लगाते हुए कहा—''पिताजी!''

इसके जवाब में प्रेतात्मा ने उसी धैर्य के साथ कहा—''कुमार! मैं तुम्हें तुम्हारे फर्ज की याद दिलाने आया हूँ। तुम उसे कहीं भूल तो नहीं गए?''

कुमार ने कहा—''नहीं पिताजी! जान रहते मैं आपकी इजाजत को कभी भूल नहीं सकता। मैं उस हत्यारे से बदला लेकर छोड़ूंगा।''

प्रेतात्मा—''मैं फिर तुम्हें याद दिलाता हूँ कि बदला लिए बिना मेरी आत्मा भटकती रहेगी। क्लेदियस की मौत से ही मेरी आत्मा को सच्ची शान्ति हासिल हो सकती है।''

यह कहकर प्रेतात्मा गायब हो गई। रानी ने कुमार को काँपते तथा दीवार की ओर टकटकी लगाए देखा, किन्तु इसके अतिरिक्त उसे कुछ न दिखाई दिया। हाँ, जितने समय प्रेतात्मा कमरे में रही उतनी देर उसे अपने चारों तरफ सर्दी की एक लहर के साथ-साथ कंपकंपी का गुमान होता रहा। कुमार ने महाराज की प्रेतात्मा के विषय में रानी को कुछ न बताया, सिर्फ उसे क्लेदियस से होशियार रहने की चेतावनी देकर गली के अंधकार में कहीं गुम हो गया।

पल-पल की खबर गुप्तचरों के जरिये क्लेदियस के पास पहुँच रहीं थी। उसने दूसरे दिन कुमार को विदेश भेजने का इतंजाम कर लिया और बहाना बनाया कि राजपुरुष की हत्या करने के कारण प्रजा के लोग कुमार से बहुत चिढ़े हुए हैं और डेनमार्क में रहते हुए उसके प्राणों का डर है। उसने प्रातः काल ही कुमार को अपने दो अफसरों के साथ जहाज पर चढ़ाकर विदेश भेज दिया तथा गुप्त रूप से अफसरों को समझा दिया कि वक्त पाकर वे समुद्र में ही कुमार की हत्या कर दें। जाको राखे साइयाँ, मार सके न कोय! कुमार का जीवन अभी कुछ शेष था। इसलिए कुछ ऐसी

बात बनी कि किनारे से कुछ दूर जाते ही उस जहाज पर समुद्री डाकुओं ने हमला कर दिया। इसी मुठभेड़ में वे दोनों अफसर मारे गए तथा डाकुओं ने कुमार को पहचान कर उसे बड़े सम्मान के साथ वापस डेनमार्क पहुँचा दिया।

जहाज से नीचे पैर रखते ही कुमार ने जो पहली खबर सुनी वह यह कि उसकी प्रियतमा ओफीलिया अपने पिता के वियोग को न सहकर इस दुनिया से चल बसी है और उसकी अन्त्येष्टि क्रिया की जा रही है। कुमार पागलों की भाँति बेतहाशा भागता हुआ वहाँ जा पहुँचा जहाँ ओफीलिया की अर्थी रखी थी तथा उसका भाई उसे दफनाने ही वाला था। क्लेदियस, रानी तथा दूसरे दरबारी भी वहाँ उपस्थित थे। उस भीड़ को चीरता हुआ कुमार अर्थी के पास पहुँचा तथा बेसुध-सा होकर अर्थी पर गिर पड़ा। यह देखकर ओफीलिया के भाई ने देखा कि यही वह कुमार है जिसने मेरे पिता का खून किया और मेरी बहन की मृत्यु की वजह है, तो वह बदला लेने के लिए कुमार पर झपट पड़ा। यह देखकर क्लेदियस मन ही मन बड़ा खुश हुआ। उसने उस वक्त तो उन दोनों को छुड़ा दिया किन्तु बाद में उन दोनों का द्वन्द्व-युद्ध होना निश्चित करवा दिया। यह भी क्लेदियस का एक नीचता-भरा जाल था। उसने ओफीलिया के भाई को भड़काकर उसे इस बात पर राजी कर लिया कि द्वन्द्व-युद्ध में नियम के मुताबिक कुमार तो नकली तलवार से लड़ न पाएगा, मगर वह विष में बुझी हुई असली तलवार लेकर जाए और मौका पाते ही कुमार का वध कर दे।

द्वन्द्व का वक्त निश्चित हो गया और नगर के सहस्त्रों नागरिक इस युद्ध को देखने के लिए इकट्ठे हुए। ओफीलिया के भाई ने शुरू-शुरू में जान-बूझकर अपने वार खाली दिए तथा कुमार अपनी जीत होती देखकर मारे प्रसन्नता के उछल रहा था तभी अपनी विषैली तलवार से कुमार पर उसने भयानक वार किया। कुमार अपनी ओर से संभला और बहुत संभला, फिर भी तलवार की एक खुरचन उसके जिस्म पर लग गई। विष ने अपना असर दिखाना शुरू किया और कुमार की देह आग की तरह जलने लगी। यह देखकर कुमार क्रोध से पागल हो उठा और उसने अपने दुश्मन के हाथ से उसी की तलवार छनीकर उसकी छाती में घुसेड़ दी। यह देखकर रानी बुरी तरह घबरा गई और उसने अपनी घबराहट मिटाने के लिए पास पड़े शर्बत के प्याले को मुँह से लगा लिया था। वास्तव में यह प्याला क्लेदियस ने खास रूप से कुमार के लिए तैयार क़रवाया था उसमें वही विष घोला गया था जिसकी दो बूंदें उसने महाराज हैमलेट के कान में टपकाई थीं। उसने सोचा था अगर दुर्भाग्यवश कुमार इस जंग से जीवित बच निकला तो उसे यह प्याला पिलाकर हमेशा के लिए अपने रास्ते के कांटे को निकाल फेकेंगा। इसी अभिप्राय से उसने वह प्याला अपने पास रखा था तथा रानी को यह बात कहनी उसे याद न रही थी। प्याले को मुँह से लगाते ही रानी ने दो बार "हाय जहर, हाय जहर" कहा और निर्जीव होकर वहीं लुढ़क गई। कुमार ने अपनी आँखो से पिता की अर्थी देखी थी, तथा अब अपनी आँखों से माता को भी तड़पते देखा। उसके अपने शरीर में भी विष फैल चुका था और उसे यकीन हो गया था कि अब वह कुछ क्षणों का ही मेहमान है, फिर वह अपने कुल के हत्यारे

को जिंदा क्यों छोड़े! वह बिजली के वेग से क्लेदियस पर झपटा तथा वही विषैली तलवार उसने उसकी भी छाती में चुभो दी। तड़पने से पहले ही क्लेदियस मरकर वहीं ढेर हो गया था। उसके कुछ ही समय के बाद कुमार ने भी प्राण छोड़ दिए। मगर तब उसके मन में इस बात की आरजू न थी कि उसने अपने पिता के हत्यारे से बदला नहीं लिया! वह उसकी आँखों के सामने लहू से लथपथ पड़ा धरती को चुम रहा था। इस दृश्य से कुमार के दिल को असीम शांति मिली तथा महाराज हैमलेट की भटकती आत्मा को भी।

9. किंग हेनरी दि एथ

इंग्लैण्ड के प्रसिद्ध राजा हेनरी अष्टम का सचिव कार्डिन वूल्जे अत्यंत ही प्रभावशाली व्यक्ति था। उसके दम्भ, उसकी महत्वाकांक्षा और मनमानेपन से अन्य सभी पार्षद त्रस्त थे। वह कब और किसको अपनी ईर्ष्या का शिकार बना लेगा, कोई नहीं जानता था। न तो वह किसी उच्च कुल में पैदा हुआ था और न राजदरबार की सेवा लायक उच्च शिक्षा ही पाई थी। उसने विशिष्ट लोगों का संग भी नहीं पाया था, फिर भी अपनी बुद्धि और कौशल के बल से उसने ऐसा जाल रच लिया था कि सभी पारषदों पर हावी हो गया था। भगवान की उस पर ऐसी कृपा थी कि उसने राजा के बाद दूसरे नम्बर का स्थान प्राप्त कर लिया था। कौंसिल बोर्ड परामर्शदात्री सभा को निष्प्रभावी करके वह सर्वेसर्वा बन गया था। उसने मनमाने ढंग से फ्रांस के साथ हेनरी की सुलह करा दी थी। अच्छी खासी रकम उस पर व्यय की गयी थी, फिर भी यह संधि स्थायी न हो सकी। फ्रांस ने इसे अमान्य करके अंग्रेज व्यापारियों का माल बोर्डे बंदरगाह पर रोक दिया था।

वूल्जे के दम्भ और मनमानी का सबसे मुखर आलोचक था बकिंघम। वूल्जे उसे बुरा मानता था। विरोधी से बदला लेना उसका स्वभाव बन गया था। शक्तिशाली तो था ही, इसलिए प्रतिहिंसा में उसे तनिक भी हिचक न होती थी। बकिंघम के मित्र वूल्जे की दुर्भावना से भयभीत थे। उन्होंने बकिंघम को चुप रहने की सलाह दी। कहा कि उससे बचकर रहना ही ज्यादा उचित होगा। वे जानते थे कि लार्ड बकिंघम कार्डिनेल का कुछ नहीं बिगाड़ पाएगा, बल्कि उल्टे नुकसान उठाएगा।

ये लोग बातें कर रहे थे कि वूल्जे उधर से गुजरा। वूल्जे और बकिंघम दोनों ने एक-दूसरे की ओर घृणापूर्ण ढंग से घूरा। वूल्जे उस समय राजा से मिलने जा रहा था। बकिंघम ताड़ गया कि मेरे प्रति कोई जाल रचने वह दरबार की ओर जा रहा है। वह भी राजा से मिलकर वूल्जे का विरोध करना चाहता था। वह जानता था कि यह आदमी भ्रष्ट और षडयंत्रकारी है, लेकिन नारफाक ने बकिंघम को धीरज से काम लेने की सलाह दी। फिर भी बकिंघम इस समय उतेजित था। वह राजा को बताना चाहता था कि यह आदमी कितना लालची और धूर्त है। फ्रांस और इंग्लैण्ड में संधि का नाटक रचकर केवल अपना रोब जमाने के लिए इतना पैसा बर्बाद किया। नतीजा क्या हुआ। रहस्यात्मक ढंग से उसने फ्रांस के इशारे पर संधि भंग करा दी। राजा की इज्जत से खिलवाड़ किया। नारफाक के सामने श्रीमान इस प्रकार बहक रहे थे कि षडयंत्र के अभियोग में इनकी गिरफ्तारी का वारण्ट लेकर ब्रेण्डन आ पहुँचा।

आदेश था कि बकिंघम को टावर भेज दिया जाये। बकिंघम तो समझ गया कि यह सब वूल्जे की तिकड़म से हुआ है। अपने को निर्दोष साबित करने के लिए उसकी सभी दलीलें नाकामयाब होंगी। राजाज्ञा का पालन तो उसे करना ही पड़ेगा।

वूल्जे की सतर्कता से राजा बड़ा ही प्रसन्न था। पारषदों के सामने वह वूल्जे को धन्यवाद दे रहा था। उसने वूल्जे से कहा कि एक व्यापक षडयंत्र से तुमने मुझे बचा लिया। मैं तुम्हारा कृतज्ञ हूँ। उसने आदेश दिया कि यहीं दरबार से बकिंघम के आदमी को बुलाया जाये और उसके मुंह से ही षडयंत्र की पूरी कहानी सुनी जाये। दरअसल धूर्त वूल्जे ने बकिंघम के कारिंदे को लालच देकर तोड़ लिया था। उसी के माध्यम से उसने बकिंघम पर षडयंत्र का आरोप लगाने का जाल रचा था।

इसके पहले कि बकिंघम का कर्मचारी आकर अपने मालिक के विरुद्ध दोषारोपण करता रानी कैथरीन ने राजदरबार में उपस्थित हो राजा से निवेदन किया कि नये कर से पीड़ित प्रजा कार्डिनेल वूल्जे को दोषी मानकर उसकी भर्त्सना कर रही है। आपके प्रति भी उनके मन में दुर्भावना जाग उठी है। आपकी भी आलोचना हो रही है। जन विद्रोह की आशंका बढ़ गयी है। इस नये कर की बात सुनकर राजा अवाक था। वह तो वूल्जे के हाथ की कठपुतली बन गया था। राजा को अंधकार में रखकर वह मनमाने ढंग से राजकाज चलाता था। इस समय भी जब वह हीलाहवाली कर राजा को बहकाने की कोशिश करने लगा, तो नये कर के संबंध में विवरण देते हुए रानी ने बताया कि जनता को आदेश दिया गया है कि वह अपनी सम्पति का छठा भाग तुरन्त अदा करे। इस नये कर का कारण बताया गया है। फ्रांस के विरुद्ध आपका युद्ध। इससे जनता भड़क उठी है। जो लोग आपके लिए प्रार्थना करते थे वे आज आपको कोस रहे हें कृपया इस विषय पर अविलम्ब ध्यान दें।

राजा ने स्वीकार किया कि यह स्थिति राज्य के लिए सुखद नहीं है, लेकिन वूल्जे ने इस संदर्भ में अपने को निर्दोष बताते हुए कहा कि विचारकों की सर्वसम्मति में यह निर्णय लिया गया था। ईर्ष्यालु आलोचकों का तो काम ही है अच्छे कामों में दोष निकालना। यदि इस प्रकार की आलोचना से हम चुप हो जाएँगे, तो वे इस प्रकार के कदमों को गलत ठहराकर हमारी खिल्ली उड़ाएँगे। बोला कि राष्ट्रहित में किए गए काम पर हमें राजकीय मर्यादा की सुरक्षा के लिए दृढ़ रहना चाहिए।

राजा ने उसे समझाया कि बिना पूर्व नजीर के ऐसा कोई काम करना शासन के लिए उचित नहीं होता। जनता से छठा हिस्सा लेना दिल दहला देने वाला कानून है। उसने हुक्म दिया कि हर एक काउण्टी में पत्र भेजकर न अदा करने वालों को इससे मुक्त कर दिया जाये। उसने वूल्जे को इसकी जिम्मेदारी सौंप दी। अपने स्वभाव के मुताबिक वूल्जे ने सेक्रेटरी को निर्देश दिया कि भेजे जाने वाले पत्र में यह टिप्पणी जोड़ दी जाये कि प्रजा कि यह कर माफी उसी के प्रयास से सम्भव हो सकी है।

रानी कैथरीन को क्या पता था कि वूल्जे के एकछत्र राज्य को चैलेंज करके वह मुसीबत मोल ले रही है। वह तो न्याय और जनहित की भावना से प्रेरित होकर ही यह सब काम कर रही थी। इस काम में सफलता पाने पर रानी ने बकिंघम का

मामला हाथ में लिया। राजा से निवेदन किया कि बड़े अफसोस की बात है कि बकिंघम से आप नाराज हैं। राजा भी बकिंघम के दुर्भाग्य पर कम दुखी नहीं था। बोला कि बकिंघम जैसा योग्य व्यक्ति, प्रभावशाली वक्ता, स्वभाव से नम्र और राजकाज में दक्ष पारषद ने अपने काले कारनामों से अपने सभी गुणों को कलंकित कर दिया। उसने रानी से कहा कि यहाँ बैठकर उसके विकृत मनोभाव, कुत्सित विचार और षडयंत्र की कहानी सुनो।

वूल्जे ने बकिंघम के कारिंदे को हुक्म दिया कि निर्भय होकर तुम बकिंघम के विरुद्ध जो तथ्य जानते हो, कहो। बकिंघम के सर्वेयर ने अपने बयान में कहा कि मैंने बकिंघम को अपने दामाद एबरगैवेनी से कहते सुना था कि अगर राजा निःसंतान मरेगा तो मैं स्वयं शासन सम्भालूंगा। इसी दामाद को कार्डिनेल से बदला लेने के लिए भी उसने भड़काया है। उसने कहा कि निकोलस हेंटन की भविष्यवाणी के कारण बकिंघम राजा बनने का सपना देखने लगा था। आपकी फ्रांस यात्रा के पहले उसने मेरे माध्यम से लन्दवासियों का विचार जाना। जब उसने सुना कि जनता को आशंका है कि फ्रांस वाले राजा के साथ धोखा कर सकते हैं तो वह बोल उठा कि उस साधु की बातें सच थीं। उसने कहा था कि न तो राजा और न उसकी संतान, बल्कि डॅयूक बकिंघम उन्नति करेगा। जनता की शुभकामना प्राप्त कर मैं इंग्लेण्ड का शासक बनूंगा।

यह सब सुनने पर रानी ने उसे टोका। काश्तकारों की शिकायत पर तुम नौकरी से हटा दिये गए हो। एक संभ्रात व्यक्ति पर इस प्रकार का दोषारोपण कर अपनी आत्मा कलुषित न करो, लेकिन सर्वेयर वूल्जे की मुट्ठी में था। उसने कहा मैंने अपने मालिक को खतरा मोल न लेने की सलाह दी थी, लेकिन मेरी बात अनसुनी करते हुए वह बोला कि अगर पिछली बीमारी में राजा मर गया होता तो अब तक कार्डिनेल और टामस लौवेल भी दुनिया से कूच कर गए होते। सर्वेयर ने यह भी खतरनाक सूचना दी कि बकिंघम की योजना आप पर भी वार करने की थी, क्योंकि आपने उसे सर विलियम बुल्मर के लिए डांटा था। इस प्रकार की बातें सुनकर वूल्जे ने रानी से पूछा। राजा की सुरक्षा के लिए बकिंघम को कैद में रखना ठीक है या उसे मुक्त कर देना। बकिंघम के विश्वासघातपूर्ण षडयंत्र से पूर्ण आश्वस्त हो राजा ने उस पर मुकदमा चलाने और सजा देने का फैसला कर लिया।

भाग्य में जो लिखा था वही हुआ। बकिंघम दरबार में उपस्थित हुआ। उस पर विश्वासघात का दोषारोपण करने के लिए गवाह रूप में उपस्थित था बकिंघम का सर्वेयर, उसका सेक्रेटरी सर गिलबर्ट पेक, जॉन कर और पादरी हापर्किस जिसने बकिंघम को इस विपति में डाला था। दोषी ड्यूक ने अभियोग का प्रतिवाद किया। दलीले दीं। फिर भी उसे खतरनाक विश्वासघाती षडंयत्रकारी घोषित किया गया। बड़े धैर्य से उसने फैसला सुना। सभी जानते थे कि इसके पीछे कार्डिनेल वूल्जे का हाथ है। जो कोई भी राजा का स्नेह भाजन होता है उसे दरबार से निकाल बाहर करने के लिए कार्डिनेल हमेशा कोई न कोई चाल चल देता है। जनता इस नीच से घृणा

करती है, जबकि बकिंघम बड़ा ही लोकप्रिय है। वह जनता का शुभचिंतक माना जाता है।

सशस्त्र सिपाहियों से घिरा बकिंघम वधस्थल की ओर चल पड़ा। उसके साथ लावेस वाक्स, सैंडस पारषदों के अलावा बहुत से नागरिक भी थे। अपनी इस दशा पर सहानुभूति प्रदर्शित करने वाले नागरिकों के प्रति बकिंघम ने आभार प्रकट किया और उन्हें सम्बोधित करते हुए कहा कि मैं जिन लोगों की ईर्ष्या का शिकार बना भगवान उन्हें क्षमा करें। उसने कहा कि संभ्रात नागरिकों की कब्र पर नापाक महल बनवाना कल्याणप्रद नहीं होता। उसने राजा के प्रति शुभकामना व्यक्त की। दीर्घ जीवन की कामना की। उसने कहा कि मेरी आत्मा सत्यनिष्ठ रही है। हमें मारने वाले स्वयं बाद में रोएँगे। पछताएँगे। इन लोगों की अपेक्षा मैं ज्यादा निष्कलंक हूँ। उसने अपने पिता हेनरी बकिंघम को स्मरण किया। सिंहासन पर अवैध रूप से कब्जा करने वाले रिचर्ड का विरोध करने पर अपने ही नौकर वैनिस्टर के विश्वासघात के कारण उसे भी जान से हाथ धोना पड़ा था। राजा हेनरी सप्तम ने मेरे पिता की हत्या पर ग्लानि प्रदर्शित करते हुए मुझे पारिवारिक सम्मान वापस दिया था, लेकिन उसके बेटे अष्टम हेनरी ने तो मेरा मान-सम्मान यहाँ तक कि मेरी जान भी खत्म कर दी। पिता की तरह मैं भी अपने निकटस्थ नौकर के विश्वासघात का शिकार हुआ। उसने चेतावनी के स्वर में कहा कि निकटस्थ लोगों के साथ सावधानी बरतनी चाहिए, क्योंकि ऐसे लोग अपने मालिक के बुरे दिनों का थोड़ा सा आभास पाने पर साथ छोड़ने में संकोच नहीं करते। उल्टे मालिक का अंत करने में विरोधियों की सहायता भी करते हैं।

वूल्जे के लिए यह विजयोत्सव का दिन था। इस उपलक्ष्य में उसने वृहद रात्रि भोज का आयोजन किया था। इसमें लार्ड, लेडीज तथा अन्य गणमान्य व्यक्तियों के साथ ही रूपसी एनी बुलने सम्मिलित हुई। इस भोज का मुख्य उद्देश्य था रानी कैथरीन को सबक सिखाना। पादरी के वेश में वूल्जे था पक्का नरपिशाच। अपने विरोधी को नीचा दिखाना उसकी आचार संहिता थी। रानी ने उसके प्रशासन की आलोचना की थी। उसके शत्रु बकिंघम का पक्ष लिया था। भला बदला लिए बिना वह रानी को कैसे छोड़ देता। भोज कक्ष में सबका अभिवादन करने के बाद उसने देखा कि एनीबुलेन प्रसन्न मुद्रा में नहीं थी। इसका कारण था लार्ड सैण्डस की बदतमीजी बकवास और बिना घनिष्ठता के चुम्बन, लेकिन थोड़ी ही देर में वातावरण में उस समय बदलाव आया जब मुखौटा लगाए चरवाहों के वेश में राजा के साथ कुछ अन्य लोगों ने वहाँ प्रवेश लिया। वूल्जे के सेक्रेटरी ने बताया कि इस भोज में सुन्दरियों की उपस्थिति से आकर्षित हो फ्रांस के ये लोग इन सुन्दरियों के साथ आमोद-प्रमोद मनाने के लिए यहाँ आए हैं।

वूल्जे ने उनका आग्रह स्वीकार कर लिया। सभी ने नाच के लिए अपने-अपने पसंद की सुन्दरी चुन ली। राजा ने रूपसी एनीबुलेन का हाथ पकड़ लिया। अभी तक वह इस युवती से परिचित न था। उसने अपना मुखौटा हटाया। इस प्रकार के

रसीले समारोह का आयोजन धर्माध्यक्ष वूल्जे द्वारा हो यह बात राजा को उचित नहीं लगी। फिर भी वह इस समय एनीबुलेन पर फिदा था। लार्ड चेम्बरलेन ने राजा को बताया कि यह युवती राशफोर्ड के सर टामस बुलेन की पुत्री है। महारानी की सेविका और सहचरी। इस लड़की को पाकर राजा आत्मविभोर था। एक क्षण के लिए भी उससे अलग होना नहीं चाहता था। राजा और एनीबुलेन की इस घनिष्ठता के कारण अब राजा और रानी में दूरी बढ़ने लगी। अफवाह का बाजार गर्म हो गया। दोनों के अलग होने की चर्चा भी शुरू हो गई। जनता का अनुमान था कि वूल्जे या अन्य किसी बदमाश ने राजा का कान भर दिया है। बेचारी रानी तो बेमौत मारी जाएगी। कोई कहता कि टोलेडो के धर्माध्यक्ष का पद न पाने के कारण ही वूल्जे ने बदले की यह कार्रवाई की है।

राजा के पारषदों और सामन्तों में भी चर्चा का यही विषय था। कोई कहता कि राजा की अन्र्तआत्मा ने इसलिए विद्रोह कर दिया है कि कैथरीन उसके भाई की पत्नी थी। उससे विवाह करना उचित न था, लेकिन लार्ड सफाक ने कहा कि सच्चाई तो यह है कि राजा के मन में एक दूसरी सुन्दरी ने स्थान पा लिया है। लार्ड नारफाक ने उसका समर्थन करते हुए कहा कि यह सब उसी नीच कार्डिनेल की कारसाजी है। एक दिन राजा भी उसकी असलियत पहचानेगा। शादी के बीस वर्ष वाद उस धूर्त ने राजा के मन में भय और ग्लानि का बीजारोपण कर दिया है। यह सब काम वह धर्म की आड़ में बड़ी चालाकी से कर रहा है। सभी रानी के इस दुर्भाग्य पर दुखी थे। कह रहे थे कि पता नहीं राजा की आंख कब खुलेगी। उस दुष्ट को कब पहचानेगा। हम लोग न जाने कब इस कार्डिनेल से छुटकारा पाएँगे। पोप के समर्थन के कारण वह इतना दम्भी हो गया है।

किसी की आलोचना की वूल्जे को परवाह नहीं थी। वह तो अपने काम मे पूर्ण निष्ठा से लगा था। पादरी कैम्पियस को लेकर वह राजा के निजी कक्ष में जा पहुँचा। इनके पहुंचते ही राजा ने वहाँ पहले से उपस्थित लार्ड नारफाक और सफाक को बिना बात किए ही लौटा दिया। अब वेल्जू ने राजा की चापलूसी शुरू की। बोला कि आपने धर्मानुकूल आचरण करके राजाओं के लिए एक अच्छा नजीर उपस्थित किया है। आपके इस काम से न तो कोई नाराज हो सकता है और न बुरा मान सकता है। यहाँ तक कि स्पेनियार्ड भी नहीं। आपकी इस धर्मपरायणता की पुष्टि के लिए रोम ने इस कार्डिनेल कैम्पियस को भेजा है। कैम्पियस के आने के उद्देश्य की जानकारी देने के लिए राजा ने वूल्जे के विश्वास पात्र अपने नये सेक्रेटरी गार्डनर को रानी के पास भेज दिया। यह आदमी वूल्जे का भक्त था। इसी वजह से गार्डनर को इतना महत्वपूर्ण पद प्राप्त हुआ। नीच बुल्जे ने पूर्व सचिव डॉक्टर पेस की विद्वता और सच्चरित्रता के प्रति ईर्ष्यालु हो उसे राजा से दूर कर दिया था। इस अपमान से दुखी हो पेस पागल हो गया था। बाद मैं उसकी मृत्यु भी हो गई।

रानी का परित्याग करने के लिए राजा दृढ़ था। अपनी अन्तरात्मा की पुकार से लाचार हो वह यह कदम उठा रहा था। कर्तव्य की वेदी पर स्नेह का बलिदान

करने में वह दुखी तो था फिर भी उसने तय किया कि यह काम बैक फ्रायर्स हॉल में सम्पन्न होगा। जिस रूपसी के नैन बाण से घायल हो राजा इस विकर्म को अंतिम रूप देने जा रहा था, वह एनीबुलेन भी रानी के दुर्भाग्य से मर्माहत थी। वह जानती थी कि रानी स्वभाव से कितनी परोपकारी और अच्छी महिला है। सभी उसका गुणगान करते हैं। ऐसी गुणवती महिला को गौरवविहीन करना कितना हृदयविदारक होगा। एनीबुलेन रानी की इस दुर्दशा और पतन से इतनी विचलित थी कि उसके मन में राज गौरव के प्रति वितृष्णा जाग्रत हो उठी थी। चाहे जो भी हो वह रानी नहीं बनना चाहती थी।

भला नियति को कौन टाल सकता था। लार्ड चेम्बरलेन ने आकर एनीबुलेन को सूचित किया कि आपके विशिष्ट गुणों से प्रभावित होकर राजा ने आपको लेडी पेमब्रोक की पदवी और साथ ही एक हजार पौण्ड सलाना भता प्रदान किया है। इस अप्रत्याशित पुरस्कार के लिए एनी राजा के प्रति आभारी थी। चेम्बरलेन भी सोच रहा था कि इस युवती के रूप और उसकी शालीनता से राजा इस पर लट्टू है। कौन जाने यही रूपसी एक दिन इंग्लैण्ड के भावी राजा की जननी बनने का गौरव प्राप्त करे।

एनीबुलेन को रानी बनाने की गरज से ही तो राजा ने बैक फ्रायर्स हॉल में धर्माध्यक्षों, सामन्तों और पादरियों की सभा आयोजित की थी। इस धार्मिक कोर्ट में राजा और रानी थोड़ी दूर बैठे थे। संबंध विच्छेद की औपचारिकता पूरी कर ली गई थी। रोम से भी सहमति मिल चुकी थी। अब रानी की पुकार हुई तो वह धीरे से उठी और राजा के पास जा नतजानु हो बड़े ही करुण स्वर में बोली। राजा से न्याय और दया की भीख मांगते हुए उसने निवेदन किया कि मैं एक अभागिन विदेशी महिला हूँ। मैंने ऐसा कौन सा अपराध किया कि आप मुझसे नाराज हो गए हैं। मुझे अपने से दूर करना चाहते हैं। भगवान साक्षी है कि मैं पत्नी के रूप में आपकी इच्छा के अनुकूल नम्रतापूर्वक व्यवहार करती रही। मेरे काम से आप नाराज न हों इसके लिए हमेशा सतर्क रही। कभी भी आपके किसी मित्र के साथ मैंने असत व्यवहार नहीं किया चाहे वह मेरा विरोधी ही क्यों न हो। किसी सगे संबंधी को आपकी मर्जी के खिलाफ मैंने कभी प्रश्रय नहीं दिया। आपकी आज्ञाकारिणी के रूप में बीस वर्ष तक आपके साथ रही।

कई बच्चों की माँ बनी। इस दौरान मेरे सतीत्व, मेरी कर्तव्यपरायण या स्नेह की कमी के प्रति आपके मन में कभी कोई शंका हुई हो तो आप मुझे घृणित को बाहर भगा सकते हैं। कड़ी से कड़ी सजा दे सकते हैं। हम दोनों के पिता विचारवान, सुविज्ञ और न्यायपरायण महापुरुष थे। अनुभवी नीतिज्ञों से सलाह मशविरा करके ही उन लोगों ने इस शादी को विधिपूर्वक सम्पन्न किया था। मेरी प्रार्थना है कि स्पेन के किसी सुविज्ञ परिचित से इस संबंध में मुझे भी राय लेने का मौका दें। आगे आपकी जैसी मर्जी।

रानी कैथरीन की बात काटते हुए वूल्जे बोल उठा कि उस सदन में बहुत से

विद्वान, सत्यनिष्ठ, धर्माध्यक्ष और गणमान्य व्यक्ति आपके पक्ष में दलील देने के लिए उपस्थित हैं। इसलिए इस सभा का काम रोके रखना और राजा के चित की परेशानी बनाए रखना उचित न होगा। इस नीच षड्यंत्रकारी ने यहाँ उपस्थित सभी को पहले से ही पटा रखा था। उनमें से एक कैम्पियस ने वूल्जे की बातों का समर्थन करते हुए सभा की कार्रवाई आगे बढ़ाने का सुझाव दिया। रानी अब अपने को रोक न सकी। उसने वूल्जे से कहा कि तुम हमारे कट्टर दुश्मन हो। मैं तुमसे घृणा करती हूँ। तुम्हीं ने यह आग भड़काई है।

ऐसे मौके पर धूर्त लोग अपना संतुलन नहीं खोते। वूल्जे ने बड़े ही संयत ढंग से और बड़ी नम्रतापूर्वक रानी से कहा कि इस समय आप अपने स्वभाव के अनुकूल नहीं बोल रही हैं। आप उद्विग्न हैं। मेरे मन में आपके प्रति कोई विद्वेष भावना नहीं है। जो कुछ भी हो रहा है या नहीं हो रहा है या आगे होगा वह सब रोम के आदेश से ही हो रहा है। मैंने आपका अमंगल नहीं किया है। कृपया मेरे खिलाफ कुछ न कहें। इस घुटे हुए बदमाश नीच को बात में हरा पाना रानी के बूते की बात न थी, लेकिन उसने वूल्जे से कहा कि अपने काले कारनामों को साधु वेश से छिपाने की कला में तुम सिद्धहस्त हो। चेहरे से तो तुम विनयी ओर भोले लगते हो लेकिन अन्दर से हो बड़े काले, दुर्विनीत, द्वेषपूर्ण और दम्भी। भाग्य और राजा की कृपा से इतने शक्तिशाली पद पर पहुँच गए हो कि जो चाहते हो करते हो। तुम अपनी महत्वाकांक्षा की रक्षा के लिए जितने सतर्क रहते हो, उतने अपने धार्मिक व्यक्तित्व के प्रति नहीं। मैं अपील करती हूँ कि पोप मेरा मामला अपने हाथ में ले। इसके बाद राजा का अभिवादन कर वह बाहर निकल गई। राजा के बुलाने पर भी वह दरबार में नहीं लौटी।

रानी की यह अंतिम विदाई थी। राजा हेनरी ने उसके भावी जीवन के प्रति शुभ कामना प्रकट करते हुए उसके दुर्लभनारी गुणों का वर्णन किया। बोला कि शायद ही कोई ऐसा भाग्यशाली पति हो, जिसे कैथरीन की तरह विशिष्ट पत्नी प्राप्त हो। वह मधुर, शालीन, नम्र, आज्ञाकारिणी, कामकाज में दक्ष, साध्वी और धर्मपरायण महिला है। वह अन्य रानियों की भी रानी थी। उच्च कुल मे उत्पन्न उसने बड़े ही संयम और मर्यादा से मेरे साथ जीवन निर्वाह किया। ऐसी आदर्श पत्नी के वियोग से क्षुब्धहोना स्वाभाविक था, लेकिन इससे भी आवश्यक था कि इस कलंक से बचने के लिए वूल्जे अपने को निर्दोष साबित करे। उसने राजा से अपील की यहाँ उपस्थित जनवर्ग के सामने आप यह बताने की कृपा करें कि क्या मैंने कभी भी रानी के विरुद्ध कोई दोषारोपण किया था या उसका परित्याग करने के लिए आपको प्रेरित किया था। राजा ने तुरन्त वूल्जे को निर्दोष घोषित किया और कहा कि वूल्जे के शत्रुओं के बहकाने से ही रानी क्रुद्ध और उतेजित हो उठी थी। मैं जानता हूँ कि इस विषय पर वूल्जे ने हमेशा संयम से काम लेने की सलाह दी। वह निर्दोष है। सचमुच इसके लिए जिम्मेदार है वह घटना, जिससे मेरी आत्मा पीड़ित हो उठी थी। मुझे बेचैन कर दिया था।

उस घटना का विवरण देते हुए राजा ने बताया कि एक बार फ्रेंच राजदूत बिशप बेयन मेरी बौ और डयूक आव आरेलियस के विवाह का प्रस्ताव लेकर आया था। शादी की बातचीत पर अंतिम निर्णय लेने के पहले उस पादरी ने कुछ मोहलत मांगी, ताकि वह अपने राजा से समझ ले कि बेटी हमारी वैध संतान है या नहीं। मैंने अपने भाई की विधवा से शादी की थी और यह लड़की उसी से पैदा हुई। इस टालमटोल से मेरा अन्तःकरण क्षुब्ध और विचलित हो उठा। चिन्ता की इसी स्थिति में मैं सोचने लगा कि प्रभु भी मेरे इस काम से प्रसन्न नहीं हैं। क्योंकि मेरी इस पत्नी से जो भी पुत्र संतान हुए, वे या तो गर्भ में ही मर गए या तो पैदा होने के कुछ देर बाद। मैंने इसका अर्थ लगाया कि यही दैवी न्याय है। परमात्मा नहीं चाहता कि इतने बड़े साम्राज्य के उतराधिकार का जनक मैं बनूं। उतराधिकारी विहीन मेरे राज्य का भविष्य क्या होगा, यह चिन्ता मुझे सताने लगी। इस स्थिति से उबरने के लिए मैंने वह उपाय ढूंढ़ा जिसके संबंध में विचार और निर्णय करने के लिए हम सब यहाँ इकट्ठे हुए हैं। मैंने अनेक विद्वानों और धर्माध्यक्षों से शांति का उपाय पूछा, लेकिन कहीं से कोई राहत नहीं मिली। सबसे पहले इस मानसिक यंत्रणा के संबंध में मैंने बिशप लिंकन से परामर्श किया। स्थिति की गंभीरता और परिणाम की कठोरता पर विचार करने के बाद उसने मुझे पत्नी परित्याग का परामर्श दिया।

राजा ने आगे कहा कि कैण्टरबरी के धर्माध्यक्ष की अनुमति से मैंने सभी धर्माध्यक्षों को इस सभा में उपस्थित होने के लिए आमंत्रित किया। यह काम मैं रानी के व्यक्तित्व से असंतुष्ट होकर नहीं बल्कि अपनी पीड़ित आत्मा की शांति के लिए कर रहा हूँ। कैथरीन अतुलनीय महिला है। यदि उसके विवाह की वैधता आपको मान्य है, तो मुझे उसे अपनाने में कोई आपति नहीं होगी। राजा का बयान सुनने के बाद कार्डिनेल कैम्पियस ने राजा को सलाह दी कि रानी की उपस्थिति को ध्यान में रखते हुए यह मामला आज स्थगित किया जाये। इस बीच रानी को बुलाकर धर्माध्यक्षों के सामने अपनी अपील प्रस्तुत करने का मौका दिया जाये। इस प्रकार अपना काम पूरा करके सभी धर्माध्यक्ष वहाँ से विदा होने के लिए उठ खड़े हुए, लेकिन अपना काम अधूरा देखकर राजा ने सोचा कि ये धर्मगुरु हमें फुसला रहे हैं। उसे क्या पता कि यह स्थगन प्रस्ताव भी वूल्जे की ही चाल है। रोम के धर्माध्यक्ष के इस रवैये से राजा अप्रसन्न हो उठा। सभा भंग कर दी गई।

अब रंगा सियार वूल्जे अपने धूर्त सहयोगी कैम्पियस के साथ रानी के यहाँ ब्राइडवेल महल पहुंचा। उसकी पोशाक तो जरूर कार्डिनेल की थी, लेकिन उसका दिल काले रंग का था। वहाँ पहुंचते ही इन दोनों धोखेबाजों ने रानी से अलग कगरे में चलकर बात करने का प्रस्ताव रखा, लेकिन साध्वी कैथरीन ने उनका यह सुझाव अमान्य करते हुए कहा कि अकेले बात करने की कोई जरूरत नहीं है। सच्चे को आंच क्या! यहीं मेरी परिचारिकाओं के सामने जो कुछ कहना हो कहो। बड़ी ही चिकनी-चुपड़ी भाषा में उस गोमुख व्याघ्र ने अपना बयान शुरू किया। उसने कहा कि मुझे इस बात का दुख है कि हमारी सत्य निष्ठा पर संदेह किया गया। हम न

तो कोई शिकायत करने आए हैं और न आप जैसी सर्वमान्य महिला की प्रतिष्ठा को कोई आंच पहुंचाने ही। आपको दुखी करने का भी हमारा इरादा नहीं है। हम तो केवल आप और राजा के बीच उत्पन्न मतभेद के प्रति आपकी प्रतिक्रिया जानना चाहते हैं, ताकि आपकी भलाई के लिए न्यायसंगत परामर्श दे सकें।

कहावत है कि दूध का जला छाछ भी फूंक-फूंक कर पीता है। भला रानी इन विश्वासघातियों पर कैसे विश्वास करती। उसने दो टूक बातें की। बोली कि बातें तो तुम बड़े निर्लज्ज ढंग से कर रहे हो। भगवान करे तुम अपने को ऐसा ही ईमानदार सिद्ध करो। उसने कहा कि ऐसे गंभीर प्रश्न का उतर देने की स्थिति में मैं नहीं हूँ। प्यार और अधिकार से वंचित मुझ असहाय महिला का इस देश में न तो कोई हितैषी है और न सलाहकार ही। कैम्पियस ने रानी को सान्त्वना देते हुए कहा कि आप अपने न्यायालय में हार जाएँ, तब तो अपमान ही आपके हाथ लगेगा। वूल्जे ने भी इस सुझाव का समर्थन किया। रानी का उत्तर था कि आपका सुझाव मेरे पतन का मार्ग प्रशस्त करेगा। क्या यही आपकी धर्मपरायणता है। स्वर्ग में भी एक जज है, जिसे कोई राजा पथभ्रष्ट नहीं कर सकता। रानी ने उनकी भर्त्सना करते हुए कहा कि मैं तो आप लोगों को धर्मात्मा समझती थी, लेकिन मुझे भय है कि आप दोनों हृदयहीन पापात्मा हैं। मेरे जैसी अपमानित और प्रताड़ित नारी का दुःख दूर करने के लिए आपका यही नुस्खा है। जान लीजिए कि हमारे दुःख का फल आपको भोगना पड़ेगा। झूठे! तुममें न तो ममता है और न सदविचार। तुम्हारा जामा केवल कार्डिनेल का है अन्यथा तुम कभी भी सलाह न देते कि मैं अपना मामला एक ऐसे व्यक्ति के हाथ सौंप दूँ जिसने अपने प्यार, अपने सहवास से मुझे वंचित कर दिया है। पत्नी के रूप में मैंने इतना जीवन काटा। निष्ठापूर्वक उसको प्यार किया। प्रभु के बाद पति को ही अपना सब कुछ माना। आज उसका फल भोग रही हूँ। फिर भी मैं शाति भाव से यह सब सहन कर रही हूँ। अंत में रानी ने कहा कि जिस सम्मान से राजा ने मुझे विभूषित किया है, उसे स्वतः नहीं छोड़ूंगी। राजा के प्रयश्चित करने पर ही इससे छुटकारा मिल सकेगा।

ये पापी हृदय पादरी रानी को बीच में रोक-टोक कर अपनी बातें समझाने की कोशिश करते रहे, लेकिन वह अपने हृदय का उफान रोकने में असमर्थ थी। उसने उन दोनों से कहा कि अच्छा हुआ होता कि मैं इंग्लैण्ड न आयी होती और यहाँ के चापलूसों से मेरा पाला न पड़ा होता। तुम लोगों का चेहरा तो देवदूतों सा है, लेकिन तुम्हारा दिल तो भगवान ही जाने। बोली कि अब मेरा क्या बिगड़ने वाला है, मैं तो संसार की सबसे दुःखी नारी हूँ। कभी यहाँ की सर्वश्रेष्ठ गौरव सम्पन्न महिला अब तो विनाश के कगार पर पहुँच गई है।

वूल्जे ने रानी को फुसलाने की भरसक कोशिश की। सफाई देते हुए उसने कहा कि आप अन्यथा न लें। हम सच्चे मन से आपकी भलाई के लिए आए हैं। आपको दुःखी करके हमारा क्या लाभ होगा! मेरा पद और मेरा बाना दोनों किसी का अहित करने की मान्यता नहीं देते। हम दूसरों का दुःख दूर करते हैं, बढ़ाते नहीं।

आप कृपया विचार करें कि अपने वर्तमान व्यवहार से आप राजा की नाराजगी ही मोल लेंगी। अवज्ञा के प्रति राज पुरुषों का दिल कठोर हो जाता है। आप तो बड़ी ही सुशील, विनम्र और शांत स्वभाव की महिला हैं। हमें आप अपना शुभचिंतक और सेवक समझिए। यहाँ आने का हमारा उद्देश्य केवल आप दोनों के बीच सुलह कराना है। कैम्पियस ने भी रानी को समझाया। आप अपने मन से शंका दूर कर दीजिए। राजा आपको अब भी प्यार करते हैं। हम लोग भी अपनी योग्यतानुसार आपकी पूरी मदद करेंगे। उनकी बातें सुनने के बाद रानी ने कहा कि आप जैसे लोगों के साथ बात करने में यदि कोई अशिष्टता हुई तो माफ करें। मेरा केवल एक निवेदन राजा तक पहुँचा दें कि मैं उन्हें अब भी प्यार करती हूँ और जीवनपर्यन्त उनके लिए प्रार्थना करती रहूँगी।

रानी को प्रभावित करने का प्रयास भी धूर्त वूल्जे की चाल थी। तलाक का मामला वह कुछ दिन और उलझाए रखना चाहता था। इसीलिए उसने सभा स्थगित करवाई थी। इसी बीच उसने रोम के पोप के पास पत्र भेजकर उससे प्रार्थना की थी कि तलाक की अनुमति न दें अन्यथा राजा हेनरी कैथरीन की सहचरी से शादी कर लेगा। वूल्जे इस संबंध के विरुद्ध था। वह मानता था कि एनीबुलेन सुन्दर और सर्वगुण सम्पन्न तो है, लेकिन चूंकि वह लूथरपंथी है इससे वूल्जे का मतलब सधने वाला न था, इसलिए उसके बदले वह फ्रांस के राजा की बहन एलंकन से राजा की शादी कराना चाहता था।

संयोगवश रोम को लिखा गया वूल्जे का यह पत्र राजा हेनरी के हाथ पड़ गया। वूल्जे के विरोधी पारषद इस खबर से प्रसन्न हो उठे। वे जानते थे कि अब वूल्जे का पतन निश्चित है। वूल्जे की चालपेंच के बावजूद राजा ने एनी बुलेन के विवाह और अभिषेक का एलान होने के बाद यह भी कहा कि कैथरीन प्रिंस आर्थर की विधवा राजमहिषी कही जाएँगी।

कैण्टरबरी के पोप क्रेनमर के बढ़ते प्रभाव से वूल्जे उससे भी नाराज हो गया था, लेकिन अब वूल्जे के दुर्दिन आ गये थे। उसके दम्भ, ईर्ष्या, द्वेष, मनमानीपन और पारषदों का अपमान और उनका अवसान आदि हरकतों से सभी लोग त्रस्त थे, परन्तु कोई यह नहीं जानता था कि पादरी वूल्जे ने अकूत धन दौलत भी इकट्ठा कर ली है। दुर्भाग्य से वूल्जे ने अपने परिचारक क्रामवेल के हाथ जो सरकारी कागज भेजा था, उसमें उसकी अपार सम्पति का ब्यौरा पढ़कर राजा तो अवाक रह गया। उसने कहा कि हम तो सोचते थे कि वह भौतिकता से अधिक आध्यात्मिक विचारों और धार्मिक क्रिया-कलापों पर ध्यान देता है, लेकिन वह तो हर वक्त मायाजाल में ही फंसा रहता है। तुरन्त लावेल को भेजकर राजा ने वूल्जे को बुला भेजा।

वूल्जे के पहुँचते ही राजा ने उसके आध्यात्मिक चिन्तन और भौतिकता के प्रति अन्चि्छा आदि की प्रशंसा की और कहा कि तुम्हारे जैसा सहयोगी पाकर मैं बड़ा प्रसन्न हूँ। उसे क्या पता था कि यह प्रशंसा नहीं, बल्कि व्यंग्य था। उसने स्वीकार किया कि आध्यात्मिक चिन्तन मनन के साथ ही मुझे प्रशासकीय दायित्वों के निर्वाह

और प्रजा की समस्याओं पर भी काफी समय लगाना पड़ता है। इन बातों के लिए उसे शाबाशी देते हुए राजा ने कहा कि इसी वजह से मेरे पिता तुम्हें प्यार करते थे। उनके द्वारा तुम्हें दिए गए पद और सम्मान का मैंने भी निर्वाह किया। तुम मेरे निकटतम सहयोगी रहे। मेरे पिता ने तुम्हें ऐसे पद पर प्रतिष्ठित किया, जहाँ लाभ का सुयोग था। इस प्रकार हमने अपनी आमदनी घटाई। यह सुनते ही वूल्जे के कान खड़े हो गए। राजा की ये गूढ़ बातें उसकी समझ से बाहर थीं। अब राजा ने उस पर सीधा प्रहार किया। उसने पूछा, राज्य के सर्वोच्च पद पर प्रतिष्ठित तुम हमारे प्रति वफादार हो या नहीं।

वुल्जे ने बड़े ही भक्तिभाव से स्वीकार किया कि मेरी योग्यता और आकांक्षा से भी अधिक आपने मुझे प्रदान किया। मैं भी आपके मंगल और राज्य की भलाई के प्रति पूर्णरूपेण समर्पित रहा। आपकी कृपा के लिए मैं कृतज्ञ हूँ। आपका सत्यनिष्ठ सेवक हूँ। आपके प्रति इसी प्रकार स्वामिभक्त बना रहूँ, यही मेरी प्रार्थना है। मैं विश्वास दिलाता हूँ कि स्वार्थ से ऊपर उठकर मैं सदा आपकी भलाई के लिए प्रयासरत रहूगां। भविष्य में भी इसी प्रकार आपके प्रति मेरी भक्ति अटल रहेगी। अब राजा ने अन्य पारषदों के सामने वूल्जे को उसे कुछ कागजात पढ़ने के लिए दिये।

ये पारषद तो सारी बातें जानते ही थे। वूल्जे को घेर कर वे आपस में कानाफूसी करने लगे। राजा के क्रोध का कारण समझने में वूल्जे असमर्थ था। कागज देखते ही वह समझ गया कि इसमें वर्णित मेरी सम्पति का ब्यौरा और पोप को लिखा हुआ मेरा पत्र है। यही राजा के रोष का कारण था। अपनी गलती से ही उसने अपने पैर पर कुल्हाड़ी मारी थी। वह समझ गया कि अब राजा के कोप का भाजन बनना ही पड़ेगा। इससे छुटकारा पाने का कोई उपाय उसे सूझ नहीं रहा था। भविष्यता ने उसका भविष्य अंधकारमय कर दिया था। तपने वाला प्रचण्ड सूर्य अब जल्दी ही अस्त होने वाला था।

थोड़ी देर बाद लार्ड नारफाक और सफाक, सरे और लार्ड चेम्बरलेन ने आकर कार्डिनेल वूल्जे को राजा के आदेश से परिचित कराया। उन्होंने कहा कि अपने पद से संबंधित राजकीय सील मुहर हम लोगों को सौंप दो और अगली सूचना तक उस हाउस में नजरबंद रहो, लेकिन वूल्जे इन समान्तों की बातों पर विश्वास करने में असमर्थ था। इसने कठोर आदेश का परवाना मांगा। उन्हें फटकारते हुए उसने कहा कि तुम लोग ईर्ष्यालू हो। मुझे क्षति पहुँचाना चाहते हो। उसने कहा कि राजा द्वारा दिया हुआ वह राजकीय प्रमाण लेने वाले तुम कौन होते हो। जिस राजा ने यह सील मोहर दिया है, वही मुझसे ले सकता है। सरे ने उस हठी पादरी कों सावधान करते हुए कहा कि राजा की आज्ञा का पालन कराने ही हम लोग आए हैं। 'हठी' शब्द सुनते ही तो पादरी वूल्जे उससे उलझ पड़ा। अब सरे ने भी इस हत्यारे पादरी के कारनामे गिनाना शुरू किये। बोलो कि तुमने बकिंघम का अकारण ही वध करा दिया। तुमने देश की सारी सम्पति अवैध रूप में नोच-खसोट कर हथिया ली। राजा के खिलाफ पोप को पत्र लिखा। राजा की जानकारी या अनुमति बिना तुमने पोप

का प्रतिनिधि बनने का तिकड़म रचा। विदेश भेजी गई चिट्ठियों में तुमने अपने को राजा से भी ऊपर सिद्ध करने की कोशिश की। रोम को अवैध रूप से बहुमूल्य उपहार भेज अपनी मर्यादा बढ़ाने की कोशिश की।

इन लोगों के चले जाने के बाद वूल्जे सोचने लगा कि आदमी की आकांक्षाएँ धीरे-धीरे बढ़ने लगती हैं। सफलता की सीढ़ियों से वह ऊपर तो पहुँच जाता है, लेकिन एकाएक झंझावत का ऐसा झोका आता है कि वह मिट्टी में मिल जाता है। मैंने इतने समय तक गौरवपूर्ण जीवन बिताया, लेकिन आज सब कुछ समाप्त हो गया। दम्भ और झूठे प्रदर्शन का परिणाम है मेरी यह दुर्दशा। पद प्रतिष्ठा का यह खोखला दिखावा व्यर्थ है। अब मेरी समझ में आया कि राज्य कृपा पर निर्भर रहने वाला व्यक्ति कैसा दीन-हीन होता है। ऐसा आदमी जब एक बार गिरता है तो फिर उसके उद्धार की कोई आशा नहीं रह जाती। इतने में ही उसका परिचारक क्रामवेल वूल्जे के सामने आ खड़ा हुआ। मालिक को इस प्रकार मर्माहत देख उसकी आंखें गीली हो गईं, लेकिन वूल्जे ने उसे समझाया कि मेरी पराजय अवश्य हो चुकी है। लेकिन मुझे शांति मिली है। राजा ने मेरी अच्छी दवा कर दी है। मेरा अन्तःकरण स्वस्थ हो गया है। सारा बोझ हल्का हो गया है। स्वर्ग की चिन्ता करने वाले के लिए यह पद भार असहनीय था। अब मैं और अधिक कष्ट सह सकता हूँ। क्रामवेल बड़ा दुःखी था कि वूल्जे के बदले अब सर टामस मोर लार्ड को चांसलर बना दिया गया था और क्रेनमर कैण्टरबरी को आर्क बिशप।

क्रामवेल से यह सब समाचार सुनने के बाद वूल्जे ने उसे राजा की शरण में जाने की सलाह दी। उसने क्रामवेल की कर्तव्यपरायणता की सिफारिश पहले ही राजा से कर दी थी। उसने क्रामवेल को सलाह दिया कि पूर्ण निष्ठा से राजा की सेवा करना। महत्वाकांक्षा से दूर रहना। मैं क्या इससे बड़े-बड़े देव पुरुष भी पतित हो जाते हैं। घृणा करने वालों को भी प्यार करना। ईमानदारी और सौजन्यता से जीवन बिताना। तभी तुम भयरहित जी पाओगे। राष्ट्रहित का ध्यान रखना। प्रभु की प्रार्थना सच्चे मन से करना। क्रामवेल को विदा करने के पहले उसने अपनी सम्पति के बारे में बताया और कहा कि अब इस पर राजा का अधिकार है। यह मेरा धार्मिक जामा और प्रभु के प्रति निष्ठा ही मेरी सम्पति है। काश! मैं प्रभु के प्रति इतना समर्पित होता, जैसा कि राजा के प्रति था तो इस दीन निस्सहाय अवस्था में कभी नहीं पड़ता।

कलंक से कांत वूल्जे गिरफ्तार कर लिया गया। अभियोग का जवाब देने के लिए जब उसे प्रस्तुत किया गया, तभी वह एकाएक बीमार हो गया। अपमान से जर्जरित तो वह हो ही चुका था। जीवन के शेष दिन काटने के लिए उसे नीस्टर मठ में पहुँचा दिया गया। जहाँ उसकी बीमारी बढ़ती ही गई। इसी दुःखी पीड़ित अवस्था में वूल्जे ने पूजा अर्चना में किसी तरह तीन दिन और काटे और प्रभु की प्रार्थना करते-करते शांत हो गया। किम्बलटन में रोग शैयाग्रस्त कैथरीन ने जब वूल्जे की मृत्यु का समाचार सुना तो उसके दूषित व्यक्तित्व का स्मरण करते हुए उसने अपने अंगरक्षक ग्रिफिथ से कहा कि वूल्जे में राजपुरुषों सी महत्वाकांक्षा थी। धर्म

का सौदा करने में भी उसे हिचक नहीं थी। उसका विचार ही राज्य विधान था। उसकी रहस्यमय बातें समझना कठिन था। जिसका अहित करना चाहता था, उसके प्रति बड़ा ही दयालू हो जाता था। उसकी कथनी और करनी में बड़ा फर्क था। रानी की बातें सुनने के बाद ग्रिफिथ ने उससे निवेदन किया कि इन सब बुराइयों के बावजूद उसमें विशेषताएँ भी थीं। साधारण परिवार में जन्मे इस कार्डिनेल में महानता क़े लक्षण थे। वह ठोस विद्वान और कुशाग्र बुद्धि का प्रभावशाली वक्ता था। विराधियों का कट्टर शत्रु और अनुयायियों का सहृदय मित्र था। यह बात सच है कि वह महान लोभी था फिर भी वह दानी भी था। उसके सदकर्मो के गवाह हैं दो शिक्षा केन्द्र। सबसे बड़ी बात तो यह है कि वह अपने अधःपतन से आहत नहीं हुआ और उसे प्रभु की मर्जी समझ उन्हीं की सेवा में अंतिम दम तक समर्पित रहा।

एक ऐसा आदमी जिसे कैथरीन जीवनपर्यन्त घृणा करती रही, उसकी ऐसी प्रशंसा सुनकर उसने ग्रिफिथ को शाबाशी दी। इतने में उसे झपकी आ गई। नींद में उसने देखा कि छः देवदूत अपने हाथ में माला लिए हुए उसके पास आए। ये सभी श्वेत वस्त्र से आच्छादित थे। इनके माथे पर लारेल पतियों का मुकुट और चेहरे पर स्वर्ण मुखौटा था। हाथ में माला लिए हुए इन्होंने कैथरीन का अभिवादन किया। आपस में इस माला का आदान-प्रदान करते हुए इन शांतिदूतों ने नाचना शुरू किया। इस दृश्य से प्रभावित हो कैथरीन ने अपना हाथ ऊपर स्वर्ग की ओर उठाया। इसके बाद वे देवदूत लुप्त हो गए। जगने के बाद कैथरीन ने वहाँ उपस्थित ग्रिफिथ से इन देवदूतों के संबंध में पूछा। लेकिन इस सपने को दूसरे कैसे देख पाते। कैथरीन ने उसे बताया कि सूर्य की तरह तेज पुंज देवदूतों ने आकर मुझे भोज के लिए आमंत्रित किया। मुझे चिरानन्द का आश्वासन दिया। वे मेरे लिए पुष्पहार भी लाए थे, लेकिन मैंने उसके लिए अपने को उपयुक्त नहीं समझा।

कैथरीन का अंत अब समीप था। उसका चेहरा पीला पड़ चुका था। आंखें भी झंपने लगी थीं। इसी समय उसके स्वास्थ्य के प्रति राजा की शुभकामना प्रकट करने के लिए केपुसियस उपस्थित हुआ। रानी ने उससे कहा कि अब बहुत देर हो चुकी है। प्रार्थना के अतिरिक्त अब कोई और शुभकामना कारगर न होगी। राजा के प्रति अपनी मंगलकामना के साथ ही उसने परिचारकों के पेंशन के लिए एक पत्र भी राजा के नाम भिजवाया, जिसमें उसने राजा से प्रार्थना की थी कि हमारी बेटी का अच्छी तरह लालन-पालन किया जाये। उसने अपनी परिचारिका का किसी सुयोग्यवर के साथ शादी करने का भी आग्रह किया था। साथ ही अपने कर्मचारियों के वेतन की भी सुचारू व्यवस्था करने की बात लिखी थी। उसने केपुसियस से कहा कि पत्र देने के बाद राजा से कहना कि उसके जीवन की यंत्रण कैथरीन अब इस संसार से विदा हो रही है। दूत को विदा करने से पहले रानी ने अपनी अंतिम इच्छा व्यक्त करते हुए कहा कि यद्यपि मैं रानी नहीं रह गई हूँ फिर भी मेरा अंतिम संस्कार पूरे राजकीय सम्मान के साथ किया जाना चाहिये।

एक ओर तो पूर्व रानी कैथरीन के स्वास्थ्य से राजा चिन्तित था और दूसरी

ओर रानी एनी बुलेन की तत्कालीन परेशानी से दुखी। आसन्न प्रसवा बुलाने की गंभीर हालत के कारण वह अभी तक जाग रहा था। आधी रात बीत चुकी थी। सर टामस लावेल बड़ी तेजी से राजदरबार की ओर पग बढ़ाता आ रहा था कि बीच में ही पोप गार्डनर ने उसें रोककर इस उतावलेपन का कारण पूछा। रानी की वर्तमान अवस्था और सम्भावित संतान के संबंध में उससे सहानुभूति होते हुए भी राजा कानून से बंधा था। कुछ करने में भी असमर्थ था। क्रेनमर को इस प्रकार ढांढस दिलाकर राजा ने विदा किया। इतने में ही एक वृद्धा ने राजा को कन्या जन्म का संदेश दिया और कहा कि रानी की इच्छा है कि आप चलकर कन्या को देख लें। बोली, कन्या का रूप-रंग ठीक आप जैसा ही है।

राजा हेनरी तो नवजात कन्या को देखने के लिए रानी के कक्ष में चला गया और इधर क्रेनमर कौंसिल के सामने उपस्थित होने के लिए जा पहुँचा। पुकार होने के पहले उसे बाहर दरवाजे पर आधे घंटे तक इंतजार करना पड़ा। आदमी चाहे जितना भी बड़ा हो अभियुक्त के रूप में उसे कोर्ट की औपचारिकता का निर्वाह करना ही पड़ता है। क्रेनमर कैण्टरबरी का कार्डिनेल था और कौंसिल का सम्मानित सदस्य, फिर भी उसके साथ साधारण अपराधी जैसा व्यवहार किया जा रहा था। वह बड़ा क्षुब्ध था लेकिन कर भी क्या सकता था! उसे इस प्रकार दरवाजे पर खड़ा देख राजा भी दुःखी हुआ। कौंसिल के सदस्यों की इस बेरूखी पर नाराज भी हुआ फिर भी क्रेनमर की सहायता करने में असहाय था।

कौंसिल चेम्बर में क्रेनमर की पेशी हुई। चांसलर ने अफसोस जाहिर करते हुए क्रेनमर से कहा कि सबसे ऊपर वाली आपकी कुर्सी खाली है और आपको यहाँ नीचे बैठना पड़ रहा है, लेकिन इस समय आप अभियुक्त हैं। आप और आपके सहयोगी अन्य पादरियों ने धर्म-विरुद्ध ऐसी रीति-नीति का प्रचार किया है, जो जनहित में नहीं है। इसका प्रतिकार तो करना ही होगा। गार्डनर ने भी चांसलर की बातों का समर्थन करते हुए अपील की कि जितनी जल्दी हो यह काम पूरा कर लिया जाये अन्यथा किसी एक व्यक्ति की मर्यादा का ध्यान रखते हुए थोड़ी भी ढिलाई बरती गई तो उसका नतीजा होगा राज्यव्यापी उपद्रव। हमारे सामने जर्मनी का उदाहरण है जिसे नजरअन्दाज नहीं किया जा सकता।

अपनी सफाई में क्रेनमर ने कहा व्यक्तिगत और धर्माध्यक्ष की हैसियत से मैंने हमेशा पूर्ण निष्ठा से इस प्रकार उपदेश दिया जिसमें किसी प्रकार की कोई आपतिजनक बात न थी। जनता की भलाई के लिए सचेष्ट रहा। मैं दावे से कह सकता हूँ कि मैंने कभी ऐसा कुछ नहीं किया, जिससे शांति भंग होने की संभावना हो। मैं हमेशा राजभक्त रहा। मेरा निवेदन है कि जो लोग ईर्ष्यावश मेरे विरुद्ध दोषारोपण कर रहे हैं, उन्हें सामने बुलाया जाये, ताकि वे अपनी बात कह सकें। क्रेनमर का यह सुझाव अमान्य करते हुए गार्डनर ने जवाब दिया कि कौंसिल और राजा की इच्छा के मुताबिक आपके केस की विस्तृत समीक्षा करने की अवधि तक आप टावर में साधारण बंदी का जीवन व्यतीत करें। क्रेनमर ने विनचेस्टर के बिशप गार्डनर से कहा कि पादरी

का काम है प्रेम और सौजन्यता से दूसरे के दोषों का मार्जन करना, दोषी को सुधार कर अपना लेना, लेकिन तुम तो महत्वाकांक्षावश अपने ही विवेक के साथ अनाचार कर रहे हो। इन दोनों धर्माध्यक्षों में बड़े कटु ढंग से नोंक-झोंक चला। अंत में क्रेनमर को टावर जेल में जाने का आदेश हुआ।

अब असहाय क्रेनमर ने अपने बचाव के लिए राजा की अंगूठी दिखाते हुए अपील की कि मेरा केस राजा के विचारार्थ सुपुर्द कर दिया जाये। यह अंगूठी देखते ही वे सब मान गए कि यह आदमी राजा का प्रिय पात्र है। उस पर दोषारोपण करके सभी ने अपने ऊपर मुसीबत मोल ली है। इसी मौके पर राजा दरबार में आ पहुँचा। उसकी भौंहें चढ़ी हुई थीं+ राजा का अभिवादन करते हुए गार्डनर ने चाटुकारिता भरे शब्दों में धर्म और न्यायपरायण राजा की प्रशंसा की और कहा कि चर्च की मर्यादा आपके ही कारण बनी हुई है। आज उस मर्यादा का उल्लघंन करने वाला दोषी आपके सामने है। राजा तो पहले से ही गुस्से में था। उसने गार्डनर से कहा कि मैं न तुम्हारी चापलूसी सुनने आया हूँ और न इससे प्रभावित ही हो सकूंगा। जहाँ तक कि तुम्हारा सवाल है, तुम निर्दयी और हिंसात्मक प्रवृत्ति के हो! उसने क्रेनमर से कहा भले आदमी बैठ जाओ। देखता हूँ कि कौन तुम्हारे खिलाफ उंगली उठाता है और कहता है कि तुम अपने पद के उपयुक्त नहीं हो।

अर्ल सरे ने कुछ बोलने की कोशिश की, लेकिन उसको चुप कराते हुए हेनरी ने कहा कि मैं तो समझता था कि मेरी कौंसिल के सदस्य बुद्धिमान और समझदार हैं, परन्तु देखता हूँ कि सभी विवेकहीन हैं। पूछा कि इस भले और ईमानदार आदमी को दरवाजे के बाहर खड़ा रखना क्या उचित था। वह भी तो तुम लोगों की तरह ही संभ्रांत है। क्या अधिकार पाकर तुम लोग अपनी हैसियत भूल गए। मैंने कौंसिल के सदस्य के रूप में उसके अभियोग पर विचार करने का अधिकार दिया था। सेवक-सा बर्ताव करने के लिए नहीं। देखता हूँ कि तुम लोगों में से कुछ विद्वेष से प्रेरित हो उसे कड़ा दण्ड देने पर तुले हो, लेकिन मेरे जीते जी ऐसा नहीं होने पाएगा। अच्छा हो कि तुम लोग क्रेनमर के साथ आदरपूर्ण सदव्यवहार करो। वह राजभक्त और सत्यनिष्ठ है। उसे गले लगाओ। मित्रवत व्यवहार करो। राजा ने क्रेनमर के प्रति अपने सदभाव का प्रदर्शन करते हुए उससे निवेदन किया कि मेरी कन्या के धर्मपिता के रूप में आप उसकी दीक्षा करें।

राज कन्या के दीक्षा समारोह पर हजारों की संख्या में लोग दरवाजे पर आ पहुँचे थे। यह भीड़ अन्दर भी घुसने की कोशिश कर रही थी। किसी प्रकार इस पर नियन्त्रण किया जा सका। दीक्षा शोभायात्रा में सामन्तों और संभ्रान्त नागरिकों के साथ कार्डिनेल, क्रेनमर, बिशप, गार्डनर आगे-आगे चल रहे थे। नारफाक की डचेज की गोद में सुसज्जित राज कन्या थी। राज कन्या का नाम संस्करण हुआ। उसका नाम रखा गया राजकुमारी एलिजाबेथ, क्रेनमर ने उसे दीर्घजीवी और यशस्वी होने का आशीर्वाद दिया। उसने उसके लिए विस्तृत रूप से मंगलकामना व्यक्त करते हुए कहा कि समय आने पर यह भाग्यवती कन्या देश के लिए कल्याणकारी सुख की संचारिका सिद्ध होगी। यद्यपि

हम लोग उसका ऐश्वर्य देखने के लिए जीवित नहीं रहेंगे, फिर भी वह बुद्धिमती, गुणवती, पवित्रात्मा तथा अन्य राजकीय गुणों से अलंकृत तत्कालीन राज्याध्यक्षों और आने वाली पीढ़ी के लिए आदर्श होगी। सत्यनिष्ठ और अलौकिक विचार शक्ति से संतुष्ट यह लोकप्रिय, सम्मानित और प्रभावशाली होगी। लोग उससे डरेंगे। विरोधी उसके सामने भीगी बिल्ली बन जायेंगे। उसके राज्य के ऐश्वर्य और समृद्धि से सभी सुखी, संतुष्ट और सुरक्षित रहेंगे। सभी शांति सहयोग के साथ मर्यादित जीवन यापन करेंगे। उसके परिषद अपने गुणों के कारण सम्मानित होंगे। उसके द्वारा अर्जित शांति और समृद्धि चिरस्थायी होगी। उसका उतराधिकारी भी इसी प्रकार महान और सर्वप्रशंसित होगा। उसके राज्य में भी इसी प्रकार की शांति, समृद्धि, धर्म और सत्य का विकास होगा। वह भी इसी प्रकार प्रभावशाली होकर राज्य का विस्तार करेगा। क्रेनमर ने कहा कि मेरी बातें अक्षरशः सत्य होंगी। उसने भविष्यवाणी की कि यह राजरानी दीर्घायु होगी। अपनी कर्तव्यपरायणता से नित्य नव गौरव अर्जित करेगी, लेकिन यह कुमारी ही रहेगी। इसके मरने पर सारा संसार शोक मग्न हो जाएगा।

कार्डिनेल क्रेनमर की इस भविष्यवाणी से राजा हेनरी गदगद हो उठा। उसने कामना की कि मैं स्वर्ग से इस कन्या के अभूतपूर्व ऐश्वर्य का अवलोकन कर भगवान के प्रति आभार व्यक्त करूंगा।

10. किंग लियर

प्राचीन काल की बात है कि इंग्लैड में लियर नाम का एक राजा राज्य करता था। राजा के कई महल थे, रानियाँ थीं, नौकर थे, नौकरानियाँ थीं, सब कुछ था, मगर उसकी कोई संतान न थी, चिन्ता में वह सदा डूबा रहता था। भगवान् की कृपा से ढलती उम्र में उसके घर तीन लड़कियाँ हुईं। तीनों एक से बढ़कर एक रूपवती थीं। सबसे बड़ी का नाम था 'गोनरिल', मंझली का नाम 'रीगन' तथा सबसे छोटी का नाम 'कोर्डीलिया था। राजा सब बच्चों को एक समान समझता और लाड़-प्यार से पालता था, किन्तु कोर्डीलिया को सबसे ज्यादा प्यार करता था। ज्यों-ज्यों वे बड़ी लड़कियाँ होती गईं राजा उनके लिए अच्छे से अच्छा वर ढूंढकर उनका ब्याह करता गया। इस तरह गोनरिल का विवाह अलबनी के राजकुमार के साथ और रीगन का ब्याह कार्नवाल के सुन्दर राजकुमार के साथ हो गया। अब केवल सबसे छोटी राजकुमारी कोर्डीलिया कुंवारी रह गई। उनके विवाह के लिए भी दूर-दूर से सन्देश आते थे, किन्तु फ्रांस के राजा और बरगंडी का राजकुमार, ये दोनों तो उसे बहुत चाहते थे। ये दोनों ही अपने-अपने विवाह उम्मीद लगाये किंग लियर के दरबार में ही रहने लगे थे।

उधर राजा लियर बूढ़ा हो चला था, उसके नैन-प्राण शिथिल हो चुके थे तथा राज-काज के कामों से उसका जी भर गया था। उसने सोचा, क्यों न मैं राजपाट अपनी लड़कियों को सौंपकर जिन्दगी की अन्तिम घड़ियाँ शांति से बिताऊँ। यह सोचकर उसने तीनों राजकुमारियों को अपने पास बुलाया और कहा—"प्यारी बेटियों! तुम देख रही हो कि मैं अब बूढ़ा हो चुका हूँ। इन पसलियों में अब इतनी ताकत नहीं कि राज-काज का भार उठा सकें। इसलिए मैं चाहता हूँ कि यह भार तुम्हें सौंपकर मैं अपने परलोक की भी कुछ फिकर करूं। किन्तु राज्य का बंटवारा करने से पहले मैं तुम तीनों की जुबानी सुनना चाहता हूँ कि कौन मुझे कितना प्रेम करती है। उसी के अनुरूप मैं राज्य के तीन हिस्से करके तुममें बाँट देना चाहता हूँ।"

यह सुनकर सबसे पहले गोरनिल ने कहा—"पिताजी! आप मुझे इतने प्यारे लगते हैं जितनी कि विश्व की कोई भी वस्तु नहीं।" राजकुमारी की यह बात सुनकर राजा बड़ा खुश हुआ और उसी वक्त गोनरिल को राज्य का एक हिस्सा देकर रानी बना दिया।

बात बनाने में तो मंझली राजकुमारी अपनी बड़ी बहन से भी कहीं बढ़कर थी। उसने कहा—"पिताजी! इन्होंने तो दो अक्षरों में कहकर आपके लिए अपना इतना

प्यार प्रकट कर दिया है, मगर मेरे हृदय में आपके प्रति इतना अधिक प्यार है कि अगर मैं जीवन-भर बोलती रहूं तो उसे प्रकट न कर सकूंगी। आपके प्यार के अतिरिक्त मुझे दुनिया में कुछ सूझता ही नहीं। मैं आपका प्यार पाने के लिए अपना धन, मन और प्राण न्यौछावर कर सकती हूँ।''

रीगन की ये बातें सुनकर राजा फुला न समाया तथा उसने पहले से भी अधिक खुश होकर राज्य का दूसरा हिस्सा रीगन को दे दिया।

अब कोर्डीलिया की बारी आई। वह राजा की सबसे लाडली पुत्री थी। इसलिए राजा को विश्वास था कि वह अपनी बड़ी बहिनों से अधिक प्यारी बातें कहेगी।

कोई और वक्त होता तो राजा का संकेत पाते ही कोर्डीलिया दौड़कर राजा के गले से लिपट जाती तथा घंटो मीठी-मीठी बातें करती न थकती। मगर अब उसके मुँह से एक शब्द भी कहना भारी हो गया था। क्योंकि जब उसने देखा कि राज्य पाने के लोभ से गोनरिल तथा रीगन ने आकाश-पाताल की बातें जोड़ने में कोई कसर नहीं उठा रखी तथा भोला राजा उनकी बात को सत्य मान बैठा है तो उसके सच्चे प्यार को बड़ी ठेस पहुँची। उसने अपने मन की बात दिल में ही रखकर सीधे-सादे शब्दों में सिर्फ इतना ही कहा—''पिताजी! मैं आपके साथ सिर्फ उतना प्यार करती हूँ जितना कि एक पुत्री को अपने पिता से करना चाहिए—न इससे ज्यादा, न कम।''

अपनी सबसे लाड़ली पुत्री के मुँह से ऐसी हल्की बात सुनकर पहले तो राजा उसके मुँह की तरफ देखता ही रहा गया, फिर धीमी आवाज में बोला—''कोर्डीलिया! कहने से पहले एक बार सोच लो! मैं तुम्हें अपनी अशुद्धि सुधारने का एक और मौका देता हूँ।''

यह सुनकर कोर्डीलिया ने सिर झुकाकर बड़े मीठे स्वर में कहा—''पिताजी! मैंने जो कुछ निवेदन किया है वह सोच-समझकर किया है। जैसा मेरे मन में था मैंने वैसा ही वाणी में कह दिया है। मैं नहीं चाहती कि मैं अपनी बहनों की भाँति प्यार की झूठी शपथें उठाऊँ तथा ऐसी बातें कहूँ जिन्हें मैं निभा नहीं सकती। आप ही सोचिए कि क्या मेरी बहनों ने ब्याह नहीं किया और क्या वे अपने पति और बच्चों से भी प्यार नहीं करतीं? फिर भला किस मुँह से उन्होंने यह कह दिया है कि वे आपके अतिरिक्त किसी और से प्रेम करती ही नहीं? आखिर मेरा भी कभी ब्याह होगा और मेरा पति भी मेरे प्यार का हिस्सेदार होगा। इसीलिए मैंने यह कहा कि मैं आपसे उतना ही प्यार करती हूँ जितना कि एक लड़की को अपने पिता से करना चाहिए। वैसे आप मेरे पिता हैं तथा मेरे जन्मदाता हैं। जिस लाड़-प्यार से आपने मुझे पाला-पोसा तथा बड़ा किया उसे मैं जिन्दगी-भर नहीं भुला सकती। मैं अब तक आपकी लाडली रही हूँ, मैंने आपकी आज्ञा का एक अल्फाज भी कभी नहीं मोड़ा और सदा सच्चे मन से आपको प्यार करती रही हूँ और आगे भी अन्तिम पल तक करती रहूँगी, किन्तु मुझसे यह न होगा कि मैं अपने ही पिता के समक्ष प्यार का ढोंग रचकर उन्हे धोखा दे दूं।''

कोर्डीलिया की इस सादगी ने जलती आग में घी का कार्य किया। राजा का

गुस्सा और भड़क उठा और उसने आवेश में आकर उसी वक्त राज्य का तीसरा हिस्सा भी दोनों बड़ी राजकुमारियों में बाँट दिया। बेचारी कोर्डीलिया बेकसूर ही पिस गई थी। उसे राज्य के हिस्से में से एक तिनका भी न मिला था। राजा ने अपने निर्वाह हेतु दोनों राजकुमारियों के सामने यह शर्त रखी कि जब तक मैं जिन्दा हूँ अपने एक सौ अमीरों को साथी के रूप में अपने पास रखूंगा। मेरी तथा मेरे इन साथियों की सेवा करना तुम दोनों का कर्त्तव्य होगा। मैं एक महीना बड़ी राजकुमारी और एक माह मंझली राजकुमारी के महल में रहा करूंगा। दोनों राजकुमारियों ने सिर झुकाकर राजा की इस आज्ञा को शिरोधार्य किया था।

राजा के दरबारी मन ही मन बुदबुदाए—"राजा की अक्ल भी सठिया गई है जो एक निरपराध राजकुमारी को इतना कठोर दंड दे रहा है।" मगर राजा के सामने मुँह खोलने का किसी का साहस न हुआ। पूरे दरबार को चुप्पी साधे देखकर कान्त से न रहा गया। वह राजा का सबसे बड़ा विश्वासपात्र सामन्त था। उसने राजा को नम्र शब्दों में, मगर स्पष्ट कह दिया कि जिन्हें वह प्रेम की मूर्तियाँ समझ बैठा है वे भीतर से खोखली हैं तथा जिसे वह अपराधिनी कहकर ठुकरा रहा है, वही उससे सच्चा प्रेम करती है।

कान्त की बात को राजा हमेशा ब्रह्मावाक्य के समान सत्य समझता था, मगर आज वह भी उसे विष की तरह कड़वी लगने लगी। उसने कोर्डीलिया से पूर्व कान्त को ही देश से बाहर निकल जाने की आज्ञा दे दी। बेचारा कान्त कोर्डीलिया को ईश्वर के सहारे छोड़कर किसी अनजाने देश की ओर चल दिया।

अब राजा ने कोर्डीलिया के दोनों आशिकों को बुलवाया और पूछा—"राजकुमारों! क्या अब भी तुम कोर्डीलिया से प्यार करते हो? अब वह अपराधिनी है, कंगाल है और दर-दर की भिखारिन है। तुममें से जो अब भी ब्याह करना चाहता है, वह आगे आ जाए।"

यह सुनकर बरंगडी के राजकुमार ने स्पष्ट रूप से कह दिया—"मैं तो एक राजकुमारी से विवाह करने के लिए आया था, भिखारिन से नहीं।"

यह सुनकर सबके देखते-ही-देखते फ्रांस का राजकुमार आगे बढ़ा। वह कोर्डीलिया के हाथ को अपने हाथ में लेकर बोला—"चलो! मेरे साथ चलकर खूबसूरत देश फ्रांस की साम्राज्ञी बनो! यह देश तुम्हारे रहने के काबिल नहीं।" कोर्डीलिया ने बरसती आँखों से अपने प्यारे पिता से विदा ली और बहनों की ओर देखकर कहा—"लो बहनों, मैं तो चली, मगर ध्यान रखना कि मेरे पीछे पिताजी को जरा भी कष्ट न होने पाए।"

गोरनिल ने चिढ़ाते हुए कहा—"बस, बस अब रहने भी दे! तू अपने दूल्हे को खुश करने की सोच! हम खुद जानती हैं कि अब हमें क्या करना चाहिए और क्या नहीं?" कोर्डीलिया से अब और सुनते न बना। अब दिल ही दिल में पिता के कल्याण के लिए ईश्वर से प्रार्थना करती हुई वहाँ से विदा हुई।

इधर शर्त के अनुसार राजा लियर अपने अमीरों के साथ बड़ी राजकुमारी गोनरिल के महल में रहने लगा था। उसे वहाँ रहते अभी महीना पूरा भी न होने पाया

था कि गोनरिल के रंग-ढंग बदलते हुए दिखाई दिए। दोनों को मिले हुए कई-कई दिन बीत जाते थे। राजा मिलना चाहता तो वह सौ-सौ बहाने बनाती। वह खुद उससे मिल जाता तो माथे पर त्यौरियाँ डालकर बोलती। मतलब यह है कि अब वह उसे 'बुड्ढा' कहकर एक बोझ-सा समझने लगी थी। वह नौकर-नौकरानियों के समक्ष भी बड़बड़ाती—''न जाने बुढ़ऊ की अक्ल में क्या घुसा है कि इन सौ मुस्टंडों की फौज को मेरे घर में ला बिठाया! महल न हुआ, कबाड़खाना हो गया। वह अपनी उमर भोग चुका है, अब उसे इन फिजूलखर्चों से क्या मतलब! उसे अपने लिए दो रोटी से मतलब रखना चाहिए और ईश्वर का नाम लेकर शुक्र करना चाहिए कि बुढ़ापे में हमीं उसका सहारा हैं।'' राजकुमारी की देखा-देखी नौकर-चाकर भी राजा की खिदमत से जी चुराने लगे। अचरज नहीं कि ऐसा करने के लिए खुद गोनरिल भी उनकी पीठ थपथपाया करती थी। बेचारा राजा पंखकटे पक्षी की तरह असहाय होकर दुःख के दिन बिताने लगा था।

उधर कहने को तो सामन्त कान्त राजा की आज्ञा पाकर परदेश चला गया था, लेकिन वह पैनी आँखों से पहले ही देख चुका था कि राजा पर कौन-सी आफत आने वाली है। इसलिए सच्चा स्वामिभक्त होने के कारण उसने राजा को गोनरिल तथा रीगल के रहम पर अकेले छोड़ देना उचित न समझा। एक दिन वह निर्धन नौकर का वेश बदल कर राजा के पास आया तथा हाथ जोड़कर खड़ा हो गया। उसे देखकर राजा को संदेह तक न हुआ कि यह उसका वही पुराना शाही वजीर कान्त है। गहरी सांस लेकर उसने पूछा—''बाबा क्या चाहते हो?''

कान्त ने दीन लहजे में कहा—''श्रीमन, नौकरी!''

राजा—''बाबा, नौकरी चाहता है तो किसी रईस के घर जा। अब लियर तो खुद ही दूसरों के टुकड़ों का दास है। वह किसी को नौकर क्या रखेगा? अब धन-धान्य और राजपाट की स्वामिनी गोनरिल है।''

कान्त—''महाराज! मुझे धन बिल्कुल नहीं चाहिए। मैं रूखी-सूखी खाकर धरती पर ही पड़ा रहूँगा। मुझे सिर्फ आप का सहारा चाहिए।''

राजा—''क्या कार्य करना जानते हो?''

कान्त—''श्रीमन् रोटी पकाने, झाड़ू देने, कपड़े धोने से लेकर मेहमानों की खातिरदारी तक सभी कुछ करना जानता हूँ। श्रीमन्, सुनकर क्या करिएगा, अपनी खिदमत देख लीजिए।''

राजा—''दिखाई तो बड़े निपुण देते हो, मगर तुम्हारा नाम क्या है?''

कान्त—''श्रीमन्! मुझे कायस कहते हैं।

इसके बाद राजा ने सचमुच उसे दीन कायस समझकर अपना निजी नौकर रख लिया।

अपनी स्वामिभक्ति प्रकट करने के प्रति कायस को मौके का अधिक इंतजार नहीं करना पड़ा। संयोगवश पहले ही दिन कायस के देखते-ही देखते एक शाही नौकर ने राजा को उल्टे-सीधे उत्तर दिए तथा घूर-घूरकर देखा। कायस ने आव देखा

न ताव और उस नौकर को जूते मार-मारकर एक नाली में पटक दिया। परेशानी के दिनों में ऐसे स्वामिभक्त नौकर को पाकर राजा का दिल दिनोंदिन उसकी ओर खिंचने लगा। कान्त के अतिरिक्त पुराने नौकरों में से एक शेखचिल्ली भी राजा के साथ बच रहा था। जब राजा का मन बहुत उदास होता तो वह अपनी अटपटी तुकबंदियाँ सुनाकर राजा का मन बहलाया करता था। वह राजकुमारियों पर ताने कसता तथा राजा के भोलेपन का मजाक उड़ाया करता था। जैसे :

एक आँख से हंसे कुवरियाँ, एक आँख से रोएँ।
भोले राजा लुट-लुटकर भी, आँखें मूंदे सोएँ।
छोड़ो राजा जी! राजाई, खेलो आँखमिचौनी।
पक्के शेखचिल्ली बन जाओ, जोड़ी सजे सलौनी।।

ये दोनों सेवक राजा को खुश करने का बहुत यत्न करते, मगर अकेली राजकुमारी ही उसका जी जलाने को बहुत थी। एक दिन वह झल्लाई हुई कमरे में आई तथा बोली—"पिताजी! दया करो तथा अपने वजीरों से मेरा पिंड छुड़वाओ। राजदरबार न हुआ चंडूखाना हो गया। यह फिजूलखर्ची तथा भीड़-भड़क्का अब मुझसे और नहीं सहा जाता। बहुत हो चुका! अब इतनी बड़ी फौज के साथ ज्यादा देर तक आपको अपने महल में रखना मेरे बस का नहीं।"

यह सुनकर राजा की नस-नस में आग लग गई तथा उसने उसी समय साईसों को रथ तैयार करने की आज्ञा दी। पलक झपकते ही सब तैयारियाँ हो गईं। राजा दायें-बायें अपने सौ वजीरों सहित मन में बड़ी आशाएँ लेकर मंझली राजकुमारी रीगन के महल की तरफ चला। विदा होने से पहले राजा ने भर्राए हुए स्वर में ईश्वर से दुआ माँगी—"हे भगवान! यदि तू सच्चा न्यायकारी है तो इस दुष्टा के कभी कोई औलाद न हो। अगर कोई हो भी तो ऐसी कि वह इसे जीवन-भर संताप की उसी आग में जलाती रहे जिसमें यह मुझे जला रही है। ताकि इसे भी पता चले कि कृतघ्न औलाद का दुःख सौ बिच्छुओं के डंक से भी ज्यादा दुःखदायी होता है।"

राजा को इस तरह जाते देखकर गोनरिल ने संतोष की साँस ली और झटपट एक खत लिखने बैठी—

प्यारी बहन रीगन!

ये पंक्तियाँ लिखते वक्त मेरा हृदय अपने वश में नहीं। क्योंकि अभी-अभी महाराज मुझसे रूठकर तुम्हारे महल की तरफ प्रस्थान कर चुके हैं। शायद तुम सोचती होगी कि एक महीना खत्म होने से पहले ही मेरे महल से महाराज के चल देने में मैं ही वजह हूँ, और मुझसे ही उनकी सेवा में त्रुटि हुई होगी! तुम्हें अथवा किसी अन्य को भी ऐसा भ्रम होना स्वाभाविक ही है। इसलिए मैं सारी परिस्थिति से परिचित कराना चाहती हूँ।

तुम जानती ही कि शर्त के मुताबिक महाराज को एक महीना मेरे महल में रहना चाहिए था। वे एक माह क्या, जीवन-भर भी रहते तो मुझे कोई आपत्ति न होती, मगर उनके सेवा के लिए हर समय सेवकों की पलटनें तैयार रहें, शराब की बोतलें

खुली रहें तथा कोष का रुपया पानी की भाँति बहता रहे! क्या तुम मेरी जगह होतीं तो यह सब सहन करतीं? कभी नहीं, तथा मुझे निश्चय है कि कोई भी इसे बदार्शत नहीं कर सकता। अब महाराज वृद्ध हैं, उन्होंने अपनी सारी उम्र मनमानी करने में बिताई है। मानव का एक समय ऐसा भी आता है जब उसे किसी दूसरे की भी माननी पड़ती है, उसे दूसरों के नीचे दबकर भी रहना पड़ता है। अब तुम्हीं सोचो कि अगर मैंने महाराज को इस फिजूलखर्ची को रोकने के लिए कहा तो क्या बुरा किया? महाराज ने इसे अपना अपमान समझा तथा मुझसे रूठकर चले गए। मुझे अब भी यकीन है कि महराज मेरी प्रार्थना को कभी न ठुकराते अगर उन्हें बहकाने वाले खुशामदी उनके चारों तरफ न होते! वे बहकाते भी क्यों न! उनकी ठकुराई जो छिनी जा रही थी। फिर महाराज को तुम पर बड़ा घमण्ड था। अगर उन्हें यह विश्वास होता कि एक जगह से ठुकराए जाने पर दूसरी जगह भी शिष्टाचार के बन्धनों में बंधना ही पड़ेगा तो वे मुझे संसार की आँखों में कृतघ्न बनाकर इस तरह चले न जाते। मैने सारी परिस्थिति से तुम्हें परिचित करवा दिया। अब मेरी लाज तथा अपनी लाज तुम्हारे हाथ में है। मेरे अनुभवों से अगर तुम कुछ लाभ उठा सको तो मैं अपनी इस प्रेरणा को सार्थक मानूंगी। आगे तुम्हारी मर्जी! शेष सब बातें संदेशवाहक की जुबानी जान लेना।

तुम्हारी हितैषिणी बहन
गोनरिल

इस खत को झटपट एक लिफाफे में बन्द करके गोनरिल ने एक संदेशहर को बुलाकर बोला—"जाओ, घुड़साल में से तीव्र चलने वाला घोड़ा चुन लो तथा अभी जाकर यह पत्र राजकुमारी रीगन के पास पहुँचा आओ। महाराज के पहुँचने से पहले ही यह खत वहाँ पहुँच जाना चाहिए। जाओ, अब जरा भी देरी मत करो। काम सिद्ध होने पर तुम्हें बहुत पुरस्कार देकर खुश करूंगी।

संयोग की बात कि जिस वक्त गोनरिल का संदेशहर महल में पहुँचा, ठीक उसी वक्त महाराज लियर का पत्र लेकर कायस भी रीगन के महल में पहुँचा। इस खत में राजा ने रीगन को सूचित किया था कि वह उससे मिलने के लिए आ रहा है तथा वह स्वागत के लिए तैयार रहे। कायस को यह पहचानते देर न लगी थी कि वह वही नौकर था जिसे उसने एक बार राजा का अपमान करने की वजह से नाली में पटका था। इस मौके पर उसे वहाँ देखकर वह यह भी समझ गया कि वह किस विचार से वहाँ आया है। उसे देखते-ही-देखते कायस की त्यौरियाँ चढ़ गईं तथा उसने घूसों तथा जूतों की मार से उसकी खूब मरम्मत की। जब यह संदेश रीगन के पास पहुँचा तो उसने कायस के हाथ-पैर बंधवाकर उसे कटघरे में बन्दी बना दिया।

इतने में राजा की सवारी भी वहाँ आ पहुँची थी। आंगन में पैर रखते ही राजा ने सबसे पहला दृश्य जो देखा, वह अपने प्यारे सेवक के हाथ-पांवों में बेड़ियाँ जकड़ी देखीं। उसके लिए यह पहला अपशकुन था। कहाँ तो वह भारी स्वागत की उम्मीद

में यहाँ आया था तथा कहाँ द्वार पर एक नौकर को भी न पाया। परिस्थिति को भाँपते राजा को देर न लगी थी। फिर भी उसने साहस करके द्वारपाल से कहा–"राजकुमारी कहाँ है?" उत्तर मिला कि इस वक्त राजकुमारी अपने शयनकक्ष में आराम कर रही हैं और प्रातःकाल से पहले न मिल सकेंगी।

यह सुनकर गुस्से के मारे राजा की आँखों से चिंगारियाँ निकलने लगीं और उसने होठ फड़फड़ाते हुए कहा–"इतनी निर्लज्जता! जिस पिता ने अपने सिर का मुकुट उतारकर तुम्हारे माथे पर रखा, उसी का इतना तिरस्कार! ऐसी बेटियों के....."

अभी ये शब्द राजा के मुँह में ही थे कि उसकी नजर प्रवेश द्वार पर पड़ी और क्या देखता है कि स्वयं गोनरिल आंगन का फाटक पार करके रीगन के महल की तरफ तेजी से बढ़ी जा रही है। उसे देखकर राजा काठ के पुतले की भाँति वहीं का वहीं खड़ा रह गया। सहसा रीगन महल से निकली तथा राजा को वहीं खड़ा छोड़कर गोनरिल के हाथ में हाथ डालकर उसे अन्दर लिवा ले गई। अब राजा से न रहा गया गया। उसके होठों से निकल पड़ा–

"गोनरिल! क्या मेरी सफेद दाढ़ी और बुढ़ापे का भी तुझे कुछ लिहाज नहीं, ओ तू यहाँ भी........."

रीगन नागिन की भाँति तड़पकर पीछे की ओर घूमी और राजा की बात खत्म होने से पहले ही बोली–

"उसे आपका लिहाज है और हमेशा वह करे भी.....किन्तु एक शर्त पर! पहले आप अपनी मनमनी के लिए उससे माफी माँगें और भविष्य में इसकी आज्ञा में रहने की प्रतिज्ञा करें। अब वह मालिक है, मल्लिका है और आपकी संरक्षिका है। अगर उसकी इजाजत में रहना आपको स्वीकार हो तो आप अब भी उसके साथ उसके महल में लौट जाइए! इसमें उसे कोई परेशानी न होगी।"

राजा ने एक कातर नजर अपने जर्जर शरीर पर डाली और दूसरी रीगन के गर्वोन्मत्त मस्तक की तरफ.....और कुछ सहमे स्वर में बोला–

"और यदि मैं गोनरिल के पास न रहकर तुम्हारे पास रहना चाहूँ तो......रीगन के पास मानो जवाब पहले से ही गड़ा हुआ तैयार था। वह फौरन बोली–

"तो आपको मेरी आज्ञा में रहना होगा और उसी शर्त पर!"

यह सुनकर राजा की आँखों के समक्ष अंधेरा छा गया और वह गिरते-गिरते बचा था। अब उसे कोर्डीलिया की याद आई और वह पागलों की भाँति आकाश की ओर देखकर बड़बड़ाने लगा–

"कोर्डीलियो! मेरी लाडली कोर्डीलिया! नहीं, वह मुझे माफ नहीं करेगी। मैंने उसके सरल स्नेह को न पहचाना! मैंने उसके कोमल मन को खुशामद के पांवों तले रौंद डाला! तब मैंने जरा भी न सोचा कि वह मुझे कितना चाहती है। मुझे जरा भी उदास देखकर उसका फूल-सा मुखड़ा कुम्हला जाता था तथा वह घंटों मेरे सिरहाने बैठकर अपने नन्हें-नन्हें हाथों से मेरे सिर को सहलाते हुए पूछती थी–

"पिताजी! बोलते क्यों नहीं, कहाँ दर्द हो रहा है? मुझे बताओ, नहीं तो मैं रो पड़ूँगी।" कितना रस था उसकी वाणी में। उसके कोमल एहसास से मेरा रोम-रोम खिल जाता और मैं उसकी मीठी-मीठी बातों में ऐसा खो जाता कि समझो स्वप्नलोक में विचरण कर रहा हूँ। मुझसे विदा होते वक्त उसने कितनी कातर नजर से मेरी ओर देखा था, जैसे कि घायल कबूतरी शिकारी की तरफ देखती है। हाय! उस समय मेरा हृदय क्यों न फट गया! मेरी जबान क्यों न जल गई! जो मैंने उस निरपराधिनि को देश से निकल जाने की आज्ञा दे दी। हाय! अब मैं कोर्डीलिया को फिर कैसे पाऊँ? मुझे निश्चय है कि अगर वह मुझे इस हालत में रोते देख ले तो अपना सारा तिरस्कार, अपनी सारी विपत्तियाँ तथा मेरे सारे अपराध भूलकर वह मेरे गले से चिपट जाए तथा गर्म अश्रुओं की धारा से मेरे हृदय के दुःख को धो डाले।"

इधर राजा की आँखों से आँसुओं की वर्षा हो रही थी, उधर आसमान में सहसा घनघोर घटाएँ घिर आईं। क्षण-भर में तूफान गरजने लगे, बिजलियाँ कड़कने लगीं तथा आसमान कटकर जमीन पर उतरने लगा। चिड़ियाँ घोसलों में छिप गईं और मकानों के कुत्ते-बिल्लियाँ भी सिमटकर कोनों में जा बैठे। अगर कोई खुले आकाश तले खड़ा था तो वह था राजा लियर। वही लियर जिस पर छत्र तानने के लिए आज से कुछ ही दिनों पहले सहस्त्रों हाथ आगे बढ़ते थे तथा जिस पर चंवर डुलाने में लाखों अमीर अपना अहो भाग्य समझते थे, आज वही लियर नंगे आसमान के तले खड़ा है और उसकी तरफ कोई देखता नहीं। हाय कृतध्नता!

शोक की अन्तिम हद तक पहुँच जाने पर मनुष्य का विवेक जाता रहता है। लियर भी पागलों की भाँति यह बड़बड़ाता हुआ तूफान में कूद पड़ा–

"आंधियों! तूफानों! आओ तथा घिर-घिरकर आओ। तूफानों! बहो और इतने वेग से बहो कि यह आसमान और धरती हिल जाए। घटाओं! बरसों तथा इतने जोर से बरसो कि जमीन का पाप तुम्हारी लहरों में समा जाए। संसार से मानवता और कृतघ्नता का नाम सदा के लिए मिटा दो।"

तूफानों को चीरता हुआ राजा अंधेरे में खो गया।

"महाराज! महाराज!" चिल्लाते हुए कायस तथा शेखचिल्ली उसके पीछे भागे। राजा झाड़-झंखाड़ों, पत्थर-चट्टानों को लाँघता हुआ बीहड़ जंगल में जा ही रहा था कि सहसा कायस ने पीछे से पहुँचकर उसके कंधे पर हाथ रखा तथा बड़ी कठिनाई से उसे एक गुफा की ओट में चलने के लिए राजी किया। ज्यों ही शेखचिल्ली ने पहले गुफा में झांका तो भूत! भूत! कहकर पीछे की तरफ भागा। वास्तव में वह भूत नहीं था, अपितु कोई किस्मत का मारा आंधी से बचने के लिए इस गुफा में जा छिपा था, शायद कोई फकीर मस्ताना अथवा पागल। उसका पेट सिकुड़कर पीठ से जा लगा था तथा मुँह पर मुर्दानगी छाई हुई थी। तन ढकने के लिए सिवाय एक चिथड़े के उसके पास एक वस्त्र तक न था। राजा ने उसकी यह दयनीय हालत देखकर हाथ पसारकर उस फकीर को गले से लगाने की कोशिश की। और कहा–"लगता है, तुम भी किसी की कृतघ्नता के शिकार हुए हो, नहीं तो कृतघ्न की चोट बगैर कोई

भी व्यक्ति इस दीन-हालत को प्राप्त नहीं हो सकता।''

यह बात सुनकर कायस को यह समझते समय न लगा कि राजकुमारियों के दुर्व्यवहार ने राजा को पागल बना दिया है।

कायस ने अब देर करना सही नहीं समझा और थोड़ी देर के लिए राजा को शेखचिल्ली के हवाले करके खुद नगर की तरफ गया और दूसरे दिन पौ फटने से ही पहले राजा के पुराने अनुचरों में से कुछ ऐसों हो साथ लेकर आया जो अब भी राजा के लिए जान देने को उद्यत थे। उसी जंगल में 'डोबर' नाम का पुराना किला था। उन अनुचरों के साथ कायस ने राजा को उसी किले में पहुँचा दिया तथा उनकी सेवा-शुश्रुषा का भार उन्हीं लोगों पर छोड़कर जल्दी से जल्दी कोर्डीलिया के पास फ्रांस जा पहुँचा। वहाँ जाकर उसने कोर्डीलिया को राजा की सारी रामकहानी कह सुनाई थी। राजा की इस दुरवस्था को सुनकर उसकी आँखों से टपटप आँसू गिरने लगे थे। उसने अपने पति की अनुमति से उसी समय एक बड़ी-सी सेना तैयार की तथा उन कृतघ्न राजकुमारियों के दमन के प्रति इंग्लैण्ड को रवाना हो गई।

उधर कायस जिन संरक्षकों को राजा की देखभाल का कार्य सौंप आया था, उनकी आँख बचाकर राजा किसी तरह किले से भाग निकला था। जब कोर्डीलिया इंग्लैण्ड पहुँची तो डोबर की ओर आते हुए उसके सैनिकों ने राजा को आस-पास के खतों में पागलों की भाँति चक्कर काटते हुए देख लिया। उसने जंगली घास का एक मुकुट बनाकर सिर पर पहन रखा था, तथा झाड़ियों और पेड़-पोधों को संबोधित करके कह रहा था—''राजा मैं हूँ, राजा मैं हूँ।'' अपने प्रिय पिता को इस विक्षिप्त हालत में देखकर कोर्डीलिया का हृदय टुकड़े-टुकड़े हो गया। उसने अपने वैद्यों को बुलाकर कहा—

'है कोई तुममें से ऐसा, जो एक बार—सिर्फ एक बार मेरे पिता को इतना होश में लाए कि वह मुझे पहचान सकें। इस उपकार के लिए मैं तुम्हें सारे आभूषण तथा सारे हीरे-जवाहरात देने को तैयार हूँ।''

वेद्यों ने अपनी सारी हिम्मत तथा सारी योग्यता राजा के उपचार में लगा दी। कोर्डीलिया की सहानुभुति ने औषधि से भी बढ़कर कार्य किया। उसका प्रेमपूर्ण व्यवहार पाकर राजा का विवेक फिर से लौट आया तथा तब कोर्डीलिया उससे मिलने के लिए गई। पिता और बेटी का यह मिलाप देखने लायक था। राजकुमारी पिता की गोदी से लिपटी बार-बार उसे आश्वासन देने की कोशिश कर रही थी और राजा अपने आँसुओं की धारा से उसे नहला-सा रहा था। जिसने इस दृश्य को देखा उसी की आँखें डबडबा आई थीं। इधर से दो पवित्र हृदय एक-दूसरे पर न्यौछावर हो जाने को तैयार थे, उधर इंग्लैण्ड के दरबार में एक नया ही कारनामा उपस्थित हो रहा था।

इंग्लैण्ड के एक पड़ोसी राज्य में एक बहुत बड़ा विलासी वजीर रहता था, जिसका नाम एडमंड था। वह जितना ही रूपवान था, आदत में उतना ही कुटिल भी था। पिता की मृत्यु हो जाने पर उसने राज्य के लोभ में अपने बड़े भाई की हत्या कर दी और खुद सिंहासन का स्वामी बन बैठा। संयोगवश वह अभी कुँवारा था।

एडमंड के रूप की तारीफ गोनरिल और रीगन के कानों तक पहुँची चुकी थी। दोनों बहनों ने कोर्डीलिया को सेना सहित राजा की मदद के लिए आया सुनकर एक बहुत बड़ी सेना तैयार की और उसे ग्लौसेस्टर के नेतृत्व में कोर्डीलिया का सामना करने के लिए डोबर की ओर भेजा। इसी बीच सहसा मंझली राजकुमारी रीगन के पति राजकुमार कार्नवाल की मौत हो गयी। अब उसे अपना प्रेम प्रकट करने का उचित मौका मिल गया और उसने तत्काल ही एडमंड से अपना ब्याह रचाने की घोषणा कर दी। बड़ी राजकुमारी गोनरिल ने यह सुना तो डाह के मारे उसकी छाती पर सांप लोटने लगे। पिता के पश्चात् अपने पति का प्रेम भी वह ठुकरा चुकी थी और अब इस बिगड़े अमीर एडमंड को अपने प्रेमपाश में बाँधना चाहती थी। उसकी इस राह में अगर कोई बाधा थी तो वह थी उसकी छोटी बहिन रीगन। गोनरिल ने उसे जहर देकर अपना मार्ग निष्कंटक बना लेना चाहा।

उसने रीगन को जहर दे दिया। उधर एडमंड के साथ उसकी गुप्त प्रेम-कहानी तथा रीगन की हत्या का समाचार गोनरिल के पति को मिल गया। इन दोनों अपराध के कारण उसने गोनरिल को कारागार में बन्द कर दिया। जहाँ उसने अपने गले में फांसी लगा ली। इस तरह एक प्रातःकाल रीगन ने तड़प-तड़पकर प्राण दे दिए तथा दूसरे सायंकाल गोनरिल ने अपने जीवन का अन्त कर लिया। विधि के विधान के मुताबिक दोनों राजकुमारियों ने अपनी-अपनी कृतघ्नता का फल पाया तथा राजा लियर के संतृप्त हृदय से निकली आह सत्य सिद्ध हुई।

उधर ग्लौसेस्टर को सेना सहित आते सुनकर कोर्डीलिया उससे लड़ने के लिए खुद युद्ध क्षेत्र में आ उपस्थित हुई। कहाँ भोली-भाली कोर्डीलिया, कहाँ वह धूर्त ग्लौसेस्टर! कोर्डीलिया उसकी कुटिल चालों को न समझ सकी तथा एक अंधियारी रात में सोते-सोते बन्दी बना ली गई। वहीं उसने बाप की मंगल कामना करते हुए अपने प्राण त्याग दिए।

राजा ने एक कान से उन कृतघ्न राजकुमारियों का अन्त सुना तथा दूसरे कान से इस पितृवत्सला कोर्डीलिया का बलिदान। इतने बड़े आघात को राजा का कोमल मन सहन न कर पाया तथा अपनी लाडली पुत्री कोर्डीलिया का नाम पुकारते-पुकारते उसने भी अपने प्राण त्याग दिए। कहते हैं कि उन दोनों की एक वक्त, एक घड़ी और एक स्थान पर अन्त्येष्टि की गई।

ईश्वर के घर में देर भले ही हो, किन्तु अंधेर नहीं होता। दुराचारी ग्लौसेस्टर का सितारा चमक उठा था मगर अधिक देर के लिए नहीं। बुझती दीप-शिखा की तरह वह एक बार ही चमककर बुझ गया।

11. किंग हेनरी दि सिक्स्थ-1

चौदहवीं और पन्द्रहवीं शताब्दी में इंग्लैण्ड के लिए फ्रांस सिरदर्द बन गया था। इंग्लैण्ड के राजा एक-के-बाद-एक उसके विरुद्ध लड़ते ही रहे। हेनरी पंचम के साथ फ्रांस ने पारिवारिक संबंध स्थापित कर लिया था, लेकिन उसके मरते ही फ्रांस ने फिर अपना कुचक्र शुरू कर दिया। पारषद उसकी मृत्यु से धैर्यहीन हो उठे थे। उनका कहना था कि ऐसा विशिष्ट राजा इंग्लैण्ड में पहले कभी नहीं हुआ। उसकी मृत्यु को कभी तो वे नियति का प्रकोप मानते थे और कभी फ्रेंच लोगों द्वारा जादू-टोना करने का शक करते थे।

अभी इस शोक संतप्त सामन्तों के आंसू सूखे भी न थे कि दूतों ने आकर दुःखद समाचार देना शुरु किया। एक ने बताया कि फ्रांस में गुएन, शैम्पेन, रीम्स, ओर्लिएंस, पेरिस, गायसर्स, पोक्टियर्स आदि सभी अंचल हमारे हाथ से निकल गए। पारषद सोचने लगे कि फ्रांस को नाकों चना चबाने वाले हेनरी पंचम का शव अभी पड़ा ही है, तथा दुश्मनों ने हम पर कहर ढाहना शुरु कर दिया। इस पराभव का कारण इंग्लैण्ड के सामन्तों का आपसी कलह तथा सेना में रसद की कमी थी। फ्रांस में इंग्लैण्ड का प्रतिनिधि प्रशासक बेडफोर्ड इस समाचार से इतना विचलित हो उठा कि उसने तुरन्त वहाँ पहुँचने का निर्णय किया। इतने में ही दूसरे दूत ने बताया कि फ्रांस के लोगों ने इंग्लिश प्रशासन के खिलाफ विद्रोह कर दिया है। उसने कहा कि रीम्स में फ्रांसीसी युवराज चार्ल्स का राज्याभिषेक हो चुका है। ओर्लिएंस, अंजू और एलंकन के ड्यूक भी उसके साथ हो गए हैं। इसी बीच तीसरे दूत ने आकर सूचना दीकि फ्रांस के विरुद्ध लड़ाई में इंग्लैण्ड के सेनापति टालबाट की पराजय हो गई है। इस संबंध में विस्तृत जानकारी देते हुए दूत ने बताया कि ओर्लिएंस की घेराबंदी के बाद जब टालबाट अपने छः हजार सैनिकों के साथ लौट रहा था तबफ्रांस के तेईस हजार सैनिकों को मौत के घाट उतार दिया। हमारे सैनिक पूरे मनोबल से अपने पराक्रमी सेनापति का साथ दे रहे थे। शत्रु पक्ष भयग्रस्त था। विजय भी सुनिश्चित थी, लेकिन विश्वासघाती फासटाल्फ की कायरता ने पासा पलट दिया। वह बिना युद्ध किए धीरे से भाग निकला। इसके बाद हमारी सेना में भगदड़ मच गई। हम शत्रु से घिर गए। सामने से जिस टालबाट का मुकाबला करने की किसी फ्रेंच योद्धा की हिम्मत न थी उस पर परवोलून जाति के एक सैनिक ने पीछे से वार कर दिया। टालबाट मरा तो नहीं, लेकिन बंदी बना लिया गया।

अपने उत्तरदायित्व की अवहेलना करने के लिए दुःखी बेडफोर्ड दस हजार

सैनिकों को लेकर फ्रांस पहुँचने की तैयारी में लग गया। उसने फ्रेंच युवराज चार्ल्स का मुकुट छीनकर टालबाट के अपमान का बदला लेने का प्रण किया। दूत ने बेडफोर्ड को बताया कि ओर्लिएंस घेर लिया गया है। हमारी सेना का मनोबल गिर चुका है। सेलिसबरी को भी सहायता की आवश्यकता है। उसकी सेना में बगावत की भी स्थिति है।

एक ओर तो फ्रांस में गड़बड़ी मची थी और दूसरी ओर इंग्लैण्ड में स्वार्थ सिद्ध करने का प्रयास चल रहा था। दूसरी ओर हेनरी के संरक्षक चाचा ग्लास्टर ने तय किया कि टावर जाकर गोला, बारूद की जांच-पड़ताल करने के बाद नाबालिग हेनरी को राजा घोषित कर दूंगा। उसका चचेरा दादा एक्सटर नाबालिग राजा की सुरक्षा के लिए एलथम चल पड़ा। अब बचा रहा ड्यूक विनचेस्टर। बेचारा सोचने लगा कि सभी ने अपना काम संभाल लिया है। मेरे जिम्मे कोई भी काम नहीं है। उसने एलथम से हेनरी को चुरा कर अपने संरक्षण में रखने की योजना बनाई। छठा हेनरी इस समय नौ महीने का शिशु था। उसके नाना चार्ल्स के मरने के बाद वह फ्रांस का अधिकारी हो गया था। इसलिए उसके संरक्षण और प्रशासन की जिम्मेदारी बेडफोर्ड के जिम्मे की गई और इंग्लैण्ड से उसकी अनुपस्थिति के दौरान राजा की देखभाल का दायित्व उसके छोटे भाई ग्लास्टर को दिया गया। अंग्रेज सामन्तों की स्वार्थ-परायणता का परिणाम था फ्रेंच युवराज की विजय। ओर्लिएंस की घेराबंदी तोड़ने के लिए आतुर वह किले के बाहर डेरा डाले पड़ा था। ड्यूक अंजू ने उसे सुझाव दिया कि यहाँ इस तरह पड़े रहने से कोई फायदा नहीं। जिस टालबाट से भय था वह तो बंदी बना लिया गया है। केवल सेलिसबरी अभी बची है, लेकिन लड़ाई के लिए न तो उसके पास पैसा है न आदमी। बस युवराज चार्ल्स ने अंग्रेजों पर आक्रमण करने का निर्णय लिया। बोला कि बिना सफलता पाए मैं कदम पीछे नहीं रखूंगा, परन्तु नियति ने उसका साथ नहीं दिया। थोड़ी ही देर में फ्रेंच सेना के पांव उखड़ गए। यह देखकर चार्ल्स अपने सैनिकों पर क्रुद्ध हो उठा। बोला कि डरपोक कुत्तों ने मुझे शत्रुओं के बीच अकेला छोड़ दिया, अन्यथा मुझे पीछे न मुड़ना पड़ता। अंग्रेज सैनिकों की बहादुरी के सामने मात खाकर चार्ल्स ने ओर्लिएंस से हट जाना ही बेहतर समझा। कौन जाने क्रोध से उन्मत ये भूखे सिपाही कहीं हम पर और तेज हमला न बोल दें।

विजय का नशा उतर चुका था। फ्रांसीसियों को ओर्लिएंस पर कब्जा करने की कोई आशा न थी। निराशा की इस स्थिति में ओर्लिएंस के बेस्टार्ड ने चार्ल्स से एक धर्मपरायणा चमत्कारी कुमारी का परिचय कराया, जिसे स्वर्गीग आदेश हुआ था कि इस घेराबंदी को नाकामयाब करके अंग्रेज सेना फ्रांस से बाहर कर दे। उसने कहा कि यह कुमारी प्राचीन रोम की भविष्यवाणी करने वाली शक्तियों से भी ज्यादा प्रभावशाली है। भूत, भविष्य जानने की इसमें अद्‌भुत क्षमता है। उस पर विश्वास करने से पहले उसकी परीक्षा लेने की गरज से नेपल्स के राजा रेनियर को उससे बात करने का आदेश देकर युवराज चार्ल्स वहाँ से हट गया। रेनियर ने ज्यों ही उससे

बात करना शुरू किया कि जॉन ला पुसेली नामक उस कुमारी ने उसे फटकारा। बोली, क्या तुम मुझे बहकाना चाहते हो? राजकुमार चार्ल्स कहाँ है? यद्यपि तुमसे कभी मेरी मुलाकात नहीं हुई है फिर भी मैं तुम्हें अच्छी तरह जानती हूँ। पर्दे से बाहर बुलाकर अब उसने वहाँ से अलग हटकर चार्ल्स से अकेले में बात करना शुरु किया।

बातचीत के दौरान उसने राजकुमार को अपना परिचय देते हुए कहा कि मैं एक पशुपालक की बेटी हूँ। पढ़ी-लिखी नहीं हूँ। एक बार जब मैं अपनी भेड़ों को चरा रही थी, प्रचण्ड धूप में माता मेरी प्रकट हुई। उसी दैवी तेज ने मुझे पशुपालन का काम छोड़कर देश के उद्धार का आदेश दिया। पहले मैं कृष्ण वर्ण की थी, लेकिन माता के प्रभाव से आज तुम मेरा ऐसा सुन्दर रूप देख रहे हो। उसने कहा कि जो प्रश्न करोगे मैं उसका उत्तर दूंगी। अगर तुम चाहो तो युद्ध में भी मेरी सहायता ले सकते हो। देखोगे कि युद्ध में नारी कोमलता से ऊपर उठकर कैसा पराक्रम दिखाती है!

चार्ल्स ने उसका प्रस्ताव स्वीकार कर लिया और कहा कि मात्र एक लड़ाई में मैं तुम्हारी बहादुरी की परीक्षा लूंगा। कुमारी जॉन तैयारी हो गई। उसने तीक्ष्ण धार वाली अपनी तलवार दिखाते हुए चार्ल्स से कहा कि देखो इस पर फ्रेंच विजय चिह्न अंकित है। टूरेन के सेंट कैथरीन गिरजाघर के पुराने लोहे के सामानों में से उसे ढूंढ निकाला था। चार्ल्स के साथ लड़ाई में कुमारी जॉन की जीत हुई। उसके युद्ध कौशल से चार्ल्स इतना प्रभावित हुआ कि उस अद्भुत पराक्रमी युवती के सामने आत्मसमर्पण कर दिया। बोला कि अब मैं तुम्हारा राजा नहीं बल्कि सेवक हूँ। तुम्हारे संरक्षण में अब युद्ध करुंगा। तुमने मुझे हराकर मेरा दिल जीत लिया है।

चार्ल्स के साथी रेनर और एलंकन इस लम्बी-चौड़ी वार्ता से परेशान होकर तरह-तरह की बातें करने लगे। अंत में रेनर ने आवाज दी, महाराज! ओर्लिएंस के संबंध में आपका क्या आदेश है। चार्ल्स के जवाब देने के पहले ही कुमारी बोल उठी। अंतिम सांस तक हम लड़ेंगे। मेरे निर्देशन में युद्ध होगा। बेचारा चार्ल्स इसके आगे क्या बोलता। कुमारी ने कहा कि मैं इंग्लैण्ड को सबक सिखा दूंगी। आज ही रात वहाँ से घेराबंदी हटा दूंगी। बोली कि पंचम हेनरी की मृत्यु के साथ ही अंग्रेजों की विजयश्री भी समाप्त हो चुकी है। इस कुमारी की अद्भुत दैवी शक्ति से उत्साहित हो राजकुमार लाम पर चल पड़ा।

इधर जब फ्रांस इस दैवी शक्ति की सहायता से अंग्रेजों का बचा-खुचा क्षेत्र अपनाने की तैयारी में था तो इंग्लैण्ड में सामन्तों की आपसी खींचा-तानी चल रही थी। फ्रांस में लड़ रहे सैनिकों की सहायता के लिए अस्त्र-शस्त्र का जुगाड़ करने के लिए जब ग्लास्टर सदलबल टावर पहुँचा तो बार-बार फाटक पीटने पर भी किसी द्वारपाल ने उसे अन्दर जाने नहीं दिया। उन्हें बताने पर कि राज्य का वर्तमान संरक्षक ग्लास्टर प्रवेश करना चाहता है उन्होंने अन्दर ही से कहा कि फाटक न खोलने का हमें आदेश है। जब ग्लास्टर ने फाटक तोड़ने का आदेश दिया तो अन्दर से ही गार्डों के नायक वुडविल ने ग्लास्टर को बताया कि कार्डिनेल विनचेस्टर का सख्त आदेश

है कि टावर में किसी को घुसने न दिया जाये। ग्लास्टर ने उस पादरी की भर्त्सना करते हुए फाटक खोलने का फिर आदेश दिया। लेकिन इसके पहले कि फाटक तोड़ा जाता विनचेस्टर अपने अनुचरों के साथ वहाँ आ पहुँचा। अब चाचा-भतीजे दोनों एक-दूसरे को लांछित करने लगे। बात इतनी बढ़ी कि ग्लास्टर और उसके सहायकों ने बिनचेस्टर पर हमला करके उसके साथियों को मार भगाया।

इस प्रकार टावर के फाटक के सामने खलबली मच गई। लन्दन के मेयर ने शांति भंग करने के लिए प्रशासकों की निन्दा की। अब उसके सामने दोनों ने एक-दूसरे पर दोषारोपण करना शुरु किया। ग्लास्टर ने कहा कि इस पादरी ने अपने स्वार्थ की सिद्धि के लिए टावर पर कब्जा जमा लिया है। विनचेस्टर ने ग्लास्टर पर दोष लगाया कि टावर के अस्त्र-शस्त्र पर अधिकार करके यह राज्य का मालिक बनना चाहता है। एक बार फिर दोनों उलझ पड़े। मेयर ने देखा कि बिना निषेधाज्ञा जारी किए इन दोनों को शांत करना मुश्किल है। उसने सभी को टावर के फाटक से हटने का आदेश दिया। आदेश न मानने पर प्राणदण्ड सजा की घोषणा की। फिर भी दोनों एक-दूसरे को धमकी देते वहाँ खड़े ही रहे। अंत में मेयर ने लाठीचार्ज करने की धमकी दी। तब किसी तरह दोनों वहाँ से विदा हुए।

इसी आपसी दुश्मनी के चलते इंग्लैण्ड का जिम्मेदार वर्ग असली दुश्मन फ्रांस के विरुद्ध कुछ करने में असमर्थ हो गया था।

उधर फ्रांस के बच्चे, बूढ़े सभी राजकुमार चार्ल्स के समर्थन में जुटे हुए थे। ओर्लिएंस के प्रधान गोलन्दाज ने अपने बेटे को बताया कि राजकुमार के गुप्तचरों ने सूचना दी है कि अंग्रेजों ने पास में ही खाई खोद ली है। इसके साथ ही इन लोगों ने एक लोहे का फाटक भी तैयार कर लिया है ताकि मौका पाते ही वे हमारे ऊपर गोलाबारी कर सकें। इसके जवाब में हमने भी तोपें लगा दी हैं और तीन दिन से उनके ऊपर निगाह रखे हुए हैं। अपने बेटे को यह जिम्मेदारी सौंपते हुए उसने कहा कि यदि तुम्हें कोई टोह लगे तो गवर्नर के यहाँ आकर मुझे खबर देना।

इस समय ओर्लिएंस किले के कंगूरे पर सर ग्लैसडेल और सर गारग्रेव के साथ खड़ा था। सेलिस्बरी अपने मित्र टालबाट से उसके बंदी जीवन और मुक्ति की कहानी सुन रहा था। अपनी जेल यातना का विवरण देते हुए उसने बताया कि तिरस्कार, घृणा, चुभने वाले उनके ताने से मैं पीड़ित था। उन लोगों ने मुझे जनता के बीच ले जाकर बताया था कि इसी व्यक्ति से पूरा फ्रांस आतंकित था। वे मुझसे इतने भयग्रस्त थे कि मेरी निगरानी के लिए हर समय अच्छे निशानेबाज बंदूकधारी नियुक्त किए गए थे।

टालबाट की मुक्ति से सेलिस्बरी को जितनी खुशी हुई थी, यातना की इस कहानी ने उसे उतना ही दुःखी कर दिया। इसका प्रतिशोध लेने की भावना से सेलिस्बरी जब फाटक की जाली से फ्रांसीसियों की नाकेबंदी का निरीक्षण कर रहा था तभी प्रधान गोलन्दाज के बेटे ने तोप दागकर सेलिस्बरी और गारग्रेव को धराशायी कर दिया। इस अप्रत्याशित दुर्घटना से अवाक् टालबाट ने देखा कि सेलिस्बरी की

एक आंख तथा एक तरफ का गाल उड़ गया है। वह अधमरा जमीन पर पड़ा है। सेलिस्बरी के संबंध में टालबोट ने कहा कि इंग्लैण्ड के सर्वश्रेष्ठ इस वीर योद्धा ने पंचम हेनरी को सैनिक प्रशिक्षण दिया था। लड़ाई की भेरी सुनते ही उसकी भुजा फड़क उठती थी। उसने इसका बदला लेने का संकल्प लिया। इतने में बिगुल सुनते ही उसके कान खड़े हो गए। पूछा कि रणभेरी के साथ यह तीव्र आलोक कैसा है? उसकी जिज्ञासा की शांति एक दूत ने की। उसने टालबाट को बताया कि डाफिन चार्ल्स के साथ दैवी चमत्कार वाली जॉन नामक एक कुमारी बहुत बड़ी सेना लेकर घेराबंदी तोड़ने आ पहुँची है। यह सुनते ही टालबाट बौखला उठा। उसने डाफिन को तो खदेड़ भगाया, लेकिन दूसरी ओर कुमारी जॉन ने अंग्रेज सैनिकों को पीछे भगवा दिया था। इस दृश्य से टालबाट अवाक् था। उसे अपनी कमजोरी पर आश्चर्य हो रहा था। एक औरत ने हमारे सैनिकों को मार भगाया। मैं उन्हें रोक न पाया। अब कुमारी ने टालबाट को ललकारा। बोली कि मैं तुम्हारा गर्व चूर कर दूंगी। यह कहते हुए वह टालबाट से लड़ने लगी। फिर यह कहकर उसे छोड़ दिया कि अभी तुम्हारें दिन पूरे नहीं हुआ है।

अब फ्रेंच सैनिकों के साथ कुमारी जॉन ने ओर्लिएंस में प्रवेश किया। उसने फिर टालबाट को ललकारा, हिम्मत हो तो मुझे पकड़ लो। आज हमारी विजय का दिन है। हमें आगे भी सफलता मिलेगी। बेचारा टालबाट समझ नहीं पा रहा था कि यह सब कैसे हो रहा है। उसका माथा चक्कर खाने लगा। सोचने लगा कि इस युवती ने पराक्रम से नहीं बल्कि जादू से हमारे सैनिकों को खदेड़ दिया। अपनी इच्छा के अनुकूल विजय प्राप्तकर रही है। टालबाट ने अपने सैनिकों को लौट आने के लिए आवाज दी। बोला कि कायरों की तरह भागो नहीं। वीरता का प्रदर्शन करो। एक बार फिर गुत्थमगुत्था शुरु हुई। इस बार भी अपने सैनिकों को खाई में शरण लेने का आदेश देकर वह सोचने लगा कि हमारे सैनिक हिम्मत हार चुके हैं, अन्यथा इन वीरों के रहते कुमारी जॉन नगर में कैसे प्रवेश करती? इस अपमान और असफलता से टालबाट इतना खिन्न हो उठा कि अब जीना नहीं चाहता था।

दैवी शक्ति सम्पन्न इस कुमारी ने जो कुछ कहा था, कर दिखाया। उसने अंग्रेजों के हाथ से ओर्लिएंस को छुड़ा लिया था। चार्ल्स उसके प्रति श्रद्धावनत था। उसने कुमारी से कहा कि देवी! इस विजय का सारा श्रेय आपको है। ऐसी शुभ घटना फ्रांस के इतिहास में कभी नहीं घटी। मैं कैसे आपका अभिवादन करूं! खुशी से आत्मविभोर चार्ल्स ने फैसला किया कि वह अपने राजमुकुट का आधा भाग उस कुमारी को दे देगा। राज्य के सभी धर्माध्यक्ष और पुरोहित इसके सम्मान में शोभा यात्रा निकालेंगे। इसका यशगान करेंगे। मरने पर इसके लिए पिरामिड से भी ऊंचा कीर्ति स्तम्भ बनवाऊंगा। इसकी राख एक बहुमूल्य पात्र में रखी जाएगी ताकि उसे विशेष पर्व पर फ्रेंच राजा पुरुषों के दर्शनार्थ उपस्थित किया जा सके। अब से फ्रांस में सेंट डेनिस के बदले सेंट जॉन ला पुसली की पूजा होगी। इस घोषणा के बाद सभी को साथ ले चार्ल्स विजयोत्सव मनाने के लिए चल पड़ा।

ओर्लिएंस किले के फाटक पर फ्रेंच चौकसी बढ़ा दी गई थी। लेकिन विजयोत्सव से थक कर जब फ्रांसीसी सो रहे थे तो अंग्रेज वीर टालबाट ने मौके का फायदा उठाना चाहा। रस्सी वाली सीढ़ी लेकर वह परकोटे के पास पहुँचा। उस कुमारी की जादुई शक्ति के कारण जो किला हाथ से निकल गया था उस पर फिर कब्जा पाने के लिए टालबाट, बेडफोर्ड और बरगण्डी अलग-अलग रास्ते से घुसने की कोशिश करने लगे। अपनी सैनिक टुकड़ी के साथ टालबाट दीवार पर चढ़ भी गया। लेकिन खतरे की घण्टी सुनते ही फ्रेंच जाग पड़े। युवराज चार्ल्स और कुमारी जॉन अन्य लोगों के साथ वहाँ आ पहुँचे। पता नहीं किस आवेश में चार्ल्स जॉन को फटकारने लगा। तुम धोखेबाज हो। थोड़ा-सा फायदा देकर तुमने हमें फुसला दिया। देखता हूँ कि उससे दस गुना नुकसान होने वाला है। चार्ल्स के इस रुख का कारण जॉन समझ न सकी। उसने कहा कि मुझ पर व्यर्थ ही दोषारोपण कर रहे हो। पहरेदार यदि सूझबूझ से काम लेते, सजग रहते तो यह अप्रत्याशित घटना कैसे घटती। अब चार्ल्स एलंकमन पर बरस पड़ा। सुरक्षा की जिम्मेदारी उसी पर थी। उसकी असावधानी के कारण ही यह सब हुआ। कुमारी जॉन ने चार्ल्स को सलाह दी कि यह दुर्घटना क्यों और कैसे घटी, इसकी छानबीन करने में समय बर्बाद न करके हमें सैनिकों को इकट्ठा कर वास्तविक स्थिति का मुकाबला करना चाहिए।

इधर टालबाट, बरगण्डी, बेडफोर्ड के साथ सैनिकों ने ओर्लिएंस नगर में प्रवेश किया। सेलिस्बरी का शव उस नगर के मुख्य गिरजाघर में दफना कर वहाँ एक आलीशान स्मारक बनाने की बात सोचने लगा। इसी बीच फ्रेंच काउंटेस आवर्ने के दूत ने आकर टालबाट से अनुरोध किया कि आपकी कीर्ति की प्रशंसक उस महिला ने आपका दर्शन पाने के लिए आपको अपने महल में साग्रह आमंत्रित किया है। टालबाट ने अनुरोध स्वीकार कर लिया और कैप्टेन को साथ ले उस महिला से भेंट करने चल पड़ा। आवर्ने दुर्ग के दरबार हॉल में काउंटेस अपनी परिचारिकाओं के साथ टालबाट की प्रतीक्षा कर रही थी। वह महिला अपने षड्यंत्र की सफलता के प्रति आशान्वित थी। इस विख्यात योद्धा पर विजय पाने के लिए लालायित थी। टालबाट के आते ही उस महिला ने आश्चर्य से कहा, क्या फ्रांस को आतंकित करने वाला यही व्यक्ति है? मैंने तो सोचा था कि यह हरक्युलिस या हेक्टर की तरह विशालकाय योद्धा होगा। मगर यह तो एक अदना, ठिगना, क्षीणकाय बौना हैं। भला यह शत्रुओं को कैसे दहला सकता है! अपने सामने ही इस प्रकार की अपमान जनक बातें सुनकर टालबाट वहाँ से लौटने के लिए उद्यत हुआ।

काउंटेस ने अपने दूत से कहा कि पता लगाओ कि वह क्यों और कहाँ जा रहा है? टालबाट का जवाब था कि उस महिला को मेरी वीरता के विषय में भ्रम है। इसलिए मैं यह प्रमाणित करने जा रहा हूँ कि वास्तविक टालबाट मैं ही हूँ। काउंटेस ने कहा, यदि तुम्हीं टालबाट हो तो तुम हमारे बंदी हो। इसीलिए मैंने तुम्हें यहाँ बुलाया था। मैं तुम्हारे हाथ-पांव बांध दूंगी। इतने दिनों से तुमने हमारे देश पर कहर ढहा रखा हैं। नागरिकों का कत्ल किया और अनेकों को कैद में रखा। उसकी बातें

सुनकर टालबाट हँस पड़ा। जाल में फंसे शिकार की इस हँसी से चिढ़कर काउंटेस ने उसे सावधान किया। बोली कि तुम्हारी यह हँसी अभी रुलाई में बदल जाएगी। टालबाट ने उत्तर दिया, माननीय! आपने टालबाट की प्रतिच्छाया को वास्तविक टालबाट मान लिया है और उसी को प्रताड़ित करना चाहती है। यह सोचकर मैं हँस पड़ा। काउंटेस ने कहा, क्या तुम टालबाट नहीं हो। बहादुर ने उत्तर दिया कि मैं केवल उसकी छाया, उसका अंश मात्र हूँ। जब पूर्ण रूप में टालबाट उपस्थित होगा तो उसकी विशाल काया आपकी इस ऊंची छत के नीचे नहीं समा पाएगी। टालबाट की यह पहेली महिला की समझ के बाहर थी। टालबाट ने कहा कि ठहरिए, मैं अभी अपनी बात समझा देता हूँ।

ऐसा कहकर टालबाट ने अपना सिंहा बजाया। फिर क्या था! नगाड़े की गड़गड़ाहट के साथ उसके सैनिकों ने अन्दर प्रवेश किया। अब टालबाट ने कहा कि यही है असली टालबाट का रूप। इन्हीं की सहायता से विद्रोहियों को जकड़ दिया जाता है। आपकी नगरी उजाड़ वीरान कर देता हूँ। अब उस मक्कार महिला का होश ठिकाने आया। उसने टालबाट से क्षमा मांगते हुए कहा कि तुम्हारी काया से उत्पन्न भ्रम के कारण मैंने तुम्हारी बहादुरी का गलत अन्दाजा लगाया। क्रुद्ध न हों। आप जैसे वीर का उचित स्वागत न करने के लिए मुझे अफसोस है। इस प्रकार पश्चाताप करने के बाद टालबाट ने उसके प्रति सद्भावना प्रदर्शित करते हुए कहा कि आपके इस बर्ताव से मैं दुःखी नहीं हूँ सुन्दरी। इसके बदले में हम और कुछ नहीं चाहते। बस हमारे सैनिकों को अपने भण्डार से केवल मदिरा और स्वादिष्ट भोजन देकर संतुष्ट कर दें।

फ्रांस के युद्ध में अंग्रेज वीरों का बलिदान इंग्लैण्ड के लिए विशेष लाभदायक नहीं सिद्ध हो पाया। इसका कारण था उत्तराधिकार की लड़ाई और सामन्तों की आपसी दलबदली। राजा रिचर्ड द्वितीय जिसे चतुर्थ हेनरी ने पदच्युत कर दिया था उसके दो चाचा थे-ड्यूक आव लैंकास्टर और ड्यूक आव यार्क। इनके वंशजों में आपसी संघर्ष लगातार बढ़ता ही जा रहा था। लैंकास्टर के अनुयायी 'रेडरोज' तथा यार्क के अनुयायी 'व्हाइट रोज' नाम से प्रसिद्ध थे। इस समय अर्ल आव कैम्ब्रिज का बेटा रिचर्ड यार्क दल का नेता था। राजद्रोह के अपराध में इसके पिता का वध कर दिया गया था। उसी सिलसिले में रिचर्ड भी सिंहासन से वंचित हो गया था। इसका मामा मारटिमर लैंकास्टर वंश के राजा हेनरी चतुर्थ के विरुद्ध षड्यंत्र में बंदी था। जेल में पड़ा वह बूढ़ा अब अंतिम दिन के इंतजार में था। मरने के पहले उसने रिचर्ड को बताया कि वर्तमान राजा के दादा हेनरी चतुर्थ ने राजा द्वितीय रिचर्ड को सिंहासनच्युत कर दिया था। चूंकि रिचर्ड निःसंतान था और उसके बाद मैं सिंहासन का उत्तराधिकारी था, इसलिए उत्तरांचल की जनता ने राज्य पर अधिकार करने के लिए मुझे प्रेरित किया। इसी प्रयास में ससैन्य मेरा पक्ष लेने के कारण तुम्हारा पिता मारा गया और मैं भी बंदी जीवन भोग रहा हूँ। तुम्हें भी तिरस्कृत जीवन बिताना पड़ रहा है। उसने बताया कि इस प्रकार 'रेडरोज' वाले लैंकास्टर के वंशज इंग्लैण्ड के

सिंहासन के दावेदार हुए। 'व्हाइट रोज' वाले यार्क के वंशज सिंहासन-प्राप्ति के लिए बराबर संघर्ष करते हुए। यह सब कहने के बाद निःसंतान मारटिमर ने रिचर्ड यार्क को अपना उत्तराधिकारी घोषित किया और सदा के लिए आंखें मूंद लीं। रिचर्ड ने संकल्प लिया कि अपने परिवार के अपमान का बदला लेने और अपना वास्तविक अधिकार प्राप्त करने के लिए यदि मैं पार्लियामेण्ट में सफल न हुआ तो दूसरे तरीके से अपना लक्ष्य प्राप्त करुंगा।

एक ओर तो 'रेडरोज' और 'व्हाइट रोज' का यह झगड़ा चल रहा था और दूसरी ओर नाबालिग राजा हेनरी के संरक्षण के लिए ग्लास्टर और विनचेस्टर के बीच मनमुटाव बढ़ रहा था। अब पार्लियामेण्ट की बैठक मे इन दोनों का वैमनस्य खुलकर सामने आ गया। ग्लास्टर ने जैसे ही विनचेस्टर के विरुद्ध अभियोग पत्र पेश करना चाहा कि विनचेस्टर ने उसे छीनकर फाड़ दिया। उसने कहा कि बहुत सोच-विचार कर चालाकी से मेरे विरुद्ध यह लिखित अभियोग पत्र पेश करने से अच्छा हो कि तुम अपनी बातें कहो और मैं भी उसका उत्तर दूं। राजा और अन्य सांसदों के सामने विनचेस्टर की इस धृष्टता की भर्त्सना करते हुए ग्लास्टर ने बड़े धैर्य के साथ उस पादरी पर दोषारोपण करते हुए कहा कि तुम लम्पट, हठी, शांति के शत्रु, अपकारी और सूदखोर हो। अपनी महत्वाकांक्षा की पूर्ति के लिए तुम केवल मेरे लिए ही नहीं अपितु राजा के लिए भी खतरनाक सिद्ध हो सकते हो।

विनचेस्टर ने ग्लास्टर की बातों का प्रतिवाद करते हुए कहा कि मैं लोभी और महत्वाकांक्षी होता तो क्यों दरिद्र पादरी रह जाता। यह बाना छोड़ देता। मुझसे बढ़कर और कौन शांतिप्रिय है। दरअसल मेरे प्रति तुम्हारा रोष केवल इसलिए है कि तुम नहीं चाहते कि तुम्हारे अलावा और कोई राजा के पास फटकने पाए। इन दोनों के बीच बढ़ती तू-तू, मैं-मैं को शांत करने के लिए राजा हेनरी ने अपने दोनों निकटस्थ संबंधियों से अपील की और कहा कि आप जैसे संभ्रांत लोगों का वैमनस्य राज्य के लिए अहितकर होगा। सभाकक्ष में जब इस प्रकार का कटुतापूर्ण वातावरण था तभी इन दोनों के सहयोगी बाहर एक-दूसरे के सिर फोड़ने में व्यस्त थे। उनका उपद्रव इतना उग्र हो उठा कि मकानों की खिड़कियाँ चकनाचूर हो गई। लोगों ने दुकानें बंद कर दीं। राजा ने दोनों चाचा से अपने-अपने दल वालों को शांत करने का आग्रह किया। ग्लास्टर ने अपने दल वालों को वहाँ से लौट जाने का आदेश दिया, लेकिन विनचेस्टर को अपने दल वालों के इस अभद्र हिंसात्मक व्यवहार पर तनिक भी पश्चाताप न था। किसी प्रकार वारविक की अपील कर दोनों नेताओं ने आपस में हाथ मिलाया और भविष्य में मेल-जोल से रहने का वचन दिया।

एक समस्या शांत करने के बाद वारविक ने रिचर्ड प्लानटजनेट के अधिकारों को बहाल करने की राजा से अपील की। ग्लास्टर और विनचेस्टर ने भी उसका समर्थन किया। राजा बोला कि यदि रिचर्ड हमारे वफादार रहे तो उसको यार्क परिवार के सभी अधिकार और सभी सुविधाएं वापस करने में मुझे कोई आपत्ति नहीं होगी। रिचर्ड ने नतजानु की यह शर्त स्वीकार कर ली। उसे इसका उपहार मिला

ड्यूक आव यार्क की पदवी। राजा के सामने एक तीसरा प्रस्ताव रखा गया जिसमें ग्लास्टर ने सुझाव दिया कि आपका राज्याभिषेक फ्रांस में होना उचित है। इससे वहाँ की प्रजा प्रसन्न होगी। ग्लास्टर का प्रस्ताव मानकर राजा फ्रांस जाने के लिए चल पड़ा। इन सब घटनाओं को शांत भाव से देखने के बाद हेनरी के पितामह चाचा एक्सटेर ने अनुभव किया कि इन सामन्तों का आपसी कलह शांत होने के बदले अन्दर ही अन्दर सुलगेगा और एक दिन विस्फोटक रूप धारण कर लेगा। उसने सोचा कि भगवान न करे मुझे वह दिन देखना पड़े, जिसके अनुसार पंचम हेनरी के राज्यकाल की वह भविष्यवाणी घटित हो, जिसमें कहा गया था कि मनमाउथ का हेनरी तो सबको जीत लेगा लेकिन विंडसर का हेनरी सब कुछ गंवा देगा।

एक ओर तो फ्रांस में हेनरी के राज्याभिषेक का सपना देखा जा रहा था और दूसरी ओर जॉन आर्क फ्रांस से अंग्रेजों को खदेड़ बाहर करने की योजना बना रही थी। उसने छद्मवेश धारण कर लिया था। उसके साथी सिपाही ग्रामीण वेश धारण कर पीठ पर अनाज का बोरा लिए रोन नगर के फाटक पर पहुँचे। जॉन ने उन्हें समझा दिया था कि फाटक पर वे लोग कहेंगे कि अनाज बेचने के लिए हम अन्दर जाना चाहते हैं। इससे सब आसानी से अन्दर दाखिल हो सकेंगे। हुआ भी ऐसा ही। उनकी बात सुनते ही प्रहरियों ने फाटक खोल दिया। सिपाहियों के साथ अन्दर पहुँचते ही जॉन के टार्च की रोशनी का संकेत पाने पर युवराज चार्ल्स, बेस्टार्ड, एलंकन और अन्य सैनिकों ने भी नगर में प्रवेश किया। खतरे की घण्टी सुनते ही टालबाट सतर्क हो उठा। उस जादूगरनी युवती के साहस और चालबाजी से वह चिन्तित हो उठा। उसके मन में जीती हुई बाजी हारने की आशंका बढ़ने लगी। लड़ने के अलावा उसके सामने और चारा भी क्या था! लेकिन टालबाट के साथ अन्य वीरों को देखकर जॉन ने व्यंग्य किया। अच्छा तो तुम लोगों को रोटी के लिए गेहूँ चाहिए। इस व्यंग्य से तिलमिलाकर बरगण्डी नें उसके लिए अपशब्द का प्रयोग कर दिया। बीमार योद्धा बेडफोर्ड ने उन्हें सलाह दी कि व्यर्थ तू-तू, मैं-मैं में समय नष्ट न करके शत्रु का मुकाबला करो। मैं यहीं दीवार के पास बैठा रहूँगा। तुम्हारे सुख-दुख में साथ दूंगा। सैनिकों का साहस बढ़ाता रहूँगा।

रोन नगर के परकोटे से कुमारी जॉन, युवराज चार्ल्स और उनके साथी नीचे उतर आए थे। टालबाट ने सोचा था कि वे लोग मैदान छोड़कर भाग गए। इसलिए नगर की रक्षा की जि मेदारी योग्य अफसरों पर छोड़कर ये लोग राजा हेनरी के राज्याभिषेक में शामिल होने के लिए पेरिस जाने की तैयारी करने लगे, लेकिन जॉन तो मौके के ताक में थी। टालबाट का नशा चूर करने के लिए उसने तिकड़म रचा। युवराज चार्ल्स से कहा कि क्यों न हम लोग चिकनी-चुपड़ी बातें करके बरगण्डी को फोड़ लें। संयोग भी अच्छा था। टालबाट अपनी सैनिक टुकड़ी के साथ आगे-आगे जा रहा था। उससे कुछ दूरी पर बरगण्डी था। यह फ्रेंच नागरिक था। जॉन ने बड़े ही प्रभावकारी ढंग से उससे अपील की कि आप जैसे वीर पर फ्रांस का भाग्य निर्भर करता है। शत्रुओं का साथ देकर आपने अपने देश को क्षत-विक्षत कर दिया है। अब

आप ही इसकी रक्षा कर सकते हैं। अच्छा हो कि जिस तलवार का उपयोग आपने अभी तक फ्रांस के विरुद्ध किया, उसे दूसरी ओर मोड़ दें। उसने बरगण्डी को सचेत किया कि अंग्रेज अपने फायदे के लिए आपका उपयोग कर रहे हैं। जब टालबाट का पैर फ्रांस में जम जाएगा और हेनरी यहाँ का मालिक हो जाएगा तब वे लोग तुम्हें दूध की मक्खी की तरह निकालकर फेंक देंगे। क्या भूल गए कि तुम्हारा दुश्मन ओर्लिएंस का ड्यूक इंग्लैण्ड में बंदी था। लेकिन अब अंग्रेजों को तुम्हारे साथ उसकी शत्रुता का पता चला तो तुम्हारी परवाह किए बिना उसे जेल से रिहा कर दिया। अच्छा हो तुम गलत रास्ता छोड़कर अपने देश की सहायता करो। चार्ल्स और अन्य लोग तुम्हारा स्वागत करेंगे। युवती जॉन की इस मर्मस्पर्शी अपील ने बरगण्डी का मन जीत लिया। देश और देश की जनता से क्षमा मांगते हुए उसने तत्काल घोषणा की कि मैं अपनी शक्ति और अपनी सेना फ्रांस को समर्पित करता हूँ। उसने टालबाट को नमस्कार किया और उसका साथ छोड़ दिया। बरगण्डी की इस घोषणा ने फ्रेंच शिविर को नया जीवन प्रदान किया। अब ये लोग अंग्रेजों पर विजय पाने की योजना बनाने लगे।

इधर टालबाट अपनी सेना के साथ पेरिस राजप्रासाद में हेनरी के सम्मुख पहुँचा। नतजानु हो उसने राजा का अभिवादन किया और कहा कि आपके आगमन की सूचना पाकर कुछ समय के लिए युद्ध स्थगित करके मैं आपकी सेवा में उपस्थित हुआ हूँ। आपके चरणों में वह तलवार भी समर्पित करता हूँ, जिसे पचास दुर्ग, बारह कस्बे, सात सुदृढ़ नगर पर कब्जा करने और पांच सौ विशिष्ट लोगों को बंदी बनाने का श्रेय प्राप्त है। हेनरी ने इसके पहले टालबाट को नहीं देखा था। उसके शौर्य की प्रशंसा अपने पिता से अवश्य सुनी थी। वीरता के लिये उसे पुरस्कृत करने का यह अच्छा अवसर था। राजा हेनरी ने उसे ड्यूक आव श्रेस्बरी पद से सम्मानित करते हुए उसे राज्याभिषेक में शामिल होने का निमंत्रण दिया। विशप विनचेस्टर ने हेनरी को राजमुकुट प्रदान करते हुए उसे छठे हेनरी के नाम से संबोधित किया। पेरिस के गवर्नर ने भी नतजानु को राजा हेनरी के प्रति वफादारी की शपथ ली।

इस समारोह के तत्काल बाद विश्वासघाती फालस्टाफ भी कैले से भागता हुआ वहाँ आ पहुँचा। बरगण्डी का एक पत्र भी अपने साथ राजा के नाम लाया था। इस अवसर पर उसकी उपस्थिति से सारा मजा किरकिरा हो गया। टालबाट उसकी धोखेबाजी पर उबल पड़ा। उसने कहा कि इस कायर से 'सर' का खिताब छीन लेना चाहिए और यह कहकर उसने उसका गार्टर खींच लिया। उसने राजा तथा अन्य पार्षदों को बताया कि पेटे की लड़ाई में जब हमारे छः हजार सैनिकों के मुकाबले फ्रेंच सैनिकों की संख्या दस गुनी थी यह विश्वासघाती बिना एक बार उन पर वार किए मैदान से भाग निकला। इसका परिणाम हुआ कि हमारे बारह सौ सैनिक हताहत हुए और हम लोग बंदी बना लिए गए। अब आप ही लोग निर्णय करें कि क्या यह कायर 'सर' खिताब के उपयुक्त है। यह सुनते ही राजा ने फासटाल्फ को पदच्युत करके उसे आजीवन निर्वासन की सजा सुना दी। अब ग्लास्टर ने बरगण्डी

का वह पत्र पढ़ा जिसमें उसने लिखा था कि अंग्रेजों द्वारा फ्रांस पर किए गए अत्याचार से पीड़ित हो मैं राजा हेनरी का पक्ष छोड़कर फ्रेंच युवराज चार्ल्स का सहयोगी हो गया हूँ। राजा ने टालबाट को हुक्म दिया कि सेना लेकर तुरन्त जाओ और उस विश्वासघाती को बता दो कि मित्र के साथ धोखेबाजी करने का क्या नतीजा होता है?

टालबाट को विदा करके राजा हेनरी घरेलू समस्या में उलझ गया। 'रेडरोज' और 'व्हाइट रोज' की कलह फ्रांस में भी उसका पीछा नहीं छोड़ रही थी। 'व्हाइट रोज' के प्रतिनिधि यार्क का अनुचर वेरोन 'रेडरोज' वाले बेसेट के खिलाफ द्वन्द्व युद्ध के लिए आमादा था। वे दोनों इसकी अनुमति के लिए राजा के सामने उपस्थित हुए थे। बेसेट की शिकायत थी कि फ्रांस की समुद्री यात्रा में वेरोन ने रेडरोज और सामरसेट के संबंध में अपशब्द का प्रयोग किया था। यही शिकायत वेरोन की भी थी। यार्क और सामरसेट भी द्वन्द्व द्वारा इस झगड़े का निपटारा करना चाहते थे। इतनी छोटी बात के लिए इस प्रकार का झगड़ा उचित न था। राजा ने उन्हें शांत रहने की सलाह दी। ग्लास्टर ने उन लोगों को फटकारा। हेनरी ने उन्हें समझाया कि फ्रांस के लोग जब हमारे विशिष्ट पार्षदों की आपसी कलह को देखेंगे और सुनेंगे तो हमारे विरुद्ध उठ खड़े होंगे। खून-पसीना एक करके जीता हुआ फ्रांस भी हमारे हाथ से निकल जाएगा। हमारी उम्र पर ध्यान दो। पूर्वजों की मर्यादा का ध्यान रखो। दोनों पक्ष हमारे प्रिय हैं। यदि मैं 'रेडरोज' धारण कर लूं तो इसका मतलब यह तो नहीं होगा कि यार्क की अपेक्षा मैं सामरसेट का अधिक पक्षपाती हो गया। कृपया आप दोनों शांत रहें। विवेक से काम लें। भाईचारा बनाए रखें। राजा ने यार्क से कहा कि अब से तुम फ्रांस के इस अंचल के राज प्रतिनिधि होगे। उसने सामरसेट से कहा कि अपने घुड़सवारों और यार्क के पैदल सिपाहियों के साथ दोनों लड़ाई के मैदान में शत्रु पर अपना गुस्सा उतारने के लिए प्रस्थान करो। इसके बाद कैले होते हुए हम इंग्लैण्ड पहुँचेंगे जहाँ तुम्हारी विजय की सूचना यथाशीघ्र मिलेगी।

इन सबके चले जाने के बाद बूढ़ा एक्सटेर सोचने लगा कि एक तो नाबालिग राजा के हाथ में राजदण्ड अधिक प्रभावशाली नहीं होता और दूसरे इंग्लैण्ड के उच्च पार्षदों का यह आपसी कलह। इस सबका परिणाम इंग्लैण्ड के लिए बड़ा दुःखदायी और विनाशकारी होगा। इस बूढ़े की आशंका ठीक भी थी। राज्यादेश के अनुसार बोर्डे नगर पहुँच कर टालबाट ने फ्रेंच सेनापति से कहा कि यदि नगरद्वार खोल दें, हेनरी को अपना राजा मान लें और आज्ञाकारी प्रजा की तरह उसका सम्मान करें तो मैं अपनी सेना पीछे हटा लूंगा। अन्यथा शांति प्रस्ताव की उपेक्षा का परिणाम होगा इस विशालकाय दुर्ग की बर्बादी। फ्रेंच सेनाध्यक्ष ने बड़े ही अवहेलनापूर्ण ढंग से जवाब देते हुए कहा कि फ्रांसीसियों का दिल दहलाने वाले खूंखार अंग्रेज सेनापति टालबाट, अब तुम्हारे अत्याचार के दिन लद चुके हैं। तुम इस नगर में जीवित प्रवेश नहीं कर सकते। जान लो कि हम लोग तुम्हारा मुकाबला करने के लिए पूरी तरह तैयार हैं। यदि तु पीछे भी हटते हो तो बंदी बना लिए जाओगे। हमारी सैनिक टुकड़ियाँ तुम्हें घेरे हुए हैं। तुम भागने के लिए भी स्वतंत्र नहीं हो। मृत्यु के अलावा अब तुम्हारी

मुक्ति का और कोई दूसरा रास्ता नहीं है। दस हजार फ्रेंच सैनिकों ने तुम पर अग्निवर्षा की शपथ ली है। हे अजयवीर! थोड़ी ही देर में तुम भू-लुण्ठित हो जाओगे।

टालबाट ने अनुभव किया कि फ्रेंच सेनाध्यक्ष की बातें निराधार नहीं हैं। उसे अफसोस था कि अंग्रेजों की अनुशासनहीनता के कारण वह इस प्रकार विवश हो गया है। फिर भी वह बहादुरी के साथ शत्रुओं का सामना करने के लिए उद्यत था। उसने अपने सैनिकों को ललकारा और कहा कि अपनी सुरक्षा की चिन्ता किए बिना राष्ट्रहित के लिए इस खतरनाक लड़ाई में अपना जौहर दिखाने के लिए तुम लोग तैयार हो जाओ। टालबाट की सहायता के लिए आने वाली यार्क और सामरसेट की सैनिक टुकड़ियों का कहीं पता न था। यार्क सामरसेट का रास्ते में इंतजार कर रहा था। सर विलियम लूसी ने यार्क को बताया कि टालबाट फ्रेंच सैनिकों से घिर गया है। यदि तुम तुरन्त बोर्ड जाकर उसकी सहायता नहीं करते तो टालबाट के साथ फ्रांस का राज्य और इंग्लैण्ड की मर्यादा सब कुछ धूल-धूसरित हो जाएगी।

बहुत देर बाद सामरसेट अपनी सैनिक टुकड़ी और टालबाट के एक कैप्टेन के साथ गैस्कनी के युद्धक्षेत्र में पहुँचा। उसने कहा कि यार्क और टालबाट ने यह सैनिक कारवाई जल्दीबाजी में शुरू कर दी। इस दुस्साहस का परिणाम होगा टालबाट की पूर्व अर्जित कीर्ति का अंत। पराजित और अपमानित हो टालबाट मारा जाएगा। जब लूसी ने उसे सूचित किया कि टालबाट चारों ओर शत्रुओं से घिर गया है इस विषम स्थिति से उबरने के लिए वह तुमसे और यार्क से सहायता की आशा लगाए हुए है और तुम यहाँ आपसी कलह और इर्ष्या से ग्रस्त हो सैनिक सहायता देने में आनाकानी कर रहे हो तब उस बेशर्म ने उत्तर दिया कि यार्क ने टालबाट को लड़ाई करने के लिए भेजा है, उसे ही सहायता भी पहुँचानी चाहिए थी।

इस पर लूसी ने सामरसेट से कहा कि यार्क मानता है कि इस लड़ाई के लिए एकत्र किए सैनिकों को तुम्हीं ने रोक रखा था। सामरसेट ने उलट कर उत्तर दिया कि यार्क झूठा है। उसे सैनिक सहायता भेजनी चाहिए थी। उसकी आज्ञा मानने के लिए मैं बाध्य नहीं हूँ। न तो मैं उसे पसन्द करता हूँ और न सैनिक सहायता भेजकर उसकी चापलूसी ही करना चाहता हूँ। उसकी भर्त्सना करते हुए लूसी ने कहा कि तुम लोगों के कलह और धोखेबाजी के कारण टालबाट का जीवन खतरे में पड़ गया है। अब वह जीवित नहीं लौट सकेगा। अंत में नीच सामरसेट ने टालबाट की सहायता के लिए अपनी सेना भेजने की हांमी भरी लेकिन छः घण्टे बाद। लूसी ने कहा कि इतनी देर में तो टालबाट या तो बंदी बना लिया जाएगा या अपनी अमरकीर्ति छोड़ परलोक सिधारेगा।

इधर सिरफिरा सामरसेट कायरों और धोखेबाजों की तरह लूसी से वाद-विवाद करने में उलझा हुआ था और टालबाट अपने बेटे को सलाह दे रहा था कि मेरे सबसे तेज घोड़े पर सवार होकर तुम युद्धक्षेत्र से निकल भागो। बेटे ने बड़ी निर्भीकता से उत्तर दिया कि यदि मैं आपका पुत्र हूँ और आप मेरी माता को प्यार करते हैं तो कृपया इस प्रकार कुल को कलंकित न करें। लोगों को यह कहने का मौका न दें कि कायर

पुत्र अपने बाप को छोड़ युद्धक्षेत्र से भाग निकला। बाप ने उसे फिर समझाया कि तब तो हम दोनों ही मारे जाएँगे। बेटे ने बाप से अपील की कि मुझे यहीं रहने दें। आप निकल जाएँ। आपका जीवन अधिक मूल्यवान और देश के लिए अधिक उपयोगी है। मेरी मृत्यु से फ्रांसीसियों को कोई बड़प्पन नहीं मिलेगा, लेकिन आपको मारकर वे घमण्ड से फूले नहीं समाएँगे। निकल भागने से आपको अपयश नहीं मिलेगा। क्योंकि समय की यही पुकार है। मेरे भागने का अर्थ होगा भय और अपयश। मरना मुझे कबूल है पर भागना नहीं। लड़ने के आदेश का तो मैं पालन कर सकता हूँ लेकिन शत्रु को पीठ दिखाकर भागने के आदेश का नहीं। यदि आप समझते हैं कि हमारा जीवन खतरे में है तो हम दोनों भाग चलें। भला जीवन भर बहादुरी से शत्रु का मुकाबला करने वाला टालबाट अपने सैनिकों को मृत्यु के मुंह में छोड़कर कैसे भाग सकता था! लाचार हो पिता ने कहा कि तब आओ। हम दोनों साथ-साथ मरेंगे और साथ-साथ स्वर्ग सिधारेंगे।

रणक्षेत्र में युद्ध का बिगुल बज उठा। टालबाट को शत्रुओं ने घेरकर वार करना शुरू किया। बेस्टार्ड ओर्लिएंस के वार से वह लहूलुहान हो उठा था। फिर भी टालबाट ने एलंकन, बरगण्डी और ओर्लिएंस को परास्त कर बेटे को बचा लिया। बेटे की अद्भुत वीरता से गद्गद टालबाट ने उसे शाबाशी देते हुए कहा कि जब तुम्हारी तलवार डाफिन चार्ल्स के मुकुट से टकरायी तो मैं गर्व से फूल उठा। अब तो तुम्हारी गिनती बहादुरों में हो चुकी है। तुम जीवित रहकर फ्रांसीसियों से मेरी मृत्यु का बदला ले सकोगे। यदि तुम मर जाओगे तो तुम्हारी माता, हमारी पारिवारिक परम्परा और इंग्लैण्ड की मर्यादा सबका अंत हो जाएगा। इन सबकी रक्षा के लिए अच्छा हो कि तुम भाग जाओ। लेकिन वीर पिता का यह वीर पुत्र अपने पूर्व निश्चय पर अडिग था। पिता द्वारा गिनाए लाभों के लिए भगोड़ा कहा जाना उसे पसन्द नहीं था। उसने पिता से अनुरोध किया कि मुझे भागने की सलाह अब और न दें। लड़ाई में घायल टालबाट पुत्र के लिए बेचैन था। उसने देखा था कि घायल होने के बाद उसका बेटा क्रोध से तलवार चमकाता हुआ शत्रुओं पर टूट पड़ा था। लेकिन इसके बाद शत्रुओं से घिरा वह वीर पुत्र सदा के लिए अपने पिता का साथ छोड़ चल बसा। बेटे का क्षतविक्षत शरीर देखकर टालबाट बिलख उठा। उसने सैनिकों से कहा कि इसे मेरी गोद में दे दो। यही मेरे प्रिय पुत्र की कब्र है। ऐसा कहते हुए वीर टालबाट ने भी दम तोड़ दिया। इसके थोड़ी देर बाद युवराज चार्ल्स बाप और बेटे के शव के पास पहुँचा। उसने स्वीकार किया कि अगर यार्क और सामरसेट ने यथासमय इन्हें सैनिक सहायता दी होती तो फ्रांसीसियों को भयावह युद्ध का सामना नहीं करना पड़ता। ओर्लिएंस और कुमारी जॉन ने भी उस बालक की वीरता की प्रशंसा की। बरगण्डी का मानना था कि यदि युवा टालबाट बच जाता तो महान योद्धा होता। जब नीच ओर्लिएंस ने पिता पुत्र के शवों के टुकड़े-टुकड़े करके बिखेरने की बात कही तो युवराज चार्ल्स ने उसे यह कहकर रोक दिया कि जिस योद्धा को देखकर हम भाग खड़े होते थे उसके मरने के बाद यह घृणित काम उचित नहीं है।

कहते हैं कि लम्बे-से-लम्बा रास्ता कहीं-न-कहीं मोड़ लेता है। लम्बी लड़ाई भी सुलह-समझौता से समाप्त हो जाती है। इंग्लैण्ड और फ्रांस के बीच चलने वाली इस लम्बी लड़ाई का अंत भी रोम के सम्राट, पोप और चार्ल्स के निकट संबंधी अर्ल आरमनेक की पहल के कारण संभव हुआ। एक ही धर्म के लोगों के बीच इस प्रकार के अमानुषिक और अनुचित खूनी संघर्ष की समाप्ति के लिए आरमनेक ने अपनी इकलौती बेटी का विवाह हेनरी के साथ करने का प्रस्ताव भेजा। पढ़ने-लिखने की इस उम्र में नाबालिग राजा ने पहले तो हीलाहवाली की लेकिन देशहित के लिए उसने आरमनेक की बेटी के रूप, गुण और उसके साथ मिलने वाले दहेज आदि पर विचार करते हुए यह प्रस्ताव स्वीकार कर लिया।

शांति और संधि के इस प्रस्ताव के बाद भी फ्रांस में अंग्रेजों की स्थिति सुधर न पाई। पेरिस के लोगों ने विद्रोह कर दिया और फ्रांसीसियों के पक्ष में हो गए। लेकिन गनीमत थी कि इंग्लैण्ड के दोनों गुटों के संभ्रान्त एकजुट होकर इस नये खतरे का मुकाबला करने के लिए तैयार थे। इस समाचार से फ्रेंच युवराज के कान खड़े हो गए। जॉन आव आर्क ने उन्हें आश्वस्त किया कि जीत तो फ्रांस की ही होगी, लेकिन हुआ उल्टा ही। ब्रिटिश सेना ने मैदान मार लिया। फ्रेंच सैनिक भाग खड़े हुए।

कुमारी जॉन ने अब अपनी सहायता के लिए मायावी शक्तियों का आह्वान किया! शक्तियाँ तुरन्त प्रकट हुईं, लेकिन जॉन की अपील का उन पर कोई प्रभाव न पड़ा। पहले वे सिर लटकाए चुपचाप खड़ी रहीं। फिर उन्होंने नकारात्मक प्रतिक्रिया व्यक्त की। यह देखकर कुमारी जॉन बोल उठी, इसके पहले कि फ्रांस इंग्लैण्ड के हाथों पराजित हो तुम लोग मेरे प्राण ले लो, लेकिन बिना कुछ बोले वे वहाँ से चलती बनीं। जॉन आव आर्क समझ गई कि अब फ्रांस के पतन के दिन आ गये हैं। इसके बाद की लड़ाई में कुमारी जॉन बंदी बना ली गई। यार्क ने व्यंग्य किया और कहा कि कुमारी जॉन! अपनी मायावी शक्तियों को बुलाकर मुक्त हो जाओ। भौहें टेढ़ी करके जॉन ने जब यार्क का चेहरा बिगाड़ देने का शाप दिया तो यार्क ने फिर व्यंग्य किया, युवराज के चेहरे के अलावा तुम्हें और किसी का चेहरा पसन्द नहीं है। अब तो वह आपे से बाहर हो और जली-कटी सुनाने लगी। यार्क ने कहा, दुष्ट! अभी चुप रह। जब फांसी के तख्ते पर चढ़ना तब शाप देना।

इधर नेपलस और अंजू ने ड्यूक रेनर की लड़की को ब्रिटिश अर्ल सफाक ने बंदी बना लिया। वह युवती अत्यन्त रूपसी थी। वह सफाक से बार-बार पूछती कि मुक्ति के लिए कितना हर्जाना चुकाना होगा, लेकिन वह तो अपनी ही उधेड़-बुन में फंसा था। उस पर फिदा था। कभी उस सुन्दरी से शादी करने की सोचता, लेकिन शादीशुदा होने के नाते उसका दिल मुकर जाता। फिर सोचता, ठीक है इससे राजा हेनरी का विवाह करा दिया जाये। इससे इंग्लैण्ड और फ्रांस में चिरस्थायी संधि हो जाएगी। यह कैसे सम्भव होगा? इस सुन्दरी का पिता यद्यपि ड्यूक है, वह अंजू और मेन अंचलों का मालिक है, फिर भी राजा के मुकाबले बहुत गरीब है। अंग्रेज सामन्त यह रिश्ता पसन्द नहीं करेंगे। फिर भी युवा हेनरी मेरा प्रस्ताव मान लेगा। अंत में

उसने अपने मन की बात मारगरेट के सामने रख दी। कहा कि यदि तुम स्वीकार करो तो मैं तुम्हें इंग्लैण्ड की रानी बना दूं। राजा हेनरी की पत्नी। उसने उत्तर दिया कि यदि मेरे पिता यह प्रस्ताव मान लेंगे तो मुझे कोई आपत्ति नहीं होगी।

सफाक ने संधि का बिगुल बजवा दिया। मारगरेट का पिता परकोटे पर आ पहुँचा। सफाक ने उसे बताया कि मारगरेट हमारी बंदी है। रेनर के द्वारा बंदी बेटी की मुक्ति का उपाय पूछने पर सफाक ने अपना प्रस्ताव सुनाया। अब रेनर परकोटे से उतरा। उसने सफाक से कहा कि यदि मेरा राज्य अंजू और मन युद्ध विभीषिका से मुक्त कर दिया जाये तो मैं अपनी बेटी हेनरी को सुपुर्द करने के लिए तैयार हूँ। सफाक ने उसकी शर्तें मान लीं। मारगरेट को रिहा कर दिया और विवाह सम्पन्न कराने के लिए इंग्लैण्ड चल पड़ा।

धूप-छांव की तरह सुख-दुःख भी इस जिन्दगी की कहानी चित्रित करते रहते हैं। एक ओर तो बंदिनी मारगरेट महारानी बनने के सपने संजोने लगी और दूसरी ओर फ्रांस की रणबांकुरी के सामने उपस्थित हुई। यह चरवाहा उसका पिता था। लड़की की खोज में अब तक वह दर-दर भटक रहा था। जब भेंट भी हुई तो इस दर्दनाक परिस्थिति में। वह अपनी बेटी के साथ ही अपनी जान भी देने के लिए आमादा था। लेकिन जॉन ने उसे दुत्कारते हुए कहा कि तुम मेरे पिता नहीं हो। मैं उच्च वंश में जन्मी हूँ। चरवाहे ने अंग्रेज पार्षदों को बताया कि इसकी माँ जीवित है। मेरे कुंवारेपन की यह पहली संतान है। वारविक और यार्क ने जॉन को धिक्कारा। कैसी दुष्टा है! इसी से तो इस प्रकार मर रही है। चरवाहा बेटी की इस कृतघ्नता से इतना दुःखी हुआ कि उसने स्वयं सिफारिश की कि फांसी देने से अच्छा है कि इसे जीवित जला दिया जाए।

जॉन आर्क भी विलक्षण युवती थी। अग्नि ज्वाला में अपनी आहुति देने के पूर्व उसने यार्क के सामने बयान दिया कि मुझे चरवाहे की बेटी समझकर इस प्रकार का व्यवहार न करें। मैं धर्मनिष्ठ, पवित्र और दिव्य पारलौकिक शक्तिसम्पन्न प्राणी हूँ। मुझे दैवी आशीर्वाद प्राप्त है। मैं निष्कलंक निर्दोष कुमारी हूँ। मेरी हत्या का मतलब होगा तुम लोगों पर ईश्वरीय शाप। जब उसने देखा कि उसकी बातों से यार्क और वारविक तनिक भी नहीं विचले, तब उसने अपना असली रूप प्रकट किया। उसने कहा कि मेरी हत्या का मतलब होगा दो प्राणियों की आहुति। मैं गर्भवती हूँ। वारविक और यार्क ने अनुमान लगाया कि युवराज चार्ल्स के साथ अवैध संबंध का यह परिणाम है। लेकिन इस रहस्यमय तथाकथित पवित्र युवती ने पहले तो एलंकन के साथ अपने अवैध संबंध की बात कही फिर रेनर को दोषी ठहराया। अंग्रेज सामन्त समझ गए कि यह दुष्चरित्र पता नहीं कितने लोगों को और लांछित करेगी। इसका अंत करना ही उचित होगा। बस सिपाहियों के साथ उसे वधस्थल की ओर भेज दिया।

विधि का अलग विधान होता है। इसी समय कार्डिनेल ब्यूफोर्ड राजा हेनरी का संदेश लेकर वहाँ आ पहुँचा। उसने यार्क को बताया कि रोम के पहल पर इंग्लैण्ड और फ्रांस का खूनी संघर्ष समाप्त हो गया है। फ्रेंच युवराज चार्ल्स आवश्यक वार्तालाप

के लिए पहुँचने ही वाला है। इस संदेश से यार्क उद्विग्न हो उठा। बोला, क्या इसी अशालीन संधि के लिए हमारे योद्धाओं ने बलिदान दिया था। क्या हमारे पूर्वजों द्वारा अर्जित फ्रांसीसी क्षेत्र हमारे हाथ से इतनी सरलता से निकल जाएँगे। फ्रेंच युवराज ने आकर यार्क को संधि की पक्की सूचना दी। इन दुश्मनों को देखकर यार्क मन-ही-मन जल उठा। फिर भी कार्डिनल ने वहाँ उपस्थित लोगों के सामने संधि की शर्तें पढ़नी शुरू कीं। राजा हेनरी ने फ्रांस के प्रति सहानुभूतिपूर्ण रुख अपनाकर उसे युद्ध की विभीषिका से मुक्त कर दिया ताकि फ्रांसीसी शांति और सुख से रह सकें। यह निश्चित हुआ कि इंग्लैण्ड के अधीन फ्रेंच राजकुमार फ्रांसीसी अंचलों का वायसराय होगा और राजा हेनरी को कर देता रहेगा।

एलंकन ने इस शर्त पर आपत्ति की। उसने कहा कि राजमुकुट तब तो धारण करने के बाद भी चार्ल्स का अधिकार साधारण नागरिकों से ऊंचा न होगा। युवराज चार्ल्स भी इस शर्त से असंतुष्ट था। आधे फ्रांस पर उसका कब्जा तो था ही। वहाँ राजा की तरह सम्मानित भी था। बचे हुए हिस्से के लिए वायसराय होना उचित नहीं समझता था। संधि की शर्तें उसे मान्य न थीं। अब यार्क ने राजकुमार को फटकारते हुए कहा कि राजा हेनरी द्वारा स्वीकृत यह संधि अस्वीकार करने का परिणाम होगा युद्ध की विभीषिका। रेनर ने युवराज चार्ल्स को समझाते हुए कहा कि जिद न करो। संधि अस्वीकार करने का मतलब होगा सदा के लिये ऐसे सुयोग से हाथ धोना। एलंकन भी अब संधि के पक्ष में था। उसने चार्ल्स को धीरे से समझाया। प्रतिदिन की मारकाट और हत्या से अपनी प्रजा की रक्षा करना ही तो आपका उद्देश्य है। इसकी पूर्ति के लिए संधि स्वीकार कर लें। जब आपका काम सध जाए तो आप संधि भंग करने के लिए स्वतंत्र हैं।

अन्ततोगत्वा चार्ल्स ने संधि की शर्तें स्वीकार कर लीं लेकिन अपनी ओर से एक शर्त यह रख दी कि फ्रेंच सैनिक छावनियों पर अंग्रेज दावा नहीं करेंगे। यार्क ने उसकी शर्त मान ली। राजनीतिक समस्याओं से फुरसत पाकर राजा हेनरी ने अब सफाक के प्रस्ताव पर ध्यान दिया। सफाक ने मारगरेट के रूप और गुण का ऐसा खाका खींचा था कि उसे पाने के लिए राजा बेचैन हो उठा। लेकिन विवाह करने के पहले उसने अपने संरक्षक ग्लास्टर की अनुमति प्राप्त करना उचित समझा। ग्लास्टर तो संकट में पड़ गया। उसने हेनरी को याद दिलाया कि तुमने फ्रेंच राजकुमार चार्ल्स के रिश्तेदार अर्ल आव आरमनेक की इकलौती बेटी से विवाह करने का वचन दे रखा है। यह वादाखिलाफी बड़ी असम्मानजनक और निन्दनीय होगी। सफाक ने दलील दी कि एक साधारण अर्ल की लड़की से हेनरी का विवाह होना शोभा की बात नहीं है। ग्लास्टर ने कहा कि मारगरेट का बाप कौन बड़ा आदमी है! यद्यपि वह राजा की पदवी से विभूषित है लेकिन है तो एक साधारण अर्ल ही। सफाक ने ग्लास्टर की बात काटते हुए कहा कि मारगरेट का बाप नेपल्स और जेरुसलम का राजा है। फ्रांस पर उसका बड़ा प्रभाव है। उसकी बेटी के साथ संबंध होने से फ्रांस के साथ हमारी दोस्ती पक्की हो जाएगी। ग्लास्टर ने कहा कि आरमनेक की बेटी से ब्याह

होने पर भी तो ऐसा ही होगा। वह तो चार्ल्स का नजदीकी रिश्तेदार है। वह ज्यादा दहेज भी देगा, लेकिन मारगरेट का बाप रेनर तो जितना देगा उससे ज्यादा पाने के लिए हमेशा लालायित रहेगा।

सफाक तो अपना काम सिद्ध करने पर तुला हुआ था। उसने ग्लास्टर से कहा कि दहेज की बात करके इंग्लैण्ड के राजा की अवमानना न करें। विवाह पैसे के लिए नहीं बल्कि प्रेम के लिए किया जाता है। पत्नी के पैसे से हमारा राजा धनी नहीं होगा। उसमें तो दूसरों को धनी बनाने की स्वयं क्षमता है। पत्नी का चुनाव प्रेमी का दिल करता है। कोई एजेण्ट नहीं। चूंकि राजा मारगरेट को ज्यादा पसन्द करता है इसलिए उसे प्राथमिकता मिलनी चाहिए। हेनरी राजा है उसकी शादी राजा की बेटी से ही होना उचित है। वह अद्वितीय सुन्दरी है। उच्च वंश की लड़की है। इसके साथ ही वह एक साहसी वीरांगना भी है। वह वीर संतान की जननी होगी। इसलिए आप लोग मेरा प्रस्ताव मान लें।

राजा हेनरी सफाक की बातों और मारगरेट के सौंदर्य की चर्चा से प्रभावित हो चुका था। उसने सफाक को आदेश दिया कि तुरन्त फ्रांस जाकर मारगरेट को ले आओ। चाचा ग्लास्टर से क्षमा मांगते हुए कहा कि आप मेरे इस निर्णय से क्षुब्ध न हों। अब सफाक अपनी सफलता का विश्लेषण करने लगा, उसने बताया कि जब मारगरेट इंग्लैण्ड की रानी होगी और राजा हेनरी पर शासन करेगी तो मैं उसके माध्यम से राजा और राज्य दोनों पर अपना प्रभाव जमा लूंगा।

12. किंग हेनरी दि सिक्स्थ-2

फ्रांस से मारगरेट को लाकर सफाक ने राजा को सुपुर्द कर दिया। मारगरेट को चूमते हुए हेनरी ने भगवान के प्रति धन्यवाद ज्ञापन किया और कहा कि ऐसी अद्वितीय सुन्दरी पाकर मैं आत्मविभोर हूँ। मारगरेट ने भी उसी जोश से राजा का अभिवादन करते हुए कहा कि अब तक आपका रूप ही मेरे मन को आलोकित करता रहा, आज आपको पाकर मैं धन्य हो गई हूँ। इसके तत्काल बाद ग्लास्टर ने इंग्लैण्ड और फ्रांस के बीच सम्पन्न संधि की शर्तें पढ़नी शुरू कीं। सफाक के बीच जो बातें तय हुई थीं, उसके अनुसार नेपल्स, सिसली और जेरुसलम के राजा रेनर की बेटी मारगरेट से ब्याह करके राजा हेनरी 13 मई के पहले उसे इंग्लैण्ड की महारानी बना देगा। इसके साथ ही मारगरेट के पिता को अंजू और मेन का राज्य सुपुर्द कर दिया जाएगा। इस शर्त को पढ़ने के बाद ग्लास्टर ने वह दस्तावेज नीचे गिरा दिया। बोला कि पता नहीं क्यों मेरा दिल दहल उठा है। मेरी आंखें धुंधला गई हैं। अब आगे नहीं पढ़ सकूंगा। बाकी अंश के अनुसार राजा ने ये शर्तें मान ली। यह विवाह पक्का करने का उपहार मिला सफाक को ड्यूक का पद।

मारगरेट और सफाक को साथ लेकर जब राजा वहाँ से चला गया तो ग्लास्टर ने अपने मन का क्षोभ व्यक्त करना शुरू किया। उसने वहाँ उपस्थित पार्षदों से कहा कि क्या मेरे भाई राजा पंचम हेनरी ने अपनी जवानी, बहादुरी धन और जन फ्रांस के विरुद्ध इसीलिए गंवाया था। कड़ाके की सर्दी और चिलचिलाती धूप में बाहर मैदान में पड़ा रहा। मेरे दूसरे भाई बेडफोर्ड ने पंचम हेनरी की जीती हुई बाजी को बड़ी रीति-नीति से संजोकर रखा। शत्रुओं के आतंक के बावजूद हम लोगों ने पेरिस में इस नाबालिग राजा का राज्याभिषेक किया। क्या ये सारे काम इतनी आसानी से बेमतलब हो जाएँगे? यह संधि और यह शादी हमारी बर्बादी का कारण बनेगी। क्या अपने बलिदान से हमने जो कुछ अर्जित किया था वह सब इतिहास के पन्नों से मिट जाएगा।

चाचा कार्डिनेल विनचेस्टर ने उसे समझाया कि उत्तेजित और पीड़ित हो इस प्रकार अपने मन की भड़ास मत निकालो। फ्रांस तो हमारे अधिकार में रहेगा ही, लेकिन ग्लास्टर का कहना था कि फ्रांस को अपने अधिकार में रखना अब संभव नहीं है। उसने कहा कि ड्यूक सफाक जो अब सिंहासन पर हावी है उसने रेनर को अंजू और मेन प्रांत सुपुर्द करा दिया है। वारविक उससे कम दुःखी नहीं था। अश्रुपूरित नेत्रों से उसने कहा कि अंजू और मेन जीतने के लिये मैंने अपना खून बहाया था।

अफसोस है कि ये राज्य इतनी आसानी से लौटा दिए गए। यार्क भी इस संधि के विरुद्ध था। उसने कहा कि इंग्लैण्ड के अपमान के लिए सफाक ही जिम्मेदार है। इंग्लैण्ड के राजा विवाह में खूब दहेज पाते थे। इस शादी में राजा हेनरी ने उल्टे ही कन्या पक्ष को दहेज दिया। मारगरेट को ले आने का खर्च भी देना पड़ा।

कार्डिनेल ने फिर ग्लास्टर को समझाया कि सफाक ने राजा की इच्छा से यह सब काम किया है। ग्लास्टर ने देखा कि वहाँ अधिक देर रहना ठीक नहीं है। क्योंकि कार्डिनेल से उसकी पुरानी अनबन थी। कुछ देर और रुकने का मतलब होता दोनों के बीच कहा-सुनी। उसने कहा कि याद रखो। फ्रांस जल्दी ही इंग्लैण्ड के हाथ से निकल जाएगा। ऐसा कहकर वह चलता बना। अब कार्डिनेल ने पार्षदों से कहा कि ग्लास्टर केवल मेरा ही दुश्मन नहीं, यह आप सबका, यहाँ तक कि राजा का भी शत्रु है। यद्यपि वह जनता में लोकप्रिय है, लेकिन एक दिन वह सबके लिए खतरनाक सिद्ध होगा। कार्डिनल की बातें पार्षदों को जंच गई। बकिंघम ने सामरसेट से कहा कि हम लोगों को सफाक का साथ देना चाहिए। राजा जब अपने हित की रक्षा करने में स्वयं ही समर्थ है तो इस बूढ़े संरक्षक की क्या जरूरत! उसे पदच्युत कर देना चाहिए। कार्डिनेल यही तो चाहता था। पार्षदों ने आशंका व्यक्त की कि यह कार्डिनेल जो ग्लास्टर से भी ज्यादा उद्धत है उसके हटते ही स्वयं राज्य का संरक्षक बन बैठेगा। और उससे ज्यादा खतरनाक सिद्ध होगा। बकिंघम और सामरसेट ने सोचा कि क्यों न ग्लास्टर और कार्डिनेल के बदले हममें से कोई एक राजा का संरक्षक बन जाए।

यार्क दल या व्हाइटरोज के सेलिस्बरी ने अब टिप्पणी की। ग्लास्टर तो अहंकार का शिकार है, लेकिन कार्डिनेल महत्वाकांक्षा का मरीज है। बकिंघम और सामरसेट अपने स्वार्थ में लगे हुए हैं। इसीलिए हम लोगों को राज हित में कुछ करना चाहिए। बोला कि यह कार्डिनेल इतना दम्भी और उद्दण्ड है कि धर्माध्यक्ष के साथ सैनिकों जैसा व्यवहार करता है। उसने कहा कि मेरे बेटे वारविक की कर्त्तव्यपरायणता, सरलता और उदारता से सारी जनता प्रभावित है। आयरलैण्ड को नियंत्रित करके और फ्रांस में अपने पराक्रम के कारण यार्क भी राज प्रतिनिधि के रूप में सम्मानित था। सेलिस्बरी ने सुझाव दिया कि हम तीनों मिलकर सफाक, कार्डिनेल, बकिंघम और सामरसेट पर अंकुश लगाएँ।

एक ओर सेलिस्बरी और वारविक अपनी गोटी लाल करने के फेर में थे और दूसरी ओर यार्क राज्य पर अपना दावा बहाल करने का सपना देख रहा था। उसने सोचना शुरू किया कि अंजू और मेन तो फ्रांसीसियों को लौटा दिया गया। पेरिस हाथ से निकल ही चुका है। नारमण्डी की स्थिति भी नाजुक है। सफाक ने संधि करके सब गड़बड़ कर दिया। हमारी कमाई गंवा देने में उसे संकोच क्यों होता। फ्रांस पर अधिकार पाने की मुझे आशा थी जैसे अभी भी इंग्लैण्ड पर अधिकार पाने के प्रति आशान्वित हूँ। इसीलिए इस समय ग्लास्टर से मीठा संबंध बनाए रखना ही हितकर होगा। तभी समय आने पर इंग्लैण्ड के राजमुकुट पर हावी हो सकूंगा। लैंकास्टर वंशज राजा हेनरी भला मेरा हक कैसे ले सकता है? वह तो अपने बचकाने हाथों में राजदण्ड

नहीं संभाल सकता है। लेकिन अभी चुप रहना ही अच्छा है। जब राजा अपनी नव विवाहिता के साथ आमोद-प्रमोद में रत रहेगा और ग्लास्टर दूसरे सामन्तों से वाद-विवाद में उलझा होगा तब मैं 'व्हाइट रोज' का झण्डा ऊंचा करूंगा। लैंकास्टर वंशज हेनरी को राजमुकुट छोड़ने के लिए बाध्य कर दूंगा।

इस प्रकार ईर्ष्या, द्वेष, अहंकार, महत्वाकांक्षा और षड्यंत्र से जर्जरित इंग्लिश राजदरबार से वफादारी नाम की चीज लुप्त हो चुकी थी। ऐसे वातावरण में भविष्य से सशंकित ग्लास्टर अपने कमरे में जमीन पर नजर गड़ाए निराश, उदास, चिन्ताग्रस्त बैठा था। उसकी पत्नी समझ नहीं पा रही थी कि पति क्यों इस प्रकार शांत, कांत हैं। उसने पूछा क्या तुम राजा हेनरी के राजमुकुट पर निगाह गड़ाए हो, तो हाथ बढ़ाओ और राजमुकुट से अपना सर सुशोभित कर लो। अगर तुम्हारे हाथ छोटे पड़ते हों तो मैं भी अपना हाथ लगा दूंगी। उसने अपनी पत्नी एलीनर को समझाया कि यदि तुम मुझे प्यार करती हो तो इस प्रकार की बात मत सोचो। अपने भतीजे राजा हेनरी का अकल्याण सोचने के पहले मैं मर जाना पसन्द करूंगा। मेरी उदासी का कारण रात का वह सपना है जिसमें मैंने देखा कि प्रशासकीय दण्ड और बैज टूट गया है। मैंने यह भी देखा कि उन टुकड़ों पर सामरसेट और सफाक का सिर पड़ा हुआ था। भगवान जाने इस स्वप्न का क्या मतलब है?

एलीनर ने भी सवेरे एक दूसरे प्रकार का सपना देखा था। उसने देखा कि वेस्टरमिंस्टर हॉल में जहाँ राजा और रानियों का राज्याभिषेक होता है, मैं शाही कुर्सी पर बैठी हूँ। हेनरी और मारगरेट ने नतजानु हो राजमुकुट मुझे पहना दिया। पत्नी की बात का अर्थ समझ ग्लास्टर ने उसे झिड़कते हुए कहा कि इस राज्य में तुम्हारा दूसरा स्थान है। राज्य संरक्षक की पत्नी के नाते तुम्हें भी सुख-सुविधाएँ प्राप्त हैं। फिर इस प्रकार का विश्वासघाती ख्याल तुम्हारे मन में कैसे आया? इससे तो हम दोनों अपमानित होंगे। आगे कभी ऐसी बातें न कहना। एलिनर ने कहा कि सपने की बात सुनकर तुम मुझसे इतना नाराज हो गए। ठीक है भविष्य में मैं अपने सपने की बात तुमसे नहीं कहूँगी।

अच्छा ही हुआ कि इस मौके पर राजा का संदेश लेकर एक दूत आ पहुँचा। उसने ग्लास्टर से कहा कि राजा और रानी आखेट के लिए सेंट एलबांस जा रहे हैं। आपको भी साथ चलने के लिए बुलाया है। ग्लास्टर ने एलीनर से भी चलने के लिए कहा, लेकिन उसने थोड़ी देर बाद वहाँ पहुँचने की बात कहकर ग्लास्टर को विदा कर दिया। अब वह सोचने लगी कि काश! मैं पुरुष होती तो ग्लास्टर की उन्नति के मार्ग में पड़ने वाले सभी रोड़ों को साफ कर देती। फिर भी औरत होने से क्या हुआ। नियति चक्र के इस खेल में मैं अपना रोल अदा करने से पीछे नहीं रहूँगी। संयोग से डचेज की इस मनोदशा को सक्रिय रूप देने के लिए जान ह्यूम नामक एक धर्मगुरु उसके सामने आ पहुँचा। उसने एलीनर को रानी कहकर संबोधित किया। बोला भगवान की कृपा और मेरे निर्देशन में आपकी पद-वृद्धि हो। ग्लास्टर के इन शत्रुओं ने ह्यूम के माध्यम से एलीनर की महत्वाकांक्षा को ऐसे ढंग से उभारने

का षड्यंत्र रचा था, ताकि पति पत्नी दोनों का एक साथ अंधःपतन हो जायेगा, तो वह धर्मगुरु, लेकिन था बड़ा भारी मक्कार। ग्लास्टर के शत्रुओं, सफाक और कार्डिनेल ने उसे भेजा था।

ह्यूम की बातों पर विश्वास करने के पहले एलीनर ने उससे पूछा, क्या पिशाचिन जार्डेन और ओझा बोलिनब्रूक ने इस भविष्यवाणी को साकार करने के लिए तुम्हें सहायता देने का आश्वासन दिया है? ह्यूम ने डचेज को बताया कि हम पाताल से एक ऐसी अलौकिक शक्ति बुलाएँगे जो आपके सभी प्रश्नों का उत्तर देगी। एलीनर ने तय किया कि यह काम सेंट एलबांस से लौटने के बाद सम्पन्न किया जाएगा। ह्यूम ठग था। इस छली में डचेज को भला करने की क्षमता कहाँ थी! इस समय परिस्थितियाँ ग्लास्टर के विपरीत थीं। यह बात उस समय स्पष्ट हो गई जब तीन-चार आवेदनकारी ग्लास्टर के इंतजार में खड़े थे, लेकिन ग्लास्टर के बदले उधर से गुजरा सफाक और उसका साथी थी रानी मारगरेट। ये आवेदनकारी न तो ग्लास्टर को पहचानते थे और न सफाक को ही जानते थे। रानी स्वयं एक का आवेदन लेकर पढ़ने लगी। उसमें प्रार्थी ने कार्डिनेल के कर्मचारी जॉन गुडमैन का दोषारोपण किया था कि उसने उसकी जमीन-जायदाद यहाँ तक कि उसकी पत्नी पर भी अवैध कब्जा कर लिया है। दूसरी अर्जी स्वयं सफाक के विरुद्ध थी। उस पर मिलफोर्ड की पंचायती जमीन पर अवैध अधिकार करने का आरोप था। तीसरी अर्जी में पीटर ने अपने मालिक टामस हार्नर पर दोष लगाया था कि वह इंग्लैण्ड के राजमुकुट का वास्तविक अधिकारी यार्क को मानता है। कहता है कि हेनरी ने उस पर अवैध कब्जा कर लिया है। पत्र पढ़ते ही सफाक ने सिपाही बुलाकर पीटर को तो अन्दर भेज दिया और उसके मालिक को बुलावा भेजा गया, ताकि राजा हेनरी के सामने इस संबंध में और जानकारी प्राप्त की जाये।

ग्लास्टर के प्रति आवेदनकर्त्ताओं का यह विश्वास देखकर रानी भड़की, उसने सफाक से पूछा, क्या ऐसे ही इंग्लैण्ड का प्रशासन चलता है? जब तुमने शादी का प्रस्ताव मेरे सामने रखा था तो मैंने समझा था कि शारीरिक गठन, शौर्य और संवेदनशीलता में राजा भी तुम्हारी ही तरह होगा, लेकिन वह तो ग्लास्टर के निर्देशन में चलने वाला उसका शागिर्द मात्र है। अपना सारा समय धर्म-कर्म में ही लगाता है। अच्छा हो कि उसे रोम भेज दिया जाये। क्या मुझे भी नाममात्र की रानी बनकर ड्यूक ग्लास्टर के अधीन रहना पड़ेगा। रानी से धैर्य रखने की अपील करते हुए सक बोला कि मेरे ही कारण आप इंग्लैण्ड आई हैं, आपके लिए संतोषजनक वातावरण बनाने की जिम्मेदारी भी मेरी है। रानी की शिकायत केवल ग्लास्टर के विरुद्ध ही न थी। अब तक वह समझ चुकी थी कि ग्लास्टर के अलावा कार्डिनेल, सामरसेट, बकिंघम और यार्क भी राजा हेनरी से अधिक प्रभावशाली हैं। उसने कहा कि सफाक इन लोगों से भी ज्यादा ग्लास्टर की पत्नी मुझे पीड़ित करती है। परिचारिकाओं के साथ राजदरबार में वह ऐसे आती है, मानो वही महारानी हो। नये लोग उसे रानी मान भी लेते हैं। वह मेरी पारिवारिक गरीबी पर घृणा करती है। एक दिन वह अपनी परिचारिकाओं से कह

रही थी कि उसका सबसे घटिया गाऊन मेरे पिता की पूरी सम्पत्ति से ज्यादा कीमती है।

रानी के साथ सहानुभूति दिखाते हुए सफाक बोला कि मैंने एलीनर के लिए तगड़ा जाल बिछा दिया है। उसके पीछे ऐसे लोगों को लगा दिया है कि वह उनकी चिकनी-चुपड़ी बातों में फंस जाएगी और आपको ज्यादा पीड़ित न कर सकेगी। उसकी चिन्ता छोड़ो। मेरी बात सुनें। यद्यपि कार्डिनेल को हम पसन्द नहीं करते फिर भी जब तक ग्लास्टर का पतन नहीं हो जाता हम लोगों का हित इसी में है कि हम कार्डिनेल और दूसरे सामन्तों से मिलकर रहें। जहाँ तक यार्क का सवाल है, उसके दावे में कोई दम नहीं है। एक-एक करके हम लोग सभी को साफ कर देंगे। तब आप अपनी मर्जी के मुताबिक राजकाज चलाइएगा।

इधर सफाक यार्क और एलीनर के विरुद्ध षड्यंत्र रच रहा था और दूसरी ओर राजा हेनरी व्हाइट रोज के यार्क और रेडरोज के सामरसेट तथा अन्य लोगों से फ्रांस में उपयुक्त राजा के प्रतिनिधि की नियुक्ति के संबंध में विचार-विमर्श कर रहा था। उसका कहना था कि मेरे मन में यार्क और सामरसेट दोनों के प्रति समान भाव है। वारविक यार्क की नियुक्ति के पक्ष में था। कार्डिनेल और बकिंघम दोनों सामरसेट के पक्षधर थे। सेलिस्बरी ने इस पर आपत्ति की। रानी मारगरेट ने उसे यह कहकर चुप करा दिया कि राजा की ऐसी इच्छा है। रानी का यह हस्तक्षेप ग्लास्टर को बुरा लगा। उसने कहा कि राजा स्वयं अपना निर्णय देने में समर्थ है। यह औरतों के दखल देने का विषय नहीं है। अब रानी को मौका मिल गया। उसने उत्तर दिया कि यदि राजा इतने समर्थ हैं तो फिर आपका संरक्षक बने रहने की क्या आवश्यकता है। ग्लास्टर के मुंह से निकला कि मैं तो सारे राज्य का संरक्षक हूँ। जब भी राजा चाहेंगे मैं इस पद से इस्तीफा दे दूंगा। सफाक बोल उठा, तब आप इस्तीफा दे ही दीजिए। अब तक आप असली राजा की हैसियत से तपते रहे हैं। आपके चलते सारा राज्य तबाह हो गया। फ्रांस सशक्त हो हमारी ओर बढ़ता चला आया। देश के सभी सामन्तों और पार्षदों को आपने अपना दास बना रखा है। कार्डिनेल भी ग्लास्टर के विरुद्ध बोल उठा। अपने जन-प्रतिनिधियों को पीड़ित किया और पादरियों से धन छीनकर उन्हें दरिद्र बना दिया। ग्लास्टर पर दोषारोपण करते हुए सामरसेट ने कहा कि अपने आलीशान महल और अपनी पत्नी के बेशकीमती कपड़ों पर राजकोष का पैसा लुटाया। बकिंघम ने कहा कि आपने अपराधियों के साथ ऐसा जालिमाना बर्ताव किया जो कानून के मुताबिक उचित न था। अंत में रानी ने उस पर फ्रांस में नगरों के प्रबंध और कर्मचारियों की नियुक्ति में गड़बड़ी करने का दोषारोपण किया और कहा कि आपकी अनैतिकता का पर्दाफाश होने पर आप जीवित नहीं बच पाएँगे।

चारों ओर से होने वाली बौछार सहने में असमर्थ ग्लास्टर वहाँ से खिसक गया। अब रानी ने अपने हाथ से पंखा गिरा दिया और ग्लास्टर की पत्नी से जान बूझकर उठाने के लिए कहा। जब उसने नहीं उठाया, तो 'अच्छा तुम नहीं उठा सकती' कहकर एक चांटा जड़ दिया। फिर बड़े नाटकीय ढंग से पश्चाताप के स्वर में बोली।

अरे आप थीं। डचेज ने गुस्से में जवाब दिया, हाँ घमण्डी फ्रेंच नारी! मैं थी। काश! मैं तुम्हारे पास पहुँच पाती तो अपने नाखून से तुम्हारे चेहरे की सुन्दरता बिगाड़ देती। राजा ने अपनी चाची को यह कहकर शांत करने की कोशिश की कि मारगरेट ने जानबूझकर ऐसा नहीं किया। एलिनर यह कहते हुए वहाँ से निकल गई कि इस अपमान का बदला लिए बिना मैं नहीं रहूँगी।

इसी बीच ग्लास्टर दरबार में लौटकर आया। उसने राजा से निवेदन किया कि जो भी दोषारोपण मेरे विरुद्ध हुआ है इसके लिए वैधानिक कारवाई करने के पहले आप फ्रांस के राज प्रतिनिधि की नियुक्ति का निर्णय ले लें। मेरी समझ में इस पद के लिए यार्क सर्वथा उपयुक्त है, लेकिन सफाक ने उसका विरोध करते हुए कहा कि यह अपने को राजसिंहासन का वास्तविक उत्तराधिकारी बताता है और कहता है कि हेनरी ने इस पर अवैध कब्जा कर लिया है। अंत में ग्लास्टर ने कहा कि यार्क पर दोषारोपण करके संदेह उत्पन्न कर दिया गया है। इसलिए अच्छा होगा कि सामरसेट को इस पद पर नियुक्त कर दिया जाये। ग्लास्टर की बात मानकर राजा ने सामरसेट को फ्रांस में इंग्लैण्ड का प्रतिनिधि शासक बना दिया। लोगों द्वारा ग्लास्टर पर इतना दोषारोपण किए जाने के बाद भी राजा के मन में चाचा के प्रति सम्मान और विश्वास की भावना पूर्ववत् बनी रही, लेकिन एलीनर ने अपनी करनी से सारा वातावरण बिगाड़ दिया। पति को बिना बताए वह महत्वाकांक्षी औरत पादरी ह्यूम और साउथवेल तथा ओझा बोलिंब्रूक को बुलाकर जादू-टोने के जरिए मारगरेट से प्रतिशोध लेने के जुगाड़ में लग गई। अंधियारी सन्नाटी रात में डाइन जार्डेन को औंधे मुंह जमीन पर लिटाकर साउथवेल ने मंत्र पढ़ना शुरू किया। इसके फलस्वरूप बिजली की कौंध और भीषण गर्जन के साथ एक प्रेतात्मा प्रकट हुआ।

जार्डेन ने प्रेतात्मा को सावधान करते हुए कहा कि हमारे प्रश्नों का उत्तर दिए बिना तुम यहाँ से खिसक नहीं सकते। अब ओझा बोलिंब्रूक ने प्रश्न पूछना शुरू किया। साउथवेल उत्तर नोट करता जा रहा था। पहला प्रश्न था राजा का भविष्य क्या है? उत्तर दिया कि जो ड्यूक राजा को पदच्युत करेगा वह हेनरी से ज्यादा समय तक जीवित रहेगा। बाद में उसकी सांघातिक मृत्यु होगी। ड्यूक सफाक के संबंध में प्रेतात्मा ने कहा कि वह जल में डूबकर मरेगा। ऊँचाई पर बने दुर्ग को छोड़कर यदि सामरसेट समतल भूमि पर रहेगा तो उसका जीवन निरापद होगा। इस प्रकार भविष्यवाणी करके प्रेतात्मा जमीन में लुप्त हो गया।

यार्क और बकिंघम जो पास ही छिपे इस कृत्य को देख रहे थे, तुरन्त वहाँ आ धमके और इन सभी लोगों को रंगे हाथ पकड़ लिया। बकिंघम ने साउथवेल द्वारा तैयार नोट अपने कब्जे में कर लिया। यार्क ने एलीनर को वहाँ उपस्थित देख व्यंग्य किया। आपके इस श्रम के प्रति राजा और प्रजा दोनों आपके आभारी होंगे। सम्भवतः संरक्षक ग्लास्टर भी इसके लिए आपको पुरस्कृत करें। सभी लोगों को सिपाहियों की निगरानी में लेकर बकिंघम दरबार की ओर चल पड़ा। यार्क ने सोचा कि ग्लास्टर भी राजा के साथ सेंट एलबांस गया है, इसलिए यह नोट वहीं भेज दिया जाये। सेंट

एलबांस में राजा और रानी अपने सहयोगी पार्षदों के साथ एक झरने के किनारे बैठे पक्षियों की उड़ान देख रहे थे। सफाक और कार्डिनेल बीच-बीच में ग्लास्टर पर छींटाकशी भी कर रहे थे। ग्लास्टर पर दोषारोपण करते हुए कार्डिनेल बोला कि तुम्हारी आंख तो राजमुकुट पर लगी है। रानी ने भी ग्लास्टर की महत्वकांक्षा पर कटाक्ष किया।

इतने में बकिंघम ने वहाँ पहुँच राजा को बताया कि ग्लास्टर की पत्नी तांत्रिक क्रिया से आप और आपके पार्षदों को मारने का षड्यंत्र रच रही थी। रानी ने ग्लास्टर पर व्यंग्य किया। राजसंरक्षक महोदय! देखिए अपनी बीवी का यह कलंकपूर्ण कर्म। आप तो अपने को निर्दोष और सर्वश्रेष्ठ मानते हैं न। ग्लास्टर ने उसे विश्वास दिलाया कि मैं राजा और राजहित के प्रति पूर्ण निष्ठावान हूँ, लेकिन पत्नी के विषय में कुछ कह पाने में असमर्थ हूँ। यदि उस महिला ने ऐसा अमर्यादित काम किया है और अपनी मर्यादा भूलकर जादू-टोने का सहारा लिया है तो मैं उसका परित्याग कर दूंगा। उसे कानून के हाथों में सुपुर्द कर दूंगा।

मामले की गंभीरता देखते हुए इस पर विस्तृत विचार करने के लिए राजा ने अगले दिन लन्दन जाना तय किया। अब ग्लास्टर का अधःपतन प्रायः निश्चित था। उसकी पत्नी सफाक और कार्डिनेल के जाल में बुरी तरह फंस चुकी थी। यार्क ने बड़ी मुस्तैदी से उसे जादू-टोना करते पकड़ा था। ग्लास्टर ही वह कांटा था, जिसे सफाक, कार्डिनेल, ब्यूफर्ट, सामरसेट, बकिंघम आदि सभी सामन्त रास्ते से हटाना चाहते थे। ग्लास्टर के पदच्युत होने पर यार्क भी राजमुकुट के लिए अपना प्रयास तेज करने की योजना बनाने में लग गया था। अपने उद्यान में उसने सेलिस्बरी और वारविक के सामने अपनी वंशावली का उल्लेख करते हुए बताया कि इंग्लैण्ड के राजा एडवर्ड तृतीय के सात बेटे थे। सबसे बड़ा बेटा युवराज एडवर्ड बैक प्रिंस पिता से पहले ही चल बसा। उसका एक मात्र पुत्र रिचर्ड एडवर्ड तृतीय की मृत्यु के बाद राजा हुआ, लेकिन एडवर्ड तृतीय के चौथे बेटे जान आव नाट के ज्येष्ठ पुत्र हेनरी बोलिंब्रूक, ड्यूक आव लैंकास्टर ने रिचर्ड से राज्य छीन लिया और हेनरी चतुर्थ के नाम से राजा बन बैठा। अंत में रिचर्ड का वध कर दिया गया। इस प्रकार लैंकास्टर वंशजों ने जबर्दस्ती इंग्लैण्ड के राज्य पर अवैधानिक रूप से कब्जा कर लिया। यार्क का कहना था कि बैक प्रिंस के बेटे रिचर्ड की मृत्यु के बाद एडवर्ड तृतीय के दूसरे बेटे की संतान को राज्य मिलना चाहिए था। चूंकि वह निःसंतान था इसलिए तीसरे बेटे ड्यूक ऑफ क्लैरेंस का वंशज होने के नाते गद्दी पर मेरा हक बनता है। जबकि यह हेनरी एडवर्ड तृतीय के चौथे बेटे जान आव नाट का वंशज है। इस बयान से प्रभावित हो वारविक अपने पिता सेलिस्बरी के साथ यार्क का पक्ष लेने के लिए तैयार हो गया। यार्क ने उसे समझाया कि यह काम जल्दीबाजी का नहीं है, बल्कि खूब सोच-समझ कर गुप्त ढंग से लैंकास्टर वंश का अन्त करना होगा। इसके पहले ग्लास्टर को रास्ते से हटाना होगा।

पूर्व निश्चयानुसार सेंट एलबांस से आने के बाद सभी अपराधियों की राजा के सामने पेशी हुई। अपराध की गंभीरता के अनुरूप डाइन को स्मिथफील्ड में जलाकर

मार डालने तथा अन्य तीनों तांत्रिकों ह्यूम, साउथवेल और बोलिंब्रूक को फांसी पर लटका देने का राजकीय आदेश हुआ। जहाँ तक एलिनर का प्रश्न था, उच्च वंश में जन्मी, रिश्ते में चाची लगने वाली इस महिला को मेन द्वीप से निष्कासित कर दिया गया। पत्नी के विदा होते ही ग्लास्टर ने भी जाने की अनुमति मांगी। उसकी प्रार्थना स्वीकार करते हुए राजा ने उससे संरक्षक का राजदण्ड ले लिया। एलिनर के निष्कासन और ग्लास्टर के पतन से रानी अत्यन्त प्रसन्न थी।

पदच्युत ग्लास्टर अपनी निर्वासित पत्नी की प्रतीक्षा में उसी ओर खड़ा था, जिधर से वह नंगे पांव कंकड़ीली सड़क पर मेन द्वीप के लिए जाने वाली थी। इतने में ही हाथ में मोमबत्ती लिए एलिनर आती दिखाई दी। उसकी पीठ पर उसके अपराध और दण्ड का सूचक एक कागज चिपका हुआ था। पति को देखते ही एलिनर ने उससे कहा-देखिये, सड़क पर खड़ी जनता कैसे हमारी ओर निहार रही है। आप यहाँ खड़े रहकर जनता से अपमानित न हों। अच्छा हो कि आप यहाँ से हट जायें। उसने पति से यह भी कहा कि रानी, सफाक, यार्क और कार्डिनेल ये सब तुम्हें अपने जाल में फंसाएँगे और तुम्हारा अंत किए बिना शांत न होंगे। ग्लास्टर ने एलिनर से कहा कि जब तक मैं राजभक्त हूँ निर्दोष और ईमानदार हूँ, मेरे शत्रु मेरा बाल बांका भी नहीं कर पाएँगे। इसी बीच एक दूत ने आकर ग्लास्टर को राजा की ओर से संदेश किया कि अगले महीने की पहली तारीख को बरी होने वाले पार्लियामेण्ट अधिवेशन में आपकी बुलाहट है। दुर्भाग्यवश ग्लास्टर उस दिन विलंब से पार्लियामेण्ट पहुँचा। समय के पाबंद ग्लास्टर की इस देरी से राजा को भी आश्चर्य हुआ। रानी को अब मौका मिल गया ग्लास्टर की बुराई करने का। उसने राजा से कहा कि देखते नहीं आजकल उस व्यक्ति में कैसा बदलाव आ गया है। वह कितना दुर्विनीत, अहंकारी और अकड़ू हो गया है। हमेशा उसकी भौंहे चढ़ी रहती हैं। सिंहासन के प्रति आदर और कर्त्तव्य भाव भूल गया है। राजा को सावधान करते हुए उसने कहा कि उत्तराधिकार में आपके बाद उसका ही नम्बर है। यदि समय से उस पर नियंत्रण नहीं किया गया तो वह राजसिंहासन के लिए खतरनाक साबित हो सकता है। वह इतना लोकप्रिय है कि जनता भी उसका साथ देगी। इसलिए वह कभी भी विद्रोह खड़ा कर सकता है।

सफाक ने भी रानी की बातों का समर्थन किया। उसने राजा को याद दिलाया कि उसकी पत्नी डचेज एलिनर ने जादू-टोने की सहायता से सिंहासन के विरुद्ध षड्यंत्र रचा था। आपने अभी तक उसके मन का थाह नहीं लगाया है। वह घुटा हुआ धोखेबाज है। कार्डिनेल ने ग्लास्टर के विरुद्ध क्रूरता का दोषारोपण किया। यार्क ने कहा कि फ्रांस में सैनिकों को नहीं भेजी। जिससे वहाँ आए दिन सैनिक विद्रोह होता रहा। इन सबकी बातें सुनने के बाद भी राजा ने ग्लास्टर के प्रति अपना विश्वास व्यक्त करते हुए कहा कि स्वप्न में भी चाचा मेरा अनिष्ट नहीं सोच सकता। मेरे विरुद्ध षड्यंत्र रचने की बात तो दूर रही। वह सद्गुण सम्पन्न नम्र व्यक्ति है। रानी ने प्रतिवाद करते हुए ग्लास्टर को रंगे सियार की संज्ञा दी है और कहा कि भलाई

इसी में है कि समय रहते उसे कांटछांट कर दुरुस्त कर दिया जाए।

इसी बीच ग्लास्टर वहाँ आ पहुँचा। देरी के लिए उसने राजा से क्षमा प्रार्थना की। इसके पहले कि राजा कुछ बोले सफाक ने उसे राजद्रोह के अपराध में गिरफ्तार करने की घोषणा कर दी। ग्लास्टर ने प्रतिवाद करते हुए कहा कि मेरा दिल साफ है। राजा के विरुद्ध षड्यंत्र का दोष लगाना गलत है, लेकिन यार्क ने उस पर दोषारोपण किया कि सैनिकों को आर्थिक सहायता न भेजने के कारण ही फ्रांस से अंग्रेजी अधिकार समाप्त हो गया। ग्लास्टर ने फिर उसका प्रतिवाद करते हुए कहा कि अवैध धन वसूल करने की बात तो दूर रही, मैंने सैनिकों को स्वयं अपने खजाने से धन दिया और राजा से उसकी मांग न की। जहाँ तक अपराधियों को क्रूर सजा देने का प्रश्न है, मैंने हत्यारों को जरूर कड़ी सजा दी, लेकिन साधारण अपराधियों के प्रति दयालुता दिखाई। लाख सफाई देने के बावजूद भी सफाक ने ग्लास्टर को गिरफ्तार कर लिया और अभियोग पर विचार होने तक उसे कार्डिनेल के हवाले कर दिया।

बेचारा राजा ग्लास्टर को अब भी निर्दोष मानता था। उसे विश्वास था कि ग्लास्टर इन अभियोगों से मुक्त होने में सफल होगा। असहाय ग्लास्टर ने दयालु राजा से निवेदन किया कि मैं महत्वाकांक्षा और ईर्ष्या का शिकार बना गया हूँ। ये यार्क मेरा जीवन समाप्त करना चाहते हैं। रानी भी अकारण ही मेरे विरुद्ध हो उठी हैं। उसी के समर्थन से सफाक कार्डिनेल, बकिंघम, यार्क ये सभी मेरे शत्रु बन गए हैं। उसके विरोधियों ने राजा से निवेदन किया कि इस राजद्रोही का रानी पर लांछन लगाना असहनीय है। कार्डिनेल ने उसे सिपाहियों की निगरानी में वहाँ से हटाने का आदेश दिया। जाने के पूर्व ग्लास्टर ने राजा को सावधान करते हुए कहा कि मुझे आपसे दूर करके ये भेड़िए आपका सर्वनाश करने पर तुले हुए हैं।

हेनरी राजा तो था लेकिन उसके सामने ही ये सामन्त मनमाने ढंग से काम कर रहे थे। बेचारा राजा इस कांड से इतना खिन्न था कि उसकी आंखे भर आईं। उसे पक्का विश्वास था कि ग्लास्टर सच्चा, संभ्रांत राजभक्त है। इन लार्डों के साथ ही रानी मारगरेट भी ग्लास्टर के खून की प्यासी हो गई थी। राजा ने कहा कि ग्लास्टर ने न तो इन लोगों का और न किसी दूसरे का कभी अनभल किया लेकिन कसाई की तरह इन लोगों ने उसे वध के लिए भेज दिया। मैं उसे बचा भी न सका। उसके लिए आंसू बहाने के अलावा मैं कुछ कर सकने में असमर्थ हूँ। बोला कि उसके ये विरोधी इतने शक्तिशाली हैं कि उनके सामने मैं असहाय पड़ गया हूँ। यद्यपि मैं जानता हूँ कि ग्लास्टर राजद्रोही नहीं है।

रानी ने राजा की इस करुणा को अविवेकपूर्ण बताते हुए ग्लास्टर को आस्तीन का सांप करार दिया। उसने लार्डों से कहा कि मेरा निश्चित मत है कि उसके घड़ियाली आंसुओं से राजा का मन पिघल गया है। अच्छा होगा कि ग्लास्टर का शीघ्र काम तमाम करके हम निश्चिंत हो जायें। कार्डिनेल ने रानी के प्रस्ताव का समर्थन करते हुए कहा कि उसका अंत करना तो आवश्यक है, परन्तु न्यायालय द्वारा उसे

मृत्युदण्ड की सजा सुनाने के बाद ही ऐसा करना हितकर होगा। सफाक ने शंका व्यक्त की कि तब तो राजा उसे बचाने की जी जान से कोशिश करेंगे। हो सकता है कि जनप्रतिनिधि भी उसका पक्ष लें। अविश्वास का संदेह होने के अलावा उसके विरुद्ध और अभियोग भी क्या है! ग्लास्टर की हत्या कैसे की जाये, इसका उपाय ढूंढने में सभी परेशान थे। अंत में कार्डिनेल ने हत्यारों की मदद से ग्लास्टर का काम तमाम कराने का जिम्मा लिया। इस सुझाव से रानी सहित और लोग भी सहमत थे।

इतने में ही एक हरकारे ने आकर सूचना दी कि विद्रोही आयरिशों ने अंग्रेजों का खून करना शुरू कर दिया है। सैनिक सहायता जल्दी भेजें अन्यथा स्थिति हाथ से बाहर हो जाएगी। यार्क का सुझाव था कि सामरसेट को तुरन्त आयरलैण्ड भेज दिया जाये। उसने व्यंग्यात्मक ढंग से कहा कि सामरसेट बड़ा भाग्यशाली है। फ्रांस में उसने खूब सफलता हासिल की थी। उसकी बातों से तिलमिलाकर सामरसेट ने कहा कि यदि मेरे बदले यार्क फ्रांस गया होता तो जितना दिन मैं वहाँ रह पाया वह कभी न रह पाता। यार्क ने इसका करारा उत्तर दिया। बोला, कि अधिक दिन रहकर तुमने सब कुछ गंवा दिया। मैं अपनी जान गंवा देता, लेकिन इंग्लैण्ड की शान पर आंच न आने देता। तुम तो अपनी सुरक्षा में ही व्यस्त थे। अंत में कार्डिनेल के सुझाव पर यार्क आयरलैण्ड की कमान संभालने के लिए राजी हो गया।

सभी के विदा होने के बाद यार्क सोचने लगा कि आयरलैण्ड भेजने के लिए इन सामन्तों की राजनीतिक चाल है। अभी भी मैं समझता हूँ कि यही मौका है अपने उद्देश्य की पूर्ति के लिए। मैं अपने दुश्मनों को भी अपनी चाल में फंसाऊंगा। मेरे पास सैनिक नहीं थे। ये लोग मुझे सिपाही दे रहे हैं। आयरलैण्ड में मैं और सैनिक जुटाऊंगा। इंग्लैण्ड में उपद्रव खड़ा कर दूंगा। हजारों लोग मारे जाएँगे। यह उपद्रव तब तक नहीं रुकेगा जब तक कि राजमुकुट मेरे कब्जे में न आ जाये। अपनी इस योजना कि सिद्धि के लिए मैंने केंट निवासी जान केड को पटाया है। वह जान मार्टिमर नाम से यहाँ विद्रोह भड़काएगा। वह बड़ा ही बहादुर और चालाक सैनिक है। देखने-सुनने में ठीक स्वर्गीय मार्टिमेर की तरह है। इसी के माध्यम से मैं पता लगाऊंगा कि इंग्लैण्ड के राजमुकुट पर मेरे दावे के प्रति जनता का क्या रुख है? हो सकता है कि इस प्रयास में वह गिरफ्तार भी कर लिया जाये। उसे भीषण ताड़ना भी दी जाये। फिर भी वह कभी नहीं कबूल करेगा कि मैंने ही उसे ऐसा करने के लिए प्रेरित था। मेरा विश्वास है कि अपने प्रयास में वह सफल होगा। फिर क्या है! आयलैण्ड से ससैन्य लौटकर मैं उसके द्वारा तैयार की गई स्थिति का फायदा उठाऊंगा। ग्लास्टर भी अब तक मर चुका होगा।

यार्क की मंशा पूर्ति के लिए ग्लास्टर के दुश्मनों ने हत्यारों की सहायता से उसका काम तमाम करा दिया था। इधर बेचारा राजा अपनी पत्नी कार्डिनेल, सामरसेट तथा अन्य पार्षदों के साथ गाटर पर लगाए गए अभियोगों की सुनवाई के लिए दरबार में आ पहुँचा। जब उसने ग्लास्टर को उपस्थिति करने का आदेश दिया तो उसकी हत्या का मुखिया सफाक तुरन्त राजाज्ञा पालन करने के लिए दौड़ पड़ा। राजा ने

पार्षदों से अपील की कि सबूत के आधार पर ही ग्लास्टर के अभियोगों पर विचार करें। एकाएक उसे दोषी न करार दें। रानी ने भी ग्लास्टर के साथ न्याय करने की बनावटी सहानुभूति दिखाई। मुरझाया चेहरा लिए सफाक ने लौटकर राजा को सूचना दी कि ग्लास्टर तो अपने बिस्तर पर ही मरा पड़ा है। यह सुनते ही हतप्रभ राजा मूर्च्छित हो गया। होश आने पर सफाक ने राजा को सान्त्वना देना शुरू किया। इस बनावटी दिलासा पर क्रुद्ध राजा ने कहा कि तुमने इस सूचना से मुझे कांत कर दिया। अपनी चिकनी-चुपड़ी बातों से अपना दुष्कर्म छिपाने की कोशिश मत करो। हटो, मुझे मत छुओ। तुम्हारे हाथ सर्पदंश जैसे विषैले हैं। आंख से ओझल हो जाओ। मेरी ओर न देखो। तुम्हारी आंखों में क्रूर हत्यारों की निर्मम झलक है। अच्छा होता कि तुम अपनी इन पाशविक खूंखार आंखों से ग्लास्टर के साथ मेरी भी हत्या कर देते।

रानी से सफाक का पक्ष लेते हुए राजा की नाराजगी का कारण जानना चाहा। उसने कहा कि ग्लास्टर से सफाक की दुश्मनी थी, फिर भी वह उसकी मृत्यु से कितना दुःखी है। उससे मेरी भी नहीं पटती थी। दरबार से उसे हटाने में मेरा भी हाथ था, लेकिन उसकी मृत्यु से मैं भी मर्माहत हूँ। रानी की ये बनावटी बातें हेनरी को राहत न दे सकीं। हेनरी ने रानी की ओर से निगाह घुमा ली। राजा के इस बर्ताव पर रानी ने अब त्रियाचरित्र करना शुरू किया। अपने भाग्य को कोसते हुए राजा से बोली, क्या मैं अस्पृश्य हूँ। आप मेरी क्यों अनसुनी कर रहे हैं। ग्लास्टर की मृत्यु से आप इतने पीड़ित हैं कि मेरी परवाह ही नहीं कर रहे हैं। क्या इसी अवहेलनापूर्ण जीवन बिताने के लिए समुद्री तूफान के खतरे से किसी प्रकार बचकर मैं फ्रांस से यहाँ आई? मुझे क्या मालूम था यहाँ पहुँचने पर तुम अपनी कठोरता से मुझे शोक निमग्न कर दोगे? अब मेरा मर जाना ही उचित है, क्योंकि जीवित रहने का मतलब होगा आपके लिए गम।

ग्लास्टर की अकाल मृत्यु से जनता उद्वेलित हो उठी। राजा के पास पहुँचे वारविक ने कहा कि ऐसी चर्चा है कि ग्लास्टर, सफाक और कार्डिनेल के षड्यंत्र का शिकार हुआ है। जन प्रतिनिधि अपने नेता को खोज रहे हैं। बदला लेने के लिए आतुर हैं। मैंने किसी प्रकार उन्हें रोक रखा है। राजा ने उसे बताया कि ग्लास्टर अपने कमरे में मरा पड़ा है। उसकी मृत्यु कैसे हुई, यह तो भगवान ही जाने। वारविक उस कमरे से ग्लास्टर का शव लेकर बाहर आ गया। राजा इस दृश्य से मर्माहित हो बोला कि ग्लास्टर की मृत्यु के साथ ही मेरा जीवन भी शून्य हो गया है। वारविक ने राजा से विश्वासपूर्वक कहा कि ग्लास्टर की हत्या की गई है। देखिए न इसका चेहरा काला पड़ गया है। उसकी आंखे बाहर निकल आई हैं। मानो उसका गला घोंट दिया गया हो। उसके हाथ इस प्रकार फैले हैं जैसे वह अपने बचाव का प्रयास कर रहा हो और किसी ने बाद में उसे धर-दबोचा हो। बिस्तर पर उसके बाल चिपक पड़े हैं। ये सारी बातें सिद्ध करती हैं कि बिस्तर पर ही उसकी हत्या की गई।

सफाक ने सफाई देते हुए कहा कि ऐसे कैसे हो सकता है! कार्डिनेल और मुझ पर ग्लास्टर की सुरक्षा की जिम्मेदारी थी। क्या हम लोग हत्यारे हैं। वारविक ने

उत्तर दिया कि यह तो सभी जानते हैं कि तुम लोग ग्लास्टर के दुश्मन थे और तुम्हारे ही हाथ उसे सौंपा गया। फिर तुम लोगों से मित्रवत् व्यवहार की आशा कैसे की जा सकती थी! रानी ने उसे टोका और कहा कि तुम ग्लास्टर की अकाल मृत्यु के लिए इन दोनों सामन्तों पर संदेह मत करो। वारविक ने बिना हिचक रानी से निवेदन किया कि सफाक का पक्ष लेकर आप अपने को लांछित न करें। अपनी पोल खुलने के कारण सफाक तो जला-भुना था ही उसने वारविक को गाली दी। वारविक ने भी सफाक को गाली देते हुए कहा कि यदि महारानी यहाँ उपस्थित न होतीं तो मैं तुम्हारे अपशब्द का अच्छी तरह जवाब देता। तुमने सोते समय ग्लास्टर की हत्या की है। सफाक ने उसकी चुटकी लेते हुए कहा कि घबड़ाओ नहीं, जब तुम जागते रहोगे तभी मैं तुम्हारा खून कर दूंगा। दोनों ने बाहर चलकर एक-दूसरे से निपट लेने की धमकी दी।

थोड़ी ही देर में सफाक और वारविक नंगी तलवार लिए राजा के सामने आ पहुँचे। राजा ने उनसे कहा, क्या तुम लोगों में तनिक भी शील-संकोच नहीं रह गया है? मेरे सामने इस तरह आकर क्यों खड़े हो गए। इतने में भारी भीड़ भी अन्दर घुस आई। सेलिस्बरी ने जनता का प्रतिनिधित्व करते हुए राजा को सूचित किया कि जन-प्रतिनिधियों की मांग है कि सफाक को तुरन्त मृत्यु दण्ड दे दिया जाये या निष्कासित कर दिया जाये। यदि ऐसा नहीं होगा तो वे सफाक को दरबार से पकड़ ले जाएँगे और उसकी हत्या कर देंगे। उनका विश्वास है कि इसी ने ग्लास्टर की हत्या की। उन्हें आशंका है कि यह आपकी भी हत्या कर देगा। वे आपकी सुरक्षा के प्रति जागरुक हैं और हर कीमत पर उसे आपसे दूर रखना चाहते हैं। वे आपसे तुरन्त उत्तर चाहते हैं। राजा ने जनता की स्नेह स्निग्ध भावनाओं के लिए कृतज्ञता ज्ञापन करते हुए सेलिस्बरी द्वारा उन्हें संदेश भिजवाया कि तीन दिन के बाद सफाक यहाँ नहीं रह पाएगा।

यह सुनते ही रानी ने सफाक की ओर से वकालत करने की कोशिश की। राजा इस समय इतने क्रोध में था कि रानी को झिड़कते हुए उसने कहा कि सफाक को भला आदमी कहकर अपनी अभद्रता का प्रदर्शन मत करो। मुझे और उद्विग्न न करो। मेरा निर्णय अंतिम है। उसने सफाक को आदेश दिया कि तीन दिन के बाद यदि तुम मेरे शासित किसी भी अंचल में दिखाई पड़े तो किसी कीमत पर भी सुरक्षित न रह पाओगे। बड़े उदास मन से सफाक को विदाई देते हुए रानी ने उसके दुर्दिन के प्रति सहानुभूति प्रकट की। उसका हाथ चूमा। बोली, तुम्हारे निष्कासन से अब मैं भी अकेली असहाय हो जाऊंगी। जाने से पहले मेरा आलिंगन करो। चुम्बन लो। तुम्हें विदा करने से तो अच्छा था मेरा मर जाना। सफाक को भी अपने निष्कासन से अधिक रानी से बिछुड़ने का दुःख था। उसने रानी से कहा कि मुझे देश छोड़ने की चिन्ता नहीं है, लेकिन तुम्हारा साथ छूटने से तो मेरी दुनिया ही सूनी हो गई।

इतने में ही रानी ने देखा कि वाकस नामक नौकर बड़ी तेजी से उसी ओर चला आ रहा है। उसने रानी को बताया कि एकाएक कार्डिनेल की हालत खराब हो गई है। वह मरणासन्न है। कभी तो वह ग्लास्टर के प्रेतात्मा की उपस्थिति की

बात करता है और कभी राजा को पुकारता है। कभी अपने पीड़ित बोझिल मन की गुप्त बातें फुसफुसाता है। मैं राजा को यही सूचना देने जा रहा हूँ। रानी ने सफाक को तुरन्त वहाँ से चले जाने की सलाह देते हुए कहा, तुम्हें मेरे पास देखते ही राजा तुम्हारा अंत कर देगा। सफाक का उत्तर था कि रानी के सामने मरने से और अच्छी बात मेरे लिए क्या हो सकती है। तुमसे अलग होने पर मैं पागल हो जाऊंगा। इसलिए चाहे जो भी हो मुझे अपने पास यहीं रहने दो। फिर भी रानी ने उसे समझा-बुझाकर फ्रांस रवाना कर दिया।

बीमार की सूचना पाते ही राजा हेनरी कार्डिनेल के पास पहुँचा, लेकिन यह तो राजा को पहचान भी न सका। वह राजा से बोला कि यदि तुम मृत्यु हो तो मैं तुम्हें अपनी सम्पत्ति दूंगा ताकि तुम ऐसा ही एक द्वीप खरीद लो, लेकिन मुझे जीवित रहने दो। राजा ने देखा कि बुरे कर्म का परिणाम है मृत्यु। मृत्यु से इस प्रकार का भय। वारविक ने कार्डिनेल को बताया कि तुम्हारे राजा तुम से बात करने आए हैं। अब उसी बदहवासी में कार्डिनेल बोल उठा, क्या ग्लास्टर की मृत्यु बिस्तर पर नहीं हुई? मुझे और न सताओ मैं सब कुछ बता दूंगा। देखो! देखो हमें पकड़ने के लिए वह हाथ बढ़ा रहा है। औषधि विक्रेता से कहा कि जो विष मैंने उससे खरीदा था ले आवे। कार्डिनेल का अंतिम क्षण बड़ा ही दर्दनाक था।

ग्लास्टर की हत्या में कार्डिनेल का सहायक सफाक भी सुरक्षित न रह सका। फ्रांस जाते हुए केंट के समुद्री तट पर बंदी बना लिया गया। कप्तान ने हुक्म दिया कि एक हजार क्राउन जुर्माना अदा करो या फिर मृत्युदण्ड भोगो। हिटमोर ने सफाक से कहा कि मैंने लड़ाई में अपनी आंख गंवा दी है। उसके बदले तुम्हें अपनी जान गवांनी पड़ेगी। उसके इस निर्णय का विरोध करते हुए सफाक ने कहा कि मैं संभ्रांत नागरिक हूँ। मैं राजकुमार हूँ। मैं ड्यूक आव सफाक हूँ। खबरदार अगर मुझे हाथ लगाया। मुझे मारने की कोशिश मत करना। क्या तुम वे दिन भूल गए जब तुम मेरे घोड़े की रकाब पकड़े खड़े रहते थे? कितनी बार तुम मेरा कप भरकर लाए थे। जब रानी मारगरेट के साथ मैं भोजन करता था तो विनम्र भाव से हमारी सेवा में उपस्थित रहते थे। पुरानी बातें याद करो। ऐंठना छोड़ दो।

सफाक की कड़ुवी बातों से खीझ कर कैप्टेन ने उसे घृणित नीच कलंकित अपराधी कहकर उसके दोषों को गिनाना शुरू किया। उसने कहा कि तुमने देश का वातावरण दूषित कर दिया है। राजकोष का दुरुपयोग किया। तुमने हेनरी जैसे महान राजा की शादी एक तुच्छ राजा की लड़की से करा दी। इस तिकड़म से तुम बड़े बन गए। तुमने अंजू और मेन राज्य फ्रांस के हाथों बेच दिया। तुम्हारे ही चलते हमें फ्रांस से अपमानित होकर लौटना पड़ा। तुम्हारे ही करतूत के विरोध में वारविक और दूसरे देशवासी विद्रोह कर बैठे हैं। यार्क भी सिंहासन पर अधिकार के लिए प्रयत्नशील है। केंट के लोगों ने भी विद्रोह का झण्डा ऊंचा कर दिया है। राजदरबार दुर्दशाग्रस्त हो गया है। इन सबके लिए तुम्हीं जिम्मेदार हो।

कैप्टेन की भर्त्सना करते हुए सफाक ने उससे कहा कि इस प्रकार की ऊंची

उड़ान न भरो। तुम मुझे मार नहीं सकते। तुम्हारा भला इसी में है कि रानी का संदेश लेकर फ्रांस जाने में तुम मेरी मदद करो। ह्विटमोर ने जवाब दिया कि फ्रांस के बदले मैं तुम्हें वधस्थल तक पहुँचाने में मदद करुंगा। नम्रतापूर्वक बात करने की सलाह अमान्य करते हुए सफाक ने कहा कि मैं तुम जैसे तुच्छ लोगों से दया की भीख नहीं मांग सकता। सिर गंवा सकता हूँ, परन्तु घुटना नहीं टेकूंगा। उसने कहा कि तुली, जूलियस सीजर, पाम्पे जैसे महान वीरों की हत्या घृणित हाथों से हुई। सफाक भी इन समुद्री डाकुओं के हाथ मारा जाये तो आश्चर्य क्या! अंत में ह्विटमोर सफाक को लेकर चलता बना और थोड़ी देर में उसका शव लिए फिर कैप्टेन के सामने आ पहुँचा।

बेचारा राजा इस समय चारों ओर समस्याओं से घिर गया था। कार्डिनेल और सफाक की मृत्यु के बाद उसे जन-विद्रोह का सामना करना पड़ा। यार्क के सहायक जान केड के नेतृत्व में उपद्रवी लोग बकहीथ पर डटे हुए थे। केड बड़े आत्मविश्वास और उत्साह के साथ अपनी बहादुरी, कष्टसहिष्णुता और निर्भीकता की गाथा साथियों को सुना रहा था। राजा बनने का सपना देख रहा था। उसका कहना था कि राज्याधिकार पाने के बाद वह इंग्लैण्ड में राजनीतिक और सामाजिक सुधार करेगा। उसने साथियों को आश्वासन दिया कि मैं खाद्य सामग्री का दाम कम कर दूंगा। सारी जमीन जनता के हाथों सौंप दूंगा। सिक्के का प्रचलन बंद कर दूंगा। मेरी ओर से सबको खाने-पीने की छूट दी जाएगी। सबकी पोशाक भी एक-जैसी होगी। इस प्रकार सभी समान रूप से भाईचारे के वातावरण में रहेंगे और मेरी पूजा करेंगे। वह ऐसा सनकी था कि पढ़े-लिखे लोगों को साफ करने में उसे तनिक भी हिचक न थी।

जब केड भविष्य के ऐसे सुनहरे सपने का ताना-बाना बुन रहा था तभी अनुचर माइकेल ने आकर उसे सूचना दी कि सर हम्फ्रे स्टफर्ड और उसके भाई विलियम राज सेना के साथ यहाँ आ पहुँचे हैं। यहाँ से भाग जाना ही आपके लिए उचित होगा, लेकिन उस सनकी को इन लोगों की परवाह न थी। आत्मसमर्पण के उनके प्रस्ताव की अवहेलना करते हुए उसने कहा कि राजमुकुट का मैं दावेदार हूँ। उसने इन दोनों सेनापतियों से कहा कि हेनरी से जाकर कह दो कि वह राजा बना रहे। मुझे कोई आपत्ति नहीं है, लेकिन मेरा पद संरक्षक का होगा।

स्टेफर्ड ने देखा कि इस सनकी से बात करना व्यर्थ है। सेना ही इसका दिमाग दुरुस्त करेगी। उसने उद्घोषक को आदेश दिया कि घोषणा कर दो कि जो लोग विद्रोही केड का साथ देंगे वे राजद्रोही माने जाएँगे। उन्हें उनके ही दरवाजे पर फांसी से लटका दिया जाएगा। जो लोग राजभक्त हैं वे हमारा अनुसरण करें। इधर केड ने अपने साथियों से कहा कि लोक कल्याण और स्वतंत्रता के लिए हमें एकजुट होकर वीरता का प्रदर्शन करना होगा। दोनों पक्षों में लड़ाई हुई। स्टेफर्ड और उसका भाई मारा गया। इस विजय से प्रसन्न हो केड ने लन्दन जाने की योजना बनाई।

यहाँ राजा हेनरी विद्रोहियों के साथ समझौता वार्ता की योजना बना रहा था। वह प्रजा का खून बहाना नहीं चाहता था। केड से बात करने के लिए वह पादरियों को भेजना चाहता था, लेकिन एक अड़चन थी। केड लार्ड से का सर उतारने पर

तुला था। इस उधेड़-बुन के बीच ही एक दूत ने आकर राजा को सूचना दी कि केड अपने सहयोगियों के साथ साउथवर्क पहुँच चुका है। वह अपने को लार्ड मार्टिमर और क्लैरेंस का वंशज बताकर कहता है कि आपने राजसिंहासन पर अवैध कब्जा कर लिया है। वेस्टमिंस्टर में वह अपना राज्याभिषेक कराने वाला है। स्टेफर्ड बंधुओं की हत्या से उसका मनोबल बढ़ गया है। उसके साथ असभ्य गंवार लोगों की भारी पलटन है। वे संभ्रांत नागरिकों और बुद्धिजीवियों को कीट-पतंग की तरह काट फेंकना चाहते हैं। स्थिति को भांप लार्ड बकिंघम ने राजा को सलाह दी कि इस समय हम लोग किलिंगवर्थ में शरण लें और विद्रोहियों को दबाने लायक सेना एकत्र करें। बकिंघम की सलाह मानकर राजा किलिंगवर्थ की ओर चल पड़ा। उसने लार्ड से को भी साथ चलने के लिए कहा, लेकिन उसने यह कहकर राजा की सलाह अस्वीकार कर दी कि मुझे आपके साथ देखकर विद्रोही और भड़क उठेंगे और आपका जीवन खतरे में पड़ जाएगा। मैं इसी नगर में छिपकर अपनी सुरक्षा करूंगा। अभी ये लोग आत्मरक्षा की योजना बना ही रहे थे कि दूसरे दूत ने आकर लन्दन ब्रिज पर केड के कब्जा कर लेने का समाचार दिया। बोला कि नागरिक घर छोड़कर भाग रहे हैं। लुटेरे भी विद्रोहियों के साथ हो गए हैं। वे लोग पूरा नगर और आपका दरबार ध्वंस करने के लिए कृतसंकल्प हैं। यह सुनते ही हेनरी मारगरेट के साथ वहाँ से निकल भागा।

जैक केड ने ऐसा तहलका मचा रखा था कि सभी अपनी सुरक्षा के लिए परेशान और चिन्तित थे। कुछ नागरिकों ने आकर टावर के गवर्नर लार्ड स्केल्स को बताया कि लन्दन ब्रिज पर अधिकार करने के बाद केड नगर की ओर बढ़ रहा है। मेयर ने आपसे सहायता का निवेदन किया है। बेचारा गवर्नर तो स्वयं ही संकट में था। ये विद्रोही टावर दखल करना चाहते थे। ऐसी स्थिति में उसने सलाह दी कि स्मिथफील्ड जाकर जवानों को इकट्ठा करे। इसी बीच केड ससैन्य कैनर स्ट्रीट आ पहुँचा। लन्दन स्टोन पर बैठकर उसने एलान किया कि यह नगर अब हमारे कब्जे में है। आज से सभी लोग मुझे लार्ड मार्टिमर कहकर सम्बोधित करेंगे। इस आदेश का उल्लंघन राजद्रोह माना जाएगा। इसके साथ उसने एक विचित्र घोषणा की। जिसके अनुसार राज्य के खर्च पर नगर की हर नालियों में केरेट शराब के अतिरिक्त और कुछ नहीं बहेगा। यह व्यवस्था एक वर्ष तक चलेगी। इतने में एक सिपाही दौड़ता हुआ आया। अज्ञानतावश उसने लार्ड मार्टिमर के बदले ज्यों ही जैक केड कहा, केड ने उसकी हत्या कर दी। वह बेचारा सूचना देने आया था कि स्मिथफील्ड पर राजा की सेना आ चुकी है।

अंत में स्मिथफील्ड के मैदान में राजा की सेना का केड की सेना से मुकाबला हुआ, जिसमें मैथ्यू गफ के साथ ही राजा के अनेक समर्थक मारे गए, एक-के-बाद एक अपनी विजय से उन्मत हो केड ने सैनिकों को आदेश दिया कि जाकर सेवाय महल और कोर्ट धाराशायी कर दो। वहाँ का सारा रिकॉर्ड जला डालो। आज से पार्लमेण्ट के बदले मेरा कथन ही कानून होगा। सारी सम्पत्ति जनता की होगी। इस समय केड का सितारा बुलंद था। जिस लार्ड से को पाने के लिए वह लालायित था, उसे लेकर बेविस उसके सामने आ पहुँचा। केड ने उससे जवाब-तलब किया। बोला,

तुमने फ्रांस के राजकुमार को नारमण्डी सुपुर्द कर दिया। याद रखो, तुम्हारे जैसे बेकार सांसदों को मैं साफ कर दूंगा। तुमने ग्रामर स्कूल की स्थापना करके नई पीढ़ी को पथभ्रष्ट कर दिया है। तुमने प्रिंटिंग का प्रयोग शुरू किया। पेपर मिल की स्थापना कर दी। तुम्हारे साथी हमेशा संज्ञा, क्रिया की व्याख्या में लगे रहते हैं। भला इससे किसी ईसाई को क्या फायदा होगा! जस्टिस आव पीस की नियुक्ति की, जिन्होंने अनपढ़ लोगों को इसलिए कैद किया या फांसी पर लटकवा दिया कि वे पढ़ना-लिखना नहीं जानते थे। लार्ड ने केड और उसके साथियों से कहा कि सीजर के अनुसार केंट सर्वाधिक सुसंस्कृत लोगों का क्षेत्र है। यहाँ सम्पन्न, स्वतंत्र और बहादुर लोग रहते हैं। मैं समझता हूँ कि आप भी दयालु हैं। आपको बता दूं कि जान की बाजी लगाकर अंचलों को सुरक्षित रखने का प्रयास किया। अपराधियों की प्रार्थना और उनके रोने-धोने से मैं अवश्य प्रभावित हुआ, लेकिन घूस से नहीं। जो कुछ भी कर के रूप में वसूल किया उसका प्रयोग प्रशासन और जनता के कल्याण के लिए किया। विद्वान धर्माध्यक्षों को आवश्यक आर्थिक सहायता दी। उसने केड से कहा कि मैं समझता हूँ कि तुम यदि विवेकहीन नहीं होंगे तो मेरी हत्या का इरादा छोड़ दोगे, लेकिन केड पर इन बातों का कोई असर न हुआ। उसने हुक्म दिया कि इसका सिर धड़ से अलग कर दो। इसके साथ ही लार्ड ने उससे अपील की कि मुझे जीने दो। मैंने न तो अवैध सम्पत्ति अर्जित की है और न जबरदस्ती धन ऐंठा है। देखते नहीं मेरी पोशाक कितनी साधारण है। मैं निरपराध हूँ। मैंने किसी को भी तकलीफ नहीं दी। किसी के साथ धोखेबाजी नहीं की। फिर मुझे मारने पर तुम क्यों तुले हो! थोड़ी देर के लिए केड उसकी बातों से प्रभावित तो हुआ, लेकिन अपने निर्णय पर डटा रहा। उसने हुक्म दिया कि तुरन्त इसका अंत करके इसके दामाद सर जेम्स क्रोमर पर धावा बोल दो और इन दोनों का सर बांस पर लटकाकर यहाँ ले आओ। उसके आदेश का अक्षरशः पालन हुआ।

अब उसने अपने सहयोगी उपद्रवियों को मारकाट मचाने का हुक्म दिया। इतने में राजा हेनरी के प्रतिनिधि बकिंघम और वृद्ध किल्फोर्ड ने आकर उससे कहा कि तुमने जिन लोगों को दिग्भ्रमित किया है यदि वे तुम्हारा साथ छोड़कर चले जाते हैं तो उन्हें माफ कर दिया जाएगा। किल्फोर्ड ने देशवासियों से पूछा। तुम लोग राजा का क्षमादान स्वीकार करोगे या इस विद्रोही का साथ देकर मरना चाहोगे? उसने उनसे कहा कि तुममें से जो राज्य के प्रति श्रद्धा रखते हैं वे राजा की जय-जय करें और जो उससे द्वेष करते हैं अपना हथियार उठावें। किल्फोर्ड की बातों से प्रभावित हो ज्यों ही विद्रोहियों ने राजा का जय-जयकार किया कि केड उन पर बरस पड़ा। उन्हें नीच गंवार कहते हुए बोला, क्या तुम लोग किल्फोर्ड पर विश्वास करते हो, क्या मैंने लन्दन गेट इसीलिए तोड़ा था कि तुम लोग साउथवर्क में मेरा साथ छोड़ दो। मेरा विश्वास था कि बिना स्वतंत्रता अर्जित किए तुम लड़ाई नहीं बंद करोगे, लेकिन तुम सब कायरों की तरह घुटने टेकने के लिए तैयार हो। सामन्तों का दास बना रहना चाहते हो। उनकी खिदमत करना चाहते हो। वे तुम्हारा घर-द्वार छीन लेंगे। वे तुम्हारी

औरतों और बेटियों को तुम्हारे सामने ही कलंकित करेंगे।

लोकमत भी विचित्र होता है। जो लोग अभी राजा की जय-जयकार कर रहे थे, वे ही केड का अनुसरण करने का नारा लगाने लगे। अब किल्फोर्ड ने उन्हें फिर समझाया। आखिर तुम लोग केड का साथ क्यों देना चाहते हो? क्या वह फ्रांस में विजय पाकर तुम लोगों को ड्यूक और अर्ल बना देगा? उसके पास तो स्वयं शरण लेने की जगह नहीं है। दूसरों को लूटपाट कर किसी तरह अपनी जीविका चलाता है। तुम्हें यह जानकर लज्जा आनी चाहिए कि इसी आपसी कलह के कारण फ्रांस, जिसे हमने हराया था, हमें दास बनाने पर तुला हुआ है। तुम लोग हमारा साथ दो। अपने देश की रक्षा करो। फ्रांस पर विजय पाओ। उसने कहा कि राजा हेनरी के धन और तुम्हारे बल से इंग्लैण्ड की विजय सुनिश्चित है।

इस अपील से विद्रोहियों का मन फिर बदला। उन्होंने राजा और किल्फोर्ड का साथ देने का नारा लगाया। केड ने देखा कि उसके सहयोगी अस्थिर चित्त वाले लोग हैं। उसने सोचा कि राजा पंचम हेनरी के नाम से प्रभावित हो पता नहीं क्या खुराफात करे? मुझे अकेला छोड़ दें। भला इसी में है कि मैं यहाँ से निकल भागूं और उसने ऐसा ही किया। बकिंघम ने घोषणा कि की केड का पीछा करके जो उसका सर राजा के सामने लाएगा उसे पुरस्कार स्वरूप एक हजार क्राउन दिया जाएगा। राजा के पास पहुँचकर किल्फोर्ड ने उसे बताया कि केड पलायित हो गया है। उसके साथियों ने आत्मसमर्पण कर दिया है। वे सब आपसे जीवन दान की याचना कर रहे हैं। राजा ने सबको क्षमा कर दिया। बोला कि तुम स्वतंत्र हो, अपनी-अपनी जगह चले जाओ।

राजा जितना दयालु था उतना ही अभागा भी था। उसके भाग्य में सुख-चैन से बैठना न लिखा था। नौ महीने ही आयु में सिंहासनारूढ़ होने के बाद से उसे कभी शांति न मिली। केड से छुट्टी पाते ही उसे समाचार मिला कि आयरलैण्ड से ड्यूक आव यार्क एक सशक्त सेना के साथ यहाँ आ पहुँचा है। वह बड़े गर्व के साथ आगे बढ़ा चला आ रहा है। उसने घोषणा की है कि वह विश्वासघाती सामरसेट को आपसे छीन लेगा। इस संकट से मुक्ति पाने के लिए राजा ने बकिंघम को यार्क के पास भेजा। राजा उससे जानना चाहता था कि सशस्त्र सेना के साथ यहाँ आने का उसका उद्देश्य क्या है। इसी बीच उसने सामरसेट को टावर में तब तक रहने का निर्देश दिया जब तक यार्क की सेना हटा नहीं दी जाती।

यार्क के सहायक विद्रोही केड की हालत खस्ता हो चुकी थी। पलायन के बाद वह पांच दिन भूखा-प्यासा लोगों से नजर बचाता इधर-उधर जंगल में भटकता रहा। अपने कद से बहुत ज्यादा ऊंचा उठने का उसका सपना भंग हो चुका था। भूख से पीड़ित यह केंट के एक संभ्रांत नागरिक अलेक्जेण्डर इडेन के बगीचे में दीवार फांद कर जा पहुँचा था। यहाँ जंगली जड़ी-बूटी आदि से वह अपनी क्षुधापूर्ति करना चाहता था। बाग का मालिक इडेन दयालु और सात्विक व्यक्ति था। इडेन को देखकर केड ने समझा कि बिना इजाजत के इस बगीचे में घुसने के अपराध में यह मुझे गिरफ्तार कर लेगा। हो सकता है कि मेरा सिर काटकर राजा से एक हजार क्राउन भी पा जाये,

लेकिन यह मेरी तलवार उसकी मंशा पूरी न होने देगी। केड की ये बातें इडेन सुन रहा था। उसने केड से कहा कि मैं नहीं जानता कि तुम कौन हो? दीवार फांद कर मेरे बाग में घुस आए और ऊपर से इस तरह की अशिष्ट बातें कर रहे हो। मुझसे लड़ने की बात सोच रहे हो। केड ने उससे कहा कि मैं पांच दिन से भूखा हूँ। यदि मैं तुम्हारी और तुम्हारे नौकरों की हत्या नहीं कर देता तो यहाँ कुछ खा नहीं पाऊंगा। इडेन ने उसे समझाया। तुम जैसे भूखे-अधमरे के साथ लड़ना मुझे शोभा नहीं देता। इस तरह मेरी ओर न घूरो। तुम मेरा क्या मुकाबला करोगे। तुम्हारा हाथ मेरी उंगली के बराबर है। लकड़ी जैसा तुम्हारा पांव मेरे पैरों का कैसे मुकाबला करेगा। यदि मैं केवल अपना हाथ घुमा दूं तो तुम जमीन पकड़ लोगे। अगर तुमने ज्यादा अशिष्टता दिखाई तो मेरी तलवार उसका जवाब देगी।

केड के सर पर तो भूत सवार था। उसे अपनी बहादुरी का घमण्ड था। इडेन से लड़कर उस मूर्ख ने निरर्थक अपनी जान गंवा दी। जब इडेन को पता चला कि मैंने देशद्रोही केड का काम तमाम किया है, तो उसने केड का शव गोबर की ढेर पर कौवों के खाने के लिए छोड़ दिया और उसका सर काटकर राजा के यहाँ चल पड़ा। केड को यार्क ने उपद्रव के लिए उकसाया था उसे पता था कि उसका सहायक इस दुनिया में अब नहीं रहा। वह अपनी आधी सेना के साथ डार्टफोर्ट और बैक हीथ के मध्यवर्ती मैदान में राजा हेनरी का राजमुकुट छीनने की इच्छा से आ डटा था। लड़ाई शुरू होने के पहले बकिंघम ने उससे पूछा कि इतनी बड़ी सेना लेकर बिना राजा की अनुमति के तुम यहाँ कैसे चले आए? तुमसे तो राजा के प्रति वफादारी के शपथ का उल्लंघन हुआ। यार्क ने बकिंघम से कहा कि मैं सामरसेट को राजा से दूर करने के लिए इतनी बड़ी सेना के साथ आया हूँ। वह राजा और राज्य दोनों के विरुद्ध षड्यंत्र करने का दोषी है। बकिंघम ने उसे समझाया कि यह तुम्हारी कल्पना निराधार है। राजा ने तुम्हारी बात मान ली है और सामरसेट को टावर भेज दिया है। इस समाचार से आश्वस्त हो यार्क ने अपने सिपाहियों को विदा कर दिया। अमानत में अपने बेटों को राजा की सुपुर्दगी में भेजने का भी वादा किया। यही नहीं अपनी जमीन-जायदाद, हथियार तथा अन्य सभी चीजें राजा को समर्पित कर दी। राजा के सामने आकर उसने विनीत भाव से आत्मसमर्पण कर दिया। राजा ने उससे पूछा कि अब तुम्हारी सेना का क्या उपयोग है? यार्क का उत्तर था कि विश्वासघाती सामरसेट को यहाँ से भगाना और विद्रोही केड के विरुद्ध लड़ना अब मेरा उद्देश्य है। इतने में ही केड का कटा सर लेकर इडेन राजा के सामने उपस्थित हुआ। इडेन के इस साहसिक कार्य से प्रसन्न हो राजा ने उसे 'नाइट' की उपाधि और एक हजार मुहर का पुरस्कार देकर सम्मानित किया। राजा अब अपनी परेशानियों से मुक्त हो चुका था, लेकिन संयोगवश इसी बीच सामरसेट को लिए हुए रानी मारगरेट उसी ओर आ रही थी। राजा ने बकिंघम से संदेश भेजा कि सामरसेट को यार्क के सामने न लावे।

वह दबंग औरत राजा की क्या परवाह करती! तुरन्त वहाँ आ धमकी और गरज कर बोली, यार्क से डरकर सामरसेट अपना मुंह नहीं छिपाएगा। उसका सामना करेगा। सामरसेट को इस प्रकार स्वतंत्र देख यार्क क्रुद्ध हो उठा। उसने राजा को झूठा

और विश्वासघाती कह कर राजा की भर्त्सना की। बोला कि जब तुम सामरसेट जैसे एक देशद्रोही को नियंत्रित नहीं कर सकते, तो जनसमूह पर कैसे नियंत्रण कर पाओगे। हटो, तुम शासन करने योग्य नहीं हो। राजमुकुट और राजदण्ड मैं सम्हालूंगा। यार्क की यह बहकी-बहकी बातें सामरसेट को नागवार लगीं। उसने कहा कि राजा के सामने नतजानु हो क्षमा मांगो, नहीं तो मैं तुम्हें गिरफ्तार करुंगा। भला वह इस धमकी को कैसे बर्दाश्त करता। जमानत के लिए अपने बेटों को बुलवा भेजा, लेकिन रानी मारगरेट क्लिफर्ड से जानना चाहती थी कि क्या यार्क के जारज बेटे जामिन हो सकते हैं? यह सुनते ही यार्क ने मारगरेट को नेपल्स की भगोड़ी, इंग्लैण्ड के लिए अभिशाप आदि कहकर धिक्कारते हुए कहा कि मेरे बेटे तुमसे अच्छे हैं। जो कोई भी उन्हें जामिन होने से रोकेगा हम उसके लिए घातक सिद्ध होंगे।

संयोग से एक ओर से यार्क के दोनों बेटे एडवर्ड और रिचर्ड और दूसरी ओर से अपने बेटे के साथ क्लिफर्ड राजा के सामने आ पहुँचे। जैसे ही क्लिफर्ड ने नतजानु हो हेनरी को राजा कहकर संबोधित किया कि यार्क बोल उठा, मैं तुम्हारा राजा हूँ। नतजानु हो मेरा अभिवादन करो। क्लिफर्ड ने उसे फटकारा, क्या तुम पागल हो गए हो? बोला, इसे पागलखाने ले जाओ। टावर से लटकाकर इस राजद्रोही का सर कलम कर दो। रानी ने आग में और घी डाला। बोली कि इसे गिरफ्तार कर लिया गया है, लेकिन वह अपने बेटों की जमानत देकर मुक्त होने की बात कर रहा है। लड़कों ने बाप को आश्वासन दिया कि यदि ये लोग हमारी बात नहीं मानेंगे तो हमें हथियार का प्रयोग करना होगा। यार्क तो लड़ाई के लिए उद्यत था ही, इसलिए उसने सेलिस्बरी और वारविक को भी ससैन्य बुला भेजा था।

राजा हेनरी इन दोनों की बदतमीजी पर हैरान था। इन दोनों में से किसी ने भी राजा का अभिवादन नहीं किया। राजा ने वारविक और सेलिस्बरी दोनों को राजभक्ति की याद दिलायी। बूढ़े सेलिस्बरी ने उत्तर दिया कि मेरी अन्तर्रात्मा यार्क को ही इंग्लैण्ड का वास्तविक राजा मानती है। उसने कहा कि आपके प्रति राजभक्ति की शपथ लेकर मैंने पाप किया था। अब उस शपथ के प्रति मैं प्रतिबद्ध नहीं हूँ। यह सुनते ही राजा ने लड़ाई की तैयारी का आदेश दिया। यार्क बड़ी निर्भीकता से बोला, राजमुकुट के लिए मैं अपनी जान गँवाने को तैयार हूँ। क्लिफर्ड और उसके बेटे ने देखा कि विद्रोही यार्क का दिमाग केवल बल प्रयोग से ही ठीक हो सकता है, बातचीत से नहीं, लेकिन सेंट एलबांस के मैदान में बूढ़ा क्लिफर्ड यार्क के हाथों मारा गया। इसके साथ ही सामरसेट भी यार्क के बेटे रिचर्ड की तलवार का शिकार हुआ। अब राजा हेनरी के सामने भागने के अलावा और कोई दूसरा चारा न था। रानी मारगरेट ने भी राजा से भाग जाने का आग्रह किया। राजा को धिक्कारते हुए बोली कि पता नहीं तुम किस मिट्टी से बने हो। न तो लड़ पाते हो और न भाग ही रहे हो। यदि पकड़े जाओगे तो हमारी सारी शान-शौकत मिट्टी में मिल जाएगी। यदि हम भागकर लंदन पहुँचने में सफल हुए तो अपने समर्थकों की सहायता से इस दुर्भाग्य से छुटकारा पा जाएँगे। लेकिन यार्क और उसके साथी राजा का पीछा छोड़ने वाले न थे। उन्होंने राजा से पहले लन्दन पहुँचने की योजना बना ली।

13. किंग हेनरी दि सिक्स्थ-3

अपनी पूर्व निर्धारित योजना के अनुसार ड्यूक आव यार्क के लन्दन पहुँचते ही उसके सिपाही पार्लमेण्ट भवन में घुस पड़े। यार्क भी अपने दोनों बेटों एडवर्ड व रिचर्ड तथा नारफाके, मानटेग, वारविक आदि सहयोगियों के साथ वहाँ पहुँच गया। ये सभी लोग अपने हैट में 'व्हाइट रोज' लगाए हुए थे। राजा हेनरी अपने साथियों को पीछे छोड़ किसी तरह भाग निकला था। लेकिन उसके साथी नारदम्बरलैण्ड, किल्फर्ड, स्टेफर्ड आदि सभी यार्क की सेना के शिकार हुए थे। सामरसेट को मौत के घाट उतारने वाले यार्क के बेटे रिचर्ड का हौसला इतना बुलंद था कि राजा हेनरी को भी साफ कर देने का सपना देखने लगा था।

वारविक इस मौके का फायदा उठाना चाहता था। उसने ड्यूक यार्क को राजसिंहासन पर कब्जा करने के लिए प्रेरित किया। कहा कि लैंकास्टर वंश के लोगों ने इसे अवैध रूप से हथिया लिया है। यह सिंहासन तुम्हारा है। राजा हेनरी के उत्तराधिकारियों का नहीं। सहयोगियों के समर्थन ने जब यार्क सिंहासनारूढ़ हो गया तो वारविक ने उसे सलाह दी कि जब तक हेनरी आकर तुम्हें बलात् यहाँ से हटाने की कोशिश न करे, तुम उसके विरुद्ध बल प्रयोग न करना। राजा हेनरी अपने 'रेडरोज' वाले सहयोगियों के साथ जब पार्लमेण्ट पहुँचा तो यार्क को सिंहासन पर बैठा देख सन्न रह गया। वेस्टमोरलैण्ड तो यह दृश्य देखकर जल-भुन उठा। यार्क का यह दुराग्रह उसके बर्दाश्त के बाहर था। उसने कहा कि आओ, उसे गद्र्दी से नीचे खींचे लें, लेकिन राजा ने उसे धीरज से काम लेने की सलाह दी। क्योंकि यार्क को जनता और सैनिक दोनों का सहयोग प्राप्त था। एक्सटर ने राजा को समझाया कि ज्यों ही यार्क कत्ल कर दिया जाएगा, उसके साथी भाग खड़े होंगे, किन्तु राजा केवल डांट-डपट से काम निकालना चाहता था।

राजा ने यार्क को सिंहासन से उतरकर नतजानु हो गलती के लिए क्षमा मांगने का आदेश दिया और कहा कि मैं तुम्हारा राजा हूँ। यार्क ने छूटते ही जवाब दिया कि मैं तुम्हारा राजा हूँ, तुम नहीं। हेनरी ने कहा कि इसका मतलब है कि मैं खड़ा रहूँ और तुम मेरे सिंहासन पर बैठे रहोगे। बिना शील-संकोच के यार्क ने उत्तर दिया कि ऐसा ही होगा। तुम्हें यह सब सहना पड़ेगा। वारविक ने हेनरी को सुझाव दिया कि अब तुम ड्यूक आव लैंकास्टर बन जाओ और यार्क को राजा बने रहने दो।

हेनरी ने यार्क से पूछा कि किस आधार पर राजमुकुट का दावा कर रहे हो।

तुम्हारे पिता तुम्हारी ही तरह ड्यूक थे। तुम्हारे दादा मार्टिमर अर्ल थे। मैं तो राजा पंचम हेनरी का बेटा हूँ। मेरे पिता ने फ्रांस को हराकर वहाँ के विभिन्न अंचलों पर कब्जा किया। वारविक बड़े रूखे ढंग से बोला कि फ्रांस का नाम मत लो। तुमने फ्रांस गँवा दिया। राजा बोला कि इसके लिए तो मेरे संरक्षक दोषी थे। राज्याभिषेक के समय तो मैं केवल नौ महीने का शिशु था। यार्क के दोनों बेटों ने अपने पिता को सलाह दी कि तू-तू, मैं-मैं में समय न गँवाकर हेनरी के माथे से राजमुकुट उतारकर स्वयं धारण कर लें। मानटेग ने भी उनका समर्थन किया। राजा अपने बाप-दादा के राजसिंहासन को भला कैसे छोड़ देता! उसने यार्क से कहा, चतुर्थ हेनरी ने यह सिंहासन जीता था। यार्क ने उसका प्रतिवाद करते हुए कहा कि उसने तो राजा रिचर्ड के खिलाफ विद्रोह किया था। उसने राजा रिचर्ड को सिंहासन छोड़ने के लिए बाध्य कर दिया था। नारदम्बरलैण्ड ने हेनरी का समर्थन किया, जबकि एक्सटर ने यार्क की तरफदारी की। वारविक ने कहा कि तुम सबके समर्थन के बावजूद हेनरी को पदच्युत किया जायेगा। किल्फर्ड ने हेनरी को आश्वासन दिया कि चाहे आपका अधिकार वैध हो या अवैध में अंत तक आपके पक्ष में युद्ध करूंगा।

अंत में यार्क ने राजा से कहा कि लैंकास्टर वंशज हेनरी राजमुकुट छोड़ दो। वारविक ने धमकी दी कि यदि ऐसा नहीं करते तो हमारी सेना आकर ऐसाा करेगी। इसके इशारे पर सैनिक वहाँ आ भी पहुँचे। राजा ने यार्क से अपील की कि मेरे जीवन तक मुझे राजा बना रहने दो। यार्क ने इस शर्त पर उसकी बात मान ली कि हेनरी के बाद राजमुकुट पर उसका अधिकार होगा। अपने इस फैसले से हेनरी स्वयं भी दुःखी था। उसे अपने पुत्र को राजसिंहासन से वंचित करने का पछतावा था, फिर भी वह अपने वादे पर डटा रहा। उसने यार्क से कहा कि तुम शपथ लो कि अब गृहयुद्ध समाप्त कर दोगे। मुझे अपना राजा मानोगे। षड्यंत्र या युद्ध द्वारा मुझे पदच्युत करके स्वयं राजा बनने की कोशिश न करोगे। ये सारी बातें मानकर यार्क ने सिंहासन खाली कर दिया और एलान किया कि लैंकास्टर और यार्क परिवार में अब समझौता हो गया है।

इस समझौते की खबर पाकर रानी मारगेट अपने पुत्र के साथ वहाँ आ धमकी। क्रुद्ध रानी को देखते ही एक्सटर वहाँ से खिसक गया, लेकिन राजा हेनरी ज्यों ही हटने लगा रानी ने उसे रोककर कहा कि यदि मैं कुंवारी ही मर गई होती या तुमसे मेरी भेंट नहीं हुई होती तो अच्छा होता। यदि जानती कि तुम इतने गैर जिम्मेदार पति निकलोगे तो बेटे को जन्म ही न दिया होता। यदि तुम अपने बेटे को थोड़ा भी प्यार करते तो उसे उत्तराधिकार से वंचित कर उस बर्बर राजद्रोही यार्क को अपना उत्तराधिकारी न बनाते। बेटा भी बोल उठा। पिताजी! आप मुझे उत्तराधिकार से वंचित नहीं कर सकते। राजा ने उसके सामने अपनी लाचारी की दुहाई दी। कहा कि यार्क और वारविक ने मुझसे जबरदस्ती ऐसा करा लिया। यह सुनते ही रानी आगबबूला हो उठी। बोली कि धिक्कार है ऐसे राजा को, जिसे दूर के लोग इस प्रकार का अवैधानिक निर्णय लेने के लिए बाध्य कर दें। याद रखो, अब तुम यार्क और

उसके वंशजों की दया पर आश्रित रह शासन करोगे। ऐसा करके तुमने समय से पहले अपनी कब्र खोद ली। यार्क राज्य का संरक्षक बन गया है। भला इन भेड़ियों के बीच तुम कैसे सुरक्षित रह सकोगे! अगर तुम्हारी जगह मैं होती तो जान दे देती, पर ऐसा न होने देती। लगता है आत्मसम्मान के बदले प्राणरक्षा की तुम्हें अधिक चिन्ता थी। उसने राजा को चेतावनी दी कि पार्लमेण्ट का यह निर्णय, जिससे मेरा बेटा राजसिंहासन से वंचित किया गया है, यदि रद्द नहीं किया गया तो मैं तुम्हारा साथ छोड़ दूंगी। उत्तरांचल के जिन सामन्तों ने तुम्हारा साथ छोड़ दिया है, वे अब हमारे सहयोगी होंगे। इतना कहकर बेटे के साथ वहाँ से चल दी। युवराज ने राजा से कहा कि शत्रुओं पर विजय पाने के बाद ही मैं आपसे मिलूंगा। तब तक मैं माँ के साथ ही रहूँगा। राजा अच्छी तरह जानता था कि पति और बेटे की परेशानी के कारण ही रानी इतनी क्षुब्ध हैं, यार्क से बदला लेने के लिए उतावली है, लेकिन वह नहीं जानती कि बर्बर और महत्त्वाकांक्षी यार्क राजमुकुट तो छीन ही लेगा और साथ ही मेरे और मेरे बेटे के प्राण भी।

हेनरी का अनुमान ठीक ही था। सैंडल दुर्ग के एक कक्ष में यार्क के दोनों बेटे मानटेग के साथ राजमुकुट पर स्वयं अधिकार प्राप्त करने की योजना बना रहे थे। वे अपने पिता को समझा रहे थे कि हेनरी के मरने-जीने की प्रतीक्षा किए बिना राजमुकुट तुरन्त हथिया लेना चाहिए। नहीं तो बाद में धोखा होगा। यार्क उनकी बातों से सहमत न था। उसने राजा के जीवन काल में ऐसा न करने की शपथ ली थीं लेकिन एडवर्ड का तर्क था कि साम्राज्य के लिए शपथ भंग किया जा सकता है। दूसरे बेटे रिचर्ड ने तर्क दिया कि किसी विधिसम्मत अधिकारी के सामने ली हुई शपथ ही मान्य होती है। हेनरी तो अवैध राजा है उसके सामने ली हुई शपथ निरर्थक है। इसलिए पिताजी आगा-पीछा न करें युद्ध के लिए तैयार हो जाएँ। राजसिंहासन प्राप्त करके स्वर्गीय सुख का उपभोग करें। मैं तो इस विचार का हूँ कि जब तक हेनरी के लाल खून से अपने 'व्हाइट रोज' को न रंग लूंगा, शांत नहीं बैठूंगा। अंत में यार्क अपने बेटों की बात में आ गया। युद्ध में सहयोग देने के लिए उसने वारविक, नारफक और कोबहॉम के पास संदेश भेजा, लेकिन यार्क के बेटे और मानटेग इस संदेश के साथ वहाँ से रवाना हुए थे कि दूत ने आकर यार्क को सूचित किया कि रानी मारगरेट बीस हजार सिपाहियों और उत्तरांचल के सामन्तों के साथ आ पहुँची है। इस दुर्ग की घेराबंदी करके वह आपको बंदी बनाना चाहती है। भला यार्क रानी से कब का डरने वाला। उसकी तलवार फड़क उठी। उसने अपने बेटों को रोक लिया और मानटेग को अपने सहयोगियों के पास भेज दिया। इसी बीच यार्क के दोनों चाचा सर जान मार्टिमर और सर ह्यू मार्टिमर भी दुर्ग में आ पहुँचे। रानी के आक्रमण की सूचना से उद्विग्न हो उन्होंने भी रानी का तुरन्त मुकाबला करने की सलाह दी। पांच हजार सैनिकों को लेकर लड़ाई के लिए बढ़ने में यार्क हिचक रहा था, लेकिन बेटे रिचर्ड का तर्क था कि जिस सेना का नेतृत्व कोई औरत करती हो उसका मुकाबला करने के लिए पांच सौ सैनिक काफी हैं। सैन्य बल में अन्तर

के बावजूद यार्क रानी का मुकाबला करने के लिए तैयार हो गया।

यार्क का मुकाबला रानी की सेना से हो इसके पहले ही सैंडल दुर्ग और वेकफील्ड के मध्यवर्ती मैदान में उसके दूसरे बेटे एडमण्ड का सामना किल्फर्ड से हो गया। उसे देखते ही भयग्रस्त हो एडमण्ड ने भागने की कोशिश की। उसकी खूनी आँखों से डरकर एडमण्ड ने उससे जीवनदान की प्रार्थना की। किल्फर्ड ने जवाब दिया कि तुम्हारे पिता द्वारा मेरे पिता की हत्या के कारण तुम्हारी प्रार्थना सुनना मेरे लिए सम्भव नहीं है। यदि तुम्हारे दूसरे भाई यहाँ होते तो तुम सब की हत्या करने के बाद भी मेरे पिता की हत्या की क्षतिपूर्ति न हो पाती। काश! मैं तुम्हारे पूर्वजों को कब्र से निकालकर फांसी पर लटका पाता तब भी मेरा मन शांत न होगा। जब तक मैं यार्क खानदान को नेस्तनाबूद नहीं कर दूंगा चैन से नहीं बैठूंगा। एडमण्ड ने एक बार फिर दया की भीख मांगी। कहा कि मैंने तुम्हारा क्या बिगाड़ा है कि मुझे मारने पर तुले हो। मुझे आजीवन कारावास दे दो। यदि मैं कभी कोई अपराध करूं तब तुम मेरा वध कर देना। इस समय अकारण मेरी हत्या न करो। उसकी अपील का किल्फर्ड के पास एक ही उत्तर था, तुम्हारे पिता ने मेरे पिता की हत्या की थी इसलिए मैं तुम्हारी हत्या करूंगा। यह कहकर उसने तत्क्षण एडमण्ड का काम तमाम कर दिया।

इस हत्या के बाद भी किल्फर्ड का मन शांत न हुआ। वह तो यार्क की हत्या के लिए आतुर था। संयोगवश रानी मारगरेट की सेना का मुकाबला करने में यार्क असफल रहा। उसके दोनों चाचा मारे गए। सेना भाग खड़ी हुई। वह अपने दोनों बेटों रिचर्ड और एडवर्ड के लिए चिन्तित था। रानी की सेना का मुकाबला करने में यार्क इतना थक गया था कि वहाँ से भाग निकलने में भी असमर्थ था। वह समझ गया था कि अब थोड़ी देर का मेहमान हूँ। इतने में रानी मारगरेट अपने बेटे, किल्फर्ड और नारदम्बरलैण्ड के साथ यार्क के सामने आ पहुँची। बहादुर यार्क अब भी उनका वार सहने के लिए तैयार था, लेकिन नारदम्बरलैण्ड ने उससे कहा कि दया की याचना करो। किल्फर्ड तो इस अशक्त योद्धा से लड़ने के लिए आमादा था। रानी यार्क को तत्काल नहीं मारना चाहती थी। बंदी यार्क का सर धड़ से अलग करने के पहले उसे जी भरकर कोसना चाहती थी। इसलिए उसका मखौल उड़ाते हुए रानी ने कहना शुरू किया। तुम्हीं इंग्लैण्ड का राजा होना चाहते थे। तुम्हीं ने तो पार्लमेण्ट में अपनी वंश परम्परा का बखान किया था। अब कहाँ गये तुम्हारे बेटे जिन्होंने तुम्हें विद्रोह करने के लिए उकसाया था। कहाँ गया तुम्हारा प्रिय पुत्र एडमण्ड? देखो यह रक्तरंजित रूमाल। इसमें किल्फर्ड द्वारा आहत तुम्हारे बेटे का खून लगा है। यदि पुत्र की मृत्यु पर तुम्हारी आंखों से आँसू निकलें तो इससे पोंछ सकते हो। बोली कि आखिर तुम चुप क्यों हो? बेटे की मृत्यु पर भी रो नहीं रहे हो। तुम्हें तो पागल होकर तडपना चाहिए, ताकि मैं खुशी मनाऊं। देख रही हूँ कि बिना राजमुकुट पहने तुम बोलोगे नहीं। रानी ने साथियों से कहा, तुम इसका अभिवादन करो। इसका हाथ पकड़े रहो, ताकि मैं यह कागज का मुकुट इसे पहना दूं। उसकी खिल्ली उड़ाते हुए

मारगेट ने कहा, देखो यह एकदम राजा की तरह लग रहा है। यही तो राजसिंहासन पर बैठा था। राजा ने इसे अपना उत्तराधिकारी बनाया था। बोली कि अब तुमने तो हेनरी के मरने के पहले ही राजमुकुट पहनकर अपनी शपथ को भंग कर दिया। तुमने तो बड़ा भारी अपराध किया।

ऐसा कहकर रानी ने हुक्म दिया कि इसके सर से राजमुकुट उतार लो और इसका सिर धड़ से अलग कर दो। अपने पिता की हत्या का बदला लेने के लिए किल्फर्ड ने इस काम की जिम्मेदारी अपने ऊपर ली। मरने के पहले यार्क ने प्रभु की प्रार्थना करने के बदले रानी को कोसना शुरू किया। भेड़िये की बच्ची! तुम्हारी जीभ तो बिच्छू के डंक से भी ज्यादा विषैली है। एक बंदी के साथ तुम्हारा यह क्रूर व्यवहार स्त्री जाति के लिए कलंक है। निर्लज्ज औरत तुम्हारा पिता यद्यपि सिसली और जेरुसलम का राजा है, फिर भी उसकी आर्थिक स्थिति यहाँ के एक किसान के बराबर भी नहीं है। क्या इसी प्रकार लोगों की बेइज्जती करने की शिक्षा उसने तुम्हें दी थी? आखिर तुम किस बात पर इतना घमण्ड करती हो? न देखने में सुन्दर हो और न व्यवहार में शालीन हो। बस एक घृणित नारी हो। शक्ल से तो औरत हो लेकिन तुम्हारा दिल सिंहनी से भी ज्यादा खूंखार है, अन्यथा एक अबोध बालक के लहू से रूमाल रंगकर उसके बाप को आँसू पोंछने के लिए क्यों देतीं। तुममें नारी की सुलभ कोमलता, दयालुता और नम्रता कुछ भी तो नहीं है। तुम तो निष्ठुर और संवेदनहीन औरत हो। पकड़ो यह रूमाल और अपनी इस निष्ठुरता पर गर्व करो। उसने किल्फर्ड से कहा कि तुम मेरे खून के प्यासे हो तो ले लो मेरी जान। इतना सुनते ही किल्फर्ड ने यार्क को आहत कर दिया। रानी द्वारा दूसरा आघात होने पर वह धाराशायी हो गया। रानी ने हुक्म दिया कि ले जाओ इसका सिर यार्क गेट पर लटका दो, जहाँ इसे अपना नगर दिखता होगा।

लड़ाई के मैदान में ही दोनों बेटों का बाप से संबंध छूट गया था। इसलिए उन्हें बाप के संबंध में कोई जानकारी नहीं थी। इतने में एक दूत ने आकर उन्हें ड्यूक आव यार्क के मारे जाने की सूचना दी। यह दुःखद समाचार सुनते ही छोटा बेटा रिचर्ड क्रोध से उबल पड़ा। उसने कहा कि या तो मैं पिता के खून का बदला लूंगा या फिर अपने इस प्रयास में शहीद हो जाऊंगा।

अपने संकल्प की सिद्धि के लिए यार्क के बेटों को सैनिक सहायता की आवश्यकता था। वारविक और मानटेग का ऐन मौके पर अपनी सेना के साथ वहाँ पहुँचना ईश्वरीय वरदान साबित हुआ। बेटों ने उन्हें पिता की हत्या की जानकारी दी। वारविक ने उन्हें बताया कि जिस दिन यार्क की हत्या की गई उसी दिन वह खबर हमें मिल गई थी। अपने सिपाहियों और सहयोगियों के साथ हम लोग रानी का मुकाबला करने के लिए सेंट एलबांस की ओर बढ़ें। सेंट एलबांस के मैदान में घमासान युद्ध हुआ, लेकिन दुर्भाग्यवश हमारी सेना साहस खो बैठी। सैनिकों को उत्साहित करने के लिए धन का प्रलोभन और देश हित की अपील सब बेअसर रहा। अन्ततः विजय की आशा छोड़ हम लोग भाग खड़े हुए।

स्थिति की गम्भीरता से रिचर्ड परेशान हो उठा। वारविक ने उसे बताया कि मारगरेट के पास तीस हजार सिपाही तथा क्लिफर्ड, नारदम्बरलैण्ड जैसे सुयोग्य सहयोगी हैं। राजा हेनरी भी उनकी बातों में आ गया है। उसने आप लोगों को सिंहासन का उत्तराधिकारी बनाना कबूल कर लिया था। पार्लमेण्ट ने भी इसका अनुमोदन किया था, लेकिन अब ये सब लोग लन्दन जाकर राजा के इस निर्णय तथा लैंकास्टर वंश के प्रतिकूल सभी वादों को नाकाम करना चाहते हैं। उनके मुकाबले हमारी सैनिक शक्ति केवल पच्चीस हजार ही होगी। फिर भी मेरी राय है कि हम लोग भी लन्दन चलकर शत्रु का मुकाबला करें और संकल्प लें कि न तो हम पीछे हटेंगे और न पलायन करेंगे। हाँ एक बात और! अब से एडवर्ड-अर्ल आव मार्च के बदले ड्यूक आव यार्क कहा जाएगा। लन्दन की यात्रा में हम हर एक कस्बे में एडवर्ड को राजा घोषित करते चलेंगे। जो भी इसका विरोध करेगा उसे मौत के घाट उतार दिया जाएगा। ऐसी योजना बनाकर विद्रोहियों ने लन्दन की ओर कूच किया।

इधर राजा हेनरी, रानी मारगरेट, युवराज क्लिफर्ड, नारदम्बरलैण्ड आदि नगाड़ा बाजते हुए यार्क नगर पहुँचे। गेट पर लटकते हुए यार्क का सिर दिखाकर रानी ने हेनरी से कहा कि इसी ने तो आपको मुकुट हड़पने की कोशिश की थी। अब इसे इस तरह देखकर आप हर्षित हुए होंगे, लेकिन राजा तो इस दृश्य से विचलित हो उठा। राजा की इस दशा से क्लिफर्ड उद्विग्न होकर बोला कि कृपया आप इस मनोदशा से मुक्त हों। इस महत्त्वाकांक्षी ड्यूक ने आपका राजमुकुट झपटना चाहा था। अपने पुत्रों के लिए राजसिंहासन के उत्तराधिकार का वचन ले लिया था। आप अपने एकमात्र योग्य पुत्र को राजत्व से वंचित करने के लिए राजी भी हो गए थे। उसने कहा कि अबोध पशु-पक्षी भी अपनी संतान के सुख सुरक्षा के लिए आत्मोत्सर्ग करने के लिए तैयार रहते हैं। एक आप हैं कि बेटे को उत्तराधिकार से वंचित कर उसे अपने वंशजों से यह कहने का मौका दे रहे हैं कि हमारे पूर्वजों ने जो कुछ अर्जित किया था मेरे विवेकहीन पिता ने अपनी गलती से गंवा दिया। यह कितनी लज्जापूर्वक बात होगी! बेटे का ख्याल करें और दृढ़ होकर अपना सब कुछ उसके लिए सुरक्षित छोड़ जायें।

राजा हेनरी तो दूसरी ही मिट्टी का बना था। क्लिफर्ड के तर्कपूर्ण प्रवचन के उत्तर में राजा ने कहा कि अन्याय द्वारा सम्पत्ति वंश के लिए सुखदायी नहीं होती। अपने पुत्र के लिए मैं अपना सत्कर्म छोड़ जाऊँगा। भौतिक सम्पत्ति तो केवल चिन्ता का कारण बनती है। उसमें सुख कहाँ! यार्क का लटकता हुआ सिर देखकर मैं बहुत दुःखी हूँ। रानी ने उसे समझाया, मन हल्का करो। शत्रु पास आ चुके हैं। तुम्हारी इस मनोदशा से हमारे सहायकों का मनोबल टूट जाएगा। उसने हेनरी को याद दिलाया कि पुत्र को 'नाइट' पदवी देने का जो वादा किया था, उसे तत्काल पूरा करो। इस पर पुत्र को 'नाइट' उपाधि से विभूषित करते हुए राजा ने उससे कहा कि न्याय के पक्ष में ही हमेशा तलवार उठाना।

इतने में ही दूत ने आकर राजपरिवार को सूचना दी कि तीस हजार सैनिकों

के साथ वारविक आ पहुँचा। अपनी यात्रा के दौरान उसने ड्यूक आव यार्क को राजा घोषित किया, जिससे बहुत-से लोग उसके पक्ष में हो गए हैं। शत्रु का मुकाबला करने के लिए आप लोग तुरंत तैयार हो जायें। यह सुनते ही किल्फर्ड ने राजा को लड़ाई के मैदान से हट जाने की सलाह दी। उसने कहा कि रानी के नेतृत्व में हमें अच्छी सफलता मिली है, लेकिन राजा ने उसकी सलाह अमान्य कर दी। भला होनी को कौन टाल सकता था! यार्क के पुत्र एडवर्ड ने आते ही हेनरी से कहा कि नतजानु हो या तो अपना मुकुट मुझे पहना दो या फिर मृत्यु के लिए तैयार हो जाओ। उसे झिड़कते हुए रानी ने कहा कि छोटा मुँह बड़ी बात न करो। अपने राजा के सामने इस प्रकार की उद्यत बातें करना ठीक नहीं है। रानी को मुँहतोड़ जवाब देते हुए एडवर्ड ने कहा कि राजा की मर्जी के मुताबिक मैं राजा बना हूँ। हेनरी तो अब नाम मात्र का राजा है। शासन तो तुम चलाती हो। मैंने सुना है कि तुम्हारे चलते हेनरी ने अपनी शपथ भंग करके पार्लमेण्ट से अपने बेटे के उत्तराधिकार की स्वीकृति प्राप्त कर ली है। किल्फर्ड ने उसे जवाब दिया कि बेटा ही तो राज्य का उत्तराधिकारी होता है।

इतना सुनते ही रिचर्ड बोल उठा। जल्लाद! तुमने ही मेरे भाई का वध किया था। लड़ाई का बिगुल बजवाने से पहले वारविक ने हेनरी से एक बार फिर पूछा। क्या तुम मुकुट त्यागने के लिए तैयार हो? रानी ने उसे याद दिलाया कि सेंट एलबांस के मैदान में तुम भाग खड़े हुए थे। लेकिन इस बार बच नहीं पाओगे। रिचर्ड अब इस तू-तू, मैं-मैं में ज्यादा समय गंवाना नहीं चाहता था। उसने किल्फर्ड को धमकी दी कि आज सूर्यास्त के पहले मैं तुम्हारी करनी का फल तुम्हें चखा दूंगा। राजा अब तक चुपचाप इन लोगों की बात सुन रहा था। जब उससे न रहा गया और कुछ कहना चाहा तो रानी और किल्फर्ड ने उसे चुप करा दिया।

अगला कदम उठाने से पहले एडवर्ड ने फिर हेनरी से राजमुकुट की मांग की और उसे बताया कि हमारे एक हजार सहायकों ने शपथ ली है कि बिना राजमुकुट लिए वे लोग अन्न ग्रहण नहीं करेंगे। उनकी मृत्यु का पाप तुम्हें भोगना पड़ेगा। वारविक ने एडवर्ड के समर्थन में हेनरी से कहा कि उसकी मांग न्यायसम्मत है। इस पर राजा का पुत्र बोल उठा कि अगर यह सच और न्याय है तो दुनिया में कुछ भी अन्याय नहीं हो सकता। उसके इस तीखे उत्तर पर रिचर्ड ने कहा कि तुम भी अपनी माँ की तरह ही कटुभाषी हो। यह सुनते ही रानी ने रिचर्ड को असभ्य और कटुभाषी कहा। एडवर्ड भी रानी को बुरा-भला कहने से भी नहीं चूका। बोला कि बेहया औरत तुम्हारे ही कारण हेनरी इतना पीड़ित और अपमानित हुआ है। जिसके पिता ने फ्रांस पर विजय पाई और फ्रेंच राजा ने जिसके सामने घुटने टेक दिये थे यदि उसने अपने गौरव के अनुकूल विवाह किया होता तो मर्यादित जीवन व्यतीत करता, लेकिन उसने तो तुम जैसी भिखारिन को अपनी अर्धांगिनी बनाकर तुम्हारे पिता को उल्टे दहेज की रकम दी। पिता द्वारा अर्जित फ्रांसीसी जायदाद गंवाने के बाद से ही हेनरी अपने देश में भी षड्यंत्रों का शिकार हो गया। तुम्हारे घमण्ड की वजह से ही उसे इन उपद्रवों

का सामना करना पड़ा। अगर तुम्हारा व्यवहार नम्र होता तो हम भी इस शिष्ट राजा पर अपने दावे के लिए जोर-दवाब न डालते। लेकिन तुम तो इतनी प्रचण्ड हो कि राजा को बोलने भी नहीं देती। अब तुमसे और बातचीत नहीं होगी। लड़ाई के मैदान में तुम्हारा मुकाबला करके या तो विजय हासिल करूंगा या फिर बलिदान हो जाऊंगा।

टाउटन और सेक्सटन के मध्यवर्ती मैदान में दोनों सेनाओं का सामना हुआ। घात प्रतिघात से पस्त और थका वारविक कुछ देर विश्राम करने की बात सोच ही रहा था कि एडवर्ड भागता हुआ आया। उसकी सेना के पांव उखड़ चुके थे। वह विजय के प्रति निराश हो चुका था। उसके भाई जार्ज की भी यही दशा हुई। वह अगले कदम के लिए वारविक का विचार जानना चाहता था। मैदान से भाग निकलना भी मुश्किल था। रिचर्ड ने आकर वारविक को बताया कि तुम्हारा भाई किल्फर्ड के भाले से आहत हो जमीन पर पड़ा तुम्हें पुकार रहा था अपनी हत्या का बदला लेने के लिए। यह कहते-कहते उसने दम तोड़ दिया। यह सुनते ही वारविक ने शत्रु का मुकाबला करके भाई के खून का बदला लेने का संकल्प लिया। जीते जी युद्धभूमि न छोड़ने की भी उसने शपथ ली। यार्क के तीनों बेटों एडवर्ड, रिचर्ड और जार्ज ने भी ऐसा ही संकल्प लिया और सभी पुनः युद्ध करने के लिए तैयार हो गए।

रणभूमि के दूसरे अंचल में रिचर्ड और किल्फर्ड का आमना-सामना होते ही रिचर्ड ने उससे कहा कि कड़ी-से-कड़ी सुरक्षा व्यवस्था भी तुम्हें आज बचा न पाएगी। किल्फर्ड बड़े गर्व से बोला कि मैंने तुम्हारे बाप और भाई की हत्या की है और आज तुम्हारा भी वध करूंगा। यह कहते ही उसने वार कर दिया। वारविक भी रिचर्ड के सहायतार्थ वहाँ आ पहुँचा, लेकिन रिचर्ड ने उससे आग्रह किया इससे मुझे अकेले ही निपटने दे। आप किसी दूसरे का मुकाबला करें। राजा हेनरी अलग एक ढूहे पर अकेले बैठा यह युद्ध देख रहा था। दोनों ओर से बराबरी की लड़ाई हो रही थी। कभी एक दल जीतता तो कभी दूसरा। उसका मानना था कि भगवान जिसे चाहेगा उसे विजयी बनाएगा। उसने विचार किया कि मेरा युद्ध क्षेत्र से जाना उचित नहीं होगा। उसने सोचा कि तिरस्कृत जीवन से तो मर जाना ही अच्छा होगा। इस दुनिया में चिन्ता और दुःख के अलावा और है ही क्या। इससे तो अच्छा गांव के चरवाहे का जीवन है। इसके मुकाबले राजा का जीवन हर घड़ी षड्यंत्र और विश्वासघात से सशंकित रहता है। इस चिन्ताग्रस्त जीवन से तो अधिक सुखमय उन चरवाहों का जीवन है, जो अपनी झोपड़ी में सुख-चैन से खाते-पीते हैं। उनके सुख-चैन से राजकीय ऐश्वर्य की क्या तुलना! राजा भले ही सोने के बर्तन में स्वादिष्ट भोजन करता है, आरामदेह बिस्तर पर विश्राम करता है, लेकिन राजद्रोह, षड्यंत्र और चिन्ता से घिरे राजा को निश्चिंत और सुखी जीवन कहाँ नसीब होता है।

अवसाद के इस क्षण में राजा का विषाद उस समय और बढ़ गया जब एक युवक अपने पिता का शव लिए हुए उसके सामने आ खड़ा हुआ। इस सिपाही ने अंजाने में ही लड़ाई के मैदान में अपने बाप की हत्या कर दी थी। वह राजा की ओर से लड़ रहा था और उसका पिता विद्रोही वारविक का सैनिक था। इस दर्दनाक दृश्य

से अभिभूत हो राजा स्वयं भी उस अभागे युवक के साथ रोने लगा। लेकिन इससे भी ज्यादा दर्दनाक दशा उस पिता की थी जिसने लड़ाई में अपने ही एकलौते बेटे का वध कर दिया था। वह भी बेटे का शव लिए वहाँ आ पहुँचा। इस कारुणिक दृश्यों से मर्माहत हो राजा सोचने लगा कि अगर 'रेड्रोज' और 'व्हाइट रोज' का झगड़ा इसी तरह चलता रहा तो हजारों लोग अपनी जान गंवा बैठेंगे। अच्छा होता यदि मेरी मृत्यु से इन दोनों वर्गों का संघर्ष समाप्त हो जाता। इन दोनों हत्यारों से भी अधिक दुःखी अगर कोई वहाँ था तो वह था ढूह पर बैठा इंग्लैण्ड का राजा हेनरी।

इस प्रकार दुःखकातर राजा जब अपने भाग्य और भविष्य पर पछता रहा था तभी मारगरेट घबड़ाई हुई अपने पुत्र और एक्सटर के साथ वहाँ पहुँची। प्रिंस ने पिता से भाग निकलने की अपील की और बताया कि हमारे सभी सहयोगी चम्पत हो गए हैं। मृत्यु हमारा पीछा कर रही है। रानी ने कहा कि आप तुरन्त घोड़े पर सवार हो वारविक की ओर बढ़ चलें। एडवर्ड और रिचर्ड भूखे भेड़िए की तरह हमारा पीछा कर रहे हैं। विद्रोहियों से बातचीत करना या उन्हें समझाने-बुझाने के लिए रुकने के बदले राजा एक्सटर के साथ वहाँ से चल पड़ा। लेकिन वारविक जाने के बदले अधिक सुरक्षा की आशा से वह स्काटलैण्ड की ओर बढ़ गया।

'व्हाइट रोज' और 'रेड रोज' को दुर्दिन से बचाना अब सम्भव न था। राजा हेनरी का कट्टर समर्थक किल्फर्ड भी शत्रुओं से आहत हो अंतिम सांस ले रहा था। जाते-जाते राजा के प्रति अपनी सहानुभूति प्रकट करते हुए उसने कहा कि मेरी मृत्यु से यार्क वंश के लोगों को ही फायदा होगा। उसे इस बात का दुःख था कि इस राजा ने कभी भी अपने पिता और दादा की भांति वीरतापूर्वक राज्य संचालन नहीं किया। उसकी ढिलाई के कारण ही यार्क और उसके साथियों ने इस प्रकार विद्रोह करने की हिम्मत की। राजा के लिए हजारों लोगों ने बलिदान दिया, फिर भी राजा सुरक्षित न रह सका। अंत में रक्तस्राव से शिथिल हो वह मूर्च्छित हुआ और थोड़ी ही देर में चल बसा।

इस विजय से आल्हादित हो यार्क का पुत्र एडवर्ड, अपने दोनों भाइयों तथा मानटेग व वारविक के साथ अब घटना चक्र का जायजा लेने लगा। कुछ सिपाही रानी मारगरेट का पीछा करने के लिए भेज दिए गए। यार्क का सर गेट से हटाकर वहाँ किल्फर्ड का सर लटकाने का आदेश दे दिया गया। वारविक ने एडवर्ड को सलाह दी कि लन्दन पहुँचकर राज्याभिषेक का काम सम्पन्न कर लें। उसकी योजना थी कि इसके बाद फ्रांस जाकर लेडी बोना के साथ उसकी शादी कराने की व्यवस्था होगी। फ्रेंच रानी की बहन से शादी हो जाने पर एडवर्ड आन्तरिक उत्पात से निश्चिंत हो जाएगा।

एक ओर तो एडवर्ड इंग्लैण्ड का राजा बनने की तैयारी में जुटा था और दूसरी ओर पदच्युत राजा हेनरी स्काटलैण्ड से वापस आकर इंग्लैण्ड के एक शिकारगाह में भटक रहा था। राजपाट छिन जाने के बाद अब उसकी वेशभूषा भी बदल चुकी थी। राजदण्ड के बदले उसके हाथ में प्रार्थना की एक पुस्तक थी। अपने दुर्दिन पर

पश्चाताप करता हुआ वह अकेले ही बड़बड़ा रहा था। स्वदेश के मोह से मैं यहाँ खिंच आया हूँ, लेकिन इस देश को अपना कहने में मुझे संकोच हो रहा है। मेरा सिंहासन और मेरा राजदण्ड तो अब दूसरे के अधिकार में है। अब न तो कोई नतजानु को मुझे राजा कह अभिवादन करने वाला है और न कोई मेरे पास फरियाद ही लेकर आएगा। राजा की ये बातें वहाँ तैनात दो सरकारी वनरक्षक सुन रहे थे। उन्हें अनुमान हो गया कि यह पूर्व राजा ही है, लेकिन हेनरी की पूरी बात सुनने के पहले वे उसे गिरफ्तार करना नहीं चाहते थे।

अभागे राजा के निराशा की लम्बी पगडण्डी का कहीं अंत नहीं था। यद्यपि सहायता की आशा में रानी अपने पुत्र के साथ फ्रांस गई थी, लेकिन उसके पहले ही फ्रेंच रानी की बहन से एडवर्ड की शादी का प्रस्ताव लेकर वारविक वहाँ पहुँच चुका था। ऐसी स्थिति में रानी का खाली हाथ लौटना निश्चिंत था। हेनरी जनता था कि वारविक वाक्पटु है, वह राजा को बड़ी सरलता से प्रभावित कर लेगा। अब वनरक्षक हेनरी के सामने आ गए। उसका परिचय जानना चाहा। पूछा, तुम राजा-रानी की बातें क्यों कर रहे हो। यदि तुम राजा हो तो तुम्हारा मुकुट कहाँ है? हेनरी ने उत्तर दिया कि मेरे माथे पर राजमुकुट तो नहीं है लेकिन मेरे दिल में संतोष का ताज है। ऐसा मुकुट शायद ही किसी राजा को नसीब होता है। रक्षकों ने उससे पूछा, क्या तुम्हीं को राजा एडवर्ड ने पदच्युत कर दिया था? हम उसके नौकर हैं। तुम उसके शत्रु हो। इसलिए हम तुम्हें गिरफ्तार करके उसके पास ले जाएँगे।

बंदी हेनरी के राजमहल पहुँचने के पहले राजा एडवर्ड अपने भाइयों ग्लास्टर और क्लैरेंस की उपस्थिति में ग्रे नामक एक विधवा के आवेदन पर विचार कर रहा था। इस विधवा का पति सर जान ग्रे सेंट एलबांस की लड़ाई में यार्क परिवार की ओर से लड़ता हुआ मारा गया था। उसकी जमीन भी जब्त कर ली गई थी। अब राजा एडवर्ड का फर्ज था कि वह जमीन इस विधवा को लौटा दे। एडवर्ड जमीन तो वापस कर देना चाहता था, लेकिन कुछ समय बाद। ग्लास्टर ताड़ गया कि दाल में कुछ काला है। विधवा को जमीन के बदले कुछ देना होगा। बाद में मिलने की बात ज्यों ही राजा ने कहीं, विधवा बोल उठी, मैं तुरंत आपका निर्णय चाहती हूँ। लेकिन एडवर्ड तो हीलाहवाली करके उसे अपने जाल में फंसाना चाहता था। जब देखा कि वह बाद में आने के लिए तैयार नहीं है तो उसके बेटों के प्रति सहानुभूति दिखाते हुए एडवर्ड ने उससे कहा कि मैं नहीं चाहता कि वे अपने पिता की जायदाद से वंचित हों, लेकिन जमीन पाने के लिए तुम्हें हमारे कहे मुताबिक चलना होगा। राजा एडवर्ड ने स्पष्ट रूप से उसके सामने सहवास का प्रस्ताव रखा। विधवा ने दो टूक उत्तर देते हुए उसे कहा कि मैं जेल जा सकती हूँ, लेकिन यह प्रस्ताव स्वीकार नहीं कर सकती। राजा का भी दो टूक जवाब था कि तब तो जमीन भी नहीं मिल सकती। उससे 'हाँ' या 'ना' सुने बिना राजा उसे छोड़ने वाला न था। राजा के विचार से उस ग्रे नामक विधवा में रानी के सभी गुण विद्यमान थे। लेकिन वह विधवा अपने को इसके अयोग्य समझती थी। उसने एडवर्ड से साफ-साफ कह दिया कि न तो मैं

आपकी रानी बन सकती हूँ और न रखैल ही। राजा ने आदेशात्मक स्वर में कहा कि तुम्हें अब ज्यादा बोलने की जरूरत नहीं है। तुम मेरी रानी बनोगी।

लेडी ग्रे से बातचीत करके फुर्सत पाने के बाद राजा एडवर्ड ने हेनरी को टावर भेज दिया। एडवर्ड का भाई ड्यूक आव ग्लास्टर सोचने लगा कि मैं जिस जगह पहुँचने का सपना देख रहा हूँ, उस रास्ते में अनेक बाधाएँ तो हैं ही अब एडवर्ड एक नया गुल खिलाने जा रहा है। मैं नहीं चाहता कि इस तरह एडवर्ड उत्तराधिकारी की संख्या और बढ़ावे। मैं अपने लक्ष्य का फासला यथाशीघ्र तै करना चाहता हूँ। राजमुकुट पाने में जो भी बाधाएँ आएँगी उसे हटाऊंगा। राज्य सिंहासन के बिना मुझे संतोष नहीं मिलेगा। किसी नारी के प्रेम पाश में बद्ध होने लायक न तो मेरा शारीरिक गठन है न स्वभाव और न वाणी ही। राजमुकुट पाने का कोई रास्ता भी नहीं दिखाई देता है, फिर भी छल-बल से मैं इसे हथियाऊंगा।

शायद रिचर्ड की इस योजना से नियति भी सहमत थी। फ्रांस के राजा लुई के दरबार में पहुँचकर इंग्लैण्ड की रानी मारगरेट ने सहायता की अपील की। उसने राजा से निवेदन किया कि अब हमारे राजसिंहासन पर एडवर्ड का कब्जा है। हेनरी स्काटलैण्ड में निर्वासित जीवन व्यतीत कर रहा है। हमारा खजाना भी छिन गया है। हमारे सिपाही और सांसद हमसे विमुख हो गए हैं। अब केवल आपकी सहायता से ही हमारा उद्धार हो सकती है। मारगरेट की बातों से द्रवित हो उदार राजा लुई ने उसे इस संकट में मुक्त कराने का आश्वासन दिया। बातचीत पूरी भी न हो पाई थी कि रानी का विरोधी वारविक दरबार में एडवर्ड की शादी का पैगाम लेकर आ पहुँचा।

राजा लुई का अभिवादन करते हुए उसने मैत्री का प्रस्ताव रखा और कहा कि इस मैत्री को सुदृढ़ करने के लिए मैं अपने राजा की शादी लेडी बोना से कराने की अनुमति प्राप्त करने आया हूँ। लेडी बोना की ओर मुखातिब हो उसने उससे कहा कि आपके सौंदर्य की प्रशंसा से अभिभूत राजा एडवर्ड ने मुझे आदेश दिया है कि मैं आपका हाथ चूमकर आपके प्रति उसके प्रेम का ज्ञापन करूं। मारगरेट ने देखा कि यदि राजा लुई वारविक की बात मान लेता है तब तो मेरा काम नहीं बन पाएगा। इसलिए इस रिश्ते का विरोध करते हुए उसने कहा कि एडवर्ड सच्चे दिल से बोना को प्यार नहीं करता। वह तो केवल अपनी कुर्सी बचाने के लिए आपका सहयोग प्राप्त करने का तिकड़म रच रहा है। यह सुनते ही वारविक मारगरेट पर बरस पड़ा। उसने कहा कि हेनरी ने राज्य पर अवैध कब्जा किया था। न तो वह राजा है आर तुम रानी और न तुम्हारा यह बेटा युवराज।

मारगेट आर उसके साथियों ने थोड़े समय के लिए अलग हटने का अनुरोध करके राजा लुई वारविक से बातचीत करने लगा। उसने वारविक से एडवर्ड के पद की वैधानिकता और बोना के प्रति उसके प्यार आदि की जानकारी हासिल की। वारविक ने उसे विश्वास दिलाया कि एडवर्ड इंग्लैण्ड का न्यायसम्मत और जनप्रिय राजा है। वह सच्चे मन से बोना को प्यार करता है। उसके सद्गुण और सौंदर्य से

प्रभावित है। बोना ने भी स्वीकार किया कि एडवर्ड की प्रशंसा से तो मैं पहले ही प्रभावित हूँ। उसने कहा कि राजा का जो निर्णय होगा मुझे मान्य होगा। राजा लुई एडवर्ड से बोना की शादी करने के लिए राजी हो गया। शादी की शर्तें भी तय करके मारगरेट को ही गवाह बना दिया। इस स्थिति में बेचारी मारगरेट कर भी क्या सकती थी! उसने वारविक से कहा कि तुम्हारी इस धोखेबाजी के पहले राजा लुई हेनरी के प्रति उदार था। इस शादी के जरिए तुमने राजा को मेरी अपील के प्रति उदासीन कर दिया। राजा ने मारगरेट को आश्वासन दिया कि मेरा भाव हेनरी और तुम्हारे प्रति वैसा ही रहेगा जैसे पहले था। हाँ यदि एडवर्ड की अपेक्षा सिंहासन पर तुम्हारा दावा कमजोर होगा तो मैं सहायता करने में असमर्थ हूँ। फिर भी तुम्हारे लिए जो कुछ भी सम्भव होगा करूंगा। अपनी सफलता से प्रसन्न वारविक ने मारगरेट से कहा कि हेनरी स्काटलैण्ड में आराम से सुरक्षित जीवन बिता रहा है। इधर तुम्हारा पिता तुम्हारी देखभाल भली-भांति कर सकता है। फिर तुम राजा लुई को क्यों परेशान कर रही हो? वारविक के इस कमीनेपन पर नाराज हो मारगरेट ने कहा कि अपने अनुनय विनय से राजा लुई का मन बदले बिना मैं यहाँ से नहीं हटूंगी—और साथ ही यह भी सिद्ध कर दूंगी कि तुम और एडवर्ड एक नम्बर के मक्कार हो।

कहते हैं कि जिसका कोई सहायक नहीं होता उसे भगवान सहारा देते हैं। इसी क्षण एक दूत ने आकर इन तीनों के नाम अलग-अलग पत्र दिया। एडवर्ड ने राजा लुई के नाम जो पत्र दिया था उसमें उसने लेडी ग्रे के साथ शादी करने की सूचना दी थी। साथ ही इस घटना से विचलित न होने का उपदेश भी पत्र पढ़ते ही राजा लुई क्षुब्ध हो गया। उसने वारविक से कहा कि क्या तुम हमारे साथ मित्रता के प्रस्ताव का ढोंग रच रहे हो? ग्रे से शादी करके एडवर्ड ने फ्रांस का अपमान किया है। मारगरेट तो इस घटना से प्रसन्न हो उठी। उसने लुई से कहा, देख लिया आपने एडवर्ड का बोना के प्रति प्यार और वारविक की सत्यनिष्ठा। वारविक ने राजा लुई को विश्वास दिलाया कि एडवर्ड के इस गलत काम से मैं अनभिज्ञ हूँ। उसने मुझे बेइज्जत किया है। उसने राजा को बताया कि इसी यार्क परिवार के लिए मेरे पिता ने जान गंवाई थी और हेनरी को पदच्युत करके मैंने उसे राजा बनाया था। मैं आपके सामने एलान करता हूँ कि एडवर्ड का साथ छोड़कर मैं हेनरी का पक्ष लूंगा, उसे राजा बनाऊंगा। बोना के प्रति अन्याय का बदला लूंगा। उसने रानी से भी पुरानी बातों को भूल जाने का निवेदन किया और कहा कि आज से मैं आपका सेवक हूँ। इस समय वारविक बहुत क्षुब्ध था। उसने कहा कि आपकी सहायता से मैं यथाशीघ्र एडवर्ड को गद्‌दी से उतार दूंगा। उसने यह भी बताया कि इस पत्र से पता चलता है कि लेडी ग्रे से शादी करने के कारण जार्ज भी अपने भाई से नाराज है। बोना ने भी राजा लुई से अपील की एडवर्ड से बदला लेने के लिए आप रानी मारगरेट की सहायता करें।

राजा इन लोगों की बातों से सहमत था। उसने इंग्लैण्ड के दूत से कहा, यहाँ जो कुछ हुआ तुमने स्वयं देखा और सुना है। बोना ने उससे कहा कि एडवर्ड को

बता देना कि अब वह विधुर का जीवन बिताने की तैयारी करे। रानी मारगरेट ने कहा कि मैं उसके खिलाफ युद्ध के लिए सन्नद्ध हूँ। वारविक ने भी कहा कि मैं उसे पदच्युत करके अपने अपमान का बदला लूंगा। दूत को विदा करने के बाद लुई ने वारविक और ऑक्सफोर्ड से कहा कि पांच हजार सैनिक लेकर तुम लोग एडवर्ड से लड़ाई के लिए प्रस्थान करो। दूसरी कुमुक रानी मारगरेट और युवराज के साथ भेजी जाएगी। लुई ने वारविक से कहा कि जाने से पहले तुम अपनी वफादारी की कोई धरोहर छोड़ते जाओ। यह सुनते ही वारविक ने राजा से निवेदन किया कि यदि रानी मारगरेट और उसका तरुण पुत्र स्वीकार करें तो मैं अपनी वफादारी के प्रमाण स्वरूप अपनी बड़ी बेटी का विवाह उससे करने के लिए तैयार हूँ। रानी मारगरेट ने उसका प्रस्ताव स्वीकार कर लिया। इस प्रकार आश्वस्त हो राजा लुई ने अपने नौ सेनाध्यक्ष लार्ड बूबां को हुक्म दिया कि वारविक की सेना को सुरक्षित इंग्लैण्ड पहुँचा दो, ताकि एडवर्ड को पता चल जाए कि फ्रेंच राजकुमारी के साथ शादी का मजाक करना कितना महंगा सौदा है। परिस्थितियों ने ऐसा पलटा खाया कि वारविक जो एडवर्ड का दूत बनकर फ्रांस आया था, यहाँ से उसका कट्टर शत्रु बनकर वापस लौटा।

लेडी ग्रे के साथ एडवर्ड की शादी से केवल यही लोग क्षुब्ध नहीं थे, बल्कि राजा एडवर्ड के दोनों भाई जार्ज व रिचर्ड, लार्ड सामरसेट, मानटेग तथा अन्य लोग भी चिढ़ गये थे। ये लोग जब एडवर्ड की आलोचना कर रहे थे कि इसी बीच राजा और रानी भी वहाँ आ पहुँचे। आते ही एडवर्ड ने अपने भाई जार्ज ड्यूक आव क्लैरेंस से अपनी शादी के प्रति उसकी प्रतिक्रिया जाननी चाही। जार्ज ने अपनी नाराजगी जाहिर करते हुए कहा, कि इस विवाह के फलस्वरूप फ्रांस का राजा आपका दुश्मन बन जाएगा। आपने लेडी बोना की खिल्ली उड़ाई है। उसका तिरस्कार किया है। वारविक भी बेइज्जत हुआ है। मानटेग ने भी इस शादी का विरोध करते हुए कहा कि लेडी बोना से शादी का मतलब होता फ्रांस से मैत्री, जिससे इंग्लैण्ड की शक्ति बढ़ती। बाहरी शत्रुओं का सामना करना आसान होता। रिचर्ड ने तो उसका साथ ही छोड़ देने की घोषणा कर दी।

यह सब सुनकर बेचारी रानी तो हैरान-परेशान हो उठी। उसने सामन्तों से कहा कि आप सब लोगों को यह तो मानना होगा कि रानी पद प्राप्त करने के पहले भी मैं उच्च वंश की महिला थी। मुझसे भी छोटे घराने की महिलाएँ रानी पद सुशोभित कर चुकी हैं, लेकिन देख रही हूँ कि रानी पद का सम्मान पाने के साथ ही मैं आप लोगों का तिरस्कार भी पा रही हूँ। आपकी आलोचना के कारण सुख पाने का मेरा सपना क्षीण हो गया है। इसी बीच फ्रांस से लौटकर दूत ने राजा लुई, लेडी वीना, रानी मारगरेट और वारविक द्वारा भेजा गया संदेश एडवर्ड को यथावत् सुना दिया। उसने एडवर्ड से कहा कि वारविक और मारगरेट में समझौता हो गया है। आपसी सहयोग और मैत्री का अटूट बनाए रखने के लिए वारविक ने अपनी लड़की का विवाह हेनरी के बेटे युवराज से कर दिया है। यह सब सुनने के बाद जार्ज/वारविक

से मैत्री स्थापित करने के लिए सामरसेट के साथ दरबार से विदा हो गया।

जार्ज और सामरसेट द्वारा साथ छोड़ देने पर राजा एडवर्ड ने वारविक के करीबी रिश्तेदार और मित्र मानटेग और हेस्टिंग्ज से कहा कि तुम दोनों भी यदि वारविक का पक्ष लेना चाहते हो तो जा सकते हो। नादान दोस्त से दानेदार दुश्मन अच्छा होता है। उसने अपने भाई रिचर्ड से भी ऐसा ही प्रस्ताव किया, लेकिन दोनों सामन्तों और रिचर्ड ने एडवर्ड का साथ देने का वादा किया। एडवर्ड के प्रेम के कारण नहीं, बल्कि मुकुट पाने के लिए रिचर्ड उससे चिपका रहना चाहता था। इस प्रकार आश्वस्त हो राजा एडवर्ड ने स्टेफोर्ड और पामब्रोक को सेना जुटाने के लिए भेज दिया और स्वयं वारविक का मुकाबला करने के लिए निकल पड़ा।

सैनिक शिविर में पहुँचकर क्लैरेंस ने वारविक और ऑक्सफोर्ड से मुलाकात की। वारविक तो जानता ही था कि लेडी ग्रे से शादी करने के कारण क्लैरेंस अपने भाई से नाराज होकर यहाँ आया है। दोनों ने दोस्ती का हाथ बढ़ाया और इस दोस्ती को पूरा करने के लिए वारविक ने अपनी दूसरी बेटी उसे सौंपने का वादा कर दिया। अब ऑक्सफोर्ड, वारविक और क्लैरेंस ने योजना बनाई कि अंधेरी रात में जब एडवर्ड अपने कैम्प में अकेला होगा हम लोग हमला बोल देंगे। सुरक्षा गार्डों को मार भगाने के बाद हम एडवर्ड को गिरफ्तार कर लेंगे, लेकिन मारेंगे नहीं। एडवर्ड के शिविर पर तीन सिपाही पहरा दे रहे थे। एडवर्ड को शिविर से बाहर निकाला। वारविक ने एडवर्ड के सिर से ताज उतारते हुए कहा कि अब तुम केवल ड्यूक आव यार्क रहोगे और यह ताज हेनरी पहनेगा, वही वास्तविक राजा है। तुमने मुझे दूत बनाकर फ्रांस भेजा। मुझे अपमानित किया। जो व्यक्ति अपने दूत के साथ उचित व्यवहार करना नहीं जानता, भला वह शासन क्या चलाएगा! तुमने अपने सुख-चैन के लिए शादी रचा ली। भाइयों के साथ मनमाना व्यवहार किया। प्रजा के सुख की चिन्ता न की। अपनी सुरक्षा करने में तुम असमर्थ रहे। ऐसा आदमी भला राजा कैसे हो सकता है! यह कहकर उसने एडवर्ड को यार्क के धर्माध्यक्ष के पास भेज दिया। अब वारविक का अगला कदम था अपने सहयोगियों के साथ लन्दन जाकर राजा हेनरी को जेलखाने से छुड़ाना और उसकी ताजपोशी करना।

परिस्थितियों के इस आकस्मिक बदलाव से सबसे ज्यादा उद्विग्न हुई लेडी ग्रे। राजमहल में अपने भाई रिवर्स के साथ बैठी वह अपना दुखड़ा सुना रही थी। इस समय वह गर्भवती थी। एडवर्ड की संतान के लिए वह अपने को बचाकर रखना चाहती थी। वह जानती थी कि हेनरी को पुनः सिंहासनारूढ़ करने के लिए वारविक लन्दन पहुँचने वाला है। उसे डर था कि यदि वह गिरफ्तार कर ली गई तो जीवित नहीं बच सकेगी। इसलिए उसने अपने भाई से कहा कि इस समय किसी पर गिरजाघर में शरण लेने में ही हमारी भलाई है।

इस बीच एडवर्ड के शुभचिंतक और सहयोगी भी शांत नहीं बैठे थे। यार्कशायर के मिडिलहम दुर्ग के पास एक पार्क में रिचर्ड, हेस्टिंग्ज और सर विलियम स्टेनल एडवर्ड को आर्क विशप के चंगुल से निकालने की योजना बनाने में लगे थे। दयालु

विशप ने बंदी एडवर्ड को घूमने-फिरने की छूट दे रखी थी। वह इसी पार्क में अक्सर शिकार खेलने आता था। रिचर्ड ने अपने भाई एडवर्ड के पास गुप्त संदेश भेजा था कि हम लोगों ने आपकी सहायता के लिए घोड़े और आदमियों की व्यवस्था कर रखी है, ताकि आप बंदीखाने से मुक्त हो सकें।

इस संदेश के अनुसार एडवर्ड के एक शिकारी के साथ निश्चित स्थान पर आ पहुँचा। पार्क के कोनों में घोड़ा तैयार खड़ा था। हेस्टिंग्ज ने उसे सलाह दी कि तुरन्त उस पर सवार हो और लिन चले जाओ और वहाँ से जहाज द्वारा फैंडसी। इधर एडवर्ड विशप के चंगुल से मुक्त हुआ और उधर हेनरी भी टावर से। अपनी स्वतंत्रता से गद्‌गद हेनरी ने वारविक के प्रति हार्दिक कृतज्ञता व्यक्त की। बोला कि मैंने राजमुकुट पहन तो लिया है, लेकिन यह मुकुट तुम्हारे हवाले कर देना चाहता हूँ। राजा की नैतिकता और त्याग से प्रभावित हो वारविक ने कहा कि एडवर्ड के भाई जार्ज के रहते मैं यह दायित्व नहीं लेना चाहता। अंत में राजा ने दोनों से कहा कि तुम दोनों बिना किसी मतभेद के इस राज्य का संरक्षण और संचालन करो। मैं अपना शेष जीवन एकांतवास में सात्विकतापूर्वक भगवत् भजन करते हुए बिताऊंगा।

यह उत्तरदायित्व पाते ही दोनों का पहला काम था एडवर्ड को राजद्रोही घोषित कर उसकी सम्पत्ति पर कब्जा करना। राजा हेनरी ने इन दोनों से रानी और युवराज को फ्रांस से बुलाने का आग्रह किया ताकि उन्हें देख सके और आशंका से मुक्त हो अपनी स्वतंत्रता का वास्तविक आनंद पा सके। इस प्रकार भावी व्यवस्था को जब अंतिम रूप दिया जा रहा था कि एक संदेशवाहक ने वारविक को सूचना दी कि एडवर्ड आपके भाई विशप के यहाँ से निकल भागा। सुना जाता है कि उसने बरगण्डी में शरण ली है। उन्हें विश्वास था कि बरगण्डी की सहायता से एडवर्ड फिर एक बार राजसिंहासन पर कब्जा करने की कोशिश करेगा। युद्ध के लिए तैयारी करना इस समय उनकी लाचारी थी।

बरगण्डी से आवश्यक सैनिक सहायता लेकर एडवर्ड अपने भाई रिचर्ड और हेस्टिंग्ज के साथ यार्क गेट पर आ पहुँचा। फाटक तो पहले से बंद करा दिया गया था। लेकिन येन-केन-प्रकारेण वह अन्दर घुसकर अपने सहयोगियों को जुटाना चाहता था। उसकी पुकार सुनकर यार्क के मेयर ने परकोटे पर से कहा कि आप लोगों के आने की सूचना के साथ ही सुरक्षा के लिए फाटक बंद रखने का निर्देश भी हमें मिल चुका है। अब हम राजा हेनरी के अधीन हैं। एडवर्ड ने उसे फुसलाने की कोशिश की और कहा कि क्या हुआ? तुम तो जानते हो कि हम लोग राजा हेनरी के शुभचिंतक है। मेयर ने उसकी बातों में आकर फाटक खोल दिया। अन्दर पहुँचते ही एडवर्ड ने मेयर को आश्वस्त किया कि इस नगर, यहाँ के कर्मचारियों और सहयोगियों की रक्षा की जिम्मेदारी मैं लेता हूँ। फाटक बंद रखने की जरूरत नहीं है। यह कह उसने फाटक की चाभी अपने कब्जे में कर ली।

इसी मौके पर जान मांटगोमरी एडवर्ड की सहायता के लिए ससैन्य वहाँ आ पहुँचा। लेकिन जब एडवर्ड ने उसे बताया कि मैं अब राजा नहीं रहा तो सहायता के प्रति असमर्थता व्यक्त करते हुए वह तुरन्त लौटने लगा। एडवर्ड के रोकने पर

उसने शर्त रखी कि यदि आप यह अंगूठी हेलेना की है। तब तो इसका मतलब हुआ कि फ्लोरेंस में मैंने हेलेना के साथ संभोग किया। जबकि हेलेना फ्लोरेंस में थी ही नहीं। उसकी बातें सुनकर राजा बड़ा परेशान हुआ। बरट्रम के इस सफेद झूठ पर क्रुद्ध हो राजा ने उसे बंदी बनाकर बाहर निकाल दिया।

ठीक इसी मौके पर हेलेना का वह पत्र, जो उसने मारसेलस में एक भद्र जन को दिया था, राजा के हवाले कर दिया गया। वास्तव में यह पत्र लिखा था डायना ने। उसने काउण्ट रूजिलों पर दोषारोपण किया था कि अपनी पत्नी की मृत्यु के बाद उसने मुझे अपना बना लिया। मेरी इज्जत तो लूट ली, लेकिन शादी का वादा पूरा किये बिना चुपके से फ्लोरेंस से यहाँ भाग आया। मैं आपकी शरण में न्याय की गुहार करने आयी हूँ। न्याय करें। अन्यथा मेरा सतीत्व नष्ट करने वाला छलिया शान से रहेगा। पत्र सुनते ही लार्ड लाफे बोल उठा—ना, बाबा ना। मैं बाज आया ऐसे युवक को अपनी बेटी देने से। इस पत्र से राजा को शक हुआ कि जरूर बरट्रम ने हेलेना की हत्या कर दी होगी।

राजा के दरबार में फरियाद करने वाली रमणी और अभियुक्त दोनों की पेशी हुई। डायना अपनी माँ के साथ थी। राजा के सामने पहुँचकर माँ-बेटी दोनों ने राजा से निवेदन किया। पत्र द्वारा हमने अपनी बात आप तक पहुँचा दी है। कृपया हमारी मान मर्यादा नष्ट होने से बचावें। जिरह में बरट्रम ने स्वीकार किया कि मैं इन्हें पहचानता हूँ, लेकिन जब डायना ने उससे पूछा कि तुम अपनी पत्नी को ओर विस्मित होकर क्यों देख रहे हो, तो वह बोला कि मेरा इस युवती से कोई वास्ता नहीं है। डायना ने जवाब दिया कि यदि तुम दूसरी करने के साथ ही मुझसे भी शादी करनी होगी। अन्यथा किसी से भी नहीं होगी। यह सुनते ही लार्ड लाफे बोल उठा। बरट्रम अपने बचाव में कहा कि यह बड़ी कामुक और ढीठ औरत है। इसकी बातों में आकर मेरा अपमान न करें।

अब डायना ने राजा से निवेदन किया कि इस युवक से पूछिए, क्या इसने मेरा कौमार्य भंग नहीं किया? बरट्रम ने कहा कि यह बड़ी निर्लज्ज औरत है। यह तो पूरे सैनिक कैम्प की भोग्या है। डायना ने अब अपना ट्रम्प कार्ड फेंका। उसने कहा कि यदि मैं बाजारू औरत होती, तब तो यह मुझे बड़े सस्ते में पा जाता। फिर ऐसी औरत को यह अंगूठी देने की क्या जरूरत थी। अंगूठी देखते ही तो बरट्रम शर्म से गड़ गया। उसकी माँ ने कहा कि यह तो मेरी खानदानी अंगूठी है। जरूर यह युवती बरट्रम की पत्नी है। राजा ने कहा कि तुम्हारा कोई गवाह है? बड़े संकोच से युवती ने पैरोलस का नाम लिया, यद्यपि वह ऐसे घृणित आदमी को अपने पक्ष में उपस्थित करना पसंद नहीं करती थी। बरट्रम बोला कि उस झूठे, बदमाश, लम्पट की गवाही से क्या फायदा होगा। अब विवश होकर उसने स्वीकार किया कि हाँ मैं इस सुन्दरी को प्यार करता था और इसके साथ संभोग भी किया था। वह मुझसे कतराती फिरती थी। इस प्रकार मेरी कामोत्तेजना बढ़ाकर उसने बड़ी चालाकी से मेरी अंगूठी ऐंठ ली। इसके बदले उसने मुझे जो दिया वह तो बड़ी कम कीमत पर बाजार में पाया जा सकता है। जवाब में डायना ने उससे कहा कि तुमने अपनी पहली पत्नी

का परित्याग करके मुझ पर डोरा डाला। अब देखती हूँ कि तुम में तनिक भी शालीनता नहीं है। ऐसे पति से बाज आई। मैं तुम्हारी अंगूठी लौटा दूंगी और तुम भी मेरी अंगूठी लौटा दो। बरट्रम ने यह सुनते ही कि वह अंगूठी मेरे पास नहीं है राजा ने डायना से पूछा कि तुम्हारी अंगूठी कैसी थी? युवती ने जवाब दिया कि जैसी इस समय आपकी उंगली में है। इसके साथ शय्यात होने के समय मैंने वह अंगूठी इसे दी थी।

गवाही के लिए पैरोलस की पेशी हुई। उसने बयान दिया कि बरट्रम डायना के प्रेम का दीवाना था। इस प्रेम प्रपंच में मैं ही मध्यस्थ था। मैं यह भी जानता हूँ कि दोनों हमबिस्तर हुए थे, लेकिन शादी के वादे के विषय में मैं कुछ कहना नहीं चाहता। पैरोलस के बयान से राजा सब कुछ समझ गया। अब उसने डायना से पूछा कि यह अंगूठी तुमने कहाँ से खरीदी या तुम्हें किसने दी? डायना ने उत्तर दिया कि न तो मैंने यह अंगूठी खरीदी, न किसी ने दी, न उधार ली और न कहीं पायी। राजा ने उससे फिर पूछा कि जब यह अंगूठी तुम्हारी नहीं है तो तुमने बरट्रम को कैसे दी? उसकी इस पहेली से खीझ पर राजा ने कहा कि यह अंगूठी मेरी थी। मैंने इसे बरट्रम की पहली पत्नी को दी थी। अगर तुम एक घंटे के अन्दर नहीं बता देतीं कि यह अंगूठी तुमने कैसे पायी, तो तुम्हारी मृत्यु निश्चित है। डायना साहसपूर्वक बोली कि यह मैं कभी नहीं बताऊंगी। यह सुनते ही राजा ने उसे जेल में बंद करने का आदेश दिया। उस युवती ने कहा कि मैं अपने लिए जमानत पेश करना चाहती हूँ।

राजा उसे डांटने हुए बोला कि तुम सचमुच साधारण बाजारू औरत लगती हो। अब तक व्यर्थ ही बरट्रम पर लांछन लगाती रही। डायना ने राजा से कहा कि मैं वैश्या नहीं हूँ। शपथपूर्वक कहती हूँ कि मैं कुमारी हूँ। बरट्रम समझती है कि मैं कुमारी नहीं हूँ। वह अपराधी है। क्रुद्ध हो राजा बोला कि इसने हमारा दिमाग खराब कर दिया। ले जाओ इसे जेलखाने। डायना ने राजा से थोड़ा रुकने की प्रार्थना की। जमानतदार बुलाने के लिए अपनी माँ को भेजा। बोली कि जिस जौहरी की यह अंगूठी है वही मेरी जमानतदार है। उसने यह भी कहा कि बरट्रम समझता है कि उसने मेरा शील हरण किया है। उसका यह समझना भूल है। वह समझता है कि उसने मेरे साथ संभोग किया था। दरअसल उसने अपनी पत्नी के साथ संभोग किया और इसी का बच्चा इस समय उसके पेट में है। लोग समझते हैं कि वह मर चुकी है। वह अभी-अभी यहाँ आ खड़ी होगी।

इसी समय डायना की माँ हेलेना को साथ लिए राजा के सामने आ खड़ी हुई। उसे देखते ही राजा तो ठगा-सा रह गया। उसे अपनी आंखों पर विश्वास नहीं हो रहा था। बरट्रम के सामने उसकी अंगूठी और चिट्ठी उपस्थित करते हुए हेलेना ने कहा आपने इस पत्र में मुझे लिखा था कि जब मैं आपकी अंगूठी पा जाऊंगी और मेरी कोख में आपकी संतान आ जायेगी तभी मैं आपको अपना पति समझूंगी। आज मैंने दोनों को पा लिया है। क्या अब आप मुझे पत्नी के रूप में स्वीकार करेंगे? राजा बड़ा प्रसन्न था। उसने डायना की प्रशंसा करते हुए कहा कि तुम्हारी निःस्वार्थ सहायता के कारण हेलेना ने अपना पति पाया और तुम भी बेदाग बची रह गई। तुम चाहो तो अपने लिए दूल्हा चुन लो। दहेज की जिम्मेदारी मुझ पर रही।

14. वेनिस नगर का व्यापारी

किसी समय में वेनिस नगरी में एक बड़ा व्यापारी रहता था जिसका नाम था शाइलॉक। वह काफी धनी था। उसका धन्धा सूदखोरी और लोगों से मनमाना ब्याज वसूल करना था। अपने इस क्रूरतापूर्ण व्यवहार की वजह से वह पूरी वेनिस नगरी में बदनाम था। सभी लोग उसे बुरा कहते थे और मुँह पर भी उसे खूब खरी-खोटी सुनाया करते थे। कोई भी व्यक्ति उसे अच्छा नहीं कहता था।

शाइलॉक का उसूल था कि मूँह से जो व्याज वह कह देता, वही वसूल करता था। वह जैसे आवश्यकता देखता वैसा ही ब्याज ऐंठता था।

यही उसकी बदनामी की खास वजह रही थी। लेकिन शाइलॉक को तो इन बातों की जरा भी परवाह नहीं रहती थी। वह तो एक बात साफ तौर से कह देता था कि मैं किसी को घर बुलाने नहीं जाता, जिसे आवश्यकता होती है वह खुद चलकर मेरे पास आता है।

दूसरा उसका कहना यह भी था कि मैं वक्त-बेवक्त लोगों के काम भी आता हूँ। यदि मैं उसके बदले कुछ ब्याज लेता हूँ तो क्या बुरा करता हूँ। वेनिस के लोगों की घृणा का कारण वह इसलिए भी बना हुआ था कि वह ईसाई न होकर यहूदी था। इस बात की भी उसे कोई फिक्र नहीं थी।

वेनिस नगर में ही एक दूसरा व्यापारी भी रहता था। उसका नाम था एँटोनियो। पूरे वेनिस के लोग उसकी तारीफ करते हुए नहीं थकते थे। लेकिन वह ईसाई धर्म का होने के नाते ब्याज तथा सूदखोरी को पाप समझता था। इसी वजह से वह शाइलॉक से बेहद नफरत किया करता था। कई बार उसकी मुठभेड़ शाइलॉक से बाजार में हो जाती थी। वह उसे खूब खरी-खोटी भी सुनाया करता था। वह शाइलॉक में मुँह पर भी उसे जोंक तथा खून चूसने वाला कहता था।

एंटोनियो मुसीबत के दिनों में लोगों की सहायता कर दिया करता था और बगैर सूद के पैसे भी दिया करता था।

उसके इस व्यवहार से शाइलॉक को बहुत गुस्सा आता था। वह मन ही मन सोचा करता था कि यदि कभी मौका मिला तो एंटोनियो को खूब अच्छी तरह सबक सिखाएगा।

एक बार की बात है। एंटोनियो का एक बहुत घनिष्ठ दोस्त उससे मिलने आया। उसका नाम बेसैनियो था। दोनों मित्र काफी लम्बी अवधि के बाद मिले थे। इसलिए पहले तो वे गले मिले, फिर एंटोनियो ने खूब अच्छी प्रकार उसकी खातिरदारी

की। आखिर में उससे वहाँ आने की वजह पूछी।

उसके वजह पूछते ही एकाएक बेसैनियो निराश हो गया और बड़े ही गम्भीर स्वर में बोला—"मेरे दोस्त, क्या बताऊँ? मैं एक बहुत कठोर समस्या में फंस गया हूँ। अगर सच कहूँ तो मैं तुम्हारे पास इसी आशा से आया था कि तुम शायद मेरे इस मामले में कुछ सहायता कर सको।"

"किन्तु तुम्हारी समस्या क्या है।"

"मेरी समस्या बड़ी विकट समस्या है मित्र!" उसने बताया।

"मित्र बेसैनियो! तुम अपनी समस्या बताओ। मैं वादा करता हूँ कि यथा मुमकिन तुम्हारी मदद करूंगा।" एंटोनियो ने कहा—"वह मित्र ही क्या जो वक्त पर मित्र के काम न आ सके।"

"यह बात तुमसे तो छिपी नहीं है एंटोनियो कि मैंने अपनी जायदाद को एक ऐसे बराबर ऊँचा उठाने वाले रहन-सहन पर उड़ाकर कितना ज्यादा विनाश किया है?

इस वक्त न तो मैं इस बात से दुखी हूँ कि मैं अत्यधिक फिजूलखर्ची रहा और न ही इस कारण से कि मूझे शानो-शौकत की जिन्दगी खत्म करनी पड़ी। परन्तु मेरी चिंता का मुख्य कारण यह है कि अब मैं किस प्रकार उन भारी कर्जों से सम्मानपूर्ण छूटकारा पाऊँ, जिनमें मेरे फिजूल खर्च जिन्दगी ने मुझे गिरवी रख दिया है।"

अपने ज्यादातर कर्ज के लिए मैं तुम्हारा ऋणी हूँ और तुम्हारा मेरे प्रति जो प्रेम है वह मुझे हक देता है कि अपनी सम्पूर्ण गुप्त योजना तथा उसके उद्देश्य कि मैं किस तरह अपने ऋण से मुक्त होना चाहता हूँ, तुम्हें बता दूँ।"

"मेरे अच्छे मित्र!" एंटोनियो स्नेहपूर्वक बोला—"अपनी योजना मुझे बताओ। और मेरा विश्वास करो कि मेरा धन, मेरा शरीर और मेरा सम्पूर्ण साधन तुम्हारी सामाजिक आवश्यकताओं की पूर्ति के लिए है।"

बेसैनियो झिझकते हुए कहने लगा—"तुम्हारे इस नगर से थोड़ी दूर पर ही एक बड़ा टापू है, जिसमें एक अमीर सौदागर रहता था। मैं बचपन से ही उसके घर पर आया-जाया करता था कुछ वर्ष पहले ही वह सौदागर अपनी पूरी सम्पत्ति अपनी वेटी के नाम करके स्वर्ग सिधार चुका है। अब उसकी इकलौती लड़की ही उस सारी सम्पत्ति की मालिक है। उस लड़की का नाम पोर्शिया है तथा वह विश्व की अद्वितीय सुन्दरी है। क्योंकि बचपन से ही हम दोनों साथ-साथ रहे हैं, इस प्रकार मैं और वह आपस में प्यार करते हैं। जितना मैं उसे चाहता हूँ उतना ही प्यार वह मुझे भी करती हैं। हम दोनों चाहते हैं कि हम लोग विवाह बन्धन में बंधकर एक हो जायें ताकि फिर अलग न हो सकें।"

"अरे यह तो बड़ी प्रसन्नता की बात है दोस्त और तुम इस बात को समस्या कह रहे हो।" एंटोनियो ने कहा।

"समस्या है मित्र बड़ी कठिन समस्या।"

"तो फिर तुम मुझे बताते क्यों नहीं क्या समस्या है?" एंटोनियो बोला—"क्या

तुम्हें मुझ पर यकीन नहीं है, तुम एक बार कहकर तो देखो। तुम्हारा दोस्त तुम्हारे लिए अपने प्राण भी न्यौछावर कर सकता है। अगर तुम मुझे सचमुच अपना मित्र मानते हो तो निःसंकोच अपने दिल की बात मुझसे कह दो, किसी बात से हिचकिचाने की आवश्यकता नहीं है। मैं जानना चाहता हूँ कि आखिर तुम्हारे और पोर्शिया की शादी में क्या अड़चन पैदा हो रही है?''

''सिर्फ धन।'' बेसैनियो ने एक लम्बी साँस ली–''मेरे मित्र, रुकावट केवल धन की है, मैं तुम्हें इस बात को तो पहले ही बता चुका हूँ कि पोर्शिया कितने धन की मालकिन है, उसके सम्मुख मेरी हैसियत दो कौड़ी की भी नहीं है। कहाँ मैं कंगाल तथा फटेहाल व्यक्ति हूँ कहाँ वो इतनी धनवान! बताओ ऐसी स्थिति में मैं पोर्शिया को अपनी पत्नी बनाने के बारे में सोच भी कैसे सकता हूँ। किन्तु मजबूरी यह भी है कि मैं उसे किसी भी हालत में छोड़ भी नहीं सकता। क्योंकि वो भी मुझसे बेहद प्रेम करती है। अब स्थिति यह है तुम कुछ धन देकर मेरी सहायता कर सको तो.......

हे प्यारे एंटोनियो! काश अगर मेरे पास इतने साधन होते जो मुझे उन लोगों में से किसी के भी बराबर का दर्जा दिला पाते, तो यह तय था कि मैं निःसंदेह पोर्शिया से विवाह प्राप्त करने का सौभाग्य प्राप्त कर सकता था। मेरे भीतर एक अनुभूति है जो अभी भी मुझे ऐसे सौभाग्य का विश्वास दिलाती है यदि मेरे पास इतने साधन नहीं हैं कि मैं प्रयत्न कर सकूं।''

''तो तुम इस बात के लिए व्याकुल हो।'' एंटोनियो ने उसके कन्धे पर हाथ रखते हुए तसल्ली दी और बड़ी आत्मीयता के साथ बोला–''मुझे एक बात बताओ मित्र कि तुम्हें कितने पैसे की आवश्यकता है? कितने धन से तुम्हारा कार्य चल सकता है?''

''कम से कम तीन हजार दुकैत तो होने ही चाहिए।'' उसने झिझकते हुए कहा।

तीन हजार दुकैत का नाम सुनकर एंटोनियो गहरी सोच में पड़ गया। हालांकि एंटोनियो के लिए तीन हजार दुकैत कोई बड़ी बात नहीं थी। लेकिन उसके सामने जो समस्या आ खड़ी हुई थी, वो ये थी कि इस समय नकदी के नाम पर उसके पास केवल पांच सौ दुकैत थे। लेकिन एंटोनियो भी अपने किस्म का ही एक व्यक्ति था। उसे हर स्थिति में अपने मित्र का काम करवाना था चाहे उसे कुछ भी करना पड़े।

''क्या बात है एंटोनियो? तुम किस सोच में पड़ गये?'' उसे चुपचाप बैठे देख उसने पूछा।

''तुम तो जानते हो कि मेरी पूरी सम्पत्ति सामुद्रिक व्यापार में लगी हुई है। इस वक्त मेरे हाथ में न तो नकदी है और न ही ऐसा माल जिसे बेचकर धन इकट्ठा किया जा सके।''

''इस वक्त मेरे पास केवल पांच सौ दुकैत हैं। इसलिए तुम इन पैसों में तो पोर्शिया तक जाने के साधन जुटा सकते हो, शेष रकम जुटाने के लिए हमें नगर में पता लगाना पड़ेगा कि उधार कौन-कौन देता है? तुम भी जाकर इस बात का पता

लगाओ तथा मैं भी ऐसा करता हूँ और मुझे विश्वास है कि इस प्रकार हमारा काम आसानी से बन सकता है।"

उधर पोर्शिया अपनी शानो-शौकत की जिन्दगी से परेशान है। उसे धन-दौलत, यह सब चीजें अच्छी नहीं लगतीं। वह अपनी नौकरानी नैरिसा से एक दिन बातों ही बातों में कहती है—"मैं अपने धर्म की सौगन्ध लेकर कहती हूँ, नैरिसा, कि मेरा यह तुच्छ शरीर अमीरी के इस महान् जीवन के बोझ से दुखी है।"

नैरिसा उसके जवाब में बोली—"प्रिय, यदि आपका दुर्भाग्य भी उतना ही ज्यादा होता जितना कि आज सौभाग्य है, आप तब भी उतनी ही दुखी होतीं जितनी दुखी खुद को आप आज महसूस करती हैं। वे लोग भी जिनके पास जीवन यापन के लिए बहुत है, जीवन से उतने ही दुखी हैं जितने कि वे व्यक्ति जिनके पास खाने के लिए कुछ भी नहीं है।

इसलिए अमीरी और गरीबी के बीच की स्थिति में होना निश्चय ही बहुत बड़ी खुशी है। काफी अमीर आदमी के बाल बहुत जल्दी सफेद हो जाते हैं और वह ज्यादा जल्दी मृत्यु को प्राप्त होता है, अपेक्षाकृत पर्याप्त साधन सम्पन्न व्यक्ति के।"

"वाकई जीवन की बड़ी सुन्दर टिप्पणी है, तथा बड़े सुन्दर ढंग से की गई है।" पोर्शिया बोली।

"यह और भी ज्यादा मूल्य की होगी, यदि जीवन में अपनाई जाये।" नैरिसा ने कहा।

"अगर अच्छा काम भी करना उतना ही सरल होता है जितना कि यह जानना कि क्या कार्य अच्छा है, तो छोटी ग्रामी गिरजाघरों तथा बड़े-बड़े गिरजाघरों में गरीबों की झोपड़ियों और राजभवनों में कोई फर्क न होता। उस अवस्था में ग्रामीण गिरजाघरों के समान ही समझे जाते तथा कुटिया राजभवन होते। छोटे और बड़े का भेद इसलिए पैदा होता है क्योंकि अच्छाई को जानना सरल और अच्छाई पर अमल करना मुश्किल है। वह उपदेशक निश्चय ही अच्छा उपदेशक है जो अपने उपदेशों पर खुद अमल करता है।" पोर्शिया ने कहा।

"तुम्हारे पिता पवित्र हृदय इंसान थे।" नैरिसा ने बनाया—"और पवित्र हृदय वाले व्यक्ति अपनी मृत्यु शय्या पर ईश्वरी प्रेरणा करते हैं। अतः सोने-चांदी, सीसे की टोकरियों वाली वह लाटरी जो तुम्हारे पिता ने तुम्हारी शादी के लिए बनाई है, सिर्फ उसी वक्त दी जायेगी जो वास्तव में प्यार करेगा।"

प्रत्येक लाटरी के ढक्कन पर एक लेख खुदा हुआ है जो इन शब्दों से शुरू होता है—"वह जो चुनेगा।" इन शब्दों से तुम्हारे पिता का अर्थ है—"वह व्यक्ति जो तुम्हें पत्नी के रूप में चुनेगा।" किन्तु यह तो बताओ कि जो लोग तुमसे विवाह करने की ख्वाहिश लेकर यहाँ आ चुके हैं, उनमें से प्रत्येक के लिए तुम्हारे दिल में क्या स्थान है?"

उसकी बात सुनकर पोर्शिया बोली—"अच्छा तो मेरी प्रार्थना है कि तुम उनके एक-एक करके नाम लो तथा मैं उनका वर्णन करूंगी, और तुम मेरे वर्णन का

अन्दाजा लेना कि मेरे हृदय में उनके प्रति क्या प्रेम भाव है?''

"सबसे पहले तो, नैपिल्स के राजकुमार हैं।'' नैरिसा ने बताया।

"ठीक, वह तो वाकई घोड़े का बछेरा है, क्योंकि वह अपने घोड़े की बात करने के अलावा और कोई बात ही नहीं करता। और वह इस बात को अपने गुणों में बढ़ोत्तरी करने वाले एक गुण समझता है कि वह अपने घोड़े की नाल स्वयं लगा सकता है।''

"उसके पश्चात् पैलेटाइन के राजकुमार हैं। उनके बारे में तुम्हारे क्या विचार है?'' नैरिसा ने पूछा।

"अरे वह तो भौंहे सिकोड़ने के अतिरिक्त कुछ करता ही नहीं।'' उसने मुँह बनाते हुए कहा—"मेरी समझ में तो वह एक ऐसा व्यक्ति है जो मुझसे यह कहना चाहता हो—यदि तुम मुझे अपना पति नहीं चुनना चाहती, तो कोई दूसरा चुन लो। मुझे परवाह नहीं।''

"खैर, छोड़ो। फ्रांसिसी लार्ड मि. लेबोन के विषय में आपके क्या विचार हैं?'' वह बोली।

"ईश्वर ने हमें इंसान बनाया है, और इसलिए हमें उसे मानव ही मानना चाहिए।'' पोर्शिया ने बताया—"तथा वाकई, में ऐसा मानती हूँ कि किसी की हंसी उड़ाना पाप है। किन्तु जैसी वह शेखी मारता है, वह नैपिल्स के राजकुमार से बढ़िया घोड़ा रखता है। उसके भीतर हर आदमी की सनद मौजूद है, इसलिए वह एक व्यक्तित्व के अन्दर अनेक व्यक्तित्व रखता है। यदि मैं ऐसे आदमी से विवाह करूंगी तो मुझे उसमें मौजूद बीस व्यक्तियों से विवाह करना होगा अर्थात् मुझे उसकी नफरत तो पसन्द आ सकती है लेकिन उसका प्यार नहीं।''

"फेल्कन ब्रिज के पड़ोसी देश वाले स्कॉटलैण्ड के लार्ड के विषय में आपकी क्या राय है?'' नैरिसा ने फिर सवाल किया।

"यही कि वह अपने पड़ोसी के प्रति हमदर्दी रखता है। तभी तो उसने उस अंग्रेज से अपनी कनपटी पर घूंसे खाये तथा कुछ नहीं किया। उसने केवल शपथ ली कि जिस दिन वह इस लायक हो जायेगा कि घुंसे का कर्जा उतार सके तो वह अपना ऋण अदा कर देगा।''

नैरिसा उसे राजकुमारों के नाम बता रही थी तथा वह बराबर उनमें कमी निकाल रही थी। आखिर में नैरिसा हारकर बोली—"अगर उनमें से किसी ने लाटरी में भाग लिया और सही टोकरी चुन ली, तो उन्हें उससे विवाह करना पड़ेगा, और यदि तब तुमने उससे विवाह करने से इंकार किया तो तुम अपनी पिता की इच्छा के खिलाफ कार्य कर रही होगी।''

"इसलिए मेरी तुमसे प्रार्थना है।'' पोर्शिया ने प्रार्थना की—"इस बुरी घटना से मुझे बचाने के लिए तुम एक बड़ा ग्लास राइन की शराब का भरकर गलत टोकरी के निकट रख दोगी तो वह गलत टोकरी को ही चुनेगा। नैरिसा, इससे पहले कि मेरी शादी किसी गलत आदमी से हो जाए, इससे पहले मैं आत्महत्या कर लूंगी।''

"आपको इन लोगों से इतना भयभीत होने की जरूरत नहीं है। इन्होंने मुझे अपने इरादों से अवगत करा दिया है। वह यह है कि वे अपने घर वापस चले जायेंगे तथा आपको प्रेम-प्रस्तावों से और अधिक परेशान नहीं करेंगे। बशर्ते कि आपसे शादी करने का टोकरियों के चयन पर निर्भर आपके पिता की मर्जी वाला तरीका बदल न दिया जाये।"

"अब एक बात और बताइये।" नैरिसा ने कहा—"आपको वेनिस के उस विद्वान तथा योद्धा का ध्यान है, जो आपके पिता के समय में यहाँ आया करता था?"

"हाँ, मुझे उसका ध्यान है, उसका नाम शायद बेसैनियो था। जहाँ तक मुझे याद पड़ता है यही उसका नाम है।" उसने बताया।

"बिल्कुल सही, उसका नाम बेसैनियो ही था और मेरा ख्याल है कि उन सभी मर्दों में आपके लिए वही सुन्दर वर होगा।" वह बोली।

"हाँ, मुझे उसका ध्यान आ गया, तथा मैं उसे तुम्हारी तारीफ के लायक समझती हूँ।"

इधर काफी सोच-विचार के पश्चात् उसे एक उपाय सूझा और बेसैनियो को लेकर वह सीधा शाइलॉक के निकट पहुँचा।

शाइलॉक अपने धन्धे का तजुर्बेकार व्यक्ति था। उसने एंटोनियो का चेहरा देखते ही भाँप लिया कि वह किसलिए उसके निकट आया है। वह मन-ही-मन बड़ा खुश हुआ। दरअसल उसे ऐसे ही मौके की तालाश थी।

उसने मन-ही-मन सोचा कि अगर आज एंटोनिया उसके चंगुल में फंस गया तो वह अगले-पिछले बदले चुका लेगा।

एंटोनियो के साथ बेसैनियो भी गया था। शाइलॉक एंटोनियो को ध्यान से देखते हुए कहने लगा—"कहो एंटोनियो, कैसे आए?"

"ये मेरा मित्र बेसैनियो है, इसे तीन हजार दुकैत की आवश्यकता है।" उसने बेसैनियो को ओर इशारा किया।

"तो तुम्हें तीन हजार दुकैत चाहिए ?" शाइलॉक ने ध्यान से बेसैनियो का मुख देखते हुए पूछा।

"जी हाँ, और केवल तीन महीने के लिए।" बेसैनियो ने कहा।

"समझा, तीन महीने के लिए, लेकिन गारन्टी कौन लेगा? शाइलॉक ने उनका चेहरा देखा।

"एंटोनियो अदा करने की गारन्टी लेगा।" बेसैनियो ने कहा।

"ठीक है, समझ गया, एंटोनियो गारन्टी ले लेगा।'

"क्या आप मुझे यह दुकैत दे सकते हैं।" बेसैनियो न उत्सुकतावश पूछा।

"तो तुम्हें तीन हजार दुकैत तीन माह के लिए चाहिए और एंटोनियो तुम्हारा जमानती होगा?" उसने बात को फिर दोहराया।

"क्या आप मेरी मदद कर सकते हैं?" बेसैनियो ने पूछा।

"एंटोनियो एक भला ईमानदार व्यक्ति है।" उसने एंटोनियो की तरफ देखते

हुए कहा।

"क्या आपको मेरी इमानदारी पर कोई सन्देह है?" एंटोनियो ने पूछा।

"अरे नहीं, मेरा अर्थ यह नहीं था। मैं तो यह कहना चाह रह था कि मैंने तुम्हारी जमानत स्वीकार कर ली।" शाइलॉक बोला—"फिर भी तुम्हारी आमदनी के साधन ठोस नहीं हैं। मैं जानता हूँ कि तुम्हारा एक जहाज ट्रिपोली जा रहा है, दूसरा इन्डीज को। इतना ही नहीं, मुझे सट्टा बाज़ार से मालूम चला है कि उसका तीसरा जहाज मैक्सिको के किनारे पर पहुँचने वाला है और चौथा इंग्लैण्ड पहुँचने वाला है। और दूसरे जहाज महासागर में बिखरे हैं। किन्तु जहाज लकड़ी के ही तो बने होते हैं। इसके अतिरिक्त बन्दरगाहों के चारों ओर डाकुओं का भी खतरा होता है। फिर भी मैं एंटोनियो को जमानती बना लेता हूँ, रकम तीन हजार दूकैत है। मेरा विचार है कि मैं उसकी जमानत ले सकता हूँ।"

"आप विश्वास कर सकते हैं कि एंटोनियो की जमानत में कोई खतरा नहीं है।" बेसैनियो ने बताया।

शाइलॉक कुछ सोचकर कहने लगा—"फिर भी मुझे आश्वस्त होना है कि मैं जमानत ले सकता हूँ अथवा नहीं और आश्वस्त होने के लिए मुझे एंटोनियो से कुछ बात करनी है।"

"ठीक है, यह रहा एंटोनियो, आप जो भी चाहे बात कर सकते हैं।" बेसैनियो ने एंटोनियो की तरफ इशारा किया।

शाइलॉक ने एंटोनियो की ओर देखकर मन-ही-मन सोचा-'किसी विनम्र टैक्स उगाहने वाले की तरह कितना विनम्र बनता है ये। मुझे इससे नफरत है, क्योंकि यह ईसाई है। मगर इससे भी ज्यादा नफरत मैं इससे इसलिए करता हूँ कि ये अपनी मूर्खता की वजह से बिना ब्याज के ही लोगों को पैसा उधार देता है और इस प्रकार वेनिस में हमारे ब्याज की दर को घटा देता है। यदि काश ये मेरे चंगुल में फंस जाए तो अपनी सारी जलन जो बरसों से चली आ रही है एक पल में निकाल लूं।'

वह हमारे पावक यहूदी धर्म के मानने वालों से नफरत करता है। वह मुझे, मेरे सौदा को, अच्छी तरह कमाये गये मेरे धन को, जिसे वह ब्याज कहता है, उसे भला-बुरा कहता है।'

उसे इस तरह खामोश देखकर बेसैनियो ने पुकारा—"क्या हुआ शाइलॉक? तुम चुपचाप क्यों हो गये?"

शाइलॉक शीघ्रता से बोला—"ओह! मैं तनिक हिसाब-किताब लगा रहा था। इस बात का अनुमान हो रहा था कि मेरे पास कितना नकद है, और जहाँ तक मेरा अन्दाजा है मैं तुरन्त तीन हजार दुकैत एकत्र नहीं कर सकता। लेकिन इस बात से कोई अन्तर नहीं पड़ता, मेरी जाति का एक अमीर आदमी है ट्यूबल। वह मुझे इतना धन दे सकता है कि जितना मेरे तीन हजार दुकैत पूरा करने में कम पड़ेगा। लेकिन एक पल रुकिये........वो कर्जा तुम्हें कितने माह के लिए चाहिए ?" उसने एंटोनियो की ओर देखा।

"शाइलॉक, न तो मैं ब्याज पर पैसा देता हूँ तथा न ही लेता हूँ। लेकिन फिर भी मुझे अपनी मित्र की जरूरत के लिए वह उसूल तोड़ना पड़ रहा है। हमें यह रकम तीन माह के लिए चाहिए।"

"ये तो मैं भूल गया था, हाँ तीन महीने के लिए! आपने यह बात मुझे बताई थी।" उसने बेसैनियो की तरफ देखा, फिर वह एंटोनियो की तरफ मुखातिब हुआ—"मेरा विचार है अभी आपने कहा कि न तो आप ब्याज पर उधार देते हैं और न लेते हैं, है ना?"

"जी हाँ, मैं ऐसा कदापि नहीं करता।"

"एंटोनियो! तुम चाहे बाजार में हमेशा मेरा विरोध करते रहे हो। तुमने मुझे कुत्ता, लहुचूस तथा न जाने क्या-क्या कहा है, मगर फिर भी इस समय तुम्हारी आवश्यकता को देखकर मैं एक शर्त पर तुम्हें बिना किसी ब्याज के ही रुपया दे सकता हूँ।

"किस शर्त पर ?"

"शर्त यह है कि यदि तीन माह के अन्दर-अन्दर तुम मेरा कर्ज न चुका सके तो मैं तुम्हारे शरीर के जिस हिस्से से चाहूँगा, डेढ़ सेर मांस उतार लूंगा।" उसने कहा।

यह सुनकर एंटोनियो को क्रोध तो बहुत आया। मगर किसी प्रकार वह अपने गुस्से को सहन कर गया। उसे पूरा विश्वास था कि माल से भरे उसके जहाज कुछ ही रोज में विदेशों से आ जाएँगे और तीन महीने से पहले ही वह शाइलॉक का कर्जा लौटा देगा। इसलिए वह शर्त को स्वीकार करने पर विवश होते हुए बोला—"मुझे तुम्हारी शर्त स्वीकार है। यकीन करो, मैं तुम्हारे ऐग्रीमेन्ट पर हस्ताक्षर कर दूँगा और यह भी कहूँगा कि यहूदी के दिल में बड़ी सद्भावना है।"

"तुम कागज पर दस्तखत नहीं करोगे।" बेसैनियो ने समझाया।

"अरे, डरो नहीं भाई, मैं इसकी मियाद पूरी होने से पहले ही इसके पैसे लौटा दूंगा। पूरा पैसा इसकी मियाद पूरी होने से पहले ही आ जाएगा।" एंटोनियो ने उसकी हिम्मत बंधायी।

"बैठी है शाइलॉक, मैं दस्तख्त करने को तैयार हूँ।"उसने कहा।

शाइलॉक ने तुरन्त ही इस आशय का शपथ-पत्र तैयार करवाया और उस पर एंटोनियो के हस्ताक्षर करवा लिये। फिर उसने गिनकर तीन हजार दुकैत एंटोनियो के हवाले कर दिए।

"लो दोस्त!" एंटोनियो ने वह रुपये फौरन ही अपने दोस्त बेसैनियो के हवाले करते हुए कहा—"अब धूम-धाम से अपनी बारात पोर्शिया के घर ले जाओ। और हाँ, अपनी पत्नी को मेरी शुभकामनाएँ जरूर देना।"

"लेकिन मित्र, जिस कड़ी शर्त पर तुमने यह रकम ली है, उससे मैं अपनी शादी नहीं रचाऊँगा।"

"जिद्द न करो बेसैनियो।"

कहते हुए एंटोनियो ने उसे बहुत समझाया और उसे यकीन दिलाया कि तीन

माह से पहले ही उसके जहाज आ जाएँगे और वह नौबत आने से पहले ही वह उसका पैसा लौटा देगा। वह उसका बाल भी बांका नहीं कर सकेगा।

इस आश्वासन के साथ बेसैनियो ने पैसा ले लिया।

तत्पश्चात्!

बेसैनिया बड़ी शानो-शौकत के साथ पोर्शिया के टापू पर जा पहुँचा। पोर्शिया के नौकर ने उसे जाकर बताया—"मालकिन, आपके दरवाजे पर एक युवक वेनिस का निवासी उतरा है। वह एक दूत है और अपने मालिक की सूचना लेकर आया है और अपने स्वामी से वह विवेकपूर्ण बधाइयाँ लेकर आया है। काफी कीमती उपहार लेकर आया है। आज तक मैंने ऐसा मनोहर, प्रेम दूत नहीं देखा जितना कि मुझे वह लग रहा है।"

"बस रहने दो, अधिक तारीफ करने की जरूरत नहीं।" पोर्शिया ने बनावटी गुस्से में डांटा—"मैं विनती करती हूँ, कहीं तू यह न कह दे कि वह तेरा रिश्तेदार है, कारण तू उसकी इतनी तारीफ कर रहा है। चलो नैरिसा, चलकर देखते हैं वेनिस से ऐसा कौन-सा दूत आया है?"

नैरिसा ने जाते हुए विनती की—"हे ईश्वर! अगर तेरी कृपा हुई तो यह बेसैनियो का ही दूत होगा।"

उसने उसके दूत का स्वागत किया तथा इज्जत के साथ अन्दर ले गई। उसने उसे बेसैनियो के आने की खबर दी।

दूसरे दिन बेसैनियो भी वहाँ पहुँच गया। उसका भी नम्बर टोकरी का चुनाव करने का था। किन्तु पोर्शिया उसे मना करने लगी—"मैं तुमसे प्रार्थना करती हूँ कि अभी टोकरी चुन ली तो तुरन्त यहाँ से जाना पड़ेगा। और इस प्रकार मैं तुम्हारे बिना बिल्कुल अकेली रह जाऊँगी, इसलिए कुछ वक्त के लिए रुक जाओ।"

मेरे दिल में एक ऐसी अनुभूति है, शायद वह तुम्हारे प्रति प्रेम है कि मैं तुम्हें खो न दूं तथा इतनी बात तो तुम खुद भी जानते होगे कि यह अनुभूति तुमसे घृणा के कारण तो उत्पन्न हो नहीं सकती। वरना फिर मैं तुम्हें इस प्रकार नहीं रोकती। इसलिए मैं तुमसे कहती हूँ कि कुछ रोज रुको।"

घुमा-फिराकर पोर्शिया, बेसैनियो से यह कहना चाहती थी वह उससे बेहद प्यार करती है और उसे खोना नहीं चाहती।

फिर वह उसे बताने लगी—"मैं तुम्हें सही टोकरी चुनने का राज बतला देती, किन्तु मुझे पहले ही ऐसा न करने की शपथ दिलाई हुई है। इसलिए मैं ऐसा नहीं करूंगी। और फिर हो सकता है कि तुम मुझे खो दिया तो तुम्हारी असफलता मुझे बार-बार अहसास दिलायेगी कि काश मैंने अपनी कसम तोड़ दी होती, और तुम्हें सही टोकरी के विषय में बता दिया होता। मेरा आधा अस्तित्व तो तुम्हारा हो चुका है। अपने आधे अस्तित्व पर काश मेरा ही हक होता। लेकिन अगर ऐसा हुआ होता तो यह भी तुम्हारा ही हो गया होता और इस प्रकार मेरे सम्पूर्ण अस्तित्व पर तुम्हारा हक होता।"

बेसैनियो ने कहा—"मुझे टोकरी चुनने दो। क्योंकि इस हालत में, मैं खुद को यातनादायक चौखट पर पड़ा हुआ महसूस कर रहा हूँ।"

"क्या तुम बेसैनियो, स्वयं को रैक नामक पीड़ादायक यंत्र पर पीड़ा महसूस कर रहे हो? वह रैक जिस पर दगाबाज लिटा कर उस वक्त तक सताये जाते हैं जब तक वे अपने अपराध को मंजूर न कर लें? फिर तो तुम स्वीकार कर ही लो कि तुम्हारे प्यार में कुछ दगाबाजी है।"

"कोई और दगाबाजी नहीं, सिवाय उस भयंकर अविश्वास के जो मेरे ही साथ दगाबाजी कर रहा है तथा मुझे भयभीत कर रहा है कि कहीं ऐसा न हो कि मैं अपने प्यार के फल का भोग न कर सकूं या तुम्हें न पा सकूं। मेरे प्रेम तथा दगाबाजी के बीच उसी प्रकार सहअस्तित्व और मैत्री संभव नहीं, जिस तरह बर्फ तथा आग के बीच मैत्री तथा सहअस्तित्व संभव नहीं।" बेसैनियो ने कहा।

"हो सकता है कि तुम सही कहते हो।" पोर्शिया बोली—"लेकिन मुझे लगता है कि तुम मुझे नाराज करने पर तुले हुए हो। ये सब तुम इसलिए बता रहे हो, कहीं मैं सत्य बात सुनकर नाराज न हो जाऊँ?"

"मुझे प्यार के जीवन का दान देने का वायदा—"फिर मैं तुम्हें सच बताता हूँ कि मैं केवल तुम से प्यार करता हूँ।"

उसकी बात का मतलब समझकर पोर्शिया ने कहा—"अच्छी बात है, पहले तुम इस बात को मंजूर करो कि तुम सिर्फ मुझसे ही प्रेम करते हो, मेरे अलावा किसी स्त्री अथवा मेरी धन-दौलत से प्यार नहीं करते, तभी मैं तुम्हें प्रेम जीवन दान दूंगी।"

"क्या बात है।" बैसैनियो हँसते हुए कहने लगा—"मुझे स्वीकार कराने के बहाने तुम यह जानना चाहती हो कि मैं तुम से कितना प्रेम करता हूँ। वाह! मेरा दुष्ट मुझे सता रहा है और साथ ही साथ मेरी मुक्ति के उपाय भी बता रहा है। अब मुझे टोकरियों के निकट जाने दो।"

"तो तुरन्त जाओ।" उसने टोकरियों की ओर इशारा किया—"मेरा चित्त इन टोकरियों में से किसी एक के भीतर है, अगर तुम मुझसे प्रेम करते हो तो तुम सही टोकरी चुन लोगे।"

जब बेसैनियो टोकरी का चयन करने के लिए आगे बढ़ा तो पोर्शिया सोचने लगी—'आज इन स्थितियों में, मैं तो बलि सामग्री हेसियान हूँ और ये अगला खड़े हुए लोग, ट्राय नगर की सजल आँखों वाली वे स्त्रियाँ हैं जो हरकुलीज के वीरतापूर्ण काम का परिणाम देखने के लिए अपने घरों से निकल कर चली गई हैं। ये मेरे हरकुलीज के वीरतापूर्ण कार्य का अन्जाम देखने के लिए अपने घरों से निकल कर चली आई हैं। ऐ मेरे हरकुलीज गेसैनियो ! आगे बढ़ो, चाहे तुमने सही टोकरी का चुनाव कर लिया तो मैं जिन्दा रहूँगी वरना यहीं अपनी जान दे दूंगी। मैं जिन्दगी और मृत्यु का फैसला करने वाले इस युद्ध को इसका परिणाम जानने के लिए इससे भी ज्यादा चिन्ता से देख रही हूँ—जितना कि तुम जो कि खुद इस युद्ध में भाग ले रहे हो।'

बेसैनियों टोकरी के निकट जाकर बड़बड़ाने लगा—"हे दिखावटी सुन्दरता वाली सोने की टोकरी, जिसकी धातु राजा मिंडास का सख्त भोजन बनी, मैं तुझे बिल्कुल नहीं चुनूंगा तथा सोने की तुलना में आभाहीन चांदी की टोकरी जिसकी धातु के सिक्के जनसामान्य के मध्य खरीद-बेच का माध्यम हैं, मैं तुझे भी नहीं चुनूंगा। किन्तु तुच्छ शीशे की टोकरी, जो कि कुछ देने का वायदा करने के बदले लेने की धमकी देता है, तेरी धमकी मुझे हतोत्साहित बिल्कुल नहीं कर रही है, जितना कि तेरा पीला रंग मुझे आकर्षित कर रहा है।

और मैं इस शीशे की टोकरी को ही चुनता हूँ। भगवान करे मेरी इस टोकरी के चुनाव का नतीजा सही हो।"

और जिस टोकरी को उसे चुना, वही टोकरी ठीक थी। यह देखकर तो पोर्शियो की प्रसन्नता का ठिकाना ही नहीं रहा।

वह सोचने लगी, तो मेरे दिल की सारी शंकाएँ दूर हो गईं। संदेह के विचार, अतिशीघ्र पैदा होने वाली निराशा, कंपित करने वाला डर और वह जलन जो वस्तुओं को रंजित रूप में देखती है, वह समाप्त हो गए। क्योंकि उसने ठीक टोकरी चुन ली है।

हे प्रेम की अनुभूति! अपनी तीव्रता को कम कर मेरे मन में जो अत्यधिक आनन्द है उसे शान्त कर, आनन्द की बारिश सीमाओं में ही कर। इस ज्यादातर आनन्द को सीमित कर। इसकी मात्राा घटा दे, क्योंकि मुझे भय है कि कहीं मैं आनन्द से छक नहीं जाऊँ।

टोकरी खोलते ही बेसैनियो आश्चर्यचकित होकर कहने लगा—"अरे, ये तो पोर्शिया का चित्र है! ऐसा कौन-सा चित्रकार है, जिसने इतनी खूबसूरत तस्वीर बनाई है। इसे देखकर तो ऐसा लगता है, कि ये तस्वीर कुछ पलों बाद बोलने लगेगी।"

उसे इस प्रकार तस्वीर को देखते हुए पोर्शिया बोली—"श्रीमान् बेसैनियो, आप देख ही रहे हो कि मैं किन हालातों में हूँ, और क्या हूँ और कितनी सुन्दर हूँ। और खुद भी मैं और अधिक सुन्दर तथा धनवान बनने की इच्छा बिल्कुल नहीं करूंगी। इतना ही नहीं, मैं तो चाहती हूँ कि मैं हजार गुना और खूबसूरत होती और धन से भी हजार गुना सम्पन्न होती। किन्तु यह सब कामना मैं आपकी नजरों में ऊँचा स्थान हासिल करने के लिए ही करती हूँ।"

फिर वह बेसैनियो की बांहों में जाकर कहने लगी—"अब मैं स्वयं को और अपने सर्वस्य को तुम्हें अर्पित करती हूँ। कुछ ही पल पहले मैं इस भव्य भवन के नौकर चाकरों की मालकिन थी, और स्वयं पर रानी के समान शासन करती थी। लेकिन इस क्षण, इस समय यह महल, ये नौकर-चाकर और यह मेरा शरीर सब तुम्हारे हैं। मेरे मालिक ! मैं इन सबको इस अंगूठी के साथ तुम्हें अर्पित करती हूँ।"

इतना कहकर वह अंगूठी अंगुली में पहना दी।

अंगूठी पहनाकर वह बोली—"यदि यह अंगूठी आपकी उंगली से कभी अलग हुई और आपने इसे खो दिया अथवा किसी को दे दिया तो मैं समझूंगी कि आप

मुझसे प्यार नहीं करते। और फिर मैं आपसे झगड़ा करूंगी। इसलिए वचन दीजिए कि आप किसी भी स्थिति में इस अंगूठी को अपनी उंगली से नहीं उतरने देंगे।''

नैरिसा आगे बढ़कर उनकी सुखी जिन्दगी की कामना करते हुए कहने लगी—''मेरे मालिक और मेरी मालकिन, अभी तक हम आपके निकट आपके भाग्य का निर्णय जानने के लिए खड़े थे अब हमें अपनी मनोकामना पूर्ण आनन्द प्रदान करें।''

इसी के साथ ही बेसैनियो का नौकर ग्रेशियानो भी उनके अच्छे व सुखी जीवन की कामना करते हुए कहने लगा—''मेरे मालिक बेसैनियो तथा मेरी प्यारी मालकिन, मैं आपके लिए उन सभी सुखों की इच्छा करता हूँ, जिसकी आप इच्छा रखते हैं, क्योंकि मुझे पूरा विश्वास है कि आप लोग भी मुझे उस सुख से वंचित नहीं देखना चाहेंगे। इसलिए जिस दिन आप लोग शादी करें तो मेरी आपसे प्रार्थना है कि उसी वक्त आप मेरा भी विवाह करा दें।''

बेसैनियो उसकी बात का मतलब न समझते हुऐ बोला—''मैं तो दिल से ऐसा करना चाहूँगा। बशर्ते कि तुम्हें कोई लड़की पसन्द आ जाए।''

''वो तो मैं पहले ही कर चुका हूँ। उसने कहा।

''क्या!'' सब चौंके।

''हाँ मालिक।'' ग्रेशियानो ने कहा—''आपने इस घर की मालकिन पर प्यार कि दृष्टि डाली और मैंने उसकी सेविका नैरिसा पर। आपने मालकिन से प्रेम किया, मैंने सेविका से, क्योंकि वक्त को हाथ से निकल जाने देना तो न आपको सहन है और न ही मुझे।

जिस वक्त आप सही टोकरी का चुनाव कर रहे थे, तब तक मैंने यहीं खड़ा नैरिसा को अपने बराबर प्रेम प्रस्ताव दिए।''

''क्या यह सत्य है ?'' पोर्शिया ने नैरिसा से पूछा।

''जी हाँ।''

''क्या तुम इस मामले में गंभीर हो?'' बेसैनियो ने कहा।

''जी हाँ, मालिक, मैं गम्भीर हूँ।'' ग्रेशियानो ने कहा।

''फिर सही है, हमारे साथ-साथ तुम दोनों की भी शादी होगी।''

पोर्शिया ने विवाह की पूरी तैयारियाँ की हुई थीं।

मन से तो वे एक-दूसरे के हो चुके थे, अव तो केवल रस्में ही अदा करना बाकी थीं।

पोर्शिया ने सभी रस्में पूरी हो जाने के पश्चात् कहा—''आज से मैं और मेरा पूरा वजूद तुम्हारे हैं।

''और मैं तुम्हारा हूँ।''

''आज मेरा स्वप्न साकार हो गया।''

''और मेरी जिन्दगी की पूरी साधना सफल हो गई।''

इस प्रकार से हंसी-खुशी दिन गुजारने लगे। वे दोनों एक-दूसरे के प्रति समर्पित रहते हुए मजा ले रहे थे।

एक दिन वो इसी प्रकार अपने कमरे मै बैठे प्यार-मोहब्बत की बातें कर रहे थे कि तभी पोर्शिया के एक नौकर ने सूचना दी कि वेनिस नगरी से कुछ लोग आए हैं तथा वे बेसैनियो से मिलना चाहते हैं।

बेसैनियो ने बाहर आकर उन व्यक्तियों का स्वागत किया और पोर्शिया भी बेसैनियो के साथ-साथ उन लोगों का भी स्वागत करने उसके साथ बाहर आई।

आने वालों में लोरेन्जी तथा सैलेरिया थे, जो एंटोनियो की खबर लेकर उसके निकट पहुँचे।

लोरेन्जी ने उसे बताया—"मैं आपको धन्यवाद देता हूँ। वैसे तो मेरा यहाँ आने का कोई इरादा नहीं था कि मैं आपसे आकर मिलूं। किन्तु सैलेरियो से मेरी अचानक मार्ग में मुलाकात हो गई और उन्होंने ही मुझे बार-बार यहाँ आने के लिए जोर डाला, इसलिए मुझे यहाँ पर आना पड़ा।"

"जी हाँ, मैंने ही इन पर यहाँ आने के लिए जोर डाला।" सैलेरियो ने कहा—"मेरे पास इसकी एक वजह है—यह एंटोनियो का पत्र।"

इतना कहते हुए उसने वो खत बेसैनियो के हाथ में थमा दिया।

खत हाथ में लेकर वह बोला—"इससे पहले कि मैं यह पत्र खोलूं, पहले मुझे ये बताइये कि मेरा मित्र एंटोनियो कैसा है?

"श्रीमान् ये सब आपको खत पढ़ने के बाद ही मालूम हो जाएगा, कृपया आप ये पत्र पढ़ लें।" सैलेरियो ने प्रार्थना की।

बेसैनियो फौरन पत्र पढ़ने लगा।

उसमें लिखा था—

प्यारे मित्र बेसैनियो!

क्षमा करना, मैंने तुम्हें तकलीफ दी। तुम्हारे आराम में खलल डाला, पोर्शिया से भी मेरी तरफ से माफी माँग लेना, खत भेजने की असल वजह यह है कि विदेशों से आने वाले मेरे जहाज, जो माल से लदे हुए थे, और उन्हीं के बूते पर मैंने ऋण लिया था, वे जहाज समुद्र में कहीं खो गये हैं, अब उनके लौट आने की या मिलने की कोई आशा बाकी नहीं है। ऐग्रीमैन्ट के अनुसार उन तीन महीने की अवधि में मैं शाइलॉक को रुपया नहीं पहुँचा सका, तो तुम इसका परिणाम जानते हो। मेरे मित्र! इस संसार से विदा होते समय मेरी आखिरी इच्छा यही है कि एक बार तुम्हारा दर्शन करूं। मैं आखिरी साँस तक तुम्हारी प्रतीक्षा करूंगा। अगर तुम्हें किसी बात की परेशानी न हो तो एक बार अवश्य आ जाओ।

तुम्हारा दोस्त एंटोनियो

पत्र पढ़ते ही बेसैनियो की सारी खुशी छू मन्तर हो गई। वह गहन शोक में डूब गया। उसके हाथ से पत्र धरती पर जा गिरा।

पोर्शिया सोचने लगी कि जरूर इस खत में कोई बहुत बुरी खबर लिखी मालूम पड़ती है। जिसने बेसैनियो के कपोलों से स्वाभाविक रंग उड़ा दिया है। उसका सदैव लाल रहने वाला चेहरा पीला पड़ गया है। आखिर ऐसी कौन-सी बात है जिसने

बेसैनियो को इतना ज्यादा प्रभावित किया है?

उसने पत्र को शीघ्रता से उठाया और पढ़ना शुरू कर दिया।

"काश तुमने वह खाल भी जीत ली होती जिसे एंटोनियो हार गया।"

निराशा भरे स्वर में सैलेरियो ने कहा–"तुम वक्त पर पैसे लौटाकर एंटोनियो की जान बचा लेते जिन्हें वह यहूदी के हाथों हार गया है।"

"आखिर बात क्या है, यह एंटोनियो है कौन?" खत पढ़कर उसकी समझ में कुछ आया तो उसने बेसैनियो से पूछा।

एंटोनियो मेरा बहुत अच्छा मित्र है, जो कि मुझे अपनी जान से भी ज्यादा प्यारा है और मेरी ही वजह से आज उसकी जान संकट में फंस गई है, मुझे एंटोनियो की हिफाजत के लिए इसी वक्त वेनिस जाना होगा।" कहते-कहते उसके नेत्रों में आँसू आ गए।

"आखिर बात क्या है, मुझे खुलकर बताओ?" पोर्शिया की उत्सुकता क्षण-क्षण बढ़ती ही जा रही थी।

"पोर्शिया, जिस वक्त मैंने सर्वप्रथम आपसे प्रेम प्रस्ताव रखा था तो मैंने साफ-साफ आपको बताया था कि कितना धन मैंने शानो-शौकत पर व्यय कर दिया। जब मेरी हालत बहुत बुरी हो गई तो मैंने स्वयं को, अपने एक प्रिय मित्र से कर्जा लेकर कृतघ्नता की डोर में बाँधा था और उस प्यारे मित्र को उसके जानी दुश्मन के फन्दे में बंधवा दिया था। वह भी तुमसे विवाह करने के लिए। यह पत्र उसी मित्र के पास से आया है। यह पत्र क्या है मानो मेरे उसी दोस्त का घायल शरीर है जिसका प्रत्येक शब्द एक फटा हुआ जख्म है, जिसमें से मेरे मित्र का जीवन खून बह-बह कर निकल रहा है।"

फिर सैलेरियो ने उसे बताया–"ऐग्रीमेन्ट की मियाद पूरी हो चुकी है। यदि एंटोनियो उसे धन भी वापस करे तो अब कुछ भी नहीं। वह यहूदी उस धन को किसी भी स्थिति में स्वीकार नहीं करेगा। मैंने अपनी जिन्दगी में इतना जानवर आदमी नहीं देखा। वह बदला लेने के लिए इतना उतावला है कि हर व्यक्ति उसे देखकर आश्चर्यचकित रह जाये। वह निरन्तर अदालत का चक्कर लगा रहा है और कहता है कि अगर उसे न्याय नहीं मिला तो राज्य द्वारा विदेशियों को दिये गए अधिकारों को धोखा मात्र समझेगा। वेनिस के सैकड़ों व्यापारियों ने उसे समझाया-बुझाया परन्तु वह तो एक ही हठ पर अड़ा है कि उसे डेढ़ सेर मांस ही चाहिए।"

फिर उन्हीं में से एक ने बेसैनियो को बताया–"हमने उसे सौगन्ध लेकर यह कहते हुए सुना है कि जितनी धनराशि उसने एंटोनियो को उधार दी है अगर उस धन का बीस गुना धन भी उसे दे दिया जाय तो भी वह उस धन की अपेक्षा एंटोनियो का मांस ही लेना पसंद करेगा। अगर उसे किसी प्रकार रोका नहीं गया तो एंटोनियो को बहुत कठिन वक्त का सामना करना पड़ेगा।"

पोर्शिया कुछ सोचते हुए बोली–"क्या वह आदमी जो इस प्रकार संकट में है वो कोई व्यापारी है या फिर आपका दोस्त ही है?"

बेसैनिया ने कहा–''वह तो मेरा बहुत प्यारा है। वह दुनिया का सबसे ज्यादा दयावान, समधुरमय स्वभाव वाला दयापूर्ण काम करने में कभी न थकने वाला व्यक्ति है और वह एक ऐसा व्यक्ति है जिसमें अपना वादा निभाने की प्राचीन रोमन भावना उतनी ज्यादा मात्रा में विद्यमान है जितनी किसी भी दूसरे जिन्दा व्यक्ति में नहीं है।

''वह यहूदी का कितने पैसे का कर्जदार है?'' पोर्शिया ने पूछा।

''उसने तो मेरे वास्ते ही उस यहूदी से तीन हजार दुकैत लिए थे।'' बेसैनिया ने बताया।

''बस इतने से धन का! मैं तो ज्यादा समझ रही थी, हम यहूदी को उससे दुगुनी दे देंगे।'' वह कहने लगी।

''वो नहीं मानेगा।''

''तो हम छः हजार के दुगने कर देंगे। तथा इस पर भी न माने तो इसके तीन गुना और बढ़ा दो। इससे पहले कि तुम्हारे मित्र का कुछ बाल भी बांका हो, तुम तुरन्त वेनिस पहुँच जाओ, क्योंकि इस अशांत हालत में तुम यहाँ चैन से न रह सकोगे। तुम वहाँ से उसे अपने साथ आप यहीं लेते आना।'' पोर्शिया ने कहा।

''जब तक तुम लौटकर नहीं आ जाओगे तब तक मैं तथा मेरी सेविका नैरिसा बड़ी व्याकुलता से आपका इन्तजार करेंगे और भगवान से प्रार्थना करते रहेंगे। आज मैं तुम्हारा मोल पहचान गई हूँ क्योंकि मैंने तुम्हें बड़े महगें दामों पर हासिल किया है। एंटोनियो के प्राणों के बदले, अब मैं तुमसे बहुत अधिक प्यार करूंगी।'' पोर्शिया भर्राए स्वर में कहने लगी–''यकीन नहीं आता कि इस दुनिया में ऐसे सच्चे मित्र भी हैं। तुम्हारा दोस्त इंसान नहीं देवता है, ऐसे सच्चे मित्र के तो प्राण जरूर ही बचाने चाहिए। तुम यहाँ एक पल भी न गंवाओ और फौरन वेनिस के लिए रवाना हो जाओ। मैं यहाँ बैठी ईश्वर से प्रार्थना करूंगी, कि एंटोनियो की वह हिफाजत करे।''

''सही है पोर्शिया, मैं तुरन्त वहाँ जाता हूँ, जैसे ही मेरा काम खत्म होगा मैं वहाँ से तुरन्त लौट आऊँगा।''

पोर्शिया बड़े सूझ-बूझ वाली लड़की थी। उसने निर्णय भी कर लिया था कि उसे क्या करना है। बेसैनियो के रवाना होते ही उसने शीघ्र मर्दाना वेश धारण किया और अपनी सेविका नैरिसा को भी पुरुष नौकर का वेश धारण कराकर वे दोनों तेजी से घोड़ों पर सवार होकर चल पड़ीं।

पोर्शिया का लक्ष्य फौरन वेनिस पहुँचना था।

उधर वेनिस की कचहरी में एंटोनियो और शाइलॉक दोनों उपस्थित थे। इस अजीबो-गरीब मुदकमे की कार्यवाही देखने के लिए हजारों व्यक्ति वहाँ मौजूद थे। शाइलॉक के पास एंटोनियो के हाथों का लिखा वही ऐग्रीमेन्ट था, वह बार-बार भूखे भेड़िए की तरह उसे घूर रहा था।

वह एक जेलर से बोला–''जेलर, तुम इस एंटोनियो का ख्याल रखना, कहीं यह भाग न जाए, तुम मुझसे कृपा करने की बात मत कहो। यह वह पागल है जो मुझे नीचा दिखाने के लिए बिना ब्याज के पैसे उधार दिया करता था। जेलर, तुम

इसका ख्याल रखना।''

''परंतु मेरी पूरी बात तो सुनो शाइलॉक।'' एंटोनियो ने जाते हुए शाइलॉक को पुकारा।

''दया की बात मत करो।'' शाइलॉक चिल्लाया—''मैं तो तब अपना अधिकार ही लूंगा। मैंने सौगन्ध खाई है कि जब तक मैं तेरा डेढ़ सेर मांस न उतार लूंगा, चैन से नहीं बैठूंगा। तुम मुझे कुत्ता कहा करते थे न अब मैं कुत्ता ही हूँ। अब तुम मेरे दाँतों से सतर्क हो जाओ। जज को मेरे पक्ष में न्याय करना ही होगा।''

''मेरी बात तो सुन शाइलॉक, मैं तुमसे प्रार्थना करता हूँ।'' एंटोनियो उससे विनती कर रहा था।

''मैं तो अपना हक ही लूंगा, मैं तुम्हारी बात बिल्कुल नहीं सुनूंगा।'' वह दृढ़ता से बोला—''इसलिए इस विषय में बाद में आकर तुम पर दया कर जाऊँ मैं तो अपना हक लेकर ही रहूँगा।''

''यह तो कुत्ता है जो हमेशा मनुष्यों के बीच में रहा है।'' सैलेरियो ने दाँत भींचकर कहा।

''अब उसे वो सब करने दो जो वो चाहता है, व्यर्थ की प्रार्थनाएँ लेकर अब मैं उसका पीछा बिल्कुल नहीं करूंगा। वह मेरी जान का शत्रु बना है, उसके कारण मैं अच्छी तरह जानता हूँ, अक्सर मैंने उसके कानूनी चंगुलों से अनेक लोगों को छुड़ाया है, जो मेरे निकट आकर रोये थे। इसलिए वह मुझसे बहुत ज्यादा घृणा करता है।''

''किन्तु मुझे पूरा यकीन है कि जज कभी भी इसके दावे को वैधानिक रूप से मंजूर नहीं करेगा।'' सैलेरियो ने तसल्ली दी।

''नहीं, जज कानून का रास्ता नहीं रोक सकता।'' एन्टोनियो बोला—''क्योंकि विदेशियों की जो संख्या हमारे साथ वेनिस में रहती है, यदि उसे कानूनी न्याय नहीं मिला, तो बह राज्य के न्याय पर शक करने लगेगी क्योंकि राज्य का व्यापार और लाभ सभी संप्रदायों के साथ कारोबार पर निर्भर करता है, इसलिए यह जरूरी है कि कानून अपने रास्ते पर ही चले। इसलिए सैलेरियो, अब घर जाओ। इन दुःखों और नुकसानों ने मुझे इतना दुर्बल कर दिया है कि कल मेरा खूनी साहूकार मेरे शरीर में से डेढ़ सेर मांस हासिल करेगा। काश! बेसैनियो यहाँ आ जाता, इस तरह मेरी मित्रता का कर्ज भी चुका देता तो फिर मुझे किसी भी बात की फिक्र नहीं होती।''

अगले रोज एंटोनियो अपराधी बना सिर झुकाए खामोश खड़ा था। उसकी बगल में बेसैनियो खड़ा था, जिसके नेत्रों से आँसू बह रहे थे। इस सारे प्रकरण के लिए वह स्वयं को अपराधी मान रहा था।

खचाखच अदालत भरी हुई थी, केवल जज के आने की देर थी। अदालत में काफी शोर मचा हुआ था। लोग एक-दूसरे से क्या कह रहे थे, कान पड़े किसी को भी सुनाई नहीं दे रहा था।

इतने में ही जज वहाँ उपस्थित हुआ। उसने पूछा—''तो क्या एंटोनियो इस

अदालत में उपस्थित है?''

''मैं दयानिधि की सेवा में, अपने खिलाफ दावे का उत्तर देने के लिए यहाँ मौजूद हूँ।'' एंटोनियो ने कहा।

''हमें तुम्हारे ऊपर अफसोस है। तुम यहाँ एक ऐसे प्रतिद्वंद्वी के दावे का जवाब देने के लिए आये हो जो एक कठोर दिल मनुष्य है, एक दुष्ट व्यक्ति है जिसे दया का कभी अहसास नहीं हो सकता, जिसके दिल में माफी का रत्ती भर भी चिन्ह नहीं है।'' जज ने एंटोनियो से कहा।

एंटोनियो बड़ी विनम्रता से कहने लगा—''मैंने सुना है कि दयानिधि ने उसके कठोरता के रास्ते को विनम्र करने के लिए बहुत कष्ट उठाया है। उसे सही तरीका अपनाने के लिए काफी समझाया है लेकिन वह जिद्द पर दृढ़ है और चूंकि कोई कानूनी साधन मुझे उसकी दुश्मनी के चंगुल से बचा नहीं सकते, इसलिए मैं अब सब्र करके स्वयं को उसके भयंकर क्रोध के हवाले करता हूँ।''

''उस यहूदी शाइलॉक को अदालत में हाजिर किया जाये।'' जज ने आर्डर देकर शाइलॉक को बुलाने की अनुमति दी।

''अरे, वह तो द्वार पर तैयार खड़ा है। देखिये मालिक, वह खुद ही यहाँ आ रहा है।'' सैलेरियो ने दरवाजे की तरफ संकेत किया।

जज शाइलॉक से बोला—''शाइलॉक, लोगों का विचार है, और मेरा भी यही ख्याल है कि तुम बैरभाव का दिखावा उसी क्षण तक करोगे जब तक तुमको गोश्त काटने की आज्ञा नहीं मिल जाती। इसके बाद, तुम ऐसा इसलिए करना चाहते हो ताकि तुम्हारी दया भावना तुम्हारी वर्तमान निर्दयता के स्वरूप से भी अधिक आश्चर्यजनक लगे। और जहाँ इस समय तुम दण्ड माँग रहे हो जो कि इस व्यापारी का डेढ़ सेर मांस है, वहाँ तुम उस दण्ड को त्याग ही नहीं दोगे, बल्कि मानव हृदय, कोमलता तथा प्रेम से प्रेरित होकर, मूल धन का कुछ भाग भी छोड़ दोगे। तुम ऐसा इसकी उन बड़े नुकसानों पर अपनी दया दृष्टि डालकर करोगे जो कुछ वक्त पहले ही अचानक इसके ऊपर टूट पड़ी थीं तथा जिन्होंने इस शाही सौदागर को तबाह ही कर डाला।''

एंटोनियो के वे नुकसान ही इतने बड़े हैं कि बड़े से बड़ा कठोर दिल व्यक्ति का हृदय भी दया से भर उठे। अब हम तुमसे भी ऐसे ही किसी जवाब की उम्मीद रखते हैं, बोलो यहूदी।''

''मैं आपके सम्मुख पहले भी इस बात को कह चुका हूँ कि मैं क्या चाहता हूँ।'' शाइलॉक ने जवाब दिया—''और मैं आपको बता दूँ कि मैंने पवित्र शनिवार की सौगन्ध ली है कि मैं केवल अपने अधिकार को प्राप्त करूंगा। आप अगर नहीं दिलाएँगे तो भगवान करे आपके संविधान पर और विदेशियों को दिए गए विशेष अधिकारों पर अभिशाप उतरे। आप मुझसे पूछेंगे कि मैं तीन हजार दुकैत छोड़कर मृत गोश्त की कुछ मात्रा क्यों लेना चाहता हूँ? मैं इस बात का उत्तर से पूरी प्रकार संतुष्ट हूँ?''

तभी वहीं खड़ा बेसैनियो कहने लगा—''ओ हृदयहीन व्यक्ति ! तुम्हारे प्रबल

घृणा धारा की वजह समझाने के लिए तो यह कोई उत्तर नहीं हुआ।''

''अपने जवाब से तुम्हें सन्तुष्ट करने के लिए मैं बाध्य नहीं हूँ।'' शाइलॉक ने कहा।

''क्या सभी लोग उन वस्तुओं को नष्ट कर देते हैं, जिन्हें वे पसन्द नहीं करते?'' बेसैनियो ने पूछा।

''भला कोई ऐसा व्यक्ति है जो अपनी नापसन्द चीज को नष्ट न करे।'' शाइलॉक ने कहा।

''हर नाराजगी की वजह नफरत नहीं होती है।'' बेसैनियो ने समझाने की कोशिश की।

''क्या तुम किसी सांप को अपने काटने के लिए दोबारा अवसर दे सकोगे?'' उसने पूछा।

उनकी बात काटकर एंटोनियो कहने लगा—''सुनो बेसैनियो! तुम भूल कर रहे हो कि तुम एक यहूदी से बहस कर रहे हो, तुम्हारी यह चेष्टा उतनी ही निरर्थक है जितना तुम्हारे द्वारा सागर के किनारे पर खड़े होकर ज्वार की लहरों से यह अनुरोध करना कि वे अपने स्वाभाविक ऊँचे प्रवाह की कुछ ऊँचाई घटा दे।''

बेसैनियो दुकैत की थैली दिखाकर बताता है—''तुम्हारे तीन हजार दुकैत की जगह पर ये छः हजार दुकैत हाजिर हैं।''

''यदि तुम छः हजार का छत्तीस हजार भी कर दोगे, तो भी मैं नहीं लूंगा। मैं तो अपना अधिकार ही लूंगा।'' वह कहने लगा।

''''तुम क्षमा की उम्मीद कैसे कर सकते हो, जब तुम खुद कोई क्षमा-भावना नहीं दिखला रहे हो?'' जज बोला।

''जब मैं कोई जुर्म ही नहीं कर रहा हूँ तो मुझे दण्ड का क्या भय हो सकता है।'' वह बोला—''क्या आप उन दासों को स्वतंत्र कर सकते हैं और अपनी लड़कियों से उनका विवाह कर सकते हैं, उनके बिस्तर भी इतने ही कोमल बन सकते हैं, जितने कि आपके हैं, और उन्हें भी ऐसा ही भोजन खाने दोगे जैसा कि तुम खाते हो। भला वे क्यों इतनी मेहनत करके अपना पसीना बहाएँ?''

''वो नौकर हमारे हैं क्योंकि हमने उन्हें खरीदा है और ऐसा ही उत्तर मैं आपको देता हूँ, वह सेर गोश्त जो मैं आपसे माँग रहा हूँ, मैंने बड़ी कीमत में खरीदा है।''

जज ने कुछ सोचते हुए कहा—''किन्तु अपनी शक्ति से मैं मुकदमे की सुनवाई उस वक्त तक के लिए स्थगित तो कर सकता हूँ जब तक कानून का विद्वान नेता डॉ. बेलारियो जिसे मैंने इस दावे की वैधता जानने के लिए बुलाया है, वह आज यहाँ पहुँचने ही वाला है।'' तभी सैलेनियो ने बताया—''स्वामी, उस डॉक्टर के निकट से पत्र लेकर आया हुआ एक दूत बाहर इन्तजार कर रहा है।''

''हमारे पास वह पत्र लेकर आओ और दूत को भी अन्दर बुला लो।'' जज ने अनुमति दी।

“एंटोनियो, हिम्मत रखो। अरे पुरुष हो, इतनी जल्दी हौसला न हारो। इस यहूदी को, इसके पहले कि तुम मेरी वजह से खून की एक बूंद बहाओगे, मेरा गोश्त, खून, हड्डियाँ तथा सर्वस्व लेना पड़ेगा।” बेसैनियो ने तसल्ली दी।

एंटोनियो निराश होकर बोला–“मैं उस असहाय भेड़ की तरह हूँ जो बलि के लिए उपयुक्त है, अधिकांश कमजोर फल सबसे पहले जमीन पर ही गिरता है। बेसैनियो तुम्हारे लिए इससे अच्छा और कोई दूसरा कार्य नहीं होगा कि तुम शान्तिपूर्वक जीवन बिताओ और मेरी कब्र के पत्थर के लिए एक लेख तैयार करो।”

तभी जज ने आने वाले दूत से पूछा–“क्या तुम पैडुआ से आए हुए हो, डॉ. बेलारियो के निकट से?”

नैरिसा बोली–“जी हाँ, हम दोनों वहीं से आए हैं तथा डॉ. बेलो ने आपके लिए शुभकामनाएँ भेजी हैं।”

बेसैनियो ने शाइलॉक को चाकू पैना करते हुए देखकर कहा–“तुम इतनी गम्भीरता से चाकू पैना क्यों कर रहे हो?”

“उस दिवालिए के दिल के पास से दण्ड स्वरूप गोश्त काटने के लिए।” वह बोला।

तभी वहाँ किसी ने व्यंग्य किया–“तुम अपना चाकू किसी चमड़े पर नहीं अपनी आत्मा पर पैना कर रहे हो निर्दयी यहूदी। लेकिन यह भी बेकार ही है, क्योंकि कोई भी धातु यहाँ तक की कातिल के फरसे की धातु भी तुम्हारी दुश्मनी की तेज धार की आधी धार भी धारण नहीं कर सकती है। क्या किन्हीं भी याचिकाओं का तुम पर प्रभाव नहीं पड़ता?”

“नहीं! जितनी भी तुम्हारे भीतर बुद्धि है, उस बुद्धि से की गई किन्हीं भी याचिकाओं का प्रभाव मुझ पर नहीं पड़ सकता।” जज ने नैरिसा से पूछा–“बेसैलिया का यह खत नवयुवक विद्वान कानून के एक डॉक्टर की हमारी अदालत के लिए सिफारिश कर रहा है। वह नौजवान कहाँ है?”

“वह वहीं निकट में ही आपकी सेवा में उपस्थित है और आपके उत्तर की इन्तजार में है कि आप उसे स्वीकार करेंगे या नहीं।” उसने बताया।

“मैं उसे खुशी के साथ स्वीकार करता हूँ। फिर वह वहीं खड़े कुछ लोगों को अनुमति देते हुए बोला–“तुम लोग जाकर पूरे सम्मान के साथ उनको यहाँ लेकर आओ।”

पोर्शिया जज के रूप में वहाँ दाखिल हुई।

जज उठकर उससे हाथ मिलाते हुए कहने लगा–“क्या आप ही वृद्ध बेलारियो के निकट से आये हैं?”

“जी हाँ, स्वामी।”

“तुम्हारा स्वागत है। बैठ जाओ। क्या तुम इस मामले से जो कि अदालत के सामने मौजूद है, परिचित हो।” पोर्शिया ने बताया–“मगर इनमें से सौदागर कौन-सा है तथा यहूदी कौन-सा है?”

“एंटोनियो और बूढ़े यहूदी शाइलॉक, दोनों सामने आकर खड़े हो जाओ।”

जज ने आज्ञा दी।

पोर्शिया ने अन्दाज में यहूदी से पूछा–"क्या आपका ही नाम शाइलॉक है?"

"जी हाँ।" उसने बताया।

फिर पोर्शिया बोली–"यह दवा जिसे तुम कर रहे हो, बड़े ही विचित्र प्रकार का है। फिर भी तुम इसे इस ढंग से प्रस्तुत कर रहे हो कि वेनिस का कानून तुम्हारी प्रगति को रोक नहीं सकता।" फिर वह एंटोनियो की तरफ मुखातिब हुई–"तुम इस कानूनी शक्ति की सीमाओं के भीतर हो।"

एंटोनियो ने उत्तर दिया–"जी हाँ जज साहब–! जैसा कि वह शाइलॉक कहता है।"

"क्या तुम एग्रीमेंट की शर्तों को स्वीकार करते हो?" पोर्शिया ने एंटोनियो को ध्यान से देखते हुए पूछा।

"जी हाँ।" उसने उत्तर दिया।

"तब तो यहूदी को अवश्य ही तुम्हें क्षमा कर देना चाहिए।" पोर्शिया ने यहूदी शाइलॉक की तरफ देखा।

शाइलॉक भड़क कर बोला–"क्या कहा आपने? भला किस कानून के अनुसार मुझे क्षमा कर देना चाहिए, मुझे जरा यह बताओ।"

पोर्शिया विनम्रता भरे स्वर में बोली–"माफी वह गुण है जो बलपूर्वक उत्पन्न नहीं किया जाता। यह तो मुजरिमों पर उसी प्रकार प्राकृतिक ढंग से बरसते हैं जैसे सुखद वर्षा आकाश से नीचे की ओर पृथ्वी पर बरसती है। क्षमा द्विगुण सम्पन्न है, यह उसे भी उसी तरह आशीर्वादित करती है जो क्षमा दिखलाता है। सर्वशक्तिमान में यह सर्वशक्तिशाली गुण वाली होती है। सिंहासन पर बैठे हुए राजा का दण्ड उसकी सांसारिक शक्ति की वैधता का प्रतीक होता है। उसकी सांसारिक ताकत ही उसके आदरपूर्ण भय तथा महानता के कारण होती है, उस राजशक्ति में ही राजा का आतंक और भय विद्यमान रहते हैं। इसलिए हे यहूदी! चूंकि तेरी माँग इंसाफ है इसलिए इस बात को समझ ले कि भगवान के न्याय के कठोर रास्ते से हममें से कोई भी मुक्ति को प्राप्त नहीं कर सकता, इसलिए हम सभी ईश्वर से मुक्ति की प्रार्थना किया करते हैं और प्रार्थना हम सब को शिक्षा देती हैं कि हम स्वयं भी क्षमा को क्रियान्वित करें।

मैंने यह सब कुछ तुम्हारा न्याय पाने की हठ को कोमल करने के लिए कहा है, इस पर भी जैसा तुम चाहते हो, यदि तुम इसके लिए जोर दोगे तो वेनिस की अदालत यह निश्चय ही तुम्हें प्रदान करेगी तथा वहाँ खड़े उस सौदागर के खिलाफ फैसला देगी।"

"मेरे कार्यों को मेरे सिर पर पड़ने दो।" शाइलॉक बोला–"अब भी मैं आपसे अपना न्याय नहीं मांगूंगा। मुझे रुक्के में लिखित दण्ड व्यवस्था के मुताबिक ही डेढ़ सेर गोश्त दिलवाइये।"

पोर्शिया शाइलॉक की तरफ देखते हुए बोली–"क्या यह सौदागर धन अदा

करने लायक नहीं है?''

''अवश्य है।'' बेसैनियो ने कहा—''इस अदालत में उसके लिए यह धन उपस्थित करता हूँ, उस रकम का दोगुना। यदि इतना धन पर्याप्त नहीं, तो मैं उक्त धन को दस गुना अदा करने के लिए ऐग्रीमेन्ट लिखने को तैयार हूँ तथा निश्चित वक्त पर दस गुना धन अदा न करने पर सजा स्वरूप अपने हाथ, अपना शीश तथा अपना दिल कटवा कर देने की बात लिखने को तैयार हूँ। अगर यह सब पर्याप्त नहीं है तो आप अच्छी तरह समझ लें कि बैर शाइलॉक के दिल में उसकी ईमानदारी को नष्ट कर रहा है। वह एंटोनियो के प्राण लेना चाहता है। ऐसी अवस्था के लिए मेरी आपसे विनती है कि सिर्फ एक बार कानून को अपनी बलवान व्याख्या के अधिकार में ले लें।''

''ऐसा कभी नहीं हो सकता।'' पोर्शिया ने कहा—''वेनिस की कोई शक्ति स्थापित कानून को नहीं बदल सकती, यदि ऐसा हुआ तो कानून की तोड़ा-तोड़ी एक बुरी उदाहरण बन जायेगा तथा उसी का अनुसरण करके अनेकों अपराध बड़ी सरलता से उच्चता का आसन प्राप्त कर लेंगे। यह नहीं हो सकता।''

''हे नवयुवक अक्लमन्द जज, मैं तुम्हारा सम्मान करता हूँ।'' शाइलॉक पोर्शिया के उत्तर से खुश हो गया। फिर पोर्शिया शाइलॉक की तरफ मुखातिब हुई—''शाइलॉक, तुम्हें तुम्हारे धन का तीन गुना धन भी मिल सकता है।''

''मैंने शपथ ली है।'' शाइलॉक चिल्लाया—''मैंने शपथ ली है और मुझे शपथ का वर्ग में उत्तर देना है, क्या मैं कसम तोड़ने का पाप अपनी आत्मा पर लादूंगा? नहीं वेनिस की सम्पदा के लिए भी नहीं।''

''अच्छा, इस ऐग्रीमेन्ट की मियाद तो पूरी हो चुकी है।'' पोर्शिया कुछ सोचने वाली मुद्रा में बोली—''और इस ऐग्रीमेन्ट के अनुसार कानूनन इस यहूदी को डेढ़ सेर गोश्त का दावा करने का अधिकार है, जिसे इसके ऐग्रीमेन्ट के अनुसार उस सौदागर के दिल के ज्यादातर निकट वाले भाग से काटा जाना है।'' फिर वह शाइलॉक से विनती करने वाले स्वर में बोली—''अब भी तुम इसे माफ कर सकते हो, मान जाओ, तीन गुना धन ले लो तथा मुझे ऐग्रीमेन्ट को फाड़ डालने की आज्ञा दे दो।''

''आप इसे बेशक फाड़ सकते हैं, किन्तु तभी, जब इसका भुगतान इसमें लिखी शर्त के मुताबिक हो जाये। आप प्रत्यक्ष ही एक योग्य जज हैं। आप कानून जानते हैं, आपकी कानूनी व्याख्या बड़ी ठोस रही है। मैं आपको दुहाई देता हूँ और प्रार्थना करता हूँ कि आप फैसला सुना दें।'' एंटोनियो कहने लगा।

''अच्छी बात है तो निर्णय ये है—इसके चाकू के लिए तुम्हें अपनी छाती तैयार करनी चाहिए।'' पोर्शिया बोली।

''जज साहब आप महान् हैं।'' शाहलॉक चिल्लाया।

पोर्शिया ने अपनी बात को पूरा किया—''वजह यह है कि वेनिस के समझौते के आधार और उद्देश्य हर्जाने की शर्त की ओर पूरी तरह संकेत करते हैं और हर्जाना ऐग्रीमेन्ट की तरफ सरासर निकलता है।''

शाइलॉक पोर्शिया की प्रशंसा कर रहा था—"बिल्कुल ठीक, कितना बुद्धिमान तथा न्यायी जज है।"

फिर पोर्शिया एंटोनियो से बोली—"अब तुम अपने कपड़े उतारकर अपनी छाती को नग्न करो।"

"जी हाँ अपनी छाती नग्न करो!" शाइलॉक भूखे भेड़िए की तरह उसे घूर रहा था।

"क्या यहाँ गोश्त तौलने के लिए तराजु है, ऐग्रीमेन्ट के मुताबिक डेढ़ सेर मांस तौलना होगा।" पोर्शिया ने कहा।

"जी हाँ. मेरे पास है।" शाइलॉक ने तराजु दिखाया।

शाइलॉक की प्रसन्नता का ठिकाना नहीं था।

अदालत में भी एक तेज शोर उठा, लेकिन शाइलॉक की खुशी से भरी हुई आवाज में सबकी आवाज धीमी पड़ गई। अथवा फिर कहा जा सकता है कि सब उसकी आवाज सुनने के लिए तैयार हो गए थे।

शाइलॉक ने कहा—"हे धर्मावतार अवतार लेकर जमीन पर अवतरित हुए हैं। आपका न्याय मुझे स्वीकार है।"

पोर्शिया वहीं उपस्थित लोगों से बोली—"जैसा कि आप सब लोग जान चुके हैं कि एंटोनियो शर्त हार चुका है, इसलिए शाइलॉक आगे बढ़ो तथा जिस भाग से भी चाहो, मांस उतार लो।"

शाइलॉक प्रसन्नता से उछल पड़ा।

लेकिन तुरन्त ही उसकी खुशी में ब्रेक लग गया क्योंकि पोर्शिया दूसरे ही पल फिर बोली—"किन्तु..........।"

सब लोग हैरानी से पोर्शिया को देख रहे थे।

अदालत में सन्नाटा छा गया।

सभी की दृष्टि सामने बैठे न्यायाधीश पर टिकी हुई थी।

"मगर क्या जज साहब.........?" शाइलॉक ने पूछा।

"तुम एंटोनियो के जख्मों से खून को रोकने के लिए किसी डॉक्टर को तो बुला लो।" पोर्शिया ने अपनी बात पूरी की।

"क्या यह बात भी एग्रीमेन्ट में लिखी है?" उसने पूछा।

"नहीं, लिखी तो नहीं है, यदि तुम ऐसा रहम खाकर कर सको तो कर सकते हो।"

"नहीं, यह बात तो एंग्रीमेन्ट में नहीं है।"

फिर पोर्शिया एंटोनियो से मुखातिब होकर कहने लगी—"सौदागर, यह यहूदी नहीं मानेगा, क्या तुम्हें भी कुछ कहना है?"

"जी हाँ, मुझे दो शब्द अपने मित्र से कहने हैं।" एंटोनियो बोला।

फिर उसने बेसैनियो का हाथ अपने हाथ में लेकर कहा—"अच्छा तो मेरे मित्र बेसैनियो! अलविदा।"

यह फैसला सुनते ही जनता हैरान रह गई। एंटोनियो की दुर्गति की बात

सुनकर लोगों के मुख से सिसकारियाँ उबल पड़ीं। बेसैनियो की आँखों में आँसू उमड़ आए। वह रो पड़ा तथा एंटोनियो के कन्धे पकड़कर बाला—"मेरे दोस्त! आज मेरे ही कारण से तुम्हारी यह हालत हुई है और तुम्हें यह दिन देखना पड़ रहा है।"

ऐसे हालात में भी एंटोनियो मुस्कुराकर बोला—"मेरे दोस्त! दिल छोटा मत करो—"मुझे तो प्रसन्नता है कि मैं अपने दोस्त के लिए अपने प्राणों की आहुति दे रहा हूँ। आओ मेरे मित्र, आखिर बार मुझसे गले मिल लो।"

बेसैनियो रोता हुआ एंटोनियो के सीने से लिपट गया।

उन दोनों को इस तरह रोता देखकर कोई भी ऐसा नहीं था जिसका दिल न भर आया हो, किन्तु शाइलॉक का दिल नहीं पसीजा। अब भी वह अपना चाकू तेज कर रहा था।

बेसैनियो की आँखों से इतने आँसू बह रहे थे कि उसे धुंधलाहट की वजह से अपने मित्र एंटोनियो का चेहरा भी नहीं दिखाई दे रहा था। वह रोता-रोता नीचे बैठ गया था तथा उसने अपना सिर थाम लिया था।

फिर पोर्शिया पुनः अपना निर्णय सुनाती हुई बोली—"शाइलॉक, अपना काम पूरा करो। कानून और अदालत तुम्हें यह गोश्त काटकर निकालने की अनुमति देती है।"

शाइलॉक अपना चाकू लेकर किसी शिकारी की भाँति एंटोनियो की तरफ बढ़ रहा था।

वह एंटोनियो के पास पहुँचा तथा जैसे ही हाथ उठाकर उसने उसके शरीर का गोश्त काटने का उपक्रम किया, वैसे ही पोर्शिया की खनकती हुई आवाज पूरी अदालत में गूंज गई—"सावधान शाइलॉक!"

शाइलॉक ठिठककर रूक गया और हैरतपूर्ण नजर से उसकी ओर देखने लगा।

"ठहरो! न्याय के कुछ अंश अभी बाकी हैं। तुम्हारे ऐग्रीमेन्ट में खून की किसी एक बूंद का भी जिक्र नहीं है। शब्द सिर्फ डेढ़ सेर गोश्त की ही बात कहते हैं। इसलिए तुम सिर्फ डेढ़ सेर मांस ही ले सकते हो, किन्तु अगर एंटोनियो के खून की एक बूंद भी बही तो तुम्हारी अचल तथा चल सम्पत्ति कानून जब्त कर लेगा।"

पोर्शिया की बात सुनकर लोगों के मुख पर एक चमक उत्पन्न हुई।

मगर शाइलॉक अविश्वास के साथ बोला—"क्या ऐसा कानून है" वह हक्का-बक्का रह गया।

"देखते क्या हो, मांस क्यों नहीं उतार लेते?" पोर्शिया कहने लगी।

"तो फिर मुझे यह धन स्वीकार है।" वो बेसैनियो की ओर संकेत करते हुए बोला—"मुझे तीन गुना रकम दिला दो तथा इस ईसाई को जाने दो।"

"ये लो।" बेसैनियो ने उसकी तरफ थैली बढ़ाई।

मगर जैसे ही उसने थैली लेने के लिए हाथ बढ़ाया।

''ठहरो!'' पोर्शिया की आवाज गूंजी–''यहूदी को पूरा न्याय मिलेगा, अपना हाथ पीछे हटाओ इतनी जल्दी मत करो। इसे केवल डेढ़ सेर मांस ही मिलेगा। इस बात का निर्णय अदालत पहले ही दे चुकी है।''

तभी भीड़ में एक व्यक्ति चीखा–''ओ यहूदी! अब देख ये कितना न्यायकारी ज़ज है, कितनी अक्लमन्द है!''

''गोश्त काटने की तैयारी करो, किन्तु ध्यान रखना कि न तो तुम खून की एक बूंद बहने दोगे तथा न ही डेढ़ सेर गोश्त से कम या ज्यादा काटोगे।'' पोर्शिया ने कहा– ''यदि गोश्त एक कण के बराबर भी कम या ज्यादा रहा तो तुम्हें प्राण-दण्ड भी मिल सकता है तथा तुम्हारी सारी सम्पत्ति तो राज्य के द्वारा जब्त कर ली जायेगी।''

शाइलॉक हैरानी में पड़ गया।

''अब झिझक क्यों रहे हो, यहूदी? अपना हर्जाना प्राप्त करो।'' पोर्शिया ने दृढ़तापूर्वक कहा।

''मुझे मेरा मूलधन ही दे दो तथा मुझे जाने दो।'' शाइलॉक बोला।

पोर्शिया ने कठोर स्वर में कहा–''तुमने यह धन लेने से भरी अदालत में इंकार कर दिया है, इसलिए अब सिर्फ वही न्याय मिलेगा जो ऐग्रीमेन्ट में है।''

''क्या मुझे अब मेरा मूलधन नहीं मिलेगा?''

''तुम्हें हर्जाने की चीज़ छोड़कर और कुछ नहीं मिलेगा, यहूदी! और उसे तुम अपने प्राणों को संकट में डाल कर ले सकते हो।'' पोर्शिया बोली।

''अच्छा तो शैतान मेरे धन को भोग प्रदान करे।'' शाइलॉक ने पोर्शिया की तरफ देखकर कहा।

''ठहरो यहूदी! तुम एक दूसरे कानून की पकड़ में भी आ गये हो, वेनिस के कानून में यह भी लिखा है कि किसी भी आदमी को जो कि विदेशी है, किसी नागरिक के प्राण लेने की कोशिश नहीं करने दी जायेगी। और यदि यह साबित हो जाए कि किसी विदेशी ने किसी नागरिक के प्राण लेने की चेष्टा की है तो उसे तीन तरह का दण्ड देना होगा, पहला तो उस विदेशी की आधी सम्पत्ति भी राज्य में मिला ली जायेगी। तीसरे मुजरिम विदेशी के प्राण उमूक का क्षमा शक्ति के पूर्णतया अधीन होगा।

और मैं तुम्हें बता दूँ कि एक नागरिक की जान लेने का प्रयत्न करने के खतरनाक जुर्म की पकड़ में तुम इस समय यहाँ खड़े हो। तुमने एक गम्भीर अपराध किया है और इस तरह तुमने स्वयं पर एक शक्तिशाली कानून की पकड़ डाल ली है। अब तुम्हारी आधी सम्पत्ति तो एंटोनियो की हो चुकी है और आधी राज्य की है, इसलिए अब तुम अपने घुटने टेक दो तथा तुम अपने प्राणों की क्षमा माँग लो।''

शाइलॉक ने रोते हुए बताया–''ये दया भी क्यों करते हो, मेरा जीवन भी तुम ले लो, सब कुछ तुम ले लो।''

पोर्शिया उसे रोते हुए देखकर एंटोनियो से पूछती है–''एंटोनियो, तुम इस

यहूदी पर क्या रहम कर सकते हो?''

एंटोनियो कहता है—''मेरी सभी से विनती है कि वे राज्य के लिए जब्त की गई इसकी आधी सम्पत्ति का जुर्माना क्षमा करके इसे वापस दे दी जाये। तथा मैं भी एक शर्त पर इसकी आधी सम्पत्ति का दावा छोड़ने के लिए तैयार हूँ। शर्त यह है कि उस आधी सम्पत्ति को यह धरोहर के रूप में मेरे पास में रहने दे। अदालत से मेरी प्रार्थना है कि मेरी इन शर्तों को इसे पूरा करना होगा। पहले इसे ईसाई बनना होगा। दूसरे, इस अदालत में इसे एक दान पात्र लिखकर जाना होगा कि इसकी मृत्यु के पश्चात् इसकी सम्पूर्ण सम्पत्ति उसके दामाद लोरेन्जी और बेटी जैसिका को दे दी जाये।''

जज बोला—''इसको ये करना पड़ेगा, अन्यथा जो प्राण-दान मैंने इसे अभी दिया है, उसे मैं रद्द कर दूंगा।''

पोर्शिया ने शाइलॉक से कहा—''यहूदी, क्या तुम इस बात से सहमत हो? बोलो तुम क्या चाहते हो?''

शाइलॉक धीमे स्वर में—''मैं सहमत हूँ।''

पोर्शिया ने कहा—''वसीयत तैयार करो।''

''इस वक्त मेरी तबियत ठीक नहीं है, मुझे यहाँ से जाने दिया जाये, मेरे पीछे वसीयत भिजवा दीजिएगा तथा मैं उस पर हस्ताक्षर कर दूँगा।''

जज बोला—''तुम घर जा रहे हो, किन्तु हस्ताक्षर कर देना।''

इसके पश्चात् शाइलॉक वहाँ से चला गया।

जज पोर्शिया से निवेदन करते हुए कहने लगा—''श्रीमान, मेरी विनती है कि आप मेरे यहाँ भोजन पर चलें।''

''श्रीमान्, मैं आपसे माफी चाहता हूँ। ''पोर्शिया बोली—''मुझे आज ही रात पंडुवा जाना है इसलिए मेरे लिए सही होगा कि मैं तुरन्त प्रस्थान करूं।''

जज ने कहा—''मुझे अफसोस है कि आप इसी प्रकार जा रहे हैं।'' फिर वह एंटोनियो से कहने लगा—''एंटोनियो, इनका सम्मान करो, क्योंकि आज इन्हीं के कारण ही तुम्हारी जान बच सकी है।''

बेसैनियो आगे बढ़कर बोला—''हे देवता पुरुष! आज आपकी अक्ल के कारण ही मैं और मेरा दोस्त बच सके हैं और इसके लिए हम दिल से आपके अहसानमन्द हैं और ये तीन हजार दुकैत आपकी नजर करते हैं, जो हमें उस यहूदी को ऋण अदा करने के लिए देने थे।''

''इस धन को तुम अपने पास ही रखो। यह आदमी जो कर्त्तव्य पूरा करके सन्तुष्ट हो जाता है, अपने कार्य का पूरा मुआवजा प्राप्त कर लेता है। और आप दोनों को मुक्त कराकर मैं सन्तुष्ट हूँ।'' पोर्शिया ने कहा।

जाती हुई पोर्शिया को बेसैनियो ने रोकते हुए कहा—''प्रिय श्रीमान्, भला यह कैसे मुमकिन है आप खाली हाथ यहाँ से चले जाएँ? कृपया, हमसे आप कोई चीज उपहार स्वरूप जरूर ले लें।''

पोर्शिया मुस्कुराकर बोली—''आप मुझ पर काफी जोर डाल रहे हैं, इसलिए मैं कुछ न कुछ जरूर लूंगा। उसने एंटोनियो की तरफ देखा—''प्रिय एंटोनियो, आप मुझे अपने दस्ताने दे दे। इन्हें मैं अपने हाथों में ही पहनूंगा।''

फिर वह बेसैनियो से बोली—''आपके प्रेम के कारण मैं आपकी यह अंगूठी लूंगा।''

''अपना हाथ पीछे मत करो, मैं अतिरिक्त और कुछ नहीं लूंगा और मुझे विश्वास है कि आप इसे मुझे दे देंगे।''

''क्षमा करना, यह अंगूठी तो एक तुच्छ वस्तु है, इसे देकर मैं शर्मिंदा नहीं होना चाहता।'' उसने कहा।

''मैं इस अंगूठी के अलावा कुछ नहीं लूंगी।'' पोर्शिया ने जिद्द की ।

''आप मुझे माफ करें, मैं आपको बिल्कुल ऐसी ही अंगुठी बनवाकर दे दूंगा, लेकिन यह अंगूठी न लीजिए।'' उसने प्रार्थाना की।

''अब मैं जान गया आप प्रदान प्रस्ताव करने में तो बड़े उदार हैं तथा दान करने में कंजूस।''

''श्रीमान्, ये अंगूठी मुझे मेरी पत्नी ने दी है तथा उसने पहनाते वक्त मुझसे कसम ली थी कि यह अंगूठी अपनी उंगली से अलग नहीं होने देना।'' उसने बताया।

''आप बहाना बना रहे हैं।'' पोर्शिया बोला।

''बेसैनियो, इन्हें अंगूठी उतारकर दे दो।'' एंटोनियो बोला।

विवश होकर बेसैनियो को अंगूठी देनी ही पड़ी।

अदालत से निकलकर पोर्शिया अपनी नौकरानी के साथ जल्दी से अपने घर की तरफ दौड़ पड़ी और अपना पुरुष वेश उतारकर बेसैनियो के आने की प्रतीक्षा करने लगी। नैरिसा ने भी अपना रूप बदल लिया।

शीघ्र ही बेसैनियो भी एंटोनियो को अपने साथ लेकर वहाँ पहुँच गया। दोनों बहुत प्रसन्न थे।

बेसैनियो पोर्शिया से एंटोनियों को मिलाया—''यह है मेरा दोस्त एंटोनियो, जो कि मुझे प्राणों से भी प्रिय है।''

''जैसा मैंने सुना था, वैसा ही पाया।'' पोर्शिया मुस्कुरायी।

''इन्होंने तो मुझे उससे भी अधिक प्रदान कर दिया जितना मुझे मिलना चाहिए था।'' एंटोनियो हँसकर बोला।

पोर्शिया ने उन दोनों का खूब आदर सम्मान किया तथा जलपान के बाद उसने बेसैनियो की खाली उंगली पर दृष्टि डालते हुए पूछा—''आपकी अंगूठी कहाँ है मालिक?''

बेसैनियो सकपका गया। उसकी समझ में नहीं आ रहा था कि वह अब पोर्शिया से क्या बताए।

पोर्शिया के चेहरे पर क्रोध के भाव थे—''इसका मतलब है कि तुमने वह अंगूठी संभाल कर नहीं रखी।''

"नहीं, ऐसी बात नहीं," बेसैनियो ने समझाया—"तुम नहीं जानती कि मैंने किन हालातों में वह अंगूठी अपने से जुदा की है।"

फिर उसने पूरी बात पोर्शिया को समझाई, उसके साथ एंटोनियो ने भी उसे समझाते हुए कहा—"इस सारे झगड़े की जड़ मैं ही हूँ, मेरे कारण से ही वह अंगूठी गई है।"

"ठीक है, फिर आप ही इनके जमानती बन जाइये।" वह एंटोनियो को एक अंगूठी देते हुए बोली—"इन्हें ये अंगूठी दे दीजिए तथा कहिये इसे हिफाजत से रखें।"

"बेसैनियो, लो यह दूसरी अंगूठी है और अब इसे तुम संभाल कर रखना।" एंटोनियो ने कहा।

"अरे, यह तो वही अंगूठी है जो मैंने उस जज को दी थी।" बेसैनियो आश्चर्यचकित-सा हो गया।

"जी हाँ, यह वही अँगूठी है जो मैंने उस जज से इसे वापस ले लिया था। मैं तो तुमसे झूठ-मूठ ही लड़ रही थी।"

"किन्तु कैसे?" वह चौंका।

"आप परेशान मत होइए, मैं आपको सच बताती हूँ। वहाँ जो जज था, वो मैं ही थी तथा मेरे मर्दाना वेश में नैरिसा भी गई थी और अभी कुछ देर पहले ही मैं वेनिस से वापस लौटी हूँ।"

फिर उसने एक खत एंटोनियो को थमा दिया—"यह पत्र आपके नाम है जो इत्तिफाक से मेरे हाथ पड़ गया। अब इसे खोलकर आप पढ़ लीजिये।"

एंटोनियो पत्र पढ़कर बोला, प्रिय महोदया! आपने तो मुझे प्राण-दण्ड ही नहीं बल्कि मेरे जीवन-यापन का साधन भी लौटा दिया।"

" तुम वहाँ जज बनकर बैठी रही तथा मैंने तुम्हें पहचाना ही नहीं।" बेसैनियो हैरान होकर कहने लगा।

"अब करीब-करीब सुबह हो चुकी है।" पोर्शिया बोली—"अब आपको घर के भीतर भी चलना चाहिए। अब जो कुछ आपको पूछना है, उसके उत्तर हम बाद में देंगे।" यह कहकर वह भीतर चली गई।

इसी तरह अनेकों शुभ समाचारों ने माहौल को प्रसन्नतादायक बना दिया था। सभी के चेहरे पर इत्मीनान था।

15. भूल-चूक माफ

किसी समय पुराने जमाने में साइरेकस तथा एफेसस नाम के दो पड़ोसी देश थे। किसी वजह से वहाँ के लोगों में परस्पर गहरी शत्रुता थी। अगर साइरेकस का कोई नागरिक एफेसस की सीमा में घुमता हुआ देख लिया जाता तो इस अपराध के लिए मौत के मूँह में उतार दिया जाता था।

किसी जमाने की बात है, साइरेकस का एजियन नामक एक सौदागर एफेसस में टहलता हुआ पकड़ लिया गया। जुर्माना देने को उसके पास एक पैसा भी नहीं था। अतः उसे राजा के सामने उपस्थित किया गया था। राजा ने उसे सम्बोधित करके कहा—

"ओ परदेशी! हमारे देश के नियम के मुताबिक अब तू मृत्युदंड का भागी है, मगर तुझे यह दंड से पहले मैं तेरी राम-कहानी सुनना चाहता हूँ।"

एजियन एक लम्बी साँस भरकर बोला—"मुझ दुखिया की कथा सुनकर आपको क्या मिलेगा महाराज! उल्टा इससे मेरे मन का दुःख ताजा हो जाएगा। इसलिए मेरी आपसे प्रार्थना है कि मुझे शीघ्र मौत की सजा दी जाए।"

इससे राजा की उत्सुकता और बढ़ी और उसने अपनी आप-बीती सुनाने का एजियन से बड़ा आग्रह किया। सब राज-दरबारी भी उसकी कहानी सुनने के लिए कान लगाए बैठे थे। एजियन ने आँसुओं से भीगी पलकें उठाई तथा यूं कहना आरम्भ किया—

"मैं साइरेकस का एक अभागा सौदागर हूँ तथा मेरा नाम एजियन है। पिता की मौत के उपरान्त मुझे विदेश-यात्रा की धुन सवार हुई तथा मैं बहुत-सा माल जहाज में भरकर अपनी पत्नी के साथ अपिडैमनम नामक एक नगर में जा उतरा। वहाँ मेरा व्यापार इतना चमका कि मैंने मजबूत इरादे से वहीं रहने का फैसला कर लिया। कुछ समय बाद वहीं मेरे दो जुड़वाँ पुत्र हुए। रंग-रूप, डील-डौल तथा चाल-ढाल में वे एक-दूसरे से इतना मिलते थे कि उनमें भेद करना मुश्किल हो जांता था। उन दिनों हमारे पड़ोस में एक गरीब भटियारिन रहती थी। जिस दिन, जिस वक्त और जिस क्षण मेरे पुत्र हुए, उसी दिन, उसी क्षण भटियारिन के भी दो जुड़वाँ बेटे उत्पन्न हुए। वे भी शक्ल-सूरत में बिल्कुल एक समान थे। वह भटियारिन इतनी गरीब थी कि वह दो बालकों का पालन-पोषण न कर सकती थी। अतः उसने उन बच्चों का भार मुझे अपने ऊपर ले लेने को कहा। पत्नी की सलाह से मैंने उन्हें भी गोद ले लिया तथा अपने पुत्रों के साथ ही उनका भी पालन-पोषण करने लगा। मैंने अपने

दोनों बच्चों के एक समान होने के कारण दोनों का एक ही नाम रखा—"ड्रोमियो।"

बाल-बच्चों के साथ मेरे दिन बड़े सुख से व्यतीत हो रहे थे कि एक बार मुझे किसी कार्यवश कुछ दिनों के लिए एक दूर के टापू में जाना पड़ा। अपने चारों बच्चों से मुझे इतना स्नेह था कि एक क्षण के लिए भी मैं उन्हें अपनी आँखों से दूर न कर सकता था, इसलिए मैंने उन्हें और अपनी पत्नी को भी साथ ले लिया। अभी हमारा जहाज तट से कुछ दूर ही गया होगा कि समुद्र में बहुत जोर का तूफान उठा। मल्लाह लोग अपनी जान बचाकर छोटी नावों में कूद पड़े तथा जहाज पर हम अकेले रह गए। तुफान के थपेड़ों से जहाज समुद्र में डूबना ही चाहता था कि मैंने फुर्ती के साथ जहाज के चार तख्ते खींचे तथा उन्हें जोड़-तोड़कर उनकी दो नौकाएँ-सी बनाई। एक पर मैं खुद बैठ गया और मैंने अपने साथ छोटे एंटिफोलस तथा बड़ा ड्रोमियो सवार हुए। मैंने उन्हें साहस करके नाव खेने को बोला। कुछ देर तक दोनों नावें साथ-साथ रहीं, मगर शीघ्र ही लहरों के कारण हम एक-दूसरे से अलग हो गए। जब मैंने अन्तिम बार अपनी पत्नी की नाव देखकर चैन की साँस ली और अपनी नाव को किनारे लगाने का कोई उपाय सोचने लगा संयोगवश उधर से एक जहाज आता हुआ दिखाई पड़ा, जिसके कप्तान ने मुझे तथा मेरे दोनों लड़कों को अपने जहाज पर बिठा लिया। बातों ही बातों में उससे मेरा पुराना परिचय निकल आया और उसने हमें बहुत आराम से किनारे पर पहुँचा दिया। उस दिन से लेकर आज तक पूरे बीस बरस बीत चुके हैं, मगर मेरी पत्नी और पुत्रों का मुझे कुछ पता नहीं चल सका।

खैर, मैंने उन्हें भुला देने का यत्न किया तथा अपने साथ के दोनों बालकों की सेवा में लग गया था। जब छोटा एंटिफोलस कुछ सयाना हुआ तो वह अपनी माँ के विषय में बार-बार मुझसे पूछता था। उसकी बात सुनकर समुद्र की दुर्घटनाा का सारा नजारा मेरी आँखों के सामने घुम जाता। मैंने सिसकते हुए वह सारी घटना छोटे एंटिफोलस को सुना दी। एंटिफोलस उसी क्षण से अपनी माँ और बड़े भाई को खोज निकालने की चिन्ता में रहने लगा। अन्त में एक दिन उसने बड़ा हठ किया तथा अपने साथी छोटे ड्रोमियो को लेकर घर से निकल पड़ा। मैं उसे पल-भर भी अपने से अलग नहीं करना चाहता था, मगर न जाने उस दिन क्यों मैं उसे रोकने का साहस न कर सका। मूल के लालच में मैंने ब्याज को भी गंवा दिया। उसे गए भी आज पूरे आठ बरस बीत चुके हैं, मगर अब तक वह भी लौटकर नहीं आया। बालकों के बिना घर मुझे भूतों का डेरा लगने लगा। उनकी खोज में मैं निकल पड़ा तथा देश-देशान्तर घूमते हुए आज आपकी नगरी में पहुँचा ही था कि आपके सिपाहियों ने मुझे पकड़ लिया। बस महाराज! यही मेरी जिन्दगी की कहानी है।"

यह करुणा-भरी कहानी सुनकर राजा का मन भी पिघल गया और उसने एजियन को जुर्माने का रुपया चुकाने की एक दिन की और अवधि दी। यह अवधि पाकर एजियन तनिक भी खुश न हुआ, क्योंकि उस अनजाने देश में उसका जानने वाला कौन था! और जानने वाला होता भी तो क्या! अब उसके दिल में जीने की

इच्छा ही शेष न रह गई थी। उसने सोचा, चलो आखिरी बार अपने पुत्रों की तलाश कर देखूं! यह सोचकर वह बाजार की तरफ चल पड़ा।

उधर मल्लाहों ने एजियन के दोनों लड़कों को लाकर एफेसस के एक रईस के हाथ बेच दिया। अमीर ने उन्हें होनहार देखकर पढ़ाया-लिखाया तथा सेना में एक ऊँचे पद पर नियुक्त करवा दिया। तब से बड़ा एंटिफोलस तथा बड़ा ड्रोमियो उसी नगरी में रहते थे। एंटिफोलस ने वहीं की एक कुलीन लड़की से विवाह भी कर लिया था तथा वह बड़े आनन्द से जीवन बिता रहा था। अपने पिता और दूसरे भाई से बिछड़े उसे एक जमाना बीत चुका था, अतः वह तो उन्हें बिल्कुल भूल चुका था।

संयोगवश जिस दिन एजियन उस शहर में पहुँचा, उसी दिन छोटा एंटिफोलस भी अपने साथी ड्रोमियो सहित उसी नगरी के बंदरगाह पर उतरा। शहर में प्रवेश करते ही उसने सुना कि साइरेकस का एक सौदागर आज इस शहर में प्रवेश करने के अपराध में पकड़ा गया है तथा उसे मृत्युदण्ड दिया जाने वाला है। उसे सपने में भी यह विचार न आया कि साइरेकस का वह अभागा सौदागर उसी का बिछड़ा हुआ पिता है। अस्तु, जहाज से उतरकर वह सीधा एक सराय में गया तथा वहाँ एक कमरा किराए पर लेकर ठहरा। सराय के मालिक द्वारा परिचय पूछे जाने पर उसने अपने आपको एफेसेस का ही नागरिक बताया था। उसने अपने साथी छोटे ड्रोमियो को बाजार से कुछ आवश्यक चीजें खरीदने के लिए भेज दिया और खुद इस नई नगरी का परिचय पाने के लिए सराय के सामने टहलने लगा। उसे यह देखकर बड़ा क्रोध आया कि जाने के दो पल बाद ही ड्रोमियो लौट आया और जरूरी वस्तुओं में से एक भी खरीदकर न लाया। छोटा एंटिफोलस उसे डांटना ही चाहता था कि ड्रोमियो ने बड़ी नम्रता से कहा—''कप्तान साहब! चलिए आपकी पत्नी आपको भोजन के लिए बुला रही हैं।''

मुसाफिर एंटिफोलस ने चकित होकर कहा—''ड्रोमियो! तुम्हारा दिमाग तो नहीं फिर गया कहीं! क्या यह हंसी-मजाक करने का वक्त है?''

ड्रोमियो—''मजाक नहीं कर रहा हूँ मैं आपसे! घर में भोजन तैयार है तथा आपकी पत्नी आपको याद कर रही है।''

मुसाफिर एंटिफोलस ने काफी चिढ़कर कहा—''जाओ-जाओ! मेरी पत्नी-वत्नी कोई नहीं । जो कार्य तुमसे कहा है, वह करो।''

वास्तव में यह मुसाफिर ड्रोमियो नहीं था, जिस छोटे मुसाफिर एंटिफोलस ने चीजें लेने बाजार भेजा था, वह बड़ा ड्रोमियो था तथा बाजार से वस्तुएँ न लाने और 'पत्नी बुला रही है, पत्नी बुला रही है, कहकर चिढ़ाने के लिए खूब डांटा।''

बड़े ड्रोमियो की समझ में यह बात बिल्कुल न आई थी। उसने समझा कि कप्तान साहब शायद अपने घर से लड़कर आए हैं, इसलिए बार-बार घर चलने के लिए उनसे प्रार्थना करने लगा। मुसाफिर एंटिफोलस यह सुनकर बड़ा चिल्लाया तथा यह कहकर बड़े ड्रोमियो के साथ चल दिया—''पत्नी-पत्नी' की रट लगातार कान खा गया। चल! पहले तेरे साथ चलकर वहीं देखता हूँ कि किसे तू मेरी पत्नी बनाए

बैठा है?''

इतना कहकर वह बड़े ड्रोमियो के साथ चल दिया। भीड़ में बड़े ड्रोमियो का तो कहीं साथ छूट गया तथा उसे अपना साथी मुसाफिर ड्रोमियो समझकर बोला—''मुझे छोड़कर भीड़ में कहाँ चला गया था तू!''

मुसाफिर ड्रोमियो बोला—''मैं भला आपको भीड़ में कहाँ छोड़ आया हूँ? मैं तो आपको सराय में छोड़कर अपने लिए सामान खरीदने बाजार आया हूँ।''

इतना सुनकर मुसाफिर एंटिफोलस के गुस्से का ठिकाना न रहा। वह बोला—''इस प्रकार का मजाक करने की समझ आज तुम्हें किसनें दी? सराय से तो तुम मुझे यही कहकर साथ लाए हो कि तुम्हारी पत्नी बुला रही है तथा अब इतनी जल्दी बदल गए!''

इधर बाजार में ये दोनों एक-दूसरे से उलझ रहे थे तथा उधर जब कप्तान एंटिफोलस की पत्नी ने देखा कि न बड़ा ड्रोमियो लौटा है और न कप्तान एंटिफोलस तो वह खुद उनकी खोज में बाहर निकल गई। बाजार में आते ही उसकी दृष्टि मुसाफिर ड्रोमियो तथा मुसाफिर एंटिफोलस पर पड़ी। मुसाफिर एंटिफोलस को ही कप्तान समझकर पत्नी बोली—'' पतिदेव! रूठ गए हो क्या मुझसे जो अब तक घर नहीं लौटे।''

मुसाफिर एंटिफोलस को यह बात काफी बुरी लगी कि एक स्त्री, जिसे वह ठीक से पहचानता तक नहीं, उसे इस तरह की बात कहे। उसने क्रोध से झल्लाकर कहा—''मेरी पत्नी-वत्नी कोई नहीं, तुम कौन डायन की भाँति मेरे पीछे पड़ गई हो?''

पत्नी ने कहा—''चाहे आप मुझे चुड़ैल कहें अथवा डायन, पर मेरे तो आप ही पति हैं। मैं आपको साथ लिए बगैर घर न जाऊँगी।''

परदेश में यह सब मामला, मुसाफिर एंटिफोलस के दिमाग में बिल्कुल नहीं आया। जो होगा देखा जाएगा, यह सोचकर वह चुपचाप उस पत्नी के साथ-साथ चल पड़ा तथा उसके पीछे-पीछे मुसाफिर ड्रोमियो भी। पत्नी ने घर जाकर एंटिफोलस को बड़े आग्रह से भोजन खिलाया तथा ड्रोमियो को कहा कि जाओ नौकरानी से माँगकर रोटी खा लो। वह नौकरानी के पास गया तो वह उसे 'पति-पति' कहकर पुकारने लगी। उस बेचारी को क्या मालूम था कि यह उसका पति ड्रोमियो है। उधर मुसाफिर ड्रोमियो ने भी जाना कि मैं गजब आफत में आ फंसा हूँ तथा कोई उपाय न देखकर वह नौकरानी के हाथ से रोटी खाने बैठ गया था।

इतने में बाहर से कप्तान एंटिफोलस तथा बड़ा ड्रोमियो दोनों अपने घर भोजन करने के लिए लौट आए। वे अपना नाम ले-लेकर बार-बार द्वार खटखटाते कि दरवाजा खोलो, मगर भीतर से यही उत्तर मिलता—''यह धोखा किसी और को दो! हमारे पति हमारे घर बैठे हैं।''

अन्त में हारकर कप्तान ने यही समझा कि आज श्रीमती जी काफी गुस्से में हैं। चलो, उन्हें खुश करने के लिए तब तक बाजार से कोई कीमती तोहफे ही ले आते हैं। यह सोचकर कप्तान तथा उसका साथी ड्रोमियो दोनों बाजार की ओर चले गए।

इधर मुसाफिर एंटिफोलस तथा उसका साथी ड्रोमियो जब भोजन कर चुके तो वे किसी तरह उन बनावटी पत्नियों से आँखे बचाकर घर से भाग खड़े हुए। अभी मुसाफिर एंटिफोलस कुछ कदम ही आगे बढ़ा था कि अचानक एक सुनार ने सोने का एक जड़ाऊ हार उसके हाथ में देते हुए कहा—"लो कप्तान साहब! आपका यह हार तैयार है। घंटे दो घंटे तक इसके दाम भिजवा देना।" इतना कहकर सुनार आगे बढ़ गया था। मुसाफिर एंटिफोलस हैरान था कि मैं तो इस सुनार को जानता भी नहीं और न मैंने इसे यह हार बनाने को कहा था, फिर यह मुझ अजनबी को हार देकर इतनी जल्दी कहाँ गया? कहीं यह अजनबी ठग तो नहीं तथा चकमा देकर कहीं यह मुझे पकड़वाना तो नहीं चाहता? अभी वह इतना सोच ही रहा था कि एक वृद्धा आई और सलाम करके बोली—"कप्तान साहब! ईश्वर तुम्हें लम्बी आयु दे। पिछले साल तुमने मेरे बेटे को जेल जाने से छुड़वाया था। मैं आपके इस उपकार को जीवन-भर न भूलूंगी।"

अभी वह वृद्धा गई भी नहीं थी कि एक और नौजवान उधर से गुजरा तथा मुसाफिर एंटिफोलस को देखकर वह इस तरह से मिला कि मानो वह उसे काफी देर से जानता हो। वास्तव में कप्तान एंटिफोलस इस नगर में पन्द्रह-बीस वर्ष से रह रहा था और विरला ही कोई ऐसा व्यक्ति होगा जो उसे न जानता हो। दोनों भाइयों की आकृति बिल्कुल एक जैसी होने की वजह से सब लोग मुसाफिर को कप्तान एंटिफोलस ही समझ रहे थे। इसी भूल से एक आया भी, तो उसे अपने लड़के के विवाह का निमंत्रण दे दिया। दूसरा आया, तो रुपयों की थैली देते हुए बोला—"अच्छा हुआ आप रास्ते में ही मिल गए। वरना परसों जो रुपये मैं आपसे उधार ले आया था, वे वापस लौटाने मैं आपके घर ही जा रहा था। आखिर में एक दर्जी आया और उसे आदर से दुकान पर बिठाकर उसके कपड़ों का नाप लेने लगा तथा माफी माँगने लगा कि आपका पुराना नाप लड़के की लापरवाही से कहीं खो गया है। बेचारा मुसाफिर एंटिफोलस चकित था कि यह सब झमेला क्या है! मैं कहीं किसी जादू की नगरी में तो नहीं पहुँच गया? अभी वह यह सोच ही रहा था कि अचानक एक लड़की आई और उसे बांह से पकड़कर बोली—"लाओ भैया, मेरे सोने का हार, जो तुमने रक्षा-बन्धन वाले दिन मुझे देने की प्रतिज्ञा की थी।"

मुसाफिर एंटिफोलस ने चीखकर कहा—"जाओ-जाओ यहाँ से! कल ही तो मैं इस शहर में आया हूँ। एक रात में ही कहाँ तुम मेरी बहन बन गई, कहाँ राखी का त्योहार बीत गया तथा कहाँ मैंने तुम्हें सोने का हार देने का वायदा कर दिया? तुम सब मिलकर कहीं मुझे पागल तो नहीं बनाना चाहते?"

यह कहकर मुसाफिर एंटिफोलस बड़बड़ाता हुआ इतनी तेजी से भागा कि उस लड़की को भ्रम हुआ कि वह पागल हो गया है, इसलिए ऐसी ऊटपटांग बातें कर रहा है तथा मुझे, अपनी बहिन तक को नहीं पहचानता। वह लड़की भागती हुई कप्तान एंटिफोलस के घर पहुँची तथा उसकी स्त्री को जाकर बोली—"भाभी! भैया तो पागलों की भाँति बाजार में घूम रहे हैं। तुम उन्हें संभालती क्यों नहीं हो?" कप्तान

की पत्नी बौखलाकर बोली—"अभी तो वे यहाँ बैठे खाना खा रहे थे! कहाँ चले गए! मुझे उनके पागल होने का तभी सन्देह हो गया था, जब वे बहकी-बहकी बातें कर रहे थे तथा मुझे कहते थे कि तू मेरी पत्नी नहीं, मैंने किसी से विवाह ही नहीं किया और इस नगर में कल ही पहली बार आया हूँ! हाय बहिन, मैं तो बर्बाद हो गई। जल्दी बता, तूने उन्हें देखा कहाँ है?" चिल्लाती हुई कप्तान की पत्नी अपनी पति को ढूँढ़ने के लिए बाजार की तरफ भागी।

उधर कप्तान जब अपने घर के द्वार बन्द देखकर अपनी पत्नी के लिए कोई उपहार लेने सुनार की दुकान पर पहुँचा, तो सुनार बोला मुझे कौन सी वस्तु उधार दी है?"

सुनार—"आज सुबह ही तो आपको सोने का जड़ाऊ हार देकर आया हूँ मैं!"

कप्तान ने कहा—"झूठ,बिल्कुल झूठ! न तुम सुबह मुझे मिले हो और न तुमने मुझे हार दिया है।"

इस तरह वे दोनों झगड़ते हुए पुलिस थाने पर पहुँचे। थानेदार ने उन दोनों को हथकड़ियाँ लगाकर कोठरी में बन्द कर दिया। उधर अपने पति को ढूँढती-ढूँढती कप्तान की पत्नी थाने में पहुँची। उसने थानेदार की जेब गर्म करके उससे कहा कि इस झगड़े में उसके पति का जरा भी दोष नहीं। उसका तो दिमाग ही खराब हो गया है, इसलिए अंटसंट बातें करता हुआ घर से भाग गया है। थानेदार ने भी कप्तान को पागल समझकर उसे छोड़ दिया। कप्तान की पत्नी उसे साथ लेकर अपने घर आई तथा उसने नौकरों को आज्ञा दी कि इन्हें रस्सियों तथा सांकलों से बाँधकर कमरे में बंद कर दो, तब तक मैं पागलखाने के डॉक्टरों को बुलाती हूँ। बेचारा कप्तान चिल्लाता ही रह गया कि मैं पागल नहीं हूँ , मुझे क्यों बाँध रहे हो लेकिन इन्होंने उसे बाँधकर एक तरफ डाल दिया। कप्तान की पत्नी पागलखाने के डॉक्टर को साथ लेकर अभी रास्ते में ही आ रही थी कि एक व्यक्ति भागता हुआ आया और बोला—"आप कहती हैं कि मैंने अपने पति को कमरे में बन्द किया है, मगर मैंने तो उन्हें बाजार में टहलते देखा है। शायद वे बंधन तोड़कर भाग गए हैं।"

वास्तव में उस व्यक्ति ने मुसाफिर एंटिफोलस को बाजार में देखा था और उसे ही कप्तान एंटिफोलस मानकर वह उसकी खबर कप्तान की पत्नी को देने आया था। डॉक्टर को वहीं छोड़कर कप्तान की पत्नी अपने पति को पकड़ने के लिए उस व्यक्ति के साथ-साथ चली। चलते-चलते उसने दूर से एक स्थान पर मुसाफिर एंटिफोलस को खड़े देखा तथा उसे ही अपना पति समझकर चिल्लाई—"वो है मेरा पति! वह रहा मेरा पति! पकड़ो, वह भागने न पाए।"

मुसाफिर एंटिफोलस ने देखा कि यह वही डायन है, जो जबरदस्ती उसे अपना पति बना रही थी तथा जिसकी आँख बचाकर वह अभी भागकर आया है। उसे अपने पीछे आते देखकर वह भी पूरा जोर लगाकर भागा तथा पास ही के एक मंदिर में जा घुसा। मंदिर में एक दयालु पुजारिन रहती थी। मुसाफिर एंटिफोलस ने उसे जबरदस्ती अपनी पूरी राम-कहानी सुनाई कि किस प्रकार से वह स्त्री उसे जबरदस्ती अपना पति बना रही है तथा वह मंदिर की शरण में आया है और उस लड़की से छुटकारा पाना चाहता

है।

न जाने क्यों इस एंटिफोलस को देखकर पुजारिन के मन में स्नेह का स्रोत उमड़ आया तथा वह अनजाने ही उसके सिर पर हाथ फेरकर बोली—"बेटे! मंदिर में बैठो।"

तब तक अपने पति के भ्रम में मुसाफिर एंटिफोलस का पीछा करती हुई कप्तान की पत्नी भी वहाँ पहुँची थी। पुजारिन ने उसे धैर्य से समझाना चाहा, मगर वह तो यही रट लगाए थी—मेरा पति मुझे लौटा दो! वह पागल है! उसका दिमाग ठिकाने नहीं। मैं उसे वापस लेकर ही छोडूंगी।

इधर इस तरह दो भाइयों की आकृति के कारण नगर में हुड़दंग मचा हुआ था। उधर बेचारे एजियन को मिली एक दिन की अवधि खत्म होने को थी। दिन डूब चला था और राजा उसे फांसी का आदेश सुनाने ही वाला था। संयोगवश फांसीघर मंदिर के पीछे था और एजियन की फांसी के सिलसिले में राजा और हजारों की संख्या में लोग उपस्थित थे। जब राजा ने मंदिर के सामने इतनी भीड़ देखी तो उसके कारण जानने के लिए वहाँ आया। हथकड़ियों में बंधा एजियन भी उसके साथ लाया गया था। तब तक कप्तान एंटिफोलस भी किसी तरह अपनी रस्सियाँ तुड़वाकर घर से भागा और मंदिर के सामने भीड़ इकट्ठी हुई देखकर उसका तमाशा देखने के लिए ठहर गया। कप्तान को देखकर उसकी पत्नी उसके गले से लिपट गई तथा बोली—मिल गया मेरा पति, मिल गया। पुजारिन की समझ में कुछ भी न आया था। वह हैरान थी कि इसी शक्ल के एक मनुष्य को मैं अभी ईश्वर के मंदिर में बिठाकर आई हूँ, फिर वैसा ही यह दूसरा व्यक्ति कहाँ से आ गया! वह झटपट अन्दर गई और मुसाफिर एंटिफोलस को बुलाकर बाहर ले आई। अब कप्तान की पत्नी को काटो तो खून नहीं। वह एक निगाह कप्तान एंटिफोलस की ओर डालती और दूसरी मुसाफिर एंटिफोलस की तरफ। एक जैसे दो पतियों को सामने खड़े देखकर उसका दिमाग चकरा गया।

इसी वक्त एजियन को साथ लिए हुए राजा वहाँ पहुँचा। अपने दोनों लड़कों को सामने खड़े देखकर एजियन ने झट उन्हें पहचान लिया तथा उसकी आँखों से टप-टप प्रेम के आँसू झरने लगे। मुसाफिर युवक ने भी अपने पिता को पहचान लिया, किन्तु कप्तान न पहचान सका था, क्योंकि वह बचपन में ही समुद्र दुर्घटना के वक्त उससे बिछुड़ गया था। एजियन के मुख से राजा ने उसकी राम-कहानी प्रातःकाल ही सुनी थी तथा उसे पता चल चुका था कि उसके दोनों लड़कों की शक्ल-सूरत, डील-डौल और चाल-ढाल बिल्कुल एक-सी है तथा नाम भी एक है। अतः इस सारे मामले को समझते उसे ज़रा भी देर न लगी। उसने कप्तान एंटिफोलस को करीब बुलाकर उसे एजियन की सारी कहानी कह सुनाई तथा बिछुड़े पिता के इतने बरसों के बाद मिल जाने पर उसे बधाई दी। पास ही खड़ी पुजारिन यह सब नजारा देखती हुई कहानी सुन रही थी। उसकी आँखों से भी टप-टप आँसू बहने लगे तथा उसने आगे बढ़कर एजियन से कहा—"मैं ही तुम्हारी वह बदकिस्मत पत्नी हूँ जो समुद्र दुर्घटना में तुमसे बिछुड़ गई थी। मुझे और मेरे साथ के दोनों लड़कों को पकड़कर वे मल्लाह अपने घर ले

आए। वहाँ आकर उन्होंने रुपयों के लालच में मेरे दोनों लड़कों को एक रईस के हाथ बेच दिया। पुत्रों को सदा के लिए बिछुड़े देखकर मेरे तन को बड़ी चोट लगी और मैं संन्यासिनी बनकर देश-विदेश घूमने लगी। कई वर्षों तक तीर्थों में भ्रमण करने के बाद अन्त में मैं इस मंदिर में आकर रहने लगी हूँ। ये दोनों एंटिफोलस हमारे ही पुत्र हैं और उनकी समान आकृति की वजह से ही यह हुड़दंग मचा है।

इस तरह अनायास ही बरसों से बिछुड़े अपने माता और पिता को देखकर दोनों एंटिफोलस उनके पैरों से लिपट गए। अब कप्तान की पत्नी की समझ में भी सभी बातें आ गई तथा एफेसिस के निवासियों, सुनार, दर्जी इत्यादि को जो भ्रम हुआ था उसका कारण भी उनकी समझ में आ गया। कप्तान ने उसी वक्त अपने पिता को छुड़ाने के लिए एक हजार रुपये देने चाहे मगर राजा ने उससे एक पैसा भी लिए बिना एजियन को छोड़ दिया। न जाने कब के बिछुड़े फिर से एक साथ सुख से रहने लगे।

16. कर्कशा का सुधार

कैथेरीना अमीर घराने की लड़की थी। उसकी आयु उन्नीसवें साल को पार कर चुकी थी, किन्तु अभी वह कुँआरी ही थी। उसके साथ की लड़कियों के गौने भी कभी के हो चुके थे, किन्तु उसकी अभी सगाई भी न हुई थी। कोई भी लड़का उससे ब्याह करने का साहस न करता था। यह बात नहीं कि वह सुन्दरी नहीं थी। उसकी हिरणी-सी बड़ी-बड़ी काली आँखें, फूलों से गुलाबी दो होठ, चांद सा उसका गोल चेहरा तथा उस पर लटकते हुए घुंघराले बालों को देखकर उसे कुरूप नहीं कहा जा सकता था। फिर भी आज तक किसी लड़के ने उससे विवाह करने का प्रस्ताव न रखा था। इसका एक खास कारण था। उसके रूप की आड़ में छिपी हुई उसकी चुभीली वाणी उतनी ही कड़वी थी जितना सुन्दर उसका रूप मानो गुलाब की कलियों में छिपकर विषधर सांप बैठा हो। उसके इस दोष के आगे उसका रूप, उसका सौन्दर्य तथा उसके पिता की अतुल संपत्ति, सब फीके जान पड़ते थे। उसकी जीभ छुरी से भी तेज और करेले से भी कड़वी थी। मुहल्ले की लड़कियाँ कहती कि देवताओं का प्रकोप है। सहेलियाँ कहती कि नहीं, उसे अपने रूप पर घमंड है। इसीलिए लड़के उससे कतराते थे, बूढ़े उस पर बड़बड़ाते थे तथा मुहल्ले वाले उसे मुँह न लगाते थे। उसका पिता, बेपतिस्ता यह सब देखता तो अपना माथा पीटकर रह जाता। लोग उसकी हालत पर तरस खाते किन्तु इस विषय में उसकी कोई मदद न कर पाते। वास्तव में कैथेरीना से सब ही डरते थे। यदि वह अविवाहित रह भी गई थी तो बेपतिस्ता को इसका रत्ती-भर भी अरमान नहीं था। उसे चिन्ता थी कि उसकी छोटी बहिन से विवाह करने को कौन राजी होगा? यही सोच-सोचकर बेचारा बेपतिस्ता अपने दुर्भाग्य को कोसता था। वह रोज सवेरे जागता तो ईश्वर से प्रार्थना करता—"हे भगवान! या तो तू मुझे संतान देता ही नहीं अगर दी थी तो उसे मीठी वाणी भी देता। तेरे घर में किसी चीज की कमी नहीं। कोई ऐसा चमत्कार कर दे कि कैथेरीना की वाणी सुधर जाए तथा मैं किसी भले पुरुष के साथ उसका विवाह रचा सकूं।"

ईश्वर के कानों तक बेपतिस्ता की यह प्रार्थना पहुँची या नहीं मगर एक चमत्कार अवश्य हो गया। एक दिन एक मनचला लड़का बेपतिस्ता के पास आया और बोला—"मैं आपकी लड़की से विवाह करना चाहता हूँ और जानना चाहता हूँ कि दहेज में आप मुझे कितना रुपया देंगे?" पहले सवाल में ही इतनी स्पष्ट और निश्चय सी बात सुनकर बेपतिस्ता को कुछ भ्रम हुआ कि कहीं वह युवक भूल से तो उसके घर नहीं आ गया क्योंकि उसे यकीन ही न आता था कि कोई भला मानुष

उसकी लड़की से विवाह करने का कभी नाम भी ले सकता है। इसलिए बात को और साफ करने के विचार से उसने पूछा-"लड़के! तुम कौन हो, कहाँ रहते हो, कहाँ से आए हो और क्या पहले से मेरी लड़की के विषय में कुछ जानते हो?"

लड़के ने बड़ी तत्परता से सिर हिलाकर कहा—"जी हाँ, मैं उनके विषय में बहुत अच्छी तरह जानता हूँ। वे कैथेरीना हैं, और मैं उन्हें अपने दिल की रानी बनाना चाहता हूँ। उनके रूप और सौंदर्य की तारीफ मैंने बहुतेरों के मुँह से सुनी है। उन्हीं गुणों से खिंचकर मैं सैंकड़ों मील की दूरी से यहाँ आया हूँ।"

बेपतिस्ता को अब भी शक था कि शायद युवक भूलकर ऐसी बातें कह रहा है। उसने एक बार लड़के को सिर से पाँव तक देखा और पूछा—"बेटा तुम्हारा क्या नाम है?"

लड़के ने एक ही साँस में कह डाला—"ओहो! मैं अपना परिचय देना तो भूल ही गया। माफ कीजिए, मेरा नाम पेटरूशियो है और मैं अपने पिता का इकलौता पुत्र हूँ। उनके पीछे उनकी सारी संपति का मैं ही उत्तराधिकारी हूँ तथा चाहता हूँ कि किसी सुशील लड़की को अपनी जीवनसंगिनी बनाऊँ। इसी उद्देश्य से ही मैं आपके चरणों में उपस्थित हुआ हूँ। अगर आप मुझे अपनी पुत्री के योग्य समझें तो अपनी स्वीकृति देकर अनुग्रहीत करें।"

बेपतिस्ता ने कहा—"पेटरूशियो! मैं कैथेरीना को बुलाकर उससे तुम्हारा परिचय करवा देता हूँ। तुम खुद उससे बात करके देख लो और फिर मुझे बताओ कि ब्याह के संबंध में तुम दोनों के क्या विचार हैं? अगर तुम दोनों एक-दूसरे से संतुष्ट हो सको तो इससे बढ़कर मेरा सौभाग्य क्या हो सकता है?"

जैसे कोई सफल शिकारी शिकार करने से पहले दिल ही दिल में कई बार सोच लेता है कि वह कब वार करेगा तथा कब कैसा बचाव, उसी तरह पेटरूशियो ने भी कैथेरीना के आने से पहले दिल में बिठा लिया कि वह कैसे उसका स्वागत करेगा, कब कौन सी बात कहेगा और कब कौन सा प्रश्न करेगा? कैथेरीना के कमरे में प्रवेश करते ही वह इस तरह हड़बड़ाकर उठ खड़ा हुआ जैसे कोई भक्त स्वर्ण की देवी को सहसा समक्ष खड़े देखकर हड़बड़ा उठता है तथा बड़ी नम्रता से बोला-"आओ,मेरे मन की रानी! मैं कब से तुम्हारी राह में पलकें बिछाए बैठा हूँ।"कैथेरीना ने शेरनी की भांति गरजकर कहा-"बंद करो बकवास! बताओ, मुझे तुमने किसलिए यहाँ बुलाया है?"

पेटरूशियो ने ऐसा बहाना किया कि जैसे वह मीठे शरबत के घूंट भर रहा हो तथा आनन्द विभोर होते हुए उसने कहा -"सुभाषिनी, तुम्हारी अगृत मधुर इस वाणी को सुनकर मुझे संसार से ईर्ष्या होने लगी है। मैं चाहता हूँ कि तुम्हारे एक-एक अल्फाज को कानों से पी जाऊँ। रानी! धीरे-धीरे बोलो! कहीं तुम्हारे कोमल होठों को दर्द न होने लगे।" यह सुनकर कैथेरीना ने गुस्से से माथे पर त्योरियाँ चढ़ा ली और घूर-घूरकर उस बकवासी की तरफ देखने लगी। पेटरूशियो ने इसका स्वाद लेते हुए कहा-"इतना रूप! इतना सौंदर्य! लोग तभी तुम्हारी रूप की तारीफ किया करते हैं।"

खुशामद की सीमा हो चुकी। इन अन्तिम वचनों को सुनते ही कैथेरीना खिलखिलाकर हँस पड़ी। यह उसकी पहली हार थी। दूर बेपतिस्ता ने देखा कि पहली बार ही उसकी कैथेरीना किसी युवक के सामने मुस्कराई है तथा उससे घुल-मिलकर बात कर रही है! यह देखकर उसके आनन्द की हद न रही और कहीं यह दृश्य सपना न हो जाए यह सोचकर उसने उसी वक्त बाजे और शहनाइयाँ बुलाकर पेटरूशियो के साथ कैथेरीना के ब्याह की घोषणा कर दी। यह पेटरूशियो की पहली जीत थी।

यह सब अनायास ही नहीं हो गया। इसके लिए पेटरूशियो को बहुत तपस्या करनी पड़ी थी। वह दूर देश का एक परदेशी था तथा अपने व्यंग्यों तथा खुशमिजाजी के लिए प्रान्त-भर में मशहूर था। उसने कैथेरीना के चिड़चिड़ेपन और कैंची सी जुबान के विषय में बहुतों की जबान से सुना था। वह यह सहन न कर सकता था कि इतने सौंदर्य की स्वामिनी युवती इतनी बदमिजाज हो। तभी उसने प्रतिज्ञा की कि अगर वह विवाह करेगा तो कैथेरीना से ही, और ब्याह भी तब जबकि वह स्वयं उसके लिए आँसू बहाकर उसे याद करेगी। इसके लिए उसने अपनी सारी कला, अपनी सारी खुशमिजाज तथा अपनी सारी हाजिरजवाबी को लगा देने की ठान ली थी। वह कैथेरीना के प्यार को जीतने के लिए घर से निकल पड़ा। उसकी एक-एक बात, एक-एक मुस्कान तथा आँख की एक-एक झपक के पीछे एक गहरी योजना थी। उसी के परिणामस्वरूप वह आज कैथेरीना के मन में अपनी जीत का बिगुल बजा सका था। और बेपतिस्ता के आंगन में ब्याह की शहनाइयाँ बज सकी थीं। यह उसकी योजना का पहला अंश था। अभी कैथेरीना की कड़वी जबान से अमृत की वर्षा करवाना शेष ही था। अतः उसकी असली योजना तो अब शुरू हुई।

उसने बेपतिस्ता के पास जाकर कहा—''आप जानते ही हैं कि मैं कैथेरीना को कितना ज्यादा प्यार करता हूँ। जीवन में शादी बार-बार नहीं हुआ करती, इसलिए मैं इस शुभ मौके को बड़ी धूमधाम से मनाना चाहता हूँ। आप थोड़ी देर इंतजार करें, मैं अपनी कैथेरीना को गहनों से ऐसे लाद दूंगा जैसे बसंत में अनार के वृक्ष फलों से ढक जाते हैं। मैं उसे मखमल के दुशालों में ऐसे रखूंगा जैसे बरसात में वीरबहूटी। आप थोड़ी देर तक इंतजार करें, मैं अभी सब सामान लेकर उपस्थित होता हूँ।''

वह कहने को तो कह गया कि अभी आता हूँ मगर कई घंटे बीत जाने पर भी न तो उसका 'अभी' आया तथा न ही वह खुद। विवाह का मुहूर्त भी आ पहुँचा, घर-बार भी सज गया, पादरी भी बुला लिए गए तथा बाजों की ध्वनि से सारा आंगन भी गूंज उठा मगर पेटरूशियो लौटता दिखाई न दिया। अब कैथेरीना को भी फिकर हुई। वह रह रहकर सोचने लगी कि कहीं वह मुझसे झूठा वायदा करके तो नहीं चला गया। अगर वह लौटकर न आया तो मैं क्या करूंगी! सब लोग मेरी तरफ अंगुली उठा-उठाकर कहेंगे कि यही वह युवती है जिसे उसका मंगेतर विवाह के वक्त छोड़कर चला गया। मुहल्ले की स्त्रियाँ कानाफूसी करके मेरे विषय में बातें करेंगी, यह सोचकर वह बार-बार उसी तरफ देखने लगी जिस तरफ से युवक ने आने को कहा था। देखते देखते उसकी आँखें थक गईं, फिर भी जब वह न आया तो कैथेरीना ने निराश होकर अपना सिर एक सहेली के कंधे पर लटका दिया तथा फूट-फूटकर रोने लगी।

ठीक उसी वक्त पेटरूशियो ने आंगन में प्रवेश किया मानो वह वहीं कहीं छिपकर कैथेरीना के आँसू ढुलकने की प्रतीक्षा कर रहा था और अपने प्रति कैथेरीना की उत्कंठा को जगाने के लिए उसने जान बूझकर देरी की हो। कुछ भी हो, इतनी देर तक राह देखने के पश्चात अब पेटरूशियो उसे एक अनमोल चीज के समान दिखाई देने लगा और वह समझने लगी कि पेटरूशियो को उसकी इतनी जरूरत नहीं, जितनी कि उसे पेटरूशियो की है। इसीलिए वह ब्याह के वचनों को भी मुँह सम्भालकर बोल रही थी कि कहीं उसके मुँह से कोई कर्कश स्वर नहीं निकल जाए; उससे अप्रसन्न होकर वह कहीं फिर उसे छोड़कर न चला जाए। यह सब पेटरूशियो की बनाई हुई योजना का फल था। इसका कैथेरीना की चाल-ढाल तथा बोल-चाल पर क्या असर पड़ता है, उसे वह उसी होशियारी के साथ देख रहा था, जैसे बिल्ली चूहे की एक-एक हरकत को देखती है तथा उसके अनुसार उसका दांव लगती जाती है।

आखिर विवाह खत्म हुआ और पेटरूशियो क्षण भर भी इंतजार किए बिना वहाँ से जाने को तैयार हो गया। लोगों ने बड़ा समझाया कि ब्याह के बाद इतनी जल्दी वर-वधू को विदा करने का रिवाज नहीं, इसलिए यदि दो दिन नहीं तो केवल दोपहर या दो घड़ी ही रुक जाओ; मगर पेटरूशियो ने कहा-"नहीं, मैं तो अभी जाऊँगा तथा कैथेरीना को भी इसी क्षण मेरे साथ जाना होगा।" बेचारे बेपतिस्ता को इतनी परेशानी के पश्चात एक ही तो दामाद मिला था। उसकी नजाकतों को वह कैसे न मानता, मगर अब तो कैथेरीना के मुँह पर भी ताले पड़ गये थे। वह डर रही थी कि उसने पति की इच्छा के विरुद्ध जरा भी आवाज उठाई तो वह उसे छोड़कर चला जाएगा। इसलिए वह ऐसे ही चुपचाप मुँह लटकाए उसके पीछे-पीछे चल दी, जैसे कसाई के पीछे बलि की भेड़ चलती है। यह बदलाव देखकर सब लोग दांतो तले अंगुली दबा रहे थे तथा स्वयं बेपतिस्ता हैरान हो रहा था कि उसकी जो पुत्री अपने सामने बोलने वाले का मुँह नोचकर रख देती थी, उसकी आदत में अचानक यह बदलाव कैसे आ गया। इन्होंने मेरा चमत्कार देखा ही कहाँ है! मैं इसे अपने संकेत पर पुतली की भांति नचाकर न बताऊँ तो मेरा नाम पेटरूशियो नहीं।"

फिर क्या था, वह अपनी नई बहु को साथ लेकर अपने घर की तरफ चल दिया। रास्ता दूर था तथा पथरीला इसलिए उसने दो बढ़िया घोढ़े मंगवाए। घोड़े वाकई चुने हुए और अव्वल नंबर के थे; मगर पेटरूशियो ने यह कहकर घोड़ों को वापस लौटा दिया कि ये चलते वक्त दुम क्यों हिलाते हैं! कैथेरीना उन घोड़ों को तरसती आँखों से देखती रही और जब उसने देखा कि आए हुए घोड़े वाकई लौटाए जा रहे हैं तो थकी आवाज में बोली-"तो पैदल ही चलना होगा?" पेटरूशियो ने इसके जवाब में ऐसी शक्ल बना ली जैसे कि उसे कैथेरीना पर बड़ा तरस आ रहा हो तथा प्यार भरे स्वर में बोला "भला मैं फलों सी नाजूक अपनी रानी को ऐसे गंवार घोड़ों पर कैसे सवारी करने देता, जिन्हें सही तरह पूंछ हिलाना न आता हो।" अब और चारा ही क्या था! जिस बेचारी कैथेरीना ने महलों से बाहर पैर तक रखकर न देखा था, उसी ने वह सारा लम्बा पथरीला रास्ता पैदल तय किया। उसके पांव में छाले पड़ गए, टांगे दुखने लगीं, मगर एक बार उसने जबान हिलाकर उफ तक न की। उसकी

बेबसी को देखकर पेटरूशियो को भी दया आ रही थी, मगर वह यही सोचकर चुप था कि इसका और इलाज ही क्या है।

थकी मांदी, भूखी प्यासी, गिरती-पड़ती कैथेरीना जब ससुराल पहुँची तो अपनी नई मालकिन की प्रसन्नता में सब नौकर चाकर इकट्ठे हो गए। श्री पेटरूशियो ने बहुत अकड़ के साथ उनकी तरफ देखते हुए कहा-"अरे भाई, खड़े देखते क्या हो! मालकिन के लिए गुलाब का शरबत लाओ, नमकीन समोसे लाओ, चटपटी चटनी लाओ, ताजे फलों, पकवान तथा मिठाइयों से बाजार भरा पड़ा है, ले क्यों नहीं आते हो? जानते नहीं, मालकिन थककर आई हैं तथा उन्हें भूख लगी है।"

मुँह से बात निकालने की देर थी कि नौकरों में भगदड़ मच गई। कोई बाजार की ओर भागा, कोई रसोईघर में लपका और कोई कई कामों में लग गया। सारे महल में भगदड़ मच गई। बात ही बात में सभी चीजें हाजिर हो गईं। अगरबत्तियों की भीनी-भीनी गंध, मिठाइयों की खस्ता खुशबू तथा समोसो की महक से आंगन भर गया। इधर मिठाइयों की यह खुशबू तथा उधर कैथेरीना के पेट में चमकती हुई भूख! मिठाइयों को देख-देखकर उसके मुँह में पानी भर रहा था तथा वह सोच रही थी कि अभी पेटरूशियो की आँख का इशारा होगा तथा ये मिठाइयाँ मेरे सामने परोस दी जाएँगी। फिर मैं तीन दिन की सारी भूख की कसर निकालूंगी। सबसे पहले तो शरबत पिऊंगी क्योंकि मुझे बहुत प्यास लगी है, फिर समोसे खाऊँगी। चटपटी चटनी मुँह करारा करने के लिए सबसे अन्त में खाऊँगी।'

कैथेरीना ने जैसा सोचा था बिल्कुल वैसा ही हुआ। एक-एक करके सब मिठाइयाँ उसके सामने परोस दी गईं। कैथेरीना ने लालच भरी निगाहों से एक बार सब तश्तरियों को देख डाला। सब तरफ घूमकर उसकी निगाह बर्फ से भी उजले, रुई से भी नरम तथा शहद से मीठे केकों पर अटक गई। वह उन्हीं की तरफ टकटकी लगाए देख रही थी और शायद एक केक उठाकर खाने के लिए मुँह खोल रही थी कि उसे थाल के गिरने की झन्न सी आवाज सुनाई दी। उसने चौंककर देखा तो शरबत का मर्तबान फर्श पर लुढ़का पड़ा था तथा पेटरूशियो आँख लाल करके एक नौकर को कह रहा था-"इससे अच्छा है कि जोहड़ का जल लाकर गिलास में भर दो!" कैथेरीना को देखते-देखते ही नौकर शरबत का मर्तबान उठाकर ले गए। वह तो बेचारी सूखे होठों को जीभ से चाटकर रह गई तथा कुछ कह न सकी।

"केक-पेस्टरी की चाश्नी पतली है।"

"केक-पेस्टरी में चांदी के वर्क नहीं लगाए गए।"

"मिठाई के टुकड़े एक से नहीं काटे।"

"चटनी का रंग बिल्कुल हरा क्यों नहीं?"

"पकवान कच्चे रह गए हैं।"

कैथेरीना के देखते-देखते मिठाइयों की प्लेटें कुत्तों के समक्ष फिंकवा दी गईं। उनकी महक ने उसकी भूख को और भी भड़का दिया था। उसका बस चलता तो कुत्तों के मुँह से छीन कर समोसे भी खा जाती। मिट्टी से सने केक उठाकर चबा जाती। लेकिन शर्म के मारे बेचारी कुछ न कर सकी।

रात को जब सोने का वक्त आया तो पेटरूशियो ने यह कहकर चादर फिंकवा दी कि इसमें नील कम लगा है। और यह कहकर चारपाई हटवा दी कि यह चूं-चूं करती है। बेचारी कैथेरीना ने सारी रात जमीन पर बैठकर ऊँघते हुए बिता दी। बेचारी को खाने को न मिला, न पीने को तथा न सोने को। और उल्टा पेटरूशियो का आभार भी उसी पर। वह हर बात में दोष निकालकर अपने नौकरों को डांटता। फूलों-सी नाजुक तुम्हारी मालकिन क्या ऐसी घटिया चीजें खा सकती है? उसके पेट में पीड़ा होने लगेगी। उसका गला बिगड़ जाएगा। ले जाओ इन वस्तुओं को और शाही खाने तैयार करके लाओ!

नौकर बढ़िया वस्तु लाते लेकिन पेटरूशियो को कोई भी चीज कैथेरीना के लायक न दीख पड़ती। इस प्रकार तीन दिन गुजर गए। कैथेरीना मन ही मन सोचती कि मेरे बाप के घर इतनी जूठन बचती थी कि भिखारियों की झोलियाँ भर जाती थीं मगर यहाँ एक-एक घूंट और एक-एक ग्रास के लिए मुझे तरसना पड़ रहा है।

भूखे, प्यासे तथा जागते रहकर कैथेरीना की अकड़ बहुत कुछ कम हुई। चौथे दिन पेटरूशियो ने अपने नौकरों को अकेले में बुलाकर समझाया कि–

"आज जो दाल बनाओ उसमें नमक बिल्कुल नहीं डालो।"

"आज जो सब्जी पकाओ उसे जान-बूझकर जला दो।"

चौथे दिन जब थालियाँ परोसी गईं तो पेटरूशियो नौकरों की तारीफ किए न थकता था। वह जिस वस्तु को हाथ लगाता उसी की तारीफों के पुल बांध देता।

"वाह-वाह तो आज साग बना है। जी चाहता है कि अंगुलियाँ भी काटकर खा जाऊँ।

"दाल में नमक मिर्च इतना बेहतरीन है कि पुडिंग से स्वादिष्ट बन गई है।"

"चपातियाँ तो जैसे आग पर पकाई हुई दीखती ही नहीं! सिकने का चिन्ह तक नहीं है।"

यह कहकर वह एक -एक चीज बड़े आदर के साथ कैथेरीना के समक्ष रखता जाता और ऐसी बातें करता जाता कि मानो ऐसी सौगात उसने संसार में आज तक कभी देखी ही नहीं।

नखरे वाली कैथेरीना के लिए भी आज ये चीजें किसी सौगात से कम न थीं। जब पेटरूशियो ने साग तथा भाजी का वह थाल उसकी तरफ बढ़ाया तो कैथेरीना ने उसे भगवान का प्रसाद समझकर ले लिया। वह जानती थी कि रोटियाँ जली हुई हैं, वह देख रही थी कि सब्जी भी कच्ची है, फिर भी उसने सौभाग्य समझकर उन्हें ले लिया। वह जानती थी कि उसने किसी वस्तु में तनिक भी दोष निकाला तो पेटरूशियो खाने को कुत्तों के समक्ष फेंक देगा। जो कैथेरीना माँ-बाप के घर में भली चंगी चीजों में भी दोष निकालकर हजारों नखरे करती थी, वही अब सौ-सौ दोषों से भरे खाने को सौगात समझकर खा रही थी। अब वह पेटरूशियो की बात में जरा भी देर नहीं करती। उसे पता था कि नहीं करने का मतलब है भूखो मरना, प्यासे तरसना, बिना सोए रातें काटना। वह उसके संकेतों पर नाचने वाली पुतली बन गई।

अन्त में, एक दिन कैथेरीना के घर से एक न्योता आया। उसकी छोटी दो बहिनों का विवाह था। पेटरूशियो ने झटपट स्वीकार कर लिया तथा कैथेरीना को तैयार होने को कहा। पेटरूशियो को अब भी शक था, कहीं माँ-बाप के घर जाकर फिर न बिगड़ उठे, यह सोचकर उसने कैथेरीना के लिए बढ़िया से बढ़िया गहने और कीमती से कीमती सूट सिलवाने का आदेश दे दिया। जब दरजी ने कपड़े सीकर लाया तो उन्हें देखकर कैथेरीना की आँखे प्रसन्नता से चमकने लगीं। लेकिन पेटरूशियो को एक भी वस्त्र पसन्द न आया। वह हर एक में दोष निकालकर कहने लगा–

"ब्लाउज का रंग बहुत तेज है। इससे कैथेरीना की सुन्दरता छिप जाती है।"

"स्कर्ट का किनारा हल्का है। वह कैथेरीना के सुन्दर मुख के समक्ष ऐसा लगता है जैसे सोने में तांबा जड़ दिया गया हो।"

इस प्रकार हर एक वस्त्र में कुछ न कुछ दोष निकालकर पेटरूशियो ने उन्हें कूड़े में फिंकवा दिया था। बेचारी कैथेरीना डर रही थी कि कहीं वह हीरे-जवाहरात के जड़ाऊ जेवर भी न फिंकवा दे। यह सोचकर वह गहनों से लिपट गई।

पेटरूशियो भी तो यही चाहता था। अब उसे यकीन हो गया कि वह उसके कहने से बाहर कभी न आएगी। तब वह ससुराल की तरफ चला। वहाँ कैथेरीना की छोटी बहनों की शादियाँ बड़ी धूमधाम से हुई। ये दोनों भी बड़े ठाठ से वहाँ अतिथि बनकर रहे।

एक दिन जब दोनों नये दुल्हे तथा पेटरूशियो भी इकट्ठे ही बैठे थे तो पत्नियों की बातें चल पड़ीं। नये दूल्हे में से एक ने बड़े घमंड से कहा–"मेरी पत्नी तो बहुत आज्ञाकारिणी है। मैं कह दूं तो वह आग में भी कूदने को तैयार हो जाए।"

दूसरे नये दूल्हे ने कहा–"भाई, तुम्हारी पत्नी तो सिर्फ आज्ञाकारिणी होगी। मेरी बहू तो बिल्कुल सती सावित्री है। मैं एक संकेत कर दूँ तो अपने प्राण देने को तैयार हो जाए।'

सबकी बातें सुनकर पेटरूशियो से रहा नहीं गया। वह भी बोला–"भाई, मेरी कैथेरीना कितनी तीखी आदत की स्त्री है।"

उन्होंने पेटरूशियो को चिढ़ाने के उद्देश्य से कहा–"तो चलो, आज ही आजमाइश हो जाए। जिसकी पत्नी सबसे ज्यादा आज्ञाकारिणी निकले वह जीता समझो!" एक दुल्हे ने कहा–"हजार-हजार रुपये की शर्त लगी।"

शर्त लग गई तथा तीनों ने अपनी-अपनी पत्नियों को उसी समय आने के लिए बुलवा भेजा। पहले दूल्हे की पत्नी सिर-पीड़ा का बहाना बनाकर नहीं आई। दूसरे दूल्हे की पत्नी ने कहला भेजा कि मैं अभी नहाकर आती हूँ। बिखरे बालों से देवर-जैठ के समक्ष कैसे आऊँ? लेकिन जब पेटरूशियो का संदेश कैथेरीना को मिला तो वह नंगे पैर ही भागी आई।

भला अब भी वह न आती तो पेटरूशियो की सारी मेहनत किस काम आती?

दो हजार रुपये की शर्त पेटरूशियो जीत गया था। कैथेरीना के स्वभाव में आकाश पाताल का यह फर्क देखकर ससुराल के सब लोग हैरान थे।

17. आल्ज वेल दैट एंड्स वेल

रुजिलों का काउण्ट फ्रांस के राजा का विश्वासपात्र सहयोगी था। उसकी मृत्यु के बाद राजा ने अपना फर्ज समझा कि उसके बेटे बरट्रम को पेरिस बुलाकर अपने संरक्षण में रखे। इसी निमित उसने अपने पुराने सामन्त लाफे को उसकी माँ के पास भेजा। बुढ़ौती का एकमात्र सहारा अपने बेटे को बुढ़िया अपने से दूर करना नहीं चाहती थी। विवशता थी, लेकिन राजाज्ञा के सामने माँ-बेटे दोनों लाचार थे। लाफे ने उस विधवा को समझाया कि राजा बड़ा उदार और भला आदमी है। वह तुम दोनों का संरक्षण करना चाहता है। बरट्रम उसकी बातों सें सहमत था। वह अपना दायित्व समझता था। राजा का सहयोग देना उसका कर्त्तव्य था। प्रशासनिक चिन्ता और फ्लोरेंस की लड़ाई की समस्या के साथ ही राजा इस समय भंगदर रोग से परेशान था। इलाज से कोई फायदा न था। वह जीवन से इतना निराश हो चुका था कि उसने अपने चिकित्सकों को भी विदा कर दिया था।

राजा की बीमारी की जानकारी होते ही बरट्रम की माँ बोल उठी। काश! इस लड़की हेलेना का बाप जीवित होता तो वह राजा को जरूर अच्छा कर देता! वह बड़ा प्रसिद्ध चिकित्सक था। राजा भी उसे जानता मानता था। मरते समय उसने अपनी बेटी हेलेना को रूजिलों परिवार को सौंप दिया था। हेलेना के शील, सौंदर्य और सद्व्यवहार से बरट्रम की माँ बहुत प्रभावित थी। वह मानती थी कि उचित शिक्षा-दीक्षा से उस युवती के गुणों में और भी निखार आ जायेगा। अपने संबंध में ये बातें सुनकर हेलेना भावुक हो उठी। उसकी आंखे डबडबा आईं। लोगों ने सोचा कि पिता को याद करके वह मर्माहत है, लेकिन असल बात थी बरट्रम का वियोग। माता से आशीर्वाद लेकर बरट्रम जब लाफे के साथ राजदरबार की ओर चलने लगा तो उसने हेलेना को माँ की अच्छी तरह देखभाल करने का निर्देश दिया। लाफे ने तरुणी से कहा कि तुम अपने पिता की मर्यादा के अनुरूप अपने को संजोए रखना।

उसके विदा होते ही हेलेना की आंखों से आंसू झरने लगे, लेकिन ये आंसू पिता के लिए नहीं, बल्कि बरट्रम के प्यार के आंसू थे। वह अब तक पिता का चेहरा भूल चुकी थी। उसे लगा कि बरट्रम के चले जाने से अब तो मैं कहीं की न रही। इसी घर में पली हेलेना हमेशा बरट्रम का मुखड़ा देखती रहती थी। उसकी धनुषाकार भौंहे, चंचल आंखें और घुंघराले बालों को अपने दिल में छायांकित करती रहती थी, धीरे-धीरे वह बरट्रम से शादी करने का सपना देखने लगी। वह जानती थी कि दोनों की पारिवारिक स्थिति और सामाजिक मर्यादा में इतना अधिक अन्तर है कि बरट्रम

उसे पत्नी के रूप में स्वीकार नहीं करेगा। फिर भी वह उसे निहारती रहती। हेलेना की इस तड़पन की जानकारी वहाँ दो और लोगों को थी। एक था बरट्रम का साथी पैरोलेस और दूसरा था काउण्टेस का मैनेजर।

बरट्रम के विदा होते ही पैरोलेस हेलेना के सामने आ खड़ा हुआ। बरट्रम के साथ वह भी पेरिस जाने वाला था। हेलेना इसे झूठा, मक्कार, कायर और बेवकूफ समझती थी, फिर भी अपने प्रीतम के दोस्त के नाते उसे मानती थी। आते ही वह हेलेना से पूछ बैठा, अपने कुँआरेपन के संबंध में सोच-विचार कर रही हो क्या? उस युवती ने जवाब दिया कि पुरुष कौमार्य के शत्रु होते हैं। उसे पैरोलले से पूछा। बताओ पुरुष से नारी कौमार्य की रक्षा कैसे की जा सकती है? बोली कि कुमारियाँ कमजोर होती ही हैं। पुरुष का प्रतिरोध करना उनके वश की बात नहीं होती। तुम कोई बचाव का रास्ता बताओ। पैरोलेस ने कहा कि बचाव का कोई उपाय नहीं। पुरुष स्त्रियों के सामने आकर जम जाता है और धीरे-धीरे उनका मन डिगा देता है। उन्हें पराजित कर देता है। उसने कहा कि कौमार्य बनाए रखना मानव प्रकृति के विरुद्ध है। इसे समर्पित कर देना ही उचित है। अपनी दलील के समर्थन में उसने कहा कि अविवाहित रहने से लड़कियाँ चिढचिढ़ी, घमण्डी और आत्मपरायण हो जाती हैं। हेलेना ने उससे कहा कि यह तो उनकी विवशता है। अपने पंसद का युवक पाए बिना वह अपना कौमार्य कैसे समर्पित कर सकती हैं? इसलिए मैं भी कौमार्य का निर्वाह करना चाहती हूँ। हो सकता है कि ऐसे ही मर जाऊँ।

पैरोलेस ने उसे समझाया। हर काम का एक समय होता है। उचित समय पर ही उसे पूरा कर देना चाहिए। चिर कुमारी न तो अपना भला करती है और न समाज का ही। समय बीतने पर न उसमें आकर्षण रह जाता है और न उसकी उपयोगिता ही रह जाती है। दिन-प्रतिदिन उसकी कीमत घटती जाती है। इसलिए समय से विवाह कर लेना ही लाभप्रद होता है। उसकी लंबी चौड़ी बातें सुनने के बाद हेलेना बोली कि तुम्हारे मालिक बरट्रम का साथ देने या उनका दिल बहलाने का बहुत सा जुगाड़ हो सकता है, लेकिन मैं ऐसी अभागिन हूं कि मेरे दिल में जिसकी तस्वीर है, उसे यह बात बता नहीं पाती। उसके विदा होते ही हेलेना सोचने लगी कि इच्छाशक्ति से सफलता मिलती है। उपाय ढूंढा जा सकता है, लेकिन अकर्मण्यता हमें प्रयास-विमुख कर देती है। बोली कि परिश्रम करके प्रेम में सफलता पाना मुश्किल नहीं होता। बस उसने अपने अराध्य को पाने के लिए राजा को रोगमुक्त करने की योजना बना ली।

हेलेना जिसको पाने के लिए इतनी उतावली थी, इस समय फ्रेंच दरबार में उसका स्वागत हो रहा था। उसे देखते ही राजा बोल पड़ा कि तुमने अपने पिता का रूप-रंग तो पाया ही है। मेरी कामना है कि तुम उसके नैतिक गुणों के भी अधिकारी बनो। बीते दिनों की याद करते हुए राजा ने बरट्रम से उसके पिता की बहादुरी की प्रशंसा की। कहा कि तुम्हारा पिता बुद्धि और व्यवहार में बड़ा विलक्षण था। अपने से छोटों के साथ भी वह बड़ी शालीनता से पेश आता था। आज के युवकों के लिए

वह आदर्श चरित्र था। अफसोस जाहिर करते हुए राजा ने उससे कहा कि तुम्हारा पिता तो पूर्ण कीर्ति अर्जित करके चल बसा। लेकिन मैं अभी भी रोगी होता तो मैं अवश्य चंगा हो जाता। बरट्रम को क्या पता था कि उस चिकित्सक की बेटी हेलेना के पास राजा के रोग की दवा है। वह तो यह नहीं जानता था कि प्रेमरोग से पीड़ित वह युवती राजदरबार में स्वयं आ रही है। बरट्रम तो उस लड़की को केवल मां की परिचारिका समझता था, लेकिन हेलेना की तड़पन की जानकारी उसके मैनेजर को थी। उसने हेलेना को अकेले में अपनी मनोव्यथा का इजहार करते हुए सुना था। बरट्रम और अपनी आर्थिक स्थिति के अन्तर के कारण वह दुःखी और निराश रहती थी। उसकी बातें सुनने के बाद मैंनेजर को विश्वास हो गया था कि वह बरट्रम से प्रेम करती है। मैनेजर ने यह बात मालकिन तक पहुंचा भी दी थी। वह बूढ़ी यौवन की इस स्वाभाविक काम-पिपासा से परिचित थी। उसे भी इसका अनुभव था। उसने हेलेना को बुला भेजा। ममता और सहानुभूति के स्वर में उससे बातें करने लगी। उससे पूछा कि आखिर बात क्या है कि तुम्हारी आंखें क्यों गीली हैं? मैं तुम्हें माँ की तरह प्यार करती हूं। मैं तुम्हारी माँ हूँ। तुम मुझे माँ कहकर संबोधित करो।

हेलेना काफी समझदार युवती थी। काउण्टेस की बात सुनकर वह चौंक पड़ी। उसे माता कहना उसके लिए काफी महंगा पड़ता। इसलिए उसने काउण्टेस को माँ कहने से इंकार कर दिया। बोली रुजिलों का वर्तमान ड्यूक मेरा भाई कैसे हो सकता है! हम दोनों के खानदान में काफी अन्तर है। मैं गरीब लड़की हूं। वह संभ्रात कुल का युवक है। वह हमारा मालिक है। मैं उसकी सेविका हूं। काउण्टेस से उसने बड़े सहज भाव से कहा कि मैं आपको माँ भले ही कह दूं। फिर भी मैं आपके बेटे की बहन नहीं हो सकती। उसने पूछा कि क्या इसके अलावा मैं और कुछ नहीं हो सकती। काउण्टेस ने बड़े सहज ढंग से उतर दिया। क्यों नहीं, तुम मेरी पुत्र-वधु हो सकती हो। इस पर भी जब हेलेना मुंह लटकाये खड़ी रही तो बूढ़ी ने कहा कि शायद मेरी बात से तुम्हें तकलीफ हुई। अच्छा सच-सच बताओ। तुम मेरे बेटे को प्यार करती हो। मुझे लगता है कि तुम्हारी उदासी और गीली आंखों का यही राज है। संकोचवश हेलेना बात टालती रही, लेकिन काउण्टेस के बार-बार पूछने पर अंत में उसने स्वीकार किया और विनयभाव से बोली कि मैं आपके पुत्र को निष्ठाभक्ति से प्यार करती हूँ। मैं गरीब घर की हूँ इसलिए उसके पद-मर्यादा के अनुकूल हुए बिना उसे पाने की आशा नहीं करती। जानती हूँ कि मैं उसके बराबर नहीं हो पाऊँगी। फिर भी मैं उसकी आराधना करती रहूंगी। चाहे मेरे देवता को इसकी जानकारी हो गा न हो। उसने वृद्धा से कहा कि मैं आपकी दया की भिखारिन हूं। यह जानते हुए कि मैं जिसे प्रेम पुष्प अर्पित कर रही हूँ, उसे पा न सकूंगी। मैं इससे मृत्युपर्यन्त विरत नहीं होऊंगी।

काउण्टेस ने हेलेना को सहारा देने की गरज से पूछा, तुम तो पेरिस जाने की योजना बना रही थी। तरुणी ने अपनी इस यात्रा के संबंध में मालकिन को बताया कि मैंने अपने पिता से कुछ औषधियां और उनके उपयोग की जानकारी प्राप्त कर

ली थी। उन्हीं में से एक दवा राजा के रोग की भी है। उसने स्पष्ट रूप से स्वीकार किया कि बरट्रम के पेरिस जाने के पहले मेरे मन में न तो राजा था और न उसका उपचार। अब मालकिन ने उससे सवाल किया। जिस रोग को असाध्य समझ राजा के चिकित्सक हार मान चुके हैं। क्या उस रोग की चिकित्सा के लिए तुम जैसी अनपढ़ लड़की को राजा अपने उपचार की जिम्मेदारी देंगे? हेलेना ने उतर दिया कि ग्रह-नक्षत्रों की अनुकूलता औषधि को विशेष प्रभावकारी बना देती है। पिताजी के इसी विश्वास के बल पर मैं भ्झी राजा की चिकित्सा उचित मुहूर्त में शुरू करना चाहती हूं। इस प्रकार का आत्मविश्वास और साहस देख काउण्टेस ने हेलेना को पेरिस जाने की अनुमति ही नहीं दी, बल्कि उसकी यात्रा की पूरी ज़िम्मेदारी भी अपने ऊपर ले ली। काउण्टेस की अनुमति पाकर हेलेना राजदरबार में जा पहुंची।

इस समय राजा अपने स्वास्थ्य से उतना चिन्तित न था, जितना कि फ्लोरेंस की लड़ाई से । युवा सामन्तों को लाम पर भेजते हुए राजा ने उन्हें सलाह दी कि तुम लोग मिल-जुलकर पूरी सूबूझ और वीरता के साथ लड़ाई में विजय हासिल करना। मैं जीवित रहू। या अपने असाध्य रोग का शिकार हो जाऊं, तुम लोग फ्रांस के लिए विजयश्री अर्जित करना। उन्हें सावधान करते हुए राजा ने कहा कि इटालियन सुन्दरियों से बचे रहना अन्यथा लड़ाई के पहले ही वे तुम्हें अपने जाल में फंसा लेंगी। बरट्रम इन लोगों के साथ न जा सका। अच्छा संयोग था किउसकी मौजूदग में हेलेना को राजा के सामने उपस्थित होने का मौका मिला। जो बूढ़ा सामन्त बरट्रम को राजदरबार में लाया था, उसने ही हेलेना क संबंध में भी राजा को पूरी जानकारी दी। उसने राजा से कहा कि इस तरुणी की विद्या, बुद्धि और दृढ़ आत्मविश्वास नु मुझे विस्मित कर दिया है। वह आपकी चिकित्सा के लिए अनुमति चाहती है। हेलेना ने राजा को बताया कि मेरे पिता जेराद द नार्वो ने मृत्यु शया पर पड़े मुझे कुछ दवाइयाँ बताई थीं। जिसमें से एक दवा आपके रोग के लिए है। इसी औषधि का प्रयोग करने के लिए मैं आपकी अनुमति चाहती हूं। उसकी बात सुनकर राजा बड़े असमंजस में पड़ा। सोचा कि बड़े-बड़ै चिकित्सकों ने हार मानकर मेरा इलाज बंद कर दिया। फिर इस युवती के इलाज पर कैसे विश्वास किया जाये। राजा की यह आशंका सुनकर हेलेना ने राजा से निवेदन किया कि कभी-कभी छोटे लोगों द्वारा जटिल काम संभव हो जाते हैं। एक बार परीक्षा करने में कोई नुकसान होने वाला नहीं हैं। मैं कोई नीम हकीम नहीं हूँ। मुझै अपनी चिकित्सा पर पूरा भरोसा है। इसलिए ईश्वर की कृपा के सहारे मैं एक बार प्रयास करना चाहती हूं।

हेलेना के आत्मविश्वास ओर तर्क से प्रभावित होकर राजा ने उससे पूछा कि तुम्हारे इलाज में कितना समय लगेगा? केवल दो दिन का समय महाराज। यह उसे युवती का उतर था। बोली कि दो दिन में आपका रोग भाग जायेगा। आप भले-चंगे ही जायेंगे। उसने राजा से कहा कि यदि निर्धारित अवधि मे वह इलाज सफल नहीं हुआ तो मैं कोई सजा यहाँ तक कि मृत्युदंण्ड भी भोगने के लिए तैयार हूँ। राजाको अनुभव हुआ कि इस लड़की में कोई धार्मिक शक्ति है। उसने हेलेना से कहा कि

मैं तुम्हारी औषधि का उपयोग करूंगा, लेकिन जान लो यदि तुम्हारी दवा से मेरी मृत्यु हुई तो तुम्हें भी अपनी जान से हाथ धोना पड़ैगा। हेलेना ने राजा की शर्त स्वीकार कर ली। कुशल चिकित्सक होने के साथ ही वह व्यवहार बुद्धि में भी पु थी। उसने राजा से कहा कि असफलता पर मुझै मृत्युदण्ड भोगना पड़ैगा। लेकिन अगर मैं सफल हो गई तब मुझै पुरस्कार क्या मिलेगा। राजा ने उसे विश्वास दिलाया कि तुम जो भी चाहोगी मैं पूरा करूंगा। हेलेना ने कहा कि मैं जिस किसी को वर रूप में वरण करूंगी उसे मुझे दे देंगे। हाँ, राजघराने के युवक का वरण करने पर आप मेरी वात अमान्य कर सकते हैं, लेकिन अन्य सामन्तों के संदर्भ में ऐसा नहीं करैंगे।

राजा ने उसकी शर्त मान ली। इलाज के लिए तैयार हो गया। हेलेना ने अपनी औषधि से चमत्कार करके सबको आश्चर्यचकित कर दिया। जिस रोग को असाध्य बताकर डॉक्टरों ने राजा की चिकित्सा बंद कर दी थी इसकी चिकित्सा ने उस रोग पर काबू पा लिया। राजा को स्वस्थ कर दिया। उसे नया जीवन दिया और राजा ने उस रोग पर काबू पा लिया। राजा का स्वास्थय कर दिया। उसे नया जीवन दिया और राजा ने भी अपने वादे के मुताबिक हेलेना के लिए मनपसन्द का दूल्हा ढूंढने में लग गया। उसने अविवाहित युवा सामन्तों को दरबार में बुला लिया। हेलेना ने उपस्थित लोगों पर नजर दौड़ाई उनसे दो-चार बातें भी कीं। फिर अंत में बरट्रम राजा की बात मानने के लिए तैयार न था। अब राजा ने उसे समझाया। ऐसा न करो। इसी युवती ने मुझे रोगमुक्त किया है। नया जीवन दिया है। बरट्रम ने राजा से निवेदन किया कि हमारे घर मे पली एक साधारण चिकित्सक की बेटी से विवाह करना मेरे लिए संभव नहीं है। राजा बोला कि लड़की की गरीबी से मत हिचको। धन की कमी मैं पूरी कर दूंगा।

साधारण कुल में पैदा होने के कारण उसके गुणों को नजर अन्दाज न करो। अपने गुणों से मर्यादा अर्जित करने वाला वंश परम्परा जन्य मर्यादा वाले से श्रृष्ठ होता है। देखो न! यह युवती कितनी सुन्दर, बुद्धिमती औश्र गुणवती है। राजा ने बरट्रम से कहा कि बस तुम इस युवती को स्वीकार कर लो। उसे धनी-मानी तो मैं बना दूंगा।

हेलेना ने जब देखा कि बरट्रम अपने निर्णय पर अडिग है तो उसने राजा से कहा कि अब आप अच्छै हो चुके हैं। अन्य बातों की चिन्ता छोड़ दें। भला राजा इसकी सलाह मान कैसे चुप रह जाता। यहाँ तो इसकी इज्जत का सवाल था। उसने बरट्रम को घमण्डी और उद्यत कहते हुए चेतावनी दी कि तुम यदि इस तरुणी को स्वीकार नहीं करोगे तो मैं तुम्हें त्याग दूंगा। राजा का यह तेवर देखकर बरट्रम का दिमाग कुछ ठण्डा हुआ। क्षमा मांगते हुए उसने राजा से कहा कि जिस लड़की को मैं हीन समझता था, यदि आपकी दृष्टि में वह विशिष्ट है तो मैं आपकी आज्ञा के अनुसार चलूंगा और उसने हेलेना का हाथ्ध अपने हाथों में लेकर उसे पत्नी रूप में स्वीकार कर लिया। बोला कि आज रात ही भोज का आयोजन करके विवाह सम्पन्न कर दिया जायेगा।

राजा के दबाव में आकर बरट्रम ने हेलेना से शादी तो कर ली, लेकिन उसमा मन अभी भी विद्रोह कर रहा था। उसने अपने साथी पैरोलस से कहा कि मैं हेलेना के साथ रात नहीं बिताऊंगा। टस्कनी की लड़ाई प चला जाऊंगा और उसे माँ के पास भेज दूंगा। बरट्रम के इस निर्णय की सूचना पैरोले ने हेलेना को दे दी। उसने बता दिया कि फिलहाल वह अपना वैवाहिक दायित्व नहीं निभा पायेगा। जरूरी काम से वह आज रात ह बाहर चला जायेगा। उसने यह भी कहलवाया है कि तुम राजा से तुरन्त विदा मांग लो। राजा के यहाँ से लौटने के बाद हेलेना अपने पति से बोली कि राजा आप से कुछ बातें करना चाहते हैं। राजा के यहाँ जाने से पहले बरट्रम ने हेलेना को माँ के नाम एक पत्र देकर मों के पास चले जाने की सलाह दी। बोला कि दो दिन बाद मैं तुमसे मिलूंगा। पति की आज्ञा मानना तो उसका धर्म था। विदाई के समय उस अभागिन को बरट्रम ने चुम्बन देकर सम्मानित भी नहीं किया। हेलेना के अकेले लौटने पर माँ को ताज्जुब हुआ। उसने बरट्रम का पत्र पढ़ा। बरट्रम ने माँ को लिखा था कि मैंने तुम्हारे पास पुत्र वधु को भेज दिया है। इसने राजा को तो स्वस्थ कर दिया, लेकिन मुझे बर्बाद कर दिया। उससे शादी तो कर ली है, किन्तु उसे रात्रिसंगिनी नहीं बनाया है और न भविष्य में ही बनाऊंगा। मै। बहुत दूर जा रहा हूँ और यह दूरी बनाए रखूंगा। पत्र पढ़ने के बाद माँ बोल पड़ी, राजा के संरक्षण से निकल भागना उसके लिए अच्छा नहीं हुआ। हेलेना जैसी गुणवती नारी की अवमानना करने के लिए वह राजा का कोपभाजन बनेगा। पुत्र के पत्र से अद्विग्न काउण्टेस को उस समय एक और क्लेश हुआ जब दो फ्रेंच महानुभाव हेलेना के नाम बरट्रम का पत्र लेकर पहुंचे। इन लोगों ने बताया कि बरट्रम फ्लोरेंस के ड्यूक की सेवा में चला गया है। हेलेना ने अपनी सास को वह चिट्ठी भी पढ़कर सुनाई, जिसमें बरट्रम ने लिखा था कि जब तुम मेरी अंगुली की अंगूठी पा जाओगी और तुम्हारे गर्भ से मेरी संतान उत्पन्न हो जायेगी तभी तुम मुझे अपना स्वामी कह सकोगी। उसने यह भी लिख दिया कि यह शायद कभी संभव न हो पायेगा। अब फ्रांस में मेरा क्या बचा है? किसी नवविवाहित का दिल तोड़ने के लिए इससे अधिक दुखदायी बात और क्या हो सकती थी! बड़ी सदाशयता के साथ पुत्रवधू को सान्त्वना देते हुए सास ने उससे कहा कि अब मैं तुम्हें अपनी संतान मानूंगी। माँ को शक था कि पैरोलस के साथ के कारण ही बरट्रम बिगड़ गया। दुख कातर मों ने उन फ्रेंच युवकों को अपने पुत्र के नाम एक पत्र के साथ यह संदेश भी भेजा कि राजदरबार छोड़कर जो सम्मान उसने गंवाया है, उसे तलवार की ताकत से नहीं पा सकेगा।

साजन के सहवास से वंचित हेलेना का मन सास की सान्त्वना से शांत न हो सका। मन ही मन वह सोचने लगी कि बरट्रम मेरे ही कारण फ्रांस छोड़कर भागा। लड़ाई का खतरा मोल लिया। बस पति की कुशल वापसी के लिए वह प्रार्थना करने लगी। सोचने लगी कि लड़ाई में पति पर कोई आघात होने के पहले यदि मैं भूखे शेर का शिकार हो जाती तो कितना अच्छा होता! उसने रात के अधेरे में घर छोड़कर चले जाने का निश्चय किया। उसका ख्याल था कि जब तक वह यहाँ रहेगी बरट्रम

लौटकर नहीं आयेगा। उसने सोचा कि मेरे पलायन की खबर सुनकर वह सुखी होगा। उसने उसी रात घर छोड़ देने का फैसला किया और सास के सुखद संरक्षण को तिलांजलि दे पैदल ही सेंट जेक्स चर्च की ओर चल पड़ी। एक पत्र द्वारा इस यात्रा की सूचना देने के साथ ही उसने सास से अनुरोध किया था कि चिट्ठी लिखकर अपने बेटे को बुला लें। मैं अपने स्वामी से दूर रहकर उनके मंगल के लिए प्रार्थना करती रहूंगी। मेरे ही कारण राजदरबार छोड़कर वे लड़ाई पर चले गये। जैसे वह मुझसे बचना चाहते हैं, भगवान करे वैसे ही वह मृत्यु से बचे रहें। उनकी रक्षा के लिए मैं मृत्यु का भी आलिंगन करने के लिए तैयार हूँ।

काउण्टेस ने अपने मैनेजर रोनाल्डो से कहा कि बरट्रम को एक कड़ा पत्र लिखकर मेरी आहत भावना और उसकी दूखकातर पत्नी के पलायन की सूचना किसी दूत के हाथ भेजो। हेलेना के चले जाने का समाचार पाकर वह घर लौट आयेगा। हो सकता है कि अपने स्वामी की वापसी की बात सुनकर हेलेना भी वापस आ जाये।

काउण्टेस को क्या पता था कि फ्लोरेंस पहुंचते ही वहाँ के ड्यूक ने उसके बेटे को अश्ववाहिनी का नायक बनाकर लड़ाई के मैदान में भेज दिया। सौभाग्य से ड्यूक के विश्वास के अनुरूप ही बरट्रम ने लड़ाई में सफलता पाई। जनता उसके दर्शन को लालायित हो उठी। इस फ्रेंच वीर के प्रशंसको में फ्लोरेंस की एक वृद्धा भी थी, जो अपनी बेटी डायना तथा दो अन्य लड़कियों वरायलेण्टा ओर मेरिआना के साथ बरट्रम के जुलूस की प्रतीक्षा में खड़ी थी। ये सब बरट्रम की बहादुरी की प्रशंसा और उसके साथी पैरोलस की निन्दा कर रही थी। संयोग से हेलेना भी इन्हीं लोगों के पाास आ पहुंची। उसने वृद्ध महिला से यात्री निवास का पता पूछा। उस वृद्धाा ने सलाह दी कि फ्रेंच सैनिकों का जूलूस गुजरने तक तुम यही रुकों। बाद में मैं तुम्हें निवास तक पहुंचा दूंगी। यह जानने के बाद कि तीर्थ यात्री युवती फ्रांस की है उस वृद्धा ने उससे काउण्ट रुजिलों की बहादूरी का बखान शुरू कर दिया। हेलेना ने कहा कि मैंने भी उसका नाम सुन रखा है लेकिन उसे देखा नहीं है।

वृद्धा की बेटीडायना ने हेलेना को बताया कि यह योद्धा फ्रांस से भागकर यहाँ आया है। कहा जाता है कि फ्रांस के राजा ने इसकी इच्छा के विरुद्ध उसकी शादी कर दी है। हेलेना ने कहा कि यह बात सच है। मैं उसकी पत्नी को जानती हूँ। उसमें काउण्ट जेसी कोई विशेषता ने कहा कि यह बात सच है। मैं उसकी पत्नी को जानती हूँ। उसमें काउण्ट जैसी कोई विशेषता नहीं है। हाँ वह सत्यनिष्ठ युवती जरूर है। डायना की माँ इन दोनों की बातें ध्यान से सुन रही थी। बोली तब तो उस अभागिन का जीवन बोझिल हो गया होगा। कहा कि यदि यह तीर्थयात्री युवती थोड़ी कुशलता दिखाये तो उस परित्यक्ता का भला कर सकती है।

इतने में विजय जुलूस वहाँ आ पहुंचा। वीर बरट्रम को देखते ही डायना उसकी सुन्दरता और वीरता की प्रशंसा करते हुए बोल पड़ी--काश! यह वीर अपनी

पत्नी को प्यार करता तो इसके गुणों में चार चांद लग जाते। उसका अनुमान था कि बरट्रम का साथी पैरोलेस ही इस गड़बड़ी के लिए दोषी है। उसने यह भी कहा कि यदि मैं बरट्रम की पत्नी होती तो इस बदमाश का जहर देकर मार डालती।

वह बेचारा इस समय ड्रम खो जाने के कारण परेशान था। पैरोलेस के संबंध में जो विचार डायना का था वैसा ही विचार बरट्रम के साथी फ्रेंच लार्डों का भी था। वे भी पैरोलस को कायर, मक्कार और झूठा मानते थे। उन्होंने बरट्रम को सलाह दी कि जितनी जल्दी हो इस चालबाज को अपने से दूर कर दे अथवा किसी गंभीर मामले में वह आपको धोखा दे सकता है। उन्होंने सुझाव दिया कि खोये हुए ड्रम को खोज निकालने का काम पैरोलस के सुपुर्द कर दिया जाये। इसी बीच हम लोग उस पर तथा कित फ्लोरेंस सैनिकों द्वारा आक्रमण करा देंगे। वह अपने बचाव के लिए आप संबंधित सभी गुप्त बातें बता देगा। आप भी वहाँ उपस्थित रहें और उसकी ईमानदारीकी परीक्षा स्वयं कर लें। बरट्रम ने उनकी योजना को स्वीकार कर लिया।

इस समय बरट्रम की दिलचस्पी इन बातों में नहीं थी। उसकी आंखों में तो यह सुमुखी नाच रही थी, जिसे उसने जुलूस के अवसर पर देखा था। डायना के सौंदर्य ने बरट्रम को दीवाना बना दिया था। उसने उससे एक बार बात भी की थी। पैरोलस के हाथ उसके पास प्रेमपत्र ओर उपहार भी भेजा था लेकिन उस कुमारी ने यह सब लौटा दिया। डायना के प्रति बरट्रम के इस झुकाव का पता हेलेना को भी था। उसने डायना की माँ को पहले ही बता दिया था कि यही काउण्ट मेरा पति है। उसे पाने के लिए मैं आपकी सहायता चाहती हूं। बुढ़िया को स्वर्ण मुद्रा की थैली देते हुए हेलेना ने आश्वासन दिया कि काम हो जाने पर मैं और रकम दूंगी। इस प्रकार उस बुढ़िया को विश्वास में लेकर हेलेना ने उसे अपनी भावी योजना बतायी। बोली किमेरा पति आपकी बेटी पर लट्टू है। उसे अपना बनाना चाहता है। मेरी राय है कि डायना उससे घनिष्ठता बढावे। प्रेम के नशे में चूर बरट्रम से वह जो कुछ मांगेगी देने से इन्कार नहीं करेगा। मैं चाहती हूं कि पत्नी बनने का प्रलोभन देकर डायना उससे उसकी खानदानी अंगुठी झटक ले। उससे मिलने का समय निश्चित कर ले। उस समय डायना के बदले मैं वही अंगूठी पहने वहाँ पहुंचूंगी। बुढ़िया ने हेलेना की बातें मान लीं। उसने हेलेना को बताया कि बरट्रम रोज रात को वाद्य संगीत के साथ डायना की सुन्दरता के गीत गाता हुआ आता है। मैं देखती हूं कि वह डायना पर इस तरह कुर्बान है कि मैं उसे खरी खोटी भी नहीं कह पाती। यह सुनते ही हेलेना बोल पड़ी, तो क्यों न यह काम आज रात ही शुरू कर दिया जायें।

वृद्धा के घर पर ही बरट्रम और डायना का मिलन हुआ। उसने डायना से कहा देवी! प्रेम रस के अभाव के कारण तुम शुष्क और कठोर लगती हो। जवान होते हुए भी यदि काम पीड़ित नहीं हो तो तुम कुमारी नहीं बल्कि मिट्टी की मूरत हो। उसने डायना को सलाह दी कि विवाह करके तुम्हें भी मातृत्व धर्म निभाना चाहिए। डायना बोली कि मुझे जन्म देकर माँ ने अपना दायित्व निर्वाह किया। वैसा ही कर्त्तव्य निर्वाह

आपको भी अपनी पत्नी के साथ करना चाहिए। बरट्रम ने डायना से कहा कि उसकी चर्चा मत करो। उसके साथ मेरा विवाह जबरन हुआ। मैं तुमसे प्यार करता हूँ और पूरा जीवन तुम्हारी सेवा में अर्पण कर दूंगा। डायना बोली, हां जब तक मैं उपभोग लायक रहूंगी, तभी तक आप मेरा ध्यान रखेंगे। यौवन लूटने के बाद आप हमें जीवन भर तड़पने के लिए छोड़ देंगे। हमारी खिल्ली उड़ायेंगे। बरट्रम ने कहा कि अविश्वास न करो। आओ मेरी कामपिपासा तृप्त करो। मेरा उद्धार करो। डायना ने उससे कहा कि पुरुष ऐसा जाल बुनता है कि औरतें फंदे में आ जाती हैं। यह कहकर उसने बरट्रम से अंगूठी की मांग कर दी। बरट्रम ने जवाब दिया कि यह खानदानी अंगूठी है। इसे देकर मैं समाज में अपमानित नहीं होना चाहता। बात करने में डायना भी कम न थी। उसने कहा कि जेसे आपकी प्रिय अंगूठी आपके परिवार की मर्यादा है वैसे ही मेरा कौमार्य भी मेरे परिवार की मर्यादा है। मैं भी उसके प्रति सचेष्ट हूँ। उसकी बातों से परास्त हो अन्ततः बरट्रम ने अंगूठी उसे सौंप दी। बोला कि अब से मेरी मर्यादा, मेरा जीवन सब कुछ तुम्हारा होगा। मैं तुम्हारे निर्देश के अनुसार चलूंगा।

अंगूठी पा लेने के बाद डायना ने बरट्रम से कहा कि आधी रात को आप मेरी खिड़की पर दस्तक दीजिए। मैं ऐसी व्यवस्था करूंगी कि माँ आहट न पा सके। मेरा कौमार्य हरण करने के बाद आप केवल एक घंटा मेरे बिस्तर पर रहेंगे। मुझसे बात नहीं करेंगे। अंगूठी लौटाने के समय इसका कारण आप जान जायेंगे। रात में मैं आपकी उंगली में दूसरी अंगूठी पहना दूंगी, ताकि भविष्य में वह लोगों के इस संबंध का सबूत रहे। आशा है आप मुझे निराश नहीं करेंगे। ऐसा कहकर उसने बरट्रम को विदा कर दिया।

18. एथेन्स का राजा तिमन

वह बनिया क्या जो कंजूस न हो तथा वह राजा ही क्या जो फिजूलखर्च न हो! तिमन भी राजा था तथा फिजूलखर्च इतना कि कुछ पूछो मत। जहाँ एक खर्च करना होता वहाँ हजार तथा जहाँ हजार खर्चने होते वहाँ लाख, फिर भी उसके दिल में यह आरजू शेष रह जाती कि परमात्मा ने उसे दौलत लुटाने के लिए दो ही हाथ क्यों दिए हैं, सौ क्यों नहीं दिए? वह लुटाता, लुटाता तथा इतना लुटाता कि लेने वाले थक जाते, किन्तु तिमन बस करने का नाम तक न लेता। अन्धा क्या चाहे! दो आँखें! ऐसे दरियादिल राजा को पाकर चापलूसों की भी खून बन आई। जिन्हें कभी पेट-भर रोटी भी नसीब नहीं होती थी वही आज तिमन के दरबारी बने बैठे थे। जो जितना ज्यादा फिजूल खर्च था, राजा ने उसे 'उदार-हृदय कहकर उतना ही बड़ा अधिकार दरबार में दे रखा था। उदाहरण के लिए उसने एक ऐसे आदमी को प्रधानमंत्री बना रखा था जो साठ सेठों का ऋणी था, सत्तर व्यापारियों के ऋण से दबा हुआ था तथा निन्यानवे नाइनों से मुफ्त हजामत करवा चुका था तथा अभी तक किसी को एक कौड़ी भी न दी थी। इसी तरह उसने अपना उप-प्रधानमन्त्री एक ऐसे आदमी को नियुक्त कर लिया था जिसमें यह खास गुण था कि वह सदा राजा साहब की मनपसन्द बात कह सकता था। उदाहरण के लिए, जब वह पहली बार राजा साहब के दरबार में आया तो उसने लम्बा सलाम करके राजा तिमन की तारीफ में यह छन्द गाकर सुनाया था–

मोटर भागे, गाड़ी भागे।
राजा तिमन सभी से आगे।। 1।।
'बड़ा' कहा अपने को जिसने।
राजा तिमन उसी से तिगुने।। 2।।
एक का मन होता सब का।
किन्तु हमारा शाह तिमन का ।। 3।।
तिमन नाम ही तीनों मनों का।
क्या कहना है शेष गुणों का ।। 4।।
सबसे बड़े तिमन हैं दाता।
कोई बही, न कोई खाता।। 5।।
सो-सोकर सब दानी जागे।
दाता तिमन सभी से आगे।। 6।।

इस छन्द को सुनते ही राजा तिमन 'वाह-वाह' पुकारते हुए सिंहासन से उठ गये। अपने हाथ से उसी समय उसे उप-प्रधानमंत्री की कुर्सी पर बिठाया। उनकी तो यह उदारता की एक आम-सी घटना है। ऐसी बीसियों घटनाएँ हर दिन उनके दरबार में हआ करती थीं। बीसियो भिखारी दरबारी बनाए जाते तथा सैकड़ों फटेहालों को इनाम देकर उन्हें निहाल किया जाता। एक बार कौड़ीमल ने आकर दरबार में फरियाद की—'महाराज! मैं सेठ करोड़ीमल की बेटी से प्यार करता हूँ तथा चाहता हूँ कि उसी के साथ मेरा ब्याह हो। सेठ की लड़की भी मुझे चाहती है मगर हम दोनों का ब्याह होने में सबसे बड़ी मुश्किल यह है कि मेरे पास सेठ करोड़ीमल जितना पैसा नहीं। उसकी यही शर्त है कि अपनी लड़की का विवाह वह मेरे साथ तभी करने को राजी हो सकता है जबकि मेरे पास भी एक बंगला हो, गाड़ी हो, नौकर-चाकर हो तथा बैंक में उतना ही रुपया जमा हो जितना कि खुद सेठ का जमा है।'

कौड़ीमल की यह बात सुनते ही राजा साहब चिल्ला पड़े—'वाह रे शेर दिल! आदमी हो तो ऐसा! तेरे जैसे उदार व्यक्तियों के लिए तो मैं राज्य का सारा खजाना लुटाने को तैयार हूँ जा, खजांची से तीन लाख रुपये ले जा तथा आज ही जाकर सेठ करोड़ीमल की बेटी से ब्याह का निश्चय कर आ! जब तेरा विवाह हो जाए तो मेरे पास आना। तेरे जैसे उदार व्यक्तियों की मुझे दरबार में बड़ी आवश्यकता है।'

ऐसे अनेकों कौड़ीमल राजा की कृपा से करोड़ीमल बन चुके थे, मगर अब राजा का खजाना खाली होता जा रहा था। एक दिन जब राजा तिमन ने एक परदेशी को बिल्कुल सफेद घोड़ा भेंट करने के उपलक्ष्य में पचास हजार रुपये पुरस्कार में देने की आज्ञा दी तो कोषाध्यक्ष राजा के दरबार में उपस्थित हुआ।

तथा बोला—'महाराज! राज्य का कोष तो खाली हो चुका है। इस परदेशी को पचास हजार रुपया कहाँ से दिया जाए?'

राजा अभिमान के साथ बोला—'तो यह शाही जायदाद किसलिए पड़ी है! जागीर की कुछ भूमि बेच दी जाए और रुपयों में से इस परदेशी को इनाम दिया जाए।'

कोषाध्यक्ष ने और भी नम्र लहजे में कहा—'अन्नदाता, शाही जागीर का अधिकतर भाग तो पहले ही लोगों को दान में दिया जा चुका है तथा जो थोड़ा-बहुत शेष है, उसे बेचकर इतना धन भी हासिल नहीं हो सकता जितने से इस परदेशी के इनाम की राशि भी पूरी की जा सके।'

तिमन चौंककर बोला—'तो क्या सरकारी जायदाद भी बिक चुकी है?'

कोषाध्यक्ष ने कहा—'हाँ महाराज!'

अब तिमन ने इजाजत दी—'जाओ! मेरा नाम लेकर राज्य के किसी सेठ से रुपया उधार ले आओ तथा इस परेदशी को पुरस्कार देकर खुश करो।'

कोषाध्यक्ष राजा की सूचना लेकर एक-एक दरबारी और एक-एक सेठ के द्वार पर पहुँचा, मगर जिसने भी सुना कि राजा दिवालिया हो गया, उसी ने कोई न कोई बहाना बनाकर उधार देने में अपनी असमर्थता जाहिर कर दी। सेइ लूशियस ने

दरवाजे पर खड़े-खड़े कोषाध्यक्ष से कह दिया—'भाई, तुम आए भी तो काफी देर से! कल शाम को ही मैं तीन करोड़ का एक सौदा कर चुका हूँ इसलिए अब राजा साहब की मदद करने को मेरे पास चांदी का एक रुपया भी नहीं है। मेरी तरफ से राजा साहब को निवेदन कर देना कि उनके उपकार बड़े हैं, मगर इस समय मैं उनकी मदद करने में बिल्कुल असमर्थ हूँ।'

एक दूसरे अमीर ने भी, जिसे राजा तिमन ने एक कहार की हालत से उबारकर लाखों का मालिक बनाया था तथा जिसे वह स्नेह से 'बेटा' कहकर पुकारा करता था, कोषाध्यक्ष की दाढ़ी को हाथ लगाकर उसके कान में कह डाला—'राजा साहब से कह देना कि रईस तो घर पर मिले ही नहीं। परदेश के दौरे पर गए हुए हैं। मालूम नहीं कब लौटेंगे।'

एक नहीं, दो नहीं, तीन नहीं, कोषाध्यक्ष जितने भी शहरियों के पास रुपये का सवाल लेकर गया, उतनों ने ही उसे स्पष्ट जवाब दिया तथा वह बेचारा निराश होकर राजा के पास जा कर बोला—'महाराज! रेत को निचोड़ने से तेल नहीं निकल सकता। मैं एक-एक नागरिक के पास गया था जो आपने अपने घनिष्ठ दोस्त बताए थे, मैं उनके पास भी गया।'

मानो राजा पर किसी ने घड़ों पानी उड़ेल दिया हो। वह कुछ गुस्सा कर बोला—'तो सबकी आँखें बदल गईं क्या!'

कोषाध्यक्ष ने आँखों को नीचे करके कहा—'महाराज! यह सब दिनों का फेर है।'

राजा खून का घूंट पीकर रह गया। उसके जी में आया कि अभी हाथ में कटार लेकर निकल पड़ूं तथा एक-एक अमीर की छाती में घुसेड़कर पूछूं—'बताओ कृतघ्नों, लालची कुत्तों! क्या मेरे एहसानों का यही बदला है? वे तुम्हारी खुशामदें, व तारीफ भरे गीत और वह मेरी वाहवाही, क्या वे सब मुझसे मेरी सम्पत्ति लूटने के ही हथकंडे थे तुम्हारे! तुमने रिस-रिसकर मेरा खूना चूसा है, आज मैं इस कटार से तुम्हारे लहू की नदी बहा देना चाहता हूँ। कृतघ्नता से भरे खून का स्थान हृदय-सी कोमल वस्तु में नहीं होता।'

इस तरह बड़बड़ता हुआ राजा अपने आसन से उठ खड़ा हुआ, मगर थोड़ी देर बाद उसके मन में एक विचार आया।

सुबह हुई तो शहर में एक अनोखी चहल-पहल थी। दो दिन पहले जिस शहर में मुर्दानगी-सी छाई थी, आज वहाँ फिर सजीवता के लक्षण दिखाई देने लगे थे। इस आकस्मिक परिवर्तन की वजह था राजा की एक घोषणा। राजा तिमन ने आखिरी बार अपने नगर के अमीरों और वजीरों को एक शानदार दावत पर बुलाने की घोषणा कर दी थी। इसमें उसने शहर के माने हुए अमीरों, दरबारियों तथा अपने पुराने मित्रों को खास रूप से आमंत्रित किया था। घोषणा सुनकर खुशामदियों की आँखें एक बार फिर वैसे ही चमकने लगीं जैसे शिकार को देखकर बाघ की चमकती हैं। दावत में वे लोग आए जिन्होंने राजा का संदेश पाकर कल साफ ना कह दी थी, तथा वे लोग भी आए जो कल राजा को 'फिजूलखर्ची' होने का फतवा दे रहे

थे। वे काफी खुश थे कि एक बार फिर वे राजा से पुरस्कार की बड़ी-बड़ी रकमें पा सकेंगे तथा उसकी चमड़ी उधेड़कर अपनी खाल पर चिपका सकेंगे। अगर उन्हें कोई अरमान था तो केवल यही कि कल उनके मुँह से 'ना' क्यों निकल गई? क्या राजा ने यह सब चाल उनकी परीक्षा लेने के लिए चली थी? यदि कल वे उसका संदेश पाकर उसे सचमुच दिवालिया न समझते और रुपया उधार दे देते तो सस्ते में ही वे राजा को अपने उपकारों से लाद सकते थे तथा छाती फुलाकर कह सकते थे कि 'हम आपके वफादार दोस्त हैं। हमने विपत्ति में आपका साथ दिया है।' बस, फिर अपनी वफादारी का रंग जमाकर दुगने-तिगुने वसूल कर लेते तथा उस पर एहसान अलग लादते। एक ने कहा—'अरे भाई! अब भी क्या बिगड़ा है! राजा को प्रसन्न करना भी क्या कोई बड़ी बात है! कश्मीर के दो कालीन दे दो, अरब का एक घोड़ा नजर कर दो और तारीफ की दो बातें कह दो तो राजा फिर अपने ही अपने हैं।'

लोगों ने उस बातूनी की हाँ में हाँ मिलाई तथा लालच-भरी आँखों से दावत की मेंजों की तरफ देखने लगे। पहले की तरह हर एक अतिथि के सामने हाथी-दांत की एक-एक मेज रखी थी तथा रंगदार मोटे अंगोछों के नीचे प्लेटें और प्यालियाँ सजी हुई दिखाई दे रही थीं। प्लेटों के अन्दाजे से ही अतिथियों के मुँह में पानी भर आया था कि शायद इन प्लेटों में मीठा पुलाव, गरमा-गरम तथा मसालेदार स्वादिष्ट मिठाइयाँ होंगी। इतने में राजा तिमन ने आँगन में प्रवेश किया तथा उसका संकेत पाते ही नौकरों ने मेजों पर से अंगोछे हटा दिया। दरबारी लोग इसी आँगन में तथा इन्हीं टेबलों पर दावतें उड़ाने के आदी हो चुके थे। इसीलिए अंगोछे सरकते ही उनके हाथ प्लेटों की तरफ बढ़े किन्तु दूसरे ही क्षण उनकी आँखें प्लेटों पर पड़ीं तो उनके हाथ जहाँ तक पहुँचे थे वहीं के वहीं जमे रह गए। आज वहाँ चीनी की चमचमाती प्लेटें नहीं थीं और न ही उनमें सुगन्धित लपटों वाले पुलाव तथा मिठाइयाँ थीं। इनके बदले आज टेबलों पर मिट्टी के दो-दो प्याले पड़े थे। एक में था हड्डी का एक टुकड़ा तथा दूसरे में चुल्लू भर पानी। अतिथियों को पत्थर की मूर्ति की तरह स्तब्ध बैठे देखकर राजा ने गरजकर कहा—'कुत्तों! लालचियों! क्यों नहीं खाते! तिमन के पास जब तुम्हें खिलाने को पुलाव तथा मिठाइयाँ थी तब उसने तुम्हें पेट-भर खिलाई अब उसके पास तुम्हें खिलाने को अपने जिस्म की हड्डियाँ ही बाकी हैं। लालची कुत्तों! खाते क्यों नहीं।'

अब अमीर-वजीरों को काटो तो खून नहीं। अपनी कृतघ्नता के कारण वे राजा के सामने आँखें मिलाने का साहस कैसे कर सकते थे? जिसे जिधर रास्ता मिला, उधर ही दुम दबाकर भाग निकला।

यह राजा तिमन का आखिरी निमन्त्रण था और अमीर-बजीरों की यह अन्तिम दावत!

19. किंग रिचर्ड दि थर्ड

इंग्लैण्ड के राजा एडवर्ड चतुर्थ के दो भाई थे। जार्ज ड्यूक ऑव क्लैरेंस और रिचर्ड ड्यूक आव ग्लास्टर। यही दूसरा भाई बाद में किंग रिचर्ड तृतीय के नाम से विख्यात हुआ। जैसा वह स्वयं कहता है कि उसका व्यक्तित्व आकर्षक नहीं था। कुरूप होने के कारण वह न तो थी कि प्रकृति के प्रकोप से वह इस प्रकार शारीरिक सौंदर्य से वंचित समय से पहले ही पैदा हुआ था। उसने सोचा कि जब मैं प्रेमी के रूप में अपना समय काटने योग्य नहीं हूँ तो क्यों न दुराचार में ही समय बिताऊं। छल, कपट, धूर्तता, विश्वासघात आर षड्यंत्र के बल पर मैं झूठी भविष्यवाणी को आधार बनाकर ऐसा जाल रचूंगा कि जार्ज, ड्यूक आव क्लैरेंस और राजा एडवर्ड में तीव्र मतभेद हो जाएगा। वे एक-दूसरे से घृणा करने लगेंगे। यदि मेरी चाल सफल हुई तो सत्यनिष्ठ और न्यायप्रिय राजा एडवर्ड क्लैरेंस को जेल में डाल देगा। भविष्यवाणी के अनुसार जिस व्यक्ति का नाम 'जी' अक्षर से शुरू होता हो, वह एडवर्ड के उत्तराधिकारी का हत्यारा सिद्ध होगा।

जिस बात को रिचर्ड सोच रहा था वह तत्काल सिद्ध हो गया। देखा कि जार्ज क्लैरेंस सिपाहियों और टावर जेल के अधिकारी ब्रेकनबरी की निगरानी में सामने आ पहुँचा। रिचर्ड द्वारा गिरफ्तारी का कारण पूछने पर जार्ज ने बताया कि भविष्यवाणी पर विश्वास करके राजा ने 'जी' से शुरू होने वाले मेरे नाम के कारण मुझे अपने उत्तराधिकारियों का विरोधी समझकर मुझे यह सजा दी है। तिकड़मी रिचर्ड ने अपने भाई जार्ज के प्रति झूठी सहानुभूति दिखाते हुए कहा कि औरत के वश में होकर ही राजा ने ऐसा किया है। उसने याद दिलाया कि रानी और उसके भाई ने लार्ड हेस्टिंग्ज को इसी प्रकार कैद करा दिया था। आज ही वह जेल से मुक्त हुआ है। बोला, जार्ज! इस वातावरण में रानी के रिश्तेदारों के अतिरिक्त और कोई भी सुरक्षित नहीं है। राजा का अनुग्रह प्राप्त करने के लिए हमें रानी की हाँ-में-हाँ मिलाना आवश्यक है। राजा का सख्त आदेश था कि रास्ते में जार्ज से कोई भी बात नहीं करेगा। ब्रेकनबरी जब जार्ज को लेकर जाने लगा तो उसके प्रति बनावटी हमदर्दी दिखाते हुए रिचर्ड ने उससे कहा, मैं तुम्हारी इस दुर्दशा से बहुत मर्माहत हूँ तुम्हारी मुक्ति का प्रयास करूंगा। धैर्य रखो। बहुत दिन तक तुम जेल में नहीं रहोगे। उसके विदा होते ही रिचर्ड के मन का पाप बोल उठा। जार्ज! मैं तुम्हें इतना अधिक प्यार करता हूँ कि जेल से मुक्ति दिलाने के बदले तुम्हें संसार से ही मुक्त करा दूंगा।

इतने में जेल से छूटा लार्ड हेस्टिंग्ज उसके पास पहुँचा। औपचारिक अभिवादन

के बाद उसने उन लोगों से बदला लेने की बात की, जिसके कारण उसे जेल की हवा खानी पड़ी थी। रिचर्ड ने उसे उकसाया और कहा कि तुम्हारे इस काम में जार्ज भी सहायक होगा। जब उसने सुना कि राजा एडवर्ड गंभीर रूप से बीमार हो बिस्तर पर पड़े हैं। और इतने कमजोर हो गये हैं कि डॉक्टर भी उनकी इस दशा से आशंकित हो उठे हैं, उसने हेस्टिंग्ज को राजा के पास चलने की सलाह दी और कहा कि मैं भी आ रहा हूँ। उसके जाते ही वह अपने मन में खीर पकाने लगा। उसे विश्वास हो गया था कि राजा बचेगा नहीं। लेकिन वह यह भी चाहता था कि जार्ज का अंत करने के पहले राजा की मृत्यु न हो। राजा के पास पहुँचकर उसने जार्ज के विरुद्ध शिकायत करके यह काम पूरा करने की योजना बनायी। सोचा कि यदि मैं इस प्रयास में सफल हुआ तो जार्ज जीवित नहीं बच पाएगा। इसके बाद राजा की मृत्यु होने पर मेरा रास्ता साफ हो जाएगा। इसके बाद मैं वारविक की छोटी बेटी से शादी करूंगा। मैंने उनके पति और पिता की हत्या की है। इससे क्या होता है! शादी करके मैं उसे पिता और पति को संरक्षण दूंगा। प्रेम से विवश होकर मैं यह शादी नहीं करना चाहता है बल्कि अपनी योजना साकार करने के लिए ऐसा करना आवश्यक है।

रिचर्ड इस किस्म का राजनीतिक गुण्डा था कि अपना काम साधने के लिए किसी की हत्या या किसी का भी अपहरण करने में तनिक भी नहीं हिचकता था। उसी ने टावर जेल में छठे हेनरी की हत्या कर दी थी। जब उसने देखा कि दफन करने के लिए हेनरी का शव कब्रगाह की ओर ले जाया जा रहा है और शव के साथ हेनरी की पुत्रवधू लेडी एन विलाप करती हुई चल रही है तो मातम के इस माहौल में भी उसने एन की ओर अपना प्रेमी पंजा बढ़ाने में तनिक भी संकोच नहीं किया। एन अपने पति एडवर्ड और ससुर हेनरी के हत्यारे को शाप दे रही थी और दिवंगत आत्माओं का आह्वान करके मना रही थी कि अगर यह हत्यारा कभी शादी करे तो उसकी पत्नी को भी वैसे ही वैधव्य का दुःख सहना पड़े जैसे मैं सह रही हूँ और यदि पुत्र जन्म लेने वाला हो तो वह इतना कुरूप और बेढंगा हो कि बाप और माँ के लिए सिरदर्द बन जाये। इन बातों की अनसुनी करके रिचर्ड ने डांट-फटकार कर अर्थी रोक दी। एन के उसके प्रति अपशब्द का प्रयोग करते हुए उसे रास्ते से हट जाने के लिए कहा। न मानने पर उसे धिक्कारना शुरू किया। बोली नारकीय शैतान तुमने इंग्लैण्ड को नर्क बना दिया। यह शव भी तुम्हारे कुकृत्य का ही परिणाम है। उस बेशर्म ने एन को दया की मूर्ति और स्वर्ग सुन्दरी आदि विशेषणों से सम्बोधित करते हुए पहले तो इन हत्याओं में अपना हाथ न होने की बात कही। लेकिन जब एन ने कहा कि मेरी सास मारगरेट तुम्हारे पाप की गवाह है तो वह नीच बोल उठा कि राजा इस दुनिया में रहने लायक नहीं था। स्वर्ग ही उसके लिए उचित स्थान था। इस बेहयाई का जवाब देते हुए एन ने कहा कि तुम्हारा स्थान नर्क के सिवा और कहीं नहीं है।

अशिष्ट रिचर्ड ने मौके का फायदा उठाते हुए कहा कि नहीं सुन्दरी नहीं। नरक के बदले मेरा स्थान तो तुम्हारे शयनकक्ष में है। उसने यह भी कहा कि तुम्हारी सुन्दरता से पागल हो मैंने ऐसा किया। यदि एक घण्टे के लिए भी तुम्हारे दिल में

मुझे जगह मिल सके तो मैं सारी दुनिया की हत्या कर सकता हूँ। उसकी ढिठाई से उत्तेजित एन ने कहा कि ऐसा जानती तो मैं अपने नाखून से ही अपना चेहरा खरोंच कर बदसूरत हो जाती। वाद-विवाद का अंत करने के लिए अधम ने कहा कि तुम्हारे पति की हत्या करने वाले ने तुम्हारे लिए उससे अच्छे पति का जुगाड़ कर दिया है। ज्यों ही उसने बताया कि वह अच्छा पति मैं हूँ एन ने उस पर थूक दिया। आंखों से दूर हो जाने के लिए कहा। लेकिन वह छैला भला इस दुत्कार की क्या परवाह करता। उसने कहा कि तुम्हारी आंखों से आहत हो तिल-तिल मरने से तो अच्छा है कि मैं तुरन्त मर जाऊं। बड़ी से बड़ी विपत्ति और आत्मीयजनों की मृत्यु पर भी मेरी आंखों से आंसू न निकले। आज वही आंखें तुम्हारा रूप माधुर्य पाने की लालसा से आंसू बहा रही हैं। बोला कि आज तक मैंने किसी के सामने प्रार्थना नहीं की। लेकिन आज रूपसी एन से कुछ निवेदन करना चाहता हूँ। मेरी ओर घृणा से मत देखो। यदि तुम्हारे मन में बदला लेने की भावना है तो लो यह मेरी तलवार और यह है मेरा सीना। मैंने हेनरी और उसके बेटे एडवर्ड की हत्या की, केवल तुम पर आशिक होकर। एन ने उस पर दो वार किये। अंत में तलवार को नीचे रख दिया। रिचर्ड ने उससे दुबारा तलवार उठाने का आग्रह किया। बोला कि यदि तलवार नहीं उठा सकती हो तो मुझे ही उठा लो।

एन ने उस पाखण्डी से कहा कि तुम्हारा अंत तो चाहती हूँ, लेकिन स्वयं तुम्हारी हत्या नहीं करूंगी। वह बोला कि अगर ऐसी बात है, तो कहो तो मैं आत्महत्या कर लूं। यह कहकर रिचर्ड ने उस युवती का हृदय टटोलना चाहा। बोला, एन एक बार कहकर तो देखो। यह सच्चा प्रेमी जिसने तुम्हारे फेर में तुम्हारे पति की हत्या की वह अपनी भी हत्या कर लेगा। आखिर थी तो औरत। एन उसकी बातों में आ गई। रिचर्ड ने उसे विश्वास दिलाया कि मैं छलपूर्ण बातें नहीं कर रहा हूँ। एन ने मित्र भाव से उससे कहा कि अच्छा! तुम अपनी तलवार रख लो। रिचर्ड के कहने पर उसने उसकी अंगूठी भी पहन ली। अब बड़े रोमांटिक लहजे में रिचर्ड ने कहा कि जैसे मेरी अंगूठी उंगली में बैठा ली हो वैसे ही मुझे भी अपने दिल में बैठा लो। एक और बात! अपना शोक मुझे सौंप कर तुम तुरन्त क्रासवी चलो और मैं यह शव चर्टसी में दफनाकर शीघ्र तुमसे मिलूंगा। एन ने उसकी बात मान ली।

अब रिचर्ड हेनरी का शव व्हाइट फ्रायर भेजकर सोचने लगा कि क्या कभी ऐसा हुआ था कि ऐसे शोकाकुल मनोदशा से पीड़ित किसी स्त्री से प्रणय निवेदन करके उसे अपना बना लिया जाये। मैं उसे अपना बनाऊंगा लेकिन बहुत दिनों के लिए नहीं। जिस स्त्री के पति और ससुर की मैंने हत्या की, जो मुझसे घृणा करती थी, गाली देती थी, जिसका पति योग्यता में मुझसे लाख दर्जे अच्छा था। क्या वह अपने सुन्दर साहसी मधुर स्वभाव वाले राजसी पति को भूलकर मुझ जैसे अधम को देखना पसन्द करेगी? न मेरा व्यक्तित्व ही आकर्षक है और न ही सम्पत्ति। फिर भी वह मुझे योग्य और अपने उपयुक्त मान बैठी है, शव दफनाने के बाद मैं इस मौके के अनुरूप सुन्दर वस्त्र का जुगाड़ करूंगा।

इस समय रिचर्ड का सितारा बुलंद था। उसने दो-दो हत्याओं के बाद भी हेनरी के पुत्र एडवर्ड की विधवा एन के साथ अपना हाथ पीला करने की योजना में सफलता पा ली थी। उसके बड़े भाई राजा एडवर्ड चतुर्थ की बीमारी गंभीर होती जा रही थी। रानी एलिजाबेथ को डर था कि राजा की मृत्यु के बाद रिचर्ड उसके नाबालिग बेटे का संरक्षक बन जाएगा। वह न तो रानी के प्रति उदार था और न उसके सगे-संबंधियों के प्रति ही। इतने में लार्ड स्टनले ने आकर रानी को सूचित किया कि राजा आपके भाई और हेस्टिंग्ज व रिचर्ड के बीच सुलह करा देना चाहते हैं। राजा ने सभी को बुला भेजा है। रिचर्ड ने वहाँ पहुँचते ही रानी के सामने कहना शुरू किया कि जो लोग मेरे खिलाफ राजा का कान भरते हैं उन्हें मैं बर्दाश्त नहीं कर सकता। चूंकि मैं खुशामदी नहीं हूँ। चिकनी-चुपड़ी बातें नहीं करता, इससे मुझे राजा का विरोधी माना जाता है। उसने रानी के बेटे ग्रे को खुल्लम-खुल्ला दोषी ठहराया। तुम्हीं मेरे खिलाफ राजा से शिकायत करते हो। रानी ने प्रतिवाद करते हुए रिचर्ड से कहा कि तुम्हारे असंतोष का कारण जानने और उसे दूर करने के लिए ही यहाँ बुलाया गया है। क्रुद्ध हो रिचर्ड बडबड़ाने लगा। आपकी ही वजह से मेरा भाई जेल में बंद है। मैं अपमानित किया गया हूँ। सामन्तों की अवहेलना करके अयोग्य लोगों को प्रोन्नति दी गई। रानी ने प्रतिवाद किया। रानी के भाई ने कहा कि हो सकता है कि आपका कथन सत्य हो। रिचर्ड तो लड़ने के मूड में था। उसने कहा कि हो सकता नहीं। यह सर्वविदित सत्य है। रानी ने उसे टोकते हुए कहा कि मैं बहुत बर्दाश्त कर चुकी। तुम हमेशा जली-कटी सुनाया करते हो। राजा से मैं शिकायत करूंगी। इस प्रकार अपमानित, प्रताड़ित और उपहासित होकर रानी बना रहना अच्छा नहीं है।

रिचर्ड क्रोध से पागल हो गया। उसने कहा, जाइए कहिए। मैं राजा के सामने भी यही बातें कहूँगा। मुझे जेल जाने की चिन्ता नहीं है। इसी समय छठे हेनरी की विधवा मारगरेट वहाँ आ पहुँची। रानी एलिजाबेथ के प्रति अपनी खिन्नता का इजहार करते हुए उसने दूर ही से कहा कि भगवान करे तुम्हारा सुख और घटे। तुम्हारा राजपाट, धन सम्पत्ति और सम्मान सब कुछ मेरा था। उसने रिचर्ड की भी भर्त्सना की। इसी नीच ने मेरे पति की टावर में और मेरे बेटे की टेक्सबरी में हत्या कर दी थी। रिचर्ड अभी भी रानी को ही कोसता जा रहा था। तुम्हारे रानी बनने या तुम्हारे पति के राजा बनने के पहले से ही मैं बैल की तरह खटता रहा। एडवर्ड के रास्ते का कांटा साफ करने में मैंने अपना खून बहाया। उसके बदले मुझे मिला क्या? जार्ज क्लैरेंस ने अपने ससुर वारविक का साथ छोड़कर एडवर्ड की मदद की। इसका पुरस्कार उसे मिला जेल।

रानी एलिजाबेथ और रिचर्ड की बातें सुनते-सुनते परेशान हो मारगरेट ने आगे बढ़कर कहा कि तुम दोनों झगड़ालू लोगों ने ही मेरी सुख शांति, धन, सम्पत्ति सब कुछ लूट लिया। तुम लोग राजद्रोही हो। तुम लोगों ने हमें पदच्युत कर दिया। मुझे देखकर मुंह मत फेरो। नतजानु मेरा अभिवादन करो। रिचर्ड ने उसे घृणित बदसूरत डाइन कहते हुए उसे फटकारा और कहा कि किसके कहने पर तुम मेरे सामने आ

खड़ी हुई? तुम्हारा तो देश निकाला हो गया था। मारगरेट तो चिढ़ी हुई थी। उसने फिर अपने लोगों के जान माल की हानि का उलाहना दिया। रिचर्ड ने कहा कि जो तुम भुगत रही हो वह तुम्हारी क्रूरता का परिणाम है। मेरे पिता को कागज का मुकुट पहनाकर तुमने अपमानित किया था। मेरे भाई रटलैण्ड की जान ली थी।

मारगरेट ने अब सभी को शाप देना शुरू किया। तुम्हारा राजा एडवर्ड अजीर्ण का शिकार हो। उसके बेटे की वैसी ही अकाल मृत्यु हो जैसे मेरे बेटे की हुई। और रानी तुम पतिविहीन, पुत्रविहीन और राजकीय सम्मानविहीन होकर मरो। रियर्स डारसेट और हेस्टिंग्ज, तुम लोग खड़े-खड़े मेरे बेटे की मृत्यु का तमाशा देखते रहे भगवान करे किसी आकस्मिक दुर्घटना में तुम लोगों की अकाल मृत्यु हो। रिचर्ड को तो उसने कड़ी फटकार दी। तुम नारकीय प्रेत। अपनी माता के कलंक। दुनिया को अशांत करने वाले तुम जब तक जीवित रहोगे अशांत रहोगे। तुम्हारी आत्मा तुम्हें धिक्कारेगी। न तुम दिन में चैन पाओगे और न रात में ही। केवल एक व्यक्ति उसके अभिशाप से मुक्त था। वह था बकिंघम। मारगरेट ने उससे कहा कि इस रिचर्ड से सावधान रहना। यह विषैला कटहा कुत्ता है।

वहाँ से मारगरेट के विदा होते ही रिचर्ड ग्लास्टर ने एहसास किया कि इस विधवा की दुर्दशा के लिए मैं भी उत्तरदायी हूँ। उसे इस बात की भी ठेस थी कि इस विधवा के विनाश से लाभ तो रानी एलिजाबेथ को मिला लेकिन वह इसकी मानती ही नहीं। राजा के बुलाने पर जब रानी अपने पारषदों के साथ चली गई तो शैतान रिचर्ड फिर आत्मविवेचन में लग गया। मैं छिप करके खुराफात की रचना करता हूँ और दोष औरों के सिर थोप देता हूँ। क्लैरेंस को मैंने ही काली कोठरी में ढकेल दिया और उसी के लिए आंसू बहाकर लोगों को मूर्ख बनाता हूँ। मेरी बातों में आकर स्टेनले, हेस्टिंग्ज और बकिंघम सबने विश्वास कर लिया है कि रानी के कहने से ही एडवर्ड ने क्लैरेंस को जेल भेजा। जब ये लोग मुझे बदला लेने के लिए उकसाते हैं तो उन्हें यह उपदेश सुनाकर चुप कर देता हूँ कि बुराई के बदले भलाई करना ही ईश्वरीय आदेश है। अपनी शैतानी को इस प्रकार के साधुवाक्यों से ढक देता हूँ।

विधवा बना देने वाले तुम्हारा पतन हो जाये। अगर कोई तुमसे विवाह करे तो उसका जीवन मुझसे भी अधिक दुःखमय हो। इसी बीच उसने अपनी चिकनी-चुपड़ी बातों में मुझे फंसा लिया। लेकिन मैं जानती थी कि वह मेरे पिता वारविक के प्रति घृणा करने के कारण मुझे बहुत दिनों तक अपनी अर्धांगिनी बनाकर नहीं रखेगा। जल्दी ही मेरा अंत कर देगा।

राज्याभिषेक के बाद रिचर्ड बड़े सजधज के साथ सिंहासन की शोभा बढ़ा रहा था। लेकिन उसे संदेह था कि उसका पद चिरस्थाई होगा। उसने बकिंघम से कहा कि जितनी जल्दी हो युवराज एडवर्ड का अंत कर दिया जाये। बकिंघम यह कहते हुए वहाँ से खिसक गया कि इस संबंध में मुझे कुछ सोचने-विचारने की मोहलत चाहिए। यह सुनते ही रिचर्ड का चेहरा तमतमा उठा। उसने कहा कि हमारा सच्चा मित्र कोई नहीं है। बकिंघम जैसा आदमी भी सतर्कता से बात करने लगा है। अब

मैं उससे सलाह लूंगा।

युवराज की हत्या के लिए रिचर्ड इतना उतावला था कि अपने निजी नौकर को भेजकर टाइरेल नामक हत्यारे को बुला भेजा। इसके पहले कि टाइरेल वहाँ पहुँचे रिचर्ड को एक दूसरी खुराफात सूझी। उसने स्टेनले से कहा कि रानी एन बीमार है। उसके बचने की आशा नहीं है। मैं चाहता हूँ कि किसी प्रकार अपने भाई क्लेरेंस की लड़की से शादी कर लूँ। उसके भाइयों का वध करा दूँ। गद्दी सुरक्षित रखने का यही सबसे सुगम उपाय है। अपनी गद्दी बचाने के लिए उसका दिमाग चारों ओर दौड़ रहा था। न तो भतीजी से शादी करने में उसे संकोच था और न भतीजों का अंत करने में हिचक।

टाइरेल के आते ही उसके कान में कुछ कहकर उसे तुरन्त टावर की ओर रवाना कर दिया। इसी समय बकिंघम ने आकर युवराज एडवर्ड के संबंध में जब कुछ कहने की कोशिश की तो रिचर्ड ने बात करने से इनकार कर दिया और जब उसने रिचर्ड को याद दिलाया कि आपने सिंहासन पाने के बाद मुझे हरफोर्ड की जमींदारी देने का वादा किया था अब उसे पूरा कर दीजिए तो ऐसा लगा जैसे वह उसकी बात सुन ही नहीं रहा है। उसने डारसेट के भाग जाने की बात शुरू कर दी। उसने कहा कि राजा हेनरी ने भविष्यवाणी की थी कि रिचमण्ड भविष्य में इंग्लैण्ड का राजा होगा। उसे भय था कि यदि रिचमण्ड जीवित रह गया तो गद्दी हाथ से निकल जाएगी। इधर बकिंघम अपना दावा बार-बार पेश कर रहा था। लेकिन रिचर्ड यह कहकर कि इस समय तुम्हारी बात सुनने का मेरा मूड नहीं है वहाँ से विदा हो गया। राजा का यह रुख देखकर बकिंघम ने सोचा कि भलाई इसी में है कि मैं अपनी सुरक्षा के लिए ब्रेकनॉक चला जाऊँ।

घटनाचक्र बड़ी तेजी से बदल रहा था। चारों ओर संदेह का वातावरण हत्या की कहानी, अनुचित संबंधों का दौर सामान्य बात हो गई थी। एक जल्लाद सोते हुए आदमी को मारने में हिचक रहा था। उसने मन में नरक का भय जाग उठा। वह उसे जीवित छोड़ देने के पक्ष में था। दूसरे हत्यारे ने उसे रिचर्ड ग्लास्टर से मिलने वाले इनाम का लोभ दिया। लोभ आदमी का विवेक हर लेता है। कायरपुरुष बना देता है। लोभ ऐसा दोष है जो मानव हृदय को व्यथित करता रहता है। पग-पग पर बाधा उत्पन्न करता है। अन्त में तय हुआ कि जार्ज क्लैरेंस को ले जाकर बगल के कमरे में शराब के पीपे में सिर के बल फेंक दिया जाये। शराब में डूब कर वह शांत हो जाएगा।

संयोगवश क्लैरेंस की आँख खुल गई। उसने जेलर से एक कप शराब की माँग की। सामने जल्लाद को खड़ा देखकर उसने उनके आने का कारण पूछा। क्या तुम लोग मेरी हत्या के लिए आए हो? मैंने तो तुम्हारा कुछ नहीं बिगाड़ा है। जल्लाद ने कहा कि तुमने हम लोगों का तो नहीं राजा का अपमान किया है इसलिए मरने के लिए तैयार हो जाओ। क्लैरेंस ने कहा कि मुझे उम्मीद है कि राजा से मेरी सुलह हो जाएगी। जब तक कोर्ट द्वारा मुझे दोषी नहीं ठहराया जाता मुझे मारना गैरकानूनी

है। तुम लोग यहाँ से लौट जाओ। लेकिन हत्यारों ने उसका आदेश अमान्य कर दिया और बोले कि राजा की आज्ञा से ही हम लोग इस काम के लिए यहाँ आए हैं। क्लैरेंस का जवाब था कि राजाज्ञा से भी अधिक शक्तिशाली है देव आज्ञा! देव आज्ञा का उल्लंघन करने का बुरा नतीजा होता है। उन्होंने क्लैरेंस को याद दिलाया कि तुम भी तो हत्या के दोषी हो। तुमने राजा हेनरी के निर्दोष बेटे की हत्या कर दी थी। अब भगवान की दुहाई क्यों दे रहे हो? क्लैरेंस का उत्तर था कि मैंने यह सब दुष्कर्म अपने भाई राजा एडवर्ड के लिए किया था। राजा ने कभी भी तुम्हें मेरी हत्या की आज्ञा नहीं दी होगी, क्योंकि वह भी इस दुष्कर्म का भागी है। हत्यारों ने बड़ा सटीक जवाब दिया। जिस भाई के प्रति प्रेम और कर्त्तव्य से प्रेरित हो तुमने युवराज की हत्या की थी उसी भाई के प्रति कर्त्तव्य-निर्वाह करने हम लोग आए हैं।

जार्ज ने उनसे अनुरोध किया कि तुम लोग मेरे भाई रिचर्ड ग्लास्टर के पास जाओ। जितना इनाम राजा एडवर्ड ने देने का वादा किया होगा उससे अधिक वह तुम्हें देगा। हत्यारों ने उसे बताया कि तुम धोखे में हो। तुम्हारे भाई रिचर्ड ग्लास्टर ने ही हमें तुम्हारी हत्या के लिए भेजा है। भला क्लैरेंस को कैसे विश्वास होता। रिचर्ड ने तो उसे बचाने का वादा किया था। उसने कहा कि मेरी हत्या न करो। हत्यारों के सामने क्लैरेंस गिड़गिड़ाया। दया की भीख मांगी। लेकिन उन्हें तो अपना काम पूरा करना था। उन्होंने उसे पीछे घुमाकर कई बार छुरे से वार किया। उन्होंने तय किया कि यदि अब भी वह नहीं मरेगा तो उसे शराब के पीपे में फेक दूंगा।

सचमुच एडवर्ड को इस हत्या की जानकारी न थी। वह तो सभी विरोधियों के बीच सुलह कराने का प्रयास कर रहा था। इस समय उसका स्वास्थ्य भी ठीक न था। मरने के पहले वह यह काम पूरा करना चाहता था। इसी सिलसिले में उसने रानी के भाई रिवर्स और हेस्टिंग्ज का हाथ मिलाकर उनसे मित्रता की शपथ ली। रानी से भी उन लोगों को सुलह करा दी। रिचर्ड के पहुँचने पर राजा ने उससे भी इसी प्रकार के सौहार्द की अपील की। राजा की बात मानकर उसने भी रानी के प्रति पूर्ण आदर और सौहार्द का शपथ लिया तथा वहाँ उपस्थित सभी सामन्तों के प्रति उसने मित्रतापूर्ण व्यवहार का आश्वासन दिया। रानी ने आपसी कलह की समाप्ति पर ईश्वर के प्रति आभार प्रकट किया। अब उसने राजा से निवेदन किया कि कृपया क्लैरेंस को भी आप क्षमा कर दें। इतना सुनते ही रिचर्ड ग्लास्टर बोल पड़ा। कौन नहीं जानता कि क्लैरेंस अब जीवित नहीं है। इस सूचना से वहाँ उपस्थित सभी लोग चौक पड़े। राजा ने क्षमादान का परवान जारी किया था। वह देरी से पहुँचा। पूर्व आदेश के अनुसार उसका अंत हो चुका था। भाई की मृत्यु से राजा एडवर्ड मर्माहत हो उठा। बोला कि उसने मेरी बहुत सेवा और सहायता की थी। मेरे लिए उसने वारविक को छोड़ा। टेक्सवरी पर जब ऑक्सफोर्ड ने मुझे धराशायी कर दिया था तब उसने ही मुझे बचाया। कहा कि तुम लोगों ने भी उसके प्रति सहानुभूति पूर्ण व्यवहार करने की अपील नहीं की। उसके प्राण रक्षा की प्रार्थना नहीं की। मैं समझता हूँ कि अपराध के लिए भगवान न तो मुझे और न तुम सभी को क्षमा करेगा। दुःखी राजा एक पल

के लिए वहाँ रुके बिना अपने कमरे में चला गया।

पिता की मृत्यु से क्लेरेंस का बेटा और बेटी भी दुःखी और असहाय हो गये थे। उनकी दादी ड्चेज आव यार्क ने उन्हें सान्त्वना दी। उसने कहा कि तुम्हारे बड़े पिता राजा एडवर्ड तुम लोगों को बहुत मानते हैं। लेकिन बच्चों का कहना था कि राजा ही तो हमारे पिता की मृत्यु का कारण है। भगवान उससे बदला लेंगे। दादी ने समझाया कि तुम लोग नहीं जानते कि तुम्हारे पिता का असली हत्यारा कौन है? इसका उत्तर देते हुए लड़के ने दादी से कहा कि चाचा रिचर्ड ग्लास्टर ने बताया था कि रानी के उकसाने पर राजा ने पिता के साथ ऐसा क्रूर व्यवहार किया। ऐसा कहकर वह रो पड़ा था। उसने हमें आश्वासन भी दिया कि हमें अब अपनी संतान की तरह प्यार करेगा। दादी के यह कहने पर भी कि वही धोखेबाज इस हत्या का कारण है बच्चे मानने के लिए तैयार नहीं थे।

एक बेटे की मृत्यु से मर्माहत ड्चेज आव यार्क को अब दूसरा सदमा लगा। राजा एडवर्ड भी चल बसा। रानी एलिजाबेथ के विलाप से विह्वल ड्चेज ने उसे सान्त्वना देते हुए कहा कि पति के मरने के बाद मैं इन्हीं पुत्रों को देखकर तसल्ली पाती थी। लेकिन एक ही साथ दो बेटों की मृत्यु से तो मैं टूट गई। तुम्हारे बेटे हैं। लेकिन लड़का कहलाने के लिए अब मेरे कोख का कलंक रिचर्ड ही बच गया है। उसे देखते ही ग्लानि होती है।

शोक के ऐसे माहौल में भी तो राजकाज चलता रहता है। प्रशासनिक औपचारिकता पूरी होती रहती है। एक ओर दिवंगत शासनाध्यक्ष के लिए मातम मनाया जा रहा था वहीं दूसरी ओर रिक्त सिंहासन पर ताजपोशी की तैयारी करना भी वैधानिक आवश्यकता थी। रानी के भाई रिवर्स तथा दूसरे पारषदों ने राज महिषी को सलाह दी कि लुडलो से नाबालिग युवराज को बुलाकर तुरन्त राज्याभिषेक कर दिया जाये। एक ओर तो रानी, राजमाता और उनके सहायक युवराज को बुलाने की व्यवस्था में व्यस्त थे और दूसरी ओर रिचर्ड ग्लास्टर बकिंघम के साथ अपने तिकड़म की रूपरेखा तैयार कर रहा था। उन लोगों ने तय किया कि चाहे अन्य जो लोग शासन की ओर से लुडलो जाएँगे हम दोनों भी तुरन्त वहाँ पहुँचेंगे।

भावी राज व्यवस्था के संबंध में जनता भी कम चिन्तित न थी। वे आपस में बात कर रहे थे कि राजा एडवर्ड के बाद उसका नाबालिग बेटा शासन चलाएगा। लेकिन वे जानते थे कि बच्चों से शासन ठीक से नहीं चलता। एक नागरिक ने याद दिलाया कि राजा छठा हेनरी भी तो नौ महीने की आयु में शासनाध्यक्ष बना था। परन्तु उस सगय का वातावरण कुछ और था। उसके चाचा ईमानदार थे। पारषद भी विचारवान, बुद्धिमान और राजभक्त थे। लेकिन अब तो एडवर्ड का केवल एक भाई रिचर्ड ग्लास्टर बचा है। वह बड़ा खतरनाक आदमी है। रानी का भाई और उसके बेटे (पूर्व पति से) भी घमण्डी और क्रूर हैं। इस परिस्थिति से वे काफी चिन्तित और आतंकित थे।

राजप्रासाद में युवराज के आने की प्रतीक्षा हो रही थी। इसी बीच एक दूत ने

आकर सूचना दी कि लार्ड रिवर्स, लार्ड ग्रे और लार्ड वॉगन को बंदी बनाकर पामफ्रेट जेल भेज दिया गया है। इस विषय में दूत को और जानकारी तो नहीं थी लेकिन वह इतना जानता था कि यह कार्यवाही रिचर्ड और बकिंघम के आदेश पर की गई। रानी ताड़ गई कि अब राजसिंहासन के विरुद्ध षड्यंत्र शुरू हो गया है। हिंसा, रक्तपात और हत्या का दौर चलने वाला है। मुख्य हिंसात्मक कलह से रक्षा पाने के लिए रानी ने देवालय में शरण लेने का निश्चय किया। मुख्य पादरी तो उपस्थित था ही। उसने भी रानी को सलाह दी कि जो धन-सम्पत्ति आपके पास है साथ लेते चलिए। उसने यह भी आश्वासन दिया कि मुझ पर चाहे जो गुजरे मैं आपकी सुरक्षा की पूरी जिम्मेदारी लेता हूँ। इधर रानी एलिजाबेथ ने अपने पुत्र के साथ गिरजाघर में शरण लेने के लिए प्रस्थान किया, उसके थोड़ी ही देर बाद युवराज लुडलो से आ पहुँचा। बकिंघम, रिचर्ड, ग्लास्टर, कैटस्बी और कार्डिनल वोर्शियर ने उसका बड़ी गर्मजोशी के साथ स्वागत किया। केवल अकेले ग्लास्टर को वहाँ देख युवराज ने दूसरे चाचा के संबंध में पूछताछ की। बोला कि इस समय उन्हें भी उपस्थित होना चाहिए था। ग्लास्टर ने उस अल्पवयस्क और निश्छल युवराज से कहा कि अभी तुम इस धोखेबाज दुनिया को नहीं समझ सके हो। तुम्हारा दूसरा चाचा ऊपर से तो मीठी बातें करता है लेकिन उसके दिल में जहर भरा हुआ है। ऐसे खतरनाक लोगों से बचकर रहने में ही कल्याण है। अपनी माँ और भाई यार्क की अनुपस्थिति पर भी वह आश्चर्यचकित था। हेस्टिंग्ज ने आकर राजकुमार को सूचित किया कि मुझे नहीं मालूम क्यों आपकी माँ और आपके भाई ने गिरजाघर में शरण ली। यार्क तो मेरे साथ आना चाहता था लेकिन तुम्हारी माँ ने उसे रोक लिया। यह सुनते ही बकिंघम ने झुंझलाते हुए कार्डिनेल और हेस्टिंग्ज को आदेश दिया कि जाकर यार्क को उसकी माँ के पास से ले आएँ। अगर जबरदस्ती करनी पड़े तो भी न हिचकें।

अब राजकुमार ने रिचर्ड से पूछा कि भाई के आ जाने पर राज्याभिषेक के पूर्व हम लोगों के ठहरने की कहाँ व्यवस्था होगी! धूर्त चाचा ने राय दी कि अच्छा हो कि दो-चार रोज आप टावर में रुकें। इसके बाद जहाँ भी सुविधा हो वहाँ रहें। यार्क ने आते ही टावर में विश्राम करने के प्रस्ताव का विरोध किया। उसने कहा कि दादी ने मुझे बताया था कि चाचा क्लेरेंस की वहाँ हत्या की गई थी। प्रेत के भय से मुझे वहाँ नींद नहीं आएगी। राजकुमार ने भाई को समझा-बुझाकर साथ चलने को राजी कर लिया। इस तरह नियति में नियंत्रित हो राजकुमार स्वयं रिचर्ड के जाल में फंस गया।

इन सबके चले जाने के बाद वहाँ रह गए रिचर्ड, ग्लास्टर, बकिंघम, और कैटस्बी। बकिंघम ने रिचर्ड के विरुद्ध युवा यार्क की तीखी और व्यंग्यात्मक बातचीत पर टिप्पणी करते हुए कहा कि अपनी माता के उकसाने पर ही उसने ऐसा किया। रिचर्ड भी उस युवक की निर्भीकता, चतुराई, तत्परता और योग्यता से सशंकित हो उठा था। रिचर्ड को राजगद्दी दिलाने के षड्यंत्र के संबंध में बकिंघम ने पहले कैटस्बी को पक्का किया। इसके बाद वे लोग हेस्टिंग्ज और स्टेनले को अपने पक्ष

में करने के प्रयास में लग गए। बकिंघम ने कैटस्बी को जिम्मेदारी दी कि वह हेस्टिंग्ज के पास जाकर इस बात की टोल ले कि क्या वह रिचर्ड को राजा बनाने के काम में हमारा साथ देगा? यह भी निर्देश दिया गया कि रिचर्ड और बकिंघम के सोने के पहले वह अपनी रिपोर्ट दे दे। उसको विदा करके इन दोनों खलनायकों ने तय किया कि यदि हेस्टिंग्ज हम लोगों की बात नहीं मानेगा तो उसका कत्ल कर दिया जाएगा।

कैटस्बी के पहुँचने से पहले ही स्टेनले के दूत ने भोर चार बजे ही आकर हेस्टिंग्ज को सूचना दे दी थी कि दो अलग-अलग मीटिंग होने वाली जिसमें इस बात का पता लगाया जाएगा कि आप दोनों किस पक्ष का समर्थन करेंगे। मालिक ने कहला भेजा है कि इस आसन्न खतरे से बचने के लिए अच्छा हो कि आप भी उत्तर की ओर भाग जायें। उसने यह भी कहा कि मालिक ने सपना देखा है कि एक वाराह ने उसका टोप उतार फेंका है। हेस्टिंग्ज ने उसी दूत के हाथ स्टेनले को संदेश भिजवा दिया कि डरने की कोई बात नहीं है। राजपक्ष में हम दोनों हैं और विरोधियों की तरफ मेरा विश्वासपात्र दोस्त कैटस्बी है। यदि हम लोगों के विरुद्ध कोई बात होगी तो वह हमें तुरन्त सूचित करेगा। दूत से यह भी कहा कि मालिक को मेरे पास भेज दो ताकि हम दोनों साथ-साथ टावर जायें। जिस कैटस्बी पर हेस्टिंग्ज आंख मूंद कर निर्भर करता था वह भी स्टेनले केदूत के विदा होते ही वहाँ आ पहुँचा। आते ही उसने कहा कि आज की डांवाडोल स्थिति से छुटकरा तभी मिलेगा जब रिचर्ड इस राज्य का मालिक होगा। छूटते ही हेस्टिंग्ज ने जवाब दिया। ऐसे दुष्ट आदमी को राजमुकुट कभी नहीं मिल सकता। मैं जान की बाजी लगाकर इसका विरोध करूंगा। फिर भी कैटस्बी ने उसे बताया कि राजमुकुट की प्राप्ति के लिए आपका सहयोग पाने की आकांक्षा से ही उसने मुझे आपके पास भेजा है। उसने यह शुभ संदेश भी भेजा है कि आपके शत्रु यानी रानी के रिश्तेदार आज ही पेमफ्रेट में कत्ल कर दिए जाएँगे।

हेस्टिंग्ज ने कैटस्बी से कहा कि दुश्मनों की मौत पर मुझे दुःख नहीं होगा। लेकिन जहाँ तक राजमुकुट का प्रश्न है मैं राजा के वास्तविक उत्तराधिकारी के बदले रिचर्ड का समर्थन मरते दम तक नहीं करूंगा। उसने यह भी कहा कि रिवर्स, वॉगन और ग्रे का तो अंत होगा लेकिन हमारा भी जीवन निरापद नहीं रहेगा। इनकी बातें चल ही रही थीं कि स्टनले भी वहाँ आ पहुँचा। उसने दो अलग-अलग मीटिंग पर नाराजगी प्रकट की और हेस्टिंग्ज ने टावर चलने के लिए कहा। आज के अशांत और असुरक्षित वातावरण से भयग्रस्त था। उसके इस भय को हेस्टिंग्ज ने पेमफ्रेट में आज की जाने वाली हत्या की सूचना देकर और बढ़ा दिया। फिर भी जब कैटस्बी के साथ टावर के लिए चल पड़ा।

हेस्टिंग्ज जाने की तैयारी कर ही रहा था कि एक सरकारी नौकर ने आकर उसका हालचाल पूछा। हेस्टिंग्ज इस समय खुश था। उसने नौकर को बताया, तुमसे जब पिछली बार मुलाकात हुई थी तो मैं बंदी के रूप में टावर जा रहा था। जिन लोगों ने मुझे बंदी बनवाया था वे सभी आज कत्ल कर दिए जायेंगे। इससे आज मैं बहुत

ही खुश हूँ। ऐसी ही बातें उसने पादरी जॉन से भी कही। बेचारे को क्या पता था कि उसकी यह खुशी क्षणिक है। उसका भी नम्बर आने ही वाला है। हुआ भी ऐसा ही। बकिंघम इसी पादरी की खोज में यहाँ पहुँचा। पेमफ्रेट में इसकी तत्काल आवश्यकता थी। बकिंघम इस समय टावर पहुँचने की जल्दी में था। पता नहीं किस अशुभ ग्रह की प्रेरणा से हेस्टिंग्ज भी उसके साथ अपने आप वधस्थल (टावर) की ओर चल पड़ा।

पेमफ्रेट और टावर दोनों जेलों में हत्या-ही-हत्या का वातावरण था। रिचर्ड की पूर्व योजनानुसार पेमफ्रेट पर रेटक्लिक हथियार से लेस हो रिवर्स, ग्रे और वॉगन को वधस्थल ले जाने के लिए पहुँच गया था। ये लोग अपने को निर्दोष होने की वकालत कर रहे थे। अपने दुश्मनों को शाप दे रहे थे। प्रार्थना कर रहे थे कि राजकुमार को इन हत्यारों से बचाएँ। उन्हें याद था कि इसी जेल में रिचर्ड द्वितीय की भी हत्या की गई थी। वे इस बात को भी भूले नहीं थे कि मारगेट ने हम लोगों को अकाल मृत्यु का शाप दिया था। भगवान ने उसकी बात इतनी जल्दी सुन ली। उन्हें आश्चर्य हो रहा था। लेकिन रेटक्लिक पर इन बातों का कोई असर नहीं था। उसने हुक्म दिया कि इन तीनों को समय से बधस्थल ले जाकर काम तमाम कर दो। यह कह वह टावर पहुँच गया। दूसरी ओर टावर बंदीगृह पर बकिंघम, स्टेनले, हेस्टिंग्ज, एली का विशप, लावेल और रेटकिल्फ सलाह मशविरा करके राज्यारोहण की तिथि निश्चित करने में लगे थे। विशप ने अगले दिन समारोह आयोजित करने की सलाह दी। लेकिन बिना रिचर्ड ग्लास्टर की सलाह के अंतिम निर्णय लेना सम्भव न था। इतने में वह भी आ पहुँचा। सबके सामने तो उसने हेस्टिंग्ज के प्रति मित्रता का ढोंग दिखाया और बकिंघम को अलग जाकर केटस्बी द्वारा प्राप्त समाचार की सूचना दी कि हेस्टिंग्ज जान की बाजी लगाकर भी युवराज को ही सिंहासन पर बैठाने के लिए दृढ़ है। हमारा साथ देने से इनकार कर दिया है। बकिंघम ने रिचर्ड को सुझाव दिया कि तुम मीटिंग से कुछ देर के लिए हट जाओ। यहाँ तिथि के विषय में ही चर्चा जारी थी। स्टेनले राज्यारोहण की तिथि टालने के पक्ष में था।

थोड़ी देर बाद रिचर्ड बकिंघम के साथ लौटा। आते ही उसने अपना नाटक शुरू कर दिया। बोला किसने जादू-टोना का सहारा ले मेरी हत्या का षड्यंत्र रचा है। आप लोग बतावें कि उसे क्या दण्ड दिया जाय। बेवकूफ हेस्टिंग्ज ने रिचर्ड के प्रति अपना प्रेमभाव जताते हुए कहा कि ऐसे अपराधी के लिए मृत्यु दण्ड ही उचित होगा। अब रिचर्ड ने एडवर्ड की पत्नी पर दोषारोपण करते हुए कहा कि शोर नामक एक बदचलन औरत से सांठगांठ करके उसने ही मेरे विरुद्ध जादू-टोना किया है। इस पर हेस्टिंग्ज बोल उठा। यदि उन्होंने ऐसा किया है। उसके मुंह से 'यदि' शब्द सुनते ही तो रिचर्ड आपे से बाहर हो गया। विश्वासघाती! तुम उनका पक्ष लेकर मेरे कथन पर अविश्वास कर रहे हो। उसने लावेल और रेटक्लिक को हुक्म दिया कि इसका सिर कलम कर दो। जब तक यह काम पूरा नहीं हो जाएगा मैं अन्न ग्रहण नहीं करूंगा।

अब हेस्टिंज को स्टेनले के स्वप्न पर विश्वास हुआ। यदि उसकी बात मानकर

वह भाग गया होता तो शायद बच जाता। उसने मारगरेट का अभिशाप भी याद किया। उसने जो कुछ कहा था सच निकला। उसकी बातें सुनने के लिए रेटक्लिक के पास समय न था। भोजन के पहले ही उसका कटा सर रिचर्ड के सामने पहुँचाना था। उसने हेस्टिंग्ज से कहा कि संक्षेप में अपने पाप पर पश्चाताप कर। खूनी रिचर्ड को शाप देते हुए वह वधस्थल की ओर चल पड़ा। थोड़ी ही देर में रेटक्लिक और लावेल हेस्टिंग्ज का सर लेकर रिचर्ड के सामने उपस्थित हो गए। हेस्टिंग्ज की इस दशा पर रिचर्ड दुःखी हो अपने और उसके बीच मधुर संबंध की चर्चा करने लगा। बोला, कि मैं उसे बड़ा ही सज्जन और अहानिकर व्यक्ति समझता था। उससे गोपनीय बातें कहता था। लेकिन वह तो छुपा रुस्तम निकला। बकिंघम ने कहा कि क्या कोई विश्वास कर सकता है कि इस धूर्त विश्वासघाती ने मेरे और रिचर्ड की हत्या के लिए कौंसिल हाउस में आज योजना बनाई थी। अपनी और अपने देश की सुरक्षा के लिए हमें इसका वध करना पड़ा। रिचर्ड मेयर की मदद से जनता को बताना चाहता था कि किन कारणों से हेस्टिंग्ज की हत्या करनी पड़ी? उसे डर था कि कहीं गलतफहमी के कारण जनता हमारे विरुद्ध उपद्रव न खड़ा कर दे। मेयर उनका अनुरोध स्वीकार करके गिल्डहाल की ओर चल पड़ा।

रिचर्ड चाहता था कि इसके साथ ही राजसिंहासन के दावेदार युवराज का भी सफाया कर दिया जाये। इस उद्देश्य से उसने बकिंघम को भी गिल्डहाल भेज दिया। जहाँ वह जनता को बताएगा कि एडवर्ड की यह संतान जारज है। इसके साथ ही एडवर्ड की विलासिता और कामुकता को भी कहेगा। रिचर्ड इतना अधम था कि उसने बकिंघम को यह भी कहने का निर्देश दिया कि स्वयं एडवर्ड भी हमारे पिता का बेटा नहीं था, क्योंकि जब वह गर्भ में आया उस समय हमारे पिता फ्रांस की लड़ाई में व्यस्त थे। लौटने पर समय की गणना करके उन्होंने कहा था कि संतान मेरी उपज नहीं है। उसका चेहरा भी हमारे पिता से नहीं मिलता था। बकिंघम को सावधान करते हुए उसने कहा कि इस पुरानी बात को बड़ी होशियारी से कहना क्योंकि हमारी माँ अभी भी जीवित है। यदि तुम जनता को प्रभावित करने में सफल हो जाते हो तो बेनार्ड दुर्ग पहुँच जाना जहाँ धर्माध्यक्ष लोग भी उपस्थित रहेंगे।

गिल्डहाल से लौटकर बकिंघम सीधे रिचर्ड के पास बेनार्ड दुर्ग जा पहुँचा। उसने रिचर्ड को बताया कि मेरी बातें सुनने के बाद नागरिक एकदम मूक बने रहे। मैंने एडवर्ड की कामुकता का भी उल्लेख किया और यह भी कहा कि एडवर्ड यार्क का असली बेटा नहीं था। इसके साथ मैंने तुम्हारी बहादुरी, सद्गुण, सौजन्यता, दयालुता और नम्रता आदि का भी उल्लेख किया। जो कुछ भी तुम्हारे पक्ष में कहा जा सकता था मैंने कहा। लेकिन अपने संबोधन के बाद जब मैंने उनसे कहा कि यदि तुम लोग देश का मंगल चाहते हो तो बोलो इंग्लैण्ड के राजा रिचर्ड की भगवान रक्षा करें, तो किसी ने भी ऐसा उद्घोष नहीं किया। वे एक-दूसरे की ओर देखते रहे। मेयर ने एक बार फिर उनसे अपील की जिसके फलस्वरूप हमारे कुछ अनुचरों ने आपके पक्ष में नारा लगाया। आपका समर्थन करने के लिए मैंने नागरिकों को

धन्यवाद दिया। बकिंघम की बातें सुनने के पूर्व से ही रिचर्ड बेनार्ड दुर्ग में दो धर्मगुरुओं के साथ पूजा प्रार्थना में व्यस्त था। मेयर अपने सभासदों और बकिंघम के साथ रिचर्ड से मिलकर गंभीर सलाह-मशविरा करना चाहता था। पूजा प्रार्थना छोड़ इनकी बातें सुनने की उसे फुर्सत न थी। इसकी इस धर्मपरायणता से प्रभावित हो बकिंघम बोल उठा। काश! इस प्रकार का पुण्यात्मा इंग्लैण्ड की बागडोर संभालता तो कितना अच्छा होता! बार-बार इन लोगों का संदेश पाकर अंत में रिचर्ड दोनों धर्मगुरुओं के साथ हाथ में धर्मग्रंथ लिए हुए बरामदे में आ खड़ा हुआ। अब बकिंघम ने अपना निवेदन शुरू किया। चापलूसी भरे लहजे में उसने कहा कि इस देश का राजसिंहासन जिस पर आपका जन्मसिद्ध अधिकार है कुपात्रों के हाथ सौंपना उचित नहीं है। देशहित में हम लोग आपसे प्रार्थना करना चाहते हैं कि आप राज्याधिकार संभालकर इस देश को पतन से बचा लें। संरक्षक के रूप में नहीं बल्कि शासनाध्यक्ष के रूप में। कहावत है कि मन में भावे, मूंडी हिलावे। अब पापात्मा रिचर्ड ने बड़ी होशियारी से धर्मात्मा का नाटक शुरू किया। उसने कहा कि यदि मैं तुम्हारी बातों का कोई उत्तर नहीं देता तो समझा जाएगा कि तुम्हारा प्रस्ताव मुझे स्वीकार है। तुम लोगों की निष्ठा का मैं आभारी हूँ। लेकिन राजसिंहासन के योग्य गुणों के अभाव के कारण यह प्रस्ताव स्वीकार करना मेरे लिए संभव नहीं है। यदि मेरे रास्ते के सारे कांटे हट भी जायें और राजमुकुट पाना निर्विघ्न हो जाये तो भी मेरे में इतने अवगुण हैं कि राजा होने का उत्साह शून्य हो चुका है। राजवंश का जो उत्तराधिकारी है वह राजा होकर हमें संतुष्ट रखेगा। इसलिए जो कुछ तुम लोग मुझे सौंपना चाहते हो वह मैं उसी को सौपूंगा। उससे यह अधिकार छीनना पाप होगा।

रिचर्ड के इस नाटकीय भाषण का प्रतिवाद करते हुए बकिंघम ने एक दूसरी कहानी शुरू की। बोला, हम भी मानते हैं कि युवराज एडवर्ड आपके भाई एडवर्ड को पुत्र हैं। लेकिन उसकी पत्नी से वह उत्पन्न नहीं हुआ। आपकी माँ जानती हैं कि पहले एडवर्ड ने लेडी लुसी से संबंध किया था। फिर फ्रांस की लेडी बोना से विवाह की बात चली। इसके बाद उसकी नजर कई बच्चों की माँ एक दुःखकातर विधवा पर पड़ी तथा उसके साथ शादी रचा ली। इस प्रकार अवैध रूप से इस एडवर्ड का जन्म हुआ। जिसे सौजन्यवश हम युवराज कहकर पुकारते हैं। इसलिए हमारी प्रार्थना है कि राज्यसिंहासन को कलंकित होने से बचाने के लिए और अपनी कुल मर्यादा की रक्षा के लिए हमारा प्रस्ताव स्वीकार करें। मेयर और कैटस्बी ने बकिंघम का समर्थन करते हुए रिचर्ड से जनता का अनुरोध स्वीकार करने की अपील की।

रिचर्ड तो मंजा हुआ छली था। उस बदमाश ने कहा कि तुम लोग व्यर्थ यह पद भार मुझ पर लादना चाहते हो। मैं तुम लोगों का प्रस्ताव स्वीकार नहीं कर सकूंगा। मैं राजपद के योग्य नहीं हूँ। चापलूस बकिंघम उसकी बातों में आने वाला नहीं था। रिचर्ड को चेतावनी देते हुए कहा कि आप न्यायपरायणता, स्नेह और अपने कुलजनों के प्रति सद्भावना के कारण युवराज एडवर्ड को सिंहासन से वंचित नहीं करना चाहते तो सुन लीजिए कि आपके भाई का बेटा हमारा राजा नहीं होगा। उसके बदले

हम किसी दूसरे को सिंहासन पर प्रतिष्ठित करेंगे। इससे आपका कुल अपमानित तथा अमर्यादित होगा। इतना कहकर वह नागरिकों को लेकर वहाँ से चलता बना।

इन लोगों के जाते ही कैटस्बी ने रिचर्ड से फिर अपील की कि इन लोगों की बात मान लें अन्यथा देश को इसका खामियाजा भोगना पड़ेगा। दांव चूकने का एहसास करके रिचर्ड ने उत्तर दिया कि मेरा दिल पत्थर का तो है नहीं। यदि तुम लोग यह झंझट मुझे देना ही चाहते हो तो मैं स्वीकार करूंगा। बकिंघम आदि को वापस बुलाकर उसने कहा कि यदि तुम लोग शासन का भार मुझे सुपुर्द करना चाहते हो तो इच्छा न रहते हुए भी मैं पूरे धैर्य के साथ यह उत्तरदायित्व वहन करूंगा। अन्तरात्मा के विरुद्ध मैं ऐसा करूंगा। लेकिन याद रखना कि इससे मेरी बदनामी होगी तो उससे रक्षा का जिम्मा तुम लोगों का होगा। सभी ने उसे आश्वासन दिया और तय हुआ कि अगले दिन रिचर्ड का राजतिलक सम्पन्न कर दिया जाएगा। उन लोगों को विदा करके रिचर्ड धर्मगुरुओं के साथ अनुष्ठान के लिए अन्दर चला गया। रिचर्ड ने बाहर से तो धार्मिकता का ढोंग रचा था लेकिन अन्दर ही अन्दर अपने क्रूर फंदे में सभी को जकड़ता जा रहा था। इस बात का पता उस समय चला जब रानी एलिजाबेथ अपनी सास, अपने बेटे, लेडी एन और क्लेरेंस की लड़की के साथ टावर पहुँची। ये सब युवराज के प्रति शुभकामना व्यक्त करना चाहती थीं। लेकिन काराध्यक्ष ने उससे इन्हें मिलने की अनुमति नहीं दी। उसने कहा कि राजा के कड़े आदेश के कारण ही मैं ऐसा कर रहा हूँ। सभी महिलाओं ने युवराज के साथ अपना पारिवारिक संबंध बताते हुए जब उससे मिलने की जिद की तो ब्रेकनबेरी क्षमा मांगते हुए वहाँ से हट गया।

इतने में स्टेनले ने आकर स्थिति को एक नया मोड़ दे दिया। आते ही उसने लेडी एन से वेस्टमिंस्टर चलने का आग्रह किया। बोला कि राजा रिचर्ड आपको अपनी पत्नी के रूप में ग्रहण करने के लिए इन्तजार कर रहे हैं। इस समाचार से रानी एलिजाबेथ विचलित हो उठी। उसका सर चकराने लगा। उसने भावी घटनाओं को भांपते हुए अपने बेटे डारसेट को सलाह दी कि तुरंत फ्रांस चले जाओ। इस कसाईखाने से निकल जाओ। नहीं तो जान से हाथ धोना पड़ेगा। स्टेनले ने भी रानी का समर्थन किया। उसने कहा कि मैं अपने बेटे रिचमण्ड के नाम तुम्हें पत्र दूंगा। देरी मत करो तुरन्त चलते बनो।

रिचर्ड से सभी लोग त्रस्त थे। यहाँ तक कि उसकी माँ ड्यूज आव यार्क भी यह कहने लगी कि उसे जन्म देकर मैं मानवता के कलंक उस हत्यारे की माँ बन गई हूँ। लेडी एन भी उसके बुलावे से परेशानी में पड़ गई थी। मना रही थी कि रानी का मुकुट पहनने के लिए यदि मेरी मृत्यु हो जाती तो अच्छा होता। रानी एलिजाबेथ ने चुटकी लेते हुए उससे कहा। जाओ रानी बनो। मुझे तनिक भी गिला नहीं है। तब एन ने अपनी आपबीती सुनाते हुए एलिजाबेथ से कहा कि जब मैं राजा हेनरी के शव के पीछे जा रही थी तब मेरे पति का हत्यारा रिचर्ड मेरे पास आया। मैंने उसे धिक्कारना शुरू किया।

सचमुच वह था पक्का शैतान उसकी कथनी और करनी का सबसे ताजा

उदाहरण था कि उसने क्लैरेंस की दुर्दशा के लिए रानी ग्रे (एलिजाबेथ) को दोषी ठहराया था लेकिन जेल में उसकी हत्या करने के लिए दो जल्लादों को स्वयं उसने ही भेजा था। उन्हें वारंट थमाते हुए उसने हिदायत दी कि काम पूरा करके तुरन्त कास्बी पहुँचो। कहते हैं कि मरने वालों को मृत्यु का भान पहले ही हो जाता है। क्लैरेंस टावर जेल अधीक्षक ब्रेकनबेरी से रात के भयावह सपने की बात कर रहा था। उसने बताया कि ऐसे डरावने सपने वाली रात और नहीं बिता पाऊंगा। स्वप्न का विवरण देते हुए उसने ब्रेकनबेरी को बताया कि मैंने देखा कि मैं जेल से भागकर बरगण्डी जाने के लिए जहाज पर सवार हूँ। मेरे साथ मेरा भाई रिचर्ड ग्लास्टर भी है। उसने मुझे केबिन से बाहर डेक पर चहलकदमी करने के लिए प्रेरित किया। इसी बीच मुझे अनुभव हुआ कि ग्लास्टर ठोकर खाकर गिर पड़ा और उसके धक्के से मैं तो समुद्री लहरों की चपेट में आ गया। डूबने पर मुझे असहनीय पीड़ा का अनुभव हो रहा था। चारों ओर हजारों डूबे हुए जहाज, डूबे हुए लोगों को खाती हुई मछलियाँ, असंख्य बहुमूल्य रत्न, सब समुद्र की तलहटी में पड़े हुए थे। इसके बाद श्वास अवरुद्ध हो गयी। अब शुरू हुआ मरणोपरान्त का दृश्य। अनन्त कालिमा में सबसे पहले मेरी मुलाकात हुई मेरे ससुर वारविक से जिसने कहा कि तुम जैसे मिथ्यावादी को इस नर्क में पता नहीं कौन-सा दण्ड मिले। उसके गायब होने के बाद देवदूत के समान एक छाया मूर्ति प्रकट हुई। उसके बाल रक्तरंजित थे। मुझे देखते ही वह चीख पड़ा और बोला कि इसी विश्वासघाती ने टैक्सबरी में मेरी हत्या कर दी थी। उसने कहा कि यमदूतों! इसे पकड़कर यातना कक्ष में ले जाओ। हजारों प्रेतों ने मुझे घेर लिया। मेरे कान में कर्कश आवाज करने लगे। उनकी इस आवाज से डरकर मैं जाग गया। मुझे ऐसा लगा कि सचमुच में नर्क में था।

क्लैरेंस ने ब्रेकनबेरी को बताया कि एडवर्ड के लिए मैंने बहुत पाप किया और उसका फल मैं यहाँ कैदी बनकर भोग रहा हूँ। उसने भगवान से प्रार्थना की कि अपने पाप का फल मुझे ही भोगना पड़े। मेरी स्त्री और बच्चे इससे बचे रहें। उसने काराध्यक्ष से कहा कि इस समय तुम मेरे पास ही रहो। मेरा मन बहुत बोझिल है। मैं सोना चाहता हूँ और तुरन्त सो गया। ब्रेकनबेरी ने अनुभव किया कि राजपुरुषों का पद गौरव और उसकी बाहरी शान-शौकत तो रहती है लेकिन उनका हृदय चिन्ता से विदग्ध रहता है। इसी क्षण रिचर्ड ग्लास्टर द्वारा भेजे गए दोनों जल्लाद वहाँ पहुँचे। जेलर को एक पर्चा दिया। उसमें जेलर को आदेश दिया गया था कि कुछ पूछेताछे बिना जार्ज क्लैरेंस को पत्रवाहक के हवाले कर दो। आदेश के अनुसार ब्रेकनबेरी ने सोते हुए कैदी की ओर इशारा किया और उस कक्ष की चाभी उन्हें सौंप सूचना देने के लिए राजमहल की ओर चल पड़ा।

जल्लाद का तो पेशा ही है लोगों को मारना। लेकिन कभी-कभी वे भी अन्तरात्मा की पुकार से विचलित हो जाते हैं। यहाँ भी जार्ज की हत्या करने वाले दो क्रूर जल्लादों डिटन और फारेस्ट से एडवर्ड के दोनों लड़कों की हत्या करा दी। यह दृश्य इतना दर्दनाक था कि इसका बयान करते-करते हत्यारे भी रो पड़े। लेकिन निर्दयी रिचर्ड

तो एक-के-बाद एक अपनी योजना सिद्ध करता जा रहा था। उसने अपने भाई क्लैरेंस के बेटे को जेल में बंद करा दिया था। उसकी लड़की से इस नीच ने विवाह रचाना तय किया था। रानी एन भी चल बसी थी। अब बचा था रिचमण्ड जो रिचर्ड की भतीजी एलिजाबेथ से शादी करके इंग्लैण्ड की गद्दी का हकदार बनना चाहता था। यह नीच उस लड़की को फंसाने का तिकड़म रचने लगा।

इसी बीच कैटस्बी ने आकर उसे दो सूचनाएँ दीं। कहा कि एली का बिशप मार्टन रिचमण्ड के पास चला गया है और बकिंघम वेल्श सैनिकों के साथ लड़ाई के लिए मैदान में आ डटा है। यह सुनते ही सिपाहियों को जुटाने का हुक्म देकर रिचर्ड बकिंघम से मुकाबला करने की तैयारी में जुट गया। लेकिन इसके पहले कि वह युद्धस्थल की ओर बढ़ता उसकी माता डूचेज आव यार्क रानी एलिजाबेथ के साथ आकर उसका रास्ता रोककर खड़ी हो गई। क्रोध से अंधा रिचर्ड बड़ी बेरूखी से बोल उठा। इस समय कौन मेरा रास्ता रोक रहा है? माँ का उत्तर था, वही जो जन्म के समय ही तुम्हारा गला न घोटकर देश को कत्लेआम और तुम्हारे अत्याचारों से बचाने में असफल रही। रानी एलिजाबेथ ने अपने पुत्रों, रिश्तेदारों की हत्या के लिए दोषी इस अत्याचारी की भर्त्सना की। माँ ने उससे पूछा बता नीच! मेरा बेटा क्लैरेंस और पौत्र कहाँ हैं। लेकिन उसे कहाँ फुर्सत थी, इन लोगों से यह सब लांछन सुनने की। नगाड़ा बजाकर वह इन लोगों की बातें अनसुनी कर देना चाहता था। उसने कहा कि मेरी कोख से जन्म लेकर तुमने मेरा जीवन नारकीय बना दिया। बचपन से अब तक तुम उच्छृंखल, अहंकारी, धूर्त, निष्ठुर और घातक अत्याचारी के रूप में मेरे लिए बोझ बने हो। एक क्षण भी तुमने मुझे सुख नहीं दिया। उस बेशर्म ने माँ से कहा कि यदि मैं तुम्हारे लिए इतना अपमानजनक हूँ तो मुझसे बात मत करो। मुझे जाने दो। फिर भी माँ ने उससे कहा कि मेरी अन्तिम बात सुनते जाओ। शायद बाद में हमारी मुलाकात न हो। बात करने का अवसर न मिले। इस युद्ध में विजय पाने से पूर्व हो सकता है तुम्हारी मृत्यु हो जाये या मैं ही शोकजर्जर और बूढ़ी होने के कारण जीवित न रहूँ। इसलिए जाने के पहले माँ का यह अभिशाप साथ लेते जाओ। इस अभिशाप से संतप्त तुम्हारा मन इतना बोझिल हो जाएगा जितना कि युद्ध से तुम्हारा शरीर भी नहीं होगा। याद रखो मेरी प्रार्थना तुम्हारे शत्रुओं का साथ देगी। एडवर्ड के मृत पुत्रों की आत्मा उनका उत्साह बढ़ाएगी। उनकी विजय होगी। तुम बड़े बे आबरू होकर मारे जाओगे।

रिचर्ड भी हद दर्जे का बेशर्म था। अपना काम साधने के लिए वह हर अवसर पर सतर्क रहता था। रानी एलिजाबेथ को रोककर उसने लम्बी-चौड़ी भूमिका निभाते हुए कहा कि मैं तुम्हारी संतान को इतना ऊंचा पद देना चाहता हूँ कि तुम्हारे मन का सारा पुराना घाव मिट जाएगा। मैं तहेदिल से तुम्हारी सुन्दरी बेटी एलिजाबेथ को इतना प्यार करता हूँ कि उसे इंग्लैण्ड की रानी बनाने के लिए उत्सुक हूँ। रानी बोल उठी, तुमने उसके भाइयों और उसके मामा का वध किया है। क्या वह तुम जैसे हत्यारे से विवाह कर सकती है? उस स्वार्थी निर्लज्ज ने अपने पुराने अपराधों पर पश्चाताप

का ढोंग करते हुए कहा कि यदि मैंने तुम्हारे बेटों को सिंहासन से वंचित किया तो अब तुम्हारी बेटी को राजरानी बनाकर उसी क्षतिपूर्ति कर दूंगा। तुम्हारा भी जीवन खुशी से भर जाएगा। अब उसने रानी को माता कहकर संबोधित करते हुए कहा कि जाओ, अपनी बेटी से मेरा प्रेम निवेदन करो। मुझसे विवाह करने के लिए प्रेरित करो। युद्ध में विद्रोही बकिंघम पर विजय पाकर जब लौटूंगा तब वह राजरानी होगी। रानी ने चुटकी लेते हुए रिचर्ड से पूछा। क्या मैं उससे कहूँगी कि तुम्हारा चाचा, तुम्हारे भाइयों का हत्यारा रिचर्ड तुमसे शादी करना चाहता है? क्या इससे वह खुश हो जाएगी?

रिचर्ड ने गिड़गिड़ाते हुए उससे कहा कि यही एक उपाय है इंग्लैण्ड में स्थायी शांति का। मैं वादा करता हूँ कि उसका दास बनकर उसके साथ जीवनपर्यंत निष्ठापूर्वक प्रेम का निर्वाह करूंगा। उसने शपथ लेकर अपना वचन निभाने का वादा किया। फिर भी रानी को उस झूठे स्वार्थी की बातों पर विश्वास न था। उसने कहा कि तुम्हारे शपथ का क्या भरोसा? मरते समय राजा के सामने तुमने राजपरिवार से अच्छा संबंध बनाए रखने का शपथ लिया था। क्या उसका उल्लंघन कर तुमने मेरे भाई की हत्या नहीं की? क्या तुमने मेरे पुत्रों की हत्या नहीं कर दी। रिचर्ड ने उत्तर दिया कि इन्हीं सबकी वजह से मेरा जीवन अशांत है। लेकिन अब मैं पूरी निष्ठा के साथ तुम्हारी बेटी के प्रति वफादार रहने की शपथ ले रहा हूँ। इससे मेरा जीवन भी सुखी होगा। देश में सुख-चैन बढ़ेगा। उससे जरूर मेरी वकालत करो। शादी के लिए उसे राजी करो। रिचर्ड ने रानी को अपनी बातों से ऐसा पिघला दिया कि वह मूर्ख औरत उसके फंदे में आ गई। उसका प्रस्ताव लेकर बेटी के पास पहुँच गई। उसके जाते ही रिचर्ड ने टिप्पणी की। कैसी कोमल नारी है। कितनी जल्दी ही उसका दिमाग और मन बदल गया।

घरेलू खंभा मजबूत करके रिचर्ड अब शत्रु का मुकाबला करने की तैयारी में लग गया। रेटकिफ और कैटस्बी से उसे सूचना मिली कि पश्चिमी तट पर रिचमण्ड के नेतृत्व में नौसेना पहुँच चुकी है। बकिंघम की सहायता का इंतजार कर रही है। रिचर्ड ने ड्यूक आव नारफाक को संदेश भेजा कि ज्यादा से ज्यादा सिपाहियों को लेकर सेलिस्बरी पहुँचे। स्टेनले ने भी रिचमण्ड के आने की सूचना दी। रिचर्ड ने उससे कहा कि मुझे आशंका है कि तुम भी मेरा साथ छोड़ उससे मिल जाओगे। क्या तुम्हारे साथी सहयोगी उसकी सेना को तट पर ले आने में मदद नहीं दे रहे हैं? स्टेनले ने रिचर्ड को आश्वासन दिया कि मेरे साथी उत्तरांचल की ओर हैं। अब तो राजा और भड़का। पश्चिम तट पर पहुँचकर हमारी मदद करने के बदले वे लोग उत्तर में क्यों हैं? जाओ सेना लेकर पश्चिम तट पर पहुँचो। तब तक के लिए अपने बेटे जार्ज को अमानत के रूप में मेरे पास छोड़ते जाओ। विश्वासघात करोगे तो लड़के से हाथ धोओगे।

इस समय परिस्थिति रिचर्ड के प्रतिकूल थी। एक-के-बाद-एक दूत आकर विद्रोह की खबर दे रहे थे। डेवनशायर और केंट में विद्रोह भड़क उठा था। बकिंघम का सैनिक बेड़ा तूफान के थपेड़े से बह गया था। वह कहाँ था किसी को पता नहीं।

कैटस्बी ने आकर उसे बकिंघम की गिरफ्तारी का शुभ समाचार दिया। लेकिन इसके साथ यह भी कहा कि रिचमण्ड ससैन्य मिलफोर्ड आ पहुँचा है। रिचर्ड ने अपने सहयोगियों को सेलिस्बरी की ओर बढ़ने के साथ ही बकिंघम को भी वहीं लाने का आदेश दिया और स्वयं उसी ओर चल पड़ा।

इस लामबंदी में स्टेनले की हालत सबसे अधिक पतली थी। पादरी क्रिस्टर उर्सविक के हाथ उसने रिचमण्ड के पास सूचना भिजवाई कि मैं इस समय खुला समर्थन करने में असमर्थ हूँ। मेरा बेटा जार्ज रिचर्ड के पास बन्धक है। यदि मैं उसके विरुद्ध विद्रोह करता हूँ तो बेटे की जान चली जाएगी। उसने यह भी कहलाया कि रानी अपनी बेटी एलिजाबेथ की शादी रिचर्ड के साथ करने के लिए राजी हो गई है।

रिचर्ड के आदेशानुसार बकिंघम को लेकर शेरिफ वधस्थल की ओर बढ़ रहा था। मरने के पहले बकिंघम एक बार रिचर्ड से बात करना चाहता था। शेरिफ ने लाचारी जाहिर करते हुए उससे शांत रहने की अपील की। बकिंघम सोचने लगा कि इसी रिचर्ड के फेर में मैंने हेस्टिंग्ज, रिवर्स, ग्रे और एडवर्ड के बेटों की हत्या की। रानी मारगरेट का अभिशाप अक्षरशः सत्य निकला। आज आल सोल्स डे है। सभी दिवंगत आत्माओं की शांति का दिन और आज ही मैं भी शांत कर दिया जाऊंगा। इसी प्रकार अपने पुराने पापों को याद करता हुआ वह वधस्थलों की ओर बढ़ता जा रहा था।

यद्यपि रिचमण्ड बकिंघम की सहायता से वंचित हो गया था फिर भी वह अपने सैनिकों और सहयोगियों के साथ लंदन की ओर बढ़ता चला आ रहा था। टैमवर्थ तक उसे किसी प्रकार के अवरोध-विरोध का सामना नहीं करना पड़ा। अपने सैनिकों से उसने अपील की कि इस लड़ाई में खूनी बर्बर नर पिशाच रिचर्ड को हराकर देश में शांति और सुरक्षा का वातावरण कायम करने के लिए हिम्मत से काम लेना होगा। हमारा मुकाबला करने के लिए वह लिस्टर तक पहुँच चुका है। रिचर्ड के भय से लोग उसके साथ हैं। मौका पड़ने पर वे भाग खड़े होंगे। इधर रिचर्ड बॉसवर्थ पर अपने शिविर में नारफाक और सरे से कल के लिए रणनीति तैयार करने में जुटा हुआ था। उसे संतोष था कि उसकी सैन्य संख्या रिचमण्ड से तिगुनी है। रात के नौ बज चुके थे। उसने नारफाक को तो कल के आक्रमण की जिम्मेदारी देकर विदा किया और रेटकिफ द्वारा स्टेनले को संदेश भेजा कि अपनी सेना के साथ सूर्योदय तक आ जाये। अन्यथा उसका बेटा जीवित न बचेगा।

इन्हीं तैयारियों में व्यस्त रिचर्ड को अपने ही उत्साह और उल्लास पर संदेह होने लगा। उसकी आन्तरिक स्थिति पूर्ववत् न थी। कलम-कागज लेकर वह योजना बनाने की तैयारी में लग गया। वह आधी रात को ही शस्त्रास्त्र से लैस हो युद्ध में जाने की तैयारी पूरी कर लेना चाहता था। इधर रिचमण्ड भी इसी मैदान के दूसरे छोर पर कागज-कलम ले अपनी योजना रेखांकित करने में जुटा हुआ था। प्रत्येक सेनापति को निश्चित क्षेत्र की जिम्मेदारी देकर अपने सैनिकों को अधिक सफलता के लिए उपयोग करना चाहता था। उसने बण्ट द्वारा स्टेनले को बुलावा भेजा। उसका संदेश पाते ही स्टेनले आ पहुँचा। लेकिन उसने रिचमण्ड से कहा कि मैं खुल्लमखुल्ला

तुम्हारा साथ न दे पाऊंगा। क्योंकि इससे जार्ज स्टेनले हमारे ही सामने मौत के घाट उतार दिया जायेगा। उसे विदा करके रिचमण्ड सो गया। इसी बीच इन दोनों खेमों के बीच मैदान में छठे हेनरी के पुत्र एडवर्ड की प्रेतात्मा प्रकट हुई। उसने रिचर्ड को सावधान किया। कल मैं तुम्हें धर-दबोचूंगा। जैसे टैक्सबरी में तुमने मेरी हत्या की थी, उसी तरह तुम्हारा भी अंत होगा। रिचर्ड की चुस्ती-फुर्ती तो पहले ही गायब हो चुकी थी अब यह मानसिक आघात। प्रेतात्मा ने रिचमण्ड को विजय का आश्वासन देते हुए उससे कहा कि इस हत्यारे ने जितने लोगों का वध किया है वे सब तुम्हारी मदद करेंगे। इसी प्रकार राजा हेनरी, क्लैरेंस, रिवर्स, ग्रे, बॉगन, हेस्टिंग्ज दोनों राजकुमारों, रानी एन और बकिंघम की प्रेतात्माओं ने भी रिचर्ड को शाप दिया और रिचमण्ड के लिए विजय कामना की। राजा बनने की भविष्यवाणी की।

यह भयावह स्वप्न देख रिचर्ड चौंक कर जग गया। वह अपने खेमे में अकेला था। अभी रात आधी बाकी थी। सहमा डरा वह अपने काले कारनामे को याद करने लगा। कैसे उसने शपथ भंग किया। लोगों को धोखा दिया। वीभत्स हत्याएँ की। ये सब जघन्य अपराधी उसकी आत्मा को पीड़ित कर रहे थे। उसने अपने को ही शैतान कहा। बोला कि मैं हत्यारा हूँ। मैं अपराधी हूँ। उसके मन में अपने प्रति घृणा भर उठी। यह सब सोचते-सोचते वह निराशा में डूब गया। उसने कबूल किया कि मेरा कोई दोस्त नहीं है। मरने पर भी मेरे लिए कोई शोकाकुल नहीं होगा। उसने सोचा कि मेरे द्वारा हत्या किए गए लोगों की प्रेतात्माएँ आकर कल लड़ाई के मैदान में बदला लेने की धमकी दे गई हैं। पूर्व निश्चयानुसार रेटक्लिक ने आकर रिचर्ड को सूचना दी कि मुर्गा दो बार बांग दे चुका है और लोग अपनी-अपनी तैयारी कर चुके हैं। लेकिन रिचर्ड तो सपने में त्रस्त था। उसने रेटकिल्फ से कहा कि रिचमण्ड के दस हजार सैनिकों से भी मैं उतना भयग्रस्त न होऊंगा जितना इस सपने से हो गया हूँ।

रिचमण्ड भी चार बजे भोर में जाग पड़ा। उसने अपने साथियों को रात के सुखद सपने की कहानी बताई। उसने बताया कि रिचर्ड ने जितने लोगों की हत्या की थी उन सबकी प्रेतात्माओं ने मुझे विजयश्री का आशीर्वाद दिया है। वे सब मेरी मदद करेंगे। मैदान में जाने के पहले उसने एक बार फिर अपने सैनिकों को उत्साहित करने के लिए उनसे कहा कि हमार पक्ष न्याय का है। भगवान भी न्याय का साथ देते हैं। जो लोग हत्यारे रिचर्ड का साथ दे रहे हैं उन्हें हम जीत सकते हैं। रिचर्ड तो खूनी है। जिन लोगों ने उसकी मदद की उनका भी खून बहाने में वह कभी नहीं सहमा। इस बर्बर को धराशायी करने के लिए तैयार हो जाओ। युद्ध में सफलता का मतलब होगा सभी के लिए सुख-चैन और सुरक्षा।

सबेरा हो चुका था। लेकिन अभी तक सूर्य का दर्शन नहीं हो पाया था। रिचर्ड का कहना था कि आज सूरज का प्रकाश नहीं होगा। आज का दिन अनिष्टकारक होगा। इतने नारफाक से शत्रु के मैदान में आ डटने की खबर पाकर वह भी सैनिक टुकड़ियों को विभिन्न सामन्तों के निर्देशन में योजनाबद्ध हो शत्रु का मुकाबला करने का आदेश देकर अपनी सैनिक टुकड़ी के साथ मैदान की ओर बढ़ गया। उसने

स्टेनले को भी अपनी मदद के लिए बुलवा भेजा था। लेकिन दूत ने आकर रिचर्ड को सूचित किया कि स्टेनले आज्ञा पालन करने में असमर्थ है। रिचर्ड का आदेश हुआ। जार्ज स्टेनले का कत्ल करा दो। नारफाक ने उसे समझाया। शत्रु बढ़ता चला आ रहा है। पहले यह काम देखा जाये। जार्ज की हत्या बाद में होगी।

रिचर्ड ने एक बार फिर अपने सैनिकों को संबोधित करते हुए कहा कि तुम लोगों को आज एक ऐसी सेना का मुकाबला करना है जिसमें आवारा, घुमक्कड़, लम्पट, कृषक व नीच श्रेणी के लोग हैं। यही लोग आज तुम्हारी जमीन हड़पने और तुम्हारी औरतों को बेइज्जत करने पर तुले हुए हैं। उनका नायक एक ऐसा तुच्छ व्यक्ति है जो मेरी माता के टुकड़ों पर पला है। रणनीति से पूर्ण अनभिज्ञ है। इन भुक्खड़ों को मारकर समुद्र के उस पार खदेड़ दो। फ्रांस लौटा दो।

युद्ध में रिचर्ड प्राण की बाजी लगाकर लड़ रहा था। उसका घोड़ा मारा जा चुका था। वह पैदल ही खतरे का मुकाबला करते हुए रिमचण्ड को धर पकड़ने के लिए आतुर था। कैटस्बी ने नारफाक से उसकी सहायता करने की अपील की। बोला, अन्यथा आज की बाजी हाथ से निकल जाएगी। इतने में दूसरे घोड़े की मांग करता हुआ रिचर्ड इन दोनों सहयोगियों के पास आ पहुँचा। उसने कहा कि यहाँ तो कई रिचमण्ड हैं। मैंने पांच को तो धराशायी कर दिया लेकिन असली रिचमण्ड अभी भी पकड़ के बाहर है।

अंत में रिचर्ड और रिचमण्ड का मुकाबला हुआ। दोनों में जमकर लड़ाई हुई। लेकिन विजय श्री रिचमण्ड के हाथ लगी और इसके साथ उसके साथ लगा रिचर्ड का मुकुट। रिचर्ड कुत्तों की मौत मारा गया। रिचर्ड के साथ ही नारफाक वाल्टर, लार्ड फेरर्स, ब्रेकनवेरी और ब्रेनडल जैसे नामी लोग भी मारे गए। रिचमण्ड ने इन्हें ससम्मान दफनाने का हुक्म देने के साथ ही उन सिपाहियों की आम माफी का एलान किया जो मैदान छोड़कर आगे निकल भागे थे। स्टेनले का बेटा जार्ज भी सुरक्षित बच गया। रिचमण्ड ने निश्चय किया कि यार्क और लैंकास्टर वंश की आपसी कलह का अंत करके वह 'रेडरोज' और 'व्हाइट रोज' को एक करेगा। वह स्वयं लैंकास्टर वंश का था लेकिन एडवर्ड यार्क की बेटी एलिजाबेथ से शादी करके वह दोनों खानदानों के एकीकरण का शुभारम्भ करेगा। बाद में यही रिचमण्ड किंग हेनरी सप्तम के नाम से राजा हुआ।

20. तूफान

प्राचीन काल में सातों द्वीपों से दूर, सात समुन्दर पार एक बड़ा ही सुन्दर टापू था। उस पूरे टापू में मनुष्य नाम का एक ही प्राणी था—प्रास्परो। वह नदी के किनारे चट्टानों की एक गुफा में रहता था तथा अपनी इकलौती पुत्री, मिरांडा के साथ जीवन बिताया करता था। मिरांडा लगभग चौदह साल की एक भोली-भाली लड़की थी। सारा दिन जंगल के हिरण और खरगोश के पीछे भागते-कूदते, चिड़िया-चकोरों के साथ खेलते-खिलखिलाते और नदी के किनारे कंकड़ और सीपियाँ चुनते हुए उसका दिन गुजर जाता था। यहाँ रहते-रहते उसे तेरह बरस बीत चुके थे, मगर अब तक उसने अपने बूढ़े बाप के अतिरिक्त किसी पुरुष अथवा स्त्री को नहीं देखा था। टापू ही सब कुछ था और टापू ही उसकी पूरी दुनिया। इससे अधिक वह कुछ नहीं जानती थी।

प्रास्परो का ज्यादातर वक्त इसी बालिका के साथ हँसते-खेलते और गाते-गुनगुनाते हुए बीत जाता था; शेष समय वह काफी बड़ी-बड़ी पुरानी पोथियों पर झुका कुछ पढ़ता रहता था—शायद जादू की बातें। कभी-कभी पढ़ते-पढ़ते वह एकदम उठ खड़ा होता तथा आँखों का काला गोल चश्मा ऊपर चढ़ाकर खाली आकाश में किसी से घंटों बातें ही करता रहता था। जी आता तो पास पड़ी काली-सी एक छड़ी को जोर-जोर से अपने सिर के बालों पर रगड़ना शुरू कर देता। इससे एकदम वायु में उथल-पुथल मच जाती, तूफान गरजने लगते और समुद्र की लहरें उमड़ती हुई उसके पैरों को छू जाती थीं। उसके एक ही इशारे पर बिजलियाँ कड़कने लगतीं तथा पृथ्वी मलेरिया के बीमार व्यक्ति की भाँति थरथर काँपने लगती थी। क्या आँधी, क्या तूफान, क्या शेर, क्या इन्सान, सब उसकी अंगुली के संकेत पर नाचते थे। यहाँ तक कि लोक-परलोक की आत्माएँ भी उसके वश में थीं। आवश्यकता पड़ने पर वह मुँह से एक अजीब-सी सीटी बजाता, तो अन्य शक्लें दायें-बायें से प्रकट हो जातीं और प्रास्परो के समक्ष हाथ बाँधे उसकी आज्ञा की प्रतीक्षा में खड़ी रहतीं और फिर उसकी इजाजत पाते ही न जाने क्षण भर में कहाँ गायब हो जातीं। इन्हें वह अपने प्रेतों की सेना कहकर पुकारता था। उसके सबसे प्रिय और लाडले प्रेत का नाम एरियल था। दुनिया में ऐसा कोई काम नहीं था जो एरियल न कर सकता हो। इसलिए प्रास्परो के सभी कार्य वही कर दिया करता था तथा प्रास्परो सब ओर से निश्चिंत होकर पोथियों में लीन रहता था।

एक दिन प्रास्परो अपनी गुफा के समक्ष हरी घास पर गहरी नींद में सोया हुआ

था और पास बैठी मिरांडा फूलों पर मंडराती हुई रंग-बिरंगी तितलियों को पकड़ने की कोशिश कर रही थी कि प्रास्परो हड़बड़ा कर उठ बैठा। शायद उसने कोई डरावना स्वप्न देखा था। 'बदला लो! बदला लो! कहता हुआ वह तनकर बैठ गया तथा दूर समुद्र की ओर अपनी लाल-आँखें गाड़कर गुस्से से देखने लगा। आज उसे यह भी ध्यान न रहा कि मिरांडा भी पास में बैठी है। नहीं तो उसके डर जाने के डर से मिरांडा के रहते हुए वह कोई भी जादूगरी का काम नहीं करता था। उसके घूरते ही समुद्र की शांति भंग हो गई और उठी लहरों पर एक भयानक तूफान उठता हुआ दिखाई दिया। तूफान के बीचोंबीच एक चमकीला जहाज लहरों के थपेड़ों से डगमगाता हुआ इसी टापू की तरफ बढ़ने लगा। प्रास्परो की आँखें उसी जहाज पर गड़ी थीं और खुद उसका शरीर काँप रहा था कि मानो आज तक उसने जादू के जितने मंत्र सिद्ध किए थे, आज उन सबका जोर लगा देना चाहता हूँ। तूफान का वेग पल-पल बढ़ता ही गया और वह चमकीला जहाज उसी में कहीं गुम हो गया।

यह देखकर प्रास्परो ने चैन की साँस ली। मानो बरसों की कोई खोई हुई चीज उसे मिल गई हो। वह लहरों को पुचकारते हुए खुद गुनगुनाने लगा।

सागर की ओ लहर! अब
ठहर-ठहर कर लहराना
तूफानों के क्रूर उफानों
इसे बचाना, इसे बचाना!
युग युग से मैं जिसे ढूँढता
बैठा इस निर्जन वन में
वही खड़ा है आज सामने...

आखिरी पंक्ति समाप्त करते ही उसे किसी के कोमल स्पर्श का अनुभव हुआ। उसने पलट कर देखा तो उसकी प्यारी मिरांडा डर से थर-थर काँपती हुई उसकी गोद में छिपने का प्रयत्न कर रही थी। प्रास्परो पुचकार कर बोला—"बिटिया!"

मिरांडे धीमे लहजे में बोली—"बापू! तुम यह क्या गा रहे हो?"

प्रास्परो ने उसे गोदी में बिठाते हुए कहा—"लहरों का गाना!"

मिरांडा —"बापू तुम ऐसा गाना क्यों गा रहे हो?"

इसके उत्तर में प्रास्परो ने समुद्र की तरफ अंगुली उठाकर कहा—"उधर देखो बिटिया! मेरी अंगुली की सीध में तूफानों के मध्य क्या तुम्हें कोई चमकती हुई चीज दिखाई देती है?"

गिरांडा—"हाँ बापू, वह चांदी-सी चमकीली-सी कोई वस्तु लहरों में कभी डूबती तथा कभी उभरती हुई मुझे साफ दिखाई दे रही है।"

प्रास्परो—"इसे जहाज कहते हैं। इसमें हमारे-तुम्हारे जैसे अन्य व्यक्ति सवार हैं। मैंने अपने जादू के प्रभाव से ही देख लिया था। इन्हें इस टापू की तरफ लाने के लिए ही मैंने यह तूफान उठाया है।"

मिरांडा—"ईश्वर के लिए बापू इन तुफानों को बन्द करो! वह देखो, जहाज

किस बुरी तरह से डगमगा रहा है और वे व्यक्ति जोर-जोर से चीख-पुकार कर रहे हैं। क्या बापू, तुम्हें उन पर रहम नहीं आता?''

प्रास्परो—''बिटिया! अगर तुम जानती होती कि वे लोग कौन हैं तो कभी तुम मुझे उन पर रहम करने के लिए न कहती!''

मिरांडा—''तो ये लोग कौन हैं? क्या तुम इन्हें पहले से जानते हो बापू!''

प्रास्परो—''बेटी! मैंने आज तक इन लोगों की कहानी तुमसे छिपाकर रखी, मगर आज मैं तुझसे न छिपाऊँगा। तुझे दिखाने के लिए ही इन्हें तेरे पास खींचकर ला रहा हूँ। सुन—यहाँ से सात समुन्दर पार मिलन नाम का एक काफी सुन्दर टापू है। किसी वक्त मैं वहाँ का राजा और तू वहाँ की राजकुमारी हुआ करती थी। जिन दिनों की यह बात है तब तो तू बारह-चौदह महीने की नन्हीं-सी बालिका थी और नौकर-नौकरानियाँ तुझे हर वक्त फूलों की तरह संभालकर पालती-पोसती थीं। अभी तू सिर्फ तीन ही मास की थी कि तेरी माता तुझे छोड़कर इस दुनिया से चल बसी थी। उसकी एकमात्र निशानी समझकर मैं अधिकतर वक्त तेरे ही पालन-पोषण में बिताया करता था। मुझे शुरू से ही पढ़ने-लिखने का बहुत शौक था, इसलिए तेरी देखभाल से जो समय बचता, उसे मैं इन्हीं पुरानी पोथियों के पढ़ने में बिता देता जिन्हें तुम आज भी मेरी अलमारी में पड़ी हुई देखती हो। ये काले जादू की पोथियाँ मुझे इतनी प्यारी थीं कि इनके पीछे मैं राज-काज के कामों की तरफ जरा भी ध्यान न दे सकता था। मेरा एक छोटा भाई भी था, जिसका नाम था एंटोनिया। उस पर मुझे पूरा यकीन था और वही राज्य के सारे कार्यों की देखभाल किया करता था। धीरे-धीरे उसके दिल में लोभ उत्पन्न हो गया और वह मुझे हटाकर खुद राजा बनने की इच्छा करने लगा।

एक बार उसने समुद्र की सैर का बहाना बनाया तथा मुझे और तुझे लेकर एक जहाज पर सवार हो गया। जहाज के मल्लाहों को उसने पहले ही सिखा दिया था। इसलिए जैसे ही हमारा जहाज किनारे से दूर एक गहरे स्थान पर पहुँचा वैसे ही मल्लाहों ने मुझे तथा तुझे जहाज से धकेलकर एक छोटी-सी डोंगी में बैठने को मजबूर किया और अपने आप जहाज लेकर उस टापू की ओर वापस लौट गए। एंटोनियो का ख्याल था कि हम दोनों वहीं समुद्र की लहरों में डूब जायेंगे या भूख-प्यास से तड़पकर प्राण दे देंगे, मगर भगवान को ऐसा मंजुर न था। जहाज के मल्लाहों में से एक मल्लाह मुझे अपनी जान से भी अधिक प्यार करता था और किसी तरह एक दिन पहले ही उसे एंटोनियो के इस बुरे ख्याल का पता चल गया था। इसलिए उसने मेरी डोंगी में पहले ही से खाने पीने की इतनी सामग्री छिपाकर रख दी कि हमें पूरे महीने तक पर्याप्त हो सके। साथ ही वह उन जादू की पोथियों को भी डोंगी में रखना न भूला जो मुझे प्राणों से भी ज्यादा प्यारी थीं। भगवान उस मल्लाह का भला करें! उसकी मेहरबानी से हम समुद्र में भूखों मरने से बच गए। जहाज का आँखों से ओझल देखकर मुझे इतनी अपनी फिकर न थी जितनी कि तेरी। मैंने तुझे अपनी छाती से बाँध लिया तथा दोनों हाथों का पूरा बल लगाकर उस डोंगी को खेने लगा।

न तो मैं दिन को आराम करता न ही रात को, न मैं नींद की परवाह करता न थकान की। बस मुझमें केवल यही इच्छा शेष थी किसी तरह मैं तुझे सही-सलामत किनारे तक पहुँचा सकूं। आखिर एक दिन जबकि मै थककर चकनाचूर हो चुका था और मुझे अपने बचने की कोई उम्मीद न रही थी, तभी हमारी डोंगी सामने हरे-हरे पेड़-पौधे तथा फूस की छत वाली एक झोपड़ी के एक किनारे पर लगी। वह इसी टापू का किनारा था, जिसमें कि हम आज भी रह रहे हैं।

अंततः, हमारी डोंगी किनारे पर तो लग गई, लेकिन मेरी कहानी यहीं खत्म नहीं हुई। जैसे ही मैंने तुझे गोद में लिए हुए किनारे पर पैर रखा, त्योंहि एक बुढ़िया उस फूस की झोपड़ी से बाहर निकली तथा किनारे पर हम दोनों को खड़े देखकर बहुत प्रसन्न हुई। वह हमें अपनी झोंपड़ी में ले गई और हँस-हँसकर बड़ी फुसलाने वाली बातें करने लगी। पहले तो उसके अभिप्राय को मैं बिल्कुल नहीं समझा मगर जब रात बढ़ी और वृद्धा रोटी के बहाने बाहर निकली तो उसकी पीठ के पीछे एक छोटा-सा कूब दिखाई दिया था। यह वैसा ही कूब था जैसा कि मैंने जादू की पोथियों में पढ़ रखा था कि जादूगरनियों की पीठ पर ऐसा कूब होता है। साथ ही उस जादूगरनी के निकलते ही झोपड़ी के आस-पास के वृक्षों में से मुझे चीखने -पुकारने की अन्य आवाजें सुनाई देने लगीं। मै डरता हुआ पेड़ों के पास पहुँचा। पूरे ध्यान से देखने पर भी मुझे पेड़ों पर एक भी व्यक्ति दिखाई न दिया, किन्तु पेड़ों की डाल-डाल और पात-पात से 'बचाओ, बचाओ', हाय मरा की चीखें सुनाई दे रही थीं। अब कुछ-कुछ बात मेरे दिमाग में आई। मैं थोड़ा-बहुत जादू तो जानता था ही। मैंने एक पेड़ की जड़ को हाथ में लेकर पूछा—'सत्य बताओ! तुम कौन हो, यह वृद्धा कौन है और तुम इस प्रकार क्यों चिल्ला रहे हो?'

वृक्ष में से आवाज आई—'मुसाफिर! कभी हम भी तेरे जैसे जीते-जागते और आजाद व्यक्ति थे और तेरी तरह ही समुद्र में भटकते हुए इस टापू के किनारे पर आकर लगे थे। यह जो वृद्धा है, जिसे शायद तुम बड़ी भगतिन समझते होगे, वास्तव में महाठगनी तथा बड़ी जादूगरनी है। इसने पहले-पहल तो हमारे साथ बड़ी फुसलाने वाली बातें की, मगर शीघ्र ही पता चला कि यह हमें अपना दास बनाना चाह रही है। इसने हमसे मांस भूनने, हुक्का भरने तथा सिर मलने जैसे ओछे काम कराने शुरू किए। मैंने इसका कहना मानने से साफ इंकार कर दिया। क्रोध में आकर इस बुढ़िया ने हममें से एक-एक कही आत्मा को जिस्म से निकालकर उसे एक-एक वृक्ष पर पटक दिया और कहा, अब पूरा जीवन यहीं लटके रहो और अपनी-अपनी करनी का फल भोगो!—बस, ऐ मुसाफिर, उस दिन से लेकर हमारी आत्माएँ इन वृक्षों से बंधी उल्टी लटक रही हैं। दिन को सूरज निकलने से हमें कुछ शान्ति मिलती है, मगर अंधेरा पड़ते ही इस जादूगरनी की माया हमारे अंग-अंग को जलाने लगती हैं। हमारे जिस्म कब से गल-सड़कर मिट्टी के ढेर बन चुके हैं, मगर हमारी आत्माएँ आज भी नरक की आग में जल रही हैं। ऐ मुसाफिर! अभी वक्त है! यदि तू इस वृद्धा के हाथों से बचकर कहीं भाग सको तो भाग लो, नहीं तो कल तेरी भी वही

हालत होगी जो हमारी है।'

यह कहकर वह फिर बहुत जोर-जोर से चिल्लाने लगा, मानो कोई काट खा रहा हो। उसकी यह करुण चीख-चिल्लाहट सुनकर मैंने फैसला कर लिया कि उन्हें इस प्रकार दुःखी छोड़कर मैं वहाँ से भागने की कोशिश नहीं करूंगा। या तो अपने जादू के प्रभाव से इन आत्माओं को भी वृद्धा के बंधन से छुटकारा दिलाऊँगा अथवा जीता-जागता समुद्र में कूदकर प्राण दे दूंगा। बस बेटी! उस समय मुझे अपनी बिल्कुल चिन्ता न थी। मुझे कोई फिकर थी तो केवल तेरी! कुछ तेरे प्यार और कुछ उन आत्माओं की चीख-पुकार के कारण, मैंने बुढ़िया का दास बनना स्वीकार कर लिया। वह मुझे घृणित से घृणित जो भी कार्य कहती, मैं उसे करने से भी इंकार नहीं करता। आखिर जब मैंने अपने-आपको पूरा समर्थ पाया तो वृद्धा को जादू-युद्ध के लिए ललकारा। काफी दिनों तक हमारा युद्ध चलता रहा। हमारी कई झडपें हुईं, कई टक्करें हुईं मगर अन्त में मेरे जादू ने वृद्धा को पछाड़ दिया और उसे मारकर मैंने पेड़ों पर लटकी सब आत्माओं को भी आजाद कर दिया। इस उपकार के बदले आज भी वे आत्माएँ मेरे वक्त को भी नहीं भूल पातीं और हर वक्त मेरे हुक्म की प्रतीक्षा में रहती हैं। ये तूफान, ये आंधियाँ तथा चमचमाते जहाज की डगमगाहट सब उन्हीं आत्माओं के कारनामें हैं। आज मैंने उन्हें तेरे लिए बहुत सुन्दर खिलौना लाने के लिए कहा है। शायद वे आते होंगे। बस, बेटी तेरे बूढ़े बाप की यही कहानी है।

इस कहानी को सुनकर मिरांडा कोई बात पूछने के लिए अभी मुँह ही संवार रही थी कि दूसरी ओर से किसी ने पुकारा, ''मालिक!'' प्रास्परो को पहचानते देर न लगी। यह उनका प्रिय प्रेत एरियल ही है कहीं उसे खाली आकाश में किसी अदृश्य वस्तु से बात करते देखकर भोली मिरांडा डर न जाए, यह सोचकर प्रास्परो ने पास ही पड़ी छड़ी से धीरे-से मिरांडा को छुआ तथा वह तत्काल गाढ़ी नींद में सो गई। प्रास्परो ने आसमान की ओर देखा और कहा–''आ गए एरियल! सुनाओ, उस जहाज तथा उसके संचालकों का क्या हुआ?''

एरियल–''मालिक! आपके कहे अनुसार मैंने किसी का बाल भी बांका नहीं होने दिया तथा वे सब सही-सलामत इस टापू के तट पर पहुँच गए हैं। मालिक! जैसे बिल्ली चूहे को तथा बंदर सांप को जी-भर छकाता है, उसी तरह आज मैंने आपके इन भाई बन्धुओं को दिन-भर छकाया है। मैंने अंधड़ उठाकर, तुफान उठाकर, जहाज को लहरों पर ऐसे उछाला जैसे कि बल्ले पर गेंद उछला करती है। बेचारे मल्लाहों का हृदय तो धक्-धराक् करता होगा। जिसे आप अपना भाई बताते थे तथा जिसकी बहादुरी की आप इतनी तारीफ करते थे वह तो औरतों से भी बदतर निकला। तूफान की पहली गरज से ही उसने जीने की उम्मीद छोड़ दी और 'मुझे बचाओ! मुझे बचाओ!' कहकर मल्लाहों के पैरों में पड़ने लगा! उसके गिड़गिड़ाने की यह सूरत मुझे इतनी पसन्द आई कि उसकी एक फोटो भी खींचकर आपको दिखाने के लिए लाया हूँ। बाप जितना भी कायर है, उसका पुत्र फर्डिनैण्ड उतना ही बहादुर निकला। सबको डरते-कांपते देखकर वह अकेला ही एक डोंगी में कूद गया और लहरों को

चीरता हुआ किनारे की तरफ बढ़ने लगा। आपकी हिदायत के अनुसार मैंने राजकुमार फर्डिनैण्ड की रक्षा का खास ध्यान रखा। वह सकुशल किनारे पर पहुँच चुका है, मैंने अपने-आपको हाजिर किए बिना ही उसके समक्ष ऐसा संगीत छेड़ दिया जैसा कि कोई स्वर-सुन्दरी भी नहीं गा सकती हो। मेरे संगीत पर लट्टू होकर वह किसी सुन्दरी का मधुर सपना देखता हुआ इधर ही आ रहा है। उधर एंटोनियो तथा शेष जहाजियों को मैंने जहाज से कूदकर अलग-अलग डोंगियों में बैठने के लिए मजबूर किया और उन्हें रोते-डुबोते हुए मैं इस तरीके से किनारे पर ले आया कि उनमें से हर आदमी यही सोचता रहा कि अपने साथियों में से वही अकेला इधर आ रहे हैं।''

प्रास्परो—''शाबाश! मेरे वीर प्रेत, शाबाश! तुम्हारी इस होशियारी के प्रति मैं आज ही तुम्हें अपनी सेवा से मुक्त कर दूंगा। और तुम आजाद होकर अपने बिछुड़े संबंधियों में रह सकोगे। अभी जाओ, जिस प्रकार से तुम्हें उन जहाजियों को खदेड़ने का कार्य सौंपा है, उसी ढंग से उन्हें खदेड़ लाओ, मगर इस बात का ध्यान रहे कि उनमें से कोई भी निराश होकर आत्महत्या न करने पाए। विशेषकर एंटोनियो के प्राणों की हिफाजत तो करनी ही होगी।''

यह सुनकर एरियल जिस ओर से आया था, उधर ही चला गया। उसके मधुर संगीत के असर से राजकुमार फर्डिनैण्ड समुद्र की दुर्घटना तथा अपने साथियों के वियोग को बिल्कुल भूल-सा चुका था और जिस तरफ से संगीत सुनाई दे रहा था, उसी तरफ चलता हुआ उस स्थान पर जा पहुँचा जहाँ प्रास्परो और मिरांडा एक पेड़ की छाया में हरी घास पर बैठे थे। आज तक मिरांडा ने अपने पिता दढ़ियल बूढ़े के अतिरिक्त किसी भी व्यक्ति को न देखा था। इसलिए इस राजकुमार को साकने से आते हुए देखकर वह बहुत खुश हुई और यह न समझ सकी कि उसका मन उसकी ओर क्यों खिंचा जा रहा है। उधर इस बियाबान जंगल में मिरांडा जैसी सुन्दरी को वृक्ष की छाया में बैठे देखकर फर्डिनैण्ड ने समझा कि शायद वह किसी दिव्य लोक में पहुँच गया है अथवा कोई स्वर्ग की अप्सरा ही देवलोक से उतरकर भूमि पर आ गई। आँखों ही आँखों में उन दोनों को एक-दूसरे की तरफ इस तरह आकर्षित होते देखकर प्रास्परो का मनोरथ पूरा हुआ तथा वह जान-बूझकर कुछ पलों के लिए अदृश्य होकर छिपे-छिपे देखने लगा कि वे एक-दूसरे का कितना चाहते हैं। समुद्र की दुर्घटना की वजह से फर्डिनैण्ड का चेहरा कुछ उतर गया था। लेकिन उसकी सुन्दरता अच्छी थी। उसे देखकर खुद प्रास्परो रीझ गया और उसने मन ही मन कहा—'मेरी बेटी ऐसे ही राजकुमार के योग्य है और सौभाग्य से पहली नजर में ही दोनों एक-दूसरे से प्यार करने लगे हैं, मगर पहले मैं इनके प्यार की परीक्षा लूंगा।' अभी तक प्रास्परो अदृश्य रूप ग्रहण किए उन दोनों की बातें सुन रहा था। अब वह सहसा उनके सामने हाजिर होकर बोला—''ओ बदतमीज व्यक्ति! सच बता, तू कौन है? कहाँ से आया है और किसकी आज्ञा से तूने इस टापू में प्रवेश किया है? लगता है कि तू किसी का जासूस है और मेरा भेद लेने के लिए चुपके-चुपके मेरे राज्य में घुस आया है! अपने किए का फल तुझे अभी मिल जाएगा। देख, कान खोलकर सुन ले, आज से

तू ही मेरा दास है। तुझे सुबह और शाम चावलों के छिलकों की रोटी तथा मरी हुई चिड़ियों का कच्चा मांस खाना होगा और सारा दिन कुल्हाड़ी से काट-काटकर इस कुटिया के चारों ओर का जंगल साफ करना होगा। अगर काम में मैंने तनिक भी ढील पाई तो तेरे लिए मुझ-सा बुरा कोई न होगा! यह ले कुल्हाड़ी और आज, अभी, इसी पल से पेड़ काटना आरम्भ कर दे।''

यह सुनकर मारे गुस्से से फर्डिनैण्ड की आँखों से चिंगारियाँ निकलने लगीं। उसने अकड़ते हुए कहा—''अरे बुड्ढे, शायद तुम्हें यह मालूम नहीं कि मै महाराज एंटोनियो का राजकुमार तथा विशाल राज्य का एकमात्र उत्तराधिकारी हूँ! जो शासन करने के लिए उत्पन्न हुए हैं, वे कभी भी गुलामी स्वीकार नहीं किया करते।''

प्रास्परो—''कल के छोकरे! तेरी ये मजाल! मैं तुझे तेरी उद्दण्डता का अभी मजा चखाता हूँ।''

फर्डिनैण्ड—''और मैं कब तुमसे रहम दिखाने की प्रार्थना करता हूँ। मेरे हाथ में तलवार रहते हुए तुम तो क्या, खुद यमराज भी मेरा कुछ नहीं बिगाड़ सकते ।''

यह कहते ही फर्डिनैण्ड ने म्यान से तलवार खींच ली, मगर यह क्या, उसकी तलवार तथा उसकी मूठ में पड़ा हुआ हाथ, दोनों जहाँ उठे थे, वहीं के वहीं, जड़ रह गए। एड़ी-चोटी की सारी ताकत लगाकर भी फर्डिनैण्ड उसे न हिला सका और पत्थर की मूर्ति की भाँति निस्तब्ध खड़ा रहा।

प्रास्परो—''अब कहाँ गई तुम्हारी वह शक्ति! देखा इस छड़ी का कमाल! तुम्हारी राजकुमारिता तथा वह तुम्हारी उत्तराधिकारिता कहाँ गई? इस छड़ी की एक कंपन से ही तुम्हारी सारी बहादुरी कहाँ गई? बोलो, अब भी तुम्हें मेरी दासता स्वीकार है अथवा नहीं?''

राजकुमार ने सिर हिलाकर अपनी अनुमति का संकेत दिया। प्रास्परो ने उनके हाथ में कुल्हाड़ा देते हुए इजाजत के लहजे में कहा—''यह लो कुल्हाड़ा। और अब मैं जाता हूँ। शाम को फिर इसी स्थान पर तुम्हें मिलूंगा। तब तक आसपास झाड़-झंखाड़ कटकर साफ होना चाहिए।''

पिता को जाते देखकर मिरांडा ने मिन्नत के लहजे में कहा—''बापू, यह सुन्दर राजकुमार इस कार्य को कैसे कर सकेगा? इसके शरीर के अंग कुल्हाड़े की चोट को कैसे सह सकेंगे! बापू! आप इतने कठोर मत बनिए! इसे क्षमा कीजिए। मेरे लिए माफ कर दीजिए।''

प्रास्परो तर्जनी अंगुली दिखाकर बोला—''चुप! ढीठ स्त्री, तुझे इसका वकील किसने बनाया है! यह न समझ कि संसार में यही एक राजकुमार रह गया है। इससे भी सुन्दर और इससे भी बांके अनेक राजकुमार संसार में भरे हैं। मैं आज्ञा देता हूँ कि इससें दिन-भर लकड़ियाँ काटने का काम लो और अगर यह तनिक भी ढील करे तो मुझे बताना।''

यह बनावटी गुस्सा दिखाकर प्रास्परो बड़बड़ाता हुआ प्रकट रूप में वहाँ से चला गया, मगर वास्तव में अदृश्य होकर उन दोनों की बातें सुनने लगा।

उनकी जो बातें उसने सुनी, उससे उसे यकीन हो गया कि वे एक-दूसरे के सच्चे जीवन-साथी बनकर रह सकेंगे।

फर्डिनैण्ड बोला—"मैं तुम्हें अपने दिल की रानी बनाकर रखूंगा तथा अपने राज्य की मलिका।"

मिरांडा कह रही थी—"मैं उन्हें ही अपना राजा मानकर जिऊंगी तथा अपने प्राणों का स्वामी?"

अब प्रास्परो अपने आपको रोक नहीं सका। वह प्रकट होकर बोला—"और मैं तुम्हारे इस प्रेम-सम्बन्ध को पूर्ण करने के लिये मन से आशीर्वाद दूंगा।"

इस वक्त प्रास्परो के कहे अनुसार एरियल भी एंटोनियो और उसके कई साथियों को लेकर वहाँ आ पहुँचा। एंटोनियो अब तक अपने लड़के को मरा हुआ समझ बैठा था अब अचानक उसे जिन्दा देखकर तथा उसके पास एक सोलह साल की किशोरी को देखकर उसकी प्रसन्नता का ठिकाना न रहा। बगल में ही बूढ़े प्रास्परो को देखकर उसने जाना कि यह कोई जादूगर है और वह लोग किसी जादू नगरी में पहुँच गए उसे अचरज में पड़े देखकर प्रास्परो आगे बढ़कर बोला—"एंटोनियो इधर आओ। इस शुभ अवसर पर मेरे गले मिलो। हम दोनों अपनी कमजोरियों की वजह से एक-दूसरे से अलग हो गये थे। मगर हमारी संतानों ने आज हमें फिर मिला दिया। अब तुम गले मिलो तथा इस नये युगल को आशीर्वाद दो। फिर मैं तुम्हें आदि से लेकर अन्त तक सुनाऊंगा कि मैं यहाँ कैसे पहुँचा, किस तरह यहाँ इतने दिनों से रह रहा हूँ और किस तरह मैंने इस नये वर-वधू के मिलने का यह इंतजाम किया।"

बस, फिर क्या था। दोनों भाई एक-दूसरे से लिपट-लिपटकर गले मिले। वृक्षों की डाली-डाली नाचने लगी और पात-पात से मधुर संगीत सुनाई देने लगा। प्रास्परो की प्रेत-सेना आसमान से फूलों की वर्षा करने लगी। ऐसे ही मधुर वक्त में मिरांडा का ब्याह फर्डिनैण्ड के साथ हो गया और दोनों भाई अपने साथियों समेत राजधानी को लौट गए। कहते हैं फर्डिनैण्ड तथा मिरांडा ने चिरकाल तक वहाँ राज्य किया तथा प्रास्परो तथा एंटोनियो ने अपनी शेष आयु साधु-महात्माओं की तरह और प्रजा की खिदमत में बिताई।

21. मैकबेथ

प्राचीन काल की बात है। स्कॉटलैण्ड देश में दंकन नाम का एक राजा राज्य करता था। उसका एक वजीर था, जिसका नाम था मैकबेथ। वह बहुत साहसी, वीर तथा पराक्रमी था, इसलिए राजा उससे बहुत खुश रहता था। उसकी वीरता और पराक्रम से प्रसन्न होकर राजा न उसे ग्लेमिस की जागीर का अमात्य बना दिया था। इस कारण प्रजा उसे ग्लेमिस का अमात्य कहकर ही पुकारती थी।

कुछ लोग उसे प्रेम से 'अमात्य मैकबेथ' भी कहते थे। एक बार अमात्य मैकबेथ किसी बड़ी लड़ाई पर गया हुआ था। किसी दूसरे राजा ने उसके नगर पर चढ़ाई कर दी थी। स्कॉटलैण्ड के नरेश ने युद्ध का पूरा संचालन मैकबेथ को ही सौंपा था। इससे पूर्व भी वह कितनी ही लड़ाइयाँ जीत चुका था। रोजा को उस पर पूर्ण यकीन था।

युद्ध का अन्जाम तो अनिश्चित था। दोनों विरोधी सेनायें शक्तिशाली थीं और आमने-सामने डटी हुई थीं। घमासान युद्ध चल रहा था। वे एक-दूसरे पर आधिपत्य जमाये हुए थीं। और एक-दूसरे की शक्ति को क्षीण कर रही थीं। जैसे दो थके हुए तैराक एक-दूसरे को पकड़ लेते हैं और फिर एक-दूसरे की तैरने की क्षमता को नष्ट कर देते हैं। शत्रु की सेनाओं को देखकर ऐसा प्रतीत होता था कि युद्ध में विजय उनकी होगी, क्योंकि भाग्य की देवी प्रेयसी की भाँति उनका साथ दे रही थी। लेकिन अपने भाग्य एवं बहादुरी से मैकबेथ का सामना कर पानां उनके लिए काफी मुश्किल था।

मैकबेथ एक बहादुर योद्धा था। वह इस उपाधि के लिए पूर्णतया योग्य था। मैकबेथ ने भाग्य को चुनौती दी तथा उसका अपमान किया। अपने खून से लथपथ तलवार को घुमाते हुए उसने युद्ध के मैदान में से अपना मार्ग बना लिया तथा अपने विद्रोही शत्रु से आमने-सामने जा मिला। उसने अपने दुश्मन से हाथ भी नहीं मिलाया और न ही उसे आखिरी विदाई दी, जिसकी वीरों से साधारणतया आशा की जाती है। उसने तुरन्त ही अपने दुश्मन के शरीर को सिर से पेट तक चीर डाला और उसका सिर धड़ से अलग कर दिया। उसने अपने बैरी के कटे हुए सिर को किले की दीवार पर टांग दिया ताकि उसे देखकर दुश्मन की सेना में आतंक छा जाये।

जब अमात्य मैकबेथ उस बड़ी लड़ाई को जीतकर लौट रहा था तो मार्ग में एक सुनसान रास्ता था, जो देखने में काफी भयानक और डरावना लगता था। वहाँ पहुँचकर मैकबेथ ने अपनी सेना को हुक्म दिया कि रात होने से पहले वे उस मैदान को पार

कर लें तो अच्छा ही रहेगा। सभी ने उसकी हाँ में हाँ मिलाई, वह स्वयं अपने एक सेनापति बैंको के साथ मैदान को पार करना चाहता था।

सूर्य तेजी से पहाड़ियों की आड़ में जा रहा था। धीरे-धीरे शाम होने लगी थी। हर पल वातावरण में अंधकार बढ़ता ही जा रहा था। जैसे-जैसे सूर्य छिपता जाता था, वैसे-वैसे मैकबेथ के हृदय की धड़कनें भी तेज होती जा रही थीं। कुछ देर बाद ही सूर्य पूरी तरह पहाड़ियों की ओट में जा छिपा। चांद निकलने में अब कुछ ही देर बाकी रह गई थी। किन्तु मैकबेथ अपने दिल की धड़कनों को वश में करता हुआ आगे बढ़ता रहा।

अचानक ही मैकबेथ को अपने आगे-आगे किसी के फुसफुसाने की आवाज सुनाई पड़ी। मैकबेथ ने नजरें उठाकर देखा तो हैरान रह गया। उसकी साँस ऊपर की ऊपर तथा नीचे की नीचे ही रह गई।

वह यह जानने की चेष्टा करने लगा कि वह आवाज कहाँ से आ रही है। कुछ दूर चलने पर उसे तीन जादूगरनियाँ दिखाई दीं, जो आपस में बैठी हुई बातें कर रही थीं। मैकबेथ ने दूर से ही उनकी बातों को सुनने की चेष्टा की, जो कि काफी जोर-जोर से वार्तालाप कर रही थीं।

उनमें से पहली जादूगरनी ने दूसरी जादूगरनी से कहा—'बहन! अब तक तुम कहाँ थीं?'

दूसरी ने उत्तर दिया—'मैं सूअरों को मारने में लगी हुई थी।'

तीसरी जादूगरनी ने पूछा—'बहन तुम कहाँ थी?'

पहली जादूगरनी ने जवाब दिया—'मैंने एक मल्लाह की पत्नी को देखा। वह बहुत लोभ के साथ अपनी गोद में रखे हुए अखरोट खा रही थी तथा खाते हुए 'चपर-चपर' की आवाज भी करती जा रही थी। मैंने भी उससे थोड़े अखरोट माँगे, मगर उस मोटी औरत ने मुझे ये कहकर भगा दिया कि तू पिशाचनी है, चल भाग यहाँ से।'

उसका पति अलप्पों की समुद्री यात्रा के लिए जहाज पर सवार होकर गया हुआ है, वहाँ मैं झरने में बैठकर पहुँच जाऊँगी और बिना पूंछ के चूहे के समान जहाज की तली में छेद कर दूंगी, ताकि वह समुद्र में डूब जाये।'

दूसरी जादूगरनी बोली—'मैं अनुकूल वायु से तुम्हारी मदद करूंगी।'

पहली जादूगरनी ने शीघ्रता से कहा—'धन्यवाद! फिर तो तुम्हारे मेरे ऊपर अत्यंत कृपा होगी।'

तीसरी जादूगरनी बोली—'दूसरी सभी हवायें मेरे शासन में हैं, मैं उन बन्दरगाहों तथा दिशाओं पर भी शासन करती हूँ जिन्हें मल्लाह के कुतुबनुमा में अंकित किया जाता है। मैं उसका सारा रक्त निचोड़ लूंगी और उसे घास के समान सुखा दूंगी। मैं रात-दिन की उसके नेत्रों से नींद छीन लूंगी।'

वह एक अभिशापित व्यक्ति की तरह जीवन गुजारेगा। वह धीरे-धीरे 81

हफ्तों तक सूखता ही चला जायेगा। उसका जहाज डूबेगा तो नहीं, परन्तु वह भयंकर तूफानों से नष्ट होगा। देखो मेरे पास क्या है?'

'पहले मुझे देखने दो।' दूसरी जादूगरनी बोली।

पहली जादूगरनी बोली—'मेरे पास एक जहाज चालक का अंगूठा है, जो जाते वक्त समुद्री यात्रा पर नष्ट हो गया था।'

तभी एक ढोल बजने का स्वर उनके कानों में पड़ता है। उसकी आवाज सुनते ही तीसरी जादूगरनी कहने लगी—'मैं ढोल की आवाज को सुन रही हूँ। इससे साफ जाहिर है कि मैकबेथ युद्ध से लौट रहा है।'

तीनों जादूगरनियाँ एक साथ कहने लगीं—'हम तीन जादूगरनियाँ हैं, हम पृथ्वी तथा आकाश पर घूमती हैं। हमारे पास जादू की शक्तियाँ हैं।'

हम एक-दूसरे का हाथ पकड़कर नाचती हैं। हम हर एक ओर, हर एक दिशा में तीन दफा नाचती हैं ताकि नौ घेरे बना सकें। अब हमें रुक जाना चाहिए। हमारी जादुई शक्तियाँ अपना असर दिखाने लगी हैं।'

तभी मैकबेथ ने बैंको की तरफ देखा—'मैंने इतना अच्छा और बुरा, इतना चमकीला तथा इतना अन्धकारपूर्ण मौसम पहले कभी नहीं देखा है।' उसने कहा।

'यहाँ से फारेस कितनी दूरी पर है? ये आकृतियाँ कौन हैं? ये तो विचित्र सी पोशाक पहने हुए हैं। ये हमारे जमीन की निवासी नहीं जान पड़ती हैं। ये फिर भी हमारी जमीन पर चल रही हैं।' बैंको बोला।

तभी वह तीनों जादूगरनियाँ उनके मार्ग में आकर खड़ी हो गईं। वे इस संसार के प्राणी नहीं लगते थे। झुर्रियोंदार हल्दी की तरह पीले चेहरे, भीतर की ओर धंसी हुई आँखें, पिचके हुए गाल तथा मांसविहीन, अस्थिपंजर जैसा शरीर। उनके जिस्म पर कफन जैसे लबादे थे, जो बदन पर झूल रहे थे। उन्हें देखकर ऐसा प्रतीत होता था मानों तीन मुर्दे कब्र फाड़कर बाहर निकल आए हों।

उनका रूप डरावना और चाल स्त्रियों जैसी थी। किन्तु ठोड़ी पर लटकती लम्बी दाढ़ी बता रही थी कि वे तीनों मर्द हैं।

इन डरावनी आकृतियों को देखकर मैकबैथ अभी चिल्लाना ही चाहता था कि एक छाया ने अपनी सूखी लकड़ी जैसी उंगली होठों पर रखकर उसे खामोश रहने का इशारा किया।

मैकबेथ चीखा तो नहीं, लेकिन हैरान नजरों से उनकी ओर देखने लगा। और हिम्मत करके बोला—'क्या तुम हकीकत में जीवधारी प्राणी हो? क्या तुम मनुष्य के प्रश्नों का उत्तर दे सकती हो? ऐसा लगता है कि तुम मेरे अलफाजों को समझ रही हो, क्योंकि तुम अपनी पतली तथा मुड़ी हुई उंगलियों को अपने होठों पर रख रही हो। तुम लगती तो औरतें जैसी हो, परन्तु तुम्हारे दाढ़ी हैं, इसलिए मैं तुम्हें औरत नहीं मान सकता।'

'यदि तुम बोल सकती हो तो तुम हमें बताओ कि तुम कौन हो?' उसने हैरानी

से पूछा।

फिर एक छाया फुसफुसाती आवाज में बोली–'ग्लेमिस के अमात्य मैकबेथ! डरो नहीं।'

तभी दूसरी जादूगरनी ने कहा–'हम तुम्हारा स्वागत करती हैं। कॉडर के स्वामी मैकबेथ, तुम्हारा स्वागत करती हैं।'

(मैकबेथ मूल पुस्तक में अंग्रेजी का **'Witch'** प्रयोग किया गया है, जिसका अर्थ जादूगरनी, डाइन, कुरूप बुढ्ढ़ी स्त्री होती है।)

तीसरी जादूगरनी ने भी कहा–'स्कॉटलैण्ड के भावी सम्राट मैकबेथ! हम तुम्हारा तहे दिल से स्वागत करती हैं।'

छाया के मुख से अपनी जागीर और अपना नाम सुनकर अमात्य चौंक गया। उसे चौंकते देखकर छाया फिर बोली–'चौंको मत मैकबेथ। हम तुम्हें बहुत पहले से और अच्छी तरह जानती हैं।'

'बहुत पहले से?' मैकबेथ और अधिक आश्चर्यचकित हुआ।

'हाँ, हम तुम्हारे भूत, वर्तमान, तथा भविष्य तीनों कालों की जानकारी रखती हैं और तुम्हें बताने आई हैं कि कल तुम क्या बनने वाले हो।" रहस्यमयी मुद्रा में पहली छाया ने कहा।

"क्या बनने वाला हूँ?" उतावलेपन और आश्चर्यचकित होकर मैकबेथ ने पूछा।

इस बार जवाब दूसरी जादूगरनी ने दिया–"कॉडर की जागीर का अमात्य और कुछ वक्त बाद स्कॉटलैण्ड के राजसिंहासन का अधिकारी।"

"क्या कहा?" बुरी तरह चौंका मैकबेथ–"सिंहासन का अधिकारी?"

"क्यों?" छाया ने पूछा–"क्या तुम उन्नति नहीं करना चाहते?"

"उन्नति करना कौन नहीं चाहता। वीर तो जीते ही उन्नति के लिए हैं।" उसने कहा।

दूसरी जादूगरनी बोली–"तो तुम्हारी यह ख्वाहिश पूरी होगी।"

"मगर मुझे इस बात का विश्वास नहीं होता।" मैकबेथ ने कहा।

"इसकी वजह?" उसी छाया ने पूछा।

"इसकी वजह है कि सम्राट दंकन के दो बेटे यानी इस राज्य के दो राजकुमार जिन्दा हैं उनके होते हुए मैं सिंहासन का अधिकारी कैसे बन सकता हूँ?" मैकबेथ ने अविश्वास प्रकट किया।

अब तीसरी छाया बोली–"भविष्य के हाथ में काफी कुछ है मैकबेथ! तुम राजा जरूर बनोगे। किन्तु...."

राजा बनने का इतना पुख्ता आश्वासन पाकर अमात्य का मुख खिल उठा, लेकिन शब्द सुनते ही उसका दिल तेजी से धड़का और उसने उतावले होकर पूछा–"लेकिन क्या?"

"लेकिन....। तुम्हारे पश्चात बैंको की संतान राज्य की अधिकारी बनेगी।"

"क्या?" मैकबेथ बुरी तरह चौंका—"बैंको की सन्तान?"

उसकी स्थिति देखकर तीनों छायाओं ने जोरदार ठहाका लगाया और यह गीत गाती हुई गायब हो गईं—

"राज्य करोगे......नहीं करोगे,
शाह बनोगे......नहीं बनोगे।
निश्चय ही सन्तान तुम्हारी,
नहीं राज्य की है अधिकारी।"

छायाओं की इस बेतुकी तुकबन्दी का अर्थ मैकबेथ की समझ में बिल्कुल नहीं आया। उसने आश्चर्य से बैंको की तरफ देखकर पूछा—"यह सब क्या है बैंको?"

"यह सत्य है।" बैंको ने कहा।

"यह कोई ख्वाब तो नहीं।"

"नहीं, बल्कि आने वाले कल की सत्यता है।"

मैकबेथ ने हैरान होकर परेशान-से लहजे में पूछा—"आखिर ये छायाएँ थीं कौन?"

"भविष्य की छायाएँ। जैसे पानी बुलबुलों को पैदा करता है, वैसे ही पृथ्वी भी प्रेत छाया को पैदा करती है। ये आकृतियाँ भी उसी प्रकार की छाया थीं।" बैंको ने उत्तर दिया।

"ये सब कहाँ छिप गईं?" मैकबेथ ने पूछा।

"ये सब हवा में छिप गईं। वे अभी जिस्म के साथ दिखाई दे रही थीं। मगर अब कुछ भी नहीं रहा है।" बैंको ने जवाब दिया।

"मैं चाहता हूँ कि कुछ देर और ठहरतीं व मेरी जिज्ञासा को शान्त करतीं।" मैकबेथ बोला।

"क्या ये जादूगरनियाँ वही थीं जिनके बारे में हम बातें कर रहे हैं? अथवा हम लोगों ने उन बूटियों को खा लिया है जो इंसान को पागल बना देती हैं तथा मनुष्य की बुद्धि को समाप्त कर देती हैं।" बैंको ने पूछा।

मैकबेथ ने उसकी तरफ देखते हुए कहा—"तुम्हारे बच्चे राजा बनेंगे।"

"तुम स्वयं भी तो राजा बनोगे।" बैंको ने उसकी ओर देखा।

अब मैकबेथ ने हैरान होकर पूछा—"क्या मैं आने वाले वक्त में कॉडर का अमात्य बनूँगा।"

"नहीं....।" मैकबेथ ने कहा—"इसका निर्णय मेरी तलवार करेगी। वीर भाग्य के भरोसे नहीं जिया करते। उनके लिए एक इशारा ही काफी होता है और वह संकेत आज मुझे मिल चुका है।"

तभी मैकबेथ की दृष्टि सामने से आते हुए दो व्यक्तियों पर पड़ी, जो उसी ओर आ रहे थे।

"यह लोग कौन हैं?" मैकबेथ ने उनकी तरफ देखते हुए पूछा—वह लगातार उनकी तरफ देख रहा था।

"अरे यह तो रौस और ऐंगस हैं।" बैंको उन्हें पहचानते हुए कहने लगा।

रौस करीब आते हुए बोला—"मैकबेथ, राजा तुम्हारी कामयाबी सुनकर बहुत खुश हुए। तुम्हारे साहसिक कारनामों को सुनकर वह आश्चर्यचकित रह गये। वह खुले दिल से तुम्हारी वीरता की तारीफ करना चाहते हैं तुम्हारी आश्चर्य और प्रशंसा के संघर्ष में नृप खो गया, निस्तब्ध रह गया, मानसिक द्वन्द्व की इस हालत में उसने युद्धभूमि पर तुम्हारे वीरता के कार्यों की बड़ी प्रशंसा की है, उसने वहाँ की एक-एक बात राजा को बताई है। नृप ने राजा को यह भी बता दिया कि तुमने किस तरह शत्रु की सेना में घुसकर घमासान युद्ध किया और मृतक शरीरों के भयानक नजारों से तुम बिल्कुल भी नहीं डरे।"

"ये मेरे लिए सौभाग्य की बात है जो राजा मेरे विषय में ऐसा सोचते हैं।" मैकबेथ ने कहा।

"युद्ध के मैदान से संदेशवाहक बड़ी संख्या में और जल्दी-जल्दी आते रहे, जैसे सर्दी के मौसम में बर्फ तथा पाला गिरते रहते हैं। तुमने दंकन की राजधानी को बचाने के लिए युद्धभूमि में जो प्रयास किये, उनकी खबरों ने नृप के कानों को बहरा बना दिया।" उसने बताया।

तभी ऐंगस आगे आकर बोला—"हम नृप की तरफ से तुम्हें धन्यवाद देने आये हैं। हमें तुम्हें राजा के सम्मुख ले जाने के लिए भेजा गया है, राजा तुम्हारी वीरता तथा श्रेष्ठ सेवाओं के लिए तुम्हें पुरस्कार देंगे।"

रौस ने बताया—"राजा ने मुझे हुक्म दिया है कि मैं तुम्हें कॉडर के स्वामी के पद से सम्बोधित करूँ।"

"यह बहुत प्रतिष्ठा का पहला चरण है, जिससे तुम्हें भविष्य में सम्मानित किया जाएगा। इसलिए मैं नए ओहदे से तुम्हारा अभिनन्दन करता हूँ, क्योंकि तुमने इसे हासिल कर लिया है।"

बैंको यह सब सुनकर आश्चर्यचकित रह गया। वह मन ही मन सोच रहा था कि जादूगरनियों की पहली भविष्यवाणी तो सच साबित होने जा रही है। उसे उनकी अब सारी बातों पर यकीन होने लगा था।

मैकबेथ ने उनसे पूछा—"मैं यह बात अच्छी तरह जानता हूँ कि कॉडर का अधिपति अभी जीवित है और राजा की कृपा का पात्र है तुम उसका पद मुझे क्यों देना चाहते हो?"

ऐंगस ने बताया—"इस बात में कोई शक नहीं कि कॉडर का अधिपति अभी जीवित है। किन्तु वह मृत्यु-दण्ड की प्रतीक्षा कर रहा है, जिसके लिए वह उपयुक्त है, क्योंकि उसने राजद्रोह जैसा पाप किया है।

मैं निश्चित रूप से तो नहीं बता सकता कि उसने खुल्लम-खुल्ला नार्वे के राजा

के द्रोह को बढ़ावा दिया था या उसने गुप्त रूप से उसके सैनिकों की मदद की थी अथवा इन दोनों तरीकों से हमारे राज्य को नष्ट करने का प्रयास किया था। उसने राजद्रोह को भड़काने का जुर्म स्वीकार कर लिया है। इसी कारण उसका यह दुखद पतन हुआ है। वह मृत्यु-दण्ड का इन्तजार कर रहा है।''

इतना कहकर उन्होंने जाने की आज्ञा माँगी और अपनी राह ली। मैकबेथ के मस्तिष्क में अब विचारों का तूफान उमड़ रहा था।

उसने मन ही मन सोचा–''मैं ग्लैमिस और कॉडर का अधिपति बन चुका हूँ, भविष्य में हो सकता है कि मेरे राजा बनने की भविष्यवाणी भी सही हो जाए....।'' वह इन्हीं ख्यालों में खोया रहा।

तभी बैंको ने उसे झिंझोड़ा–''क्या सोचने लगे मैकबेथ?''

''कुछ नहीं! मैं उन भविष्यवाणियों के बारे में सोच रहा था, जिनमें से एक तो सत्य दिखाई दे रही है।'' उसने कहा।

बैंको ने उसे समझाया कि–''यदि जादूगरनियों की भविष्यवाणी में इतना अधिक यकीन रखोगे तो तुम निश्चय ही राजा बनने का स्वप्न देखने लगोगे, तुम कॉडर के अधिपति बनने ही जा रहे हो। जादूगरनियों की भविष्यवाणी आंशिक रूप में सच हो गई है। लेकिन फिर भी भविष्यवाणियाँ बहुत ही खतरनाक होती हैं। बुरी आत्माएँ अनावश्यक विषयों के बारे में सत्य बनाकर हमारा विश्वास प्राप्त कर लेती हैं। मगर महत्त्वपूर्ण विषयों में हमें ये धोखा दे देती हैं। वे हमें अपनी तरफ आकर्षित करके हमारे विनाश के रास्ते तैयार करती हैं।

उसकी बात सुनकर मैकबेथ बोला–''जादूगरनियों की भविष्यवाणियों के दो सत्य तो मेरे सामने आ चुके हैं। मैं कॉडर और ग्लैमिस का अधिपति बनने जा रहा हूँ। ये मेरे भविष्य में राजा बनने की खबर है।

ज़ादूगरनियों की भविष्यवाणियाँ न तो बुरी हो सकती हैं तथा न ही अच्छी हो सकती हैं। उनकी भविष्यवाणियों के कुछ अंश तो सच प्रमाणित हो चुके हैं, मैं कॉडर का अधिपति बनने जा रहा हूँ। वे अच्छी भी नहीं हो सकतीं क्योंकि उन्होंने मेरे अन्दर लालच पैदा कर दिया है। जिसकी कल्पना मुझे रोमांचित कर रही हैं तथा मेरे हृदय की धड़कनों को तेज कर देती हैं। मेरे दिल में डर की भावना को जगा देती है। जो मेरी बहादुर प्रकृति के सर्वथा विपरीत है।

काल्पनिक भय वास्तविक भय से कहीं ज्यादा भयानक होते हैं। दंकन के वध का अपराध जो अभी केवल विचार मात्र हैं, मेरी सारी मानसिक ताकतों को कुण्ठित कर रहा है और मेरी कार्य शक्ति को भी समाप्त कर रहा है। मैं अपना मानसिक सन्तुलन खोता जा रहा हूँ। अब मुझे काल्पनिक वस्तुएँ ज्यादा प्रतीत हो रही हैं।''

उसकी इस तरह की बातों को सुनकर बैंको ने समझाने का प्रयास किया–''देखो, तुम ख्यालों की दुनिया में खोते जा रहे हो।''

"यदि मेरे भाग्य में राजा बनना है तो मैं जरूर ही राजा बनूँगा। मुझे इसके लिए किसी की सहायता की जरूरत नहीं।" उसका स्वर दृढ़ता से परिपूर्ण था।

"मैकबेथ, जितना सम्मान तुम्हें राजा से मिल चुका या और मिलने वाला है, क्या उतना बहुत नहीं?" बैंको ने कहा।

"मुझ पर जो कुछ गुजरना है उसे गुजर जाने दो, जो होना है उसे भी हो जाने दो। वक्त सब कुछ ठीक कर देगा। बुरी से बुरी घटनाएँ भी समय के साथ गुजर जाती हैं।"

"अच्छा सही है।" बैंको ने एक लम्बी साँस खींचते हुए कहा—"मुझे लगता है कि अब हमें यहाँ से चलना चाहिए।"

"हाँ चलो, अब हमें महाराज के समीप भी जल्दी से जल्दी पहुँचना है, इन बातों पर हम फिर विचार करेंगे।"

इसी प्रकार चलते-चलते आधी रात के समय जब मैकबेथ अपनी सेना में पहुँचा तो उसके दिल में जीत की खुशी कम और विचारों की उथल-पुथल अधिक थी। इस तरह उसका मन काफी अशान्त था।

भविष्य का ताना-बाना बुनते हुए उसने पूरी रात्रि आँखों में काट दी।

सुबह वह उठा तो एक सिपाही ने एक बन्द लिफाफा लाकर उसके हाथ पर रख दिया।

लिफाफे पर स्कॉटलैण्ड के नरेश की मुहर थी।

मैकबेथ ने काँपते हाथों से वह लिफाफा खोला तथा भीतर रखा पत्र बाहर निकालकर पढ़ने लगा। उसमें से निकले नीले रंग के एक कागज के ऊपर सुनहरी अक्षरों में लिखा हुआ था—

वीर अमात्य मैकबेथ

साधुवाद सहित अभिवादन!

आपने रणभूमि में जिस अद्भुत पराक्रम से राज्य में उठे हुए विद्रोह को शान्त कर दिया है, उससे आपकी राजभक्ति की पराकाष्ठा मानकर मैंने आपको प्रजाजनों की राय से खास सम्मान देने का निर्णय किया है। अतः मैं आपको इसे कॉडर की रियासत के जागीर के रूप में देना चाहता हूँ। इस खत के साथ ही मैं रियासत के अमात्य का पद तथा समस्त अधिकार भी आपको सौंपता हूँ। इसे मंजूर करके आप मुझे और प्रजाजनों को अनुगृहीत करें।

आपका प्रशंसक

दंकन

महाराजाधिराज स्कॉटलैण्ड प्रदेश

पत्र पढ़कर मैकबेथ ने सेनापति बैंको की ओर बढ़ा दिया।

बैंको ने जल्दी-जल्दी वह पत्र पढ़ा तथा बोला—"बधाई हो अमात्य। यह जागीर

सौंपकर आपको सम्राट ने आपकी वफादारी का सही सम्मान किया है और इसी खत के साथ भविष्यवाणी का पहला चरण भी सिद्ध हुआ।''

''हाँ...परन्तु मुझे अब तक शान्ति नहीं मिली है।'' अभिमानपूर्वक मैकबेथ ने कहा—''मुझे तो तभी शान्ति मिलेगी जब दूसरी भविष्यवाणी सत्य होगी।''

यह सुनकर बैंको ने मन ही मन कहा—''तथा मुझे तब तक शान्ति नहीं मिलेगी जब तक भविष्यवाणी का तीसरा चरण सच सिद्ध न हो जाए। और मैं अपनी औलाद को स्कॉटलैण्ड के राजसिंहासन पर बैठा न देख लूँ।''

दूसरे रोज उनका काफिला राजा के महल की ओर चल पड़ा। वहाँ पहुँचते ही राजा ने उनका भव्य स्वागत किया।

प्रसन्नतापूर्वक राजा ने कहा—''आओ, मेरे मित्र! मैं तुम्हारे उत्तम सेवाओं के लिए तुम्हारा धन्यवाद नहीं कर सका, इसलिए मैं बहुत दुखी रहा। इस बात का तुम अनुमान नहीं लगा सकते।''

तुम्हारी योग्यता इतनी ज्यादा है कि अगर मैं तुम्हें बड़े से बड़ा पुरस्कार भी दे दूँ तो वह कम ही होगा, मैं तो सोचता हूँ, कि तुम कुछ कम योग्य होते ताकि मैं तुम्हारी योग्यता के अनुसार पुरस्कार दे पाता तथा तुम्हारा धन्यवाद कर पाता। मैं बस इतना ही बता सकता हूँ कि मैं तुम्हें तुम्हारी सेवाओं के बराबर कुछ नहीं दे सकता।

मैकबेथ ने उनकी बात का जवाब दिया—''आपके प्रति हमारे कर्तव्य और सेवायें ही अपने आप में बड़े इनाम हैं। राजा होने के नाते हमारी सेवाओं को प्राप्त करना आपका विशेषाधिकार है। हमारा यही कर्त्तव्य है कि आपकी आज्ञा का पालन करें तथा आपकी खिदमत करें—जैसा कि एक बच्चे का कर्त्तव्य अपने माता-पिता के लिए होता है और नौकरों का कर्त्तव्य बनता है कि वह अपने मालिक की आज्ञा का पालन करे। प्रेम और सम्मान की भावना से आपके प्रति वफादार रहना हमारा पुनीत फर्ज है।''

राजा ने मैकबेथ की बात सुनकर बैंको की तरफ देखते हुए कहा—''हम तुम्हारा भी स्वागत करते हैं बैंको। हमने तुम्हारी महानता की बीज भी बो दिया है। हम यह चाहते हैं कि तुम एक पेड़ के रूप में फलो-फूलो। तुमने भी मैकबेथ की तरह एक महान् कार्य किया है। तुम्हारी सेवाओं तथा वफादारी की प्रशंसा करेंगे। तुम यहाँ पर आओ...मैं तुम्हें अपने सीने से लगाना चाहता हूँ।''

बैंको उनके सीने से लगते हुए बोला—''महाराज! मैं जो कुछ भी आपकी कृपा से जीवन में हासिल करता हूँ, उसका सम्पूर्ण श्रेय आपको ही होगा। मेरी सभी उपलब्धियाँ आपकी होंगी।''

''बैंको! मैं इतना अधिक खुश हूँ कि अपनी असीमित प्रसन्नता से पीड़ित अनुभव कर रहा हूँ। मेरी ज्यादातर प्रसन्नता अश्रुओं के माध्यम से अपने आपको

अभिव्यक्त करना चाहती है। पुत्रों, सम्बन्धियों और सामन्तों! आप यह जान लें कि मैकबेथ! जो मेरा बड़ा पुत्र है, मेरा उत्तराधिकारी है, वह अब के कम्बरलैण्ड का युवराज होगा। इसके साथ उन सब व्यक्तियों को भी सही सम्मान दिया जायेगा, जो कि उसके पात्र होंगे। अब हमें इनवरनैस के लिए प्रस्थान करना है। इससे हमारे सम्बन्ध तुम्हारे साथ और भी ज्यादा मजबूत हो जायेंगे।'' राजा ने कहा।

राजा की बात सुनकर मैकबेथ बोला—''मेरे लिए विश्राम के पल और भी दुखदायी होंगे अगर मैं आपकी सेवा नहीं करता हूँ। मैं खुद जाकर अपनी पत्नी को यह शुभ खबर दूँगा कि महाराजाधिराज हमारे किले में पधार रहे हैं। अब मुझे जाने की अनुमति दें।''

सम्राट ने उन्हें जाने की आज्ञा दे दी।

लौटते समय मैकबेथ के मस्तिष्क में विचारों की उथल-पुथल मची हुई थी।

वह मन ही मन सोच रहा था—''यदि मैलकम कम्बरलैण्ड का युवराज बनता है, तो यह मेरे रास्ते में एक बड़ी बाधा आ पड़ी है। अगर मैं इस बाधा को अपने मार्ग से हटा देता हूँ तो राजा बन जाऊँगा। अगर नहीं हटा पाता तो कुछ भी नहीं बनूँगा। मेरे हृदय में अत्यंत घृणित, क्रूर काले विचार उठ रहे हैं।''

जब दह अपने घर पहुँचा तो उसने जादूगरनियों के प्रकट होने से राजा के खत आने तक की पूरी कहानी पत्नी को कह सुनाई।

उसकी पत्नी टोने-टोटके तथा चमत्कारों के प्रति बड़ी अन्धविश्वासी थी। जब उसने यह सुना कि वह देश का साम्राज्ञी बनने वाली है तो उसकी प्रसन्नता का ठिकाना न रहा। किन्तु उसकी मुराद तभी पूरी हो सकती थी जब मैकबेथ स्कॉटलैण्ड के सिंहासन पर आसीन हो जाए। इसलिए उसने उस भविष्यवाणी की आड़ लेकर मैकबेथ को भड़काना आरम्भ कर दिया। यहाँ तक कि उत्तेजित करने की चेष्टा की कि वह ज़ल्दी-से-जल्दी सम्राट की हत्या कर दे और सिंहासन पर बैठ जाए। लेकिन मैकबेथ ने सख्ती से उसकी इस सलाह को खारिज कर दिया।

तब उसने उसे कायर तथा डरपोक तक कह डाला। न जाने कैसी-कैसी बातें करके उसे भड़काने लगीं।

तभी ठीक उसी वक्त राजा दंकन मैकबेथ को जीत की बधाई देने के लिए खुद उसके किले की ओर रवाना हुए। मैकबेथ ने यह सूचना जाकर अपनी पत्नी को सुनाई।

''मेरी प्यारी पत्नी! आज रात्रि राजा दंकन हमारे किले में हमारी जीत की बधाई देने खुद पधार रहे हैं।''

पत्नी कुछ सोचते हुए बोली—''वह यहाँ से कब जाने का इरादा रखते हैं?''

''कल ही न।'' मैकबेथ ने कहा।

''तो समझ लो कि वह कल कभी भी नहीं आयेगी, जो कि दंकन यहाँ से जिन्दा वापिस जा सके। किन्तु मैं तुम्हें कुछ कहना चाहती हूँ।''

"क्या—बताओ क्या कहना चाहती हो?" मैकबेथ ने हैरानी से देखा।

"तुम्हारा मुख एक खुली पुस्तक की तरह है, जहाँ लोग तुम्हारे दिल की भावनाओं को सरलता से पढ़ सकते हैं। तुम खुले दिल से दंकन का स्वागत करो। तुम्हारे होठों की मुस्कुराहट बरकरार रहनी चाहिए। तुम्हें ऊपर से शान्त सन्तुलित रहना है।

अब तुम सब कुछ मुझ पर छोड़ दो। मैं सब अच्छी तरह सम्भाल लूंगी। मैंने एक योजना बनाई है। उसी के मुताबिक सारा काम करना है। फिर उसके बाद हम राजा तथा रानी बन जायेंगे। दंकन की मृत्यु हमें महानता तथा शक्ति से भर देगी।"

"इस विषय में हम बाद में सोचेंगे।" मैकबेथ बोला।

"तुम्हें एक बात का पूरी तरह से ध्यान रखना है। तुम्हारा चेहरा तुम्हारे आन्तरिक भावों को कहीं जाहिर न कर दे। क्योंकि चेहरे के भावों में तब्दीली केवल डर तथा घबराहट को ही दिखाती है। और सब कुछ तुम मेरे ऊपर छोड़ दो। मैं सब कुछ कर लूंगी।"

सम्राट दंकन के पहुंचते ही मैकबेथ की बीबी ने उनका भव्य स्वागत किया। तथा सम्राट से कहा—"सम्राट की जय हो! आपने हमारे परिवार पर महान सम्मानों की वर्षा कर दी है, हमारी सेवाएं, चाहे उन्हें दुगुना कर दिया जाये या चौगुना कर दिया जाये या फिर कई गुना कर दिया जाये, आपके द्वारा दिये गये सम्मानों के सम्मुख नहीं ठहर सकती हैं।

आपने पहले भी हमारे ऊपर सम्मानों की बारिश की थी और उनको और भी अधिक बढ़ा दिया है। हम आपके लिए सदैव कृतज्ञ हैं तथा ईश्वर से आपके कल्याण के लिए विनती करते हैं।"

दंकन ने मुस्कुराते हुए कहा—"कॉडर का अधिपति कहाँ है? हमने उसका पीछा किया, ताकि हम उससे पहले ही यहाँ पहुँच जायें। परन्तु वह एक बहुत अच्छा घुड़सवार है। हमारे लिए उसके प्रेम और वफादारी ने उसे भी तेजी से हमारा स्वागत करने के लिए घर पहुँचने के लिए प्रोत्साहित किया। सम्माननीय तथा महान मेजबान, आज हम तुम्हारे मेहमान हैं।"

"महाराज, हम और हमारे सेवक जो कुछ भी हमारे पास है, वह आप का ही है। आप जब भी चाहें, हम उन्हें आपको वापस लौटा सकते हैं। ये सब आप की ही धरोहर है, यह सब कुछ आपका ही है और हम आपके अनुचर हैं।" उसकी पत्नी ने कहा।

सम्राट बोले—"मुझे अब जल्दी से जल्दी मैकबेथ के निकट ले चलो। हम उस पर और अधिक सम्मानों की बरसात करना चाहते हैं।"

"वो आपके सम्मुख अभी नहीं आ सकते।"

"वो क्यों?"

"क्योंकि वह किसी आवश्यक काम में लगे हुए हैं। वह आपसे बाद में आकर मिलेंगे, इतने में आप कुछ जलपान करके थोड़ा आराम कर लीजिए।" मैकबेथ की पत्नी विनम्रता से कहने लगी।

"ठीक है चलो।"

मैकबेथ की पत्नी ने हृदय खोलकर राजा का स्वागत किया। राजा को प्रसन्न करने के लिए उसने कोई कसर नहीं छोड़ी। यहाँ तक कि **मैकबेथ** की पत्नी ने खुद अपने हाथों से राजा को खाना खिलाया।

राजा के अंगरक्षकों तक को अपने हाथों से शराब पिलाई।

आधी रात्रि गुजर गई। खा-पीकर सब गहरी नींद में सो गए।

लेकिन मैकबेथ की पत्नी की आँखों में नींद नहीं आ रही थी। थोड़ा समय गुजरने के पश्चात् वह एक नंगी तलवार लेकर अपने पति के पास जा पहुँची और बोली—"उठो, यही अवसर है जो तुम्हें सम्राट बना सकता है। इसी समय यह तलवार लेकर जाओ और राजा का सिर धड़ से अलग कर दो।"

"यह सब इतना सरल नहीं है। पहले मेरे सवालों का उत्तर दो।" उसने झल्लाकर कहा।

"क्या पूछना चाह रहे हो?"

"अब वो लोग क्या कर रहे हैं?" उसने पूछा।

"उन्होंने अपना शाम का खाना लगभग खत्म कर लिया है। और तुम कमरे से बाहर क्यों आ गये?" उसने हैरानी से मैकबेथ को देखा।

मैकबेथ ने उसकी बात को नजरअन्दाज करते हुए प्रश्न किया—"क्या उन्होंने मेरे बारे में पूछा था?"

"क्या तुम नहीं जानते कि उन्होंने तुम्हें पुकारा भी था?" उसकी पत्नी ने उसे याद दिलाया।

वह कुछ सोचते हुए एक लम्बी साँस भरकर कहने लगा—"मैं एक बात सोच रहा था।"

"क्या? मुझे बताओ शीघ्र।"

"अब हमें सम्राट की हत्या जैसे खतरनाक काम को टाल देना चाहिए। उसने अभी तो मुझ पर सम्मानों की बरसात ही की है। मैंने सुन्दर जनमत अर्जित किया है। मैं उस पर चिन्ह नहीं लगाना चाहता हूँ। मैं सुनहरी जनमत को सम्राट की हत्या करके खोना नहीं चाहता।"

उसकी पत्नी क्रोधित होते हुए बोली—"क्या तुम उस वक्त नशे में चूर थे जब तुमने मुझे राजा बनने की ख्वाहिश को बताया था? क्या इस बीच तुम्हारी इच्छा सो गई थी? क्या यह, अब नशा उतरे हुए आदमी के समान पीली पड़ गई? मैं भविष्य में तुम्हारे प्रेम पर भरोसा नहीं कर सकूंगी, क्योंकि तुम्हारी इच्छा की तरह यह भी

अस्थिर है। क्या तुम उस काम को करने से डरते हो जिसकी इच्छा तुम्हारे हृदय में जाग्रत है? तुम जीवन की सबसे बड़ी उपलब्धि पाना चाहते हो, किन्तु अपने मन से कायर की भाँति रहे हो।

क्योंकि तुम्हारे पास अपनी ख्वाहिश को पूरा करने का साहस नहीं है। तुम उस बिल्ली की तरह हो जो मछली तो खाना चाहती थी लेकिन पैरों को नहीं भिगोना चाहती थी।''

''कृपया इस बारे में मुझसे बात मत करो, मैं वह सब कर सकता हूँ जो कि एक मनुष्य के लिए है। जो इससे अधिक कर सकता है, वह वास्तव में इंसान नहीं है।'' उसने समझाया।

''क्या तुम जंगली पशु थे जब तुमने दंकन की हत्या का मुझे सुझाव दिया था?'' वह चिल्लायी—''तब तुम वास्तव में इंसान थे, मगर अब तुम सम्राट की हत्या करके मनुष्य से ज्यादा बन जाओगे। जब तुमने सम्राट की हत्या की योजना बनाई थी तब वक्त तुम्हारे अनुकूल नहीं था। परन्तु आज समय तुम्हारे अनुकूल है। तुम अपना निश्चय बदल रहे हो। तुम अवसर गंवा रहे हो। मैंने बच्चों को दूध पिलाया है। मैं जानती हूँ कि माँ अपने दूध पीति बच्चे को कितना प्रेम करती है?

मैं छाती से उस नन्हें से बच्चे को खींचकर उसके दिमाग को टकरा देती, यदि वह मेरी तरफ मुस्कुरा भी रहा होता, यदि मैंने ऐसी कोई प्रतिज्ञा की होती जैसे कि तुमने की थी।''

''यदि हम अपने कार्य में कामयाब नहीं हुए तो?'' उसने प्रश्नवाचक नजर अपनी पत्नी पर डाली।

''अपने काम में कामयाबी न मिलने का तो सवाल पैदा नहीं होता। तुम हिम्मत से काम लो, अपने निश्चय को दृढ़ रखो। सम्राट दिन भर का थका हुआ है तथा सारा दिन की थकान के कारण वह गहरी नींद में सो जाएगा। मैंने उसके अंग-रक्षकों को भी बुरी तरह से शराब के नशे में चूर किया हुआ है। वे पूर्णतया बेहोश हो चुके होंगे तथा अपनी स्मृति तथा शक्ति को खो बैठेंगे।

जब दंकन के अंगरक्षक नशे की नींद में सो रहे होंगे, तब हम राजा की हत्या कर सकते हैं, बाद में राजा की हत्या का आरोप किसी और पर थोप देंगे।'' उसकी पत्नी ने सलाह दी।

तुम केवल पुत्रों को ही जन्म दो क्योंकि तुम्हारा साहस अदम्य है तथा तुम निर्भीक हो। क्या लोग इस बात पर यकीन करेंगे कि अंगरक्षकों ने ही राजा की हत्या की है?'' वह बोला।

''इसमें कोई संदेह नहीं है। हम सम्राट की मृत्यु पर अपने शोक का बहुत अधिक प्रदर्शन करेंगे। कोई भी हमारे पर शक नहीं करेगा।''

मैकबेथ तो शुरू से ही बात के खिलाफ था, बोला—''यदि वहाँ राजा के

अंगरक्षक आ गये तो?''

''उसकी बिल्कुल फिक्र मत करो, मैंने उनका प्रबन्ध अच्छी तरह कर दिया है।'' कठोर लहजे में पत्नी बोली—''वे सब शराब के नशे में धुत्त पड़े होंगे। वे सब नशे में चूर होंगे।''

''मगर मेरे होश ठिकाने नहीं हैं।'' काँपते हुए स्वर में मैकबेथ ने कहा—''मुझमें इतनी हिम्मत नहीं कि जिस राजा के लिंए मैंने विद्रोह का दमन किया है, अब उसी के विरुद्ध विद्रोह पर उतर आऊँ।''

''तो लाओ यह तलवार मुझे दो। मैं अपने हाथों से राजा का सिर कलम करके अपने साम्राज्ञी बनने का मार्ग साफ करूंगी।'' कड़ककर और कठोरतापूर्ण स्वर में पत्नी बोली—''तुम्हारे दिल में सम्राट बनने की चाह भले ही न हो, मगर मैं साम्राज्ञी बनकर रहूँगी। उन जादूगरनियों की यह भविष्यवाणी झूठी नहीं हो सकती।''

वह लपककर उठा तथा झपटकर पत्नी के हाथ से तलवार छीन ली। फिर अकेला ही राजा के कमरे की तरफ बढ़ गया।

चारों तरफ सन्नाटा छाया हुआ था।

लेकिन मैकबेथ के मन में उथल-पुथल मची हुई थी।

वह सम्राट के कमरे की ओर बढ़ना ही चाहता था। परन्तु अभी उसे बैंको का ध्यान आया। उसने सोचा बैंको चालाक व्यक्ति है, पहले मुझे उसका निरीक्षण कर लेना चाहिए कि वह सो गया अथवा जाग रहा है।

मैकबेथ ने अपने दिल में पूरा इरादा कर लिया था कि मैं हर प्रयास करूँगा और अपने रास्ते के कांटे को साफ करके ही रहूँगा।

जैसे ही मैकबेथ ने बैंको के कमरे में प्रवेश किया तो वह चौंक पड़ा क्योंकि बैंको अभी तक जाग रहा था, वह हैरानी से मैकबेथ की ओर ही देख रहा था।

''आश्चर्य है मैकबेथ कि तुम अभी तक सोये भी नहीं। राजा तो सोने कब के जा चुके हैं।'' बैंको वाला।

''वो, हाँ...मैं यहाँ राजा को ही देखने आया था कि वो सो गये अथवा नहीं। उसने बहाना बनाया।''

''वह बहुत खुश हैं और उन्होंने आपके नौकरों को उपहार बाँटे हैं। उनका कहना है कि आपकी पत्नी ने उनकी बहुत मेहमाननवाजी की है। राजा ने उनके लिए यह हीरा भेजा है तथा आज उन्हें असीमित सन्तोष की नींद आयी है।''

उसकी बात सुनकर मैकबेथ कहने लगा—''राजा को अपने यहाँ आमन्त्रित करने के लिए अभी हम तैयार नहीं थे। इस कारण उनकी आवभगत करने की हमारी ख्वाहिश बहुत-सी कमियों के अधीन हो गयी।

यदि हमें दंकन के आने की सूचना पहले ही मिल चुकी होती तो हम सम्पूर्ण तरीके से उनका आदर-सत्कार तथा मनोरंजन कर पाते।''

"सब उचित तो है।" बैंको ने तसल्ली दी—"पिछली रात सपने में मैंने तीनों जादूगरनियों को देखा। आपके विषय में तो वह सत्य भविष्यवाणी कर चुकी हैं। और शायद वह सच ही हो जाए।"

"मैंने अभी उनके बारे में सोचा नहीं।" उसने एक गहरी साँस खींची—"फिर भी जब हमें खाली वक्त मिलेगा तो इस बारे में विचार-विमर्श करेंगे। अगर तुम भी वक्त निकाल सको तो अच्छा रहेगा।"

"मैं तुम्हारी बात से सहमत हूँ।" उसने कहा।

"मुलाकात के वक्त यदि तुम मेरी योजना से सहमत हुए तो यह तुम्हारे लिए लाभकारी होगा।" उसने कहा।

"मैं तुम्हारी योजना से सहमत हो जाऊँगा अगर वह मेरे सम्मान के लिए घातक नहीं, मेरा दिल स्वतंत्र रहे, और स्वामिभक्ति पर आँच न आये।" मैकबेथ के सुझाव में बैंको को किसी षड्यंत्र का अहसास होने लगा था।

"अच्छा ठीक है, तुम विश्राम करो, रात काफी हो चुकी है।" मैकबेथ ने उसे सलाह दी। और वह राजा के कमरे की ओर बढ़ गया। उसके जाने के बाद बैंको भी सोने की तैयारी करने लगा।

जैसे ही उसने सम्राट के कमरे में कदम रखा, वैसे ही बुरी तरह चौंक पड़ा। उसे अधर में लटकी एक दूसरी तलवार दिखाई दी। जो रक्त से सनी हुई थी। उसकी नोंक उसकी तरफ ही उठी हुई थी।

मैकबेथ ने उसे पकड़ना चाहा। लेकिन उसका हाथ हवा में लहरा कर वापस आ गया।

दरअसल, यह सिर्फ उसके मन का वहम था।

यह बात समझ में आते ही उसे अपनी कायरता पर गुस्सा आया। फिर उसने आगे बढ़कर एक ही झटके के साथ राजा का सिर धड़ से अलग कर दिया। राजा के जिस्म से खून के फव्वारे उबल पड़े। उसे देखकर मैकबेथ ने ज्यों ही वहाँ से भागने की चेष्टा की। वैसे ही उसे ऐसा प्रतीत हुआ, मानो कमरे की एक-एक ईंट पुकार-पुकार कर कह रही हो—

जागो सोने वालो जागो, भागो, भागो, भागो, भागो।
खूनी तलवारें हैं जागी, अपने आज बने हैं बागी।
लुटा जा रही निंदिया अभागी,
निंदिया त्यागो निंदिया त्यागो
भागो, भागो, भागो, भागो।

यह कुछ नहीं था, सिर्फ मैकबेथ के हृदय की चेतना उस पर व्यंग्य प्रहार कर रही थी। उसे धिक्कार रही थी।

मैकबेथ से यह झिंझोड़ देने वाला शोर सुना नहीं गया। घबराकर उसने अपने

दोनों हाथ कानों पर रख लिए। फिर वहाँ से भागा तथा अपने कक्ष में जाकर लिहाफ में जाकर दुबक गया।

उसकी पत्नी ने उसे इस कामयाबी के लिए बधाई दी तथा उसकी पीठ थपथपाई, फिर उसकी रक्त से सनी तलवार ले जाकर एक अंगरक्षक के पास रख आई। राजा का कुछ रक्त अंगरक्षक के हाथों पर लगाया और कुछ उसके कपड़ों पर लगा दिया।

वापस आकर उसने मैकबेथ को देखा, उसका मुँह पसीने से तर हो रहा था और डर की रेखाएँ उसके चेहरे पर विद्यमान थीं।

"क्या हुआ, आप इतना घबराये हुए क्यों हैं?" उसकी पत्नी ने मैकबेथ को अचम्भे से देखते हुए पूछा।

"मुझे ऐसा प्रतीत हो रहा है जैसे कोई चिल्लाकर कह रहा हो कि अब इस संसार में नींद नहीं होगी, क्योंकि मैकबेथ ने उसका खून कर दिया है।" वह घबराए हुए स्वर में बोला–"नींद तो हमेशा स्वच्छ और निर्दोष होती है। वह चिन्ताओं के उलझे धागे को सुलझा देती है, दिन भर की फिक्र और थकान को दूर कर देती है। हमारे को आराम पहुँचाती है।"

"तुम कहना क्या चाहते हो?"

"वह आवाज चिल्ला-चिल्लाकर घर के सब लोगों से कह रही है कि नींद अब नहीं रही। उसने घोषणा की कि ग्लैमिड के अमात्य ने निद्रा की हत्या कर दी है। अतः मैकबेथ अब कभी जीवन में चैन की नींद सो न सकेगा।"

"इस तरह कौन चिल्ला सकता है। जो कुछ हुआ उसके बारे में अब आप ज्यादा न सोचें। तुम्हारे हाथ पर लगा हुआ यह खून कत्ल का प्रमाण हो सकता है, इसलिए जाओ, पानी से अपना हाथ साफ कर लो।" उसकी पत्नी ने मैकबेथ को तसल्ली दी।

उसके पश्चात् पत्नी ने मैकबेथ को समझा-बुझाकर सोने के लिए भेज दिया और स्वयं भी आराम की नींद सो गई।

सुबह सवेरे ही द्वार खटखटाने की आवाज मैकबेथ के कानों में पड़ती है, तो वह घबराकर उठ बैठता है तथा अपनी पत्नी की ओर देखता है जो कि जाग चुकी थी।

"इतनी सुबह कौन आ सकता है?"

"पता नहीं।"

"मैं देखता हूँ।" कहते हुए उसने द्वार खोला। सामने एक सैनिक को देखकर पूछता है–"क्या बात है?"

"क्या राजा बिस्तर से उठ चुके हैं।" उसने पूछा।

"अभी तो नहीं।" मैकबेथ ने लापरवाही से कहा।

सैनिक बोला–"उन्होंने मुझे सुबह जल्दी आने की अनुमति दी थी। दिया

गया वक्त तो लगभग निकल चुका है।''

''ठीक है, तुम रुको, मैं तुम्हें अभी वहाँ लेकर चल रहा हूँ।'' कहते हुए उसने वापस आकर अपना चोंगा उठाया।

''मैं जानता हूँ कि यह आपके लिए प्रसन्नता का मौका होते हुए भी असुविधा का अवसर भी है, लेकिन आपके लिए कष्ट तो है ही।'' सैनिक ने कहा।

''जो परिश्रम खुशी से किया जाए, वह दुख नहीं देता।'' कहते हुए उसने राजा के दरवाजे की तरफ इशारा किया–''यही है राजा का कक्ष।''

''मैं यहीं से उनको आवाज देता हूँ।'' उसने कहा–''क्या आज ही राजा का जाने का इरादा है।''

''हाँ, उन्होंने ऐसा ही कुछ कहा था।'' मैकबेथ ने कहा।

इसके पश्चात् मैकबेथ वापस लौट आया, मगर थोड़ी देर बाद ही वहाँ हाहाकार मच गया। हर व्यक्ति की जुबान पर राजा की हत्या की ही चर्चा थी। चारों तरफ हड़कम्प मचा हुआ था।

और अन्त में सभी का एक ही फैसला था कि मैकबेथ ने ही राजा की हत्या की है, और दूसरा यह कार्य कर ही नहीं सकता।

लेकिन उसके डर से साफतौर पर कोई ऐसा नहीं कह पा रहा था।

एक रोज पहले मैकबेथ और उसकी पत्नी ने राजा के सत्कार का जितना दिखावा किया था, उससे कहीं अधिक दिखावा शोक मनाने में किया।

उधर, पिता की मौत का समाचार पाकर दोनों राजकुमार भयभीत होकर, राजधानी छोड़कर भाग खड़े हुए।

राज्य में अनेकों बातें जन्म ले रही थीं, कोई कहता था कि राजा के पीछे जिस किसी के मरवाने का षड्यंत्र है, वो अभी तक पकड़ा क्यों नहीं गया। तो कोई कहता था कि राजा के अपने ही पुत्रों ने उसे मरवा डाला इसलिए वे यहाँ से भाग निकले।

कुछ लोगों को अगले राजा की प्रतीक्षा थी कि अब देखो कौन खुशनसीब है, जो राजगद्दी संभालेगा।

कुछ लोग भगवान से प्रार्थना कर रहे थे कि ताजपोशी का कार्य भली प्रकार हो जाये क्योंकि अभी तक यह तय नहीं हो सका था, कि अगला राजा कौन होगा और नया शासन हमारे लिये इतना सुविधाजनक नहीं हो जितना पुराना शासन सुविधाजनक था।

मैकबेथ चूँकि सम्राट का निकट सम्बन्धी भी था इसलिए दरबारियों ने उसे ही राजसिंहासन पर बैठाकर राजा घोषित कर दिया।

तथा इसी के साथ जादुई जादूगरनियों की वह भविष्यवाणी भी भूल नहीं पाया था–

''....लेकिन तुम्हारे बाद बैंको की संतान राज्य का अधिकारी होगी।''

एक रोज मैकबेथ के पास बैंको आया और उसने बताया, ''मैकबेथ! जादूगरनियों ने जो तुम्हारे लिए भविष्यवाणी की थी—कॉडर तथा ग्लैमिस का पद व राजगद्दी—वह सब बातें सच हो गईं। किन्तु मुझे एक बात का सन्देह है।''

''संदेह।''

''हाँ—! मुझे इस बात का संदेह है कि राजमुकुट प्राप्त करने के लिए तुमने राजद्रोह किया है।'' उसने सख्त स्वर में कहा—''परन्तु यह भी याद रखना कि उनकी तीसरी भविष्यवाणी यह थी कि तुम्हारी औलाद यह राजमुकुट नहीं पहनेगी तथा मेरे वंशज कई पीढ़ियों तक यह राजमुकुट पहनते रहेंगे। मैकबेथ, यदि वह तुम्हारे विषय में सच्ची घोषणा कर सकती है तो यह कैसे हो सकता है कि मेरे विषय में कहे गये शब्द वरदान साबित नहीं हों और मेरा जीवन भविष्य की उम्मीदों से प्रफुल्लित न हो। लेकिन मुझे इस वक्त खामोश रहना चाहिए, अब मैं इस बारे में आगे कुछ नहीं कहूँगा।'' बैंको अपनी बात पूरी करके खामोश हो गया।

''बैंको, आज तुम हमारे अतिथि हो, अगर तुम को हम आमंत्रित करना भूल जाते तो हमारी दावत में बहुत बड़ी कमी महसूस होती तथा सभी कुछ अनुचित सा लगता। आज हम रात भोज दे रहे हैं और आपकी उपस्थिति का निवेदन करते हैं।'' मैकबेथ ने गुजारिश की।

''महाराज, आपको केवल आज्ञा देने की आवश्यकता है। हमारे बीच दृढ़ संबंधों की वजह से मैं आपकी आज्ञा पालने के लिए कर्तव्यनिष्ठ हूँ।'' बैंको ने उत्तर दिया।

''क्या तुम आज कहीं जा रहे हो?'' मैकबेथ ने पूछा।

''हाँ, महाराज।''

''यह तो बड़ी कठिन समस्या सामने आ गई, अगर आपको बाहर जाना न होता तो आज की सभा में हम आपकी सलाह लेते। क्योंकि आपकी सलाह सदा गम्भीर और लाभकारी होती है। अगर तुम चाहो तो हम कल तक के लिये इस सभा को स्थगित कर सकते हैं।''

''इसकी जरूरत नहीं है महाराज! मैं रात तक यहाँ जरूर आ जाऊँगा, यदि मेरा घोड़ा तेज न दौड़ा तो हो सकता है कि एक-दो घंटे देर हो जाये।'' वह बोला।

''ठीक है, लेकिन दावत के समय जरूर पहुँच जाना।''

''आप निश्चिन्त रहें महाराज।''

''हाँ सुनो एक बात और।'' मैकबेथ ने उसे रोकते हुए बताया—''सुनने में आया है कि हमारे सम्राट के दोनों पुत्र मैलकम और डोनलबेन इंग्लैण्ड और आयरलैण्ड में रह रहे हैं। उन्होंने अभी तक अपने अपराध को स्वीकार नहीं किया है। साथ ही हमारे खिलाफ झूठी अफवाहें भी वो प्रजा में फैला रहे हैं। परन्तु इस बारे में कल बात होगी, अब तुम्हें आवश्यक काम से जाना है। क्या तुम्हारा पुत्र भी तुम्हारे साथ ही

जा रहा है।''

''जी हाँ महाराज! अब हमें देर हो रही है तथा हम आज्ञा चाहते हैं।'' उसने इजाजत माँगी।

''ठीक है, आज्ञा है।'' मैकबेथ ने कहा। बैंको के जाने के बाद मैकबेथ के दिमाग में फिर वही बात उभरने लगी, जो जादूगरनियों ने भविष्यवाणी की थी।

तीसरी जादूगरनी के द्वारा कहा गया वाक्य रह-रहकर मैकबेथ के कानों में गूँज रहा था। तथा इसी के साथ मैकबेथ के दिमाग में झंझावात से उठ रहे थे–''राजा का कत्ल मैंने किया, राजकुमारों को भागने पर मजबूर मैंने किया। लोगों की दृष्टि में हत्यारा और घृणा का पात्र मैं बना–क्या यह सब इसलिए किया कि मेरे पश्चात् बैंको की संतान इस राजसिंहासन पर बैठे? और मेरी संतान नहीं।''

जब उसने अपनी पत्नी के सम्मुख यह बात रखी तो वह बोली–''तुम अपने मार्ग के काँटे को हटा क्यों नहीं देते?''

मैकबेथ चौंक पड़ा–''तुम्हारा मतलब है, एक खून और करूँ?''

''हाँ!'' उसकी पत्नी बोली, ''पहला खून तुमने अपने लिए किया तो क्या दूसरा खून अपनी औलाद के लिए नहीं कर सकते? क्या तुम यह बर्दाश्त कर सकते हो कि तुम्हारे पश्चात् तुम्हारी संतान दर-दर की भीख माँगे?''

और पत्नी की इस बात का जादू उस पर चल ही गया।

पत्नी की बात सुनकर उसके दिमाग में बैंको की हत्या का षडयंत्र घूमने लगा। उसने खूब सोच-विचार कर यह फैसला किया कि उसकी हत्या स्वयं न करके किसी से करवाई जाए।

यही सोचकर उसने दो हत्यारों को बुलाया तथा उसके मस्तिष्क में यह बात अच्छी तरह जमा दी कि बैंको उनका शत्रु है। फिर वह हत्यारों से पूछता है–''तुम दोनों को इस बात क़ा अब पक्का विश्वास हो गया कि बैंको ही तुम्हारा शत्रु है।''

''जी हाँ, महाराज।'' हत्यारे बोले।

''वह मेरा भी शत्रु है। मैं उससे इतनी नफरत करता हूँ कि मेरे विचार से उसके जीवन का प्रत्येक पल मेरे प्रिय बच्चों के लिए खतरनाक है। राजा के रूप में मैं उसे प्रत्यक्ष रूप से भी मृत्यु दण्ड दे सकता हूँ तथा उसका उत्तरदायित्व अपने ऊपर ले सकता हूँ। मगर कुछ ऐसे व्यक्तियों के कारण जो हम दोनों के समान रूप से दोस्त हैं, मुझे ऐसा नहीं करना चाहिए। वास्तव में तो बैंको की मृत्यु पर मुझे आँसू भी बहाने होंगे, चाहे वह मेरे ही द्वारा मारा जाये। इसी कारण से मुझे तुम्हारी मदद लेनी पड़ रही है। कुछ विशेष कारणों से यह आवश्यक है कि यह काम जनता से छिपा रहे।'' उसने कहा।

''महाराज, हम वैसा ही करेंगे, जैसे आपने हमें हुक्म दिया है।'' दोनों हत्यारे एक साथ बोले।

"ठीक है, एक घंटे पश्चात् मैं तुम्हें बता दूंगा कि बैंको की प्रतीक्षा में तुम्हें कहाँ खड़ा होना है। उस काम को करने के लिए ठीक समय के बारे में गुप्त सूचना से मैं तुम्हें अवगत करा दूंगा। यह कार्य राजमहल से दूर रात के समय ही होना चाहिये। और यह भी याद रखना होगा कि मेरे ऊपर कोई शक न आये। उस काम के अन्जाम स्वरूप हो सकने वाली परेशानियों और दोषों से छुटकारा पाने के लिए बैंको के पुत्र फलीएन्स, जो उसके साथ होगा, उसको भी उसी वक्त मार डालना होगा। मेरे लिए उसका कत्ल भी बैंको के समान महत्वपूर्ण है। अब तुम लोग निश्चित कर लो, मैं अभी आता हूँ।" यह कहकर मैकबेथ चला गया।

थोड़ी देर बाद आकर मैकबेथ ने उन हत्यारों को सब समझाया और वे बैंको को मारने के लिए निकल पड़े। मार्ग में रुककर वे बैंको के आने का इन्तजार करने लगे।

कुछ देर पश्चात ही थोड़ा अंधेरा छा गया। तीनों हत्यारे अपना-अपना स्थान ग्रहण करके बैंको के आने की बाट देखने लगे। तभी उन्हें घोड़ों के पदचापों की आवाज सुनाई दी। तथा वह उस पर टूट पड़े। इस हमले में बैंको तो मारा गया। किन्तु फलीएन्स बच निकला।

काफी कोशिश करने के पश्चात भी वो लोग बैंको के बेटे को नहीं पकड़ पाए। जब उनकी सारी चेष्टाएँ नाकाम हो गईं तो वह वापिस मैकबेथ की तरफ चल दिए ताकि उसे यह खबर दे सकें।

उधर मैकबेथ रात्रिभोज के लिए अतिथियों की आवभगत में लगा हुआ था। सभी लोग बहुत अधिक खुश थे। मैकबेथ की पत्नी ने भी उन सबका हार्दिक स्वागत किया था।

सभी लोग जिस वक्त शराब व भोजन का आनन्द उठा रहे थे, तभी वहाँ एक हत्यारा आया।

मैकबेथ की नजर जैसे ही उस पर पड़ी वह उसे एक ओर ले जाकर पूछने लगा—"तुम्हारे चेहरे पर यह रक्त कैसा है?"

"क्या तुम लोगों ने बैंको को मार डाला?" मैकबेथ ने हैरानी से उस हत्यारे की तरफ देखते हुए पूछा।

"महाराज, मैंने उसका सिर धड़ से अलग कर दिया।"

मैकबेथ प्रसन्न होकर कहने लगा—"तुम सबसे अच्छे हो, मगर फिर भी जिसने फलीएन्स को मारा, वह और भी अधिक अच्छा है। अगर तुमने ही यह दोनों काम किये है तो तुम्हारे बराबर कोई नहीं है।"

हत्यारे ने डरते हुए बताया—"महाराज, फलीएन्स भाग गया है।"

"क्या!" वह चौंका।

"हाँ महाराज! हमने बहुत प्रयत्न किया उसे पकड़ने का, मगर वह किसी भी

हालत में हमारे हाथ नहीं आया।'' हत्यारा निराशापूर्ण लहजे में बोला।

''यह तो बहुत बुरा हुआ। कहीं उसे मेरे ऊपर कोई शक न हो जाए? तुमने उसको जीवित छोड़कर अच्छा नहीं किया।'' उसने डाँटा।

''महाराज, हम विवश थे। वह बैंको पर हमला होते ही वहाँ से शीघ्रता से भाग निकला। काफी दूर तक हमने उसका पीछा किया, परन्तु नाकाम रहे।''उसने सारी विवशता बयान की।

''मगर बैंको को तो समाप्त कर दिया।'' मैकबेथ ने आश्चर्य से उसकी ओर देखते हुए कहा।

''जी महाराज, उसकी लाश वहाँ खाई में पड़ी है, आप चाहें तो तसल्ली कर लें।'' उसने विश्वास दिलाया।

''चलो ठीक है। यदि बैंको—बड़ा सांप— खाई में दफना दिया गया है, और उसका पुत्र फलीएन्स छोटा सांप-भाग गया है। यह सांप इस समय चाहे खतरनाक न हो, लेकिन जल्दी ही जहरीला हो जायेगा। अब तुम जाओ। हम कल एकान्त में तुम्हारी बात सुनेंगे।'' मैकबेथ ने कहा।

जो सभा प्रसन्नता के लिए बुलाई गई थी, बैंको की मौत के कारण वह शोक सभा में बदल गई। मैकबेथ ने दुखी होकर गहरी साँस ली तथा बोला—''ओह बैंको मेरे दोस्त! मुझे क्या पता था कि तुम मुझे इतनी जल्दी छोड़ जाओगे।''

जिस वक्त मैकबेथ भरी सभा में बैंको का नाम ले लेकर विलाप कर रहा था, उसी वक्त बैंको की आत्मा आकर कुर्सी पर बैठ गई। अपना रोना खत्म करके मैकबेथ ने जैसे ही बैठना चाहा। भूत को सामने देखकर मैकबेथ का चेहरा पीला पड़ गया। शरीर जूड़ी के मरीज की तरह काँपने लगा।

सभा में बैठे सभी लोग, मैकबेथ की अचानक जो स्थिति हो गई थी, स्पष्ट देख रहे थे, परन्तु बैंको का भूत किसी को दिखाई न दे रहा था।

मैकबेथ सभी लोगों को बैंको को भूत दिखाने की चेष्टा कर रहा था। लेकिन बैंको का भूत किसी को भी नजर नहीं आ रहा था। वह उंगली से इशारा करते हुए बोला—''मेरी विनती है कि उस ओर ध्यान से देखो। तुम कैसे कह सकते हो कि वहाँ कुछ नहीं है?''

फिर वह बैंको के भूत की तरफ देखते हुए बोला—''यदि तुम अपना सिर हिला सकते हो तो मुझसे बात भी करो। ऐसा लगता है कि सारी कब्र तथा लाश गृह मुर्दों को अपने भीतर रखने में असमर्थ हैं। यदि ऐसा ही है तो उन्हें दफनाने से क्या फायदा! हमें चाहिये कि हम लाशों को खुला छोड़ दें और अब चीलों के पेट ही हमारी कब्र होंगे।''

उसकी बातें सुनकर उसकी पत्नी ने डाँटा—''बड़े दुख की बात है कि तुमने अपनी बेवकूफी की बातों से अपना मनुष्यत्व खो दिया।''

"मेरी बात का विश्वास करो प्रिय, यह बात उतनी ही सच है जितना कि मेरा यहाँ खड़ा होना।" उसने अपनी पत्नी को विश्वास दिलाना चाहा।

"यह तुम्हारे लिए बड़े लज्जा की बात है।" उसकी पत्नी ने उसे डाँटते हुए कहा।

"किन्तु मैं क्या करूं, वह बार-बार आकर कुर्सी पर बैठ जाता है।" उसने अपनी पत्नी से कहा।

"कौन?"

"बैंको की आत्मा–।"

उसकी पत्नी ने उसकी ऐसी स्थिति देखी तो वह समझ गई कि जरूर दाल में कुछ काला है। इसलिए उसने मैकबेथ की तबियत खराब होने का बहाना करके सभा स्थगित कर दी। उसने कहा–"इन्हें अक्सर ऐसे दौरे पड़ते ही रहते हैं।"

फिर मैकबेथ ने सभा में आये व्यक्तियों से कहा–"मैं भूल गया था मेरे अति योग्य दोस्तों, मेरे इस व्यवहार पर आप आश्चर्य न करें, मुझे एक विलक्षण बीमारी है, और जो आदमी मेरे निकट हैं, वे जानते हैं कि यह गम्भीर नहीं है। आओ, आप सब प्रेम और अच्छे स्वास्थ्य के भागी हों। अब मैं अपना स्थान ग्रहण करता हूँ। मेरा गिलास शराब से भर दो। यह मदिरापन में मौजूद सज्जनों व अपने प्रिय दोस्त बैंको के नाम पी रहा हूँ, जिनकी अनुपस्थिति का मुझे शोक है।"

यह कहकर राजा मैकबेथ ने जैसे ही वहाँ से जाना चाहा, बैंको का भूत फिर वहाँ प्रकट हो गया। उसे देखते ही मैकबेथ फिर चीखने लगा–"यहाँ से चले जाओ, मुझे दिखाई मत दो।"

मैकबेथ की पत्नी उसे सहारा देकर भीतर ले गयी। और सभी लोगों से वहाँ से जाने की प्रार्थना करने लगी।

उस दिन के पश्चात बैंको की आत्मा ने सोते-जागते, उठते-बैठते उन पति-पत्नी को परेशान करना आरम्भ कर दिया।

अब मैकबेथ सम्राट जरूर बन गया था। किन्तु उसकी आत्मा पाप के बोझ से दब गई थी। वह हर वक्त डरा हुआ, चिंतित और व्याकुल रहने लगा था। उसे हर पल, हर घड़ी यही फिक्र खाए जा रही थी कि कहीं जादूगरनियों की तीसरी भविष्यवाणी भी सच न हो जाए।

जब इसी फिक्र में घुलते-घुलते उसे काफी दिन हो गए तो उसने उन जादूगरनियों से मिलने की ठान ली। और एक रोज उसी उजाड़ जंगल में वह जा पहुँचा।

अपनी जादुई ताकत से उन जादूगरनियों को उसके आने से पहले ही पता चल चुका था। इस प्रकार वे भविष्य की जानकारी देने वाले जादू-टोनों की तैयारी में लग गईं। उस टोने-टोटके के सामान में सांप का फन, चमगादड़ के पंख,कुत्ते की जीभ, बिल्ली की आँखें, छिपकली की पूंछ, भेड़िये के दाँत, हब्शी का जिगर, बकरे

की दाढ़ी, आदमी के बच्चे का खून और इसी प्रकार की दूसरी सैकड़ों चीजें सम्मिलित थीं।

ऐसा ही साजो-सामान की सहायता से वे प्रेतात्माओं को आह्वान करती थीं तथा उनसे भूत, भविष्य तथा वर्तमान की बातें पूछा करती थीं।

ठीक उसी समय वहाँ जादू की देवी प्रकट होकर बताती है—"बहुत बढ़िया! मैं तुम्हारे प्रयत्नों की तारीफ करती हूँ और मेरी घोषणा है कि तुम सभी लाभ की भागीदार होगी। अब परियों के समान गोल घेरा बना लो, तथा शोरबे की प्रशंसा में गीत गाओ। अब किसी पर भी जादू-मन्तर चलाया जा सकता है।"

तभी दूसरी जादूगरनी कहने लगी—"मेरे अंगूठों में खुजलाहट हो रही है जिससे यह अनुमान होता है कि कोई दुष्ट आदमी इधर आ रहा है। कोई भी आये, खोल दो।"

जिस वक्त मैकबेथ वहाँ पहुँचा, उस वक्त तक उनका टोना तैयार हो चुका था।

मैकबेथ वहाँ जाकर बोला—"आधी रात में छुपकर काम करने वाली काली जादूगरनियों, तुम क्या कर रही हो?"

सभी जादूगरनियाँ एक साथ कहने लगीं—"हम एक ऐसा काम कर रही हैं जिसका बखान नहीं किया जा सकता।"

"मैं तुम्हारे ज्ञान का आह्वान करता हूँ, चाहे उसका स्रोत कुछ भी हो, और कहता हूँ कि मेरे प्रश्नों का उत्तर दो।" उसने कहा—"मैं विनती करता हूँ कि तुम मेरे प्रश्नों का उत्तर दो, चाहे इसके लिए तुम्हें हवाओं को आजाद करना पड़े और वे चर्च की चोटियों से टकरायें, सागर की लहरें चाहे जहाजों और नाविकों के होश छीनकर उन्हें समाप्त कर डालें, हरी फसलें गिर जायें, और पेड़ उखड़ जायें, किले जेलरों के सिर पर गिर जायें, भूमि की सारी धन-दौलत नष्ट हो जाए और यह सब चाहे तब तक चलता रहे जब तक खुद विनाश का देवता थक जाये। किसी भी कीमत पर मुझे अपने सवालों के उत्तर चाहिए।"

पहली जादूगरनी बोली—"हमसे सवाल करो।"

तीसरी जादूगरनी बोली—"हमें बताओ कि तुम हमसे जवाब प्राप्त करना चाहते हो अथवा हमारे गुरुओं से।"

"गुरुओं से।" मैकबेथ ने कहा, फिर पूछा—"कहाँ हैं वे? क्या मैं उन्हें देख सकता हूँ?"

सभी जादूगरनियाँ एक साथ कहने लगीं—"हम अपने गुरुओं, चाहे बड़े हों या छोटे, सभी का आह्वान करते हैं कि वे आयें तथा प्रत्यक्ष रूप से अपनी शक्ति का प्रदर्शन करें।"

जैसे ही मैकबेथ ने अपनी इच्छा प्रकट की, वैसे ही उस टोने में से एक कटा

हुआ सिर ऊपर उठा तथा बोला—"मैकबेथ, पूछो क्या पूछना चाहते हो?"

"मैं पूछना चाहता हूँ कि क्या मेरे जीते जी मुझे किसी से भय है?"

"तुम्हें फाइफ के सरदार मैकडफ से होशियार रहने की आवश्यकता है।"

"आप बिल्कुल ठीक कहते हैं, मैकडफ मन ही मन मेरी उन्नति से ईर्ष्या करता है और अवसर मिलने पर वह मुझे चोट पहुँचाने से नहीं चूकेगा।" मैकबेथ शीघ्रता से बोला।

इतना सुनते ही वह कटा हुआ सिर गायब हो गया और उसका स्थान खून से लथपथ एक धड़ ने ले लिया। वह कहने लगा—"पूछो मैकबेथ, क्या पूछना चाहते हो?"

"मैं पूछना चाहता हूँ कि मेरे प्राणों को और किस-किस से खतरा है?"

"तुम जैसे खूंखार को किसी से भय नहीं। मारो, काटो और राज करो।"

इतना कहकर वह धड़ भी गायब हो गया। उसका स्थान एक बच्चे ने ले लिया, जो पेड़ की हरी टहनियों से खेल रहा था। बच्चे ने कहा—"मैकबेथ, पूछो, क्या पूछना चाहते हो?"

"मेरे राज्य का अन्त कब होगा?" मैकबेथ ने उस बच्चे से डरते-डरते पूछा।

"जब तेरे विरुद्ध तेरे राज्य का जंगल उठ खड़ा होगा, तब तेरे राज्य का अन्त होगा।"

"जंगल कभी नहीं उठा करता। भला कभी जंगल भी किसी के खिलाफ विद्रोह करता है?" मैकबेथ को थोड़ी तसल्ली मिली तथा उसने अपने आपको तसल्ली देने वाला एक सवाल और किया—"यानी मेरा राज्य अटल है! उसका अन्त कभी नहीं हो सकता।"

बच्चे ने फिर वही उत्तर दिया—"बशर्ते कि जंगल तेरे खिलाफ न उठ खड़ा हो।"

"अच्छा एक बात और है जो काफी वक्त से मुझे परेशान कर रही है, अब मैं उसके विषय में पूछता हूँ। मेरे बाद सिंहासन पर मेरी संतान बैठेगी या बैंको की संतान बैठेगी?"

इतना सुनते ही बच्चा खिलखिलाकर हंसा तथा गायब हो गया।

उसके पश्चात राजाओं जैसी पोशाक पहने आठ छायाएँ वहाँ प्रकट हुईं और एक-एक करके मैकबेथ के सामने से गुजरने लगीं। उनमें सबसे आगे बैंको की खून से लथपथ छाया थी जो मुस्कुरा रही थी। अब मैकबेथ को समझते देर नहीं लगी कि सात छायाएँ बैंको की उन संतानो की हैं जो मेरे सिंहासन पर बैठेंगी।

देखते ही देखते वह आठों छायाएँ गायब होती चली गई।

इसी के साथ वे जादूगरनियाँ तथा उनका टोना-टोटका भी गायब हो गया।

मैकबेथ और ज्यादा दुखी हो उठा। उसके मन में जो गम और निराशा थी,

वह ज्यों की त्यों बरकरार थी।

वह अपनी राजधानी में वापस आ गया।

इधर उसने राजधानी में पग रखा और उधर जादुई छायाओं की गुरुओं द्वारा की गई भविष्यवाणी सही साबित होने लगी।

मैकबेथ के राजधानी लौटने के पूर्व ही फाइफ का सरदार वहाँ से फरार हो चुका था और उसने राजा दंकन के एक बेटे को साथ मिलाकर उसके नेतृत्व में एक भारी सेना का गठन करना शुरू कर दिया था।

यह खबर पाते ही मैकबेथ के तन-बदन में आग सी लग गई। यह जानकर वह इतना उत्तेजित हो गया कि नंगी तलवार हाथ में लेकर मैकडफ के घर जा पहुँचा तथा वहाँ जाकर उसने भयानक नर-संहार किया। उसकी पत्नी, बच्चों व रिश्तेदारों को चुन-चुन मृत्यु के घाट उतारा।

यहाँ तक कि मैकडफ से हमदर्दी रखने वालों को भी उसने नहीं बख्शा था।

इस तरह 'मारो-काटो और राज करो' की नीति अपनाकर मैकबेथ ने सोचा कि अपने सभी दुश्मनों का अंत कर देगा और जादुई छायाओं की भविष्यवाणी को सच नहीं होने देगा।

किन्तु विधाता की कुछ और ही मर्जी थी। वह एक शत्रु का विनाश करता, दूसरी तरफ उसके सैकड़ों शत्रु बन जाते। उसके बढ़ते अत्याचारों के कारण उसके हितैषी भी उसके खिलाफ होकर शत्रुओं से जा मिले।

इसी बीच मैकबेथ को एक झटका और लगा। उसकी सबसे बड़ी हितैषी और सलाहकार पत्नी बीमार पड़ गई।

कितने ही डॉक्टर बदल दिये थे लेकिन उसकी तबियत ठीक होने का नाम नहीं ले रही थी।

डॉक्टर ने उसकी पत्नी की नौकरानी से पूछा–मैंने तुम्हारे साथ रहकर दो दिन तक रानी के व्यवहार पर दृष्टि रखी है, परन्तु ऐसा लगता है कि इनकी बीमारी तुम्हारी शिकायत के मुताबिक सत्य नहीं है। मुझे बताओ कि पिछली बार ऐसा कब हुआ जब उन्होंने सोते-सोते चहलकदमी की?"

सेविका ने कहा–"जब राजा को लड़ाई के मैदान में निवास करना पड़ा था, मैंने देखा था कि रानी अपने बिस्तर से उठती हैं, अपना गाऊन पहन लेती हैं, अपनी अलमारी को खोलती हैं, तथा तब उसे सील करके अपने बिस्तर पर लौट आती हैं। यह सब करते हुए वह पूरी तरह सोई हुई होती हैं।"

डॉक्टर कुछ सोचते हुए कहने लगा–"सोते रहना तथा साथ ही साथ चीजों को देखना तथा कार्यशील होना, यह सब मस्तिष्क में गम्भीर बेचैनी का द्योतक है, चहलकदमी व दूसरे कार्यों को अतिरिक्त नींद में ऐसी बेचैनी के समय, आपने उन्हें क्या-क्या कहते हुए सुना है?"

"डॉक्टर, मैंने उन्हें ऐसे अलफाज बोलते हुए सुना है जिनका सम्बन्ध उनसे नहीं जोड़ा जा सकता।"

डॉक्टर ने गहरी साँस लेकर कहा—"यह तुम्हारे लिए उचित होगा, लेकिन तुम मुझे सब कुछ सही बता दो।"

सेविका डरते हुए कहने लगी—"नहीं, नतो मैं तुम्हें बता सकती हूँ और न किसी और को, क्योंकि जो कुछ मैंने सुना है, उसका साक्षी देने वाला दूसरा कोई नहीं है। देखो वह आ रही है।"

मैकबेथ की पत्नी हाथ में मोमबत्ती लेकर उधर ही आ रही थी। और इस वक्त वह नींद में थी।

"उन्हें यह मोमबत्ती कहाँ से मिली?" डॉक्टर चौंका।

नौकरानी ने बताया —"वह उनके पास ही लगी थी। उनकी आज्ञानुसार एक मोमबत्ती उनके निकट ही जलती रहती है।"

"देखो...उनकी आँखें तो खुली हैं? डॉक्टर ने दिखाया।

सेविका बोली—"किन्तु वह देख नहीं पातीं।"

"अब वह क्या कर रही हैं? देखो वह किस तरह अपने हाथों को मल रही हैं?" डॉक्टर ने पूछा।

"यह उनकी आदत है तथा वह हाथ साफ करती हुई दिखती हैं। कभी-कभी तो मैंने एक चौथाई घंटे तक उन्हें ऐसा करते हुए देखा है।" सेविका ने डॉक्टर को बताया।

तभी मैकबेथ की पत्नी ने कहा—"इतना धोने के पश्चात भी मेरे हाथ पर अब भी खून लगा है।"

"सुनो वह कुछ बोल रही है। मैं उनके शब्दों को लिख लूंगा ताकि बाद में सारी बातें याद रहें।" डॉक्टर ने कहा।

मैकबेथ की पत्नी निरन्तर बड़बड़ाये जा रही थी—"हे खून के धब्बें! मेरे हाथ से दूर हो जा, रात्रि के दो बजे हैं, अब मुझे अपने हाथ साफ कर लेने चाहिए। नर्क बड़ा भयानक होता है, मेरे स्वामी, बड़े लज्जा की बात है कि तुम इतने बहादुर होकर भी डरते हो। कुछ भी हो, यह बड़ी हैरानी की बात है कि उस बूढ़े राजा दंकन के शरीर में इतना खून था।"

उसकी बात सुनकर डॉक्टर ने सेविका की तरफ देखते हुए पूछा—"क्या तुमने इनके अलफाज सुने?"

"जी हाँ..!" उसने कहा।

"तुम्हें वह राज सब पता हो चुका है जो तुम्हें नहीं जानना चाहिए।" डॉक्टर ने सेविका की तरफ देखा।

सेविका ने कहा–"मुझे विश्वास है कि इन्होंने वे सब राज बता दिये हैं जो इन्हें बताने नहीं चाहिए थे। ईश्वर ही जाने इन्होंने क्या-क्या भयानक बातें देखी अथवा सुनी हैं?"

इतने में मैकबेथ की पत्नी फिर बड़बड़ाने लगी–"मेरे हाथों में तो अभी तक खून की बदबू आ रही है। ऐसा लगता है कि अरब के सारे इत्र भी इसे सुगन्धित नहीं कर सकते।"

'यह कैसी दुख भरी आह है। लगता है इनका दिल दुखी तथा अशान्त है।" डॉक्टर एक लम्बी साँस खींच कर कहने लगा।

मैकबेथ की पत्नी फिर बड़बड़ाती है–"मेरे पति! अपने हाथों से रक्त के धब्बे साफ कर लो, तथा अपना गाऊन पहन लो। आपको किसी भी बात से डरना नहीं चाहिए, कत्ल के पश्चात बैंको को दफना दिया गया है।"

डॉक्टर उसकी बातों को सुनकर हैरान हो गया। और उसे प्रकट हो गया कि सारी हत्याएँ मैकबेथ ने ही की हैं। वह एक लम्बी साँस खींचते हुए बोला–"हैरानी है कि बैंको का खून भी मैकबेथ ने ही किया है।" कुद देर पश्चात डॉक्टर वहाँ से चला गया तथा मैकबेथ की पत्नी फिर से अपने बिस्तर पर लेट गई।

मैकबेथ के पूछने पर डॉक्टर उसे बताने लगा, आपकी पत्नी शारीरिक रूप से ज्यादा बीमार नहीं है। परन्तु उनका मस्तिष्क डरावनी कल्पनाओं से परेशान है। यही कारण है कि वे आराम करने अथवा सोने में परेशान हैं।

उसकी बात सुनकर मैकबेथ बोला–"तुम्हें चाहिए कि उनकी मानसिक परेशानियाँ दूर कर दो। क्या चिंतित दिमाग को ठीक करना अथवा स्मृति के गहरे दुख को निकालना तुम्हारे लिए मुमकिन नहीं है?"

"यह कार्य तो मरीज के अपने हाथों में है।" डॉक्टर ने समझाया।

फिर एक रोज मैकबेथ को झटका लगा, उसकी सबसे बड़ी सलाहकार पत्नी उसे छोड़कर सदा के लिए इस संसार से विदा हो गयी। उसकी मृत्यु के बाद मैकबेथ नितान्त अकेला सा हो गया। उसकी हालत परकटे पक्षी जैसी हो गई है जो एक ही स्थान पर पड़ा-पड़ा छटपटा तो सकता है लेकिन कुछ कर नहीं सकता।

कुछ दिनों बाद ही वह अपने दो-चार बचे-खुचे सरदारों को लेकर राजधानी से भाग खड़ा हुआ। उसने स्कॉटलैंड के वन में स्थित एक पुराने किले में जाकर शरण ले ली।

विद्रोहियों के कानों तक भी उसके इस तरह भाग जाने की खबर पहुँच चुकी थी। वे तो पहले ही उसके खून के प्यासे थे। उसे घेरने के लिए वे वन में जा पहुँचे। फिर एक रोज उन्होंने उस किले पर धावा बोल दिया जहाँ वह छिपा हुआ था।

किले की तरफ बढ़ते समय उन्होंने रास्तों में पेड़ों की बड़ी-बड़ी टहनियाँ तोड़

लीं तथा उनकी आड़ में छिपकर चलने लगे ताकि मैकबेथ के सैनिक उन्हें देख नहीं सके।

जंगल के किले पर एक सिपाही खड़ा पहरा दे रहा था।

उसकी दृष्टि जंगल में पड़ी तो वह चौंका। उसे लगा मानो जंगल के हरे-भरे वृक्ष अपने स्थान से चलकर किले की ओर चढ़ने लगे हों। वह तेजी से बुर्ज से उतरकर नीचे आया तथा हाँफते हुए मैकबेथ की ओर भागा।

मैकबेथ उसकी तरफ देखते हुए बोला—"हाँ कहो, क्या कहने आये हो? जो कहना है जल्दी कहना।"

"महाराज! महाराज! दुहाई है, बड़ा अनर्थ हो गया!" उसकी साँस फूल रही थी।

"कैसा अनर्थ हो गया?" मैकबेथ ने उसे डाँटा—"क्यों इतनी जोर-जोर से चिल्ला रहा है?"

"महाराज, मैंने एक ऐसी विचित्र बात देखी है, जो मैं आपको बताना चाहता हूँ परन्तु मेरी समझ में नहीं आता कि जो मैंने देखा है उसका वर्णन मैं किस प्रकार करूं?"

"अच्छा बोलो।"

सैनिक बताने लगा—"महाराज, स्कॉटलैंड का पूरा जंगल उठकर हमारे महल की तरफ आ रहा है।"

इतना सुनते ही मैकबेथ गुस्से से जल उठा। चीखकर बोला—"अरे अक्ल के अंधे! कहीं जंगल भी चलता है।"

"आपकी सौगन्ध महाराज! अगर विश्वास नहीं है तो आप स्वयं चल कर देख लें। मैं झूठ नहीं बोल रहा हूँ।"

"और यदि तेरी बात झूठ निकली तो तेरी चमड़ी कुत्तों से नुचवा दूंगा।" उसने कहा।

"मेरी बात झूठ हो तो आप जो चाहे सजा दें। मैंने अपनी आँखों से देखा है कि पूरा जंगल किले की ओर बढ़ा चला आ रहा है।" उसने उसे यकीन दिलाया।

"ठीक है, मैं तुम्हारे साथ चलता हूँ। यदि तुम्हारी बात गलत हुई तो सबसे पास के वृक्ष पर तुम्हें लटका दिया जाएगा; और जब तक कि भूख तुम्हारी जान न ले ले, तुम वहीं रहोगे। इसके विपरीत अगर तुम्हारी बात सच निकली तो तुम भी मेरे साथ वैसा ही करने के लिए आजाद होगे।"

मैकबेथ उसकी बात को सुनकर सोच में पड़ गया कि जो सिपाही इतने यकीन के साथ शपथ खाकर यह बात कह रहा है तो हो सकता है कि इसकी बात सच ही हो। हो न हो, आज मेरे जीवन का आखिरी दिन है। इसलिए तो यह असत्य सी बात सच होने जा रही है और जादूगरनियों की यह भविष्यवाणी भी सत्य सिद्ध होने जा रही है। उनकी आज तक की सभी भविष्यवाणियाँ सच सिद्ध हुई हैं। और

स्कॉटलैंड का जंगल भी आज मेरे विरुद्ध उठ खड़ा हुआ है।

इतने में दरवाजा तोड़कर एक नवयुवक ने भीतर प्रवेश किया। मैकबेथ के सामने आकर कहने लगा—"तुम्हारा नाम क्या है?"

"मेरा नाम सुनकर तो तू डर जाएगा।"

"यदि तुम नर्क के राक्षसों से भी डरावना कोई नाम लो, तो भी मैं उससे डरने वाला नहीं हूँ।"

"मेरा नाम तो मैकबेथ है।"

वह नवयुवक जोश के साथ कहने लगा—"शैतान के नाम से भी अधिक मैं इस नाम से घृणा करता हूँ।"

"नहीं, इसके विपरीत यह नाम तुम्हारे लिए भयानक साबित होगा।"मैकबेथ अपनी तलवार खींचते हुए बोला।

दोनों में घमासान लड़ाई होने लगी। लड़ने वाला इंग्लैंड का राजा सिवार्ड था। जो दंकन के बेटे मैलकम के साथ वहाँ उसका अधिकार उसे दिलाने आया था। मैलकम के देखते ही देखते मैकबेथ के कुछ सैनिक उसकी तरफ हो गये थे।

उसके साथ ही मैलकम की पूरी सेना किले में दाखिल हो गई। फौरन मैकबेथ को तीसरी भविष्याणी याद आयी कि फाइफ के सरदार से सतर्क रहना। इस बात का ख्याल आते ही मैकबेथ ने उन पर वार किया मगर फाइफ के सरदार ने तेजी से अपने आपको बचा लिया तथा दोधारी तलवार से मैकबेथ का वध कर डाला।

इसी प्रकार तीसरी भविष्यवाणी भी सत्य हुई।

इसके पश्चात बैंको की आठ पीढ़ियों ने स्कॉटलैंड पर निष्कंटक राज्य किया।